무대일가

무대일가

발행일 2024년 9월 13일

지은이 양산호
펴낸이 손형국
펴낸곳 (주)북랩
편집인 선일영
편집 김은수, 배진용, 김현아, 김다빈, 김부경
디자인 이현수, 김민하, 임진형, 안유경, 신혜림
제작 박기성, 구성우, 이창영, 배상진
마케팅 김회란, 박진관
출판등록 2004. 12. 1(제2012-000051호)
주소 서울특별시 금천구 가산디지털 1로 168, 우림라이온스밸리 B동 B111호, B113~115호
홈페이지 www.book.co.kr
전화번호 (02)2026-5777
팩스 (02)3159-9637

ISBN 979-11-7224-275-6 03810 (종이책) 979-11-7224-276-3 05810 (전자책)

무대일가

양산호 장편소설

차 례

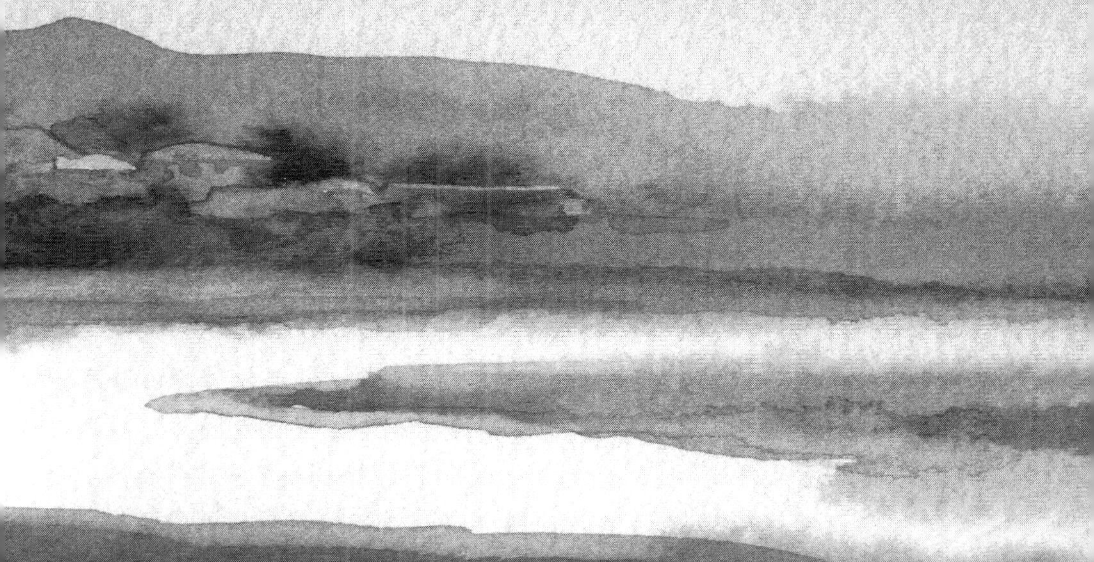

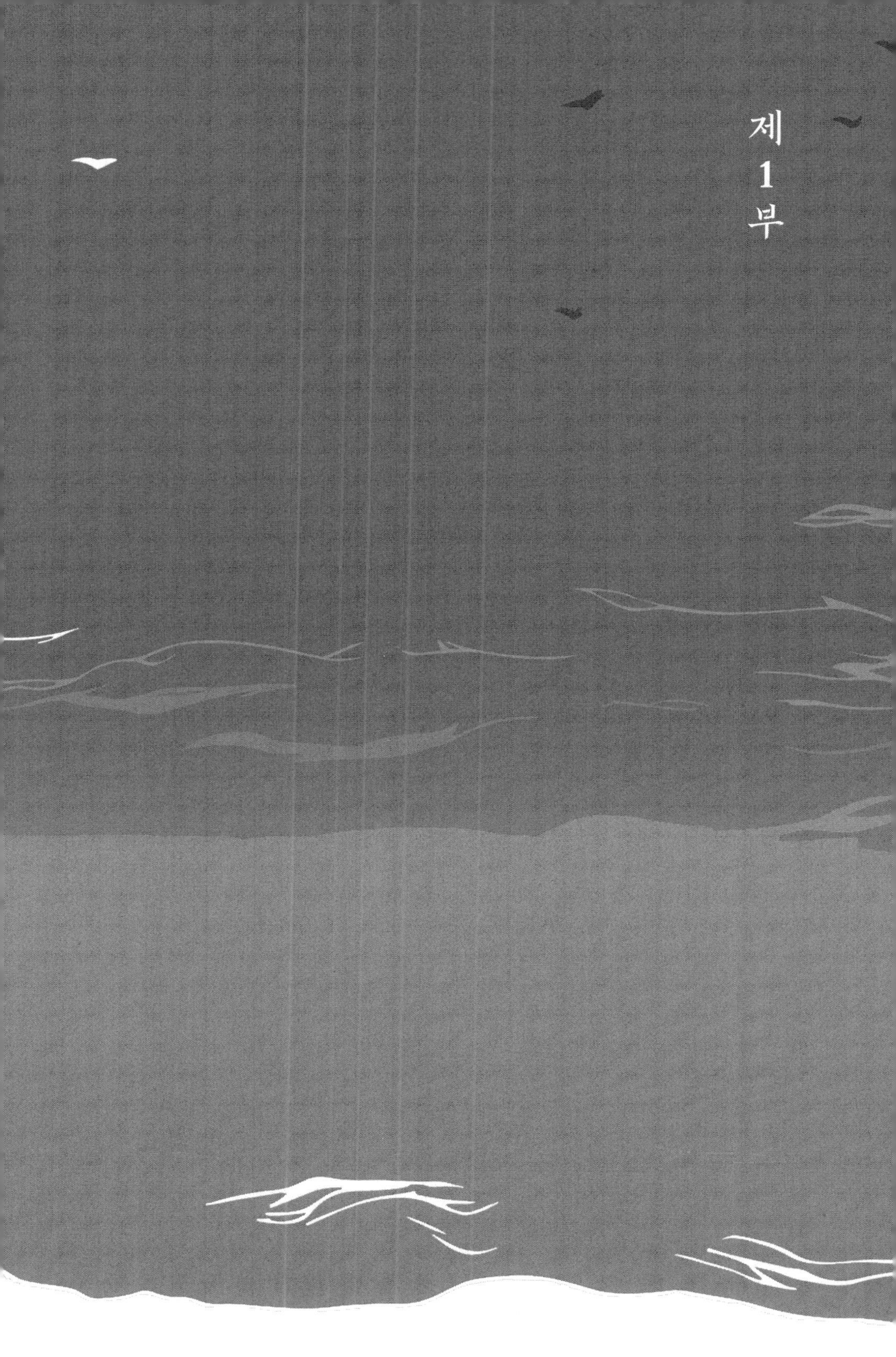

제 1 부

1

한상현이 죽자, 장남 한동섭은 아버지의 눈을 감겨 드리는 것으로 초종을 시작했다. 전주댁은 시아버지의 윗옷을 들고 밖으로 나갔다. 그녀는 북쪽을 향해 시아버지의 이름을 세 번 불렀다.

"한상현, 한상현, 한상현!"

전주댁의 외침에도 불구하고 한 번 육체를 떠난 영혼은 돌아오지 않았다. 전주댁이 남편 한동섭을 향해 눈짓을 하며 곡을 시작했다.

"아이고, 아이고!"

이것을 신호로 가족들은 그다지 슬픈 기색이 없이 입으로 곡소리를 내기 시작했다.

다음 날 대영면 각지의 사람들이 문상을 오고, 키가 작고 앞머리가 벗겨진 호상, 서당 선생이 고인의 명정을 만들었다. 소렴, 대렴을 마친 시신을 관에 넣은 후에 상복을 갖추어 입은 상주들은 성복례를 지냈다. 묘지 조성을 하러 나갔다 들어온 사람들은 상두계원들이었다.

1978년 9월 14일이었다. 새파랗고 고요한 하늘에 흰 구름이 둥둥 떠다니는 화창한 가을, 전라북도 남원과 경상남도 함양의 접경 마을인 월암의 한 슬레이트집에서 한상현의 장례가 시작되었다. 조우조(朝于祖)가 끝나자, 영좌 앞에 상이 놓였다. 집례가 상에 술을 올리고 축문을 읽었다.

"영원히 떠나시는 예를 행하겠나이다. 혼령께오서 오래 머무실 수 없으시기에 이제 구차(柩車)에 받들어 모시고자 하나이다."

곧이어 상주들의 곡이 이어졌다. 그중 한상현의 둘째 아들 한동규의 것이 유독 크고 구슬픔을 띠고 있었다. 이것이 전주댁에게는 응어리진 감정의 발산처럼 느껴졌다. 한동규는 버림받은 자식으로 오랫동안 객지를 전전해 왔다. 어느 곳에도 의지할 곳 없던 어린애가 그렸을 사랑이나 원망, 슬픔. 이것들이 하루아침에 당사자를 잃고 허덕이고 있었다. 한동규에 비하면 남편 한동섭의 곡소리는 그다지 크지 않았다. 그는 무감각하게 입 주변의 근육만 움직여 작은 소리를 내고 있었다. 평소 아내나 자식들을 향해 내지르는 커다란 목소리에 비하면 조금도 어울리지 않는 것이었다.

곡이 끝날 시점이 되어도 한동규는 멈추지 않았다. 이놈이 정말, 한동섭은 막내동생의 지나친 울음에 인상을 찡그렸다. 지금껏 그는 양반의 자손답게 과도한 감정 표출은 좋지 않다고 여겨왔고, 사람들의 눈에 띄는 행동을 거의 해본 적이 없었다. 그래서 늘 자신이 앞장서서 들로 나가는 대신 아내를 들볶아 댔다.

관을 상여에 싣기 위해 운구꾼들이 고인이 모셔진 방으로 들어갔다. 그들은 비닐로 덮고 새끼줄로 얽어놓은 목관 아래로 광목을 집어넣었다. 그들은 양쪽에서 힘겹게 관을 들었다. 상두계원 김판수는 앞서 나가며 도끼로 문지방을 살짝 찍었다.

관을 든 운구꾼 여섯 사람이 마루로 걸어 나왔다. 관이 이리저리 흔들리며 시체가 부패하면서 나온 붉은 물이 비닐에 갇혀 출렁거렸다. 동네 사람들은 못 볼 것을 보았을 때처럼 급히 고개를 돌려 외면했다. 운구꾼들은 홍동수가 댓돌 위에 놓아둔 바가지를 관의 앞부분으로 깨고 뜰방으로 내려섰다. 그때였다. 누런 삼베로 지은 상복과 건을 쓴 한동규가 앞을 가로막더니 관을 부둥켜안고 울부짖기 시작했다.

"아버님, 아버님!"

한동규는 또 한 번 크게 울부짖더니, 고개를 들어 운구꾼들에게 고함을 질렀다.

"이 관은 못 나갑니다, 못 가요! 절대 보낼 수 없어요."

여섯 사람은 어리둥절한 표정으로 서로를 쳐다보았다. 이래도 되는 건가, 하고 서로 묻는 눈치였다. 한동규는 죽은 아버지의 혼이 부유하고 있을 허공을 향해 외쳤다.

"아버님, 저도 같이 갈랍니다. 평생 자식들 효도 한번 제대로 못 받아보고 이렇게 가시면 우리는 어찌 삽니까? 아버님, 아버님!"

동규의 눈에서 홍건한 눈물이 흘러 얼굴을 적셨다. 운구꾼들은 뚤방에 선 채 어찌할 수 없다는 듯 멍한 표정으로 서 있었다. 마당에서서 관이 나오기를 기다리던 동네 사람들도 무슨 일인가 싶어 눈이 휘둥그레져 있다가 동규의 눈물을 보자, 얼마나 아버지의 사랑을 받고 싶었으면 저럴까 추측하는 사람, 행동이 도를 넘친다고 눈살을 찌푸리는 사람 제각각이었다.

동규의 울부짖음이 맏형인 동섭에게는 어떻게 들렸을까. 그것은 애처로움을 느껴 위로해 주고 싶은 나약한 초식동물의 것이 아니라 사자나 늑대의 울음소리였다. 당장이라고 자신에게 달려들어 멱살을 움켜쥘까 몸을 떨고 있던 동섭은 자신도 모르게 사람들 뒤로 물러나고 있었다.

마침내 운구꾼들은 관을 동규에게 맡겨 버렸다.

"제기랄, 마음대로 하게 둬."

운구꾼의 말에 소란을 피해 한쪽으로 물러나 있던 한상두가 앞으로 나아갔다. 한상두는 관에 엎드려 울고 있던 조카의 등을 탁탁 소리 나게 두들겼다.

"자, 자 그만하고 일어서야제. 이러다가는 오늘 상여도 못 나가겄다. 성님도 인자 가실 때가 되었은께 그만 일어나라."

순간 관에 엎드려 있던 동규가 번쩍 고개를 치켜들었다. 눈물과 콧물로 범벅이 된 눈이 벌겋게 타오르고 있었다.

"작은아부지가 왜 나서요, 나서기를! 나는 어디 자식도 아닌가요? 전 아부지가 죽어도 마음놓고 울지도 못해요? 그리고 작은아부지가 언제 우리한테 신경이나 써 봤어요? 아부지가 객지 나가서 어렵게 사실 때 한번 찾아라도 온 적 있어요? ……도대체 우리한테 해준 게 뭐가 있다고 나서서 지랄이요, 지랄이!"

동규에게 작은아버지는 목에 힘주고 간섭이나 하는 존재였을 뿐이었다. 그렇지만 그는 아버지뻘 되는 사람에게 취해서는 안 될 태도를 취하고 있었다. 적어도 이 사회에서는 그랬다. 한상두가 뒤를 돌아보았지만 동규를 제지할 수 있는 사람은 없었다. 앞에 선 마을 사람들은 잔뜩 긴장한 표정을 짓고, 뒤에 선 사람들은 사건이 어떻게 흘러갈까 궁금한 눈빛이었다.

"뭐라고? 이놈아! 왜 나한테 염병이여, 염병이!"

한상두는 두려움과 수치심에 턱을 덜거덕거렸고 공연히 발을 잘못 디뎌 발에 오물이 묻었을 때처럼 억울하고 황당한 표정을 지었다. 한상두는 허연 수염을 쓰다듬으며 에헴, 하고 헛기침 소리를 내며 집 밖으로 나가버렸다.

"흐흐흐!"

동규는 억지 웃음소리를 짓더니 두 팔로 관을 얼싸안고 들려고 했다. 그러나 관은 꿈쩍도 하지 않는다. 죽은 사람은 산 사람의 몇 배나 더 무게가 나간다는 것을 동규는 잠시 잊고 있었다. 관에서 흘러나온 물이 동규의 상복을 붉게 물들였다. 순간 마을 사람들이 기대해 마지 않던 일이 터졌다. 관을 들기 위해 안간힘을 쓰던 동규가 몸을 벌떡 일으키더니 맹수처럼 큰 소리로 울부짖는다. 그런 뒤 뜰방 아래 그릇을 말리기 위해 놓아둔 평상을 들이 엎고, 나무를 깎아서 만든 절구통을 번쩍 들어서 십여 미터 거리에 있는 돼지우리를 향해 던져 버린다. 사람들은 그것이 윙, 하고 허공을 가르며 돼지를 가두고 있었던 문이 와지끈 소리를 내며 부러지는 것을 보았다.

우리 안의 돼지는 꽥꽥 비명을 지르며 안을 몇 차례나 돌았다. 그러다가 우리를 뛰쳐나와 미치기라도 한 것처럼 사람들 속으로 돌진했다. 아낙네와 아이들의 비명이 연달아 터졌다. 그런데 돼지도 놀랐는지 사람들을 피해 집 입구를 향해 달아나기 시작했다. 비수가 허리를 스치고 지나간 것처럼 간담이 서늘해진 동섭은 돼지를 잡으러 가는 사람들 속에 섞여 밖으로 나와버린다. 잠잠해지기를 기다렸다가 다시 집 안으로 들어올 작정이었다.

이제 끝난 걸까. 소동이 벌어지는 동안 거의 숨소리도 내지 않고 있던 사람들이 왁자지껄하게 떠들기 시작했다. 그들은 정말 간 떨어지는 줄 알았다던가, 까무러칠 정도로 박진감이 있었다는 등의 말을 토해낸다. 그러다가 문득 이날의 주인공이 여전히 눈앞에 버티고 서 있는 것을 보았다. 순간 그들은 그 자리에서 화석이 되었다. 그들은 몸을 움직이지도 숨소리도 내지 않는다.

이때 하얀 두루마기를 걸친 남자가 나타났다. 동섭의 매제인 박성기였다. 이제는 됐구나. 골목에서 동섭은 안도의 숨을 내쉬었다. 그러면서 그동안 박성기가 어디에 있었을지 궁금해졌다. 부엌에 있었을까, 도장방에 숨어 있었을까. 그곳에서 동규와 약속한, 적당한 시점이 오기를 기다렸을까. 박성기는 동규 앞으로 걸어가더니 어깨를 툭 쳤다.

"이 사람이 왜 이래!"

동규는 누군지도 모르고 눈을 치켜뜨려다가 매형인 것을 알자 다소곳해진다. 순간 동섭은 두 사람 사이에 교환된 의미 있는 시선을 보았다. 둘은 사전에 약조를 한 것이 틀림없었다. 박성기는 한참 동안 쉰 목소리로 동규를 달랜다. 그 말은 동섭에게까지 들리지 않았다. 얼마 뒤 박성기는 처남을 데리고 밖으로 나간다. 자기 말에 따르지 않으면 안 될 완벽한 이유가 있는 것처럼.

그것을 보고 있던 동섭은 약간 처참한 생각이 들었다. 자신이 벌벌 떨고 피하던 동생을, 매제인 박성기는 한바탕 호통을 친 후 달래서 데리고 나갈 수 있다는 사실이 그로서는 견딜 수 없다. 두 사람은 얼마나 자주 만났고, 또 무슨 말을 나누었을까. 아무튼 동섭이 인정할 수밖에 없는 것은 박성기가 자신이 할 수 없는 형 역할을 하고 있다는 것이었다.

두 사람의 모습이 동쪽 길 위에서 가물가물해진다. 그제야 동섭은 집 안으로 기어들었다. 잠시 일을 중단했던 운구꾼들은 뜰방 위에 놓여 있던 관을 들어 상여 위에 얹었다. 그 위에 덮개와 종이꽃이 씌워지자, 상두꾼들은 상여를 들어 올렸다.

앞소리꾼이 매기는 소리가 끝남과 동시에 상두꾼들의 뒷소리가 처량하지만 우렁차게 흘러나온다. 상여 앞쪽이 집을 향하여 세 차례 올라갔다가 다시 내려간다. 그들이 고인 대신 이별을 고하고 있다. 이것으로 한상현과 이 집의 인연은 끝난 것이다.

이제 가면 언제 오나

어화 어화 어너리 넝차 어-화

상여는 머리를 돌려 집 입구를 향해 서서히 나가기 시작했다. 이때까지 담 너머나 밤나무 아래에 있던 구경꾼들도 삼삼오오로 움직인다. 그들 사이에 노제를 어디서 지내는지 묻고 답하는 소리가 오간다.

장례 행렬의 맨 앞에는 검은 상의에 붉은 아래옷을 입고 왼손에 창을 오른손에 방패를 든 사람 크기의 좌우 두 개의 방상씨, 붉은 바탕에 하얀 한자가 쓰인 명정, 상여를 줄여놓은 듯한 영여, 만장, 그다음에는 공포가 길게 늘어섰다. 이것들은 상여가 가는 앞길을 열기도, 누구의 장례 행렬인가를 나타내기도, 죽은 이를 슬퍼하는 사람의 마음이 담긴 글이 씌어 있기도, 길이 좋고 나쁨을 알리는 신호기의 역할도 했다. 그 뒤를 상여, 상주와 복인들이 따른다.

2

장례가 끝난 후 계원들은 동섭네 작은방 옆에 기둥을 세우고 짚과 새끼를 둘러쳐서 궤연을 꾸몄다. 전주댁은, 그녀의 이름은 이옥자이다, 이곳에 마련된 영좌 위에 마치 산 사람을 대하듯 조석으로 음식을 올려놓고 아이고, 아이고! 하는 곡을 한다.

교의 위에는 한상현의 흑백 사진과 흰 고무신, 안경 등 생전에 쓰던 물건이 놓였다. 이것들을 대할 때마다 동섭이 느끼는 것은 알 수 없는 두려움이었다. 금방이라도 되살아난 아버지가 자신을 어둠의 세계로 끌고 갈 것처럼 생각되기도 하고 생전에 홀대한 죄를 묻기 위해 저주를 내릴 것도 같았다. 이런 느낌은 사진을 볼 때 더욱 뚜렷해졌다. 눈은 영혼을 파먹을 것처럼 노려보는 듯하고, 입가에는 이승이나 저승에 속하지 않는 심술궂은 미소를 띤 것처럼 보였다.

동섭을 본받은 아이들은 더욱 유난을 떨었다. 영좌에 올려졌던 수저나 그릇을 눈여겨 봐두었다가 간혹 밥상에 그것들이 올라오면 기겁했다. 마치 그것들에 귀신의 혀가 붙어 있기라도 한 것처럼. 그렇다. 한 번 죽은 자가 다시 돌아와서는 안 된다! 그런 일이 절대 있어서는 안 된다. 동섭은 몇 차례 그런 생각을 했다.

며칠 뒤 동섭은 또 하나의 두려운 대상을 발견했다. 그것을 본 순간 그는 어두운 동굴에서 박쥐를 만났을 때처럼 소스라치게 놀라 감히 그것을 펴볼 용기를 갖지 못했다. 그것은 장남 영수의 책상에 놓여 있던 한 권의 책이다. 검은 비닐 표지가 입혀지고, 죽은 자에게만 사용할 수 있다고 알고 있던 붉은 색 책갈피로 된 것이다. 정말 끔찍해. 악령이 붙어 있는 것 같아.

그날 저녁 그는 잠자리에서 전주댁에게 이 사실을 말했다. 지금껏 그는 아내인 전주댁에게 자기 생각을 거의 숨김없이 말해왔다. 그녀만이 자신을 이해해 주고 위로해 줄 수 있다는 믿음 때문이었다. 전주댁도 마치 자식의 얘기를 들어주는 양 동섭의 말에 관심을 기울여 주었다.

"정말 이상한 책이야."

잠시 생각하는 눈치더니 전주댁은 자리에서 벌떡 일어나 영수의 책상이 있는 도장방으로 달려간다.

"어디 있다고 그래?"

동섭도 자리에서 일어나 도장방으로 갔다. 정말 없었다. 그가 두려움 속에서 보았던 책은 어디론가 사라지고 없다.

"그것이 바로 성경책이요, 성경책!"

전주댁이 큰 소리로 외친다. 그 책의 주인이 장남인 영수라는 것을 알게 된 동섭은 당황했다. 동섭은 장자였고 아버지도 장자였으며 할아버지도 장자였다. 장자는 제사를 물려받아야 하고, 가문을 이어갈 막중한 책임이 있었다. 동섭은 누구에겐가 대부분의 장자가 무능하다는 말을 들은 적이 있었다. 어쩌면 이 녀석도 나처럼 무능하고 겁이 많은 것일까, 어디엔가 의지할 곳이 필요했던 것일까.

한 집안의 장자라는 것은 많은 것을 누릴 수는 있었다. 하지만 혼자서 미개척지를 탐험하는 외로운 존재였다. 이때 부모는 그다지 많은 도움이 될 수 없었다. 과거의 예절이나 윤리가 절대불변의 진리라도 되는 양 들려주거나 인간 세상의 처세를 알려줄 뿐 정말 자라는 자식에게 필요한 지식을 갖고 있지 못했다. 게다가 그는 말만 장남이었지 다른 형제들에 비해 부모에게 천대받았다.

그렇게 자라난 동섭은 자신의 문제를 해결하는 것만 해도 벅차했다. 그도 한때는 다른 사람과 다르게 살고자 했었지만 모두 실패했고 이젠 농부로 늙어 죽을 수밖에 없다는 것을 잘 알고 있었다. 더구나 그는 대범하지 못하고 사소한 일에도 쩔쩔맸다. 주위에 허다한 일꾼들처럼 일을 잘하거나 힘도 세지 못했다.

사실 그는 열심히 일을 해서 재산을 늘려갈 생각이 없었다. 도대체 그런 것에는 관심이 없었다. 그래서 전주댁으로부터 늘 왜 이렇게 욕심이 없느냐고 타박을 듣지만 조금도 달라지지 않았다. 왜 사람이 마음먹은 대로 살지 못하냐고 해도 소용이 없었다.

동섭이 조부로부터 배운 글은 현실적으로 아무 소용이 없었다. 그것은 그의 인간관계를 왜소하게 만들고 현실을 바라보는 창에 불투명한 유리를 끼워놓았다. 한자를 많이 알고 있다고 해서 그를 존경하는 사람도, 운에 맞춰 한시를 멋지게 지어도 칭송할 이도 없었다. 이미 그런 시절은 지나갔다. 사람들의 관심은 새마을 운동과 더불어 열심히 일하고 가난을 벗어나는 데 집중되어 있었다.

그런데 그 글이 한 번씩 동섭에게 내면적인 도움을 주는 경우가 있었다. 인생이 그에게 실어 오는 번뇌를 잊고 자기 내면을 들여다보게 하고 잠시 일상에서 도피할 수 있게 해 주었다. 그런 점에서 학문은 노래와 같았다. 노래를 부르는 동안 가슴이 후련해지는 것을 알 수 있듯이 전혀 다른 세상 속에 들어와서 세상을 해부해 보면 온갖 시름은 온데간데없이 사라졌다. 인생은 아무것도 아니었다. 꿈이나 다름없었다.

앞으로 제사는 어떻게 한다지? 내 대로 끝나버리게 되는 걸까, 아니면 둘째 아들이 이어받게 되는 걸까. 동섭은 장남으로서 천대받았기 때문에 지금껏 영수에게 힘을 실어주려고 애써왔다. 전주댁도 마찬가지였다. 전주댁도 자식들을 똑같이 대한다는 말을 곧잘 하면서도 어느 시기까지 영수를 우선으로 생각해 왔다.

장남의 뜻대로 예수 귀신을 섬기도록 놔둘 것이냐, 아니면 조상신을 섬기도록 버르장머리를 고쳐놓을 것이냐, 만약에 끝까지 말을 듣지 않고 부모의 뜻을 거역하면 어찌할 것이냐 등에 대해 동섭은 고심했다. 사실 어느 귀신이라고 다를 리 없었다. 어느 것이 더 영험할 리도 없었다. 그는 둘 중 하나를 선택하라고 영수에게 명할 수 없었다. 좀 더 솔직하게 말하자면 그는 지금까지 죽어서 자손들을 벌하거나 돌본다는 귀신을 믿을 수 없었다. 그들이 끼치는 해악이 눈에 보이든 보이지 않든 그는 그것을 믿지 않았다.

반면 전주댁은 약간 달랐다. 그녀는 생각보다 보수적이었고 전통이라는 것을 따졌다. 처음부터 그녀에게 예수는 배척의 대상이었다. 그녀는 지금껏 조상이 해온 대로 살아가려고 했다. 제사를 지내고 다른 사람들의 입에 좋은 일로 오르내리기를 바랐다. 좋은 평판을 가지기를 바라고 자식들이 성공하기만 하면 가문을 빛내고, 자신도 호강할 시대가 올 것임을 의심치 않았다.

전주댁은 장남을 어떤 방법을 써서라도 다시 제자리로 되돌려 놓자고 했다.

"그렇게 안 허먼 저승에 가서 조상을 뵐 뮌목이 없어."

그런데 그녀에게 비친 예수라는 귀신은 어느 악귀 이상으로 강하고 질긴 것으로 보였다. 그래서 그녀는 초반부터 다부지게 밀어붙이

자고 했다. 동섭은 전주댁의 말에 이의를 제기하지 않았다. 현실에 대해 둔감했기 때문이기도 하지만 그는 지금껏 현실적인 아내 덕분에 살아올 수 있음을 알고 있었다. 그녀가 아니었다면 아마도 세 끼를 해결하기도 힘들었을 것이다.

다음 날이었다. 전주댁은 학교에서 돌아온 영수를 큰방으로 조용히 불러들였다. 아무 일도 아니라는 듯, 크게 긴장하지 말라는 듯 작고 나직한 목소리였다.

"무릎 꿇고 앉을 것까지는 없어. 그냥 물어보고 싶은 게 있어서 그런 건께 말이여."

"예, 말씀하세요."

그럼에도 영수는 자진해서 전주댁 앞에 무릎을 꿇고 앉았다.

"아니~이, 네가 교회 나가는 걸 누가 봤다고 해서 말인디 정말이냐?"

"……."

영수의 눈빛에 당황함이 가득하더니 고개를 떨구었다.

"교회 다니는 것이 뭐 숭(흉)이나 되냐?"

전주댁의 목소리가 더욱 부드러워졌다. 그렇게 하는 것이 영수의 마음을 가라앉혀 진실을 말하게 하고, 또 어머니에 대한 애정을 되살려 마음을 돌리도록 하는 데 보탬이 되리라 생각한 듯했다.

고개를 숙이고 있던 영수가 갑자기 고개를 쳐들고 천장을 쳐다보았다. 그것이 전주댁에게 마치 신의 음성을 들으려 한다는 느낌을 주었다. 사람은 땅을 쳐다보며 살아서는 안 된다, 하늘을 올려 보며 살아야 한다, 그 태도는 그것을 말하고 있었다. 하지만 영수가 아직 신을 만났다고 할 수는 없었다. 영수는 무의식적으로 빨려들고 있을 뿐이었다. 영수는 눈을 뜬 후 어머니를 바라본 후 아이처럼 순진한 목소리로 말했다.

"아무래도 제가 어머니를 놀라게 해드린 것 같아 죄송합니다. 하지만 제가 교회 나가는 것이 부모님과 사이가 나빠지고 이 가문을 수렁에 빠뜨리기 위해서는 아닙니다. 어머니가 어디서 그런 소리를 들으셨는지는 몰라도, 다른 사람들이 생각하는 것처럼 교회는 사람을 그릇된 길로 인도하는 곳이 아닙니다. 그리고 저는 누구보다도 우리 가족을 사랑하고 우리 가족이 화목하고 행복하기를 바라고 또 기도하고 있습니다. 제발이지, 제가 주님께 가는 길을 막지 말아 주십시오."

영수는 조금도 더듬거리지 않는다. 학교에서 웅변할 때처럼 유창하다. 그리고 마지막 부분에는 물기가 어려 있다. 전주댁의 말이 다시 이어졌다. 조금 전과는 달리 약간 흥분된 목소리다. 달래는 듯한 말투도 사라지고 없다. 그녀는 강압적인 표현도 서슴지 않는다. 그럼에도 영수의 태도는 바뀌지 않았다. 하지만 영수의 몸 곳곳에 두려움이 깃들어 있다. 불안이 스며있는 큰 눈을 어디에 둘지 몰라 두리번거리고 있다.

그러다가 영수는 신에게 두 손을 꽉 잡음으로서 눈앞에 닥친 고난을 이겨내려고 한다. 영수는 교회에서 배운 가르침대로 무릎을 꿇고 사는 길을 원하지 않고 있었다. 마침내 도저히 참을 수 없다는 표정을 지으며 전주댁이 헛기침을 했다. 기침 소리가 들리자, 동섭은 밖으로 나간다. 그는 모퉁이에서 장작개비를 들고 방으로 들어간다. 갑작스럽게 발생할 일에 대비해서 문을 걸어 잠그며 그는 손가락이 떨리는 것을 느낀다. 그는 전주댁을 본다. 전주댁은 그에게 눈을 돌리지 않는다. 전주댁은 그가 들어오는 순간 생길지도 모를 영수의 미묘한 변화를 놓치지 않으려는 듯 눈을 떼지 않고 있다. 무릎을 꿇고 고개를 빳빳이 든 영수의 자세가 동섭의 눈에도 거슬린다. 그는 아버지에게 이런 태도를 보인 적이 없었다. 전주댁이 알고 있듯이 동섭은 아버지 앞에서 죽는시늉도 했다. 전주댁이 영수에게 다시 한번 기회를 주기로 했는지 애원하기 시작했다.

"아들아, 내 아들아! 네가 언제부터 이런 몹쓸 병에 걸렸냐? 나는 다 알고 있다. 어느 못된 녀석이 순진하고 착하디 착헌 너를 꼬드겼고, 너는 헐 수 없이 끌리 들어갔다는 걸 말이여. 근께 너는 아무런 죄도 없는 거여. 글고 니가 다시 착헌 아들로 돌아와 주기만 혐사, 일가들한테도 이번 일을 안 알릴 거고 이 동네 사람들도 전혀 모르게 헐 거여… 근께 이 일은 이 세상에서 우리찌리만 알고 묻어 두면 표가 안 나는 일이여… 내가 뭐 땜에 너헌테 이러는지 너도 나이가 들었은께 알아들을 꺼여… 니가 다시 우리 집안의 장손으로 돌아와 주기만 헌다면 우리는 옛날겉이 오손도손 살 수 있지 않겄냐? 허지만 예수 귀신하고는 안 된다, 그건 절대로 안 되는 짓이여, 조상한테 누를 끼치고 죄를 짓는 일을 어찌 후손이 할 수 있다냐. 어쨌거나 마음을 돌리 묵어라. 그 귀신이 아무리 좋은 것이라고 해도 우리 집보다 좋고 우리 식구보다 좋겄냐?"

전주댁은 머릿속에서 발견할 수 있는 여하한 어휘를 다 동원하고 있었다. 그럼에도 영수의 태도는 달라지지 않았다. 고개를 들고 등을 곧게 편 단정한 자세를 유지하려고 애쓰고 있었다. 이런 태도에는 분명 누군가의 그릇된 가르침이 들어있다. 전주댁은 그렇게 생각할 수밖에 없었다. 이것은 혼자서 깨우칠 수 있는 자세가 아니었다. 전주댁은 슬슬 화가 치밀어 올랐다.

영수도 아버지가 문을 잠그고 방 안으로 들어온 까닭을 눈치챘고, 당장이라도 예수를 버린다고만 하면 육친으로부터 참혹한 꼴을 당하지 않아도 된다는 것을 알고 있었다. 영수는 아름다운 석양이 비치는 형장과 끝까지 믿음을 고수한 죄로 아침 이슬처럼 사라진, 망나니의 칼에 의해 베어진 후 피를 뿜으며 바람 빠진 풍선처럼 이리저리 허공에 솟구치고 있는 순교자의 머리를 상상한다. 그런데 그것이 그에게 묘한 쾌감을 가져다주었다.

"어머니, 저는 주님을 영접하고 이제 막 새로운 생명을 얻었습니다. 만약에 어머니한테 진정으로 사랑하고 사모하는 분이 계신다면 어머니는 그분을 쉽게 포기할 수 있겠어요? 저는 이 자리에서 죽는 한이 있어도 그분을 버릴 수는 없습니다. 제가 어머니의 몸을 빌려서 태어나기는 했어도 오직 예수, 그분만이 저를 구원해 주셨고, 또 앞으로 우리 집을 구원해 주실 분도 그분뿐입니다. 사람은 육신만으로 살아지는 것이 아닙니다. 영혼이 구원받으려면 어머니, 아버지도 주님을 영접하셔야 합니다. 구원은 각자가 개인적으로 받아야 하기 때문입니다. 제가 그것까지 대신해 줄 수는 없습니다…… 만약 제가 바라는 대로 우리 집안 전체가 구원받게 된다면, 저는 부모님 동생들과 함께 천국에 갈 수 있게 되는 겁니다."

영수의 목소리는 죽음을 각오한 것처럼 비장했다. 영수는 말을 끝내고 나서 의미를 알아채기 힘든 눈물을 떨구었다. 동섭은 생전 들어보지 못한 '구원'이나 '영접'이나 '천국' 같은 이상한 단어들에 어리둥절했다. 그리고 혼이라는 말은 들어보았지만 영혼이라는 말은 들은 적이 없었다.

잠시 동안 전주댁은 장남을 측은한 눈빛으로 보고 있다. 이놈의 자식이 교회에서 떠들어대는 것을 바보처럼 순진하게, 곧이곧대로 믿고 있는 게 틀림없어. 도대체 어린애에게 이런 신앙이 생겨날 수가 없어. 이건 잘못된 거야.

"야, 이놈아! 송충이는 솔잎을 묵고 살아야제, 갈잎 묵으면 죽는 거여. 내가 누구냐, 네 에미여! 부모가 자식 해 되게 시키는 거 봤어? 왜 전도사가 허는 말은 곧이곧대로 다 믿고 따름선 왜 내 말은 안 듣는 거여! 우리 집안은 대대로 조상 생기고 제사 지냄서 살았는디 장남인 니가 탁 배틀아진 돼지 뒷발톱겉이 어긋나 부리면 대체 어쩌자는 거여?"

전주댁이 보기에 영수는 한치도 물러날 것처럼 보이지 않았다. 자신이 뽑은 털을 제자리에 집어넣을 정도로 고지식한 놈! 부모가 죽은 다음 자식에게 물 한 그릇이라도 얻어먹는 것은 당연한 거야.

"저는 오직 예수만을 믿고 의지하기로 작정했습니다."

전주댁은 오른손을 번쩍 들어 장남의 뺨을 후려갈겼다. 한순간 영수의 표정이 일그러졌다가 온화한 빛으로 돌아온다. 그것이 전주댁에게는 한없이 역겹게 느껴졌다.

"뭐해요!"

전주댁의 외침에 동섭은 손에 들고 있던 장작개비를 들어 영수를 후려갈기기 시작한다.

"미친개한테는 몽둥이가 약이여!"

동섭은 이를 꽉 다물고, 눈을 감은 채 몽둥이를 마구 휘두른다. 몽둥이를 휘두르면서 그는 몇 번 꿈속에서 본 적이 있는 용의 형상을 본뜬 괴물을 본다. 내가 지금 싸우고 있는 상대는 영수가 아니라, 바로 이 괴물이다. 그는 이 비열한 괴물을 향해 욕지거리를 퍼붓는다.

너 같은 귀신은 필요 없어, 꺼져!

영수는 장작개비를 피하려고 들지도, 손을 들어서 막지도 않는다. 장작개비를 맞고 옆으로 쓰러지는 순간까지 무릎을 꿇은 자세 그대로를 유지한다. 아니, 이럴 수가! 영수의 태도에 놀라면서도 동섭은 관성의 작용으로 인해 여전히 장작개비를 휘두르고 있었다. 숭고하면서도 끔찍하기조차 한 자세, 이 괴이한 자세를 보자, 그는 맥이 빠져 장작개비를 던지고 밖으로 나왔다.

닷새 뒤다. 동섭의 사촌 형인 한동준이 출근하는 길에 집으로 찾아왔다. 한동준은 동섭을 보자마자 비아냥거렸다.

"잘한다, 잘해! 자식 하나 후려잡지 못하고… 앞으로 큰집 제사는 누가 지낼란가?"

동섭도 예상하던 터였다. 이 문제는 한 집의 문제로 끝날 문제가 아니라 집안 전체의 문제였다. 동섭은 죄송스러워 고개를 들지 못하고 고개를 푹 숙인 채 동준의 말이 끝날 때까지 잠자코 있을 따름이다. 전주댁도 아무 말도 하지 못했다.

"집안 단속 좀 잘해!"

한동준은 헛기침을 크게 하고 입구를 향해 돌아섰다. 동준이 가는 것을 보며 동섭은 이제 어찌해야 하나, 생각하며 전주댁을 보는 척했지만 사실은 그다지 걱정이 되지 않았다. 같은 집안이라지만 그것은 개인적인 일이었다. 누구에게든 종교를 선택할 자유가 있었다. 그럼에도 그는 그것을 입 밖에 내어 말할 수는 없었다. 자신의 목소리에 귀를 기울일 사람은 없었기 때문이다.

이후 전주댁은 종종 쉽사리 포기하려면 아예 건드리지도 않았을 것이라고 뇌었다. 그러면서 영수를 옴짝달싹 못 하게 감시했다. 특히 예배가 있는 날은 감시를 강화했다. 그래도 영수도 포기하지 않았다. 공부하는 체하면서 달력으로 겉을 싼 성경책을 몰래 읽고 있었다. 학교에서 자율학습을 한다는 핑계로도 은밀히 교회에 드나들었다. 한마디로 영수는 예전과 다름없이 주를 믿고 사랑하며 예배를 드리고 있었다.

3

한 시간가량 걸은 동섭 내외는 구영 마을 입구에 도착했다. 동섭의 장인, 고 이명진 처사의 제사 때문이다. 두 사람은 잠시 쉬기 위해 정자나무 아래에 가서 앉았다. 동섭은 느티나무를 올려다보았다. 느티나무는 밑동 반지름이 이 미터도 넘는 거대한 고령의 나무로, 대영면에서 견줄 수 있는 것이 없었다. 수백 년 수령의 이 나무를 볼 때마다 매년 싹을 내고 잎을 드리우는 것이 감탄스러웠다. 썩은 고목처럼 보이는 나무에 어떻게 수액이 흐르며 맨 꼭대기 가지까지 물을 끌어올릴 수 있을지 궁금했다. 문득 동섭은 이것이 인간의 가계 같다는 생각을 했다. 한씨 가계는 오백 년이 넘었다. 아직까지 요행히 싹을 틔우고 잎을 내밀고 있었지만 언젠가는 고목이 되어 쓰러질지도 몰랐다. 그때도 이 나무는 마을의 수호신처럼 굳게 버티어 서서 지나는 사람들이나 동물들, 나무에 앉아 조잘대는 새들을 보고 있겠지.

"그만 가요!"

전주댁의 말에 동섭은 자리에서 일어났다. 두 사람은 일제 강점기 지어진 후부터 그때까지 면사무소 건물로 사용되는 목조건물의 담을 따라 걸었다. 구(舊) 면장 집은 그 담이 끝나는 길 건너부터다. 동섭은 이끼가 낀 수십 개의 돌계단을 밟아 올라갔다. 오랫동안 신실한 면장으로 이름이 높았던 주씨의 집 뒤편이 바로 처갓집이었다.

돌계단을 다 오르자, 눈앞에 세 갈래 길이 나타났다. 정면에 보이는 계단을 그대로 올라가면 박 부잣집이고, 오른편 내리막길을 내려가면 고랑의 서지영이 사는 집, 왼쪽으로 틀어 주 면장집 뒷담을 따라 걸으면 바로 처갓집이었다.

전주댁은 부지런히 계단을 올라 그보다 먼저 입구에 들어섰다.

"어머이!"

대문도 없고 초인종도 없는 집에 들어서며 사람의 기척을 알리는 고래로부터의 방법이었다. 동섭도 입구를 통과했다. 순간 코를 찌르는 향기가 느껴졌다. 가만히 보니 입구에 서 있던 삼에서 풍겨 나오는 진한 향이었다. 비위가 상할 정도로 독한 냄새가 나서 동섭은 고개를 돌렸다.

"어머이!"

마당에 발을 내디디며, 전주댁이 다시 외쳤다. 전주댁을 가장 먼저 발견한 사람은 그녀의 둘째 언니인 장수댁이었다. 장수댁은 양동이를 손에 든 채 부엌에서 나오던 중이었다.

"아, 월암에서도 오네."

장수댁은 두 사람을 보자 반가워했다. 동섭은 고개를 약간 숙이며 점잖고 예의 바르게 인사를 한다. 그가 생각해도 자신은 양반의 자손답다는 생각을 했다.

"그간에 별일 없으십니까?"

"예, 별고 없으시지요?"

인사를 나눈 후 장수댁은 물을 긷기 위해 공동 우물이 있는 방향으로 걸어간다. 다음으로 그들은 부지깽이를 들고 부엌에서 나온 부엉댁과 인사를 나누었다. 전주댁은 큰언니를 슬쩍 본다. 언제 보아도 큰 키에 듬직함을 지닌 부엉댁은 친정과 같은 마을에 살면서 어머니의 보살핌을 받고 있지만 어딘지 애처로운 느낌을 갖게 하는 데가 있었다. 그런 느낌이 들면 눈은 자연 팔로 가게 된다. 한쪽 어깨가 축 처지고 한쪽 팔이 약간 비틀어진 채 매달려 있는 것이 눈에 들어온다. 애처로운 느낌을 주는 원인이 거기 있다. 부엉댁이 팔 하나를 쓰지 못하는 불구자가 된 것은 열 몇 살 무렵 몸에 열이 있었음에도 동네 의원에게 침을 맞힌 후부터였다. 그 때문에 그녀는 불행한 결혼을 했고 가엾은 여자가 되어 갔다. 혹쟁이 남편에게 시달림을 받고, 되바라지고 싸움을 일삼는 둘째 아들로 인해 가슴에 피멍이 들어 있었다.

방에서 나온 임춘복 여사가 마루에 앉아 마당에 선 그들을 보고 있다. 동섭이 늘 하는 생각이지만, 이 집안의 불행은 장모가 잃은 아들 넷으로부터 비롯되었다. 마흔이 넘어서 낳았다는 아들만 살아만 있었어도 장모는 양아들을 들이지 않았어도 되었을 것이고, 그가 함양을 오가며 내키지 않은 일을 하지 않아도 되었을 것이다.

"별일 없지요?"

인사를 한 후 동섭은 자리에 앉아 장모와 몇 마디를 나누고 담배를 피워 물었다. 넓은 들과 동면(東面)으로 흘러가는 개천이 내려다 보이고, 물 건너 마을까지 보였다. 그 너머 산을 넘으면 무엇이 있을까 하는 상상은 하지 않은 지 오래다. 이제 그는 외부 세계나 사람들에 그다지 관심이 없다.

마당과 집 둘레에는 배나무, 탱자나무, 꽈리나무, 모과나무 등 갖가지 나무와 꽃이 들어차 있다. 이것들은 죽은 장인이 가꾸어 놓은 것들이거나 인간에게 마음을 붙이지 못하고 살던 부엉댁이 심어놓은 것들이다. 그런데 임춘복 여사는 이런 것들에 별 관심이 없었다. 동섭과는 반대로 그녀는 인간에게 기대를 걸고 있었다. 그녀는 아무런 감정을 느낄 수 있을 것 같지 않고, 평생을 한 자리에 붙박여 살아야 하는 식물 대신 애정을 쏟을 대상으로 인간을 선택했다. 그래서 그녀는 평생 많은 일거리 속에 있었다. 아니, 순서가 뒤바뀔 수도 있다. 그녀의 딸들은 모두 가난한 남자들과 결혼해서 자식을 제대로 먹이고 입힐 형편이 아니었다. 그래서 그녀는 외손자들을 하나씩 둘씩 맡아서 기르기 시작했고 마침내 그 수가 열둘에 이르렀다.

임춘복 여사가 동섭을 바라보았다. 그녀는 동섭을 마음 좋은 호인으로만 여길 뿐 집안을 힘 있게 이끌어 나가는 믿음직한 사람으로는 생각하지 않았다. 동섭도 그걸 잘 알고 있다. 장모가 외손자들에게 아내의 어린 시절을 들려주는 것에서도 드러났다. 어느 날인가 모르겠어. 들에 나갔다가 돌아와 보니 아직 어린 옥자가 베틀에 혼자 앉아 베를 짜고 있더라니까. 이제는 죽고 없는 동생들을 돌보기 위해 영특했던 옥자에게 학교를 쉬게 한 것은 정말 잘못된 결정이었어. 동섭은 생각했다. 아내가 내게 시집을 오지 않았더라면 어찌 되었을까. 아마도 아내는 큰 저택에서, 농사꾼의 아내가 아니라 마님이 되어 하인들을 호령하는 모습이 되어 있을 것이다. 하지만 이것은 장모가 듣는 사람의 머릿속에 여자 팔자는 뒤웅박이라고 강조하는 것에 불과했다. 전주댁은 더 불행할 수도 있었을 것이다.

동섭은 검버섯이 얼굴 곳곳에 핀 쭈글쭈글한 피부의 장모를 바라보았다. 그녀는 팔순이 가까워져 오고 있지만, 가장 많은 뇌세포가 살아 있고 그 활동이 강렬한 젊은 사람 못지않은 기억력을 지니고 있다. 물론 그것이 때로 정확지 못한 적이 있기는 하지만 그것은 대부분 장모의 잘못이 아니었다. 그 말이 전해오는 과정에서 생긴 착오나 말을 전하는 사람의 잘못된 판단에 기인하는 것이었다. 그녀는 온 동네 사람들의 생일날, 제삿날을 모조리 꿰고 있었을 뿐 아니라 과거 어느 날 어느 때 누구네 집에서 어떤 사건이 일어났었는지도 기억하고 있었다. 그리고 그것을 바탕으로 그녀는 그날 저녁 누구네 집에서 제사떡을 가지고 올 것이라거나 어떤 집안들 사이에 얽힌 원한의 뿌리를 찾아낼 수도 있었다. 그녀의 말은 늘 틀림없었다. 예고한 다음 날 아침이면 어김없이 제사떡을 머리에 인 여자가 장모의 집으로 왔고, 위에 말한 집안사람을 만나 슬며시 과거를 들춰보면 어김없었다.

한 마디로 그녀는 이 마을의 역사를 온몸으로 관통하고 있는 터줏대감인 셈이었다. 그녀가 이렇게 또렷한 정신을 유지할 수 있었던 것은 왜일까. 동섭은 늘 이 점을 생각해 보고 몇 가지 답을 찾았는데 가장 유력한 것은 그녀가 네 명의 자식을 차례차례 잃었다는 점이었다. 사실 네 명의 자식을 가슴에 품고 살아가야 하는 그녀는 쉽게 잠들 수도 어떤 일을 쉽게 잊을 수도 없었을 것이다.

뒷문 벽에는 한 장의 흑백 사진이 걸려 있다. 10년 전에 세상을 떠난 동섭의 장인이다. 키가 작고 깐깐한 장인의 볼은 야위어서 볼품이 없지만, 부드러운 활 모양의 입과 그다지 크지 않은 코와 이마가 빚어내는 조화로 인해 인자함이 엿보인다. 만약 장인이 전주댁의 말처럼 조금만 더 오래 살았더라면 동섭의 집은 좀 더 부유해졌을지 모른다.

장인은 동섭과 전주댁이 객지를 돌며 상(床)장사를 해서 번 돈을 관리해 주는 정도가 아니라 매년 얼마씩 불려주었다. 하지만 장인이 오래 살았더라면 동섭이 먼저 장사를 그만두었을지 모른다. 동섭은 돈 버는 일에 재미를 느낀 적이 없고 타관을 떠돌며 상을 고치고 칠을 하기 시작한 지 몇 년 후 그 일에 질릴 대로 질려 있었다.

동섭은 마당으로 가서 장작을 패고 나뭇짐을 한 바리 들여준 후 부엌에서 부치는 전을 가져다 술안주로 먹었다. 누구의 눈치도 보지 않고, 자고 싶으면 자고 마시고 싶으면 마실 수 있는 곳이 바로 처갓집이었다.

"장모님!"

둘째 동서인 강종문이 두 아이를 데리고 마당에 모습을 드러냈다. 동서는 부지런하고 일을 잘해서 곧잘 전주댁의 입에 오르내리는 사람 중의 하나였다. 하지만 일을 잘해서 곡식이나 돈을 벌어들이는 것은 좋았는데 먹고 마시는 데 늘 도를 넘어서 살림이 피어나지 않았다. 버는 족족 쓰는 사람에게 당할 것은 없는 것이다. 발그레하지만 잘생긴 동안(童顔)의 주인이 흘러내리는 코를 씩 소매로 훔치며 동섭에게 다가왔다.

"잘 지냈는가?"

"성님은요?"

두 사람은 악수한 후 막걸리를 마시기 위해 마당에 멍석을 깔고 앉았다. 동섭이 동서를 볼 때마다 신기하게 여기는 것은 하루 종일 물을 마시지 않는다는 것이다. 동섭은 종문과는 정말 달랐다. 동섭은 하루에 한 주전자의 물을 마셨다.

세 자매가 부엌에서 전을 부치고 떡 시루에 불을 때는 동안, 이종

간인 창수와 경수, 재문이와 재선이가 교대로 부엌을 들락거렸다. 아이들이 들락거리는 이유는 간단했다. 아이들은 아무 때고 얻어먹을 수 없는 시루떡, 배추전, 생선전, 고구마전 같은 것을 먹기 위해, 솥뚜껑을 뒤집어 놓은 부침판 위를 날아다니며 밀가루 반죽을 얹고 뒤집고 있는 전주댁의 손을 보고 있다.

전주댁이 누런 양푼에 전 몇 개를 담아 주자, 아이들이 와, 하는 소리를 지르며 밖으로 나갔다. 그때 모퉁이에서 나뭇짐을 부리는 소리가 들렸다. 동섭은 술을 먹다 말고 뒤를 돌아보았다. 이씨 집안에 양자로 들어온 광수였다.

"뭐 하러 이런 날, 나무를 해온다고 그런디야?"

임춘복 여사가 퍼뜩 방문을 열고 혀를 끌끌 찼다. 광수는 이제 스무 살로, 장인이 죽은 후 양자로 들어왔다. 광수가 양자로 들어오게 된 데는 많은 우여곡절이 있었다. 공공연한 비밀에 속하는 사항이지만, 고 이명진 처사는 죽으면서 광수를 양자로 들이지 말라는 유언을 남겼다. 광수가 어리석고 모자라서 집안을 이끌어 나갈 수 없으리라는 것이었다. 하지만 처갓집 옆 고랑에 살면서 이씨 집의 후견자 역할을 자처하고 나선, 전주댁의 아재뻘인 서지영의 '광수는 분명 이씨 집 자손이 분명하다'는 주장에 장모는 구암의 먼 일가의 아들을 양자로 들이려는 계획을 포기해야 했다.

지금 와서 임춘복 여사는 그때 서지영을 물리치지 못한 것을 후회하고 있었다. 광수는 착하고 순진하기는 하지만 고 이명진 처사의 유언대로 어딘가 멍하고 모자란 구석이 있었다. 하는 짓마다 여사의 기대에 못 미치고 어수룩해서 과연 이씨 집안을 이어 나갈지 의심을 들게 했다. 아니 그녀는 남편이 대를 잇기 위해서 딴 여자와 동침하여 낳아온 자식이라는 것을 인정할 수 없는지 몰랐다.

서지영의 주장으로 인해 광수가 이씨 집안의 양자로 들어와서 살게 열 살 때였다. 전에 쓰던 이름과 성을 버리고, 새로운 성과 이름을 취하는 일을 동섭이 해 주었다. 그만한 학문을 가진 사람이 없었기 때문에 자연히 맡게 된 역할이었다. 그것은 생각보다 쉬운 일이었다. 그는 함양의 호적에 올라 있는 박영호의 사망신고를 내고, 새로이 대영면의 호적에 이광수라는 이름을 올렸다.

광수는 양어머니로부터 꾸중을 듣자, 얼굴이 벌겋게 달아오르더니 사립 밖으로 나가버렸다. 하지만 광수는 곧 여러 사람 속에 섞여 다시 집으로 들어왔다. 광수를 데리고 들어온 사람들은 동섭의 처이질인 노유성과 대성의 식구들이었다.

얼굴이 검고 피부에 구멍이 숭숭 뚫려있어 험상궂게 보이는 노유성은 남원에 있는 운수회사에서 일하고 있고, 미끈한 얼굴에 말상인 박대성은 직장을 구하기 위해 잠시 형에게 붙어 있었다.

"그동안 안녕들 하셨어요?"

아이를 안은 유성의 처가 맨 뒤에 들어오면서 소란스럽게 인사를 한다. 그녀는 피부가 하얀 것보다 얽은 것이 먼저 눈에 띄는 여자였지만 동정심이 많았다. 시어머니인 부엉댁이 팔 하나를 쓰지 못하고 겪은 그간의 세월을 이해한다는 듯 주말마다 다니러 와서 집안 청소를 한다, 빨래를 한다 법석을 떨었다. 그때마다 혹쟁이 남편에게 구박받으며 지냈던 부엉댁은 자기 눈을 의심하는 표정이었다. 눈을 비비며, 자신에게 과분해 보이는 며느리를 바라보곤 했다.

유성과 대성이 술잔을 들고 동섭에게 온다. 동섭은 그들이 인사치레로 따라주는 술을 마셨다.

"영수는요?"

술을 따라준 대성이 갑자기 영수에 관해 물었다. 다 아는 일을 가지고 새삼스럽게 물어보는 것이 동섭은 당황스럽고 불쾌했다. 하지만 나이도 어린 처이질에게 화를 낼 수 없어 안부를 묻고, 사기로 된 사발을 건네며 술을 권한다. 대성도 더 묻지 않았다.

술을 따라준 후 멍한 상태가 되어 동섭은 영수를 떠올린다. 문득 대성이 한 가지를 가르쳐 주었다는 것을 그는 깨닫는다. 이제부터는 장남인 영수와 함께 이런 자리에 올 수 없는 것은 물론, 추석이나 설 같은 명절 때에도 같이 있을 수 없다. 한두 번도 아닌, 평생 그럴 거라 싶어 동섭은 기분이 언짢아졌다. 잘 돌아가고 있던 세상이 뒤죽박죽이 된 듯한 느낌이었다. 그렇지만 다른 사람들처럼 꼭 살라는 법은 없지 않은가. 좀 더 달리 산다는 것도 멋지다! 그럼에도 화가 남아 있다. 자식 하나 없는 셈 치지, 뭐!

4

추석이 가까워지기 얼마 전부터 삼 형제는 그날을 손을 꼽아가며 기다리고 있다. 아이들에게 있어 명절이란 배불리 음식을 먹을 수 있고 어쩌면 새 옷을 얻어 입기도 하는 그런 날이다. 그 기분을 얼마든지 이해할 수 있다. 나이가 들기 전의 전주댁도 명절이 다가올 때마다 가슴이 설레는 것을 느꼈고, 많은 음식과 용돈, 옷가지를 머릿속에 그랬다. 그것이 혼인을 하고 자식을 낳으면서 바뀌었다. 환상은 시들해지고 현실은 냉엄했다. 명절은 큰 비용을 들여 넘어야 하는 산이고 여러 가지 잡다한 것을 준비하고 몸을 움직이는 수고를 해야 하는 일이었다.

삼 형제가 한 달 전부터 — 아니 그 전부터, 오기를 기다리는 사람은 장녀인 명자였다. 명자는 부산에서 방직회사에 다니고 있는데, 추석이나 설 같은 명절만 되면 집으로 돌아와서 가족들에게 선물을 내놓을 수 있는 유일한 사람이었다.

큰딸이 선물을 사 들고 집이랍시고 돌아올 때마다 전주댁은 여전히 받는 데 익숙하지 못함을 깨달았다. 동섭도 그랬다. 누구에게 무엇을 잘 건네지도 받지도 못했다. 동네 누구에게 인심을 쓴다고 해봐야 고작 막걸리뿐이었다.

상 장수를 시작하면서 전주댁은 고작 세 살인 명자를 처갓집에 맡겼다. 그러니까 그녀가 딸과 함께 산 시간은 고작해야 3년이 못 된다. 애가 우는 것을 달래기 위해 축 늘어진 빈 젖을 빨렸다는 어머니의 말이 때때로 그녀에게 떠올랐다. 젖을 뗀 명자에게 쌀을 갈아서 먹였어. 애가 울면 엄마를 찾으면 곧 온다, 며칠 있으면 온다고 달랬어.

명자는 다른 외손자들이 질투를 느낄 정도로 외조부모의 사랑을 독차지하면서 자랐다. 어린 명자는 부모의 사랑을 기대할 수 없다고 느끼는 순간 두 사람에게 매달리는 것이 옳고, 어떻게 하면 외조부모의 관심을 묶을 수 있을까 고심했을 것이 틀림없었다.

동섭 내외가 상 장사를 그만둔 후 데려오려고 갔을 때, 명자는 외갓집을 떠나려 하지 않았다. 명자는 외조부모를 친부모로, 외갓집을 자기 집으로 생각하고 있었다. 임춘복 여사도 계속 키울 뜻을 비쳤다. 그래서 전주댁은 그편이 낫다고 생각했다. 그녀가 데리고 있어 봐야 자식에게 고생이 될 뿐이었다.

명자가 외갓집을 떠난 것은 16, 7세 무렵이었다. 교회에 부설된 통신 중학교를 졸업하더니 친구들과 함께 객지로 나갔다. 그러면서 집으로 편지를 보내고, 명절 때마다 집을 방문하기 시작했다. 그때마다 전주댁은 이제 명자가 철이 들기 시작한 것이라고 생각했다.

추석 전날이다. 명자는 저녁 막차를 타고 월암에 도착했다. 버스가 도착하기 몇 시간 전부터 회관 앞마당을 서성거리고 있던 삼 형제는 누나가 버스에서 내리는 것을 보자 기쁨에 넘쳐 주위 사람도 아랑곳하지 않고,

"누나, 누나!"

하고 불러댔다. 명자도 동생들에게 손을 한 번 흔들어 보이고는 오랜만에 만난 친구들과 손을 맞잡고 수다스럽게 떠들었다.

"나중에 만나!"

명자는 위뜸으로 올라가려는 친구들에게 큰 소리로 인사를 하고서야 가족들에게 다가왔다. 마을에 도착할 때마다 길게 울리는 버스 클랙슨 소리를 듣고 달려 나온 전주댁은 농촌 아낙들이 딸을 대할 때처럼 아이고, 우리 딸내미!라든지 그간에 얼매나 고생했냐?고 묻는 대신 이렇게 말했다.

"차도 비좁을 건디 이런 것들을 어찌 다 들고 왔냐?"

갈색 정장에 초록색 구두를 신은 명자는 양손에 몇 개의 보따리와 커다란 액자를 하나 들고 있었다. 명자는 어머니 말에는 아랑곳하지 않고 어머니와 동생들의 손을 잡으며 비명에 가까운 소리로 반가움을 표시했다.

"어머이!"

명자는 예전의 시골뜨기 말괄량이가 아니었다. 수줍음 많은 소녀가 그렇듯 새침을 떨 줄 알고 억지로라도 말을 꾸며 세련된 모습을 보여줄 수도 있었다. 도회지 물 탓인지 피부는 새하얗게 바뀌어 있고 어느새 부산지방의 말투를 배워 따르고 있었다. 그래서 가족들은 이 상스러운 억양에 몇 번이나 웃음을 터트렸다. 이 지방의 말도 전라도와 경상도 방언이 한데 어우러진 말이지만 그랬어예, 안 그랬어예 하는 따위의 어미는 사용하지 않았다.

오랜만에 전 가족이 모여 저녁 식사를 했다. 식사가 끝나자, 명자는 손에 들고 온 보따리를 영수에게 방안으로 가져오도록 했다. 보따리 안에는 동섭에게 줄 지갑과 라이터, 전주댁의 원피스와 화장품, 남동생들에게 줄 가방과 옷, 신발이 들어있었다. 이 물건들은 분명 명자가 매달 받는, 적은 월급에서 얼마씩 떼어서 모은 돈으로 장만한 것들이 틀림없다. 이렇게 생각한 전주댁은 사슴처럼 애처로운 눈으로 딸을 쳐다보았다. 그녀도 이런 물건들이 딸이 흘린 무수한 땀과 바꾸어진 것들이라는 것을 잘 알고 있었다.

"내가 너를 넘들겉이 잘 입히기를 했냐, 잘 멕이기를 했냐, 너 하나만 잘 지내면 될 일을 갔다가 무슨 돈으로 집에 이런 것들을 사 오고 그래?"

"이런 재미도 없이 사람이 어찌 살아예?"

명자는 고개를 젓고 한껏 웃어 보였다.

명자는 벌써 삼 년째 타향에서 고만고만한 소녀들과 — 서로의 버팀목이 되어주는 친구이자 친자매처럼 지내는 — 한방을 쓰며 낮은 임금을 지급하는 공장 생활을 하고 있다. 이런 명자가 관심을 가지게 된 것은 물론 금전이었다. 시골에서 도회지로 나간 대부분의 가난한 집안의 자식들이 그렇듯 현실에 눈을 뜰수록 자신이 불행했던 원인은 돈이라고 생각하고 돈에 악착스럽게 매달렸다.

언젠가 명자는 야간 고등학교에 다닌다는 말을 전주댁에게 한 적이 있었다. 노동에 지쳐 터벅터벅 자취방으로 돌아오노라면 삶이 얼마나 고단한지 모르겠다고 했다. 그 말을 전해 들은 동섭은 명자를 대견해했지만 왜 그렇게 힘들게 살아가는지 이해하지 못했다. 돈에 대한 집착도 그랬다. 그는 돈이 없어 늘 어려움을 겪고 있었지만 그저 그뿐이었다. 그는 돈에 그다지 애타지 않았다. 무엇인가를 열심히 한다는 것에 대해서도 그랬다. 그는 때로 사람의 의지를 부정하고 있었다.

추석날 아침이다.

동섭은 방위상으로 북쪽인 안방 뒷문 앞에 차례상을 놓았다. 전주댁은 창수와 경수를 불러 음식을 나르게 했다. 동섭은 갈색 차례상 앞에 서 있다가 창수와 경수가 부엌에서 가지고 온 음식을 하나씩 목기에 담아 상 위에 놓는다. 음식을 놓는데도 자리가 있다. 사람들이 제 자리에 있어야 하는 것처럼. 제상 위의 빈 곳이 얼마 남지 않았을 때 검은 두루마기를 걸친 한동준이 아들 둘, 이복동생 둘을 데리고 나타났다.

"아직까지 안 차리고 뭐 하는가?"

"인자 다 됐어요. 조금만 지다리먼 돼요."

동섭은 더듬거리고 있었다. 사촌 형은 몇 번 혀를 차더니 마루 위에 걸터앉았다. 집에 올 때마다 동준이 목에 힘을 주는 이유는 여러 가지가 있다. 우선 동준은 앞집 아저씨 다음으로 한씨 집안을 대표할 수 있는 연장자고, 조상의 업을 이어 교육자로 봉사하고 있었기 때문이다. 그런 그가 학교 문턱에도 가보지 못한 한산댁과 사는 것은 약간 이상한 일이었다. 그래서 동준은 자식들 머리가 나쁜 것은 한산댁 탓이라고 여기고 있었다.

동섭이 감히 중학교도 꿈꾸어 보지 못한 때, 다섯 살이나 많은 동준이 농고를 다닐 수 있었던 것은 한상두가 일구어 놓는 살림 덕택이었다. 한상두가 유산을 많이 받은 것은 아니었다. 큰집 뒷바라지하기에 지친 한상두가 분가해서 나왔을 적만 해도 윗마을에 구걸하러 다닐 정도로 궁핍했다. 명망 있는 학자였던 아버지의 명성에 누가 될까 두려워 구걸한 밥을 옷 속에 숨겨서 석천길을 내려왔을 정도였다. 그러면서 한상두가 깨달은 것은 죽도록 일하고 모아야만 살 수 있다는 생각이었다. 그는 남의 집에 머슴으로 들어가 부지런히 일했고, 아내는 동네의 온갖 허드렛일을 하고 시간이 나면 길쌈을 했다.

두 사람이 부지런히 일하자, 살림은 하루가 다르게 불어났다. 하지만 첫 번째 아내는 그 살림을 누리지도 못하고 죽었다. 이후 한상두는 새로운 아내를 맞이하여 동준을 낳았다. 새로운 아내도 전처 못지않게 부지런한 여자였다. 이윽고 그의 집은 전주댁의 표현을 빌자면, 차차로 차차로 살림이 불어났다.

농고에 들어간 동준이 겨울에 냉방에서 잤다는 것은 동섭이 믿기 어려운 것 중 하나였다. 이것들이 필시 동준이 지어낸 과장이라고 그는 생각했다. 동준은 집에서도 선생이랍시고 들에 나가 모 한 포기 심어 본 적이 없고 소 꼴 한 번 베어 본 적이 없는 위인이었다. 지나간 삶을 고생스러운 것으로 만들어 인생을 날조하고자 하는 수작이었다. 누구에게 이런 것들을 배운 것일까. 초등학교 교사를 할 기회를 주었던 군사정부였을까. 동준의 태도도 그랬다. 그는 군사혁명이 아니었다면 동섭처럼 농사나 지었을 것이 틀림없는데 농부들 옆을 지나칠 때면 자전거 안장 위에 근엄한 얼굴로 앉아 페달만 밟을 뿐 눈길 한 번 주지 않았다. 처음으로 자전거를 배워 얼굴을 갈거나 무릎에 빨간딱지가 앉아 있음에도 불구하고. 그리고 동준은 같은 학교에 다녔던 명자에게 연필 한 자루 사준 적이 없었다. 그 근엄한 얼굴에 손상이 가해질까 두려워서였을까. 아니면, 원래가 전주댁의 말처럼 동준이 '떵발이'기 때문이었을까.

커다란 상 위에 5열의 과일부터 1열의 송편까지 다섯 줄로 배열되고 중간에는 포(脯), 전(煎), 탕(湯)이 놓여 있다. 이 배열법은 동섭이 조부로부터 직접 배우고 익힌 것들이다. 음식이 담긴 목기를 하나씩 놓을 때마다 서포동혜, 시접거중, 잔서초동 등을 외치던 조부의 모습이 그에게 떠올랐다. 동섭은 내외분씩 한 장에 쓴 지방을 벽에 붙였다.

차례를 지낼 모든 준비가 끝나자, 아래뜸의 작은집에서 작은어머니와 영민, 성민 형제가 집으로 들어섰다.

드디어 차례가 시작되었다. 강신분향(降神焚香), 강신뇌주(降神酹酒), 참신(參神), 헌주(獻酒), 사신(辭神). 사람들이 일제히 재배했다. 옷자락 스치는 소리만이 들렸다. 다들 무슨 생각으로 절을 할까. 동섭은 그런 생각을 했다.

음복재배 후, 동섭은 종성에게 밤을 집어주면서, 작은아버지(한상두)로부터 그것들을 받았던 때를 생각했다. 이것은 조상과 후손과의 교감이라고 조부가 말한 적이 있었다. 하지만 그는 조상들의 영혼을 직접 느껴본 적도 어떤 계시를 들은 적도 없었다. 조상은 단지 존경하고 흠모할 대상일 뿐 신으로 격상시킬 존재는 아니었다. 이렇게 생각하는 것은 그만이 아니었다. 조상의 은덕이니 뭐니 하면서도 다들 인간의 삶은 육신이 사라지면 끝장이라고 생각하고 있었다. 그런데 4대 봉사라니, 이것은 정말 이상하다. 자손의 봉사를 받는 동안만 귀신이 존재하고 그 이후에는 사라진단 말인가. 그리고 왜 사람이 죽으면 그렇게 결박을 짓는지 그는 알 수 없었다. 다시 돌아와 재앙을 끼치게 못 하게 하려는 생각이 아니라면 그렇게 할 수 없었다. 동섭은 장차 있게 될 자신의 제삿날을 떠올렸다. 그에게도 아직껏 자식이 물 한 그릇이라도 떠놓기를 간절히 소망이 남아 있었다.

차례의 마지막 절차는 분축(焚祝)이다. 지방을 태우고 제상 위의 제수를 내리는 것이다. 참례자들은 마루와 마당에서 쉬는 동안 서로 지나간 일에 대해서 이야기하거나 최근의 일들을 서로 물었다. 이런 날이 아니라면 쉽게 볼 수 없는 광경이다. 같이 농사를 짓던 시절에야 늘 얼굴을 맞대고 살 수 있었지만 산업화 시대가 오면서 이들은 각기 다른 장소에서 다른 일을 하며 살아오고 있었다. 그러다가 '명절!'이라고 동료 중 누군가가, 아니면 매스컴에서 외치면 자신에게도 돌아갈 고향이라는 것이 있음을 깨닫고 본능적으로 버스 터미널이나 역으로 달려가 표를 예매하는 것이다. 그런 후 약간 감상적인 기분으로 고향 산천과 어릴 적 친구들을 떠올리고, 의미심장한 태도로 자신의 뿌리에 대해서 생각했음이 틀림없다. 그래서 고향에 내려올 때 그들의 표정은 약간 상기된 듯하면서도 진지해 엿보이는 것이다.

반면 이들이 고향을 떠날 때의 표정은 내려올 때와는 사뭇 다르다. 그들은 의식이 끝난 후 막 도취에서 깨어난 신자들처럼 어안이 벙벙한 상태에서 자신들이 왜 고향에 발을 디디고 서 있는지 의심하며, 자신들이 없으면 결코 움직이지 않을 것처럼 여겨지는 도시의 구조물 속으로 복귀하고 싶어 안달한다. 이때 누군가 과연 도시 생활이 바쁘기는 바쁜 모양이구먼, 하고 말하면 그들은 아마도 이렇게 대답할 것이다. 도시 생활이라는 것이 다 그렇지요, 이제 차례도 모시고 친구들도 봤으니 올라가야지요.

아재인 영민이 종성에게 뭐라고 소곤거렸다. 아마 영수가 없다는 말일 것이라고 동섭은 생각했다. 영수가 조상신 대신 예수 귀신을 섬기고 있다는 것은, 이 동네 사람이라면 모두 다 아는 이야긴데 서울에서 왔기 때문에 듣지 못했을까. 종성은 대답 대신 영민을 끌고 마당을 걸어 나갔다. 영수가 집을 빠져나간 것은 어젯밤인데 동섭 내외는 그걸 알고도 막지 않았다. 영수가 집에 있어 보아야 서로 난처해질 것이 뻔했기 때문이다.

5

월암에는 평야 지대보다 일찍 서리가 내리고 첫눈도 먼저 내렸다. 눈이 내리자 마을 동쪽에 있는 옥잠봉과 북쪽의 봉화산이 백발의 늙은이가 되어 있다.

가장 먼저 일어난 동섭은 밤새 식어버린 구들장을 데우기 위해 군불을 땠다. 그는 이 시간이 가장 좋았다. 누구도 그가 혼자 있는 것을 방해하지 않았다. 사람들이 밟고 가지 않는 고요함이 그의 곁에 머물렀다. 그는 자신과 대화를 나누었다. 너는 다른 사람을 해되게 한 일도 없고 욕심을 부린 일도 없다. 그러니 다른 사람이 너에게 해악을 끼칠 일이 없을 것 같지만 세상 사람들은 그렇지는 않다. 사람들은 너를 형편없는 인간으로 취급하고 그가 없는 곳에서 조롱하기도 한다. 하긴 너는 일을 잘하지도 못하고, 힘이 세지도 못하다. 네게 일을 하러 와 달라고 청하는 사람도 거의 없다. 너는 소로 논을 갈 줄도 모르고, 못줄 앞에서는 늘 허둥대는 무능한 농사꾼이다. 그러니 아내의 불만은 어쩌면 당연하다. 아내는 되레 일꾼이라고 할 만하다. 몸동작이 빠르고 부지런하기 그지없다. 넌 부지런하고 머리 회전이 빠른 아내의 요구대로 살아낼 수가 없다.

전주댁이 일어나는 기척이 들리더니 따뜻해진 큰솥의 물로 밥 지을 준비를 한다. 이제 동섭은 가축들에게 달려간다. 아래채 돼지는 나무로 만든 우리에 갇혀 짚 검불을 뒤집어쓰고 있다가 인기척이 느껴지자 꿀꿀거리며 벌떡 일어난다. 그는 돼지에게 따뜻한 구정물과 겨를 먹인 후 헛간의 염소에게 달려간다. 염소는 아래채 헛간에서 쪼그려 자고 있다가 문이 삐그덕거리는 소리에 큰 눈을 동글동글 움직이며 동섭의 손에 들린 콩깍지를 보고 꼬리를 흔든다. 그것을 내밀자, 염소는 덥석 입에 물고 먹기 시작한다.

아침 일과가 끝났다. 동섭은 안방으로 들어와 필터 없는 담배를 피운다. 씁쓸한 맛이 목구멍을 타고 폐부로 흘러 들어온다. 그런데 거기에 기다리던 쾌감이 있다. 난 이렇게 형편없는 촌부로 생을 마칠 것이다!

밖에서 전주댁이 닭에게 모이를 던져주며 안을 향하여 잔소리를 해댔다. 잘 들리지 않지만 분명 방에 굴뚝이 하나 있다고 말하고 있다. 화가 치밀어 오른다. 여자들은 왜 그다지 실현 가능성 없는 잔소리를 하는 것일까. 화는 동섭의 내부에 가라앉아 그 전의 것 위에 쌓였다.

둘째 창수가 가방을 든 채 마당에 서성거리고 있다. 겨울방학이 끝난 이틀째다. 창수는 동섭이 방에서 마루로 나와 양치질을 하는 내내 동섭을 힐끔거리며 살피고 있다. 무언가 할 말이 있는 눈치지만 동섭은 모르는 체했다. 그는 아직 화가 가라앉지 않아 평소보다 열심히 양치질한다.

겨울이면 동섭은 방안에 치약을 두고 양치를 시작했다. 그러다가 차차 마루로, 수돗가로 나와 일을 끝마쳤다. 치약의 거품이 입안에 차올랐다. 동섭은 치약을 흘리지 않으려고 고역스럽지만 입을 크게 벌리지 않았다. 하지만 이 노력은 가끔 무위가 되는 수가 있었다. 누군가 말을 시켰을 때 자신도 모르게 대답하려다가 치약을 삼키기도 하고 갑자기 기침이 나서 치약 거품이 바닥으로 떨어지는 수가 있었다.

이번에는 별 탈 없이 일을 끝낸다. 동섭은 양치질을 마무리하기 위해 마루에서 샘으로 걸어갔다. 이때 창수가 옆으로 다가왔다.

"아부지! 오늘 선생님이 방학 책값 갖고 오라고 했어요."

창수는 학교에서 표준말을 배우고는 있지만 여전히 남원지방 고유의 억양과 말투를 버리지 못하고 있었다. 조금 전의 화가 동섭의 코를 벌름거리게 했다. 동섭은 견딜 수 없어 소리를 내질렀다.

"없어!!"

창수는 동섭과 비슷하면서도 전혀 달랐다. 창수는 늘 제 어머니의 역성을 들었다. 아버지의 권위 따위는 도대체 인정하지 않고, 그의 말이 옳으니 그르니 대들고 따졌다. 그러다가 한 번은 동섭에게 군용 허리띠로 살점이 튀도록 맞은 일도 있다. 하지만 동섭이 그런 것들을 모두 기억하고 있었기 때문에, 창수에게 고함을 지른 것은 아니었다. 단지 그는 화를 삭이지 못하고 있었을 뿐이었다. 창수는 간혹 그와 전주댁 사이를 매끄럽게 해 주기도 했다. 단지 창수는 때를 잘못 고른 것이었다.

아버지의 호통에 창수는 찍소리 못하고 슬그머니 집 밖으로 나갔다. 동섭은 창수에게 화를 낸 것이 아니라 아내에게 화를 냈다는 것을 깨달았지만 때는 늦었다.

며칠 전 일이 동섭에게 떠올랐다. 눈을 쓸어라, 하는 아내의 외침에도 불구하고 삼 형제는 이불 속에서 꼼짝도 않고 구들막을 파고 누워 있었다. 보다 못한 동섭이 두 개의 방문을 활짝 열어젖혔다. 그래도 두 녀석은 움직이지 않았다. 창수만이 투덜거리며 밖으로 나왔다. 매번 영수와 경수는 요리조리 잘도 빠져나갔지만 창수는 늘 그렇지 못했다. 언젠가 전주댁은 이렇게 말했다.

"창수는 안 하려고 해서 그렇지 일을 하려고만 하면 아주 잘해."

그것은 동섭이 생각해도 분명한 사실이었다.

"아, 그놈들이 어제 우리들 모르게 왔다가 갔다네."

전주댁이 흥분해서 신발도 벗지 않은 채 마루로 올라서려다 넘어질 뻔했다.

"누가 말이여?"

동섭은 불안해졌다. 전주댁은 그를 정지상태에 내버려둔 적이 거의 없었다. 끊임없이 그를 놀라게 하고 동요하게 했다.

"이놈들이 아주, 즈그가 지금 잘 산다고 우리 겉이 흙이나 파먹고 사는 인간은 사람으로도 안 보이는 갑제. 시커먼 자가용 타고 와서 지애비만 살짝 내리주고 가부리여? 집안 어른들은 찾아보도않고…… 즈그가 언제부터 서울 사람이여?"

전주댁에게 평택 당숙네 아들, 한동열의 반지르르한 얼굴이 떠올랐다. 그들은 이제 농사꾼이 아니었다. 아주 높은 곳에 앉아 있었다. 이런 생각 때문에 그녀는 더욱 화가 났다.

"그러먼 지금 당숙이 작은집에 와 있다는 말이여?"

"그래, 다른 사람 다 가는 군대를 안 가겄다고, 그놈이 군대 빼준다는 말만 믿고 홀딱 넘어가 가지고 쌀을 몇 가마이나 갖다주고, 등신도 그런 등신이 없어."

그 일은 벌써 20년도 전의 일인데 전주댁은 생각날 때마다 끄집어냈다. 어느 해인가 동섭은 병역을 면하게 해 주겠다는 당숙의 아들, 동열의 말에 속아 쌀 두 가마를 갖다 바친 적이 있었다. 그런데 이것은 그 혼자만 연루된 것이 아니었다. 갑장들을 비롯해 이십여 명의 대영면 사람들이 관계된 큰 사건이었다. 그때는 어떻게 해서 그런 일이 가능했을까. 아무리 어두운 시절이라도 해도 쌀 두 가마니를 그토록 많은 사람이 내놓다니… 하긴 군대에 가지 않으려면 동열의 말을 믿을 수밖에 없었다. 동네 사람들도 동향 사람이 감히 사기를 치리라고는 꿈에도 생각지 못했다. 동열이 서울로 떠난 직후 사람들은 병무청에서 각자의 이름으로 발송된 징집소집장을 받았다. 그리고 소집장 하단에 씌어 있던, 더 이상 징병을 기피 하다가 법적인 처벌이 불가피하다는 경고문을 보았고 자신들이 멋지게 당했다는 것을 깨달았다.

"그놈이 지금 서울에서 다방 허고 있는 거이 그때 그렇게 홀군 돈 가지고 시작을 헌 거 아이라. 근께 지금 와서는 동네에 발도 못 디디고 당숙만 내리주고 가제. 글고 당숙도 그놈이 돈을 잘 벌고 그런께 촌에 오먼 행세를 하는 것이고."

억울하고 분한 일이 생겼을 때 전주댁은 혼자서 삭히기도, 앞집 임실댁에게 털어놓기도 했지만 간혹 동섭의 면전에서 무섭게 터트리는 때도 있었다. 그럴 때 전주댁은 신세 한탄을 하며 서럽게 울기도 하고 쥐약 봉지를 꺼내 들고 함께 죽자고 협박하기도 했다. 그때마다 동섭은 가슴이 뜨끔해서 내가 또 뭘 잘못했나, 반문했다.

그런 뒤 전주댁은 동섭의 무능함을 탓하고 불행한 신세를 탓하는 내용의 말을 퍼부어 댔다. 이럴 때 동섭이 취하는 태도는 오직 한 가지였다. 그런 투정이나 하소연을 들어주는 것이 남편의 미덕인 양 입을 꾹 다물고 대꾸 없이 들어주는 것이다.

그런데 그것도 전주댁에게 불만이었다. 무엇이 쓰면 쓰다, 무엇이 달면 달다는 말을 제발 해달라는 것이었다. 다시 말해 다정다감한 위로를 주거나, 동정이 가득한 눈으로 애처롭게 바라보며 아픈 상처를 쓰다듬어 달라는 것이다. 그러나 동섭은 전주댁이 원하는 것들을 해줄 수 없었다. 낯간지러운 일이기도 하고, 한 번도 그런 장면을 본 적이 없었기 때문에 어떻게 해야 하는 줄 몰랐다.

"왜 그렇게 해 주면 남자 근본 떨어져?"

아내의 지청구에도 동섭은 그렇게 하지 못했다.

순간 동섭에게 다음에 이어질 아내의 말이 떠올랐다. 분명 이놈들, 두고 봐라, 네 놈들이 천년만년 배 두드리면서 잘사는가 보자, 라는 말이다. 그런데 전주댁은 그의 예상과 달리 자리에서 벌떡 일어섰다. 그리고 토방 위에 있던 함박을 머리에 이고 걸어가기 시작했다. 동섭도 부랴부랴 대문채에 세워져 있던 지게를 지고 따랐다. 작은집에서 순두부를 만들기로 되어 있었다.

"어서 가요!"

"응."

두 사람은 집을 나와 골목길을 걸어갔다. 길 왼쪽에 앞집 아재네 블록 담이 이어지고 있었다. 전에 공동 우물로 사용하던 작은 공터에 이르렀을 때 누군가 쭈그려 앉아 있다. 노센네 집 막내딸로 집에서 쫓겨난 것이 틀림없다. 창수는 노센네 아이들과 함께 어울리며 늦게 들어오는 일이 잦았다. 그때마다 창수는 전주댁에게 빗자루로 맞았다. 하지만 그 버릇은 고쳐지지 않았다.

그 아이는 몇 올 남지 않은 흰머리에 몸은 오그라들 대로 오그라든, 피부에 살이라고는 없는 할머니에게 쫓겨난 것이다. 그 애는 집에서 내쫓기면서 할머니에게 온갖 욕을 다 들었을 것이 틀림없다. 전주댁도 할머니가 욕하는 것을 몇 번이나 들은 적이 있었다. 아무런 상관없는 사람이 우연히 주위에 있다가 들어도 차마 들을 수 없는 지저분하고 섬뜩한 욕을 했다.

"오살을 할 놈, 쫙쫙 찢어 죽일 놈."

사실 할머니가 한 욕에 비하면 전주댁이 한번씩 하는 욕은 욕도 아니었다. 전주댁은 썩을 놈, 잡놈, 망헐 놈이 고작이었다. 전주댁이 갑자기 핑, 하고 코를 풀었다.

작은집은 골목의 끝과 정자로 가는 넓은 길이 만나는, 마을 남쪽 끝에 있다. 저수지에서 내려오는 물이 작은집 앞을 흐르고 있고 그 위에 나무와 흙을 버무려 만든 위태한 작은 다리가 걸려 있다. 이 집에서 무지개댁은 남편 한상우를 저세상으로 떠나보내고, 또다시 큰아들 영민을 서울로 보낸 후 막내아들 성민과 함께 살고 있었다.

한상우는 9년 전, 58세를 일기로 죽었다. 150센티미터의 작은 키에 허연 수염을 늘어뜨리고 뒷짐을 진 작은아버지가 집 주위를 느릿느릿 걷고 있다가 반가운 표정을 지었던 순간이 동섭에게 떠올랐다.

작은아버지가 동네로 나와 걸어 다니는 모습은 자주 보이지 않았다. 활기차게 말하거나 호탕하게 웃는 것을 그는 보지 못했다. 어쩌다 작은집에 들렀을 때도 그랬다. 탕약 달이는 냄새가 집안을 가득 채우고 작은아버지는 매번 자리에 누워 있었다.

작은아버지가 일제 징용령에 따라 강제로 끌려가게 된 것은 동섭이 여덟 살 무렵이었다. 그래서인지 그는 그때의 일을 어렴풋이 밖에 기억할 수밖에 없었다. 어느 날인가 그가 학교에서 돌아왔을 때 작은아버지는 조부 앞에서 눈물을 흘리며 앉아 있었고 얼마 후에 마을에서 사라졌다. 그때 작은아버지는 징용을 가기 전에 마지막으로 조부를 뵈러 온 것이었다.

동섭이 들은 바에 의하면 1944년 무렵, 작은아버지(한상우)가 조선인 징용자들과 함께 일본으로 건너간 곳은 북해도 공지(空知)지청, 금정강(禁井江) 탄광이었다. 그곳에서 작은아버지는 징용으로 끌려온 노동자들을 위해 임시로 지어진 임시 건물에 수용되어 식사로 나오는 콩을 먹으며, 하루 서너 시간 잠을 자는 것을 빼고는 하루 종일 일했다. 남경대(南京袋)라는 얇은 여름옷을 입고 이부자리도 홑이불 같은 것을 덮었다. 작은아버지는 그해 여름부터 시작해서 다음 해 여름이 올 때까지 중노동을 하면서 많은 조선인이 영양실조와 과로로 쓰러지는 것을 보았다. 그것은 곧바로 죽음으로 연결되었는데 그곳에는 그들을 치료해 줄 의사도, 간호해 줄 가족도 없었다. 다행히 작은아버지는 조국이 광복을 맞아 귀국할 때까지 잘 견뎠고 고향으로 돌아와 가족과 형제들과 재회할 수 있었다.

그러다 몇 년 뒤, 한 번씩 무지개댁과 한상두 사이, 즉 수숙간(嫂叔間)에 말다툼이 한 번씩 벌어졌다.

"남편이 아주버님 대신에 징용을 갔다 왔으니 약속대로 전답을 내놓아야지요."

무지개댁이 고함을 지르자, 작은아버지는 냉정하게 말했다.

"이미 약속한 전답을 주었는데 무슨 소리여!"

"사람이 다 죽게 생겼는데 그럼 약도 한 첩 쓰지 말고 죽게 내버려 두란 말이요?"

이 때문에 마을 사람들도 형제간에 징용에 대한 밀담이 있었다는 걸 알아차렸다. 애초 면사무소에서 징용대상자로 결정을 내렸던 사람은 바로 한상두였다. 삼 형제 중 자신이 징용 대상자로 결정된 것이 한상두는 불만스러웠다. 사실 징용에 끌려가게 되면 죽어서 돌아오게 될지 살아서 오게 될지 모르는 일이다. 하지만 한상두는 누군가가 대신 갈 수도 있다는 것을 알아냈고 마음이 여리고 순한 동생 한상우를 대신 보내기로 작정했다. 그는 동생에게 징용을 가 있는 동안 가족들을 보살피는 것은 물론이고 자신이 가진 논도 떼어 주겠다고 유혹했다. 한상우는 가족들이 배 불리는 아니지만 끼니를 거르지 않게 되고, 논이 생긴다는 형님의 말에 마음이 흔들렸다. 막내이기 때문에 밭 몇 뙈기밖에 물려받지 못한 한상우는 소작을 하고 있어서 일 년 내내 끼니를 때우기가 힘들었다. 가을이면 일제로부터 공출이 실시되었고, 농민들은 순사들에게 다음 해에 파종할 볍씨까지 빼앗기고 있었다. 다음 해 보릿고개도 걱정이었다. 보릿고개가 되면 많은 사람들은 풀뿌리를 캐 먹고, 소나무 껍질을 벗겨다 먹으며 겨우겨우 목숨을 부지하거나 그렇지 못하면 몸이 부어 누렇게 떠서 죽어가던 시절이었다.

한상우는 좀 더 생각해 보겠다고 말한 후 집으로 돌아왔다. 형 대신 죽으러 가는 일은 그다지 슬픈 일이 아니었다. 그는 형을 잘 알고 있었다. 약속을 지키지 않을 사람은 아니었다. 하지만 결혼해서 처자식을 둔 남자의 목숨은 혼자만의 것이 아니었기 때문에 쉽게 결정을 내릴 수 없었다. 그런데 어느 순간 적어도 처자식이 끼니 걱정 없이 살 수 있을지도 모른다는 생각, 어쩌면 그곳이 생각처럼 지옥이 아닐 수도 있다는 생각이 그를 변화시켰다.

마침내 한상우는 일본행을 결정하고 무지개댁에게 이 결심을 털어놓았다. 당연히 무지개댁은 남편이 사지로 가는 것에 반대했다. 아무리 못 먹고 못 살아서 굶어 죽어도 좋으니 제발 그런 생각을 그만두라고 말렸다. 하지만 한상우는 논이라는 말에 아주 잠시 동안 빛나던 아내의 눈동자를 본 후였고, 얼마 후 그는 형님 대신 징용을 떠났다.

"즈그가 우리헌테 해 되게 허고 잘 살지 알아? 언젠가 즈그도 그런 해를 당허게 되는 거여. 아니면 지 자식이 받는 것이고. 세상은 돌고 도는 건께 말이여."

동섭은 제발 그만해 주었으면 하고 바랐지만 성깔이 있는 전주댁은 멈출 기세가 아니었다.

"재작년 가실에는 왜 넘의 밭에 와서 몰래 호박을 따고 고추를 따 가지고 가? 우리가 피땀으로 지은 농산디… 그런 농사를 지을라고 해봐, 손이 몇십 번 몇백 번이 가고 얼매나 땀을 흘려야 되는디……."

전주댁의 분노가 동섭의 가슴에까지 와 닿은 적은 거의 없었다. 여자의 그런 말은 아무래도 좋다! 그는 내내 그런 생각이었다.

"내가 이녁 겉은 사람허고 이약을 허다니 참, 차라리 벼룽박허고 이약을 허제."

어느새 두 사람은 작은집에 다다라 있었다. 마당에 들어서며 동섭은 온 집안에 배인 구수한 콩 냄새를 맡았고 부엌에서 김이 새어 나오는 것을 보았다. 동섭은 부엌문 앞으로 다가갔다.

"작으메!"

무지개댁이 부엌 밖으로 얼굴을 내밀었다. 깡마른 얼굴에 쪽을 진 머리카락 몇 가닥이 얼굴 위로 흘러내려 있다.

"들어와, 인자 다른 집 꺼는 다 했은께."

동섭은 부엌 안으로 고개를 들이민다. 부엌 안은 뿌우연 김 때문에 아무것도 보이지 않는다. 가득한 열기 때문에 얼굴도 화끈거렸다. 어디에 맷돌이 있는지도 보이지 않았다. 다만 아궁이에 지펴놓은 불이 불그스름하게 타오르고 있어 솥이 걸린 위치를 파악할 수 있을 뿐이었다. 하지만 시간이 지남에 따라 조금씩 시야가 트이기 시작했다. 나무로 만든 기구로 맷돌을 돌리는 작은어머니의 모습, 아궁이에 지펴진 장작불과 그 위에서 모락모락 김을 내는 솥. 바로 이것들이 두부를 만드는 데 필요한 것이다.

무지개댁은 돌리던 맷돌을 멈추고 동섭에게 사발을 내밀었다. 그 안에는 금방 솥 속에서 퍼낸, 아직 응어리지지 않은, 뜨거운 국 같은 두부가 들어있다. 그것을 받은 동섭은 천천히 불어가며 마셨다. 신선한 콩 냄새가 진동해서 다 마셨을 때는 입안이나 목이 온통 콩으로 가득한 것 같은 느낌이다.

"인자 자네 꺼 할 건께 콩 가지고 와!"

깡마른 몸집만큼이나 똑똑 부러지고 거친 목소리가 동섭의 귀를 울렸다. 전주댁의 쇳소리보다 더한 금속성이고, 약국집 옆 텃밭에서 자라는 작약의 냄새처럼 신경을 자극하는 목소리였다.

6

동섭은 보퉁이 하나를 손에 들고 정자리로 가고 있다. 월암 남단에 있는, 동쪽 입구와 서쪽 입구를 잇고 있는 길을 따라가는 길이다. 곧 정미소가 보이기 시작한다. 월암, 석천, 봉화, 정자 등 근방에 사는 농부들이라면 너나없이 이곳에서 방아를 찧고 옆에 있는 오막살이 주막에서 술을 마셨다.

옆으로는 난 오솔길은 방씨 집 과수원으로 가는 길이다. 황토 흙을 밟으며 산비탈을 오르면 사과나 복숭아, 매실 등의 과일나무와 그것들을 한눈에 지켜볼 수 있는 곳에 방씨의 집이 있다.

주막은 '제모리'라고 불리는 곳으로 주모는 큰 키에 약간 쉰 목소리로 지나가는 사람들에게 잠시 쉬었다 가라고 말하곤 하는 오십을 넘긴 여자다. 그녀는 나이가 들기는 했지만 여전히 피부는 하얗고 깨끗하며 말투와 행동에는 잘 익은 배 같은 사근사근함이 배어 있다. 그녀는 사정을 모르는 사람이 보기에는 혼자 살고 있는 그렇고 그런 주모처럼 보이지만, 사실은 왼쪽 눈썹에 검은 점이 박힌 작달막하고 촌사람답지 않게 귀에 보청기를 끼고 다니는 돼지 거간 영감의 첩이다. 주막도 영감이 차려준 것이다. 영감의 본마누라는 마을 동쪽 빨간 함석집에 살며 이따금 히스테릭한 목소리로 손자들을 닦달하거나 두들겨 패기도 하는 성깔 있는 노파였다.

오막살이 주막의 주모, 제모리댁이 가장 바쁜 날은 정미소가 우당탕탕, 소리를 내지르며 벼를 찧어댈 때다. 사람들은 대개 소가 끄는 수레에 벼를 싣고 정미소에 나타나는데 이것들은 곧 정미소 시멘트 바닥에 부어졌다. 그때부터 농부들이 할 일이란 없었다. 그들은 몇 차례나 정미소 꼭대기까지 올라갔다가 내려오며 벼가 허물을 벗는 동안 주막으로 가서 정미소 주인이 전갈을 보내기를 기다리며 주모가 따라주는 술을 마셨다.

일이 모두 끝났을 때도 사람들은 정미소 주인과 함께 주막으로 갔다. 그들은 몇 말 몇 되를 삯으로 할지 홍정하며 간혹 주모의 의견을 묻기도 했다.

동섭도 이곳에 와서 방아를 찧는 동안 주모의 엿가락이 휘어지는 듯한 사근사근한 말이나 농부들이 짓궂게 내뱉는 반말의 농지거리를 들으며 몇 번이나 웃은 적이 있었다. 그녀를 볼 때마다 느낀 감정은 부드럽고 따뜻하다는 것이다. 누구와 다투는 일도 없는 듯하고 농사꾼 아낙들처럼 거세거나 악착스러운 면도 엿볼 수 없는 그녀는 동섭에게 신비한 존재였다.

집 앞을 지나는 동안 그녀와 마주치지는 못하더라도 목소리만이라도 듣기를 동섭은 원한다. 하지만 집을 지나쳐 오는 아주 짧은 시간 동안 그가 본 것은, 판자를 대어 만든 부엌문과 길에서 겨우 올라온, 비료 포대로 덮인 들창에서 들리는 몇 사람의 남자 목소리뿐이다. 서운하지만 그는 걸음을 멈추거나 뒤돌아보지는 않는다. 나는 아내가 있는 남자다, 그는 중얼거렸다.

길 왼편에는 모퉁이를 돌 때까지 낙엽송이 길게 서 있고, 오른편에서 흐르던 개울은 모퉁이를 돌면서 왼편으로 바뀌어 흐른다. 그곳을 돌면 멀리 햇빛을 받을 때마다 잎이 반짝거리는 은사시나무 사이로 정자 마을의 노인정이 보인다. 조금 더 걸어가면 다른 마을과 다름없이 마을의 입구에 서서 수문장 역할을 하는 느티나무가 나타난다. 그는 이보다 더 크고 오래된 나무는 본 적이 없다. 구영리에 서 있는 느티나무도 이것보다는 더 오래 서 있지 않았다. 그 나무 밑동 안에는 곰이라도 한 마리 들어갈 수 있을 정도로 넓은 공간이 있다.

동섭이 막 느티나무를 감고 돌려고 할 때다. 썩어서 검게 변한 나무 밑동 속에서 두 아이가 나오려다가 그가 오는 것을 보고 부리나케 다시 들어간다. 아이들은 그가 지나갈 때까지 꼼짝도 하지 않는다. 왜 이런 수상쩍은 행동을 하는지 그는 알고 있었다. 이 나무는 금줄을 두르지 않았다 뿐이지 동네 사람들에 의해 오랫동안 신성시되어 왔다. 아이들이 느티나무에 올라가거나 밑동 안에 들어가 노는 것은 원천적으로 금지되어 있었다. 금지는 어떤 것인가. 한 사회를 묶고 유지해 나가는 방편이었다.

정자마을은 약간의 경사가 있는 야산 위에 가로로 한 줄, 그 위로 또 한 줄, 하는 식으로 세 줄로 늘어선 동네로 다른 마을에 비하면 꽤 부유한 마을이다. 마을 앞 너른 들이 대부분 그들의 소유이고 다른 마을에는 아직도 몇 채씩 남아있는 초가집이 이 마을에는 없다.

박성기의 집은, 멀리서 보면 마을의 서쪽 언덕에 마치 성이나 되는 것처럼 집 주위를 빙 둘러 가며 높은 담으로 막고, 오만한 태도로 다른 집을 내려다보고 있는 듯 보인다. 너른 마당을 걸어 들어가면 낡은 기와에 색이 바랜 목재 기둥과 긴 마루가 보였다.

동섭은 고샅을 지나 기와집으로 올라가기 위해 수십 개의 계단을 밟아 올라간다. 동섭은 때마침 밖으로 나오려던 여동생(숙자)과 마주친다. 숙자는 핏기 없이 창백한 모습이어서 한눈에도 환자처럼 보인다. 숙자의 얼굴에 잠시 반가운 빛이 떠오르다가 이내 사라진다. 동섭도 얼핏 미소만 지으며 그것을 놓치지 않고 본다. 오랫동안 소원하게 지냈기 때문에 두 사람은 서로를 보고 맘놓고 웃지 못한다.

언젠가 동섭은 여동생이 면 보건소에서 타왔다는 약을 먹지 않고 무더기로 대밭에 버린 것을 발견한 적이 있었다. 그때 매제 박성기는 말했다. 심장병이 있는데 수술하지 않으면 낫기 힘들다고 하네. 이 말에 그는 얼마나 놀랐는지 모른다. 그는 며칠 밤을 뜬눈으로 새우다시피 했다. 동생 숙자가 걱정되어서가 아니었다. 자신도 언젠가 동생처럼 심장병의 포로가 되지 않을까 싶어서였다. 그 일로 인해 그는 깊은 생각에 잠겼다.

'아내나 동네 사람들이 날 속 좋은 사람이며 호인이라고 평하고 있는 것이 위로되기는 된다. 나는 그렇게 나쁜 사람은 아니다. 그렇지만, 내가 아는 내면은 결코 호인다운 것이 아니다. 행동이 느린 것과는 정반대로 보이지 않는 누군가로부터 무엇인가를 독촉받는 강박적인 상태가 매번 이어진다. 그래서 나는 조급증을 내서 한 가지 일에서 다른 일로 넘어갈 때 숨을 쉬지 않을 만큼 빠르게 넘어가고 갑자기 불안에 빠질 때는 곧 죽기라도 할 것처럼 허우적거린다.'

그런 때는 그가 생각해도 분별 있는 인간이라고 보아줄 수 없었다. 그는 아내의 말에 화를 벌컥 내며 도끼를 가지러 광으로 달려간 일도 있고 언젠가 창수가 대들었을 때 허리띠를 벗어 사정없이 두드려 팬 일도 있다.

마음을 다스리고 화를 내지 않도록 유의하리라! 심장병에 걸리고 싶은 마음은 추호도 없다. 엄격하고 규칙적인 생활을 하자. 저녁 아홉 시경이면 어김없이 잠자리에 들고 새벽 4시면 일어나서 하루 일과를 시작하자. 그런 생활은 절도 있게 이어졌다. 그럼에도 불안한 생각이 떠나지 않았다. 그때마다 그는 양치질하고 세수하고 난 후 편안한 기분을 찾기 위해 새벽에 홀로 깨어 있었다.

마침내 자신은 건강하다는 확신을 얻은 동섭은 안심했다. 그러자, 비로소 동생에 대해 관심을 기울이지 못한 것에 일말의 죄책감을 느꼈다. 사실 친정에서부터 병이 있었다면 숙자는 친정으로 돌아와야 했을지 몰랐다.

"오빠, 어서 와! 박 서방은 면에 나가고 없어요. 시아부지하고 맨날 싸움서도 그놈의 이장은 뭐 헌다고 매년 허는지, 늘 집안일은 뒷전이고…… 참, 아부님한테 가봐야제요. 어서 들어가요"

여동생은 작은 키에 조금도 곰살궂지 못하고 꼿꼿하게 보인다. 동섭은 마당을 걸어간다. 넓은 마루의 왼편이 부엌이고 오른편 끝이 사돈장의 방이다. 가운데 있는 두 개의 방이 여동생 부부, 자식들이 사용하는 방이다.

오른쪽 갓방으로 여동생이 먼저 들어가자, 동섭도 뒤를 따라 들어간다. 햇빛이 한 점도 들어오지 않아 한동안 사돈의 모습이 보이지 않는다. 노인네들의 방에서만 맡을 수 있는 음산하고 퀴퀴한 냄새가 가득하다.

"아부님, 월암에서 오빠가 왔어요."

숙자는 어둠 속에서도 시아버지가 앉은자리를 찾았는지 아니면 평소의 짐작대로 자리를 가늠하고 말하는 것인지, 또박또박 노인네가 알아듣기 쉽게 말한다. 곧 어둠 속에서 말소리가 들려오고 사돈장이 모습을 드러낸다. 보통 사람보다 기골이 크고 장대한, 허연 수염을 길게 기른 사돈은 뒷문 옆에 앉아 있다. 혈기가 많은 무관의 피를 이어받은 사돈의 걸걸한 목소리에 동섭은 기세가 눌리는 기분이다.

"그래, 어서 오게. 집안은 다 편허제?"

"예, 그냥저냥 그렇지요."

동섭은 절을 올리려고 하지만 사돈장은 한사코 사양한다.

"오빠가 홍시를 좀 가지고 왔는디 지금 좀 드실랑기요?"

숙자는 동섭이 들고 온 네모난 상자를 싸고 있던 보자기를 푼다. 대나무로 만든 상자 안에는 그가 지난가을 처가에서 가지고 와 독에 보관해 두었던 홍시가 곱게 담겨 있다. 그것들은 얼고 풀리는 동안 색다른 맛을 간직하게 된다.

"뭐 이런 걸 다 가지고 오시고…… 나중에 쉬었다가 심심할 때 묵게 거기 놔두라."

숙자는 보자기를 풀다가 그만두고, 보자기에 싼 상자를 윗목 구석으로 밀어놓는다.

두 사람은 밖으로 나온다. 몇 줄기 햇살이 마루를 비춘다. 햇빛이 비치지 않은 부분은 윤기가 없이 메마른 것처럼 보인다. 두 사람은 마루를 걸어 안방으로 향한다. 숙자가 방문을 연다. 마루와 방 사이에, 이 지방의 농가들과 달리 덧문이 하나 더 달려있다. 이 집은 조선시대 부유한 중인의 집이었다.

여동생의 일곱 살짜리 막내딸 미리가 텔레비전 앞에 웅크리고 있다. 동섭은 미리가 외삼촌이라고 부르며 달려올 것을 기대해 보지만 그런 일은 일어나지 않았다. 애초 그는 애들을 좋아하지 않았고, 그런 광경을 일부러 연출해 본 적도 없다. 그는 과거 양반의 법도에 따라 살고 있다. 미리는 동섭을 보자마자 어머니에게 쪼르르 달려가 버린다. 까무잡잡한 피부에 큰 눈의 미리에게 동섭은 낯선 방문객일 뿐이다.

숙자가 저녁을 짓기 위해 밖으로 나갔다. 동섭은 벽에 등을 기댄 채 텔레비전으로 눈을 돌렸다. 텔레비전은 월암에도 겨우 다섯 대밖에 없는 귀한 물건이다. 문득 얼마 전 일이 그에게 떠오른다. 창수가 앞집 동열이와 함께 몰래 외상으로 텔레비전을 보러 갔다가 들통이 난 적이 있었다. 다음 날 과수원집 막내아들이 텔레비전 시청료를 받으러 왔기 때문이다. 속이 상한 전주댁은 그 자리에서 과수원집 막내아들에게 30원을 주어서 돌려보낸 후 창수를 닦달했다.

"텔레비전을 보면 밥이 나와, 쌀이 나와!"

창수의 입을 통해 알게 된 것이지만, 돈을 받고 텔레비전을 보여주는 행위는 분명 어른의 묵인하에 벌어지는 아이들의 소행이었다. 한 프로그램만 보여준 후 아이들을 내쫓은 것만 보아도 그랬다. 하지만 그 사실을 알고도 전주댁은 그 집에 찾아가지 못했다. 과수원집 주인 방태수는 마을의 힘센 남자들도 건드릴 수 없는 사납고 고약한 인물이었다.

텔레비전 속에는 한 번도 가 본 적 없는 도시의 풍경이 나타나더니 낯선 사람들이 나타나 우스꽝스러운 모습과 행동을 보였지만 동섭은 역겹게 느껴진다. 텔레비전이 사람의 마음을 끈다는 걸 그는 여전히 이해할 수 없다. 영상은 여유 있고 평화로운 그의 머릿속을 한바탕 휘저어 놓을 뿐이다. 스르르 눈이 감기는 것을 느낀 동섭은 밖으로 나온다.

30분쯤 후에 이 집의 큰딸 경서가 들어온다. 친구들 사이에서 경서가 끼지 않는 일이란 없다. 경서는 작은 키와 달리 야무지게 움직이는 입 때문에 '촉새'라는 별명으로 불린다.

"외삼촌 오셨어요?"

"그래, 너 왔냐."

경서는 어머니보다는 사교적이고 호탕한 아버지를 많이 닮고 있다. 그리고 부모들의 감정에 상관없이 동섭에게 친근함을 표시하는 유일한 생질이다. 경서는 그의 앞에 앉아 영수와 창수 소식을 몇 마디 물은 후 뒷방으로 건너간다.

박성기는 저녁 무렵에야 집에 들어왔다. 박성기는 동섭이 온 것을 알자 호들갑스럽게 반기며 어서 식사하자며 권한다. 박성기는 볼이 좀 패였지만 말라 보이는 얼굴은 아니다. 목소리는 좀 쉰 편인데 그럼에도 호인다운 인상에는 변함이 없다. 눈동자에도 서글서글함이 넘친다. 난 매제를 닮을 수는 없을 것이다. 동섭은 이런 생각을 한다. 그때 한숙자가 큰딸 경서를 불렀다. 숙자는 경서에게 상을 들려 먼저 작은방으로 보낸 후 큰방에 상을 들고 들어가도록 한다.

"자, 어서 드시오!"

"아, 예."

매제의 말에 동섭은 수저를 든다. 상에는 시래깃국, 김치, 동치밋국, 그리고 산간 지방에서는 귀한 갈치와 고등어가 몇 토막 올라와 있다. 생선은 소금에 파묻혀 팔령치를 넘어온 것들이라 부드럽거나 연한 맛은 없다. 성기는 먹는 도중에 몇 번이나 동섭에게 많이 드시오, 밥이 모자라면 더 드시고, 라는 말을 잊지 않는다. 동섭은 문득 아쉬워진다. 이런 매제와 친밀한 관계를 맺어둘 걸 싶다. 동섭에게도 호탕한 시절은 있었다. 그는 이십 대에 갑장들과 밤새 술을 마시며 노래를 불렀다. 골목에서 만나는 사람에게 농을 던지고 술 한잔하자고 끌곤 했다.

"많이 드시오."

먼저 식사를 끝낸 성기는 숭늉을 들고 윗방으로 건너간다. 성기는 마이크 앞에 앉자, 앰프 받침대 아래 놓아두었던 네모난 깡통을 끄집어낸다. 성기는 몇 개의 캅셀을 입안에 털어 넣고 숭늉을 마신다. 동섭은 매제의 건강이 좋지 않나 싶지만 무슨 약인지는 묻지 않았다. 동섭은 약을 거의 먹지 않는다. 감기에 걸려도 절대 먹지 않는다. 그것이 동섭이 건강한 비결이다.

"이장님!"

밖에서 들여오는 소리였다. 성기가 방문을 열자 한 사람이 안으로 들어온다. 동섭도 몇 번인가 마을 저수지에서 본 적이 있는, 앞머리가 훌렁 벗겨진 노인이다.

"자네 혹시 오늘 우체국에 일이 있는가 싶어서 말이여."

"우체국에 무슨 일로요?"

"아들놈이 송금했다는디… 여기 소액환이 있은께 좀 찾아다 주게."

노인은 손에 들고 있던 종잇조각을 내민다. 사실 시골의 이장은 동네 사람들의 아주 자질구레한 일까지 처리해 주고 있다. 심지어는 아이가 태어나면 부모 대신 출생신고도 해 주고 있다. 성기가 소액환을 받아 액수를 확인했다. 일을 마친 노인은 자리에서 일어서려다 동섭을 힐끗 보더니 나가려던 발을 멈춘다.

"아니, 자네가 어쩐 일인가?"

노인이 먼저 동섭을 알아보았다.

"예, 좀 다니러 왔습니다."

"자네 조부는 참 훌륭하신 학자셨는데, 자네를 보면 왠지 그분을 뵌 것 같은 생각이 드는구만 그래."

동섭은 갑자기 기분이 좋아졌다. 아직도 조부를 기억하는 분이 살아 있었다니. 동섭은 자손으로서 긍지를 느꼈다. 동섭의 조부, 한수명은 남원, 운봉, 함양에서 시인으로 학자로 이름을 날렸다.

"자네 조부가 아주 뛰어난 문장가셨다는 것은 들었겠지만 아주 뛰어난 낚시꾼이라는 건 잘 모를 걸세. 지금도 월암 저수지 가에 해 질 녘까지 앉아 낚싯대를 드리우고 계시던 모습이 눈에 훤하네. 나도 어릴 적부터 그 양반이 낚시하는 걸 봄서 커 그런지 지금껏 낚시에 취미를 가지고 있지. 그런데 자네 조부는 우리 같은 사람하고는 좀 다르시지. 구름이나 바람의 움직임이나 새들을 보며 날씨를 읽고, 물의 온도나 계절에 따라 움직이는 고기들을 훤히 알고 계셨지. 그리고 낚시뿐이 아니라 달이 사람이나 동물에게 미치는 영향 같은 것도 알고 계셨어. 정말 모르는 것이 없는 양반이었어… 헌데 조부는 간간이 시조를 읊으시며 옆에 있던 낚시꾼에게 화답을 요구하기도 하셨지. 하지만 낚시터에 오는 사람 중에는 그 분만한 문장이 없어서 화답할 수 없었어."

동섭이 알기에 조부가 낚시를 즐긴 것은 사실이었지만 조부는 그보다 더 많은 시간을 구영리 박 부잣집에서 보냈다. 장모도 두 사람이 시조를 하는 것을 거의 매일 들었다고 했다. 설마 딸을 그 집 손자와 혼인시킬 줄 몰랐다는 덧붙임과 함께.

이야기를 끝낸 노인은 자리에서 일어났다. 동섭은 노인의 모습이 마당 너머로 사라지는 것을 보고 있었다. 그러면서 동섭은 조부 밑에서, 공부하던 때를 떠올렸다. 그다음 날 있을 운을 미리 알려주고 이러이러한 식으로 글을 지으면 될 것이라고 말하던 조부의 단정한 모습이 눈에 잡힐 듯했다. 조부가 서당 선생이었음에도 불구하고 그는 학동들 앞이라 곧잘 얼고 당황해서 글을 잘 짓지 못했다.

"매제."

동섭은 아쉬운 소리를 하려고 하자, 자기답지 않다고 느꼈다. 여태 그는 누구에게도 아쉬운 소리를 하지 않을 것처럼 뻣뻣하게 굴었다.

"자네 까끔에 가서 나무를 좀 하면 안 될까 싶어서 찾아왔네."

"아, 그러세요. 근디, 우리 산이 어디 있는지는 아는가요?"

"그거야 알제, 요새 땔나무가 없어서 말이여. 그리고 아무리 처남 매제지간이지만 자네 허락이 있어야 산에 가 볼 것이 아닌가?"

성기가 호탕하게 웃자, 동섭도 덩달아 웃었다.

7

큰아들인 영수가 자진해서 실업계 고등학교에 진학할 뜻을 굳히자, 동섭은 근심이 덜어지는 기분이었다. 사실 동섭의 형편에 인문계 고등학교를 보내는 것은 힘에 벅찬 일이었다. 그러고 보면 이놈도 집안 형편을 헤아리지 못하는 것은 아니야. 동섭은 딴에 그런 생각을 했다. 사실 인문계와 실업계는 학비 면에서만 아니라 사회진출을 하는 데도 상당 기간 차이가 있었다.

이후 도회지에 진출한 영수는 주말에 한 번씩 집에 내려왔다. 그러면서 한씨가는 활기가 넘쳐흘렀다. 언제 예수라는 귀신 때문에 애를 먹인 자식일까 싶다고 전주댁은 몇 번이나 되뇌었다. 그러면서 전주댁은 장남이 고등학교를 졸업하고 취직해서 돈을 버는 몇 년 후의 모습을 그려보았다. 정말 그렇게만 된다면 얼마나 좋을까. 사실 그렇게만 된다면 그녀는 영수에게 바랄 것이 없었다.

영수가 동생들을 대하는 태도도 달라졌다. 동생들에게 거의 안하무인에 배려라고 할 줄 몰랐던 영수가 동생들에게, 여름방학이 되면 슈퍼맨이라는 영화를 보여주겠다고 약속했다. 그때까지 창수나 경수는 면에서 공짜로 보여주는 반공영화밖에 본 적이 없었다. 영수는 촌뜨기들에게 형 노릇을 단단히 하고 있었다.

어느 날 오후였다. 동섭은 그해에 쓸 농자금 걱정을 하고 있었다. 영수의 학비 때문에 생긴 일이었다.

"농자금이 모자라겄어."

동섭의 말에 두 아들과 함께 콩을 가리고 있던 전주댁이 고개를 들었다.

"그래, 그동안 열심히 일을 하자고 안 했어."

전주댁의 목소리에는 화가 들어 있지 않다. 담담하게 말한 후 다시 온전한 콩과 부서진 콩을 분류한다. 지금껏 동섭은 미래를 생각하며 살아오지 않았다. 그에게 중요한 것은 늘 이 순간이었고, 현재였다. 느낄 수 있고 만질 수 있는 순간이 아니라면 그는 믿을 수 없었다.

"늘 신세를 지고 있는 아재한테 빌리볼까?"

동섭의 말에 전주댁이 제동을 걸었다.

"그 집도 대학생이 하나에, 고등학생이 둘인데 돈이 엔간히 있겄어?"

동섭의 머릿속은 새로운 돈줄을 찾아 헤맨다. 마을 사람들, 그중에서 돈이 있을 법한 사람, 돈을 빌려줄 정도로 마음이 후한 사람을 찾아 헤맨다. 아무리 생각해도 적당한 사람이 나타나지 않는다. 그는 궁여지책으로 작은집에 가 보기로 했다.

"작은집이나 한번 가보제 뭐."
"그 떵발이 겉은 양반이?"
"그래도 일간데."
핏줄에 대한 정은 없다고 말해왔으면서 동섭은 의문을 제기한다. 동섭이 얼핏 보니 전주댁은 두 아들을 데리고 콩을 가리고 있다.
"지가 뭘 안다고 저러는지 몰라."
전주댁의 말에 경수가 얼굴을 쳐들고 웃었다.
"뭘 갈쳐 줄라고 해도 다 안다고 그러고, 내가 참 기가 멕히서 말을 못 허겄당께. 아주 안다이 박사라, 박사! 꼭 차돌 겉이 양글어 빠져가지고 꼭 즈그 한아씨 도승이랑께."
할아버지라는 비유에 경수가 못내 싫은 기색인지 얼굴을 붉힌다. 전주댁은 더욱 놀릴 셈으로 말을 이어 나간다.
"그래도 즈그 한아씨를 닮았다고 허먼 듣기는 싫어 가지고…… 그럼서도 샘은 많고 다부져 가지고, 작은집 당숙모가 그러는디 종민이가 아무리 경수를 이기 묵을라고 해도 얼매나 조리 있게 잘 따져대는지, 한 대 때리 줄라고 해도 못 때리겄드리야. 그럼서 종민이가 경수를 두고 이약허기를, 그놈은 도저히 말로 못 당허겄드라고 허드리야."
조리 있게 말하고, 샘을 내는 기질은 동섭에게는 없었다. 그것은 전주댁에게서 물려받은 것이었다.
"작은집에 갔다가 오께."
전주댁은 힐끗 그를 한 번 보더니 다시 상위의 붉은 콩으로 눈을 가져간다. 그다지 기대하지 않는다는 의사표시였다. 그가 몇 발짝 마당을 걸어 나올 때 등 뒤에서 전주댁이 외쳤다.
"일요일인께 집에 있기는 있겄네."

회관을 지나 구판장 마당 앞에 드러난 큰길로 갈까, 아니면 동네 가운데 길을 갈까 하다가 동섭은 가운데 길을 택한다. 돌담을 따라 걸어가자 왼쪽에 일가인 신형이네 집이 나타난다. 신형은 그보다는 나이가 아래였지만 아재뻘이기 때문에 그는 이름을 부르는 대신 신형이 아재, 라고 불렀다.

이 집도 여간 시끄럽지 않다. 처녀 적부터 교회를 다니기 시작한 나이 어린 아주머니는 주일마다 돈이나 쌀을 가지고 교회에 가고, 통이 커서 먹는 것을 아끼지 않고 아이들에게 먹인다. 이것은 신형이가 부지런을 떨며 벌어대는 돈을 훨씬 넘어선다. 살림이 나아질 리 없다. 두 사람이 싸우는 소리가 들려서 가만히 들어보면 늘 그것 때문이다.

그곳을 지나자 갑장인 박윤성의 새마을 기와집이 나타나고 모퉁이를 돌자, 오른쪽에 맹 영감 집이 모습을 드러낸다. 먹을 것이 없어 늘 조합장 집에서 빌어먹더니 이제는 제법 번듯하게 집까지 지었다. 맹 영감댁은 정말 악착스럽다. 장날이면 동네 사람들 모두 버스를 타고 가는데 혼자 삼십 리를 걸어 다닌다. 집에서 기르던 개가 장독을 깼을 때는 동네가 떠나가라고 울었다. 하지만 이 집이 핀 것은 두 사람이 구두쇠 노릇을 해서가 아니었다. 중동에 기술자로 파견되었던 큰아들이 많은 돈을 벌어 귀국해서이다. 그렇지만 그것은 또 다른 불행의 시작이었다. 큰아들은 부모를 위해 기와집을 멋지게 지어준 후 비 오는 날 트럭에 배추를 싣고 가다가 교통사고로 죽었다.

길 양쪽에 두 집 대문이 비스듬히 드러난다. 왼쪽이 조합장 집이고, 오른쪽은 아들이 하나 달랑 있는 허 과부댁이다. 두 사람은 서로의 처지를 위로하며 잘 지내는 것처럼 보이다가 어느 때 보면 허 과부댁이

서 과부댁 머리를 쥐어뜯거나 땅바닥에 넘어뜨려 발로 지근지근 밟고 있었다. 결국 서 과부는 허 과부를 피해 부산으로 달아나 버렸다. 하지만 그들이 무슨 일로 싸우는지 정확하게 아는 사람은 거의 없다.

동섭은 오래전부터 아래채를 서당으로 빌려주고 있는 추 영감 집을 지난다. 지금의 서당 선생 댁으로 가는 초입 길이 나타난다. 동섭의 조부가 죽은 후 훈장이 없었던 서당은 폐쇄되었다가 몇 해 전 지금의 서당 선생이 조부의 뒤를 잇고 있었다. 전주댁은 몇 해 전부터 동섭에게 서당 선생을 하라고 부추기고 있었지만 동섭은 할 생각이 없었다. 그는 아이들을 만나는 것, 소란함 속에 있는 것, 서당 선생으로서 존경받는 것, 이런 것들이 모두 귀찮았다.

동섭은 작은집 마당에 들어섰다. 검은 바탕에 발, 꼬리, 귀가 하얀 개가 짖어대기 시작한다. 그 소리를 듣고 형수인 한산댁이 문을 열고 나온다.

"어쩐 일이신기요?"

"자네가 어쩐 일인가?"

안방 문이 열리며 동준이 모습을 드러냈다.

"어디 나가셨는갑네요."

동섭은 대답 대신 작은방 댓돌 위에 신발이 없는 것을 확인했다.

"아까 나가시든디 저 집에 갔는갑소"

한산댁이 말하는 저 집은 작은아버지가 둘째 부인을 땅에 묻고 난 후 온갖 굴욕을 당한 끝에 얻은 월산댁이다. 어느 순간 월산댁에 마음을 두게 된 작은아버지는 밤마다 월산댁을 만나기 위해 집 앞을 얼쩡거렸다. 그러다가 장성한 그 집 큰아들에게 걸려 몇 차례나 수염을 뜯기고 두들겨 맞았다. 그럼에도 작은아버지는 굴하지 않고 월산 댁을 만났고 그녀로 하여금 동호와 동환을 낳게 만들었다. 두 아들은 지금 월산댁이 키우고 있다.

"어쩐 일인가, 여기까지."

그때까지 갈색 줄무늬 잠옷을 벗지 않고 이불 속에서 책을 읽고 있던 동준이 다리를 포개 앉았다. 동섭은 유쾌하게 말하고 싶었지만 그렇게 될지 걱정이었다.

"이런 부탁을 해도 될지 모르겄지만, 돈이 좀 있는가 싶어서요."

"무슨 일인데 그런가?"

"큰아들을 고등핵교에 보내고 난께 돈이 좀 달리서요. 가을에 제가 농사지어서 갚으게요."

"내가 무슨 돈이 있는가, 선생 봉급이 얼매 되는지 아는가?"

"그래도 농사짓는 것보담은 안 낫겄어요?"

애초 쉽다고 생각하지는 않았지만 동준이 이렇게까지 나올 줄 그는 전혀 생각지 못했다. 그는 속으로 외치고 있었다. 넌 나보다 더한 띵발이다. 띵발이, 띵발이!

"그냥저냥 우리도 살뿐이지, 뭐. 여유가 있는 건 아니야."

"그래도 저보다는 여유가 있은께……."

동준의 표정에는 변화가 없었다. 동섭은 금방 후회할 말을 왜 다시 했을까 싶어 자리를 박차고 일어서려다 일어서지도 못한다. 동섭은 동준이 무안할 것 같아 방안을 휘둘러보는 척한다.

"알겠습니다. 없으면 할 수 없지요, 뭐."

동섭에게 문득 전주댁에게 들었던 말이 떠올랐다. 작은아버지고 아들이고 목구멍까지 욕심이 차 가지고. 한산댁이 토방에 서 있다가 그와 얼굴을 맞닥뜨리자, 미안한 표정을 지었다.

"좀 더 있다가 정심(점심)이나 허고 가시제."

"아니요, 됐어요. 가서 할 일이 있어서."

동섭은 서둘러 작은집을 나왔다. 돈을 빌릴 수 있다고 기대한 것은 아니지만, 수치심 때문에 얼굴이 벌겋게 달아오르고 있음이 느껴진다. 빌려 달라고 한 후 안 된다는 말을 들었을 때 자리에서 일어날 것을, 왜 또 한 번 사정했을까. 동준에게 어쭙잖게 굽힌 자신을 용서할 수 없을 것 같다.

빨래터에 이르자, 오른쪽에 김 부자네 집이 동섭의 눈에 들어온다. 그에게 시집오기 전 전주댁과 혼담이 오갔던 집이다. 그는 이 사실을 장모를 통해 들었다.

'전부터 말이 있다네. 삼천갑자 동방삭이, 잠 잘 자는 소대승이… 세 군데서 혼처가 들어왔는디 자네 장인이 사주를 본께 한 집은 집도 못 살고 집안이 헹펜없어서 보지도 않고 자네 집하고 월암 부잣집하고 보는디 그 남자는 명이 짧겄드라네. 글고 자네 집이 학자 집안이고 같은 소띠를 띠어 금실이 조컸드라네. 근디 자네는 유화방천에서 잠자는 축생이고 가는 뭐라고 흐드라, 어디에서 근심허는 축생이라고 허든디, 정말로 부잣집 남자는 서른을 넘기고 얼마 안 있어서 죽어 부렀다네.'

장모의 말이 떠올라 동섭은 피식하고 웃었다. 지금 김 부잣집에 시집간 둥글고 통통한 얼굴에 속눈썹이 짙은 여자는 남편이 죽은 후 세 아들과 함께 살아가고 있었다.

동섭은 작은 개울을 따라 천천히 내려갔다. 오른쪽으로 갑장인 김순철의 집이 나타났다. 군대 시절 이야기만 나오면, 군대를 제대로 갔다 오지 못한 친구들에게 전방에서 소총수로 복무했다는 것을 자랑스럽게 말하는 친구였다. 동열이에게 쌀가마니를 갖다줄 형편이 아니었던 김순철은 오히려 그 일로 인해 더욱 목에 힘을 주게 되었다. 문득 동생들의 얼굴이 그에게 떠올랐다. 내가 벌받는 건가. 그도 동생들 부탁을 단 한 번도 들어준 적이 없었다. 하지만 난 정말 내놓을 게 없었어!

8

"성, 영화는 언제 보여 줘?"

경수의 어리광 섞인 말에 영수는 언제 그런 약속을 했냐는 듯 딴청을 피웠다.

"화학을 하는 사람들은 참 인내심이 많아요. 화공약품 냄새는 발냄새보다도 독하고 머리가 아프기로는 망치로 얻어맞은 것보다 더 아프거든요."

영수의 이야기는 곧잘 사람들을 웃게 만들었다. 그래서인지 초등학교 다닐 때 영수는 친구들의 우상이었고 전교 회장도 지냈다.

영수의 이야기에 다들 웃음을 터트렸지만 동섭은 문득 불안한 기분을 느꼈다. 은근슬쩍 장난처럼 본심을 흘려놓는 화법, 지금 영수가 그 수법을 쓰고 있는 듯해서였다. 그도 그런 화법을 쓴 적이 있었다. 그것은 상대로 하여금 가급적 충격을 받지 않도록 배려하는 마음에서 출발한 것이었는데 그다지 좋은 효과를 보지는 못했다. 사람들은 웃음은 웃음으로, 장난은 장난으로 대응할 뿐 그 속에 뼈가 있다는 생각은 하지 못했다. 머리카락이 쭈뼛하게 서는 것을 느낀 동섭은 이왕 학교엘 갔으니 마칠 때까지 열심히 해보라고 말해 주고 싶었지만 좀 더 기다려 보기로 했다.

토요일 밤이 지나도록 별다른 일은 없었다. 전주댁이 학교에 잘 다니고 있느냐, 고 물어도 영수는 별 반응 없이 그저 예, 라고 대답했다. 영수는 다음 날 오후 이리로 떠났다. 하지만 2주 후에 그는 자신의 예상이 좋지 않은 것에서만 효험을 발휘하는, 맞아떨어지는 것을 보아야 했다. 영수는 부담스러운 동섭 대신 전주댁에게 넌지시 말을 던졌다.

"전, 아무래도 화공과가 체질에 맞지 않은가 봐요."

"그래도 이왕 학교엘 갔으니 마칠 때까지는 열심히 해 보거라. 누구든지 입에 맞는 떡이란 없응께."

고춧잎을 가리던 전주댁이 무심코 말했다. 영수가 좀 더 진지해졌다.

"일단 그 약품들 냄새를 맡을 수가 없고, 그 학교 졸업해 봐야 별 희망도 없어 보여요."

"아니, 그게 무슨 말이여?"

사태의 심각성을 깨달은 전주댁 표정이 달라졌다.

"혹시 지금이라도 과를 바꾸면 안 되냐?"

영수가 고개를 젓자, 동섭은 눈을 감았다. 눈앞에서 벌어지고 있는 이 일이 사실이 아니었으면. 이미 예감은 하고 있었지만 그도 이런 식으로 불길한 일이 다가오리라고는 상상하지 못했다. 이 일은 영수 혼자만의 문제가 아니었다. 전 가족이 영수가 졸업하여 돈을 벌게 될 날만을 기다리고 있었다.

"글쎄, 어째서 네가 그런 과에 들어가게 되었는지 모르겄다, 잉! 절 집 아들은 기계과에 잘만 다니고 있는디… 혹 니가 실력이 떨어져서 그렇게 된 것이 아이냐?"

"제가 그 녀석보다 더 성적이 좋았어요. 그리고 희망과를 물었을 때 전자과라고 했었는데 왜 머리 아픈 냄새만 나는 화공과에 떨어졌는지 모르겠어요."

"너도 알다시피 우리 집이 어디 고등학교 다닐 형편이냐? 네가 공고를 간다길래 그래, 이놈이 그래도 집안 생각도 허고… 그러면, 그 정도라면 힘들어도 보내봐야지 생각을 했는디 인자 지금 와서 네가 이러면 어찌 돼냐?"

전주댁이 애원조로 매달렸다. 동섭은 이것이 못마땅했다. 자식에게는 좀 더 뻔뻔스럽고 당당할 필요가 있었다.

"어쨌든지 간에 저는 인문계에 가고 싶어요. 도저히 못 하겠어요."

"야, 야! 그래, 정 네가 그렇게 할 작정이면 핵교는 무슨 돈으로 다닐 것이냐? 네 계획이 있으면 한번 들어나 보자."

"제가 지금 돈 벌 능력이 있겠어요? 부모님이 대주셔야지요."

더 이상 화를 참을 수 없게 된 동섭은 소리를 버럭 질렀다.

"야, 이놈아! 네 신세 네가 알아서 해! 나는 못 보내준께. 인문계를 가든 인문계 할애비를 가든 네 맘대로 해!"

동섭은 아버지로부터도 늘 이 말을 들었고, 자식에게 할 수 있는 최선의 말로 생각해 왔다. 이런 냉정함이 자식의 자립심을 길러준다! 영수는 들은 체도 않고 어머니에게만 매달렸다. 영수가 이런 이유를 동섭도 잘 알고 있다. 그는 한번 아니라고 말하면 절대 번복하지 않았다. 옳든 그르든 사람은 지조, 가장에게는 권위가 있어야 했다.

"느그 아버지한테 말해봐."

"아부지하고는 말이 돼야 하제."

"글고 그럴 만한 돈이 우리한테 어디가 있냐? 아부지한테 다시 이야기해 보마."

이 말은 단지 시늉에 지나지 않는 것임을 영수도 잘 알고 있었다. 다시 영수는 끈질기게 어머니를 몰아붙였다. 두 사람을 보며 동섭은 생각에 잠겼다. 장남이었지만 부모로부터 제대로 자식 대접을 받은 적이 없었기 때문에, 동섭은 영수에게 그가 받지 못한 장남 대접을 해 주고 싶었다. 그래서 가능하면 장남에게는 관대해지려고 노력해 왔고 모든 것을 허용해 주는 쪽으로 생각해 왔다. 하지만 이 생각은 영수가 예수를 신봉하겠다고 나서면서 틀어지기 시작했다. 이후 그는 영수를 자식으로 생각지 않기로 몇 번이나 다짐했었다.

그런데 영수가 고등학교에 진학하면서 동섭의 생각이 약간 바뀌었다. 한번 머릿속에 틀어박힌 예수라는 것을 몰아내는 것이 쉬운 일이 아니라는 것을 그도 알게 된 것이다. 다시 말해서 영수가 학교를 졸업한 후 직장을 잡고 동생들을 돌본다면 예수 같은 것이야 살아가는데 별다른 지장을 줄 것 같지 않았다.

"혹시 신학교 갈라는 거 아이라?"

어머니의 말에 영수는 고개를 설레설레 흔들었다. 영수는 경쟁자였던 친구들이 다니고 있는 인문계에 가고 싶을 따름이었다.

"그런 학교는 나중에 제가 혼자 벌어서 가도 늦지 않아요."

동섭은 자신도 모르게 한숨을 쉬었다. 영수가 신학교를 가든 가지 않든 그것은 나중 문제였다. 다시 인문계를 가려면 한 해를 그대로 보내고 다시 학교에 입학해야 할 것이고 많은 돈이 필요했다. 그런데 영수는 이미 제 나름대로 부모를 설득했다고 생각했는지 학교를 그만둘 준비를 하고 있었다.

9

한상현이 죽은 지 2년이 지났다.

초상 때와 마찬가지로 아침 일찍부터 마을 사람들이 한씨 집으로 몰려들었다. 지난해의 제사가 소상(小祥)이었다면 이번은 대상(大祥) 즉 마당 제사였다. 한씨가는 고례의 상중 제의대로 상복을 입고 있다가 다시 탈상 때 소복으로 바꾸어 입거나 하지는 않았다. 그런 복잡하고 까다로운 절차를 지키는 집은 이제 거의 없었다. 궤연을 모시지 않는 집도 흔했고 백 일만에 탈상하는 집도 많았다.

늘 이런 행사 때마다 그랬던 것이지만 대상이 눈앞에 다가오자 동섭은 일이 손에 잡히지 않았다. 잠을 설친 탓도 있지만 몽롱한 기분으로 오전을 흘려보냈다. 오후가 되면서는 등에 식은땀이 흐르기 시작했다. 그가 우려하는 것은 동생들이 또 한바탕 난리를 칠까 하는 것이었다. 그렇다고 그들이 내려오지 않기를 바라는 일은 요행을 바라는 것밖에 아무것도 아니었다. 그들도 대상 날을 분명 기억하고 있을 것이고 어김없이 제시간에 도착할 것이 틀림없었다.

아버지가 돌아가시기 전에 동섭은 작은방에 들어가 볼 기회가 몇 번 있었다. 그때 그는 어린 시절로 되돌아가 한 번도 본 적 없던 신비한 물건들에 호기심을 느꼈다. 누런 돋보기안경, 검은 가방 속에 든 편지 뭉치, 쑥뜸을 할 때 사용하는 기구. 이것들을 만져보기도 하고 쑥뜸 하는 도구는 자세히 살펴보고 눌러보기도 했다. 그것들 중에 그를 사로잡은 것은 백만 원 당첨금액의 주택복권이었다. 아버지는 하루에도 몇 번씩 빨간 행운 번호를 보며 일확천금의 꿈을 꾸었을까. 말 상대를 해 주는 영감들이 있기는 하지만, 가슴에 자극을 줄 것이 필요했는지도 모르지. 이것들이 가져다줄 예기치 않은 행운을 생각하면 얼마나 가슴이 벅찼을 것인가. 그의 아버지가 가지고 있던 복권이 당첨된 적은 물론 없었다. 만약 그런 일이 있었다면 본인이 그 사실을 입 밖에 내지 않았을 리 없었다. 늘 오던 영감들과 동네방네 다니며 법석을 떨었을 것이다.

일차적으로 궤연(几筵)에 모셔졌던 물건들은 머지않아 불에 타서 사라질 것들이다. 그렇지만 한상두가 소유하고 있던 서적은 불에 던져지지 않을 것이다. 그것은 손수 붓으로 필사한 책이나 개인 문집이었다. 그것은 한상두의 소유가 아니라 가보였다. 선대로부터 받은 유산이었고 동섭도 자식들에게 물려주어야 했다.

동섭은 서적과 문집을 넣은 궤짝을 도장방에 모셔 두었는데 어느 날 보니 책에 습기가 차 있었다. 그는 이것을 작은방 처마 밑에 비닐을 깔고 모셔 두었다. 햇빛에 내어 말리려고 한 것이다. 그런데 이것이 시골 구석구석을 누비고 다니던 고서 수집장이 눈에 띄었다. 수집장이는 한눈에 그 책들의 가치를 알아보았고 그를 졸졸 따라다니며 그 책들을 팔라고 애원했다. 동섭은 아무리 많은 돈을 주어도 그 책을 팔 수 없다고 했다. 그것은 그의 소유가 될 수 없는 물건이었다. 그렇지만 말쑥하고 약간 나이가 들어보이는 수집장이는 그가 들에 나간 틈을 타 도장방으로 옮긴 궤짝 속의 고서를 훔쳐 가버렸다. 6개월 전의 일이었다.

오후 2시가 되었다. 동섭은 마음이 심란해졌다. 그는 일을 거들러 온 사람들의 부산한 움직임을 보다가 상주임을 잊고 이곳저곳 기웃거렸다.

어느새 오후 3시가 되었다. 갑자기 집 입구가 시끄러워지기 시작했다. 그는 서둘러 입구를 향해 걸어갔다. 막 검은색 자가용에서 내린, 대전에서 살다가 서울로 이사 간 두 동생과 어머니가 보였다. 가슴이 철렁하는 것을 느낀 순간, 그는 가볍게 비틀거렸다. 다행히 눈에 띌 정도는 아니었기에 다른 사람에게 들키지는 않았다.

전주댁도 동섭과 약간 다른 이유에서 놀라움을 금치 못했다. 일행이 마을에 자가용을 타고 금의환향했기 때문이다. 사실 이런 일은 동네가 생기고 처음이었다. 기사까지 대동하고 대영 골짜기에 왔다는 것은 대단한 일이 아닐 수 없었다. 이 광경은 동네 사람 누구에게나, 그들이 돈을 많이 벌었거나 상당한 출세를 한 것이라고 추측하게 만들 것이다.

일행은 차에서 내리자 마치 저명인사처럼, 환영하는 마을 사람들과 일일이 인사를 나누며 집에 들어섰다. 동섭과 맞닥뜨렸을 때도 그랬다. 동휘와 동규는 누가 먼저랄 것도 없이 너털웃음을 터트리며 아주 유쾌하게 인사를 했다. 정말 뭔가 이상하다. 동섭은 그렇게 느꼈다. 어머니 파평 윤씨도 뭔가 달랐다. 아주 낭창낭창하고 교양 있는 목소리로 동섭에게 별일 없느냐고 물었다. 그는 내키지 않았지만 동네 사람들의 이목이 있기 때문에 억지로 반가운 듯한 표정을 지으며 일행을 방으로 안내했다.

잠시 후 동휘와 동규는 전에 초상이 났을 때 자신들이 저지른 잘못에 대해 백배사죄했다.

"정말 저희가 제정신이 아니었어요. 죄송합니다. 형님, 형수님!"

동섭은 침묵을 지키고 있었다. 평소보다 표정이 더 굳어있음을 느꼈다. 그래도 적당히 대꾸를 한 건 전주댁이었다. 그녀는 사람인 이상 무조건 외면할 수는 없다고 생각했다.

"그래."

"이것 좀 받아주세요. 저희 성의입니다."

동생들은 포장지에 싸여진 두 개의 선물을 동섭 내외에게 내밀었다. 이것을 어떻게 받아들여야 하나 결정을 하지 못하고 주위를 둘러보다가 동섭은 사람들의 이목이 선물에 집중된 것을 보았다. 이럴 때 그는 어떻게 해야 할지 알 수 없었다. 전주댁도 어리둥절해하기는 마찬가지였다. 동휘가 너스레를 떨며 포장된 상자 속에서 시계를 꺼낼 때까지 응답이 없었다.

그때 옆에 있던 동네 사람들이 이구동성으로 한마디씩 거들었다. 개인적인 생각이 깃들 여지가 없는 상황이었다.

"자네는 좋겠구만, 이런 선물도 다 받아보고……."

내게 하는 말이던가, 동섭은 생각했다.

"전주댁도 참 좋겠어, 좋은 시동생들을 둬서……."

사실 선량한 동네 사람들이 기다리고 있는 것은 화해였다. 그들은 동섭이 지난 일에 대한 앙금 때문에 모처럼 받게 된 선물을 물리치지 않기를 바라고 있었다.

이윽고 동생들이 손목에 시계를 채워주자 동섭은 매몰차게 뿌리치지는 못했다. 전주댁도 시계를 채워주는 대로 가만히 있었다. 사실 상대의 호의를 무시해서는 안 되는 때가 있고, 사람들의 눈을 속여야 할 때도 있는 것이다.

"뭐, 이런 걸 다."

전주댁의 말에 동섭도 억지로 웃었다. 어쨌든 시계를 받고 나서 얼마 동안 자잘한 이야기들이 오갈 여지가 생겼다.

"그래 말이여."

동섭의 말에 동네 사람들은 이제 형제간의 다툼이 막을 내렸다고 말하기도 하고, 이번 탈상은 아무런 분란 없이 넘어가리라 예측하기도 했다. 동섭도 그러기를 바라고 있었다. 사람도 동물이었다. 배가 고프지 않은 짐승은 토끼나 사슴을 쫓지 않듯이 사람도 자신이 건강하고 경제적으로 여유가 있어 다른 사람의 아픔을 생각할 수 있을 만큼 호젓해지면 굳이 시빗거리를 만들어 싸움을 걸고, 가장 가까운 사람들을 상대로 분풀이하지는 않는다. 그런 극한 행동을 서슴지 않을 때는 대개 자신들의 처지가 불우하거나 비참할 때, 다른 사람의 마음을 헤아릴 수 없을 정도로 삶이 고달플 때이다.

다사로운 분위기는 다음 날 첫 새벽에 제를 지내고 영좌를 철거한 이후까지 오랫동안 지속되었다. 사람들은 약간 마음을 놓은 상태에서 부지런히 음식을 만들고 날랐다. 분위기를 돋우는 사람들도 마음껏 재주를 펼쳤다.

어느새 하루가 지나가고 있었다.

날이 어두워지고 사람들이 한둘씩 집으로 돌아가기 시작했다. 샘에서 부엌으로, 마루에서 마당의 가마솥으로 뛰어다니던 아낙들도 집으로 돌아갔다. 가마솥 아래는 장작불의 불그스레한 화염만이 남아 있었다. 저번처럼 한밤중에 일어날 짜릿한 구경거리를 놓치지 않으려고 늦게까지 돌아가지 않고 있는 사람은 없었다.

저녁 10시 무렵이었다. 케네디 공원 설립위원장이라고 자신을 소개한 한동휘는 미국 대통령인 존. F. 케네디는 극우 세력에 의해 암살되었다는 것, 그의 진보적이고도 화해적인 정책이 우리나라에도 많은 추종자를 만들어 냈다는 연설로 온 동네 사람들의 박수를 받았다. 마을 사람들도 동휘의 연설을 듣고 케네디 공원은 반드시 만들어져야 한다고 입을 모았다.

연설이 끝난 뒤 동휘는 오랜만에 고향에 왔는데 매형 집에서 한밤도 안 자고 갈 수 있느냐고 소매를 잡아끄는 박성기의 성화에 못 이겨 정자로 내려갔다.

그것을 본 동섭은 이제 별일 없겠구나, 싶으면서도 한편으로는 불안함을 떨칠 수 없었다. 사실 그는 선물을 사 들고 자가용으로 내려온 동생들과 품위 있는 자세를 고수하려는 어머니를 도저히 믿을 수 없었다. 근본적으로 인간에 대해 믿음을 갖고 있지 않음을 증명해 주는 행위라고 해도 그는 할 말이 없었다. 사람들의 말과 행동을 보면서 진실 대신 늘 저의를 생각해야만 한다는 것이 그의 의견이었다. 지금껏 그는 살아있는 사람 중에 인간에 대한 회의를 품게 하지 않는 이를 찾지 못했다. 그래서 존경의 대상으로 남은 사람은 한 번도 본 적이 없거나 죽은 사람들뿐이었다. 인간 사이의 일이란 늘 예측할 수 없다, 사람은 가장 즐겁고 재미있는 때를 경계해야 마땅하다! 동섭은 집을 나섰다.

골목으로 나온 동섭은 뒤를 돌아보았다. 지난 초상 때와 달리 동네 사람들이 모두 돌아가 버린 집은 낮에 사람들이 몰려왔다가 돌아간 흔적이 엿보이지 않았다. 마루에 60촉짜리 전구가 훤히 켜진 집은 어찌 보면 괴괴하기조차 했다. 저 속에 살고 있는 자는 사람이 아니다. 짐승이다. 나도 짐승일지 모른다. 그는 자신도 이해할 수 없는 말을 중얼거렸다.

그는 앞집 아재네 집 작은방으로 들어갔다. 한참을 자다가 그는 불쑥 눈을 떴다. 좀체 없던 일이었다. 한번 잠에 빠지면 그는 중간에는 거의 잠이 깨지 않았다. 그는 사람들을 깨우지 않게 조심조심 아재네 집을 빠져나왔다.

골목을 걸어가는 동안 고요함이 동섭을 덮쳤다. 그러나 집으로 가까이 갈수록 커다란 목소리가 들려왔다. 그는 자신의 예감이 맞았다는 것을 알았다. 인간이란 작자는 믿을 수 없어. 그는 봉창에 난 문구멍을 통해 안을 엿보았다.

"형수님, 내가 어떤 놈인지 압니까? 인간 한동규, 무시하면 어찌 되는지 압니까? 한동섭, 한동섭! 어디 갔어?"

"어디 성님 보고 그렇게 불러?"

전주댁이 아이를 꾸짖듯 시동생을 타일렀다. 동규는 잠시 말이 없더니 더 이상 동섭의 이름을 부르지 않았다. 그 대신 손으로 방바닥을 치다가 고개를 획 돌렸다.

"야, 임마! 잠만 자지 말고 어서 부엌에 가서 칼 가지고 와!"

창수는 자는 것 같았다. 창수야, 일어날 필요는 없다. 자거라! 동섭은 마음속으로 외치고 있었다. 동규가 잠들어 있는 창수에게 다가갔다. 창수가 눈을 비비며 일어나 앉았다.

"칼을 뭐 할라고 그래?"

"서러워서 도저히 못 살겄어요. 이 자리에서 내가 죽어 버려야지."

창수가 자리에서 일어섰다. 문이 열리는 소리가 들리고 창수가 마루를 내려서는 것이 보였다. 마당을 걸어가는 창수의 걸음은 똑바르지 않았다. 아직도 잠에서 깨지 못한 것이 분명했다. 창수는 모퉁이로 돌아가서 오줌을 누더니 작은방으로 들어갔다. 동섭은 부엌 밖으로 나왔다. 하늘에는 시들어 가는 그믐달과 약한 빛의 별들이 박혀 있었다. 다시 방안에서 한동규의 고함이 흘러나왔다. 칼을 가지고 오라는 고함소리는 아니었다.

"열세 살 때 누가 군산 앞 바다에 나를 버렸제? 천지도 모르는 어린 아를 갖다가 부둣가에 내버린 사람이 바로 한동섭이여, 한동섭! 성수(형수)는 그 이야기 들었어, 못 들었어?"

동규는 숫제 반말로 가고 있었다. 그럼에도 전주댁의 말투에는 주눅 든 기색이 없었다. 전주댁이 아니었으면 이 집은 아마 지탱해 오지 못했을 것이다. 지금껏 가정을 이끌어 온 것은 전주댁이었다. 그녀는 한껏 동섭을 위하고 또 달래며 용기를 잃지 않게끔 했다. 게다가 마을의 어떤 아낙보다 다부지고 부지런해서 해마다 살림을 늘려오고 있었다. 그리고 이런 사태 때도 맥을 쓰지 못하는 남편을 대신해 시동생들을 대적해 싸워오고 있었다.

"아, 그래! 큰성님이 그랬다, 이 말이제? 나도 자시 들은 적이 없어 잘은 모르겄지만, 그때는 못 묵고 못 사는 때라 한 입 덜라고 바우네 집에 데리다 주었다든디?"

"그게 그거지 뭐요? 아무리 그래도 사람이 그럴 수 있어요? 죽어도 같이 죽고 살아도 같이 살아야지……"

"그래도 그런 일을 어디 성님 혼자 생각만으로 그랬겄어?"

"아무리 아버님이 그러자고 해도 큰성님이 되어 가지고 말렸어야지요. 그러면 안 되제… 내가 버림받고 난 뒤에 어찌 살았는지 알아요?

고생, 고생 말도 못 할 그 고생을 말로 해도 다 못하고 설움, 설움 글로 써도 다 못해요. 그래도 내가 죽을 팔자는 아니었는지 도와준 은인이 있어서……그 은인이 아니었으면 나는 벌써 죽었어요. 누가 이런 내 인생 알기나 해요?"

"아, 그래그래 참 고마운 분이구만, 그래!"

"아니, 그런데 왜 내 앞으로 된 논은 안 주는 거요? 이 집만 차지했으면 됐지, 왜 내 몫까지 꿀꺽 삼키는 거요? "

"아, 이놈이 술을 한잔 마시더니 정신이 어떻게 된 거 아이라, 이거! 아부님이 대구로 감서 다 팔아 가지고 갔는디 뭐가 남아있어? 우리가 산 논은 나중에 우리가 돈 벌어서 위뜸 한아씨한테 산 거여, 몰라도 한참을 모르는구만, 그래!"

"지금 무슨 소리를 하는 거야, 이거! 아버님이 나 주기로 한 땅을 차지하고서는…… 한동섭, 한동섭! 어디 갔어?"

"아니 왜 또 형님 이름을 함부로 부르고 그래?"

"야, 창수, 이놈! 부엌에 가서 칼을 가지고 오라니까 왜 안 가지고 오는 거야? 어서 안 가지고 와! 나 오늘 저녁 여기서 죽고 말 테니까, 어서 가지고 와! 부모형제한테 버림받은 놈이 살아서 뭐 하겠어!"

동규가 죽겠다고 외치는 것은 허세에 불과했다. 더 이상 소란은 없을 것이라고 여긴 동섭은 아재네 집으로 발길을 옮겼다.

다음 날 아침 식사 후다. 일행은 말쑥하게 차려입은 후 길 떠날 채비를 차렸다.

전주댁은 망설이다가 아래채 광으로 달려갔다. 선물까지 사 들고 왔는데, 빈손으로 보낼 수 없었다. 그것은 사람의 경우가 아니었다. 전주댁이 자루에 찹쌀을 담고 있을 때 동휘가 바라지문으로 고개를 디밀었다.
“저, 성수! 돈을 좀 주시면 좋겠는데.”
“무슨 돈이요?”
동휘의 말에 얼굴빛이 변한 전주댁은 뜰방 위에 서 있던 동섭을 불렀다.
“즈그 아부지, 이리 좀 와봐요!”
무슨 일인가 싶어 동섭은 바라지문을 향해 허겁지겁 달려갔다.
“삼춘이 자가용 대절비를 달라네요, 참나!”
“그러면 저 차는 누구 차여?”
“운전사 차라네.”
동섭은 입을 쩍 벌리며 신음소리를 냈다. 저놈들은 결코 출세할 수 있는 놈들도 내게 살림 보태줄 놈들은 아니다!
“내가 이럴 줄 알았제, 지깐 놈이 무슨 돈이 있어서 자가용을 굴리고 왔겄어?”
“그래도 어쩌. 동네 창피하게 돈을 안 줘?”
돈을 내놓지 않으면 어떤 일이 벌어질까. 나는 녀석들을 당해낼 수 있을까, 못할 것이다. 그렇지만 내가 힘들여 번 돈을 저놈들한테…. 동섭은 사타구니에 차고 있던 호주머니를 꺼냈다.
광을 나오다가 동섭은 마당에 서 있는 동휘를 보았다. 동휘는 지금까지 보여준 모습 중에서 가장 양순하면서도 비굴한 미소를 짓고 있었다.
잠시 후 일행은 부의 상징인 검은 자가용을 타고 동네를 떠났다. 그런데 그들이 가고 난 지 며칠 후 어이없는 일이 일어났다. 그들이 사온 두 개의 시계 중 동섭이 받은 것이 갑자기 정지한 것이다. 장날을 기다렸다가 시계를 수리해서 찰 수밖에 없으리라, 여긴 그는 인월 중앙 시계방에 시계를 맡겼다.

다음 장날이 되었다. 동섭은 시계방에 갔다가 뜻밖의 사실을 들었다. 그가 화해의 선물로 동생에게서 받은 시계는 싸구려일 뿐 아니라 고쳐도 오래 쓸 수 없는, 겉만 새것처럼 꾸민, 엉터리 시계였다. 집에 돌아와 사실을 전하자, 전주댁이 길길이 뛰었다.

"에이, 순 야바위꾼 겉은 놈들. 어디 사기 칠 데가 없어서 즈그 성님하고 성수한테 사기를 쳐? 고물상에서 헌 시계를 사 가지고 새것겉이 꾸며 가지고 와서 사람들 앞에서 버젓이 시계를 채워 줘?"

전주댁은 평소의 말처럼 분이 나서 이렇게 외치며 버스를 타러 나갔다. 2시간 후 전주댁은 새 시계를 사 가지고 돌아왔다. 전주댁은 동섭의 손목에 시계를 채워주며 일행이 갔음 직한 꽁무니에다 삿대질하며 외쳤다.

"우리도 시계 하나 샀다, 이놈들아! 우리가 그깟 시계 하나 살 형편이 안 돼서 지금껏 안 산 줄 알제? 일허는 사람한테는 시계가 필요 없은께 안 샀다, 이놈들아, 순 망할 놈들아!"

그런 뒤 전주댁은 온 가족들이 보는 자리에서 시동생들이 사 준 시계를 들어, 서편 돌담을 향해 힘껏 내던졌다. 전주댁의 손을 떠난 시계는 허공을 날아가더니 몇 초 후 돌담에 맞고 에메랄드빛 원판과 바늘, 은빛 몸체, 원형의 유리가 제각각 부서지며 서로 다른 방향으로 날아갔다.

10

"논 서 마지기를 동규가 내놓으라고 하는 것은 다른 말이 아이라, 나허고 느그 아부지가 상(床) 장사를 해서 번 돈을 우리가 외한아씨 헌테 질궈 달라고 맽기났었는디, 그 돈이 질고 질어서 그 돈으로 논을 산 걸 그놈이, 동규 그놈이 내놓으라고 안 허냐. 내가 애초에 느그 아부지보고 다른 논은 사도 그 논은 사지 말자고 했거든. 그 논이 어떤 논이냐, 바로 느그 한아씨가 살림을 몽땅 팔아 가지고 대전으로 감서 다른 사람헌테 팔아 넨기고 간 논이여. 그래 나는 그 논은 죽어도 못 산다, 죽어도 안 헌다고 해도 저 우에 한아씨가 아가, 그래도 느그 시아부지가 부치던 논잉께 느그가 사는 것이 그래도 안 좋겠냐고 하도 달래서 어쩔 수 없이 샀드만 내가 오늘날 이 말썽이 날지 알았제. 왜 말썽이 안 나겄냐? 허기사 그때 그 장사라도 안 했으면 논이 어디 있어, 우리한테. "

소리꾼의 입에서는 잠시도 쉬지 않고 창이 흘러나오고 있다. 그 물은 이 골 저 골의 개울을 따라 흐르다가 바위를 때리기도 하고 나뭇잎을 띄우기도, 벼랑을 만나 큰 소리를 내며 떨어지기도 한다. 그러면서 동섭의 내면도 웃거나 울고 보이지 않게 얼쑤, 하고 외치며 추임새를 하고 있다. 전주댁의 창과 아니리가 시작될 때마다 무슨 새살이 그리 많아, 하고 퉁을 주었던 것은 사실 동섭의 본심이 아니었다.

"느그 아부지허고 같이 상 장사를 다니든 때 어쨌는지 아냐?"

동섭은 아내가 왜 또다시 '시절가'로 방향을 잡았는지 알 수 없다.

그는 어서 자리를 피하고 싶다. 누구네 집에서 무슨 일이 있었는지 누가 길을 가다가 어떤 짓을 했는지를 들을 때는 동섭도 기꺼이 청중이 되고 싶지만 그와 관련된 일에 대해서는, 집안일에 대해서는 그렇지 않다. 그는 헛기침을 한 번 한 후 문을 열고 마루로 나간다.

"내가 참 고달펐니라. 집에서 먹는 거 맨키로 밥 한 숟구락 따땃이 묵을 수 있냐, 잠 한 번 제대로 뜨뜻한 구들막에 등 지짐서 잘 수가 있냐. 고생은 되지만, 그래도 그것이 돈이 된께…… 그 말라비틀어진 집구석이 뭐가 좋다고, 이깐 놈의 집을 못 잊어 가지고 들어오자고, 들어오자고 나헌테 온갖 까탈을 느그 아부지가 다 부리고…… 내가 뭐허러 이런 고생 허냐고 험서 집으로 가자고 조르는데, 못 당해서 내가 들어오고 말았제. 글고 큰 박바가지에다가 밥을 얻어 가지고 디밀어 주면 이녁 입만 입인가 먹어 보라는 소리는 고사허고, 혼자 묵다가 배추 짐치 없다고 배치 짐치 얻어 오라고 시킨 남자가 바로 저 남자여! 이 집구석에 내가 뭘 볼 것이 있다고 시집을 와 가지고, 이날 이때꺼정 이고생을 허는지…… 내가 느그들만 아니었드라도 벌써 짐 싸 갖고 도시로 나가서 혼자 살았을 텐디…… 하기사 나야 지금이라도 도시 나가서 넘의 집 식모살이를 해도 열두 번을 더 허고, 식당에 가서 일을 허고 살아도 내 한 몸 어디 가서 못 살까. 저놈의 남자가 뭘 볼 것이 있다고 이리 사는지. 넘들 겉이 따땂허게 말 한 마디를 헐지를 알아, 넘의 남자들 겉이 재구락시럽게 일을 잘 허기를 해, 넘의 속에 부예나 지르고. 그러고 나서 풀어줄지도 모르고. 언제는 이모네 큰딸이 우리 집에 한 번 와 보고는 놀래드라. 느그 아부지겉이 밥상 잘 던지는 사람은 본 적이 없다고 안 허냐. 가도 지가 안 본 것을 봤다고 허지는 안 컸제. 원래 느그 한아씨가 상을 잘 던졌느니라. 그런께 느그 아부지도 그 본을 따서 그러는 것이제. 느그들일랑 절대 그런 본은 뜨지 마라. 글고 느그들은 성제간에 우애 있게 지내야 헌다. 어쨌거나 우애 있게 지내야제, 느그 아부지 성제들 겉이 그렇게 지내서는 못쓴다……. 근디 느그 아부지는 느그 한아씨가 뭐라고 허면 말대답 한번 헌 적이 없는 사람이여. 그렁께 동네 사람들이 아부지를 보고 느그 증조 한아씨가 새로 난 것 겉다고 안 허냐. 그런 느그 아부지를, 느그 한아씨나 할매, 삼촌들이 어디 사람 취급이나 헌지 아냐. 천하에 둘도 없는 벵신 정도로나 생각했제……."

전주댁의 말에 약간의 과장이 섞였지만 조금도 틀리지 않음을 동섭도 알고 있었다. 가슴이 울컥해진 그는 마당으로 내려섰다. 사실 난 그런 인간이다. 내게 맞는 세상은 어디에 있을까. 가 본 적도 들은 적도 없지만 그곳이 있으면 가고 싶다. 여기는 내가 살만한 곳이 아니다!

전주댁의 입에서 늘 새로운 이야기가 흘러나오는 것만은 아니다. 지나간 과거사를 얼마간의 간격을 두고 되풀이하기도 하고 전에 했던 것을 윤색해서 내놓는 수도 더러 있다. 전주댁의 말솜씨는 동섭의 장모를 그대로 빼어 닮았다. 처가에 들를 때마다 장모도 동섭을 붙들고 온갖 사설들을 늘어놓았다. 전주댁의 입심은 집안 내력이었다.

문득 동섭은 영수를 떠올렸다. 영수는 한 번도 전주댁의 공연을 관람한 적이 없었다. 어머니가 다른 사람의 흉을 보는 것은 옳지 못하다는 이유였다. 그러던 것이 조부가 돌아가신 후 혼자 방을 쓰면서부터는 식사 때나 특별한 일이 아니면 큰방에 들어오는 일이 없었다. 동섭은 영수를 소재로 한 장모의 사설을 떠올렸다. 장사를 위해 아이들을 처가에 맡겨 두었을 때, 아직 어린 영수가 뚤방에서 창수를 업는다고 하다가 오른쪽 다리가 부러진 사건이었다.

"다리가 부러져 아가 우는디 어디 보일 데가 있어야제. 교회 전도사를 찾아갔드만 대나무로 부목을 대서 매주데. 근디 아가 낮에는 울도 않고 잘 놀드만 밤이 된께 울고 보채드라고. 그래서 하는 수 있는가."

장모는 하는 수 없이 부목을 묶고 있던 끈을 조금 풀어주었다. 그러자 영수는 잠이 들었노라고 했다. 영수는 예수로 인한 사건이 생기기 전까지는 착하고 평범하고 도드라진 데가 없었다. 그러던 것이 예배당에 다니기 시작한 몇 년 사이 가족 밖으로 나가버렸다. 영수는 남의 집에 기숙하는 남처럼 웃거나 우는 모습을 거의 보이지 않았다. 과묵하고 음울했다.

영수는 학교를 그만두겠다는 말을 한 다음 해 남원에 있는 인문계 고등학교에 입학했다. 지금껏 동섭은 아이들의 입학식이나 졸업식에 가 본 적이 없었다. 당연히 영수의 입학식에도 가지 않았다. 그는 애들은 낳아놓기만 하면 제가 알아서 큰다, 라는 말을 은연중 믿고 있는 사람들 중 하나였다.

입학하면서 영수는 확연히 달라졌다. 그때까지 살았던 어느 때보다 치열하게 학업에 매진하는 듯이 보였다. 매달 집으로 날아오는 성적표가 그것을 말해 주고 있었다. 그럼에도 동섭은 좋아만 할 수가 없었다. 그의 말을 거역했기 때문이 아니었다. 고등학교 학비를 감당할 여유가 없었다. 가난이 죄는 아니지만 죄를 짓게 할 수 있었다. 그리고 영수는 무분별했다. 자신이 원하는 것을, 단지 의지력만 갖추면 이룰 수 있다고 믿고 있었다. 돈을 타 내는 데도 막무가내였다. 그 때문에 전주댁은 매번 속을 끓였다.

불볕 같은 여름이 다가오고 있다. 영수가 아무런 예고도 없이 내려왔다.

"병원에서 그러는데, 얼굴과 손발이 부어오르고 먹을 때마다 토해서 몸조리하지 않으면 큰일 나겠대요. 간호해 줄 사람도 옆에 있어야 한 대요."

그것은 일종의 신경성 위장병에다가 영양실조까지 겹친 것으로 혼자서 자취 생활을 한 것이 원인이었다. 게다가 영수는 날 때부터 허약했다. 그런 영수가 지나치게 학업에 몰두했으니 병이 오는 것은 당연했다.

이후로 가족들은 영수가 매일 아침 거름자리에서 토하는 것을 볼 수 있었다. 무슨 음식이든 먹는 족족 토하는 것이다. 전주댁은 영수에게 끼니때마다 죽을 먹게 하면서 일정량만 먹이는 식이요법을 썼다. 그리고 위장병을 앓은 이력을 가진 사람들을 찾아다니며 별별 민간요법을 다 동원했다. 특히 부기를 빼는 일에 각별한 신경을 썼다. 위장병에 있어서 부기는 병의 호전이나 악화를 잴 수 있는 척도였기 때문이었다. 그 결과 영수의 병은 차도를 보이기 시작했다. 하지만 안심할 수는 없었다. 그 병은 오랜 시간 꾸준히 치료, 위에 부담을 주지 않으면서 규칙적이고 영양 있는 식사를 섭취해야 호전되는 병이었다.

영수가 집으로 돌아온 지 이 주일이 지났다.

들에 나갔다가 돌아온 직후 동섭은 우체부로부터 한 통의 등기 우편을 받았다. 전주댁은 하던 일을 마저 하고 돌아오겠다고 뒤에 쳐졌다. 전주댁은 본인의 말대로 근성이 있어서 한 번 일에 손을 대면 죽을 둥 살 둥 열심히 일했다. 도대체 몸을 돌보지 않았다.

등기 우편은 영수가 다니는 고등학교에서 발송한 것이었다. 동섭은 젊은 우체부에게 도장을 찍어주고 우체부가 대문간을 나서기도 전에

겉봉을 뜯었다. 그는 천천히 편지를 읽어 내려갔다. 학부모에 대한 인사가 있고 그다음으로 영수의 무단결석에 대한 문제로 인하여 학부모님과 상의를 하고자 하오니 1980. **. **시까지 학생과 함께 출석해 달라는 내용이었다. 끝부분에는 경고성의 말이 씌어 있었다. 지정된 날짜까지 학교에 출두하지 않으면 자동으로 퇴학 처리가 되오니 꼭 학교로 나와 주시라는 것이다.

동섭은 몇 번이나 편지를 읽고 내용을 확인했다. 읽는 동안 몇 번이나 이상한 충동이 이는 것을 느꼈다. 얼마 후 한곳으로 모인 충동이 끓기 시작할 즈음에 그는 고개를 돌려 혹시 어딘가에서 자신의 행동을 유심히 보는 사람이 있는지 확인했다.

아무도 없는 것을 확인하자, 그는 편지를 들고 안방으로 들어갔다. 그는 선반 위에 얹혀있던, 뚜껑이 없는 사각의 검은색 나무 상자를 내렸다. 그 안에는 가장 중요한 것들. 즉 집문서, 논문서, 밭문서, 그가 아버지로부터 물려받은 한석봉 친필 천자문 등이 들어 있었다. 그는 조금 전에 받은 등기 우편을 상자 맨 아래에 넣고 그 위로 문서와 서첩을 다시 포갰다. 그런 후 나무 상자를 선반 위에 올려놓고 담배 봉지에서 가루를 집어내 얇은 종이에 놓은 후 빙빙 돌려서 말았다. 마지막으로 종이에 침을 살짝 묻히려는데 잘되지 않았다. 손이 떨리고 있었다. 간신히 그는 종이를 붙이고, 담배를 입에 물었다. 성냥을 켜자 얼굴이 확 달아올랐다. 잠시 후 그의 코와 입에서 나온 잿빛 담배 연기가 방안을 가득 채웠다.

과거에 동생들에게도 이런 짓을 했을까. 문득 그에게 죄책감이 일었다. 이것은 모두를 위해서 좋은 일이야. 나는 어차피 녀석을 끝까지 밀어줄 자신이 없고. 그놈이 나를 이해해 줄지 아니면 도저히 이해할 수 없을지 모르지만. 나중은 생각지 말자, 지금 이 순간만 생각하도록 하자. 동섭은 담배 연기를 깊게 빨아들였다. 폐부에 담배 연기가 가득 찼다. 이 상태대로 계속 있으면 나는 죽을 것이다. 그는 약간 흥분되었다. 사실 누가 누구를 위한다는 말처럼 허울 좋은 것은 없다. 그것은 쉽게 내뱉어서는 안 될 말이다. 우리나라 사람들이 자식에게 희생하는 풍토는 잘못되었음이 분명하다. 거기에는 대가가 따른다. 그는 이렇게 중얼거렸다.

통지문이 도착하고 며칠이 지나지 않아서였다. 마을 회관에 간다고 했던 영수가 급하게 집으로 뛰어 들어오고 있었다. 그것을 본 동섭은 자신이 한 짓은 까맣게 잊고 그놈, 참! 무슨 급한 일이 있다고 저리 경망스럽게 뛰어오지, 라고 생각했다. 영수가 바짝 코앞에까지 다가왔을 때도 그랬다.

"아버지, 제가 아버지하고 무슨 원수가 졌길래… 아버지가 되셔서 자식 앞길을 막을 수가 있다는 겁니까? 아부지, 하늘이 무너져도 이런 법은 없습니다."

무슨 일인가 싶다가 쉴 새 없이 쏟아지는 몇 마디에서 그는 영수가 허둥지둥 달려온 이유를 겨우 알아차렸다. 영수는 마을회관에 있는 공중전화를 통해 학교에 전화한 것이다. 영수는 울먹이며 대든다. 예상치 못한 영수의 반응은 그는 당황했다. 어찌해야 한다지. 지금 눈앞에 벌어지고 있는 일은 어쩌면 환각일지도 모른다.

동섭이 말이 없자, 영수는 더욱 기세가 올라 퍼부어 댔다. 아버지는 정말 사람도 아니라는 말까지 해댄다. 그럼에도 그는 할 말이 없었다. 외양간의 소처럼 눈만 깜빡댔다. 옆에서 보고 있던 전주댁은 안타까워 어쩔 줄 몰랐다. 궁색한 변명이라도 좋으니 제발 무슨 말이라도 하기를 동섭에게 바라고 있다. 그러다가 도저히 그것을 기대할 수 없는 지경에 이르자, 자식 역성을 들기라도 할 것처럼 전주댁은 동섭을 나무랐다.

"나중에 자식한테 무슨 원망을 들을라고 이런 짓을 했소?"

여전히 동섭은 입을 떼지 않았다. 그는 냉정한 상태에서 영수가 분에 넘치는 짓을 그만두겠다는 말을 하기를 내심 기다렸다. 하지만 그런 일은 일어나지 않았다. 지금까지도 그랬다. 그가 기대했던 일은 거의 일어나지 않았다. 사실 영수는 평생 씻을 수 없는 상처를 안겨준 아버지를 지렛대 삼아 그보다 더한 고통을 줄 결심을 하고 있었다.

그것이 사실로 드러난 것은 영수의 건강이 어느 정도 회복되었을 때였다. 영수는 전주에 있는 검정고시 학원에 다니겠다는 의사를 통보한 후 동섭에게 전주 시내에 월세방을 얻어 주고 매달 소요되는 학원비를 대 달라고 요구했다.

"다른 일이라도 하면서 하제?"

전주댁의 말에 영수는 냉정하게 말했다.

"그건 제가 알아서 할게요."

전주댁은 곧잘 논을 팔아서라도 자식들 공부를 시켜야 한다는 사람 중에 속했지만 아직은 그런 시점이 아니라는 것을 잘 알고 있었다. 아니 그것이 현실로 눈앞에 닥치자, 겁을 내며 뒷걸음질을 치고 있었다.

이후 동섭은 늘 술을 입에 대고 살았다. 하루에 한 병씩 마시던 막걸리를 두 병으로 늘렸다. 그는 늘 술에 취해 있었고 격해진 감정을 이기지 못해 집에 돌아오면 밤새 흘러간 유행가를 부르거나, 자리에 그대로 누워서 잠을 청했다. 사소한 일에도 곧잘 화를 냈다. 창수나 경수가 자신의 말에 대꾸하거나 거역하면 그는 조금도 참을 수 없었다. 그는 아이들에게 매를 휘두르기도 하고 버럭 고함을 지르기도 했다. 전주댁이 말릴라치면 그는 벌겋게 충혈된 눈을 부릅뜨고 외쳤다. 내일이란 것은 없어, 죽고 나면 인생은 그만이야!

제 2 부

1

동섭은 물을 길러 왔다가 두 노파가 우물을 막고 있는 바람에 몇 분 동안 부근 논들의 수원지인 자그마한 방죽으로 눈길을 준다. 방죽 아래로 층계 층계 내려가며 배열된 계단식 논들은 모두 그것을 젖줄로 삼고 있다. 방죽 너머로 보이는 막앞산은 모르는 사람이 보기에는 마을 공동소유의 산이라고 짐작하기 쉽지만 사실은 구영 마을 김씨 선산이다. 제각집 아래로는 신작로가 있고 덕산까지 이어진 들판 가운데는 월암 저수지에서 내려오는 물이 진장과 밧지내기를 지나는 동안 더욱 강대해져 마을을 지나고 있다.

잡담을 끝낸 노파들이 일어서자, 동섭은 물을 푸기 위해 돌계단을 내려간다. 그는 사각형 콘크리트 우물에 양동이를 살짝 집어넣는다. 물이 양동이 속으로 빨려 들어가며 꿀꿀거리는 소리를 낸다. 안에 물이 가득 고이자, 그는 가뿐하게 양동이를 들어 올려 계단처럼 만들어진 콘크리트 받침대 위에 올려놓는다. 순간 수조 안의 물이 출렁거리고 우물 벽에 매달려 있던 푸른 이끼들이 춤을 춘다. 그는 곁에 담배를 한 대 물고 쪼그려 앉는다. 조금 전 두 노파가 오래도록 우물에 앉아 있었던 기분을 이해할 수 있을 것 같다. 머쓱한 기분에 오른쪽으로 눈을 돌려 허물어져 있는 집터와 앵두나무를 본다.

길 아래 푹 내려앉은 지반의 초가집에 살았던 사람은 말상의 남자와 한 팔을 쓰지 못하는 여자였다. 남자가 처가에 찾아가 집의 기둥에 머리를 쿡쿡 찧거나 술에 취해 마당에서 비틀거리다가 버르적거리는 모습이 떠오른다. 남자가 바란 것은 돈이 있는 장인이 집이라도 한 채 장만해 주었으면 하는 것이었다. 하지만 남자의 장인은 내내 그러기를 주저했다. 사위가 원하는 것을 들어주려면 논이나 밭을 팔아야 했다. 사실 농부의 전답은 가족들에게 삶에 필요한 각종 영양소를 공급해 주는 유일한 것이다. 한편으로는 집을 사주고 난 후가 걱정되었을 것이다. 한 가지를 들어주면 그다음에도 들어 주어야 하고, 또 그다음에도 들어 주어야 하지 않을까 두려웠으리라.

장인은 주로 뚤방 위에서나 아니면 방안에서 얼굴이 길고 키가 장대처럼 큰 맏사위의 행패를 목격했다. 그러다가 딸 가진 사람이 죄지, 하면서 사위를 달래 쌀가마를 지워서 돌려보냈다. 하지만 맏사위는 술만 취하면 처가에 찾아와 집타령이었다.

어느 날인가 말상의 남자는 처가에 대한 근거 없는 복수심으로 동네 처녀를 건드려 애를 가지게 했다. 그런 뒤 처가 사람들 눈이 있으면 보시오, 라고 외치며 한 팔을 쓰지 못하는 여자를 작은방으로 내쫓고 처녀를 안방에 들어 앉혔다. 이에 팔 하나를 쓰지 못하는 여자는 두 아들과 딸을 낳은 정실부인임에도 불구하고 대꾸 한마디 못 하고 작은방으로 물러났다.

처녀에게서는 한 사내아이가 태어났다. 한 팔을 쓰지 못하는 여자는 작은방에서 기거하며 큰방의 군불을 때고 두 사람이 먹을 식사를 준비하곤 했다. 한 팔을 쓰지 못하는 여자는 밤마다 벽을 통해 들려오는 두 사람의 거친 숨소리를 들으며 짐승처럼 소리 없이 울었고, 조금도 사랑할 수 없는 갓난아이 울음소리를 들었다. 그때부터였을 것이다. 말상 남자의 턱에 여드름처럼 돋기 시작한 뾰루지가 잠시도 멈출 줄 모르고 성장하더니 이윽고 지붕 위에 매달린 조롱박과 같은 크기의 혹이 되었다. 이후 말상의 남자는 '혹쟁이'라고 불리게 되었다. 혹, 바로 이 혹을 보며 팔 하나를 쓰지 못하는 여자는 얼마나 쾌감을 느꼈을까. 필시 하늘의 천벌이라고 생각했을 것이다. 하지만 그녀도 이것 때문에 말상의 남자가 죽게 되리라고는 생각지 못했다.

혹쟁이가 죽고 나자, 처녀는 아이를 데리고 서울로 떠났다. 그리고 한 팔을 쓰지 못하는 여자는 친정에 와서 살다시피 했고, 아이들도 외갓집을 자신들의 집으로 알고 성장했다. 그런데 작은아들, 꼭 아버지를 닮은 자식은 자라면서 말상 남자의 모습과 행동을 그대로 닮아 갔다. 이것이 늘 여자를 불안케 하는 원인이었다. 아니나 다를까, 둘째 아들은 열일고여덟이 되면서부터 동네 청년들과 술을 퍼마시고 돌아다녔고 툭 하면 싸움질이었다. 그래서 하루가 멀다고 팔다리가 찢기거나 부러져 들어왔다. 이런 아들을 보다 못한 여자가 아들을 진정시킬 의도로 원불교 부속 중학교에 입학시킨 일이 있다. 하지만 새로 산 교복을 입고 학교에 간 아들은 갈기갈기 찢긴 교복에 피를 묻혀 밤늦게 집으로 돌아왔다. 한 팔을 쓰지 못하는 여자는 참을 수 없이 화가 나서 외쳤다.

"이 오살을 헐 놈아, 이 혹쟁이 도승아!"

이렇게 외치던 그녀는 자식을 향해 욕을 퍼붓고 있을 뿐 아니라 자신도 모르게, 그런 씨를 뿌린 혹쟁이를 저주하고 있었다. 그녀는 부자가 대를 물려가며 악물을 떨고 있다는 생각이 불시에 들었을 것이다. 아들은 이 욕을 그 자리에 서서 듣고 있지 않았다. 집안의 장독을 부수고 그릇을 집어던졌다.

"왜 나한테 혹쟁이 도승이라는 말을 해!"

여자는 그래도 그 말은 듣기 싫은가 보다 생각했다.

몇 년 뒤였다.

한 팔을 쓰지 못하는 여자에게 뜻하지 않은 행복이 찾아왔다. 얼굴이 얽은 큰며느리를 보아 내내 마음이 개운치 않았는데 바로 그 며느리가 그녀를 지극 정성으로 보살펴 주었다.

"얼마나 힘들고 어렵게 살아오셨을까? 그러고도 두 아들과 딸을 키우셨다니, 정말!"

그즈음 며느리가 한 번씩 무심코 내뱉던 말들이었다. 한 팔을 쓰지 못하는 여자는 행복에 불안해하면서도 내내 그런 시간이 지속되기를 소원했다. 얼마 동안은 그녀의 바람대로였다. 큰아들이 운수회사에 다니며 짐을 나르는 동안 며느리는 억척스럽게 보험 일을 해 나갔다. 그리고 주말이면 꼭 그녀를 만나기 위해 갓난아이를 데리고 집을 찾았다.

그녀의 며느리는 작은아들에게 취직도 시켜주었다. 그것도 시시한 회사가 아니고 전문대학을 나온 자들이나 들어가는 그런 국영회사였다. 그러면서 큰아들 내외는 동네 큰 집을 사서 한 팔을 쓰지 못하는 여자와 동생들이 살도록 해 주었다.

그런데 그 구조의 어딘가가 잘못되어 있었던 것일까. 아니면 이사를 잘못한 것일까. 아들 내외가 내내 행복하기를 바랐고, 그와 더불어 며느리의 극진한 봉양이 오래오래 계속되기를 기대했던 여자는 놀라운 사건을 전해 들었고, 그때까지 며느리로부터 받은 환대는 본래 자신의 것이 아니라 다른 사람의 것을 잠시 빌려온 것임을 깨달았다. 놀라운 사건이란 다른 것이 아니었다. 바로 그녀가 믿고 의지하려던 큰며느리가 보험을 하던 중 알게 된 중늙은이와 함께 달아나 버린 사건이었다.

그 후 그녀는 잠깐이지만 작은며느리에게서 큰며느리 모습을 보려고 한 적이 있었다. 하지만 그녀는 작은아들 결혼식을 치른 지 얼마 지나지 않아 그런 기대를 한 자신을 책망할 수밖에 없었다. 오빠와 함께 고아처럼 자란 둘째 며느리는 본인이 곧잘 하는 말처럼, 제 살기에도 바쁜 여자였다.

환상에서 깨어나자, 동섭은 평평한 계단 위에 두었던 한 점 파문이 일지 않은 양동이를 들고 자리에서 일어난다. 위의 것은 평생 부모피를 빨아먹으며 살아야 하는, 한 팔을 쓰지 못하는 부엉댁의 불행한 일대기다. 그녀는 자신에게 주어진 운명대로 구박을 받기도 하고 환대를 받기도 하며 살아왔다.

동섭은 처가로 돌아왔다. 고랑에 사는 서지영이 마당에 서 있는 것이 눈에 띄었다. 이 마을의 어느 농부보다 일찍 일어나 자전거를 타고 대영면 일대의 독자들에게 신문을 배달해 주는 것이 서지영의 직업이다. 서지영은 전주댁의 아재뻘이 되는 사람으로 동섭의 처가 일에 주제넘은 관여를 해왔다.

"신문을 돌리러 가지 않소?"

"오늘은 신문이 없는 날이요."

그는 신문을 구독한 적이 없었기 때문에 그 사실을 모르고 있었다. 희멀건 얼굴에 난 짙은 수염 때문에 작은 체구의 서지영은 야성적으로 보인다. 그는 이 사람에 눌려 여태까지 처가 일에 의식적으로 관심을 배제하고 있었던 것인지 모른다. 그리고 또 한 가지 그가 두려워했던 것은 처가 일에 관여해서 재산이라도 챙기려 든다는 말을 동네 사람들의 입을 통해서 듣는 것이었다. 그것은 그가 원하는 바가 결코 아니었다.

마당에 펴놓은 멍석과 마루 위, 방안에서 열 두서너 사람들이 식사하고 있다. 동섭의 장인이 살아 있을 때 비하면 상당히 적은 수의 사람들이다. 하긴 몸을 제대로 놀리지 못하는 노파와, 순진하지만 약간 굼떠보이는 양자가 사는 집에 동네 사람들이 찾아올 리 만무했다. 식사하는 사람들 사이로 대성이었다. 이곳저곳으로 뛰어다니며 심부름도 하고 급하면 상도 날라다 주고 있다. 건달 때와는 전혀 딴판인 모습이었다. 대성은 얼마 전에 얻은 국영회사에 출근하고 있었다.

이전 같으면 밥을 먹고 횡하니 나가버리든지 전날 마신 술을 깨지 못해 이런 날 오지 못하는 일도 부지기수였다. 이혼한 유성이 아들을 데리고 서울로 가서 자주 내려오지 못하게 된 것도 한 이유다. 이후 대성은 처와 함께 자청하여 외갓집 일을 거들고 있다. 외갓집 은혜를 갚는다고 입으로 말하며. 문득 동섭에게 이혼하는 마당에서 만나게 된 형수에게 지껄였다는 대성의 말이 떠올랐다. 전주댁에게 들은 말이다.

'사람이 어떻게 그렇게 냉정하고 모질 수가 있을지 이해가 안 가. 마지막 한 푼까지 더 받아 내려고 형사가 죄인 취조하듯 하는데 옆에서 보기가 민망할 정도여. 그런데 다른 사람은 몰라도 그놈은 그렇게 하면 안 돼. 왜냐면 그놈은 보험을 했기 땜시 발 넓은 즈그 성수가 아니었으면, 죽었다 깨나도 그렇게 좋은 회사에 못 들어가제. 즈그 성수나 된께 아는 사람한테 부탁해서 대리시험 쳐 달라고 부탁할 수 있었제.'

그런데 동서(강종문)가 보이지 않는다. 동섭은 장수댁과 삼 형제는 보았지만 동서를 본 기억은 없었다. 사람이 좀 신실하고 진득한 데가 없이. 휘둘러보다가 동섭은 식사하기 위해 멍석으로 가서 앉았다.

식사를 마치자, 동섭은 대성에게 뒷정리를 부탁하고 집을 나선다.

집 입구를 나서려고 하자, 길 위로 대나무 이파리가 뻗어져 나와 있는 것이 보인다. 그는 이파리를 당겨 입으로 가져가려다가 그만둔다. 함석지붕이 얹힌 공동 우물이 나온다. 물을 길러 온 사람들 대신 빨래를 하는 아낙들이 앉아 있다. 그곳을 지나치자, 마을에서 유일하게 소 2마리를 키우는 세동이네 집이 나온다. 그는 아직 한 마리의 소도 없다. 그다음 처가 소유의 '점뚱'이 보인다. 그곳에는 아름드리 호두나무 수십 그루가 자라고 있다. 올가을에도 그는 호두를 따기 위해 아이들을 데리고 와야 할 것이다. 매년 몇십 가마니의 호두를 생산해 내는 아름드리나무를 보자, 동섭은 태어난 후 과수를 한 그루도 심은 적이 없다는 것을 깨달았다. 난 죽기 전에 아무것도 남길 게 없군.

민자라 불리는 약간 모자라는 여자아이가 사는 집을 빙 둘러싸고 있는 것은 돌을 얼기설기 얽어놓아 구멍이 숭숭 뚫려 있는 보기 힘든 담이다. 다들 돌과 돌 사이에 자갈을 넣거나 진흙을 바르고 그것도 모자라 담 꼭대기에 기왓장을 입혀 담을 세우고 있다. 그곳을 지나자, 수십 개의 계단 위에 서 있는 한 채의 슬레이트집이 나타난다. 몇 해 전 부엉댁이 이사해 사는 집이다.

계단을 거의 다 올랐을 무렵 동섭은 갑자기 배가 아파오는 것을 느꼈다. 너무 많이 먹었나? 하지만 곧 그것이 아니라는 생각이 들었다. 원인은 영수가 돼지 뒷발톱처럼 틀어지기 시작한 이후 매일 마신 막걸리 때문이다. 그러면서 복부가 차가워지기 시작한 것이다. 좋은 징조라고 할 수 없었다. 죽음이 코앞에 다가온 느낌이 들었다. 하지만 그는 곧 자신을 위로하기 시작했다. 노동으로 인해 굵어진 손가락, 햇빛과 비와 바람으로 인해 수십 년간 단련된 몸이 쉽게 고장 날 리 없어!

마루에는 창수와 경수, 재문이와 재선이 앉아 있었다. 하지만 그는 눈길을 줄 여력이 없었다. 그는 황급히 변소 앞까지 뛰어가 일곱 단으로 된 나무 사다리를 타고 조심스럽게 변소 안으로 들어가 쪽문을 닫는다. 이 화장실은 도회지 사람들이 일명 '이층 변소'라고 부르는 것이다. 동섭의 집 화장실도 이와 똑같은 구조로 만들어져 있다. 아래층에 돼지가 살고 그 위에서 사람이 볼일을 본다. 돼지는 사람이 들어올 때마다 꿀꿀거리며 반가운 인사를 하고, 그 위에 쭈그리고 앉은 사람은 돼지의 거동을 주시하며 아주 조심스럽게 볼일을 봐야 한다.

문득 동섭에게 이곳에서 아이를 낳았다는 대성이 처가 떠올랐다. 아이를 낳기 위해 시댁으로 와있던 대성이 처가 볼일을 본다는 것이 그만 아이가 쑥 나와버렸다고 했다. 여자가 애를 낳을 때면 조심해야지. 그러다가 애가 밑으로 떨어지기라도 했어 봐, 누군가 우려하는 목소리가 들리는 듯하다. 순간 전주댁에게 생각이 옮아갔다. 전주댁은 아이를 낳기 직전까지 들에서 힘들게 일했다. 그러다가 잠시 집으로 들어간다고 한 후 10시간이 넘게 걸려서 아이들을 낳았다. 그런 전주댁에게 그는 미역국을 끓여준 적도 산후조리를 해준 적도 없다. 어머니에게 맡기거나 앞집 아주머니에게 모든 과정을 다 맡긴 채, 그런 일에 남자는 참견하지 않는 것인 줄 알고 뒷짐을 지고 서 있었다. 그가 출산의 고통을 알게 된 것은 몇 년 후 전주댁을 통해서였다.

'그때는 삼칠일이라고 쉬는 사람이 어디가 있어? 애 낳고 제 손으로 탯줄 자르고 물 끓여다가 핏덩이를 씻긴 사람들도 많았제. 그러니 그게 어디 사람이 할 짓이여? 애 낳고 몸조리를 못 해서 애 하나 낳고 나면 폭삭 늙고, 애 하나 나면 폭삭 늙는 거제…… 이모가 그런디, 대성이 처도 우리 시어머니처럼, 한 마디 누가 뭐라고 허먼 숨이 꼴딱 넘어감서 뒤로 자빠지는디 아주 가관이드래. 입으로 허연 게거품을 내뿜고 꼭 간질 있는 사람같이 사지를 떨고 발광을 해서 사람들이 팔다리를 주무른다, 한바탕 난리가 났었다는구만.'

그 일을 직접 보지는 못했지만 사실인 듯했다. 전주댁이 간혹 사람들의 말을 별다른 생각 없이 그대로 옮기는 바람에 잘못 알게 된 적도 있지만. 그게 사실이라면 큰일이었다. 어머니 파평 윤씨도 이런 증상이 있다. 아직 이런 경련을 일으킨 적은 없지만, 나도 이 소질을 물려받은 건 아닐까. 그리고 자식에게 물려준 건 아닐까. 그는 불안해졌다. 안면이 마비되고 어쩌다 눈 아래 주름이 떨리는 건 뭘까. 그로서는 이 증상들을 막을 방법이 없다. 이런 일을 의논할 의사도 모르고, 정보를 제공해 주는 곳도 없었다. 까짓것, 이 정도 가지고 뭘. 그는 불안한 생각을 지우기 위해 한껏 애를 썼다.

2

1981년 여름 저녁이다. 서쪽 하늘에 길게 늘어뜨려진 낙조를 볼 수 있다. 황금색, 분홍색, 갈색 등으로 채색된 노을을 본 사람은 사는 것보다 중요한 것은 어쩌면 죽음이 아닐까, 하는 생각을 하게 된다. 그렇지 않다면 노을이 저렇게 아름다울 리 없다.

저녁 식사 때다. 영수가 저녁 어스름을 타고 집으로 기어들었다. 가족들은 저마다 인사를 하지만 그리 정감 있는 것이 아니었다. 영수가 제 갈 길로만 매진하고 있었기 때문이다. 경수만이 일어나 반가운 표정을 지으며 영수에게 달려갔다.

예수 사건이 있고 난 후 영수와 동섭 내외는 사이가 극단적으로 나빠졌다. 그러다가 영수가 공고에 진학하면서 약간 좋아졌다가 다시 원점으로 돌아왔다. 양극단에 서서 구경만 할 뿐 서로를 이해하려는 노력을 기울이지 않았다.

그간 영수는 틈만 나면 돈을 부치라는 편지를 짤막하게 집으로 보냈다. 그리고 그때마다 동섭은 화를 내고 있었다. 그는 마지못해 장남의 뒤를 봐주고 있을 뿐 거의 기대하지 않았다. 부모이기 때문에 당연히 자식의 뒤를 무작정 봐준다는 생각을 그는 해본 적이 없었다. 자식을 그만큼 길러주었으면 됐지, 더 이상 뭘 바라느냐고 영수에게 말하고 싶지만 차마 그러지 못할 뿐이었다.

전주댁이 밥을 가지러 가기 위해 자리에서 일어났다. 동섭은 수저를 잠시 멈추었다가 말없이 식사를 계속한다. 그때 창수가 숟가락질을 멈춘 채 영수의 눈치를 살피고 있는 것이 그의 눈에 띄었다.

"어서 밥 먹어라."

동섭은 창수의 태도가 이해가 갈 듯도 했다. 창수는 지금 무서운 범 앞에 서 있는 것이었다. 어쩌다 주말에 한 번씩 집에 들를 뿐인 영수가 처음부터 창수에게 공포의 대상이 된 건 물론 아니었다.

처음에 영수는 순전히 형다운 관심에서 창수가 공부하는지 감시하거나, 부모님께 순종하기를 권고하는 잔소리꾼에 불과했다. 또한 창수가 게으름을 피우거나 한가하게 낮잠을 자는 것을 웃으며 나무라는 선생이었다. 그런데 어느 날부터인가, 그것은 정확하게 말할 수 없지만 아마 첫 번째 검정고시에 실패하고 난 이후부터, 영수의 태도가 변하기 시작했다. 돈 문제로 동섭 내외와 다투기 시작한 시점이었다.

그때부터 영수는 창수에게 여러 가지를 강요하기 시작했다. 자신이 하지 못한 몫까지 다해 부모님께 효도할 것을, 잠시도 쉬지 말고 공부할 것을, 모든 일을 완벽하게 해낼 것을 요구하기 시작했다. 그러나 그때에도 약간 봐주는, 즉 에누리라는 것이 있었다.

검정고시에 연거푸 두 번 실패한 이후 영수는 한층 달라졌다. 소심하고 착한 평소의 인품이 완전히 바뀌었다고 느낄 수 있을 정도였다. 날이 갈수록 동섭에게 대드는 목소리가 커지고 있었고 쉽게 흥분하기 일쑤였다. 그리고 이런 기분은 창수에게 옮아갔다. 창수의 실수를 용서하려 하지 않았고 일 초도 게으름 피우는 것을 용납하지 않았다. 혹 그런 모습을 보면 영수는 창수를 뒤안으로 불러 앞에 세워 두고 일장 연설을 했다. 열중쉬어, 차려!를 반복해서 시키고 자신이 한 말을 복창시키기도 했다. 심지어는 매를 드는 것도 서슴지 않았다.

부모가 옆에 있는 경우에도 영수는 개의치 않았다. 부모님 말씀에 순종하고 효도해야 한다, 또는 내가 그래도 네 형이니까 이렇게 관심을 가져주는 거야, 라고 말하는 영수에게 동섭은 할 말이 없었다. 게다가 전주댁은 영수가 동생에게 거는 기대가 크고 아끼니까 그러는 것이라 역성을 들었다. 하지만 동섭은 영수의 진심을 알기 힘들었다. 영수의 태도가 위선적으로 보이고, 그에게 못한 분노를 창수에게 풀고 있다고 여겨질 때가 허다했다.

동섭은 창수에게 다시 눈을 돌리지 않는다. 전주댁이 부엌에서 밥을 가지고 들어오자 영수는 밥을 먹기 시작한다.

"저녁 먹고 나서 갈 데가 있으니까, 기다리고 있어!"

몇 숟갈 뜨다 말고 영수가 문득 생각났다는 듯이 창수를 본다. 순간 창수의 표정이 굳어졌다. 창수는 무겁게 숟가락질을 하다가 밖으로 나갔다. 뒤이어 소나무의 옹이가 있고 결이 그대로 드러난 둥근 나무상 아래 방바닥에서 식사를 마친 전주댁도 부엌으로 나간다. 전주댁까지 일어서자, 동섭은 놀란 눈이 되었다. 평소대로라면 전주댁은 제일 늦게까지 그 자리에 눌러앉아 텔레비전을 보거나 아이들을 상대로 잡담, 아니 사설을 풀고 있어야 했다. 견디다 못한 동섭이 상을 마룻바닥에 탕 소리를 내며 내려놓을 때까지 앉아 있어야 했다. 그러던 전주댁이 물을 가지러 간다며 제일 먼저 일어섰다. 역시 기분이 좋지 않은 거야, 떨떠름한 기분으로 앉아 있던 동섭은 서둘러 밥을 비웠다. 자식이 상전이라더니. 잠시 윗목에 앉아 담배를 꺼내다가 그는 밖으로 나온다. 지금껏 방안에서 담배를 피웠지만 갈수록 반항적이 되어 가는 영수가 무슨 말을 꺼내놓을지 불안했다.

마당에는 비가 올 때 만들어졌던 발자국이 그대로 굳어 있었다. 거기에는 여러 사람의 발자국이 있었다. 사람은 늘 이런 식으로 자신의 발자취를 남기려 한다. 그걸 남기면 어쨌다는 건지 알 수 없다. 동섭은 마당을 어슬렁거리다가 마루에 걸터앉았다.

"창수야!"

방문이 열리고 영수가 고개를 내밀었다. 동섭도 고개를 들어 주변을 훑어보았다. 창수는 집안 어느 곳에도 보이지 않았다.

"이 녀석이 어디를 갔지?"

영수는 마당에서 또 한 차례 창수야, 하고 불렀다. 역시 대답이 없다.

"창수 못 봤어요?"

동섭은 못 들은 체하고 고개를 돌렸다. 영수에게 창수를 안겨줘 봐야 좋은 일이 생길 리 없었다.

"이놈의 자식이 어디를 간 거야?"

영수는 아래채의 화장실을 향해 걸어간다. 창수가 그곳에 숨을 리는 없었다. 동섭이 알기에 창수는 한 번 발견된 곳에는 두 번 다시 숨지 않았다. 어디에 숨었을까.

야단맞는 것을 싫어하는 창수는 늘 좋지 않은 상황에 맞닥뜨리는 대신 은밀한 곳에 숨었다. 한 번은 어둡고 냄새나는 변소, 또 한 번은 불을 때지 않아 작은 벌레들과 쥐들이 사는 도장방, 또 한 번은 연장들을 넣어두는 헛간에서 발견됐다. 차라리 꾸중 한 번 듣고 말지, 하고 전주댁이 타일러도 창수의 숨는 버릇은 고쳐지지 않았다.

화장실에 들어갔던 영수가 혼자서 나왔다. 그러면 그렇지. 동섭은 내심 쾌재를 부르며 창수가 어딘가에 잠들어 있으리라 직감했다. 동섭처럼 잠이 많은 창수는 저녁 아홉 시를 넘기는 법이 없었다. 그런 창수를 보며 전주댁은 늘 걱정했다.

"아이고, 아이고 이 잠충아, 너는 필시 잠 때문에 망할 거여!"

게으르기 때문에 더 잘할 수 있는 일이 있다는 걸 전주댁은 몰랐다. 좀 더 사려 깊고, 민감한 감수성을 키울 여지가 있다는 것도 알지 못했다.

언젠가 며칠 동안 창수를 찾아내지 못한 적이 있었다. 창수는 집에 사람이 없는 틈을 타서 밥만 챙겨 먹을 뿐 며칠 동안 누구의 눈에도 띄지 않았다. 그렇다고 동섭이 일을 나가지 않고 지킬 수는 없었다. 그러던 어느 날 밤 전주댁은 창수를 찾아냈다.

"이리 와 봐요. 창수에 여기 있는 갑서."

"어디?"

동섭이 가까이 가자, 전주댁은 마당에 놓인 쇠뒤지 문 앞에 귀를 대고 있었다. 가까이 가자, 정말 코 고는 소리가 들렸다. 틀림없이 창수였다. 창수가 아니라면 경운기 소리 같은 콧소리를 낼 사람이 없었다. 동섭이 문을 열자, 쇠뒤지의 물건들 속에 묻혀 웅크려 자는 창수가 있었다. 몰래 가져다 먹은 밥그릇도 있었다. 동섭은 창수의 얼굴을 보았다. 지극히 평화롭고 삶이 할퀴고 간 상처라고는 없었다. 그때 그는 누가 이 애를 가만 내버려 두지 않는가, 하고 중얼거렸다.

이윽고 영수는 찾는 것을 포기하고 푸른 가방을 챙겼다.

"막차 타고 갈라면 얼마 안 남았어요. 수강료 좀 주세요."

영수는 마루 위에 앉아 있던 어머니를 바라보았다. 그러자, 전주댁은 기다렸다는 듯 속옷 속에 감추어 두었던 빈 주머니를 홀딱 뒤집어 보인다.

"내가 돈이 있으면 안 주겄냐. 너도 눈이 있으면 이 조마이를 좀 봐라!"

영수가 입가에 능글맞은 웃음을 띤다. 이제 그런 약은 수에는 넘어가지 않겠다는 것이다.

"사람 성질 돋구지 말고 어서 줘요."

영수의 목소리가 험악해진다. 영수는 제 삼촌들을 닮아가고 있다, 전주댁은 생각했다.

"돈이 필요하면 미리미리 말할 것이지 밤중에 나타나서 무슨 돈을 달라는 것이냐?"

"앞집에 가서라도 꿔오면 되지, 뭔 잔말이 많아, 이렇게."

영수가 거친 반말로 대꾸하자, 동섭도 녀석에게 응전할 태세를 갖추었다. 다른 사람도 아닌 자식한테 이런 말을 들을 수는 없다는 생각이 들어서이다. 그는 전주댁의 말처럼 '무대'가 아니라는 것을 보여주고 싶어졌다. 그때였다.

“야, 이놈아! 내가 그래도 니 부모여, 이놈아! 어디다 대고 못 배워 먹은 놈같이 싸가지 없는 소리를 허고 그래?”

흥분한 전주댁이 영수에게 삿대질하며 외쳤다.

“그러니까 빨리 돈을 주란 말이요!”

영수가 자세를 누그러뜨리자, 전주댁은 자리에서 일어나 밖으로 나간다.

결국 영수는 목적대로 제 손에 돈을 받아 들고 집을 나선다.

3

영수가 가고 난 후 동섭은 마음이 산란했다. 그는 화를 삭이기 위해 자리에 누워 눈을 감고 있었다. 머리는 지끈거리고 얼굴은 열기로 인해 화끈거렸다. 이 건방진 놈이, 하면서 뺨을 후려갈겼더라면 얼마나 멋지고 사내다웠을 것인가. 내가 너무 자유방임 식으로 애들을 키워서 그럴 것이다. 그는 다시 자리에서 일어나 앉았다. 전주댁은 다시 앞집으로 갔는지 보이지 않았다.

그때 작은방 문이 삐거덕거리는 소리가 들린다. 창수가 온 모양이었다. 녀석이 어디 있다가 온 것일까. 문득 얼마 전의 일이 그에게 떠오른다. 수리잡안 밭에서 일을 하고 있을 때 잠시 고개를 드니 멀리 교복을 입은 영수가 걸어오고 있었다. 영수가 거기까지 찾아오는 것은 분명 제 아쉬운 까닭이었다.

"돈 주세요!"

아니나 다를까. 영수는 제가 맡겨놓은 돈처럼 당당하게 달라고 했다. 정말 이럴 땐 동섭은 황당했다. 이번에는 어디서 돈을 꾸어다가 녀석에게 주어야 하나, 걱정이 앞섰다. 그런데 전주댁은 어느 쪽도 보지 않고 하던 일을 계속하고 있었다. 동섭은 이것을 하나의 신호로 간주했다. 그래서 그도 하던 일을 계속했다.

얼마 후였다.

"이놈이 어디를 갔지?"

전주댁이 펄쩍 놀라며 호미를 놓았다. 동섭도 하던 일을 멈추고 밭가를 보았다. 조금 전까지 하얀 교복을 입고 서서 돈을 내라고 말하던 영수가 간 곳이 없었다.

"지가 자식이면 부모가 일을 하고 있는디 도와줄 생각은 안 허고 밭 가에 서서 돈만 내라고 허다가 어디로 가부리여? 글고 내가 돈을 쌓아두고 있는디 어디 저를 안 주는 것이여, 망헐 놈의 자식 겉으니라고."

전주댁이 악담을 퍼부었다.

"이놈의 자슥 저수지 물에나 빠져 죽어부리라!"

그런데 이 말을 내뱉은 전주댁의 안색이 갑자기 달라지더니 자리에서 벌떡 일어났다.

"왜 그래?"

동섭의 말에 대답도 없이 전주댁은 부리나케 저수지를 향해 달려갔다. 동섭도 엉겁결에 자리에서 일어나 뒤를 따랐다. 봉우리가 뭉툭해진 묘를 지나 저수지와 잇닿은 낙엽송을 따라 달렸다. 동섭의 머릿속에 불안한 상상이 쉴 새 없이 오갔다. 밭에서 내리자 키 큰 풀들이 사람들이 다니는 바닥이 반질반질한 길 양가로 서 있다. 오른편에는 버드나무가 여러 그루 우거져 있다. 그런데 거기에 영수의 하얀 교복이 걸린 채 미풍에 흔들리는 것이 보였다. 전주댁은 그 자리에 주저앉아 아이고, 아이고 하는 통곡 소리를 내질렀다. 동섭은 무슨 일인가 싶어 주위를 두리번거렸다. 저수지까지 뻗은 펄 위에 모셔진 하얀 운동화가 놓여 있고 그 위로 물을 향해 들어간 발자국이 뚜렷했다. 동섭은 입을 쩍 벌렸고 어깨가 무너져 내리는 것을 느꼈다. 그때 수풀 속에서 입을 막고 웃을 때 나는 소리가 들렸다. 어쩌면 개나 쥐들이 끙끙거리는 듯한 웃음소리였다. 그러면서 수풀이 움직였고 동섭은 눈 뜨고 보고 싶지 않은 영수의 알몸을 보았다.

동섭이 황당한 기억에서 벗어날 무렵 전주댁이 방문을 열고 들어온다. 그녀는 자리에 털썩 앉더니 넋두리를 시작했다.

"즈그 아부지, 나는 인자 어찌 살란가 막막허요. 자식놈은 맨 날 와서 돈 달라고 떼를 쓰고 협박허는디 돈 줄 구멍은 없고……."

코를 훌쩍이느라 전주댁이 잠시 입을 다물었다.

"그놈이 원래가 지 아수울 때는 사람 간을 졸아붙게도 허고 살살 녹이기도 허는 놈인디, 지가 아수울 것이 없으면 부모 허는 말은 사람 허는 말로도 안 여기는 놈이여, 그놈이. 맹철구라고 허는 놈이 즈그 부모가 돈도 안 주고 잔소리만 헌다고 부모를 방에 가둬놓고 작대기 가지고 설친다드만 저놈도 하나도 다를 것이 없소."

이녁도 별수 없구만, 하고 동섭은 말하고 싶었지만 잠이 몰려오고 있기 때문에 게을러진 입 근육을 다스리지 못했다. 전주댁은 상 장사를 하던 시절로 거슬러 올라가고 있었다.

"그때 내가 상 장사를 좀 더 허자고 헌께, 뭐하러 이런 고생 허냐고 험서 집으로 가자고 조를 때 내가 알아봤제. 이 말라비틀어진 집구석이 뭐가 좋다고, 이깐 놈의 집을 못 잊어 돌아오자고, 돌아오자고, 나한테 온갖 까탈을 다 부리드만 오늘날 자식놈한테 이런 꼬라지 볼라고 그랬제!"

순식간에 그때 느꼈던 감정들이 동섭에게 달려든다. 어서 마누라가 입을 다물어주었으면 하고 동섭은 간절히 기도한다. 그는 과거로 돌아가기보다는 꿈속으로 들어가고 싶었다. 푸른 바다를 헤엄치거나 조부를 따라 낚싯대를 메고 저수지로 가고 싶었다.

"내가 무슨 좋은 꼴을 볼라고, 이 집구석에 시집을 와 가지고 이날 이때까지 이 고생을 허는지 모르겄어. 우리 어머이 아부지가 원망스러워, 이렇게 원망스러울 수가 없어… 내가 자식들만 아니라면 벌써 짐 싸가지고 도시로 나가서 혼자 살았을 것인디……."

이제 전주댁은 도저히 그만둘 수 없을 지경에 이르렀다. 누구도, 어떤 힘도 전주댁을 막을 수 없다. 전주댁의 과거 재생은 동섭과는 판이하게 달랐다. 그것은 원뿔 같은 구조를 가지고 있어서 밑바닥으로 들어갈수록 더 넓고 강력한 힘을 갖게끔 되어 있었다. 그래서 하나의 줄을 당기면 연시처럼 줄줄이 나올 것이 틀림없었다. 동섭은 아내의 말을 귓전으로 흘리며 간신히 잠이 들었다. 하지만 그것은 오래가지 못한다. 잠결에 그는 몸이 흔들리고 있는 것을 느꼈다.

"일어나, 일어나!"

전주댁이 동섭을 깨우고 있었다.

"제발, 제발 잠을 잘 수 있게 놔둬."

동섭은 고함을 질렀다. 동섭은 자신의 고함이 메아리처럼 울리다가 서서히 잦아드는 것을 느꼈다.

영수가 동섭을 죽이기 위해 칼을 들고 쫓아오고 있었다. 분노가 인 동섭은 먼저 영수를 죽이고 싶었지만, 어찌 된 일인지 도망만 치고 있었다. 골목길이 나타났다. 그는 빠르게 달린다고 생각했지만 그게 아니었다. 발에 맷돌을 단 것처럼 무거워 땅에서 떨어지려 하지 않았다. 그는 간신히 몇 미터를 나아갔다. 그러다 동섭은 무엇엔가 걸려 넘어졌다. 그로서는 무엇인지는 알 수 없었다. 전주댁 같기도 하고 창수 같기도 했다. 분명 사람임에는 틀림없다. 멀리서 영수가 칼을 들고 오는 것이 보였다. 초조해진 동섭은 다시 일어서서 달리려고 했다. 역시 발이 움직이려 들지 않았다. 동섭은 다급한 나머지 얼굴을 바닥에 대고 숨을 헐떡였다. 녀석은 나를 보지 못할 거야. 정말 그에게는 아무것도 보이지 않았다. 자갈과 흙밖에 보이지 않았다. 차별 없는 시간이 흘러갔다. 그런데 그가 고개를 들었을 때 앞에는 칼을 영수가 서 있었다. 영수는 가소롭다는 듯 동섭을 노려보고 있었다. 경악한 동섭은 고함을 질렀다.

4

창수는 어디론가 도망치고 싶었다. 누구의 제지를 받지 않고 원하는 대로 살 수 있는, 자유가 있는 곳으로 가고 싶었다. 창수에게 도망치고 싶다는 생각이 든 것은 영수로부터 기다리라는 말을 들은 직후였다. 그것은 아주 짧은 순간 그에게 강렬한 유혹으로 떠올랐다. 이

탈과 격리에서 오는 해방감은 신선하고 유쾌한 것으로 떠올라 창수를 자극했다. 솔직히 그 순간 창수는 달콤한 희열까지 느꼈다.

창수에게 갑작스럽게 떠오른 '도망'은 약간 비상식적이었다. 그는 다른 아이들처럼 도시로 나가 돈을 벌고 마음껏 시내를 돌아다니고 여태까지 금지된 것을 해보려는 것이 아니었다. 아무렇게나 불어 젖히는 휘파람 소리, 드넓은 하늘 위에 떠 있는 구름 조각, 이리저리 떠다니는 새들, 활활 타오르다가 남은 잉걸불을 쪼이며 보는 별, 산길을 가는 홀로 가는 외로운 방랑자의 모습. 창수의 머릿속에 들어 있는 건 이런 것이었다. 창수는 정말 떠날 작정이냐고 스스로에게 묻는다. 그렇다는 대답이 가슴 한가운데서 울려 나왔다. 창수는 그 길을 하염없이, 아주 오랫동안 걸을 작정이었다. 친구들과 고향 마을과 가족들과 헤어져서. 가족들과 영영 이별해야 한다는 것에 생각이 미치자 창수는 가슴이 뭉클해졌다.

식사가 끝나자, 창수는 밖으로 나온다. 마루에서 뜰방으로 내려서면서 창수는 일단 형을 피해 숨기로 했다. 형은 그에게는 악이며 근원을 알 수 없는 무시무시한 힘을 가진 괴물이었다. 그는 집 모퉁이를 오른쪽으로 돌아 집 뒤쪽과 이웃집의 경계인, 돌담과 집 사이의 좁은 공간에 숨어든다. 이곳에 숨어 있으면 제아무리 귀신같은 영수라고 할지라도 찾아낼 수 없을 것이다.

정말 이렇게 살기는 싫어. 누구의 제지도 받지 않고 살 수 있다면 얼마나 좋을까. 이건 하루하루가 지옥이야. 이 고원을 벗어나고 싶다. 내일은 일요일이니까 내일 출발하는 것이 좋겠어. 그럼 어떻게 계획을 짠다?

그간 창수는 우발적으로 집을 떠나본 적은 있지만 하루를 넘긴 적이 없었다. 도망쳤다가 얼마 못 가 형에게 잡히는 것은 아닐까, 창수는 불안해진다. 형은 전능한 신처럼 내게 군림해 왔고 나는 형이 한 말의 노예가 되어 있어. 이런 창수의 생각도 오래가지 않는다. 방에서 나온 지 고작 오 분도 못 되어 그는 눈꺼풀이 무거워지는 것을 느꼈다.

> 자는 소린 잠 소리요 노는 소린 클 소리라.
>
> 앞집 개야 짖지 마라. 뒷집 개야 짖지 마라
>
> 검둥개야 짖지 마라 우리 애기 잘도 잔다.

어디선가 자장가 소리가 창수의 귀에 들려왔다. 저녁 아홉 시만 되면 동섭은 전등을 끄게 하고 창수와 경수를 억지로 재우려 했다. 그것이 습관이 되어 창수는 저녁 9시만 되면 스르르 눈꺼풀이 내려앉게 되었다.

얼마나 잤을까. 창수는 눈을 뜨는 순간, 거대한 검은 벽이 앞을 가로막고 있는 것을 보았다. 깜짝 놀란 창수는 눈을 감았다. 툭 베어진 하늘의 한쪽 단면이 앞을 막은 것처럼 느껴져 답답했다. 그것이 담이라는 것을 깨닫는 데는 오랜 시간이 걸리지 않았다. 창수는 미소를 짓는다. 왜 이곳에 있게 되었는지 그는 기억을 더듬는다. 그는 곧 형 때문이라는 것을 곧 알게 된다. 그런데 다른 사람의 도움 없이 어떻게 잠에서 깼을까. 그것이 신기했다. 불편한 자세 때문이었을까. 주위가 평소와 무언가 다르다는 것을 은연중에 느낀 것일까. 창수는 방으로 들어가기 위해 조심스럽게 걸음을 옮긴다.

뜰방 위에는 검은 고무신이 두 켤레, 슬리퍼가 두 켤레 있다. 없다!

형이 신고 온 운동화는 옆으로 누운 감색의 다이아몬드 문양이 있었다. 창수는 천천히 마루 위를 기어가 소리가 나지 않도록 슬며시 방문을 연다. 방안에는 나무 위에 헝겊을 입힌 베개를 베고 코를 고는 아버지와 모로 누워 자는 경수가 있다. 어머니는 보이지 않는다. 앞집에 마실을 간 것 같다. 창수는 방문을 도로 닫아놓고 작은방으로 간다. 이불을 깔고 베개를 끌어다 눕는다. 등에 닿는 감촉이 눈물겹도록 부드럽다.

다음 날이다. 창수는 아침에 눈을 뜨자마자, 제일 먼저 형이 있는지를 확인한다. 작은방에는 없다. 부엌이나 마당으로도 귀를 기울인다. 형은 어느 곳에도 없다. 형이 집안 어느 곳에도 없다는 것을 확인하자 창수는 안도의 숨을 내쉰다. 사실 그가 형을 그렇게 두려워해야 할 이유는 없다. 창수도 그 점을 잘 알고 있었다. 형은 대단하지도 않고 내게 어떤 권리를 쥐고 있지 않아. 그럼에도 영수는 스스로 권력을 증대시켜 숨을 쉬지 못할 정도로 창수를 억압하고 있었다.

순간 창수는 막 잠에서 깨었을 때 느낀 꿈의 조각들 속에 불쾌한 것이 묻어 있는 것을 깨달았다. 어제저녁에 느껴졌던 불안 덩어리가 아직 내부에 있는 것이다. 문득 그는 불안한 생각이 들었다. 언제 또 이런 일이 닥칠지 알 수 없었다.

조반을 먹고 나자, 창수는 헛간에서 자전거를 끌어냈다. 자전거는 그가 영수에게서 물려받은 것으로 벌써 6년째 되는 것이다. 자전거가 영수 소유였던 시절에 그는 감히 그것에 손을 대지도, 끌고 다니지도 못했다. 언젠가 그는 앞집 상열이와 함께 자전거를 몰래 몰고 나갔다가 형에게 호되게 당했다.

창수가 안장에 올라 페달을 밟자 자전거가 앞으로 나아간다. 그는 모퉁이를 돌다가 하마터면 앞서가던 소의 엉덩이를 들이받을 뻔했다. 이 때문에 소가 놀라서 펄쩍 뛰었다.

"이런 망할 놈이!"

소를 몰고 가던 갠동 양반이 버럭 고함을 지른다. 깜짝 놀랐지만 창수는 고개를 꾸벅 한번 숙이고는 얼른 달아난다. 어물쩍거리다가는 어떤 욕을 얻어듣게 될지 몰랐다. 하긴 이 정도는 갠동댁에 비하면 아주 약과라고 할 수 있다. 갠동댁은 지독한 노랑이에다가 욕쟁이였다. 그녀는 예사로 쫙쫙 찢어 죽인다는 말을 서슴지 않고 해대는 여자였다. 어쩌면 갠동양반은 처로부터 욕을 배운 것인지 몰랐다. 갠동양반은 농판이나 다름없어서 매일이다시피 마누라에게 구박을 당하고 그것도 모자라 욕지거리를 듣고 있다는 것을 온 동네 사람들이 다 알고 있었다.

자전거는 집앞(지명)을 지나 젊음뚱을 거쳐 신작로를 달린다. 지금멀 다리를 건너 힘들게 오르막을 오르자, 멀리 오른편에는 구암, 정면에는 구지내기가 모습을 드러낸다. 스르르 미끄러져 가는 자전거 안장 위에서 창수는 콧노래를 흥얼거리기 시작한다.

봄의 교향악이 울려 퍼지는
청라언덕 위에 백합 필 적에
나는 흰 나리꽃 향기 맡으며
너를 위해 노래 노래 부른다.

신작로 위에는 오로지 창수 혼자밖에 없다. 들에서 일하는 사람도 없었다. 구지내기 정미소를 지나자 창수는 더욱 속력을 낸다. 자갈

하나 박히지 않는, 자전거 바퀴가 굴러가는 소리가 사각사각 들리는 길이 그를 기다리고 있다.

진장 마을이 나타난다. 그곳을 통과하는 동안 그는 혹시 아는 친구들이나 선생님을 만날까 싶어 지나는 내내 고개를 움츠린 채로 달린다. 이런 때 누군가를 만난다는 것은 조금도 즐겁지 않은 일이다. 전파상, 지서, 자전거포, 라주집, 학교 입구를 가리키는 표지판, 이런 것들이 하나씩 스쳐 지나간다. 다행히 창수는 아는 사람을 만나지 않았다.

마을 사이에 난 길을 빠져나오는 동안 창수는 도망이라는 말을 떠올린다. 그는 어젯밤 집에서 도망치기로 작정했었는데 잠시 그것을 잊고 있었다. 형은 가고 없지만 언제 다시 올 줄 몰라. 불안함이 가지를 치고 뻗어나간다. 나는 왜 자전거를 끌고 나왔을까. 도망치려고 나온 것이 아니었던가. 나는 다른 사람들이 보기에 무언가 의심스러울 것 같다. 지금이 방과 후라면 다르다. 외갓집으로 가고 있다고 해도 조금도 이상하지 않다. 무심결에 외갓집으로 핸들을 돌린 것은 어제오늘의 일이 아니다. 나는 방과 후면 아무 때고, 외할머니가 보고 싶으면 삼거리에서 핸들을 오른쪽으로 돌렸다. 하지만 오늘은 일요일이고 난 집에서 자전거를 끌고 나왔다.

잿뎅이 논을 지난 후 완만하지만 긴 오르막이 나타난다. 힘겹게 오르는 동안 창수는 서서히 지쳐간다. 한 굽이를 지날 때마다 경사가 더해지는 오르막이 나타난다. 그것이 창수에게 사람들이 비유한 인생길로 나타난다. 우울해진 그는 눈물을 한 방울 떨구었다.

드디어 창수는 장탯재 마지막 고개가 보이는 곳까지 왔다. 거기는 자전거를 타고 넘기에는 힘겨운 곳이었다. 중간에 내려 걸어가지 않으면 안 된다. 창수는 힘껏 페달을 밟아 장탯재 고개에 도전해 본다. 자전거가 더 이상 오르지 못하고 거의 정지 상태에 이른다. 늘 섰던 지점에서 크게 벗어나지 않았다. 이것이 그의 육체적인 한계다. 자전거에서 내린다. 창수는 자전거를 끌고 장탯재를 걸어서 넘는다.

정상에서 창수는 다시 안장에 오른다. 페달을 밟지 않아도 자전거는 미끄러지기 시작한다. 속력이 갈수록 빨라진다. 하지만 그는 제동을 걸 이유를 전혀 느끼지 않는다.

"야, 창수야, 어디 가냐?"

구영교를 막 통과했을 때 누군가 창수에게 제동을 걸 것을 요구한다. 그는 왼손으로 브레이크를 당긴다. 끼- 익 하는 소리를 길게 내며 자전거는 멈춘다. 그를 부른 아이가 자전거를 타고 창수에게 다가왔다. 동급생인 복근이라는 아이였다. 이런 곳에서 아는 사람들 만나자 창수는 반가워 싱글거렸다.

복근은 창수가 고갯마루에 서 있을 때부터 아래에서 보고 있었다. 단지 창수가 자신의 생각에 몰두하느라 알지 못했을 뿐이다. 창수는 복근과 안면은 있지만 말해본 적은 없다. 복근은 동급생들 사이에서 평판이 좋지 않았다. 복근은 열등생에다 말썽꾸러기였다. 창수는 복근과 함께 어디론가 도망쳤으면 좋겠다 싶어 아주 쾌활한 목소리로 외쳤다.

"아, 너로구나. 지금 외갓집에 가는 길이여."

"그래, 그러면 같이 가자."

복근의 제의에 창수도 동감을 표시하고 자전거에 올랐다. 자전거 두 대가 나란히 나아간다. 자전거 바퀴의 쉿쉿 하는 소리를 들으며 두 사람은 대화를 나눈다.

"야, 우리 멀리 도망 안 갈래?"

"그래, 까짓것 좋다!"

복근은 별로 생각하는 기색도 없이 대찬성의 뜻을 표시한다. 창수는 복근의 대답이 반가우면서도 덜컥 겁이 난다. 혼자만의 생각이었을 때는 보이지 않던 도망이라는 것이 실체를 드러내고 있었다. 그것은 알 수 없는 두려움이다. 하지만 어젯밤 같은 경우가 다시 생긴다면? 난 떠날 것이다. 이미 떠나버린 말을 채찍질하여 다시 돌아오게 할 수는 없지 않은가.

둘은 면사무소 뒷길에 세워져 있던 달구지에 걸터앉았다. 복근이 먼저 말을 꺼낸다. 매일 저녁 선배, 후배들과 어울려 일명 '짤짤이'를 하고 있는데 그런대로 시간 보내기에는 괜찮다는 것이다. 복근은 곶감 서리도 한다고 말한다. 복근의 이야기에 창수는 귀가 솔깃해진다. 창수는 복근의 말에 견주어 떨어지지 않는 말을 해야한다고 생각한다. 실지로 해본 적이 없다고 말해서는 안 돼. 그래야만 같이 일을 꾸밀 수도, 친해질 수 있어. 그런 점에서 창수는 교활하다. 무슨 이야기를 할까 궁리하다가 창수는 먼젓번 시험 때 커닝했던 사실을 털어놓는다. 복근은 놀라움에 거의 입을 다물지 못할 지경이 된다. 그렇지만 기분 나쁜 표정은 아니다.

"네가 모범생인 줄만 알았더니."

겸연쩍어 창수는 머리를 긁적인다.

"요즘은 집에 있기가 싫어. 어디론가 떠나고 싶다니까."

"그래? 그건 나도 그래."

복근이 팔을 뻗어 창수의 손을 잡는다.

"그런데 언제가 좋을까?"

"다음 주가 어떨까?" 빠르면 빠를수록 좋겠지만 그 전에 준비가 필요할 것 같아."

창수는 적극적이 되어 가고 있다. 이제 다시 똑같은 꼴을 당하고 싶지 않다는 생각이 의지를 단호하게 만들고 있다.

"그럼, 집에는 어떻게 하지?"

"가기 전에 편지를 한 장 써두면 되잖아. 부모님 앞으로 말이여. 저를 찾지 마십시오. 돈 많이 벌어서 나중에 부모님께 효도할게요 라고 말이여."

"그래, 그러면 되겠구나."

5

이틀 후, 밤이다. 창수는 어둠 속을 걸어가고 있다. 서부교회 맞은편에 있는 마을회관까지 가는 동안 저녁 식사 때 본 외할머니와 이모의 얼굴을 자꾸 떠올라 창수는 우울해진다. 다시는 그분들을 만날 수 없다는 생각에 눈물까지 맺힌다. 무엇이 날 이렇게 만든 걸일까. 형 때문이야. 난 진정 그분들의 가슴을 아프게 할 의도는 없었어.

창수는 형광등이 환하게 켜진 마을회관 방으로 들어선다. 먼저 와서 기다리고 있던 복근이 비밀을 공유한 자로서의 의미 깊은 미소를 창수에게 보여준다. 그 얼굴이 경멸스럽다고 느끼기 전에 다른 아이가 눈에 들어온다. 길고 좁은 얼굴, 볼에 박힌 주근깨, 고개를 뒤로 젖혀야만 얼굴을 볼 수 있을 정도로 키가 큰 아이가 창수를 보고 있다. 학교에서 얼핏 본 것도 같지만 창수는 그 아이에 대해서 아는 것이 거의 없다.

"야는 민성이야. 야도 우리하고 처지가 별로 안 다르거든. 집에서는 늘 공부 안 한다고 나무래고, 또 일 안 헌다고 얻어맞고. 도저히 집에서 견딜 수 없는 애거든. 내가 이 애한테만 가출할 것이라고 이야기했더니 같이 가자고 사정하더라."

예정에도 없던 일이라 창수는 당황스럽다. 계획을 취소해 버릴 수는 없을까. 화가 치밀어 올라 자신도 모르게 양미간을 찌푸린다. 이윽고 창수는 마지못해 고개를 끄덕거린다. 복근이 거 봐, 하는 눈빛을 민성에게 건넨다.

"우리 어머니는 말이야. 내가 저녁마다 곶감 서리나 하러 다니고 짤짤이나 하러 다니니까 아예 밤만 되면 밖에서 문을 잠가버리거든. 그러니까 우리가 떠나기로 하는 날은 누군가가 와서 문을 열어 주어야 돼."

"내가 열어주면 되지."

민성의 목소리는 느리지만 굵다.

"밤에 떠나자고?"

"그래, 낮에 떠나는 것보다는 밤이 더 안전할 거야."

창수의 의문에 복근은 다른 사람보다 더 큰 송곳니를 드러내며 웃는다. 실상 창수는 떠난다고만 생각했지 구체적인 계획은 생각지 못했다. 복근이 손에 들고 있던 배구공을 민성이에게 던진다. 공 받기 놀이하자는 것이다. 민성이는 복근이 던져주는 공을 받더니 창수에게 던지려다가 다시 복근에게 던진다.

"야, 얼마 후면 우리는 공부 같은 것은 안 해도 되는구나, 야 - 호!"

복근이 세차게 창수에게 공을 던진다. 공을 받으며 창수는 자신도 모르게 웃음이 나온다. 집을 떠난다는 생각, 누구의 지배나 명령을 받지 않아도 되는 자유로운 신세가 된다는 것, 그것은 창수 또래 아이들에게는 어떤 일보다도 흥미롭고 유혹적이다.

그런데 그들은 정작 중요한 세부적인 계획에 대해서는 한 마디도 없이 헤어졌다. 모두가 처음 겪는 일이기 때문에, 또 지나치게 흥분하고 있어서일 것이다.

마을회관에서의 만남 이후로 그들은 학교 내에서도 자주 만났다. 그들은 후정이 보이는 창가에서 무슨 재미있는 일이 있는 듯이 서로 쿡쿡 찌르기도 하고 갑자기 웃음을 터트리기도 하며 장난을 쳐댔다. 이것을 보고 별 싱거운 녀석들 다 보겠다는 표정으로 보는 아이들도, 이상스럽게 생각한 아이들도 있었다. 하지만 그들이 벌이는 수상쩍은 행동과 머지않은 앞날에 벌어질 일을 연관시켜 생각한 아이는 없었다.

창수는 이 일에 대해 일체 입을 다물었다. 식구들에게 그런 낌새를 비추지 않기 위해서 무던히 노력했다. 심지어 저녁이면 매일 집으로 놀러 오는 친한 친구인 용희에게조차 말하지 않았다.

일주일이 뒤, 쉬는 시간에 복근이 창수에게 면담을 요청했다. 창수가 복도로 나오자, 옆 반 창문 가에서 기다리고 있던 복근이 손짓했다.

"무슨 일로?"

창수는 바람에 흔들리는 꽃잎처럼 싱글거렸다.

"응, 몇 사람을 더 우리 일에 끌어넣기로 했는데 네 생각은 어떠니?"

순간 창수는 가슴이 덜컥 내려앉는 것 같다. 민성이를 끼워 주기로 한 것만으로도 부담스러웠는데 다른 아이들까지. 문득 창수는 커다란 잘못을 저지르고 있다는 생각과 함께 두려움이 일었다. 둘이었을 때, 아니 셋까지도 좋았어. 하지만 이건 아니야. 이제 비밀은 유지될 수 없을 거야. 복근은 여러 사람과 함께 행동해야만 죄책감이나 불안함을 잊는 모양이지만, 난 아니야.

"아무래도 안 되겠어, 나는 이 일에 빠질 거야."

이 말이 얼마나 비겁한 것인지 창수도 알고 있다. 하지만 집으로부터 벗어나려고 한 것보다 더 간절하게 그는, 지금 그들 사이에 낀 자신을 상상하고 싶지 않다.

"너 겁쟁이로구나. 자식이 저밖에 모른 놈이구만. 의리도 없이."

화가 난 복근이 복도 한쪽에 침을 뱉었다. 창수는 아무래도 좋았다. 창수는 의리 같은 것에 연연해 본 적은 없다. 그는 다시 교실에 들어와 앉았다. 그들이 떠나든 말든 이제 상관없는 일이다! 조금 전까지 느끼고 있었던 감당하지 못할 중압감이 하늘로 날아가 버리고 남은 게 없다. 창수는 원점으로 되돌아와 있다. 그들로부터 자유롭다는 생각에 새삼스레 기쁨을 느껴진다.

그날 내내 창수는 홀가분했다. 배신자가 된다는 것도 기분이 나쁘지 않군. 그런데 이틀 후가 되자, 그의 내부에서 더 큰 고통을 주는 덩어리가 올라와 있었다. 그것은 시시각각으로 창수를 괴롭혔다. 처음에 도망가자는 말을 꺼낸 것은 너였어, 그것들은 이렇게 말하고 있다. 전교생 540명과 교직원 20명이나 되는 사람들이 전혀 모르는 일을 혼자만이 알고 있다는 것도 창수는 견딜 수 없다. 선생님께 고해야 하나 말아야 하나, 그는 심각한 상태가 되었다. 결국 그는 선생님께는 말하지 않기로 작정했다. 아무리 생각해도 선생님은 가까이에 서 자신을 구원해 줄 수 있는 존재는 아니었다.

처음에 가출하자고 내가 제의한 것을 복근이 잊어버리면 얼마나 좋을까. 기억하고 있더라도 설마 남아있는 누구에게 그 사실을 말하고 떠날 리는 없을 거야. 아무리 생각해도 누군가에게 말하지 않으면 흥분과 불안이 가라앉지 않을 것 같았다. 좋은 방법이 없을까. 창수는 누군가 복근 일행의 도주를 말려 줄 사람을 찾았다. 그는 문제를 일으킨 장본인으로서의 짐을 덜려 하고 있었다.

궁리 끝에 창수는 매일 저녁이면 집에 놀러 오는 용희에게 사실을 털어놓기로 작정했다. 용희는 동급생은 아니었지만 복근이 반의 반장이었기 때문에 혹 어떤 조처를 할 수도 있었다. 창수는 정말 교활했다. 그는 용희에게 자신과 아무런 상관도 없는 일처럼, 누군가에게 우연히 들은 것처럼 복근 일당의 가출 모의가 무르익어 가고 있음을 알렸다. 그리고 거기에 덧붙여 그들을 말리는 것이 친구의 의무가 아니냐고 천연덕스럽게 주절댔다.

"그게 사실이야?"

용희는 입을 쩍 벌리고 눈을 동그랗게 떴는데 창수가 알게 된 연유 같은 것은 묻지 않았다. 그로서는 천만다행이었다.

"그게 사실이냐? 그러면 내가 복근이를 만나 봐야겠다."

용희는 당장이라도 복근을 찾아갈 것처럼 흥분했다.

다음 날 학교에서 창수는 용희로부터 기다리던 대답을 들었다. 용희는 기쁜 얼굴로 복근을 만나 알아듣게 몇십 분 이야기했더니 절대 그런 일은 하지 않겠다고 약속했다는 것이다. 창수는 일단 안심이 됐지만 복근의 말이 진심이라고 믿을 수는 없었다. 포기한다면 다행이지만 그렇지 않아도 이젠 하는 수 없어.

창수는 용희의 어깨를 툭 치며 환하게 웃어 보였다. 용희도 마찬가지였다. 자칫 커질 뻔했던 사건을 자신의 힘으로 막았다고 생각해서인지 아주 기뻐하는 얼굴이었다.

6

"우리 반에서 누군가 이 일에 대해서 들은 적이 있거나 혹 그 전에 이 녀석들이 이상한 낌새를 보인 것을 본 사람이 있으면 꼭 내게 이야기해 주기를 바란다."

조회 시간에 들은 선생님의 말씀에서 창수는 기어코 일이 터졌다는 것을 알았다. 키가 작지만 머리를 길게 기른 음악 선생님은 의외의 일에 당황하고 있는 것이 역력했다. 아이들이 웅성거리기 시작했다. 창수는 이 일에 대해 전혀 모르는 아이들 틈에 앉아 입을 다물고 태연히 앉아 있다. 그들이 다시 돌아오지 않는 한 이번 일에 창수가 연루된 것을 알 사람은 없었다.

선생님이 나가고 나자, 창수는 마음 한켠이 조마조마하고 떨리기 시작한다. 다른 아이들이 속내를 알까도 두려워진다. 순간적으로 창수는 담임 선생님께 모든 것을 고백하고 용서를 빌까도 생각한다. 하지만 그다음 일이 두려워진다. 전교생의 웃음거리가 되고 반 친구들이 코나 귀 아니면 신체의 다른 부분이 없는 이상한 인간으로 취급

할 것이 분명했다. 선생님들도 그럴 거야. 날 그렇고 그런 놈으로밖에 생각지 않을 거야. 창수는 집 나간 아이들이 다시는 돌아오지 못할 것이라고 믿어본다. 지금껏 창수는 명예라는 것을 존중해 왔고, 사람들에게 손가락질받거나 따돌림을 당하면 죽고 싶을 것이다.

불안 속에서 하루하루를 보내다가 일주일이 지나자, 창수는 그 일에 약간 무감각해졌다. 두근거림은 미약해지고 죄책감도 묽어져 있었다. 창수는 설마 일주일이나 지났는데 가출했던 아이들이 돌아오랴 싶었다.

창수는 다른 날과 다름없이 등교해서 아침 자습을 하고 있다. 한참 수학 문제를 풀고 있는데 누군가 그의 이름을 부른다.

"한창수, 나를 따라와라."

갑자기 나타난 담임 선생님이 창수를 지명했다. 순간 아주 날카로운 햇살이 그의 머릿속을 통과한다. 그는 미로 속에 갇혀 버둥거린다. 에이, 될 대로 돼버려라. 창수는 체념했다. 의지를 버릴 때처럼 마음이 평화로울 때는 없다는 것을 그도 알고 있었다.

교무실에 들어서서 창수는 일주일 전에 이 고장을 떠났던 네 명의 가출자들을 본다. 그들은 나란히 교실 바닥에 무릎을 꿇고 있고, 옆반 선생님이 마대를 들고 있다. 창수는 복근을 경멸이나 원망으로 가득 찬 눈으로 바라보지도 않는다.

"바닥에 무릎 꿇고 앉아!"

창수는 선생님이 이르는 대로 움직인다. 가출자 넷은 오랫동안 씻지 못해 꾀죄죄한 얼굴에 때가 절은 옷차림, 조금 전까지 울어서 생긴 눈물 자국 등으로 차마 눈 뜨고는 볼 수 없을 정도다. 복근이 창수를 힐끔 보고는 난처한 표정을 지으며 고개를 돌려 외면한다. 창수는 정복자다운 입장에서 중얼거렸다. 난 너를 용서한다. 너는 밀고자가 아니다!

가출 학생들의 취조를 도맡고 있는 옆 반 선생님이 창수 앞으로 다가온다.

"어떻게 된 것인지 차근차근 이야기해 봐."

빨간 바탕에 검은 꽃이 그려진 티를 입은 선생님은 늘 입고 다니던 팔꿈치에 가죽을 댄 코르덴 마의를 의자에 걸쳐놓고 있다. 기가 질린 창수는 말을 더듬는다. 창수는 사실대로 말하기로 했다. 창수는 처음 복근이와 만나게 된 일부터 구영 회관에서 민성이와 만난 일, 그러다 나중에 같이 가기를 거절했던 일까지 하나도 빼지 않고 말한다.

"그게 사실이야?"

선생님이 주는 공포 때문에 창수는 예, 하고 대답하며 울음을 터트린다. 창수는 용희를 통해 그들의 가출을 말렸다는 것까지 모두 털어놓는다. 그것 때문에 용희도 사건의 증인으로 교무실에 불려 온다. 용희는 고개를 숙이지도 어깨를 움츠리지도 않고 걸어 들어온다. 진술할 때도 그렇다. 용희는 조금도 양심에 거리낌이 없다는 듯 분명하고 또렷한 말투를 구사한다. 그런 용희가 창수는 부러웠다. 용희는 분명 나와는 달라. 나는 불순물이 섞인 인간이야.

영수는 늘 창수를 용희와 비교해서 말하곤 했다. 영수에게도 용희는 남자다움을 갖춘 남자로 보였음이 틀림없다. 이후 창수는 형의 말대로 용희와 가까워지려고 노력했고, 용희가 친구임에 자부심을 느끼고 거의 존경심에 가까운 눈초리로 보았다. 창수는 용희가 말하는 어투를 흉내 내게 되었고, 모자의 한쪽을 눌러쓰고 한쪽 손을 교복 바지 주머니에 찌르는 버릇을 들이려 했다. 그렇지만 창수는 조금도 달라지지 못했다. 창수는 여전히 불순한 공상을 하고 누구의 사랑도 받지 못하는 인간이었다.

다행히 용희는 진술을 마치자마자 다시 교무실 밖으로 나간다. 사실 용희는 우연히 도망자들의 모의를 알았달 뿐 아무런 책임이 없었다.

담임 선생님이 창수에게 다가온다.

"자, 일어나서 따라와."

창수는 선생님을 따라 교무실 밖의 복도로 나간다.

"네가 어떻게 그럴 수가 있니?"

믿었던 사람에게 배신당했다는 듯 선생님은 흥분하고 있다. 하지만 창수는 그런 태도를 이해할 수 없다. 창수는 선생님을 믿고 의지한 적도, 어려운 일이 있을 때 그 모습을 떠올린 적도 없다.

"학기 초에 가정방문 갔을 때 부모님이 너를 잘 봐달라고 하면서 곶감까지 주셨는데, 왜 그런 짓을 생각하게 된 거야? 집이 싫었어?"

"아버지는 매일 술 드시고 고함지르고 공부 좀 할려면 불 끄라고 하고, 형은 형대로 공부하라고 때리고 괴롭히고."

숨기고 싶었던 집안일을 털어놓게 되자 창수는 수치심을 느꼈다.

"그래도 그렇지, 이 녀석아! 이건 엄연히 도피야. 사람은 누구든 현실에서 도망치고 싶을 때가 있어. 하지만 다들 참고 자기 일을 하고 있는 거야. 그 사람이 없을 경우 다른 사람이 받을 수 있는 아픔이나 상처를 생각해서 말이야. 어찌 되었든 그것은 올바른 방법이 아니었어. 자, 열 대만 맞아, 엎드려!"

선생님 말씀대로 창수는 창틀에 엎드린다. 하지만 엉터리라는 생각을 지울 수 없다. 우선 선생님은 창수의 말을 끝까지 들어주지 않았다. 선생님은 내가 처한 상황을 이해 못 해. 내가 다른 사람들처럼 살아갈 수 있다고 믿고 있어. 엉터리야, 엉터리! 그리고 선생님이 생각하는 현실이 창수에게는 비현실적으로 보였다. 그에게는 모든 것이 시시하고 아무짝에도 쓸모없는 짓들로 보였다.

창수의 엉덩이에 매가 떨어져 내리며 탁탁 소리를 낸다. 창수는 조금도 고통을 느낄 수 없다.

"자, 들어가자!"

선생님의 뒤를 따라 창수는 교무실 안으로 들어간다. 그때 수업을 마친 여선생들이 교무실로 들어왔다. 그들이 여자임에 창수는 더욱 부끄러워진다. 이제 나는 이들의 사랑을 엿볼 수 없게 되었어. 이들은 이 일을 쉽게 잊지도 않을 것이고, 경멸하거나 비웃지 않고 날 볼 수 없을 거야. 창수는 바닥에 무릎을 꿇고 앉는다. 그때 누군가가 건너편 책상에서 굵직한 목소리로 말하는 것이 창수에게 들려온다.

"바로 저놈이 주동자라구."

나무통처럼 굵고 허리가 굵고 키가 작아 드럼통처럼 생긴 교감 선생님이다. 교감 선생님의 집게손가락은 창수를 가리키고 있다. 주동자, 주동자라고? 창수는 무리 속에 있기를 원한 적이 없고, 무리를 이끌려고 한 적도 없다. 주동자, 처음으로 접해보는 말의 충격에 창수는 잠시 정신을 잃을 지경이다. 사실 일상생활에서 무감각하게 보아 넘기고 대수롭지 않게 여길 수 있는 일을 언어로 지칭했을 때 그것은 그때부터 살아 움직이기 시작한다. 역사적으로 어떤 경우에 사용되었는지를 드러내고 여태까지 그것에 사람들이 부여한 수많은 느낌까지 실어 온다. 주동자라는 말은 원래 있던 용기에서 나오자마자 엄청난 힘을 갖게 된다.

조사가 끝나자, 취조 담당 선생님의 지시에 따라 창수와 도망자들은 팬티와 러닝만을 걸친 채 교실 밖으로 나온다.

"자, 다 같이 운동장 열 바퀴를 돈다. 실시!"

그들은 열을 지어 운동장을 돌기 시작한다. 채 몇 미터도 가지 않아 창문으로 사람의 머리가 하나씩 둘씩 나온다. 그들이 팬티와 러닝 차림이기 때문이 아니었다. 누군가 가출을 했다는 것만으로도 흥분한 전교생은 눈과 귀를 그들에게 집중시켰다. 이 장면을 못 보면 영원히 후회한다는 듯 유리창이 검게 바뀔 정도로 빽빽이 달라붙는다.

운동장을 도는 동안 창수는 힘들거나 숨이 차지 않았다. 그러나 팬티와 러닝만을 걸친 채 모든 학생의 구경거리가 되고 있다는 사실은 그 자리에 쓰러져 죽고 싶을 만큼 절망감을 준다. 창수는 옆과 뒤를 돌아본다. 놈들은 어떤 기분일까. 제일 뒤에서 고개를 숙인 채 달려오는 민성이를 제외한다면, 다른 세 명의 도망자는 조금도 풀 죽은 모습이 아니다. 서로 쳐다보며 시시덕거리기도 하고 창가에 서 있는 학생들에게 손을 흔들기도 하는 등 의기양양하다. 그들의 뻔뻔스러움이 창수는 저주스러우면서도 부럽다.

그들은 정학당한 일주일 동안에도 의기양양했다. 나무에 거름을 주고 풀을 베면서도 학생들을 만나면 아주 자랑스럽게 도회지에서 일어났던 일들을 말했다. 도회지에서 보았던 신기한 것들, 짜장면을 배달하던 때의 일들 따위에 허풍을 섞어 장황하게 늘어놓는다. 그러면 다른 학생들은 부러운 시선으로 그들을 쳐다본다.

반면 의외의 인물이었던 창수는 가출하려 했던 문제아로서, 친구들을 배신했던 자로서 친구들로부터 따돌림을 받았다. 그리고 그는 그것을 기꺼이 받아들였다. 그것은 그가 바라는 바였다.

7

"돈을 줘야 빨리 전주 간다니까요."

영수의 재촉은 불같다. 저쪽 형편 같은 것은 전혀 염두에 두지 않는다.

"지금 모 심고 들어오는 길이여. 나도 지금 어깻죽지도 아프고 허리가 끊어질 것 같애서 똑 죽겄다. 너는 왜 나만 보면 돈타령이냐? 지금 놉들 오는디 밥을 빨리 해야 된다."

전주댁이 죽는소리를 해도 영수는 눈 하나 깜짝하지 않는다. 이 녀석은 제가 대단하다고 생각하고 있다. 어쩌면 왕이라고 생각하고 있는지 모른다. 난 녀석을 어떻게 다룰지 모른다. 늘 이놈 뒷바라지에 피가 마른다는 생각이 들고. 전주댁은 이내 백기를 들고 싶어졌다.

"어머이가 제가 사는 자췻집에 한 번이라도 온 적이 있어요? 간장 한 종지에 김치 한 조각으로 식사를 때우는 날 보기나 했어요?"

"그래, 안 가 봤다. 근디 이리서 자취헐 때 찾아간께 네가 나한테 얼마나 까탈스럽게 굴었냐, 누구는 어찌허고 있고 누구는 뭘 가지고 있는디 나는 뭐냐, 얼마나 애백이를 했냐, 그래서 그 뒤로는 네가 사는 데는 안 찾아간 거여."

그때 두런거리는 말소리와 발소리가 들려온다. 놉들이 오고 있다.

"아이고, 큰일났네!"

영수와 실랑이를 벌이다가 전주댁은 부엌으로 뛰어 들어간다. 발을 동동 구르며 부엌과 샘 사이를 뛰어다닌다. 이 집에서는 오로지 늘 나만 바쁘고 나만 힘들다. 어떻게 밥을 차려 내지? 때는 늦은 것 같다. 사람이라도 샀어야 했다. 녀석이 나를 잡고 있지만 않았어도 벌써 밥솥에 김이 올랐을 텐데. 전주댁의 귀에 놉들이 집으로 걸어오는 발소리가 크게 들린다.

"일을 늦게까지 시켰으면 사람이 양심이 있어야제, 밥도 안 주는 데가 어디에 있는 법도여?"

돌아가는 상황을 눈치챈 놉 한 사람이 마당에 선 채 동섭에게 소리친다. 동섭은 꿀 먹은 벙어리처럼 말이 없이 큰 눈동자만 굴리고 있다. 이것이 오만해 보인다. 이쯤에서 무어라고 사과해야 한다. 전주댁은 마음이 더욱 바빠졌다.

"밥을 못 주겄으면 삯이라도 더 주어야 하는 거 아이라?"

다른 놉들도 벌들처럼 윙윙거린다. 금방이라도 동섭의 멱살을 잡든지 물건이라도 내던질 기세다. 동섭은 역시 어쩔 줄 몰라 하고 멍청하게 서 있다. 전주댁은 화가 머리끝까지 오른다. 등신 같은 인간. 내게만 큰소리칠 뿐 사람들에게는 제대로 변명조차 하지 못하는 무능한 인간! 그때 뜰방 위에 서 있던 영수가 자리에서 벌떡 일어나며 들으라는 듯 큰소리로 내뱉는다.

"그래, 그렇게 애끼서 죽을 때 싸 들고 가시오, 잉."

가방을 든 영수가 놉들 사이를 헤치고 터벅터벅 걸어간다. 놉들 앞에서 다른 사람도 아닌 자식에게서 이런 말을 듣다니. 수치스러움에 전주댁은 얼굴이 확 달아오른다. 이런 말을 듣고도 살아야 하나? 입술을 실룩여지고 눈물이 터져 나올 것 같다. 전주댁은 남편을 본다. 도대체 감정이 드러나지 않는 얼굴이다.

이웃 간에 품앗이하는 것이 농촌에는 상례로 되어 있고, 어느 집

대접이 시원찮고 어느 집은 융숭한, 그런 차이는 있다. 그리고 그날 그 집 사정에 따라 일이 더 길어지기도 예사다. 다시 말해서 놉들이 이렇게까지 된 것은 순전히 동섭 때문이었다. 동섭은 오후 참을 먹기 전까지만 해도 모심는 사람들 뒤에서 술을 한 잔씩 따라 주기도 하고 이리저리 다니며 모를 날라주기도 했다. 그런데 참을 먹고 난 직후 술에 취해 몸을 가눌 수 없었던 동섭은 염치고 체면이고, 논두렁을 베고 누워 버렸다. 설상가상으로 코까지 골았다. 그때 전주댁은 재빨리 동섭에게 달려가 흔들어 깨우려고 했다. 하지만 동섭은 아무리 흔들어도 음, 음 하는 잠꼬대 소리만 할 뿐 자리에서 일어나지 않았다. 하는 수 없었다. 전주댁은 못줄 앞으로 가서 놉들의 화를 돋우지 않기 위해 이렇게 외쳤다.

"누가 저 양반 좀 밀어서 꼬랑으로 빠자 버려요!"

전주댁의 말에 놉들은 한바탕 웃음을 터트렸다.

"놔두시오, 팔자 편한 양반 잠 깨우지 말고."

그런데 해가 지고도 일이 끝나지 않자, 놉들의 마음이 급해지고 있었다. 어서 집으로 돌아가서 쉬었으면 하는 눈치가 역력해졌다. 자꾸 놉들의 눈이 논두렁에 누운 동섭에게로 향하고 있었다. 전주댁은 억지로 남편을 깨워 집으로 보냈다. 그리고 얼마 뒤 저녁을 짓기 위해 놉들만 남겨두고 집으로 온 것이다. 그랬기 때문에 그녀는 놉들 사이에 무슨 말이 오갔는지 알 길이 없다. 분명한 것은 그녀가 집으로 돌아와서 곧바로 저녁을 준비했더라면 별다른 소란 없이 하루를 넘길 수도 있었다는 것이다.

조금 전 일에 충격을 받은 놉들은 조금 냉정한 상태가 되어 있었다. 그들 중에는 한씨네가 이런 꼴을 당한 것이 아주 고소하다고 여기기도, 자식이란 본래 그런 것이라고 동정해 마지않는 사람들도 있었다. 하지만 이 일이 놉들의 흥분된 상태를 싹 가시게 했던 것은 사실이다. 때는 이때다, 전주댁은 놉들에게 사과하며 이번만 봐달라고 여자다운 미소로 애원한다. 남자들의 눈빛에 순진함과 착한 것이 전주댁 눈에 느껴진다. 놉들은 못 이기는 척하고 발길을 돌린다. 전주댁은 그들의 뒤에 대고 외친다.

"너무 섭섭허게 생각들 마시오, 나중에 따로 대접을 걸게 할 텐께."

기분이 풀어진 놉은 손을 들기도 하고, 아직 풀리지 않은 놉은 알았어요, 무뚝뚝하게 말하며 사라져간다. 그들을 집 어귀까지 바래다주고 전주댁은 돌아온다.

"사람이 대체 왜 그래? "

도대체 빈둥거리는 인간은 전주댁을 참을 수 없게 한다.

"왜 그러기는 왜 그래. 심들고 피곤헌게 그러제."

동섭은 되레 큰 소리다. 다른 사람에겐 찍소리도 못하는 인간이 집안에서는 늘 큰 소리다. 전주댁은 기분이 울컥해지며 눈물이 쏟아질 것 같다. 아마 내 인생은 이렇게 마감할 것이다. 내가 바랐던 남자는 좀 더 능력 있는 남자였다. 그런 남자를 만났더라면, 내가 할 수 있는 일도 더 많아졌을 것이다. 그런 생각을 해봐야 소용없는 줄 알면서도 늘 이렇다.

"농판이 겉은 남자를 데리고 살라니, 참."

더 이상 말해보아야 전주댁은 속만 터질 뿐이었다. 얼마 후 전주댁은 안방에 잠들어 있던 경수를 깨워 늦은 밥상 앞에 앉는다.

"창수는 어디 갔냐?"

경수는 아직도 게슴츠레한 눈을 뜬 채 수저를 든다. 경수는 형제

중 가장 논리적이고, 전주댁을 닮아 독립심이 강하다. 하지만 전주댁은 늘 대하기가 껄끄럽다. 언제 제 주장이 옳다고 달려들지 모르기 때문이다.

"아까 그놈 따라가는 것 같았어."

동섭이 대신 말한다.

8

집을 나온 후 영수는 말없이 걷는다. 창수는 뒤따라오고 있다. 영수는 학교 일을 봐주는 이 주사의 집 옆, 초등학교 정문 앞 버드나무 아래에 놓인 평상에 앉는다. 조금 전에 어머니와 실랑이를 벌인 흥분이 아직 가라앉지 않고 있다. 그래서 그가 창수에게 말하는 투는 격앙되고 심각할 수밖에 없다. 창수가 가출하려 했다는 것은 영수로서는 너무 실망스러웠다. 어머니로부터 그 말을 듣는 순간 너무 놀라 그는 신음을 냈었다.

"이 순간부터 나는 네게 절대로 손을 안 댄다. 어떤 잔소리도 하지 않을 것이고, 아무런 관심도 두지 않을 것이다. 이제부터 너는 네 맘대로 살면 된다."

영수의 말에 창수는 거의 표정의 변화를 보이지 않는다. 조금 놀란 표정을 지으면 좋으련만. 영수의 바람에도 불구하고 창수는 무표정하게 영수가 하는 얘기를 듣고만 있다. 영수는 은근히 걱정된다. 창수는 자신의 진심을 알려고 하는 것 같지 않아서다. 내가 괜한 헛소리를 하고 있다고 생각하는 것일까. 그렇다면 곤란하다.

"내 행동에 대해 후회는 없어. 넌 우리 가족 모두에게 기대되는 애였으니 말이야. 그간 너를 때리고 다그친 것도 다 널 잘되라고 한 처사였어. 나는 그랬거든. 내가 어떻게 행동해야 할지 어떤 길을 택해 걸어야 할지 물어볼 사람이 없었거든. 만약에 내게도 형이 있다면 얼마나 좋을까 생각한 적이 정말 너무나 많아. 무게 있는 언어로 내게 호령을 하고 군기 있고 엄격한 생활을 할 것을 명령해 준다면 나는 지금까지와는 다른 길을 걸었겠지. 이렇게 빗나가지는 않았을 거야… 그러니까 내가 네게 했던 것은 내게 형이 있었다면 받고 싶었던 것을 해 주려고 한 거였어."

"형은 내가 그런 것을 원하지 않는다고 생각해 본 적은 없어?"

영수는 자신의 귀를 의심한다. 평소의 창수라고 믿을 수 없을 정도다. 그렇게 착하고 고분고분하고 내가 시키는 대로 했는데.

"넌 아마 내 마음을 이해하기 힘들 거야. 너도 내 나이가 되면 내 심정을 이해할 거야. 당장은 이해할 수 없겠지만."

창수가 이해할 수 있을 것 같다는 표정을 짓는다. 여기서 영수는 약간 용기를 냈다.

"내가 얼마나 널 생각했는지 알려면 내가 쓴 일기장을 보면 알 거야. 지금은 물론 그 계획을 포기했지만. 거기에 보면 앞으로 네가 받아야 할 교육과정과 소용될 교육비가 제 나이별로 되어 있어. 내가 돈 벌어 널 대학까지 보내려고도 했어."

"그래요?"

"나중에 창수가 잘 되면 제게 감사할 때가 있으리라 생각하면서 그랬는데…….”

자신이 빠졌던 함정에 창수를 빠지게 하지 않기 위해 영수는 큰 노력을 했다. 그 계획대로 실행에 옮겼다면 그는 분명 좋은 형이 될 수 있었을 것이다. 하지만 그는 중간에 그 계획을 접어야 했다. 창수에게 모두 말할 수는 없지만 그는 자신의 인생을 희생하는 데까지는 갈 수 없었다. 즉 그는 주님의 종이 되겠다는 결심만을 포기할 수는 없었다. 그래서 그는 자신이 할 수 있는, 창수의 정신적인 면을 강화해 주려고 했다.

그런 생각을 할 때만 해도 난 순진했어. 영수는 갑자기 화가 치밀어 오른다. '순진'이라는 단어 때문이다. 이제 나는 우리 부모가 어떤 사람인지 잘 안다. 자식을 낳기만 했을 뿐 그들은 거의 아무것도 하지 않아. 그들은 무관심한 부모이며, 자신들의 일 외에는 관심이 없어.

“지금 이 순간부터 나는 우리 집안의 큰아들이 아니다. 이제부터는 네가 큰아들이다… 부모님이 되어 가지고 자식이 하고 싶어 하는 일을 밀어주기는커녕 되레 못하게 막고, 또 내가 집에 들어가기만 하면 찬 바람이 씽씽 분다, 불어! 그래서 오래전부터 생각한 일이지만 네게 장남 자리를 물려주고 오늘 저녁에 나는 죽을 작정이다. 내가 이렇게 너한테 내가 죽으려고 하는 것을 알려주는 이유는 첫째, 누군가에게 나는 가노라, 하는 말은 하고 죽어야겠다는 생각이 들어서이고 둘째, 내가 지금 하는 말을 집에 가서 하지 말라고 하면, 네가 안 할 것 같아서다. 만약에 누군가 이 일을 알고 방해하게 된다면 그건 몹시 곤란한 일이 아니겠니? 그리고 이런 짓이 비록 주님께는 죄를 짓는 것이지만, 이렇게 사느니 오히려 죽는 것만 못한 것을 어쩌겠니. 부디 내가 죽거든 이 집안을 잘 이끌어 나가기 바란다.”

비록 부모가 아닌 창수를 상대로 한 말이지만 할 말을 다 하고 나자, 영수는 속이 후련해진다. 집으로 가자마자, 창수는 부모님께 내가 죽겠다고 한 말을 고스란히 전할 거야. 그러면 그들도 어떤 결단을 내리겠지. 내내 무관심한 그대로 있든지 나를 찾아 나서든지. 버드나무 아래서 영수는 창수에게 손을 흔든다.

"잘 가!"

말끝에 영수는 내 인생이여, 사랑이여, 행복이여, 젊음이여, 하고 끝도 없이 되뇌고 있다. 그 길로 그는 저수지를 관리하는 동우네 집을 향해 걸어간다. 그와 동우는 구암교회의 신자이자 친구였다. 두 사람은 때때로 만나 농사꾼의 자식으로 태어난 불우한 처지를 한탄하기도 하고, 서로의 언행에서 믿음이 부족해 보이는 부분을 찾아내서 야유를 퍼붓기도 했다.

"동우야!"

아래채에서 동우가 문을 열고 나왔다.

"늦게 웬일이야?"

동우는 그에게 웬일이야, 라는 말을 배운 이래 늘 그 말을 써먹고 있었다.

"오늘 전주에서 내려왔는데 좀 심란해서."

동우가 영수의 어두운 표정을 보고 문을 비켜섰다. 동우도 영수네 집 사정을 아주 잘 알고 있었다. 영수는 조금 전 있었던 일을 말했다.

"그렇게 애끼다 죽을 때 싸 들고 가라고 했지."

"부모한테 악담을 했구만."

"그렇게라도 해야지, 대들고 싸울 수는 없잖아."

영수는 피식 웃고 바닥에 털퍼덕 누웠다. 무얼 더 물으려던 동우는 책상에 앉아 공부하기 시작했다.

동우가 불을 끌 때까지 영수는 멍청히 흘러나오는 생각들에 몸을 맡긴다. 내게도 좋은 시절은 있었어. 초등학교 때 나는 학교의 유명 인사였으니까. 말 잘하고, 글도 잘 쓰고, 친구들이 좋아하는 우상이었어. 전교 어린이회장도 지냈지. 비록 졸업식 때 교육감 상은 받지 못했지만. 마이크를 잡고 아침마다 조기회 청소를 알리기도 했었어. 그때 다들 여자 같은 미성이라고 입을 모았지. 내게 이런 시절은 다시 올 수 있을까. 올 수 있을 것 같지 않다. 내 초라한 꼴을 봐라. 난 경쟁에서 밀려났고, 다시는 그때 그 화려한 자리로 복귀할 수 없을 것이다.

"왜 그래, 잠이 안 와?"

동우는 영수가 죽으려고 작정한 것을 눈치채지 못하고 있었다.

"신경 쓰지 말고 어서 공부나 해."

영수는 대꾸도 없이 혼자 생각에 빠져 있었다. 세상에 검정고시에 세 번이나 떨어지다니. 나 같은 인간은 살 가치가 없다. 머지않아 영혼이 빠져나간 내 육신은 흐느적거리고 부패할 것이다. 더러운 욕심과 애욕에 시달렸던 육체는 썩어서 식물의 거름이 되고 한 줌 흙이 될 것이다.

부모로부터 어떤 연락도 오지 않는다.

새벽 2시쯤 영수는 동우가 잠을 깨지 않도록 조심하면서 집을 빠져나온다. 내가 지상에서 보낸 시간은 얼마나 될까. 나는 곧 지구가 생기고 난 이후 죽어간 많은 생물 중 하나가 된다!

집 옆의 효자비를 지나자 개울에서 들리는 물소리가 들려온다. 영수는 옆에 난 좁은 길을 따라 조심스럽게 걸어간다. 곧 좁고 높은 여수로 다리가 그를 기다리고 있다. 그는 난간도 없는 위태한 다리에 선다. 아래로 떨어지면 두개골이 산산조각이 날 것 같은 다리다. 발을 헛디뎌 콘크리트 바닥으로 떨어질까 두려웠던 어린 시절이 그에게 떠오른다. 정말 두려운 것은 이런 것이 아니었다. 순간 그는 이것을 깨닫는다.

여수로를 지나 그는 저수지 둑을 오른다. 눈에서 걷잡을 수 없는 눈물이 쏟아졌다. 이게 버림받은 자식의 눈물이구나. 저수지 둑 아래로 내려간 그는 옷을 벗어 돌 위에 반듯이 개켜놓는다. 운동화도 벗어 그 위에 살며시 올려놓는다. 오랫동안 주인에게 봉사한 것에 대한 예의라는 생각에서다. 이것들은 내가 죽었다는 표식이 될 것이며, 부모님께는 적잖이 큰 고통을 안겨줄 것이다. 그분들도 이만한 고통은 치러야 한다. 그는 또다시 중얼거린다.

그는 미리 준비해 가지고 온 노끈을 쥐고 큰 돌을 찾아 헤맨다. 그도 노끈으로 돌과 자신의 몸을 연결해야만 시체가 가라앉는다는 것을 알고 있다. 저수지 둑이 끝나는 동쪽을 향해 갔다가 그는 들기에 벅찬 돌을 발견한다. 됐어, 바로 이거야! 그는 돌에 입을 한 번 맞춘 후 돌을 들고 옷을 개켜놓은 자리로 돌아온다.

그는 어떤 외압에도 풀리지 않도록 돌과 허리에 노끈을 단단히 묶는다. 그런 다음 바위를 두 손으로 안아 걸음에 방해를 주지 않도록 배 쪽으로 끌어당긴다. 준비가 끝나자, 그는 동네 산 쪽을 바라본다. 어둠에 묻힌 거대한 장벽이 그와 마을을 가로막고 있다. 그는 그 너머의 집을 향해 잠시 동안 절을 한 후 이윽고 물속에 발을 내디딘다. 그때 잠시 말라 있던 눈물이 또다시 솟아오르기 시작한다. 하마터면 발가락에 나뭇가지가 걸려 넘어질 뻔했지만 그는 가까스로 중심을 잡는다.

그는 검은 물속을 찰랑거리며 걸어 들어간다. 얼마나 들어갔을까. 허연 물체 하나가 갑자기 물속에서 솟아오른다. 육신이 있기 때문에 갖게 되는 환각일 거야. 그것이 그에게 가까이 오라는 손짓을 한다. 놈은 죽음을 인도하는 사자일 거야. 그런데 어쩐지 귀신의 얼굴이 그의 눈에 익었다. 곰곰이 생각하다 그는 그것의 정체를 깨닫는다. 귀신은 남자처럼 보이지만 남자가 아니다. 그보다 네댓 살 많은 어사리의 처녀였다. 그녀는 어느 해 무슨 일인가로 저수지에 몸을 던졌고 동네 사람들이 온 저수지를 뒤져 머리칼을 잡고 시신을 저수지 밖으로 끌어냈다.

아, 한 가지 잊은 일이 있다. 세상을 하직하기 전에 주님을 향해 기도해야 한다. 하지만 이렇게 죄를 짓는 마당에 무슨 면목으로? 또 그러다가 귀신이 도망치기라도 하면 어쩌지? 그 순간 영수는 계통발생을 거슬러 올라간다. 그는 인생을 더듬어 올라가다가 수천 년 전 진화가 되기 전 조상들의 의식까지 몸으로 느낀다. 그러자 몸이 찌릿한 감동이 온다. 이것이 생명의 정리 작업인가 보다.

그것이 끝나자, 지금껏 전혀 본 적이 없는 근엄한 얼굴의 사형집행관 모습이 물 위로 떠 오른다. 그자는 무표정하고 메마른 인간을 많이 닮았다.

"마지막으로 할 말이 없느냐?"

이 세상에 마지막으로 남길 말이라면 무엇이 있을까. 그는 진지하게 생각한다. 언어는 내가 존재하고 사람들이 있을 때만 소용이 있는 것이다. 아무것도 없다. 당연히 내가 세상에 남길 말은 없는 셈이다.

"없습니다."

재판관이 그에게 다시 한번 기회를 준다.

"육친에게 할 말은 없냐?"

그는 조금 전에 작별 인사를 하려 했다고 말하려다가, 집이 있는 쪽을 향해 고개를 숙인다.

"불효자는 먼저 가렵니다!"

그의 눈에서 눈물이 쏟아진다. 빌어먹을 눈물아, 이제 더 이상 흘릴 일도 없으니 양재기로 쏟아지든 동이로 쏟아지든 네 맘대로 쏟아지려무나! 의식이 끝나자, 사형집행관은 더 이상 그를 괴롭히지 않고 물속으로 사라진다.

드디어 물이 가슴까지 차오른다. 이제 얼마만 더 들어가면 그는 죽을 수 있을 것이다. 조금씩 걸어감에 따라 물은 그의 목, 입, 코를 삼킨다. 이때 무엇인가 펑, 하는 소리를 내며 터지더니 하늘이 밝아진다. 그것을 본 그는 가슴과 뇌에 벅찬 오르가슴을 느낀다. 말할 수 없는 환희가 솟아오른다. 처녀 귀신도 별똥처럼 꼬리를 내흔들며 사라진다. 지금껏 그는 이런 빛을 본 적이 없다. 그렇다면 나는 지금껏 허깨비만 보고 산 거야. 주여, 당신이나이까? 그분이다! 그분은 지금 막 죽으려고 하는 내 앞에 모습을 드러낸 것이다!

"이게 무슨 짓이야!"

그때 뒤에서 동우 목소리가 들려온다.

9

어느새 겨울이다. 전주댁은 언 땅을 파는 동섭 옆에 서 있다.

전주댁이 몇 번이나 내다버리라고 했음에도 경수는 부엉댁 집에서 죽은 고양이 사체를 가지고 왔다. 죽은 고양이는 흰 줄과 회색 줄이 배에 나란히 있는 덩치 큰 어미 고양이다. 고양이가 죽은 것은 그저께 저녁이다. 고양이는 부엉댁이 쥐를 잡기 위해 부엌에 놓아둔 쥐약을 버무린 보리쌀을 먹었다.

죽은 고양이에게도 좋은 시절은 있었다. 부엉댁의 막내딸인 은하가 도회지로 돈 벌러 가기 전 몇 해 동안 놈은 은하의 친구로서, 애인으로서 호강을 누렸다. 하지만 그녀가 떠나고 난 이후에는 내내 찬밥 신세였다. 부엉댁은 제대로 쥐를 잡은 적이 없는 녀석에게 한 번씩 밥을 굶겼고, 먼저 아랫목을 차지하고 있으면 빗자루를 휘둘렀고, 무릎에 앉아 아양을 떨며 꺼칠꺼칠한 혀로 손을 핥을라치면 기겁해서 바깥으로 집어 던졌다. 사실 부엉댁은 은하의 부탁만 아니었으면 고양이가 죽기 전에 버렸어도 열두 번은 더 버렸을 것이다.

동섭은 경수의 애원대로 고양이가 묻힐 구덩이를 만들어 주고 난 후 처가 아궁이를 바를 황토를 파서 옆에 세워 두었던 바지게에 담는다. 그동안 경수는 고양이를 매장하고 묘지의 흙을 돋우어 주고 있다. 사금파리로 된 비석을 세워 주고 간단한 축문을 읽는 것으로 장례를 끝낸다.

"이렇게 애를 쓰시서 어쩌요?"

"광수 그놈이 어서 집으로 돌아와야 되는디……."

어느 틈엔가 뒤에 부엉댁이 와 있다.

"오기는 올란지."

고 이명진 처사의 유언이 아니라도 이씨가의 사람들은 광수를 양자로 인정하기 어려웠다. 그들은 광수를 처음 본 순간 이씨가의 핏줄이 아니라는 것을 알 수 있었다. 이씨가의 기질에 모자란다 싶을 정도로 우직한 기질은 없었다. 아이고, 저 녀석이 정말 이 집을 지탱해 갈 수 있을까. 임춘복 여사와 세 자매는 만나기만 하면 이런 걱정을 했다. 성장 과정에서 나타나는 행동도 그다지 미덥지 않았다. 광수는 지게를 지고 나무를 해오고, 풀을 베는 데는 열심이었지만 학업을 등한시했다. 광수가 중학교에 진학하지 못한 것도 형편 때문이 아니라 본인의 의사에 의한 것이었다. 특히 그들의 눈살을 찌푸리게 한 것은 같은 또래가 아닌 한참 나이 어린애들과 노는 광수였다. 반편이도 아니고, 꼬마 대장도 아니고, 정말 걱정이네. 그들은 모이기만 하면 이런 얘기들을 나눴다.

광수가 내부에 쌓인 갈등을 드러내기 시작한 것은 스물이 넘어서였다. 그중 하나가 파마머리였다. 일거일동을 감시하는 부엉댁이나 어머니가 무어라고 빈정거릴 줄 알면서도 수시로 미장원에 드나들었다. 그놈도 멋을 낼 줄 아는 인간이었다! 그때 다들 그렇게 말했다. 그러다 광수는 어머니와 세 누나가 몸을 부들부들 떨 정도의 사건을 일으켰다. 정자나무 아래에 있는 가게의 아들이 자신을 꼬마 대장이라고 놀리자, 광수는 한밤중에 도끼를 품고 가게를 찾아갔다. 다행히 아들은 어디론가 피하고 없었다. 광수는 불같이 화를 내며 가게의 유리창을 모조리 부숴 버렸고 밤새 마룻바닥을 도끼로 찍어가며 도망친 아들을 찾아내라고 주인 내외를 협박했다. 이 사건 이후로 두 여자는 광수에게 조심스러워지지 않을 수 없었다.

집을 떠난 지 6개월 후쯤에 광수는 한 통의 편지를 보냈다. 거기서 광수는 아무런 말도 없이 집을 떠난 것에 대해서 진심으로 사죄하고 있었다. 그는 대구에서 염색공장의 종업원으로 일하고 있다고 했다. 하지만 언제 다시 집으로 돌아오겠다는 약속은 없었다.

"즈그 에미가 꼬드겨서 데리고 간 것을 어쩌겠소."

부엉댁의 말에 전주댁은 생각에 잠겼다. 광수 생모는 왜 자식을 데리고 가버린 것일까. 구영에 남겨둬 봐야 재산은 모두 딸들에게 돌아갈 것이라고 여긴 것일까. 아니면 못 먹고 못 살 때는 광수를 이씨 집에 주었지만 이제는 그럴 필요가 없어진 것일까. 전주댁은 갈피를 잡을 수 없다. 순간 집을 떠나는 홀가분한 표정의 광수가 떠오른다. 광수의 입술에서 비아냥이 새어 나오고 있다. 그래 어머니, 누님들, 나 없이 어떻게 잘 사는지 두고 봅시다.

"자, 좀 밀어라, 경수야!"

동섭은 바닥에 무릎을 꿇고 작대기를 쥔 오른손에 힘을 준다. 그는 끙끙거리며 간신히 일어나자, 처가를 향해 걸어간다.

얼마 후 동섭은 산에서 지고 온 진흙 속에 작두로 썬 짚과 물을 섞어 반죽한다. 전주댁은 아궁이에 불을 지펴 연기가 나오는 구멍들을 찾아내서 동섭에게 틀어막도록 지시한다. 동섭의 손은 굼뜨지만 꼼꼼하게 구멍을 막았다.

그것이 끝나자, 전주댁은 유독 많은 연기가 새어 나오는 쥐들에 의해 만들어진 작은방의 구멍들도 손을 보도록 했다.

사십 분 후다. 두 사람은 월암에 도착했다. 마을 안 길에는 인적이 없다. 둘은 상수도가 생기면서 사람들이 사용하지 않게 된 작두샘 앞에서 앞집 아주머니와 마주친다.

"어디 갔다 오시는 갑네요."

수더분한 아주머니가 동섭에게 먼저 인사했다. 동섭은 신작로 쪽을 가리킨다는 것이 멀미산 쪽을 가리키며 말했다.

"처갓집에 좀 갔다 옵니다. 양자로 딜인 놈이 도망을 쳐부리서."

동섭의 말에 전주댁은 깜짝 놀랐다. 동섭은 굳이 하지 않아도 될 말을 하고 있었다. 임실댁의 귀에 한 번 들어간 말은 반드시 벌어진 입을 통해서만 나온다는 것을 동섭은 잊고 있었다. 사실 동섭도 임실댁과 다를 게 없었다. 늘 속에 말을 담아두지 못했다. 어쩐다지? 전주댁은 임실댁의 주의를 다른 곳으로 돌렸다.

"아재는 집에 계신기요?"

"예, 들어가서 술이라도 한잔허고 가시오. 아까 나옴서 술 드시는 걸 보고 나왔는디."

"예. 그래요. 그러먼."

"영수 어매도 들어갔다 가."

"뭐 헌다고?"

"적 좀 부치놨어. 좀 있다 밥 허먼 돼제."

두 사람은 임실댁의 뒤를 따라 집 안으로 들어간다. 내외간을 하는 법인데. 아직도 전주댁은 둘이 나란히 들어가는 것이 부자연스럽다. 걸어가는 동안 전주댁은 임실댁의 남자보다도 굵은 다리와 강한 팔을 눈여겨본다. 한준규가 오십 줄에 들어서면서 머슴을 들이고 집에 들어앉은 이후 일을 하고 싶었지만 지게를 질 수 없었던 임실댁은 스스로 리어커를 끌기 시작했다. 그것으로 그녀는 들에서 풀을 베어 오기도 하고 짐을 나르기도 하며 머슴과 같이 일을 하기도 했다. 그러면 한준규는 젊었을 때 그렇게 일했으면 됐지, 인자 좀 쉬어, 라고 타이르며 그녀를 제지하려고 했다. 그러면 그녀는 화가 난 사람처럼 얼굴이 벌게져 다른 사람은 몰라도 나는 일 없이는 못 살아요, 라고 외쳤다.

전주댁은 죽기 아니면 살기로 일을 하지만 임실댁은 정말 일을 사랑하는 여자였다. 그녀는 낮에는 힘에 부칠 만큼 힘들게 일한 그녀는 저녁을 먹기가 바쁘게 잠에 곯아떨어졌다. 그러면서 그녀는, 나는 왜 이리 초저녁잠이 많을까 몰라, 라고 중얼거렸다.

그들이 집으로 들어갔을 때 동섭의 재종조모가 안방에서 파리채를 휘두르고 있다. 한준규는 그 옆에서 전을 안주로 혼자 소주를 마시고 있다.

"어, 자넨가? 어서 와 술이나 한잔하세!"

"예, 그간 별고 없지요?"

전주댁은 먼저 인사하지 않는다. 남편이 인사한 다음에야 인사를 한다. 그것이 법도였다. 그녀와 동섭은 마루에 걸터앉는다.

"나야 별일이 없지만, 자네 장모님은 어찌 지내시는가? 나하고 같은 띠를 띠었는디."

전주댁은 재종조모를 볼 때마다 친정어머니를 생각지 않을 수 없다. 한 사람은 아들을 둘이나 낳았기 때문에 행복할 수 있었고, 한 사람은 아들을 낳지 못했기 때문에 고통 속에 살아야 했다.

"오늘 가서 부석을 발라주고 오는 길인디 아직도 정정허십니다."

동섭이 목청을 돋워 말한다. 전주댁은 재종조모의 말이 나오기 전에 선수를 친다.

"어머이는 복이 없어서 낳은 자석들 다 쥑이고 늘그막에 혼자 되어 가지고."

재종조모가 미리 준비했던 것처럼 익숙하게 혀를 끌끌 찬다. 동섭이 한준규가 있는 상 앞으로 간다. 임실댁이 또 다른 상에 전과 젓가락을 가지고 온다.

"자, 어서 와 한잔하게."

"저는 막걸리라면 몰라도 소주는…."

"그러면 한 잔만 들게. 더 권허지는 않을 텐께."

동섭은 아저씨와 술잔을 나누고 있다. 전주댁은 방안을 둘러본다. 뒤로 보이는 안방 벽에는 두 개의 액자가 걸려 있다. 큰아들과 딸이 검은 학사모를 쓰고 찍은 사진이다. 조금 떨어진 곳에는 승마복을 입은 미남자가 갈색 말 위에 앉아 있다. 아저씨의 동생이다. 하지만 그 동생은 사진을 찍었던 장소를 떠나고 없다. 스스로 사퇴했는지, 부정이 있었는지 알 수 없지만, 동생은 공원의 수위를 그만두고 서울에 올라가서 트럭을 몰고 있다.

동섭은 투명한 소주잔에 담긴 술을 비운 후 자리에서 일어난다. 전주댁도 일어서자, 재종조모가 말리려 든다.

"아, 벌써 갈라고?"

"예, 지나다가 아지매를 만나서 들어왔어요."

"또 와. 그러면."

블록담을 따라 두 사람은 집으로 돌아온다. 창수와 경수는 큰방에 있다. 전주댁은 저녁 준비를 시작한다. 부리나케 준비해서 그녀는 마루에 상을 올려놓는다. 그때 샘에서 손을 씻고 마루에 올라온 동섭이 상을 번쩍 들고 들어간다. 소나무 상이 지금껏 남아있는 것이 그녀는 용하게 여겨진다. 그것은 시아버지에 의해, 또 남편에 의해 수시로 수난을 당한 상이다. 시아버지는 그렇다 치고, 저 남자는 왜 그렇게 자주 상을 던졌을까. 그렇게 함으로 내가 파르르 떨며 복종하는 모습을 보고 싶었을까. 남편은 그걸 정말 사내답다고 느꼈을까. 전주댁은 남편의 얼굴을 본다. 여전히 완고하고 고집스럽고 융통성 없게 보인다.

"아무래도 이놈이 그날 난리를 피운 것이 돈을 타 낼라고 그런 것이 아이라. 시험을 못 보게 되니까 그걸 감출라고 지랄을 헌 거 겉애."

전주댁은 상 밑에 쭈그리고 앉는다. 전에 그녀는 늘 부엌에서 혼자 부리나케 식사를 해치웠다.

"놉들이 몰려왔을 때 말이여?"

"그리여. 내가 간밤에 누워서 가만히 생각을 해본께, 그때가 시험볼 때 드란께."

"그놈이 원래 그리 숭악한 놈이여."

창수와 경수의 눈도 휘둥그레진다. 가정형편이 아니더라도 영수의 검정고시는 실패하게끔 되어 있었다. 그것은 바로 영수의 허약한 신체 때문이다. 영수는 얼굴이 오목조목한 소음인에 속해 있어서 하체와 신장이 강한 대신 열이 많고 소화불량에 잘 걸렸다. 조금만 음식물 섭취에 소홀해도, 밀가루 음식만 먹어도 얼굴과 몸이 붓거나 토하기 일쑤였다. 이런 영수가 결정적으로 위장을 망친 것은 구암교회에서 주선한 금식기도 때문이다. 보름 동안의 첫 금식기도 동안 오로지 물만으로 위장을 채웠던 영수는 집에 돌아와 음식물을 보자마자 자제력을 잃고 허기진 돼지처럼 먹어댔다. 그때 전주댁이 한 일은 몇 차례에 걸쳐 위장병으로 고생했던 사람을 찾아다니며 비방을 묻고 민간요법을 시행하는 것이었다. 그렇지만 앞서 말한 것처럼 그 병에는 특효약이 없었다. 한번 상한 영수의 위는 쉽게 정상적인 상태로 복귀하지 못했다. 모든 것이 예수 때문이었다.

"지금 그놈은 어디 갔어?"

"아마 또 교회 갔겄제. 집에 온 뒤로 일주일에 반은 교회 가서 산께."

"그런디 왜 앞집 아재가 여름부터 소주만 드시고 밥은 안 드시는가 모르겄어."

"즈그 아부지도 술 그렇게 들다간 큰일 나요, 큰일 나!"

전주댁에게 남편이 어떻게 된다는 것처럼 두려운 일은 없다. 남편 없는 여자는 이 세상에 살기 힘들다는 것을 그녀는 아주 잘 알고 있다.

"나야, 어디 아재 겉이 묵간디. 꼭 밥을 묵고 술을 먹는디 별 탈이야 있겄어."

"그래도 소주는 겁나는 거여. 기영이 즈그 아부지도 맨 날 소주만 묵다가 작년에 암으로 죽었단께."

식사를 마친 동섭은 상 뒤로 물러나 앉았다가, 전주댁이 밥을 깨지락거리며 먹는 것을 보고 한바탕 호통을 친다.

"밥을 잘 묵어야 살도 찌고 건강도 허제, 그렇게 묵은께 살도 안 찌고 말라 가지고 나이 들수록 뵈기 싫어."

전주댁은 남편의 입을 막을 셈으로 서둘러 숟가락질을 한다. 그녀가 밥을 비우고 상 위에 숟가락을 올려놓자마자 동섭은 덜렁 상을 들어 마루에 가져다 놓는다. 아이들은 텔레비전에 눈을 고정시키고 움직이지 않는다. 아이들이 다른 집에 텔레비전 보러 다니는 꼴이 보기 싫었던 전주댁이 몇 년을 별러 장만한 물건이다. 방으로 돌아온 동섭은 뭐 보잘 것도 없는 것을 본다고 그래, 라고 한마디 한 후 베개를 끌어다 자리에 눕는다. 전주댁은 텔레비전으로 눈을 돌린다. 텔레비전은 언제 보아도 새롭다. 창수와 경수의 뒷모습이 눈에 들어온다. 창수의 뒷머리는 납작해서 미끄럼틀 같고 경수는 약간 불거진 것이 혹 달린 감자 같다. 창수가 고등학교를 가려면 일 년밖에 남지 않았다. 어떻게 해야 하나. 아무런 꿈도 희망도 없이 사는 저 남자는 분명 인월에나 보내자고 할 것인데. 저 남자는 오로지 내가 위해 주기를 바라고, 받들어주기만을 바라. 제 몸 편한 것밖에 원하지 않고.

10

누군가 흔들어 깨우는 소리에 전주댁은 비시시 눈을 떴다. 금방이라도 흐를 것 같은 동섭의 눈이 놀라움에 떨고 있다.

"큰일 났단께, 영수가 지금 작은방 문을 차고 뛰어나갔어!"

전주댁은 자리에서 벌떡 일어난다.

"어서! 어서!"

동섭이 다시 재촉한다. 좀체 급한 일이 없는 사람이 웬일일까, 싶으면서도 그녀는 플래시를 들고 부리나케 마당으로 뛰어나간다.

"회관 마당으로 갔어."

두 사람은 기와집에서 이층 슬래브 건물로 바뀐 회관 옆으로 난 길을 따라 회관 마당으로 달려간다. 멀리 관사를 지나 논두렁길을 달리는 자의 윤곽이 보인다. 저기, 저기! 뒤에서 동섭이 외친다. 도대체 동섭은 말밖에 할 줄 모르는 인간이다. 전주댁은 아무리 애써 달리지만 영수를 따라잡을 수가 없다. 학교 뒤의 관사를 막 돌자, 저수지 쪽에서 귀를 베어갈 듯한 칼바람이 불어온다. 잎이 없는 포플러의 잔가지들이 마주치는 소리가 들린다. 논 이곳저곳에는 아직 녹지 않은 눈들도 있을 것이다.

학교 뒤편의 숲이 끝난 지점에서 전주댁은 뛰는 듯 걷는 듯 걸음을 멈추고 숨을 토해낸다. 더 이상 뛰기 힘들다. 그녀는 느리게 걷기 시작한다. 동섭이 숨을 헉헉거리며 다가온다. 어서 영수를 쫓아가 주었으면 싶지만 동섭은 그녀가 먼저 일어나기를 기다린다. 늘 먼저 서두른 적이 없는 남편을 믿고 나는 지금껏 왜 살았는지 몰라. 남편은 어린애나 다름없어. 아니 내가 그렇게 길들인 거야. 그러니 모두 내 잘못이야.

그들 앞으로 위뜸과 아래뜸으로 가는 길이 나뉘는 지점이 다가오고 있다. 순간 으악, 하고 전주댁은 비명을 지른다. 좁은 개울에 사람의 것으로 보이는 검은 물체가 있었기 때문이다. 더럭 겁이 난 그녀는 플래시를 떨어뜨리고 어쩔 줄 몰라 서 있다. 동섭이 가까이 오자, 그녀는 바닥에 굴러떨어져 허공을 비추고 있는 플래시를 들고 개울로 내려선다. 영수가 좁은 개울에 머리를 처박고 있다. 서둘러 영수의 얼굴을 쳐든다. 초점 없이 흐리멍덩한 영수의 눈이 그녀를 보고 있다. 그것이 그녀에게는 누군가를 저주하는 듯한 눈빛으로 보인다. 내게 많은 죄가 있었을 거야. 하지만 난 어쩔 수 없었어. 아부지 때문에 넌 학교를 그만둔 거야. 영수의 입술은 새파랗게 변해 있고 입에서는 거품을 내뿜고 있다.

동섭의 도움을 받아 그녀는 영수를 개울에서 끌어낸다.

"뭐해요? 어서 업지 않고?"

영수의 뒷모습은 젖은 옷과 머리 때문에 한 마리의 짐승처럼 보인다. 동섭은 낑낑거리며 집까지 걸어간다. 집에 도착하자 영수를 작은 방에 눕히고 그녀는 옷을 벗기기 시작한다.

"가서 물 좀 데워요."

옷을 벗기는 동안 그녀는 영수의 몸이 성인이 되었음을 깨닫는다. 그럼에도 그녀는 영수가 성인임을 인정할 수 없다. 여전히 미성숙한 어린애처럼 보인다. 몸만 자랐달 뿐 조금도 달라지지 않은 것처럼 여겨진다.

"여기!"

동섭이 가져온 더운물로 그녀는 흙탕물을 뒤집어쓴 영수의 몸을 씻긴다. 꼭 시체를 씻기는 것 같은 기분이다. 전주댁은 영수에게 옷을 입힌 후 재운다.

날이 밝아도 영수의 증세가 호전되지 않는다. 영수는 밥을 먹다가 혼자서 뜻도 모를 말을 지껄이거나, 누가 말하면 인상을 찡그리며 노려보기도 한다. 미친 것이 틀림없다. 영수는 저녁이 되자, 다시 집을 뛰쳐나갔다. 두 사람은 다시 영수를 찾으러 돌아다니다가 이번에는 월암까지 가서 데리고 왔다. 어젯밤과 거의 비슷한 시각이다. 밤 11시에서 12시 사이에 영수는 집을 뛰쳐나가고 있다.

문득 전주댁은 그간 자식에게 못 할 짓을 저지른 것이 아닐까 두려워졌다. 그때 학교를 못 다니게 하는 것이 아니었어. 그간 영수가 창수를 두들겨 패고 학대를 한 것도 이와 관련이 있어 보인다. 이를 어쩐다지, 걱정이 되면서도 그녀는 막상 정신병원에 데리고 갈 엄두가 나지 않는다. 감옥 같은 정신병원에서 치료가 될지 의심스럽고, 언젠가 누구에게 들은 것처럼 사람을 몽둥이로 두들겨 팰까 싶다. 돈도 문제다. 이 문제는 늘 그녀를 따라다니고 있다. 동섭은 돈 때문에 뭐라고 할지 모른다. 동섭은 그녀가 과로로 입원했을 때도 얼마나 많은 돈을 까먹었느냐는 말을 했었다. 그때 그녀는 얼마나 분개했는지 모른다. 차라리 쉬엄쉬엄 일하는 게 나을 뻔했다.

문득 전주댁은 죽기 전 시아버지에게 부기가 있었음을 떠올린다. 무당을 통해 시아버지를 만나보자, 그녀는 이렇게 작정했다. 귀신의 도움을 받는 것이 정신병원에 가는 것보다 더 나을 수도 있다. 전주댁은 서둘러 구인월로 나간다.

잠시 후 그녀는 무당과 얼굴을 마주하고 앉아 있다. 무당의 입을 통해 나타난 시아버지는 마치 살아있는 사람 같다.

"가시덤불이 가슴을 찌르고 다리를 감아서 움직일 수가 없어!"

"가시덤불이라고요?"

전주댁은 놀라서 무당을 향해 되묻는다. 무당은 화를 벌컥 낸다. 아니 시아버지가 화를 내고 있다.

"직접 가서 확인해 보면 될 일이 아니여?"

그녀는 머리를 조아린다.

"잘 알아서 모시겠습니다."

이 말에 시아버지는 화를 푼다. 그녀에게 인사를 건넨다.

"그런데 아부님 집에 걱정거리가 있어요."

"내가 다 안다. 네가 왜 찾아왔는지도 다 안다."

"우리 큰 자식이 다 죽게 생겼는데 어쩌면 좋겠어요?"

"내 무덤을 이장하게 되면 큰 녀석의 병이 모두 나을 것이다. 하지만 내 묘를 이장하게 되면 너희보다는 작은아들이 잘 풀리는 쪽으로 운이 돌 것인디 그래도 괜찮냐?"

"지금 그런 거 따질 때가 아니에요. 우리 영수가 급해요."

"그래. 이장을 허먼 된다."

"근디 즈그 아부지하고 영수하고 내내 안 좋아요."

"살이 있어서, 그래! 그놈은 중간에 죽지도 않고 너희들을 애믹일 거여. 그놈은 절대 이상해지지도 않고 죽도 않는당께."

집으로 돌아온 전주댁은 동섭에게 이장 이야기를 한다. 하지만 동섭은 그녀의 말을 믿지 않는다. 아니, 무당의 말을 믿지 않는다.

"가시덤불은 무슨 가시덤불? 내가 작년에도 벌초했고, 올해도 지나다님서 한 번씩 풀을 베 주었는디. 가시덤불 겉은 거는 없어."

"참 내 땅패기 겉이. 일단 같이 한 번 가보먼 될 거 아이라."

동섭은 마지못해 동의한다. 가는 길은 멀지 않았다. 저수지의 둑을 지나자 성리로 가는 길이 나타난다. 걸어가는 도중 길 아래로 저수지가 보인다. 가장자리에 얼음 위로 덮인 눈과 얼음이 없는 곳을 헤엄쳐 다니는 청둥오리가 있다. 이윽고 낙엽송 군(群)이 나타난다. 그것을 지표로 두 사람은 눈이 푹푹 빠지는 산비탈을 오른다. 구름사다리라고 부르는 곳이다. 한상현의 무덤은 눈에 덮여 있다. 가시덤불 같은 것도 보이지 않는다.

"아무것도 없구만 그래."

"그래도, 눈을 헤쳐봐야 알제."

전주댁은 동섭이 들고 온 삽으로 무덤 주위를 헤치기 시작한다. 남쪽이나 동쪽은 아무 이상이 없다. 그런데 서쪽 숲에서 뻗어온 회색 가시덤불이 무성하게 우거져 무덤 속까지 들어가고 있다.

"정말 진짜먼 큰일인디."

동섭은 걱정스러운 눈빛으로 기력을 상실한 가시가 매달린 퇴색된 가시덩굴을 낫으로 쳐내기 시작한다.

"가시덩굴이 똑 묘를 파고 들어간 것 같은디."

"방정맞은 소리 허고 있네."

전주댁은 입을 다물고 조금 후에 일어날 일을 기다린다. 가시덩굴이 함박을 엎어놓은 듯한 둥그런 봉분을 향해 뻗어 있다. 그때 동섭의 비명이 들려온다.

"아이고, 큰일이구만."

"정말 넘의 말 안 듣는 데는 선생이랑께."

며칠 후 동섭은 정자리에 사는 풍수를 데리고 수리잡안으로 갔다. 묫자리를 잡기 위해서였다. 풍수는 몇 시간 동안 선산을 돌아다니다가 한 곳을 지정해 주었다.

"다른 데는 눈이 있는디 거기는 눈이 없드랑께. 글고 저수지 물 너머로 구름다리가 눈에 잡힐 거 겉이 훤히 보이드랑께."

동섭은 우연치고는 이상하다고 몇 번이나 말했다. 며칠 후 그들은 풍수가 잡아준 날과 시, 위치에 시아버지의 묘를 이장했다. 그런데 이장을 마친 바로 그날 저녁, 당장 효과가 나타났다. 매일 저녁 집을 뛰쳐나가던 영수가 어찌 된 일인지 그날 저녁에는 얌전히 방 안에 있었다. 전주댁은 흥분하는 남편을 자제시키며 며칠을 더 두고 보기로 했다.

다음 날도, 그다음 날도 영수가 집을 뛰쳐나가는 일은 일어나지 않는다. 바보처럼 멍청히 앉아 있거나 무언가 혼자 중얼거리는 일도, 살기가 가득한 눈으로 사람을 노려보는 일도 없다.

"정말 귀신이 곡할 노릇이구만."

"그것 봐, 내가 뭐라고 했어, 여자 말 들어서 손해날 일 하나도 없다고 안 했어?"

지금껏 동섭은 아내의 말을 결단코 듣지 않으려는 이 땅의 남자들과 다르지 않았다. 이제부터 저 남자는 내 말을 신중히 들을 거야. 전주댁은 유쾌해진다.

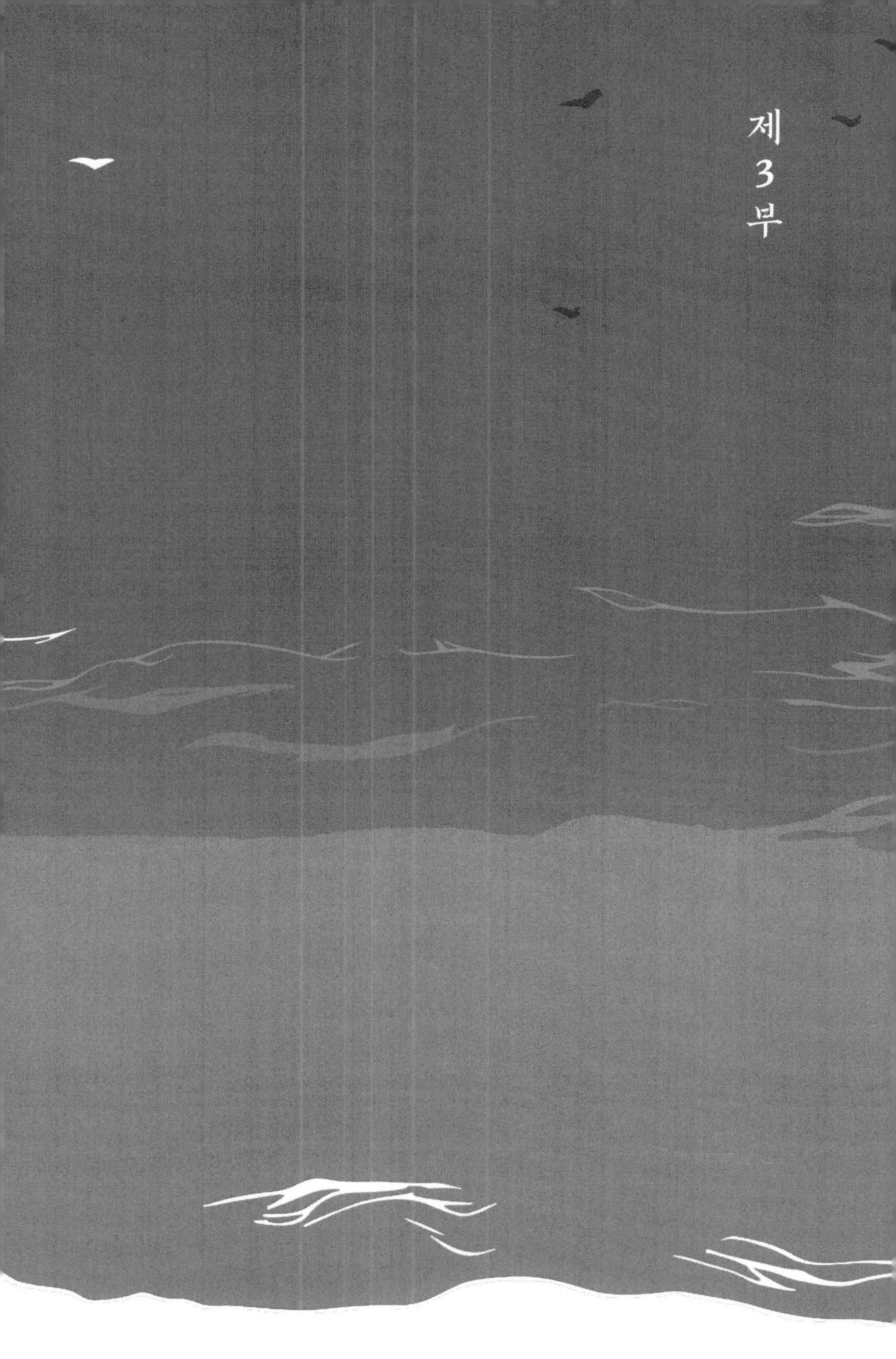
제 3 부

1

전주댁이 장수로 떠난 후 동섭은 겨우겨우 애들과 저녁 식사를 한 후 손수 설거지를 한다. 끼니 해결하는 것은 그리 어렵지 않다. 전주댁은 남원시장에 배추를 팔러 가거나 친정에 다니러 갈 때마다 그랬던 것처럼 이번에도 밥을 한 솥, 국을 한 솥, 그밖에 반찬도 몇 가지 만들어 놓은 후 집을 떠났다.

식사를 마치자, 동섭은 가축들의 먹이를 준 후 방에 들어앉는다. 무릎을 세워 그 위에 양손을 둘러 맞잡은 자세로 윗목에 앉아 있다. 옆에서는 창수와 경수가 책을 보며 학교에서 내준 과제를 하고 있다. 말을 하는 사람도, 웃는 사람도 없는 적막하다 못해 살풍경한 집이 아닐 수 없다. 순간 동섭은 지금까지 활력의 원천은 모조리 아내에게서 왔다는 것을 깨닫는다. 전주댁은 동섭이 간혹 웃게 해 주었고, 그의 마음을 상하지 않도록 늘 신경을 써 주었다. 동섭은 구들장에 허리를 대고 억지로 잠을 청한다.

전주댁이 집을 비웠던 어느 날이 동섭에게 떠올랐다. 시간의 숨소리도 들리지 않는 정지 상태가 그에게 그려졌다. 이런 날은 아내가 집을 비운 날로부터 시작해서 돌아오는 날까지 지속되었다. 사실 그는 전주댁이 없으면 아무것도 할 수 없었다. 초저녁이면 그는 자리에 누웠고, 걱정거리가 있을 때처럼 잔뜩 찌푸린 표정을 지으며 잠이 들었다. 하지만 깊은 잠에 이르지 못하고 내내 뒤척거리기만 하다가 첫새벽에 자리에서 일어날 수밖에 없었다. 그는 방과 마루에 전등을 켜고 들락거리기만 할 뿐 밥이 없어도 짓지 않고 집안이 더러워도 청소를 하지도 않았다. 그가 아침에 하는 일이라고는 밥을 할 솥에 맹물을 끓이다가 돼지의 울음소리에 놀라 구정물을 주는 것이었다. 그런 후 불을 때고 난 아궁이 앞에 앉아 내내 담배를 피웠다. 자식들에게도 마찬가지였다. 그는 조금도 책임감을 느끼지 못했다. 늦게까지 누워 있어도 일어나라, 세수해라, 학교에 가라는 말을 하지 않았다. 사실 그에게는 삶의 의욕이 남아있지 않았다. 기력이 쇠진한 병자처럼 축 늘어져 세상 모든 일이 다 귀찮아졌다. 말도 하고 싶지 않아졌다. 이런 것을 보고 자라서인지 자식들도 그의 행태(行態)를 되풀이했다. 어머니가 없는 집에 누구 하나 나서서 밥을 짓거나 청소를 하는 사람이 없고 어찌어찌해서 겨우 식사를 마쳤다고 해도 손가락 하나 까딱하려는 사람이 없었다.

이윽고 집에 돌아와 이런 광경을 보게 된 전주댁의 표정은 그랬다. 마당에 들어설 때까지만 해도 전주댁은 집에 돌아왔다는 반가움에 젖어 있었다. 하지만 집안 곳곳이 엉망이 되어 있고 밥을 해 먹은 흔적조차 없는 것을 발견할 때, 전주댁은 이해할 수 없는 정도의 표정이 아니라 경악했다. 화가 머리끝까지 치민 전주댁은 누구라고 할 것도 없이 닥치는 대로 화를 내고 욕지거리를 퍼부었다. 그러다 화를 낼 기력조차 없게 되면 그 자리에 주저앉아 아주 오랫동안 펑펑 울었다. 지나간 일들을 하나씩 둘씩 끄집어내어 신세 한탄을 해대면서.

그럴 때 동섭에게는 도대체 할 말이 떠오르지 않았다. 전주댁에게 미안한 표정을 짓는 게 고작이었다. 자식들도 마찬가지였다. 오로지 어머니의 처분을 기다린다는 태도였다. 그렇지만 1시간 뒤의 전주댁은 전혀 달라져 있었다. 집 안 구석구석을 돌아다니며 청소하고, 함박 속에 둥둥 띄워놓았던 그릇을 모두 씻어 엎어놓은 전주댁은 어느새 활력을 얻어 의기양양해져 있었다. 이때 전주댁은 이렇게 말하곤 했다.

"그래, 나 없이는 하루도 못 살겠지?"

아내가 옆에 없으면 의욕을 잃어버리는 원인은 뭘까? 왜일까? 내가 지나치게 아내에게 의존하면서 살아온 것일까. 평소에는 그렇게도 잘 잤던 잠을 잘 수 없는 이유는 또 뭘까…. 그렇다, 아내는 내가 모든 일을 스스로 할 수 없게 만들었다. 누구의 책임인가. 이렇게 결론을 내려도 뾰족한 수가 떠오르지 않는다.

밤이 깊어져 가면서 동섭은 자질구레한 걱정거리를 떠올린다. 그다지 큰 것도 아니고 어떤 것은 현실적인 기반을 가지고 있는 것도 아니다. 그런데 한 번 풀리기 시작한 걱정은 그의 생각을 모조리 점령해서 마침내 두려움과 공포를 몰고 온다. 과연 이런 상태에서 혼자 밤을 보낼 수 있을까. 역시 나이가 드니 겁나는 게 많아지는군, 이럴 때 영수의 말처럼 교회라도 다녔더라면 얼마나 좋았을까. 묘를 이장한 후로 정신질환이 거의 사라진 영수는 동섭에게 교회에 가자고 한 적이 있다.

갑자기 동섭에게 아버지, 어머니, 동생들과 살던 시절이 떠오른다. 어머니가 영부인에게 선물을 보내기 위해 목수를 불러 나무상자를 짜고 비단이나 고급 화장품 같은 것을 넣어서 보내던 일, 아버지가 바닥에 조금 남은 쌀을 아내에게 퍼내 주다가 쌀 두지 속에 머리를 처박고 대롱대롱 매달린 일, 아내와 함께 아버지와 어머니를 만나기 위해 대전에 갔던 일이 차례로 지나간다. 동규는 대전에서 염소를 키우며 매일 새벽마다 자전거를 타고 염소젖을 배달하고 동휘는 늘 이곳저곳으로 돌아다니며 사람들을 만나고 다닌다고 했다. 그때 처음 본 널찍한 포도밭도 생각난다. 옆에 가기만 해도 단맛을 풍기는 먹포도가, 한 그루도 아니고 밭 전체를 메우고 있었다. 그런데 어머니는 왜 다른 자식들에게 나누어 줄 사랑까지 모조리 동휘에게만 쏟아부었을까. 하긴 동휘는 머리가 비상하다고 다들 말했었다. 무엇이 되든 크게 한자리를 해 먹을 인사라고 했었다. 나는 어떤가. 나는 아직껏 그런 평가를 받아본 일이 없다. 부모님은 오로지 동휘에게만 재능을 주어버린 것이 아닐까. 동생이 부럽다는 생각은 했지만 동섭은 녀석의 자리를 탐해본 적은 없다. 그에게도 글을 가르쳐 주고 장손이라며 애지중지 아껴주던 조부가 있었다. 그가 닮고 싶었던 분은 바로 조부였다. 작은 키에 얼굴은 오목조목했지만 손은 얼마나 따뜻하고, 말투에는 얼마나 큰 애정이 흘렀던가. 부지런하고 절도도 있었다. 걸음걸이 하나, 옷 입는 것 하나에도 흐트러짐이 없었다. 상에 올려야 할 반찬들을 다섯 가지 이내로 제한했고 매일 냉수마찰을 했다. 조부는 많은 사람의 존경을 받았고 늘 구영리 박 부자의 집을 찾아가서 시조를 부르고 한시를 읊었다. 할아버지에 비하면 나는 어떤가. 나는 좀체 의욕을 낼 줄도 모르고 늘 공포나 불안에 시달리고 있고, 사람들이 말하는 남자다운 데라고는 한 점도 없는 듯하다. 아마 실생활에는 도저히 어울리지 않게 살아가고 있는 듯하다. 아무짝에도 쓸모없는 인간이다, 나는!

2

다음 날 아침 9시쯤이다.

동섭은 자리에 누워 있다가 전화를 받으라는 마을 방송을 듣고 구판장으로 달려갔다. 마을 전체가 공동으로 사용하는 전화가 구판장 안에 있었다. 손잡이를 돌려서 안내원이 툭 튀어나오도록 하는 자석식 전화기였다. 구판장에 딸린 방으로 가자, 동섭의 눈에 수화기가 내려진 것이 눈에 띈다.

"어서 받아보시오. 급한 갑든디."

키가 180센티미터가량 되는 방태영이 세수도 안 한 얼굴로 동섭에게 재촉한다.

"누구신기요?"

"즈그 아부지, 나요!"

전주댁의 목소리는 약간 흥분되어 있다.

"그 튼튼하고 실하던 양반이 경운기에 받혀 죽었어."

"누가 말이여?"

"아, 누구기는 누구겄소. 애들 이마재 말이제."

전주댁이 언성을 높이자, 쉿소리가 된다.

"그래, 야들이 오먼 할 일을 갈쳐주고 가야 되겄네."

전주댁은 하고 올 일을 지시하고 끊는다. 동섭은 강종문과 동서지간이지만 특별한 일이 없는 한 처가에서 만났다. 그러나 근래 들어서는 2년 가까이 만나지 못하고 있다. 강종문의 모습이 아지랑이처럼 가물거린다. 어느 해 봄날 강종문은 장화를 신은 채 소가 끄는 달구지를 몰고 일가친척이 사는 배골로 가고 있었다. 그곳은 강종문의 고향이었다. 동섭이 몇 번이나 한잔하자고 해도 일이 있다고 마다했다. 또 하나의 장면이 동섭에게 떠오른다. 논과 밭을 갈아주기 위해 며칠 집에 머물렀던 때다. 그때 처음으로 동섭은 강종문의 얼굴을 자세히 보았다. 강종문의 얼굴에는 세월의 흔적이 없었다. 오십이 넘었음에도 여전히 미소년이었다. 그런 동서가 난폭하다는 것을 동섭은 끝내 믿을 수 없었다. 동서는 야생말처럼 길들기 어려운 사내였다. 평소에는 패기가 넘쳤지만 한번 비윗장이 틀리면 앞뒤를 가리지 않고 날뛰었다.

밭을 가는 동안에도 전주댁은 동서의 비위를 맞추기 위해 열심히 참과 술을 나르고, 동섭을 비하해 가면서까지 칭찬을 해댔다.

"어디 형부 같은 사람한테 우리 집 남자를 갖다 대요, 우리 집 남자는 무대라서 이런 밭 한 가랑이도 못 갈고 느림보 거북이라서 설사 밭을 간다고 해도 몇 날 며칠이 걸릴지 몰라요."

아무리 그래도 사람을 앞에 두고 이런 말을 할 수 있을까. 동섭은 생각했지만 아내가 동서를 부려 먹기 위한 술책임을 알고 눈감아 주었다.

동섭은 경수가 집에 돌아오기를 기다리며 돼지에게 먹일 보리와 감자를 넣은 죽을 끓인다. 경수가 돌아오자, 그는 몇 가지 당부를 한 후 낡아빠진 한복에 흰 두루마기를 걸치고 구판장 넓은 마당으로 걸어 나간다.

버스를 타지 않고 어사리를 지나 복성이재를 넘어가는 길도 있다. 마을 서편의 저수지를 지나 어사리 뒷산으로 이어진 꼬불꼬불하고 험난한 길이다. 그 길을 따라 땀을 뻘뻘 흘리며 올라가면 '아홉사다리골'이라고 불리는 고지의 평원이 나타난다. 가을이면 수십만 평에 걸쳐 펼쳐진 억새밭이 거기 있었다. 하늘에서 내리는 물을 고이 담고 있는 갈색 호수 같은 그곳은 가을날 벼가 익어 가는 너른 들에 서 있는 듯한 착각이 들게도 하고, 그 안에 풍덩 뛰어들어 팔과 다리를 휘저으면 앞으로 나아갈 것 같은 느낌을 불러일으키는 곳이다. 억새가 얼굴과 머리를 쓰다듬는 것에 간지럼을 느끼며 그곳을 헤치고 지나가면 내리막 산길이 시작된다. 아직도 장수댁은 그 길을 넘나들고 있었다.

구판장 마당에서 동섭은 진장과 인월을 거쳐 여원재를 넘어가는 버스에 오른다.

약 사십 분 후 동섭은 버스에서 내렸다. 요천이라는 곳이다. 섬진강의 지류인 요천과 몇 곳의 민물매운탕집을 보며 동섭은 간이 정류장을 향해 걸어간다. 지나가는 차들이 내뿜는 매연과 흙바람에 기침이 나온다. 삼십 분가량 기다리자, 빨간 줄이 그어진 버스가 검문소를 통과한다.

동섭은 버스에 오른다. 낯선 산과 물이 모습을 드러낸다. 요천은 월암 저수지의 여수로를 따라 이어지는 시내보다 더 크고 돌들도 많다. 산들도 겉보기에는 자신이 자란 산들과 다름없어 보이지만 전혀 생각지도 않은 모양으로 서 있다. 슬슬 두려운 생각이 든 동섭은 잠시 눈을 감는다. 낯선 것이 의식 속으로 들어오면 그는 머리가 지끈지끈해지며 빙빙 도는 것을 느꼈다.

얼마 후 버스에서 내린 동섭은 논 사이에 난 비포장 길을 따라 걸어간다. 길 양옆으로 펼쳐지는 들에는 한 점 틈도 없이 들어찬 벼들이 바람이 불 때마다 일제히 밀려오거나 밀려갔기 때문에 넓은 바다 위에 파도가 치는 것처럼 보인다. 그것이 완연한 초록이라고는 할 수 없다. 몸 안에 이삭을 품고 있던 벼들의 배가 임산부의 것처럼 늘어나면서 빛이 엷어져 있다. 논 한쪽에 돌무더기가 있는 것이 동섭의 눈에 띈다. 그가 어릴 때 믿었던 대로라면 아이가 죽으면 묻히는 곳이다. 그래서 그는 지금도 돌무더기를 볼 때마다 그 안에 누워 있는 아이들을 생각한다.

사실 논 옆에 있는 돌 속에는 주검이라고는 묻혀 본 적이 없다. 동섭도 그것을 잘 알고 있다. 그것은 논을 개간하거나 경작하면서 나온 돌을 농부들이 쌓아놓았을 뿐이다. 아이가 묻히는 곳은 이렇게 행인들의 발길에 더럽혀지는 곳이 아니었다. 얼마 전 석천에서 영아살해 사건이 발생했을 때도, 젊은 여자가 아이의 시체를 매장한 곳은 인적이 드문 산속이었다. 그녀는 돌무더기 속에 아이를 묻는 장면을 경찰관과 주민들이 늘어선 가운데 재연했다.

문동마을을 지나 조금 걷자, 상가가 나타난다. 마당에는 키가 큰 포플러가 있고 집 뒤로는 사철나무가 울타리처럼 서 있다. 그리고 돌산을 등지고 있었기 때문에 언제 밀려올지 모르는 돌무더기가 낮은 초가집을 위협하고 있다.

동섭은 사람들을 헤치고 안으로 들어간다. 이리저리 오가는 동네 사람들 뒤로 누런 삼베로 지은 상복을 입은 동서의 세 아들이 대나무 지팡이를 짚고 방안에 엎드려 있는 것이 보인다. 바닷가로 시집을 가서 만나기 힘들었던, 명자 또래 재숙이도 머리에 굴레를 쓴 상복 차림으로 마루에 서 있다. 동섭은 고인의 빈소에 향을 피우고 재배를 한 후 상주들과 인사를 나눈다. 그가 마당의 멍석에 앉자, 전주댁이

상을 들고 다가온다.

"어찌 된 거여?"

전주댁은 잠시 주위를 둘러보더니 동섭을 끌고 집 밖으로 나간다.

"안에 다른 사람들도 있는데 이약을 헐 수가 있어야제."

전주댁이 이야기를 시작한다. 강종문이 죽은 것은 아주 우연한 사고였다. 원인이 있다면 그해 겨울 동안 내린 비가 원인이었다. 논이 촉촉해져 쟁기가 들어갈 수 있게 되자, 하필이면 그날 강종문은 소를 몰고 쟁기를 진 채 논으로 나갔다. 장수댁에게 참이나 내오라고 하면서. 그날 아침까지 별다른 일은 정말 없었다고 전주댁은 두어 번 강조한다. 그런데 참을 내가기 전에 마을에 사는 한 여자가 큰일 났다고 소리치며 장수댁에게 달려왔다.

"큰일 났어, 재문이 아버지가 죽게 생겼어요, 어서 와요!"

가는 도중 장수댁은 사고 경위를 들었다. 강종문을 그렇게 만든 것은 아래 논 주인의 경운기였다.

"무슨 소리여, 집을 나서기 전까지도 아무 이상이 없었는디."

장수댁이 논에 도착했을 때는 논 주인이 머리끝에서 발끝까지 흙과 피로 범벅이 된 강종문을 업고 논두렁을 걸어오고 있었다.

"어서 가요. 어서 병원에 가요!"

장수댁은 울먹이며 남편의 뒤를 쫓아갔다. 그 길로 강종문은 병원에 옮겨졌지만 그것은 죽음을 확인하려는 절차에 지나지 않았다.

"그러면 어떻게 해서 그렇게 된 거여?"

강종문이 경운기에 깔리게 된 사연은 이러했다. 비슷한 시점에 논으로 나온 두 사람은 오랜만에 들에서 만나게 된 것이 기뻐, 논두렁에서 만나 담배를 한 대씩 피운 후 일을 시작했다. 강종문은 소를 움직이기 위해 이랴, 이랴 하고 고함을 치며 위에 있는 논을 갈았고, 경운기 주인은 시끄러운 경운기 엔진소리를 들으며 아래 논을 갈고 있었다. 그런데 경운기로 논을 갈던 남자가 갑자기 수렁에 빠졌다며 강종문에게 도움을 청했다. 사실 그 논은 경운기가 들어서기에는 약간 위험한 논이었다. 아무리 오랜 가뭄 끝에 비가 내렸다고 해서 쉽게 논을 갈기 위해 덤벼들어서는 안 되는, 곳곳에 수렁이 도사리고 있었던 논이었다.

하여튼 마을 사람들 일에 곧잘 나섰던 강종문은 논 주인의 지시대로 경운기 앞으로 가서 반쯤 처박힌 경운기 머리에 손을 올려놓았다.

"자!"

강종문이 외치고 난 후 경운기 핸들을 잡고 있던 논 주인은 후진기어를 넣었다. 그때 예상치 못했던 일이 일어났다. 돌에 받혔는지 경운기의 몸체가 풀쩍 뛰었고 뒤로 갈 줄 알았던 경운기는 앞으로 전진했다. 강종문은 어, 하는 비명과 함께 그대로 바퀴에 깔렸고 경운기의 몸체는 그의 몸을 깔고 머리를 짓이겼다.

전주댁의 이야기가 끝나자, 동섭은 얼마나 보상을 받게 되었느냐고 물었다.

"보상은 무슨 보상을 제대로 받겄어, 자가용겉이 보험을 들어논 것도 아인디…… 아들들이 내려와서 그놈 쥑인다고 난리를 치는 것을 마을 사람들이 간신히 뜯어 말렸디야. 그랬은께 그놈도 논이라도 팔아서 보상을 해 주겄제."

"이렇게 황당한 꼴이 어딨어. 내가 정신을 차릴 수가 없네."

"그런 소리는 허는 것이 아이라. 사람이 아무리 오늘만 살고 내일 죽어도 말이여."

전주댁은 냉철하다. 못을 박는 듯한 아내의 말에 동섭은 입을 다문다. 동섭은 집 안으로 들어와 술상 앞에 앉는다.

"언제 오셨는기요?"

장수댁이 동섭에게 다가왔다.

"성님이 죽어서 얼매나 심려가 크시겠습니까?"

"그놈의 인간 죽기를 이제나저제나 허고 지다 는디 잘 죽었구만요. 갑자기 죽어 부린께 좀 섭섭하기는 해도."

놀란 동섭은 처형의 본심이 무엇일까 더듬을 여유조차 없다. 다음에 나올 말도 무서워진다.

"애들은 어찌들 지낸답니까?"

"큰놈이야 전부터 하던 대로 서산에서 장사를 하고 있고, 작은놈은 요새 공사장 다님서 미장 배우고 있어요."

"어쨌거나 성님이 이렇게 갑자기 죽어서 정말 뭐라 위로를 드려야 할지 모르겠습니다."

장수댁은 잠시 말이 없다. 그러다가 누군가 부르는 바람에 가볍게 인사를 한 후 가버린다. 상복을 입은 그녀의 뒷모습을 보며 동섭은 강종문이 죽은 것은 오히려 잘된 일일지도 모른다 싶다.

여자들의 삶이란, 부모가 정해준 집에 가서 살고 그 집 귀신이 되는 것이 엄연한 법도였다. 그간 장수댁은 남편의 매질에 못 이겨 몇 차례나 가출해서 낯모르는 집의 식모살이를 했고, 몇 해 돈을 벌면 그것을 가지고 기어이 집으로 돌아왔다. 순진한 그녀는 입을 것 안 입고 먹을 것 안 먹고 아낀 돈을 들고 집으로 돌아오면 남편과 자식들이 반겨줄 줄 알았던 것이다. 물론 그것이 헛된 믿음은 아니었다. 그녀에게 돈이 있는 동안 남편은 매질하는 법이 없었다. 그렇지만 어떻게든 그 돈은 그녀 수중에서 빠져나가게끔 되어 있는 돈이었다. 땅, 이 세상에서 가장 믿을 수 있는 땅을 사서 지금까지 살았던 것보다 더 재미있게 살아보자는 남편의 말에 장수댁은 치부 속에 감추어 두었던 호주머니를 풀어 남편에게 건네주었다. 하지만 사람들에게 베풀기를 좋아하는 한량은 그 돈으로 동네 사람들의 입을 즐겁게 해 주었고 빌려 달라고 하는 사람이 있으면 주저 없이 빌려주었다. 땅을 산다는 말은 그녀에게서 돈을 우려낼 구실에 불과했다. 그러다가 그녀는 다시 매질에 못 이겨 도회지로 나가 식모를 살고, 또다시 집에 돌아오는 생활을 계속했다. 한 번은 부엉댁과 전주댁이 다시 집에 돌아가려는 장수댁을 말렸다.

"그까짓 자식이고 남자고 다 잊어버리고 그 돈 가지고 도망가서 편안하게 살지, 뭐 하러 햇빛도 잘 들지 않는 오막살이로 돌아왔어?"

부엉댁이 나무라자, 전주댁도 그것을 부추겼다.

"사흘이 멀다고 여자를 두들겨 패는 남자 뭐가 좋아?"

그래도 장수댁은 묵묵부답이었다.

"인자 그 집에 들어가면 우리하고는 인연이 끝이요."

이런 전주댁의 말에도 장수댁은 뜻을 굽히지 않았다. 결국 두 사람은 장수댁을 가만 내버려두는 수밖에 없었다. 하긴 두 사람이 장수댁 입장이었어도 그럴 수밖에 없었을 것이다. 남편과 자식이 버젓이 살고 있는 집을 차고 나와 혼자 살거나 다른 남자와 살 용기를 가진 여자는 많지 않았다. 그런 여자는 하늘에서 내릴 어떤 벌이라도 받을 각오가 되어 있어야 했다.

장수댁에게 그나마 삶의 희망을 주었던 것은, 네 명의 자식 중 가장 성실했던 큰아들 재수다. 몇 년 전 그녀는 어린 나이에 도회지로 나가 장사를 배우기 시작해서 장가도 들기 전에 많은 돈과 연륜을 쌓은 재수에게 완구점을 차리도록 해 주려고 자신이 식모살이해서 모은 돈, 딸 재숙이가 공장 생활을 해서 번 돈까지 탈탈 털어 넣었다. 그만큼 재수는 장수댁이 믿고 있는 아들이었다.

하지만 아래 두 아이는 재수와는 전혀 다르다. 초등학교를 막 졸업한 재문이가 장사를 익히도록 하기 위해 재수에게 보낸 적이 있다. 하지만 재문이는 열심히 일하는 형 몰래 돈을 훔쳐내서 딱지치기하고 어른들이 보는 영화를 보는 데 더 열을 올렸다. 그리고 조금 나이가 들어서는 술 마시는 데 재미를 들였고, 사소한 일로 친구들과 싸우기 일쑤였다. 재문이가 끼고 있는 은빛 앞니는 그 시절에 부러진 것이다. 막내 재선이도 그랬다. 재선이는 효심이 지극한 것만 빼고는 모든 면에서 재문을 능가했다. 큰형의 집에 있었던 초등학교 시절부터 아이들을 몰고 다니며 대장 행세를 했고, 대장으로서의 체면 때문인지 한두 명도 아니고 수십 명의 아이들을 몰고 집으로 쳐들어오는 일도 있었다. 이 때문에 재수의 처는 밥을 해내고 상을 차려내는 고역을 치러야 했다. 결국 그녀는 남편 재수에게 이 사실을 알렸고, 재수는 악을 쓰며 대드는 동생을 두들겨 패서 어머니가 있는 시골로 내려보냈다.

출상 다음 날 오전이다. 동섭과 전주댁은 상가를 나선다.

마을 입구 정류장까지 걸어가는 동안 동섭은 몇 번 이종 조카인 재숙과 덩치 크고 눈꼬리가 치켜 올라간 재숙의 남편을 떠올린다.

“재숙이는 왜 그런 남자를 골랐제?”

“남자가 군대 있을 때 연애했어. 남자답고 화끈해서 좋디야, 왜 그래?”

"깡패 겉애서 그러제."

동섭은 재숙이 장수댁의 불행한 과거를 재연할까 두려워진다. 흔히 들 딸은 어머니를 닮는다고 하지 않는가. 이윽고 두 사람은 버스 정류장에 닿았다.

"늙어 비틀어지든지 곰보든지 째보든지 여잔 남자가 있어야 된단께. 이모를 본께 그런 생각이 저절로 들드만."

3

전주댁은 짧은 해를 한탄하며 부엌에서 저녁을 짓고 있다. 마당에서 어머니, 하고 부르는 소리에 그녀는 손을 멈추고 정지문(부엌문) 앞으로 간다. 저녁 어스름 속에 잠긴 마당과 대문채가 그녀의 눈에 들어온다. 그다음으로 먼 거리에서 이삼 미터 높이의 짚동을 돌아오는 사람 그림자가 있는데 가만히 보니 한 사람이 다른 사람을 부축하는 듯 보인다.

"어머이!"

그것은 명자 목소리였다. 전주댁은 두 개의 그림자를 향해 바삐 달려간다. 가까이 다가가자, 비로소 두 사람의 얼굴 윤곽이 나타나 그것의 주인을 말해준다.

"아이고 느그들이 어쩐 일이냐?"

한 사람은 명자고 또 한 사람은 앞집 임실댁의 둘째 아들, 영수와 동갑인 동성이다.

“이야기는 나중에 하고 어서 안으로.”

방위병 동성이 앞으로 손짓한다. 전주댁은 반가움을 표현할 겨를도 없이 뒤돌아서 두 사람을 방으로 인도한다. 마루로 나와 있던 창수와 경수가 영문을 모르겠다는 눈빛으로 한쪽으로 비켜선다. 전주댁은 이불을 깔고 명자를 부축해 뉜다.

“누나, 몸조리 잘해요.”

“그래, 오늘 고맙다.”

자리에 누운 채 명자가 동성을 쳐다본다.

“어찌 된 일이냐, 동성아!”

다급한 마음에 마루로 뛰어나온 전주댁은 영수와 동갑인 동성을 잡고 묻는다.

“다른 건 누나한테 자세하게 들어요. 저는 남원에서 버스를 탔다가 누나를 만났어요. 저는 이만 갑니다.”

동성이 어둠을 향해 뛰어간다.

동성이 어둠 속으로 사라지기 전에 애썼다, 고 외친 후 전주댁은 방으로 들어온다.

“대체 무슨 일이여?”

전주댁은 딸의 얼굴을 쳐다본다. 옆에 앉은 창수와 경수도 갑작스럽게 돌아온 명자 옆에 앉는다. 명자는 얼굴이 약간 핼쑥해지고 눈이 약간 꺼진 것, 피로한 기색을 보이는 것 말고는 별반 이상이 없는 듯했다.

“아침에 출근하는 길이었어요. 만원 버스에서 겨우 몸을 빼서 내리는데 갑자기, 아주 갑자기 버스가 출발했어요. 한 발은 버스에 있고 또 한 발은 이미 땅에 닿아 있는 상태에서요. 그러니 어찌 됐겠어요? 나는 길바닥으로 굴러떨어졌고 비명을 지른 후 의식을 잃었어요. 그런데 눈을 떠 보니 병원이었고, 나이가 들어보이는 낯선 남자가 의자에 앉아 깨어나지 않으면 어쩌나 하는 표정으로 나를 보고 있었어요."

작은방에 있던 영수도 안방으로 건너온다. 명자는 뒷문 쪽으로 고개를 돌린다.

"배가 고파요, 죽 좀 끓여주세요."

"응, 그래, 알았다. 지금 아픈 데는 어디냐?"

좀 더 알고 싶지만 전주댁은 애써 억제한다.

"조금 있다가 저녁 먹고 자세히 말씀드릴게요. 그때까지만 좀 참아주세요."

전주댁은 딸의 괴로운 표정과 동시에 나타난 작은 눈물방울을 본다. 그녀는 하는 수 없이 자리에서 일어난다. 그 사이 밖에 나갔던 동섭이 집으로 돌아오고 영수도 큰방으로 건너온다. 저녁 식사가 시작된다. 명자는 영수의 부축을 받으며 그녀가 들깨를 갈아서 만들어준 죽을 서둘러 먹더니 다시 자리에 눕는다.

"그래, 지금 허리가 아프냐, 아니면 등이 아프냐?"

명자는 영수에게 손거울과 화장지를 달래서 입을 닦고 얼굴을 보더니 잠시 무엇을 생각하는 진지한 표정이 된다.

"그때 버스에서 굴러떨어지면서 척추를 다쳤어요. 척추가 부러졌어요."

"뭐, 척추가?"

척추라는 말에 전주댁은 되묻는다.

"그렇지만 누워서 한두 달 지내면 낫는답니다."

어머니가 놀라는 것은 당연하다는 듯 명자는 담담하다.

"그래, 그러면 그 운전사 놈은?"

전주댁은 얼굴도 알지 못하는 운전사를 당장 어떻게 하고 싶어진다.

"그간 치료비는 전부 그쪽에서 다 댔어요. 약값으로도 얼마 받았어요. 그런데 병원에 누워 있으려니까 하루가 십 년 같아서 누워 있을 수가 있어야지요. 병원에 더 있어도 되지만 집에 가서 누워 있어도 낫는다기에 내려온 거니까 걱정하지 말아, 엄마!"

"허리는 진짜로 괜찮디야, 그러면."

"그래요. 의사가 하는 말이, 척추의 부러진 부분에서 액이 흘러나와 양쪽이 붙게 되면 옛날보다도 더 단단해진다고 했으니까 걱정하지 말아요."

그럼에도 전주댁은 앞으로 생활하는 데 지장이 없을지 재차 묻는다. 인체에서 무엇보다 중요한 것이 바로 허리가 아닌가.

"괜찮다면 다행이지만, 그래도."

"괜찮다니까 그러네."

명자가 귀찮아하자, 전주댁은 입을 다물지 않을 수 없다. 명자를 주시하던 가족들도 일단 시선을 거두어들인다.

오랜만에 온 가족이 모인 한씨가는 어느 단란한 가정이 부럽지 않게 화기애애하다. 모두 공손하고 부드러운 말씨를 쓰고 서로를 배려하는 다정한 마음씨를 드러낸다. 평소에 아무 말 없이 윗목에 앉아 있던 동섭조차 말수가 많아져 몇 차례나 이빨을 드러내고 웃기조차 한다.

다음 날부터 여태 한 번도 들른 적이 없었던 사람들이 한씨가를 드나든다. 명자가 집에 들어앉게 되자 소식을 듣고 찾아온 친구들이다. 객지에 나가 있다가 잠시 고향에 들른 동창생, 과거 명자와 같은 공장에 다니며 한방을 썼던 친구들이다. 진장 보건소에 다니며 시시때때로 들락거리는 동갑내기도 있다.

봄은 늘 들판 이곳저곳에 솟아나는 여러 가지 풀과 나무의 푸른 싹들에서 시작해서 복사꽃이나 배꽃들이 피면서 절정에 이르렀음을 보여 준다. 오랜만에 한씨가에는 따사로운 기운이 돈다. 마을에 봄이 찾아온 것보다 더 생기가 넘치고 있다.

명자는 겨우내 누워 있다가 거동을 할 수 있을 정도로 몸이 회복되자, 한 손에는 바구니, 또 한 손에는 트랜지스터라디오를 들고 들로 나간다. 명자는 나물을 캐고 비슷한 또래의 친구들과 어울리는 동안 차츰 어린 시절로 돌아가고 있다. 본인의 말처럼 어린 시절은, 제 마음대로 되지 않는 것이라고는 없었다. 외할아버지, 외할머니가 더 할 수 없는 사랑을 명자에게 선사했다. 그런 시절이 끝난 것은 야간 중학을 마친 다음이다. 그 뒤 명자는 외갓집을 떠나 객지 생활을 시작했다. 그때부터 몇 년 동안 명자의 목표는 오로지 많은 돈을 벌어서 잘사는 것이 되었다.

명자가 공부를 시작한 것은 영수의 편지에 힘입은 바 크다. 그 속에서 명자는 자신을 돌아보게 하는 말들을 보고 무언가 자신이 잃어버린 것이 있다는 것을 깨달았다. 만약에 그날 사고를 당하지만 않았더라면 명자는 지금도 검정고시를 치르기 위해 밤새 고등학교 교과서를 붙들고 씨름하고 있었을 것이다.

며칠 후 저녁이다. 명자가 마실을 간 사이 전주댁은 무를 썰며 자식들에게 이런 얘기를 들려주고 있다.

"한 번은 나보고 부산에 한번 와 보라는 거여. 보여줄 사람이 있다고. 그래서 갔드만 앞집에 사는 학생이 저를 죽자사자 따라다닌다고 상의를 좀 허자는 거여."

"그래서요?"

옆에 앉아 있던 창수가 묻는다.

"가본께, 그 학생 집은 부잣집이드라고. 이층 양옥집에 재산도 좀 있는 것 같고. 그래서 내가 자시 한 번 알아봤제. 주변에 있는 복덕방허고 가겟집하고 물어 본께 싹 갈쳐주드라고. 그런디 막내아들한테는 돌아올 재산이 하나도 없드라고. 그래서 내가 그만두라고 했드만, 세상에, 명자가 서울로 회사를 옮긴 뒤에도 또 찾아왔드라고 안 해. 사람이사 키도 훤칠허고 인물도 그만하면 괜찮기는 허드만 어디 없는 사람 마음이 그러간디……."

새벽에 동섭에게 말한 대로 전주댁은 명자가 서울에 돌아가서 다시 공부를 시작하는 것을 막기 위해 결혼을 시키기 위해 일을 꾸미고 있다. 적당한 때란 늘 오는 것이 아니다. 그녀의 입가에 생긴 결심은 그렇게 말하고 있다.

그때 무기고에서 방위병들의 구호가 들려온다. 거기에는 이제 갓 스물 넘은 청년들이 소대로 편성되어 방위 복무를 하고 있다. 그들의 임무는 마을을 지키는 것이라기보다는 무기고를 지키는 데 있다. 그들은 주로 인근 마을에 사는 사람들이다. 이곳을 지날 때마다 총을 어깨에 메고 철조망 안을 오가는 방위병들을 보인다. 누가 뭐라고 해도 그들에게 부과된 의무적인 생활이란, 그중에서도 경계근무란 지겨울 정도로 시간이 많고 따분한 것이다. 그래서 그들은 지나가는 아이들에게 일부러 말을 걸고 장난을 치기도, 아이들의 환심을 사기 위해 자신들에게 간식으로 지급된 건빵을 나누어주기도 한다. 이들은 매일 저녁 군대와 다름없이 점호도 받는데 저녁 아홉 시만 되면 어김없이 번호를 세는 우렁찬 목소리와 구호가 한씨가 안방까지 들린다. 그때마다 동섭은 망할 녀석들, 이라고 중얼거리며 그곳에 도달하지 못할 비난을 퍼붓는다.

4

비가 내릴 것 같은 끄물대는 날씨다. 동섭은 저수지 앞에 있는 밭에 거름을 져다놓은 후 비가 내릴 것을 염려해서 비닐을 씌워놓고 오는 길이었다. 그는 입구를 지나 짚동이 보이자, 미소를 짓는다. 입구에서 삼 미터가량 떨어진 이곳에 짚동을 쌓아놓은 것은 약 한 달 전이다. 마루에 앉아 식사하거나 누워 있을 때 지나가는 사람들이 마치 집을 염탐이라도 할 것처럼 힐끔거리며 지나가기 때문이다. 도대체 남의 집에 무슨 관심이 그리 많은지 모른다. 그는 사람들 시선을 차단할 방도를 고심했다. 그러다가 생각난 것이 짚더미였다. 그는 논에서 짚을 날라다 나뭇짐처럼 묶어 삼단의 엄폐물을 만들어 놓았다.

동섭이 짚동을 막 지났을 때 마루 위에 남녀가 나란히 앉아서, 그것도 정답게 말하는 장면이 눈에 들어왔다.

"아니, 저것이 누구야. 명자하고 방위 아니야?"

동섭은 무의식중에 헛간으로 달려갔고 외양간의 두엄을 끄집어내거나 쌓을 때 사용하는 네 발 쇠스랑을 꺼내 든다. 동섭은 그것을 두 손에 꼬나 쥐고 높이 쳐든 채 딸에게 접근해서 집적거리는 방위병을 그 자리에서 요절을 내겠다는 태세로 마루를 향해 돌진한다. 이때의 광경을 다시 그려본다면 쇠스랑을 높이 쳐들고 마루에 앉아 있는 방위병을 향해 돌진하는 동섭, 방위병과 대화를 나누다 쇠스랑을 든 아버지를 발견하고 사색이 된 명자, 뒤를 돌아다본 후 어찌할 줄 모르는 방위병, 그다음 약간 입을 벌린 멍한 표정으로 바뀌어 방위병에게 어서 달아나라고 채근하는 명자를 그릴 수 있을 것이다.

사건은 불과 몇 초 사이에 싱겁게 끝나버린다. 마루에 앉아 있다가는 무슨 꼴을 당할지 모른다고 판단한 방위병이 서편 담을 넘어 부리나케 달아나 버린다.

이 사건은 두고두고 이야깃거리가 되었다. 방위병의 도망치는 모습도 가관이었지만 동섭이 성난 황소처럼 돌진하는 모습은 평소와 달리 아주 용감해보였기 때문이다.

도대체 어떻게 해서 그 방위병과 명자가 옷깃을 스치게 된 것일까. 동섭은 몇 번이나 추리해 본다. 명자에게 물어볼까? 아니다. 성숙한 딸에게 그런 것을 다그치거나 물을 염치는 없다. 우선 아주 사소하고 쓸데없는 대화로부터 그들의 일이 시작된 것이라 가정해본다. 아무리 젊은 남녀라고 할지라도 첫눈에 반하는 일이란 거의 없고, 처음 만난 순간부터 사랑한다고 말하는 사람은 없다.

얼마 전 명자의 남자 동창들이 집으로 찾아와 함께 놀았던 장면이 떠오른다. 그때는 별다른 의심이 들지 않았다. 한두 사람이 아니었고, 동창이라는 굴레에 묶인 친구들이었기 때문이다. 평소에 방위병들하고 친하게 지냈던 것일까. 그럴 수도 있다.

방위병들은 대부분 이십 대 초반에 한창 정욕에 시달릴 나이였고 여자를 위해서라면 무엇이라도 할 각오가 되어 있는 나이다. 그리고 명자는 처녀다운 수줍음이나 주위 사람들의 이목 때문에 냉정하게 대하지는 않았을 것이다. 하긴 어떤 남자가 유머 감각이 있는 꽃다운 나이의 여자를 본 후, 얼토당토않은 도덕적인 근거를 대며 그냥 지나치겠는가. 발전될 소지는 그간에 있었지만 아직 특별한 사이는 아니었다. 동섭은 단정을 내린다.

그 일이 있고 나서 전주댁은 동쪽 옥잠봉 자락에 있는 문수암을 들락거린다. 문수암 보살은 통통한 몸매에 컬컬한 목소리를 내는 오십 대 여자로 인근에서 모르는 사람이 없다. 그녀는 남녀를 가리지 않고 같이 술을 마시며, 굿을 해주기도 하고 중매를 서기도 한다. 보살의 남편은 어쩌다 한 번씩 지게 진 모습으로 마을에 나타나는 머리를 빡빡 깎은 남자였지만 중은 아니다. 앞서 말했다시피 전주댁은 명자가 다시 공부를 시작한다고 나서기 전에 해치우려는 것이다.

그러면서 전주댁은 명자의 마음을 은근슬쩍 떠보기도 하고, 결혼 쪽으로 유인하기도 한다. 처녀란 결혼을 은근슬쩍 넘어가는 것으로 알지, 아무리 간 큰 처녀라도 대담하게 나설 수 없다. 처음 전주댁이 결혼 이야기를 꺼냈을 때만 해도 명자는 꽥! 소리를 지르며, 전주댁의 말투를 빌자면 잡아먹기라도 할 것처럼 소리쳤다.

"시집은, 내가 언제 가고 싶대?"

명자의 발작에 전주댁은 놀라지도 포기하지도 않는다. 한참 입을 다물고 있다가 며칠 후 다시 말을 꺼낸다.

"어련히 알아서 갈까 봐 서둘러?"

"노처녀로 늙어 죽고 싶냐, 너는."

전주댁의 방법이 바뀌어 있다. 전주댁은 협박으로 명자를 구슬린다. 그러면서 명자의 태도가 조금씩 누그러진다. 한 마디로 전주댁은 콩을 볶기 위해 솥을 달굴 때처럼 명자를 구슬리고 있다.

"정말 선만 보고 마는 거야, 엄마!"

어느 날 모녀는 얼굴을 보고 마주 앉는다.

"그래. 그냥 한번 남자를 보기만 해."

명자는 남자와의 성적 결합이라는 것을 한 번도 원한 적이 없으며, 부모의 성화 때문에 하는 수 없이 끌려가는 모습을 그대로 보여주고 있다. 사실 그것은 어느 정도 진심이다.

"기대는 하지 마."

"글쎄, 한번 가서 보기만 허고 오면 된당께, 그러네."

전주댁의 입가에 미소가 번진다. 두 달 보름 만에 한번 선이라도 보자는 쪽으로 명자를 설득한 것이다. 하긴 이런 일에 갖가지 수단과 방법을 알고 있는 어머니에게 성에 대해서는 거의 모르는 고집스러운 딸은 어떻게든 넘어가기 마련이다.

그런 장면을 보며 동섭은 집안의 분위기가 많이 달라졌음을 느낀다. 남자 셋에 여자 하나인 삶은 얼마나 메마르고 고달팠던가! 영수의 돈타령에 마음고생으로 술독에 빠져 허우적거리고, 영수가 죽는다고 난리를 치던 때가 동섭은 오래전 일 같다.

5

선을 보러 가는 날이다.

동섭은 십여 년 전에 유행했던 깃이 넓은 검은 양복을 꺼내 입고 낡은 구두에 구두약을 대충 바른다. 전주댁은 자두색 윗저고리에 짙은 초록 치마를 입고 하얀 고무신을 깨끗이 닦아 신는다. 자주색 양장에 굽이 높은 하이힐까지 신은 명자는 주인공답게 제일 튀어보이는 차림을 하고 있다.

모든 준비가 끝나자, 그들은 9시 버스를 타기 위해 마을 회관으로 나간다. 선은 인월 유정다방에서 10시에 하기로 예정되어 있다.

그들이 인월 사거리 구인월 방향으로 난 도로변 유정다방에 들어선 것은 9시 30분경이다. 미리 가서 상대를 기다리는 것이 예의인 듯해서 그들은 곧장 다방으로 들어간다. 모녀는 한 자리에 붙어 앉아 부엉댁 큰딸인 은영의 시댁에 대해 얘기를 나눈다. 은영이는 나이가 아홉 살이나 많은, 키 작고 못난 남자에게 시집가서 송하리에 살고 있다.

"그 언니는 나이 많은 남자한테 시집을 가야 대우받고 산다고 선택한 거여."

명자의 말에 전주댁은 은영의 처지를 동정한다.

"그래, 즈그 어머이가 그렇게 남자 잘못 만나서 고생허고 살았은께 그런 마음이 오죽 안 들겄냐?"

남자 측 일행이 다방으로 들어온 것은 채 십 분이 되지 않아서다.

그것을 가장 먼저 알아차린 전주댁이 두 사람에게 눈짓을 준 후, 그쪽 버스가 인자 도착한 것 같아, 라고 속삭였다.

합판과 얇은 판지를 교묘하게 접합해서 유연한 조각을 만들어 낸 목조 테이블을 사이에 두고 양가는 일어서서 인사를 한 후 마주 보고 앉는다. 동섭은 안우성과 인사를 나누고 전주댁은 그녀보다 몇 살 더 들어보이는 부인과 인사를 나눈다. 그때 시골구석에 어울리지 않는 옷차림의 다방 아가씨가 유리잔에 담긴 물을 먼저 내 앞에 내려놓는다.

"무엇을 드시겠어요?"

교태 섞인 음성에 얼굴이 화끈 달아올라 동섭은 우물거린다. 그러자 안우성이 나선다.

"이럴 때 커피 구경이나 한번 해 봅시다."

이 말에 이견이 있을 리 없다. (다들 침묵을 지키고 있다.) 그래서 모든 사람이 커피를 먹는 것으로 결정되었다.

"그러고 본께, 양가에서는 첨으로 자식들을 선보이는 겝니다."

동섭의 말에 안우성은 무슨 뜻인지 얼른 대답하지 못한다. 양가의 자식들이 장남 장녀이기 때문에 이런 자리가 어색할 수도 있다는 뜻으로 동섭은 말했는데 안우성은 이 전에 장남을 다른 사람에게 선보인 적이 없느냐고 하는 추궁으로 들었는지 우물거린다.

"우리 애들이 장남, 장녀란 말입니다."

"아, 예, 그렇군요."

그제야 말뜻을 알아들은 안우성이 웃음을 짓는다. 동섭은 맥이 풀려 잠시 입을 다문다. 분위기를 좀 유도해보기 위해 농을 던져본 것인데 응답이 시원찮았다. 그사이 부인들 쪽에서 대화를 이어나가고, 거기에 안우성이 한 번씩 끼어들면서 제법 분위기가 다사로워진다. 이들을 과연 어떤 사람들일까? 사기성이 있는 사람은 아닐까. 재산은 개뿔도 없으면서 행세하려 드는 것은 아닐까. 동섭은 은근히 걱정된다.

그러다 커피가 오자, 동섭은 약간 들뜬 기분에 다방 아가씨에게 장난을 걸어보고 싶은 충동에 당황한다. 그때까지 한 번도 느껴보지 못한 것이기에 더욱 그렇다.

"설탕하고 프림을 몇 숟가락씩 넣을까요?"

아가씨가 물음에 동섭은 아주 호탕하게 웃는다.

"아가씨 마음대로 타시오."

동섭의 말에 안우성도 동감을 표시한다. 이 순간은 아주 잘 넘어갔다. 그들은 커피잔을 들어 마신다. 그동안 동섭은 사돈이 될지도 모를 두 사람과 자식을 살핀다. 안우성은 얼굴이 크고 넓다. 피부는 하얗고 발그레하고 코는 오뚝했고 말투는 아주 사근사근하다. 옆에 앉은 부인은 턱이 뾰족하고 빼빼 마른 것이 이기적이고 신경질적으로 보인다. 아들은 어머니 쪽을 많이 닮았다. 턱이 뾰족하고 마른 체구다. 숫기가 없고 약간 허약해 보이는 것이 육체적인 일을 잘할, 기운 있는 사람으로 보이지는 않는다. 전주댁이 곧잘 동섭에게 하는 말처럼, 방거충이가 틀림없다.

약간 들뜬 동섭은 또 엉뚱한 생각에 시달린다. 이들에게 좀 허풍을 떨어서라도 이 결혼을 성사시켜볼까 싶다. 하지만 그는 도리를 벗어난 짓을 한 적이 없고 양심대로만 살아왔다. 다른 사람 도움을 받는 것이나 주는 것도 거절해 왔다. 전주댁 옆에 명자가 앉아 내숭을 떨고 있다. 명자는 동섭에게서 무뚝뚝하고 목소리가 큰 것, 전주댁에게

서는 바른말을 곧잘 할 수 있는 강직함을 이어받았다.

"식사 안 하셨으면 제가 짬뽕 한 그릇을 대접해 올리겠습니다."

동섭이 극구 사양하고 전주댁도 그런 몸짓을 취하지만, 사실 이것은 예의에 불과하다. 그쪽에서 결연한 의지를 보이면 아무런 문제가 되지 않는다. 일행은 다방을 나와 시장 골목 어귀에 있는 중화반점으로 들어간다.

어느새 안우성과 전주댁은 아주 죽이 잘 맞는 사람으로 바뀌어 있다. 거리낌 없이 집안일을 묻기도 하고 서로의 걱정을 털어놓기도 한다. 동섭과 안우성 부인은 말없이 두 사람의 대화를 듣고 있다가 예, 예, 하고 대답하거나 어쭙잖게 대화에 끼어드는 것으로 만족한다.

이른 점심을 먹고 난 후 그들은 버스 정류장 앞에서 헤어진다. 동섭 일행은 버스를 기다리기 위해 남고 안우성 일행은 북쪽을 향해 걸어가기 시작한다.

"근디 즈그 아부지는 왜 아무 말도 않는 디야? 우리 집이 어떻다고 거짓말이라도 좀 해야되는 것이 아이라."

그들의 모습이 눈에 가물가물해질 즈음에 전주댁이 동섭에게 시비를 건다.

"염병을 허고 있네, 여자들 곁이 뭔 소리를 주절주절 헌디야."

안우성과 죽이 맞은 것에 질투를 느낀 동섭은 되받아친다.

"아니, 그러고 있은께 우리가 무슨 숭이라도 있는 것 겉애 그러지."

"뭘 어쩌라는 거여? 나만 안 그러면 되는 거제."

전주댁은 잠시 입을 다물었다가 다시 얘기를 꺼낸다.

"남자가 꼭 방거충이 겉애. 고등핵교는 나왔다고 허는디 밥벌이나 제대로 허고 살지 모르겄어. 여지껏 집에 있다가 스무아홉이 되도록 장개도 못 가고 있는 것을 본께 말이여. 근디 즈그 아부지는 참 인물이데. 부처 겉이 훤한 얼굴에다가 복이 있는 얼굴이드란께. 그런디 시아부지 될 어른하고 시할매도 정정허게 살아 있다는디 그 집 맏며느리로 들어가게 되면 좀 고생을 허게 생겄어."

"그럼, 당장이라도 결혼허제?"

"사람을 어찌 한 번 만나서 다 판단을 헐라고 그래. 좀 더 두고 지다리봐야제."

동섭은 도대체 전주댁의 비위를 맞출 수가 없었다. 동섭은 전주댁 말을 듣기로 했다.

"그래도 집안이 신흥 부자란께 좀 맴이 놓이기는 흐드만."

명자는 눈만 껌벅거리며 앞을 보고 있다. 그녀의 볼은 약간 상기되었다가 색소가 분산되면서 서서히 침착함을 되찾고 있었다.

집에 도착하자 전주댁은 명자의 심중을 떠보았다.

"남자가 어떠냐?"

"이름도 아버지하고 같고, 꼭 우리 아버지같이 생긴 것이 마음은 잘 안 변하겠다는 생각은 들데."

명자는 머뭇거리는 표정이더니 의외로 솔직하게 말했다. 이 말에 놀란 것은 동섭이다. 명자의 내면에 들어 있었던 남성이 자신일 줄 동섭은 생각해 본 적이 없었다. 전주댁은 딸 앞에서 미소를 짓지는 않지만 뒤로 돌아서자마자 이제는 됐다는 표정을 짓는다.

현실에 밝은 전주댁은 상대편에 먼저 연락하지 않는다. 여자 쪽에서 마음이 있어 먼저 연락하는 것은 예의도 아니고 체면도 아니다, 마음이 있어도 남자 쪽에서 먼저 연락하는 것이고, 그 뒤에도 얼마 동안은 중매쟁이인 보살을 거치는 것이 관례라고 말한다.

며칠이 지났다. 중매쟁이를 통해 연락을 보내는 절차를 생략하고 안우성이 직접 집으로 찾아왔다.

"사돈어른 계시오?"

안우성이 오는 것을 보자, 동섭은 자신도 모르게 입이 벌어져 허허 웃고 있었다. 그러다 문득 그는 불안한 생각이 들었다. 사람이 행복함에 젖어 입을 크게 벌리는 순간 불행을 전염시키는 벌레가 입 속으로 들어올지 모른다는 말이 떠올랐기 때문이다. 어쩌면 이런 생각들 때문에 여태 동섭은 삶을 즐기지 못했는지 모른다.

"아이고, 어쩐 일이십니까?"

동섭은 정중하게 인사를 하고 안우성을 방으로 안내한다. 전주댁도 한바탕 호들갑을 떨며 인사를 하고는 부엌으로 뛰어 들어갔다.

"생각도 못헌 일이라."

조금 전 의식에 떠오른 경고를 무시하고 동섭은 너털웃음을 짓는다. 그런 생각 때문에 즐겁게 웃지도 못해 억울하다. 그럼에도 불안함이 가시지 않는다.

"예, 그러시죠. 하지만 보살을 제가 아니까 이해할 겁니다."

안우성의 얼굴은 해맑았다. 동섭처럼 복잡한 과정을 거치지 않고 본래의 명랑함을 한껏 표현하고 있다. 전주댁은 급작스럽게 찾아올지는 몰랐다고 몇 차례나 너스레를 떨며 술잔을 놓더니, 갖은 정성을 다해 만든 음식을 상에 올렸다. 명자는 장차 시아버지 될 안우성에게 인사만 한 후 작은방으로 건너갔다.

안우성은 오래 머무르지 않고 자리에서 일어선다. 사실 이런 방문은 극도의 호의를 표시하는 방법이기는 했지만, 어찌보면 큰 실례가 될 수도 있었다. 자칫하다가 상대의 집에 좋지 않은 인상을 줄 수도 있는, 위험한 짓이었다. 그나마 다행이라면 안우성이 남자 측이라는 것이다.

동섭 내외는 안우성을 배웅하기 위해, 본인이 극구 사양함에도 불구하고 학교 앞 서쪽 다리까지 나갔다. 안우성을 보내고 돌아온 후 전주댁은 당장 결혼이 성사될 것처럼 부풀어 있었다.

"글쎄 널 며느리로 삼고 싶어서 이렇게 찾아왔는 갑든디, 뭐, 뭐라드라 며느리 될 사람이 보고 싶어서 왔다고 허든가……."

아직은 뭐가 뭔지 잘 몰랐지만 명자는 그다지 불쾌한 표정이 아니었다.

일은 누구의 생각보다 빠르게 진행되고 있었다.

며칠 후 명자의 시할아버지가 될지 모를 노인이 허연 수염을 날리며 집을 찾아왔다. 또 한바탕 소란이 벌어졌다. 전주댁은 그동안 아껴두었던 술을 내오고 서둘러 여러 가지 음식을 장만해서 차려냈다. 그런데 동섭과 대작을 하던 노인은 술을 과도하게 마셔서 도저히 그날 밤 안으로는 돌아갈 수 없게 되었다.

"어르신, 하룻밤 묵어가시지요. 약주가 좀 과하신데."

그것이 화근이었다. 그날 밤 노인은 자신도 모르게, 어렵다고 할 수 있는 사돈이 될 집에서 애들처럼 요에 쉬를 하는 실수를 저질렀다. 새벽에 잠을 깬 노인은 축축하게 젖은 요를 몇 번이나 만져보며 아주 난처한 표정을 지었을 것이다. 사돈이 될 집이고 초행길이었다. 노인은 일인즉 난감하지만 어서 이 집을 빠져나가는 것이 서로에게 유익하다는 것을 깨달았을 것이다. 하여튼 노인은 우리에게 인사도 하지 못하고 달아났다.

축축해진 요를 보며 그들은 한바탕 웃었다.

6

한 달 두 달 시간이 흘러간다. 그러면서 동섭과 사돈이 될 안우성은 갈수록 자주 만나고 있었다. 주로 인월장을 기해서다. 그들은 신흥옥이나 진장옥, 아니면 중화반점에서 만나 식사를 같이하기도, 술잔을 기울이기도 하며 자식의 결혼문제에 대해 상의한다. 그때마다 동섭은 딸 가진 아버지로서의 예우를 톡톡히 받았다. 안우성이 거의 모든 음식값을 내고 술을 샀다. 마침내 두 사람은 돌아오는 봄에 자식들을 약혼시키기로 합의했다.

어느 장날 안우성은 극구 사양하는 동섭에게 벌통 둘을 양손에 들려준다.

"이 벌들이 우리 사돈 살림이 일어나는 데 보탬을 주었으면 좋겠소."

선물치고는 과분해서 동섭은 받지 않으려고 했다. 그는 누군가에게 큰 은혜를 입은 적도 없지만 가능하면 부담되는 것은 받지 않고 주지도 않으며 살아왔다. 하지만 안우성은 동섭의 이런 옹졸한 태도를 허용하지 않았다. 동섭은 하는 수 없이 양손에 벌통을 들고 집으로 돌아온다.

동섭은 안우성이 시키는 대로 마루 아래, 기둥 밑에 벌통을 한 개씩 놓아둔다. 이후 한씨 집을 방문한 사람들은 벌들이 잉잉거리는 소리에 혹시 쏘이기라도 할까 놀란다. 양다리에 노란 꽃가루를 묻힌 벌들이 착륙하고 이륙하는 모습을 호기심 어린 시선으로 본다. 그리고 어디에서 벌통을 구입했는지 동섭이나 전주댁에게 묻는다. 물론 두 사람은 장에 가서 제값을 치르고 구입했다고 말함으로써 체면을 지킬 수 있었다.

벌들은 다음 해에는 네 통, 그다음 해에는 여덟 통 하는 식으로 늘어간다. 집 안 구석구석이 벌통으로 가득하다. 동섭 내외는 이것들을 흐뭇하게 보며 안우성에게 몇 번이나 감사했는지 모른다. 벌들이 잉잉거리는 것을 볼 때마다 들판의 누런 벼를 보는 것처럼 마음이 풍요로웠고, 실지로 해마다 수확된 꿀은 살림에 적지 않은 보탬을 주었다.

어느 날 저녁이다. 명자가 안우성의 장남과 함께 집에 나타난다. 물론 이것은 전주댁과 사전에 약속이 되어 있는 것이다. 그렇지 않다면 아무리 약혼 날짜까지 잡아놓았다고 해도 나란히 집에 들어올 수는 없었을 것이다. 둘은 가까운 인월이나 남원 읍내에서 만나 시간을 보내다가 온 것이 분명했는데 그들이 나타나면서 집안은 초긴장 상태에 들어갔다. 그것은 동섭 내외가 사위가 될 자에게 좀 더 좋은 가정의 모습을 보여주려는 노력의 일환이었는데 물론 창수나 경수에게도 사전에 주의가 주어졌다. 시끄럽게 떠들어서는 안 되는 것은 물론 공손한 말을 쓰도록 시켰다. 두 사람도 숨이 막힐 정도로 조심스럽게 행동했다.

명자와 함께 들어온 남자, 안동섭은 동섭과 전주댁에게 절을 올린다. 그들은 몇 가지 인사말과 요식적인 질문을 주고받은 후 식사를 시작한다. 안동섭은 식사하는 동안이나 식사가 끝나고 전주댁과 대화를 하는 동안 아주 신중한 자세를 유지한다. 묻는 말에나 대답할 뿐 절대 먼저 물어보거나 말을 꺼내는 법이 없다. 이런 태도는 안동섭이 쉽게 변하는 사람이 아니라는 것을 말해주었는데, 이것은 한씨 집안의 기질과도 맞는 방식이었다. 그리고 무엇보다도 안동섭은 명자가 바라는 신랑감이다. 명자는 자신이 태어난 집보다 시댁이 잘살아서 혹 도시에 나가 살게 되어도 도움을 받을 수 있고, 남편이 자신보다 좀 더 배운 남자여서 그녀에게 부족한 부분을 메워주기를 바랐다.

전주댁은 안동섭에게 몇 가지를 물어본 후 두 사람을 작은방으로 보내준다. 얼마나 같이 있고 싶어 하고 서로에 대해 궁금한 때인지, 또 얼마나 신비스러운 감정이 지배할 때인가를 전주댁도 이미 지나온 세월로 미루어 잘 알고 있었다. 그녀는 결혼하기 전에 남자와 자유롭게 만나거나 이야기를 나눌 수 있는 시대에 살지 못해서 그것을 누리지 못했을 뿐이지 그때의 그 마음도 이들과 조금도 다름이 없었다. 아니 제한되었기에 더했을 수도 있다.

다음 날 아침이다. 창수는 평소처럼 무심코 작은방 문을 열기 위해 문고리를 잡았다가 작은방 아궁이에 불을 때고 있던 전주댁의 제지를 받았다. 말하자면 전주댁은 이런 경우를 대비해 방문 앞을 지키고 있었던 것인데 창수를 제지하는 방법도 평소와 달랐다. 그녀는 대뜸 소리 먼저 지르는 대신 눈을 끔적이며 집게손가락으로 댓돌 위의 두 개의 신발을 가리킨다. 그것은 두 사람을 방해해서는 안 된다는 완곡한 표현이다. 창수는 아직 그런 예절을 모르고 있었다. 사실 그 방은 신방이나 다름없었다.

창수는 어머니의 제지를 받고 물러나면서 약간 화가 난 듯 얼굴을 찌푸리며 이해할 수 없다는 표정을 짓는다. 전주댁은 그 이상 창수에게 설명하지는 않는다. 조금 더 자라게 되면 남녀 간의 일에 대해 알 수 있고, 스스로도 그런 시간을 갖게 될 것이라고 생각할 뿐이다. 하여튼 두 사람은 양가의 축복 속에 들뜬 시간을 보내고 있다. 그와 함께 양쪽 집에도 장남과 장녀의 약혼을 앞두고 한껏 고조된 상태가 이어진다. 사람의 일생에서 결혼만큼 중대한 일이란 없고 집안으로 치자면 그 일은 말 그대로 대사(大事)였다.

약혼식에 쓸 예물을 고르고 온 날이다. 집을 나서기 전까지만 해도 의좋은 모녀인 양 사이좋게 나갔던 전주댁과 명자는 집에 돌아오자마자 다투기 시작한다.

"너는 어쩌자고 그렇게 비싼 반지를 고르냐, 가시나가 통도 크게."

전주댁은 보석당에서 예물 고르던 때를 말하고 있다.

"나중을 생각해서 그러는 거야. 지금 사놓은 것이 나중에 급할 때 돈이 될 거니까."

"그래도 걱정이 돼서 그렇제. 네가 그렇게 비싼 시계를 고른께 그 사람도 비싼 시계를 고른 것 아이냐? 아마 시계가 십만 원이 넘었제."

"그게 어때서 그래? 엄마가 사주는 것도 아님서. 내 돈 가지고 내가 쓰는데 엄마가 왜 자꾸 거기서부터 그러는지 모르겠네."

"그래, 미안허다, 이년아! 부모가 되어 가지고 제대로 장만도 못 해주는 주제에 주디이만 나불대서 미안허다."

전주댁은 명자가 번 돈으로 예물을 마련했기 때문에 아까운 마음이 있다. 그 돈이 어떤 돈인가. 딸이 객지에 나가 그 어린 손으로, 먹고 싶은 것 입고 싶은 것을 참아가며 어렵사리 모은 돈을 이렇게 쉽게 써서야 될 일인가. 명자는 그것을 알 도리가 없다.

한편 전주댁은 두 사람의 신방을 지켜줄 정도로 세심했지만 딸의 행동을 이해하지 못하고 있었다. 명자는 처녀만이 가질 수 있는 미래에 대한 금빛 꿈에 젖어 있었다. 그녀는 같은 색을 가진 노란 나비 한 마리와 공중을 부유하며, 솜털 같은 구름을 모아 아담한 집을 짓고, 땅에 발을 디디지 않고도 사랑하는 사람과 함께 매혹적인 밤을 보낼 계획을 세우고 있었다. 그리고 새들의 지저귐과 꽃들의 소곤거림에 아침을 맞고, 푸르디푸른 바다 저편에서 밀려오는 파도를 한없이 보거나, 소라껍데기에서 흘러나오는 음향에 따라 온갖 사물이 태어나고 춤을 추는 광경을 그리고 있었다.

결국 두 사람의 분쟁은 돈에 관해 공통적인 면과 서로 다른 면을 가지고 있음을 인정하지 않은 탓이었다. 두 사람 모두 돈에 대해 약간의 원한을 느끼고 있었다. 그래서 그것을 끊임없이 갈구해야 하는 피지배자 상태에 놓여 있었다. 하지만 그것을 사용하는 방식에는 약간의 차이가 있었다. 전주댁이 돈을 버는 동안 가능하면 쓸 곳을 배제하려고 한 반면 명자는 그것이 의미 있게 사용될 순간을 떠올리고 있었다는 것이다.

전주댁이 골을 내고 팩 토라지자, 명자는 하는 수 없이 용서를 빌기 시작했다. 왜 늘 아랫사람이 머리를 숙이냐는 불만이 없는 것은 아니지만. 그런데 그것이 전주댁의 서러움을 더욱 크게 만들었다. 전주댁은 더욱 큰 소리로 울기 시작한다. 이때 그녀의 표정을 가만히 보면 누군가 옆에서 위로하면 더욱더 울고 싶어지는 법이라고 말하는 듯했다.

옆에 있던 동섭은 갑자기 가슴이 멜 것 같다. 동섭은 입으로 애정을 표현할 수 없는 남자지만 아내 없이는 살 수 없는 사람이 되어 있었다. 이것은 전주댁도 마찬가지였다. 두 사람은 부부간의 사랑이 자식들에게 옮아가도록 내버려두지 않았던 사람들이었다. 동섭은 이번보다 더 심각한 상황이 어떤 것인지도 알고 있다. 아내가 누구의 위로도 거부하고 돌부처처럼 돌아누워 베갯잇을 눈물로 적시는 모습이다. 동섭은 이런 아내를 위로해주기 위해 손을 맞잡고 같이 울거나 웃기기 위해 일부러 장난을 건 적은 없다. 그럴 때 그는 아내와 똑같은 감정에 젖어 한 마디 위로의 말도 건넬 수 없는 상태가 되어 버린다. 이런 때 그가 할 수 있는 역할은 단 한 가지, 아내의 투정을 말없이 받아주거나, 어디에도 말할 수 없는 하소연을 마음이 넓은 체하고 들어주는 것이다.

이런 전주댁을 가장 잘 위로하고 마음을 풀어줄 수 있는 사람은 아마 고인이 된 친정아버지일 것이다. 하지만 한씨 집안의 어느 누구도 고 이명진 처사의 방식을 구사해서 전주댁의 응어리진 마음속을 풀어줄 수 있는 사람은 없다 — 그토록 인자하고 그토록 너그럽게, 인간의 마음이 살살 풀어지도록 유도할 수 있는 고도의 심리적인 기술. 아니 결혼하기 전 이십 년간 그와 같은 방법에 길든 전주댁은 다른 비방으로는 효과를 볼 수 없을 정도로 중독 상태가 되어 있을 것이다. 그래서 그녀는 땅속에 묻혀 있는 친정아버지가 관 뚜껑을 열고 다시 살아났으면, 하고 수없이 바랐음에 틀림없다.

그날 일은 어쩌면 두 사람이 서로에 대해 알지 못한 것이 원인이었을 수도 있다. 즉 두 사람은 같이 산 기간이 적었던 만큼 서로를 오해할 소지도 컸다.

약혼식은 양가 부모와 당사자들이 모인 가운데 예정대로 치러졌다. 부흥 사진관에서 신랑과 신부가 약혼의 징표로 예물을 교환하고, 그 장면을 영구히 보존하기 위해 사진을 찍는다. 그런 후 예약되어 있었던 신흥옥에서 식사하는 것으로 약혼식을 끝낸다.

이날 약혼식만 해두었다가 그다음 해에 결혼식을 올리기로 한 것은 신랑감인 안동섭이 그때까지 촌에 처박혀 있어서 변변한 직장을 가지지 못했기 때문이다. 그래서 신랑 측에서는 신부 측에 체면을 세울 겸 결혼식을 미루고 장차 신랑이 될 안동섭에게 공무원 시험을 칠 기회를 부여한 것이다. 그러면서 부차적으로 나온 것이 오랜 기간 객지 생활을 해온 장래의 신부에게 단 1년 만이라도 부모님과 같이 살 기회를 주자는 것이다. 안우성이 이 제안을 냈을 때 동섭이나 전주댁은 그다지 반대할 이유가 없었다. 그만하면 그들보다 여러 면에서 조건이 나은 집이었고, 기다리는 것이야 직장을 위해서라니 — 당사자들이야 모르지만, 부모 입장에서야 얼마든지 기다릴 수 있는 처지였다. 더구나 명자는 아직 스물세 살이다.

7

새벽 4시 반경에 동섭은 잠에서 깬다. 전주댁이 옆에 누워 있는 것을 확인한 후 그는 방문을 열고 밖으로 나선다. 내가 아니었다면 늘 하는 말대로 아내는 좀 더 나은 일생을 살았을지 몰라. 좀 더 부유한 집에서, 능력 있고 똑똑한 남자와 행복하게 살 수 있었을 거야. 하지만 그것은 부질없는 생각이야. 아내의 생각에 전염되어 이런 생각을 하는지도 모르고. 아무튼 지나간 일을 다시 되돌릴 수는 없어. 과거는 과거일 뿐, 다시 돌아오지 않아. 사실 나는 아내의 말대로 게으르고 무능하고 아내에게 거의 모든 것을 의탁하고 있어.

동섭은 마루와 아래채의 백열전등을 켜고 화장실로 달려간다.

옆집 돌이네 집 안방에서 두 사람이 소곤대는 목소리가 들려온다.

이불 속에 알몸으로 누워 있을 두 사람의 모습이 떠오른다. 그도 매일 새벽 아이들이 일어나기 전에 습관적으로 한바탕 정사를 치른다. 그것 외에는 그다지 머릿속이 환해지는 일이 없다. 무슨 이야기를 하려는 것일까. 일상에서 할 수 없는 사랑의 표현일까, 아니면 베개밑 공사일까. 잔뜩 호기심이 일어 귀를 기울인다. 좀체 알아듣기 힘들지만 두 사람은 지금 큰아들 상돌이가 학업에 취미를 붙이지 못하고 있는 것을 걱정하고 있는 듯하다.

실망한 동섭은 서둘러 볼일을 보고 허리춤을 잡고 변소를 나온다. 마당에 선 채 허리띠를 맨 후 날씨를 점쳐볼 생각으로 하늘을 본다. 검푸른 하늘에 구름이 떠다니는 것은 보이지 않는다. 작은 발광체와 그것의 부스러기들이 이곳저곳에 흩어져 있고, 이들보다 약간 크지만 일그러진 반달이 서편에서 빛을 잃은 듯 냉담한 모습으로 떠 있다. 언젠가 그는 하늘에 떠 있는 이것들이, 죽은 자의 영혼이 하늘에 올라가서 자리를 잡게 된 것이라고 낭만적으로 생각한 적도 있다. 육체를 잃은 자의 영혼이 가벼워져 별이 될 수 있다고 여긴 것이다. 그렇지만 나이가 들면서 그런 생각은 사라져 버렸다. 삶은 오래 살수록 메마르고 피폐해질 뿐이다. 그러니 하늘의 별과 살아 있는 사람 사이에 교감이 있다는 말 따위는 당치도 않다. 하늘에 떠 있는 그것들과 사람은 이를테면 무채색과 유채색, 아니면 죽음과 삶 같은 것이다. 다시 말해서 전자는 죽음의 형태로 스스로는 움직일 수 없는 것들이고 후자는 생동할 수 있어서 한때 기쁨과 즐거움을 맛볼 수도 있지만 갖가지의 고통에 시달리다 죽는 것이다.

잠시 후 동섭은 안방에서 치약을 가져다가 샘에서 양치하기 시작한다. 양치를 마치자 큰솥에 불을 땐다. 곧 전주댁이 나와 쌀을 씻을 때 방위병들의 우렁찬 목소리가 들려온다.

"당숙모, 당숙모!"

작은집에서 동준의 둘째 아들 대원이가 왔다.

"누구냐?"

전주댁이 밖으로 나온다.

"한아씨 생신인데 식사 전에 오시래요."

"그래, 알았다."

전주댁은 자신의 건망증을 탓한 후 몸을 빠르게 움직인다. 그녀는 자신이 자주 사용하는 말처럼 비호처럼 움직여 아이들 세수를 시키고 가방을 챙기게 한다. 그런 후 아이들을 데리고 먼저 작은집으로 떠난다. 동섭은 가축들 먹이를 주고 사람들이 뜸해지면 가리라 생각하고 기다리기로 한다.

얼마 후 동섭도 집을 나선다. 서쪽 길을 택해 구판장 마당을 걸어간다. 군데군데 웅덩이가 파지고 자갈과 큰 돌이 박혀 있는 길은 석천을 거쳐 봉화까지 잇닿아 있다. 그 길을 가다가 왼쪽으로 논을 훌쩍 뛰어넘으면 밤나무와 감나무 속에 묻힌 두 채의 집이 있고, 그 옆에 한 채의 빈집이 있다. 길 쪽으로 나와 있는 마지막 집은 김순철의 집이다. 그 집을 막 지나칠 때 인기척을 감지한 개가 갑자기 사납게 짖어댄다. 개 짖는 소리에 깜짝 놀라지만 동섭은 묶여 있다는 것을 생각해 내고 두려움 없이 길을 재촉한다. 하마터면 그 집을 지나지 못하고 빙 돌아서 갈 뻔했다. 언젠가 동섭은 연분홍으로 윤기 있게 빛나는 코 아래 치렁치렁 늘어진 입술 사이로 드러난 그 개의 송곳니를 본 적이 있다. 금방 누군가의 다리를 물고 비틀어 피를 보아야만 끝장을 볼 것처럼 날카로운 이빨이었다. 그 개에게 밥을 주는 것은 김순철의 처로 눈에 뜨이지 않게 한쪽 다리를 저는 여자였다. 사실 개보다 더 무서운 것은 바로 그녀였다. 아이들이나 개를 나무라는 날선 목소리는 유령을 부르는 것 같은 음산한 것이다.

십여 미터를 더 올라가자 공동 빨래터가 나타난다. 빨래터와 엇비슷하게 보이는 곳에는 무면허 치과의사의 집이 있다. 한상현이 죽기 전까지 끼었던 틀니도 약간 뒤로 돌아앉은 그 집 작은방에서, 눈에 자주 핏발이 서는 치과의사의 손에 의해 만들어졌다.

이윽고 동섭은 월암에서 몇 안 되는 초록색 철 대문을 통과한다. 사람들 소리가 들려온다. 마당이나 마루에 앉은 사람들과 대충 인사를 나누며 동섭은 작은방으로 고개를 들이민다. 그 안에서 오늘의 주인공이 사람들과 앉아 대화를 나누는 중이다. 한상두는 숱이 많은 허연 수염을 늘어뜨리고 머리를 스님들처럼 밀어버렸다. 동섭은 간단히 인사를 한 후 동준을 보기 위해 안방으로 들어간다.

"어서 와!"

"별일 없는 기요?"

동준은 대답 대신 몇 차례 기침을 해 댄다.

"아니 겨울도 다 지났는데 웬 기침을 그리허십니까?"

"낮에 학교에서 애들 가르치는 동안 분필 가루를 많이 마셔서 그렇지. 설사 병이 있다고 하더라도 일 년에 한 번씩 정기검진을 받고 있으니까 걱정할 필요는 없어. 불치병이라는 암도 초기에 발견하기만 하면 치료가 가능하다니까."

농사꾼과 달리 일 년에 한 번씩 정기검진이라는 그물을 쳐서 병을 잡아내는데, 싶어 동섭은 더 묻지 않는다. 그때 뒷방과 안방을 가로지르는 미단이문이 드르륵 열리며 동준의 막내딸, 영희가 얼굴을 내밀고 그에게 머리를 꾸벅 숙인다.

동섭은 서둘러 밥을 먹고 마당에 펼쳐진 멍석으로 간다. 그는 옆집 아재인 한신형과 홍동수 사이에 앉는다. 아재를 보자, 동섭은 아침 일이 생각나서 잠시 고개를 들 수 없다. 본의는 아니지만 우연히 집안의 일을 엿들었다. 신형은 아재뻘이 되는 그의 일가로 손재주가 있어 수시로 집에 드나들며 일을 해 주고 있다. 돼지우리 바닥을 시멘트로 발라준 것도, 마당 한쪽에 수도를 놓아준 것도 신형이다. 홍동수는 이미 작고한 한상두의 둘째부인, 친정 동생의 아들로 동섭과는 갑장이다.

"아재는 요새 바쁘지요?"

얼굴이 좁고 긴 신형에게 먼저 동섭은 묻는다.

"집에 뭐 하실라구요?"

"아니, 다른 집에 논 갈아주고 써레질을 해줄라면 바쁠 거 겉애서 허는 말이제."

"늘 그렇지요. 요 때만 되면."

한신형의 어머니는 약을 먹고 죽었다. 남편을 잃고 삼 형제를 키우던 신형의 어머니는 애들이 수시로 다투고 못된 짓을 골라 하는 것을 견디다 못해 죽음을 택했다고 동섭은 들었다. 하지만 그때 신형 일가는 옆집에도 살지 않았고 또 동섭이 어렸기 때문에 정확한 기억은 남아 있지 않다. 아마 사실이 아닐 거야. 다른 이유 때문일 거야.

"요새 동생하고 성님들은 어디 있는가?"

동섭은 신형의 형제들이 궁금해진다.

"서울 큰집에 양자로 간 성님은 얼마 전에 내리왔는디 건강이 안 좋아요. 위암으로 얼마 전에 위 절제 수술을 받았어요. 그리고 동생은 서울에서 문구점을 하고 있고요."

"일가라고 해도 서로 만나지도 못하고 허니 이렇네."

"별소리를 참…."

최근에 큰 아재뻘인 규형이를 마을 안길에서 본 것은 순전히 우연이다. 그때 본 규형은 미끈한 양복 차림에 신수가 훤해 보였다. 그런데 병이 들어 있었다니. 동섭은 속으로 혀를 찬다. 그러면서 형제간 중 가장 겁 없고 성질이 사나운 문형도 떠올린다. 늘 스포츠형으로 머리를 짧게 깎았던 문형은 월남에서 돌아온 직후 1년 동안 마을에 있었다. 구판장을 운영하면서 보통 사람의 두 배나 되는 목소리와 손발로 사람들을 압도했었다. 그래서인지 구판장에서 술을 먹고 행패를 부리는 사람은 없었다.

집으로 돌아오자, 동섭은 마루에 앉아 필터 없는 새마을 담배를 피운다. 상가나 결혼식 같은 곳에 갈 때가 아니면 그는 환희(필터담배)를 피우지 않는다. 그것은 새마을보다 더 비싸기만 할 뿐 밍밍한 맛이 난다. 방문이 열리며 창수가 방에서 나온다. 창수는 간다는 말도 없이 가방을 든 채 뜰방에서 마당으로 내려간다. 영수가 그렇게 인사 연습을 시켜도 습관을 들이지 못한다. 그때 갑자기 작은방 문이 열리고 영수가 얼굴을 내밀며 외친다.

"창수야, 잠깐만 이리 와 봐!"

창수는 가다가 말고 뒤돌아서 작은방으로 느릿느릿 걸어간다. 창수의 가출 사건 이후 영수가 달라졌다. 어쩌다 교회에서 쓸 설교 원고를 대필해 달라거나 벌건 고무통을 작은방에 들여놓고 목욕하면서 등을 밀어달라고 하는 것은 보았지만 창수의 몸에 손을 대거나 잔소리하는 것은 본 적이 없다. 다행이었다. 그동안에 그는 형제 사이에 일어나는 일에 방관자로 있었지만 그런 장면을 볼 때마다 늘 언짢고 불쾌했다.

영수로부터 한 통의 편지를 받아 든 창수는 곧바로 대문채로 걸어가서 헛간 문에 기대어진 자전거를 끌어낸다. 그 자전거는 언젠가 동섭이 영수에게 인월 장날 사준 물건이고, 한 차례의 수리를 거쳐 창수에게 다시 넘겨졌다.

안장에 올라앉은 창수가 페달을 밟자 자전거는 거침없이 집 입구를 달려간다. 창수의 모습이 보이지 않게 되자, 동섭은 갑자기 자리에서 일어난다. 창수가 고등학교에 가려면 1년도 남지 않았다! 무의식중에 기둥 아래 놓인 벌통으로 눈이 간다. 명자 시아버지가 결혼식 전에 준 선물이다. 다소 안심한 기색으로 그는 다시 자리에 앉는다. 어느 날 아침 그는 창수가 고등학교 진학에 관해 물었을 때 이렇게 대답했다.

"인월에 있는 고등핵교나 가, 딴생각 허지 말고."

그때 창수는 실망한 표정으로 앞을 떠났다. 그리고 확실히 해두기 그는 이런 말까지 했다.

"느그 성은 고등핵교도 못 마칬는디 고등핵교 가게 된 것을 감지덕지라고 생각해!"

그는 장남인 영수가 고등학교를 제대로 마치지 못했으니 창수가 아무리 실력이 되어도 전주에는 보낼 수 없다는 생각이었다. 그런데 이 생각을 뒤집어 버린 것은 의외에도 영수였다. 고등학교 원서를 쓸 시기가 되었을 때다.

"창수는 꼭 전주로 가야 해요."

"무슨 돈이 있어서?"

그럼에도 영수는 물러나지 않았다.

"또 저 같은 놈을 만들 겁니까?"

"아, 보내고 싶어도 돈이 있어야제."

"아부지하고는 도저히 말이 안 된당께."

늘 입으로는 논밭을 팔아 자식을 교육시킨다던 전주댁은 선뜻 말이 없다. 전주댁은 먼저 의견을 내는 법이 없다. 시간이 늘 많다고 여기고 있다가 닥치면 그때야 부랴부랴 당사자와 논쟁을 시작한다.

"내가 뭐 알간디, 아부지 하는 대로 해야제."

전주댁이 동섭을 거들고 나선다.

"고등학교라고 다 같은 고등학교가 아닙니다. 가르치는 선생님에서 우선 차이가 있고 그다음으로 대도시에 나가면 일단 보고 듣는 것이 많아지고 생각하는 것도 달라지게 됩니다. 그리고 우리 집 형편, 형편, 하시는데 생각보다 그리 많이 안 들어요. 집안이 당장 거덜 날 정도가 아니라는 겁니다."

"그런데 왜 하숙을 시키라는 거냐?"

동섭은 그 점이 궁금해졌다.

"아버지는 지금 저를 보시고도 하는 말입니까? 위장병에, 정신 분열에 이게 어디 정상적인 성장을 거친 젊은이입니까? 제발 저 같은 병자를 만들지 않으시려거든 하숙을 시키십시오."

영수의 협박 아닌 협박에 동섭은 할 말이 없다. 무조건 잡아뗀다고 물러날 놈도 아니다. 이놈은 정말 나와는 살이 있다. 동섭은 그렇게 느낀다.

"꼭 대도시에서 좋은 핵교를 다니고 꼭 하숙을 해야만 된다면 옛날 사람들은 다 어찌 공부하고 핵교를 다녔냐?"

"옛날은 옛날이고 지금은 지금입니다. 어떻게 옛날 생각으로 지금을 삽니까?"

동섭은 침묵을 지킨다. 영수와 언쟁을 계속하는 것이 두려워진다. 지난 일을 다시 끄집어내서 펼칠까 두렵다. 그것처럼 무서운 것은 없다. 과거에는 전주댁이 곧잘 전개라는 걸 했는데 이제는 영수가 그 수법을 쓰고 있다. 전주댁은 기대했던 만큼 동섭을 응원해 주지 않는다. 이제 아내도 녀석에게 지친 것일까.

결국 동섭은 영수의 논리를 당할 수 없었다. 그는 영수의 요구대로 창수를 전주에 하숙시키며 인문계 고등학교에 보내기로 하지 않을 수 없다.

8

길을 나서기 전에는 발끝에 부딪힐 정도로만 내리던 눈이 차츰 시간이 흐르면서 머리, 어깨, 팔에 떨어져 그 무게로 인해 사람이 땅속에 가라앉을 정도로 거세게 내린다.

"기차를 타고 가도록 하자."

남원 시외버스 터미널에 닿은 버스에서 내리며 영수가 말한다.

"그러지 뭐."

출발하기 전부터 들떠 있던 창수는 심드렁하게 대답한다. 하지만 기분은 아주 유쾌하다. 어떤 불합리한 것도 받아들일 수 있을 만큼 고양되어 있다. 두 사람은 전주로 가는 길이다. 창수가 전주 시내 고등학교들이 연합적으로 실시하는 시험에 합격하여 배정받은 학교에 등록하러 가는 길이다. 사실 원서 쓰기 전까지만 해도 창수는 전주로 유학을 할 수 있으리라고 확신하지 못했다. 아무리 우수한 학생이라도 가정형편 때문에 전주 인문계 고등학교에 진학하지 못하고 실업계 고등학교로 발길을 돌리는 경우가 부지기수였다. 그도 자칫 그럴 뻔했다. 앞길을 먼저 경험하고 열어준 영수가 아니었다면 그에게 행운은 주어지지 않았을 것이다.

창수는 옆에 서 있는 형에게 말할 수 없는 고마움을 느낀다. 한때 자신을 학대해서 누구보다 증오했던 적도 있지만 형이 갖가지 이유를 들어 전주로의 진학을 외치지 않았더라면 또 그 특유의 고집스러움으로 부모님을 설득하지 않았더라면 이번 여행은 이루어지지 않았을 것이다. 형이 자신을 통해 대리만족을 얻으려고 해서였든 진심으로 장래를 위해 그렇게 했든 창수로서는 고마운 일이다. 창수는 내내 싱글거리며 형을 바라본다.

플랫폼에서 기차를 기다리면서도 창수는 가만있을 수 없다. 서 있는 사람들의 뒤통수를 유심히 보기도 하고 기차가 어느 방향에서 오는지도 모르면서 기차가 올 법한 방향을 쳐다보기도 한다. 그러면서 그는 생각에 잠긴다. 이 고장을 떠나서 살게 되기를 얼마나 간절히 바랐던가. 이제 서서히 그 일이 이루어지고 있다. 사방이 산으로 둘러싸인 고원 지대로부터 탈출해서 부모님이나 형의 잔소리를 듣지 않아도 된다는 것, 누구의 간섭도 받지 않고 자유롭게 살 수 있다는 것. 그것은 언제부터인가 창수가 간절히 원하고 바라 마지않던 일이었다.

이윽고 기차가 눈발을 맞으며 역 구내로 들어온다. 긴 휘파람 같은 경적 소리를 울리며 기차가 들어온다. 기차를 처음 탄다는 설렘과 약간의 공포감 때문에 창수는 영수에게 가까이 붙어 선다.

기차가 멎고 사람들이 움직인다. 출입문에 서 있던 사람들이 하나 둘 줄지어 내리고 나자, 두 사람은 열차 안으로 들어간다. 둘은 초록색 긴 의자에 나란히 앉는다. 그러면서 영수의 팔이 창수의 몸에 닿는다. 뱀이나 그리마과 절지동물이 피부 위를 지나갔을 때처럼 두드러기가 생긴 듯한 느낌에 창수는 몸을 떤다. 지난 악몽이 되살아난 걸까? 창수는 두려워진다. 얼마 전까지 창수가 형에게 가지고 있던 고마운 마음이 몸이 접촉함과 동시에 어디론가 사라져 버린다. 정신을 긴장시키는 두려움만이 창수에게 남는다. 부득이 창수는 고개를 창 쪽으로 돌려 눈 오는 광경을 본다. 그러나 그것도 소용이 없다. 사실 이럴 때 그 감정을 느끼지 않으려고 노력하는 것은 아무 쓸모없는 짓이다. 한번 사람의 의식 속에 들어온 감각은 결코 사라지는 법이 없이 언제까지고 생명을 유지하고 있다가 언제 어느 땐가 다시 살아난다.

문득 하나의 기억이 창수의 의식 상태로 올려진다. 어느 여름날의 것이다. 영수가 그에게 손을 내밀라고 하더니 볼펜을 손가락 사이에 끼워서 돌린다. 육각의 볼펜 몸체가 손가락뼈를 갉아 먹기라도 할 것처럼 뻑뻑 돌아간다. 갑작스러운 고문에 황당해하며 창수는 얼굴만 찡그렸다. 하지만 비명을 지르지는 못했다.

“이 봐, 좀 잘하지 못하겠어, 응?”

이 봐, 그렇게 해서 아프겠어, 좀 더 힘껏 돌리라구. 그때 창수는 이를 악물고 속으로 외치고 있었다. 영수가 군청색 바바리코트 안 주머니에서 파란색 비닐 표지의 영한 대역 성경을 끄집어내서 읽기 시작한다. 영수는 여전히 기독교 신자다. 창수는 형에 이끌려 몇 번 교회에 나간 것이 고작이었다. 어쩌면 한씨 집안 고유의 정신병을 치료하는 데 예수는 필요할지 모른다. 그는 문득 이런 생각을 한다.

영수는 2년 동안 영한 대역으로 된 이 책을 읽기 위해 노력해 왔다. 책을 읽어 가는 동안 한역과 아주 미묘한 차이를 발견할 수 있으며 그때마다 큰 기쁨을 맛본다고 창수에게 말했다. 그것이 어떤 것인지 알 수는 없었지만 창수는 아는 것처럼 고개를 끄덕거렸다. 히브리어를 알게 되면 좀 더 정확한 원전의 의미를 알 수 있지 않을까. 영수가 책을 보는 동안 창수는 남원 시내를 벗어난 열차의 창밖을 보고 있다. 기차는 아주 천천히 사건이 전개되는 러시아 영화처럼 느리게 움직이고 있어서 배경도 천천히 지나가고 있다. 춘향이 고개, 버선밭을 지난 열차가 터널을 앞두고 있다.

"터널을 통과하는 시간을 재봐라. 터널의 길이를 계산해낼 수 있을 테니까."

영수의 말이 끝나자마자 기차는 터널 속으로 진입한다. 순간 창수는 어둡고 답답해서 질식할 것 같다. 그러면서 형을 피해 은신처로 삼기 위해 공들여 팠던 굴을 떠올린다. 어떻게 해서 삽과 괭이를 들고 산으로 올라 굴을 파게 되었는지는 그도 알 수 없다. 단지 그는 한 목소리를 들었다. 그 목소리에 따라 그는 소유자도 모르는 산속으로 들어가 괭이로 굴을 파고 이틀 동안 그 안에 틀어박혀 나오지 않았다. 그때 그는 야생의 너구리나 늑대 같은 산짐승이 되기를 바랐는지도 모른다. 정말 혼자가 되고 진정한 자유를 발견했다고 느낀 순간이 있기는 했다. 하지만 그런 순간은 아주 잠깐뿐이었고, 호롱불로 인해 벽에 비친 자신의 그림자를 발견하고 견딜 수 없어졌다. 그것은 그다지 아름답지 않았다. 추악하고 잔인해 보였고, 어찌 보면 한없이 이기적인 동물이었다. 또 어느 순간은 그의 속을 모조리 꿰뚫어본다고 장담하던 형과 닮아 있었다.

멀리 햇빛이 비치는 터널의 출구가 보인다. 그 순간 영수는 열차의 속도를 추정하고 터널의 길이를 산정해 냈을지도 모른다. 창수는 형을 보는 대신 여전히 창밖을 보고 있다. 들은 피부어대는 눈에 한 점씩 자리를 빼앗기고 있고 도로의 차들은 미끄러운 길 때문에 평상시의 속도를 내지 못하고 내내 거북이걸음이다. 터널을 지난 지 채 오 분도 되지 않아 열차의 구내방송은 다음에 정차하게 될 역이 오수라는 것을 알려준다.

기차는 오수역에서 5분 연착을 하고 다시 출발한다. 영수가 책을 덮는다.

"뭘 하나 먹을까?"

"아니, 나는 괜찮아."

"그래도."

한번 고개를 통로 쪽으로 돌리기는 했지만 창수는 창밖의 풍경에서 여전히 눈을 떼지 못하고 있다. 눈이 덮인 들판 위를 가로지르는 열차 안에 앉아 있다는 것만으로도 그는 자아를 잊을 수 있다.

이윽고 두 사람은 전주역에 도착한다. 전주 시내의 길이란 길은 모조리 질퍽거리는 눈으로 덮여 있다. 걸을 때마다 신발 속으로 물이 스며든다. 게다가 눈 속에는 흙먼지가 함께 섞여 있어서 자동차들이 지나갈 때면 흙탕물이 되어 걸어가는 사람들을 향해 날아간다. 갈아탄 시내버스에서 내린 두 사람은 천변로를 따라 소방서 쪽으로 백여

미터 내려간다. 도로 왼편에 키가 큰 히말라야시다 숲 사이로 하얀 건물이 엿보인다.

"저기가 00학교 체육관이야."

형의 말에 창수도 유심히 본다. 내가 3년 동안 다닐 학교라니. 창수는 감격스럽다. 두 사람은 커다란 교문 옆의 수위실과 맞닿아 있는 작은 문을 통과하여 본 건물로 걸어간다. 오른쪽으로 하얀 눈 속에 연분홍 매화가 피어 있다.

"여기로 들어가자."

영수가 본관 건물 오른쪽을 가리킨다. 막 서무실 문을 열고 들어서자, 검은 옷에 하얀 머릿수건을 쓴 두 여자가 나타난다. 처음 보는 사람인데도 정말 고귀하게 생각이 드는 이유는 뭘까. 이들은 누구일까. 창수는 주의 깊게 그들을 살핀다. 그런 복장을 한 여자들은 처음이었다. 그는 형이 등록금을 내고 영수증을 받는 동안에도 눈을 뗄 수 없다.

"이곳은 천주교 재단에서 운영하는 학교야. 아까 그 여자들은 수녀고."

창수는 김이 팍 새는 기분이다. 그들이 풍긴 이미지가 자신의 것이 아니라는 생각이 든 것이다. 교문을 나오며 창수는 형이 입학금을 내면서 어떤 심정이었을까 생각한다. 혹시 형이 조그만 질투심이라도 일으키지 않을까, 마음 한구석이 허전해지지 않았나 은근히 걱정된다. 하지만 형에게 물어볼 수는 없는 노릇이다. 창수는 형의 태도를 지켜보는 수밖에 없다.

"인제 진짜 무얼 먹자!"

창수는 적이 안심하며 아주 느리게 대답한다.

"무얼 먹을 것인지 생각해 보고."

"이왕이면 맛있고 비싼 것으로 먹어라. 기분도 좀 낼 겸."

영수는 자신이 번 돈은 아니지만 이 순간만큼은 맘껏 써도 된다는 듯 호탕하다.

"라면이나 하나 먹을까?"

"에그 겨우 라면이야?"

영수는 촌놈은 정말 할 수 없다는 눈빛으로 혀를 끌끌 찬다. 아이들 대개가 그렇듯 자장면이나 비빔밥이라고 할 줄 알았던 것일까. 창수는 멋쩍은 기분이 들지만 하는 수 없었다. 사실 창수는 거리에 있는 음식점에서 라면도 먹어본 일이 없다. 고작해야 핫도그 정도나 먹어보았다. 결국 창수의 고집에 따라 두 사람은 분식점에 들어가 라면을 먹었다.

잠시 후 두 사람은 분식점을 나온다. 눈은 그쳤지만 하늘이 우중충한 것으로 보아 언제 또 눈이 내릴지 모른다. 두 사람은 왔던 길을 되돌아가기 위해 시내버스에 오른다. 겨울 해는 짧아서 그날 안에 집으로 돌아가려면 서둘러야 한다.

소방서 앞 정류소에서 한참 기다린 후에야 두 사람은 버스를 탄다. 눈이 오는 것 때문인지 사람들은 들떠 떠들어댄다. 버스 안은 인월장보다도 더 북적댄다. 대화한다는 것은 아예 불가능하다. 형제는 이리저리 휩쓸리면서도 우산을 든 사람들 때문에 조심한다. 그 와중에 버스 천장에 달린 라디오 스피커가 윙윙거리고 있다.

"올해 대학 시험에서 300점 이상의 고득점자가 작년보다 많아질 것이라는 보도입니다."

그때 승객 중 한 사람이 키가 작고 배가 툭 튀어나온 남자에게 말했다.

"한 오천 명 정도는 될 거라고 하던데요."

"참, 역에 내리면 네 운동화 하나 사야겠다. 어머니가 하나 사서 신기라고 부탁하셨거든."

형의 말에 창수는 일 년 내내 신었던 운동화를 내려다본다. 만약에 검은색이 아닌 다른 색이었다면 누구라도 본래의 색깔을 맞출 수 없을 정도로 때가 끼고 색이 바래있다. 버스에서 내리자, 둘은 역 앞 신발가게로 들어간다. 창수가 신발을 고르는 동안 영수는 곁에 따라다니며 이런 말들을 잊지 않는다.

"맘에 안 들면 바꾸기 힘드니까 잘 고르고. 비싸더라도 신발은 편한 것이 좋으니까 좋은 것으로 골라."

마침내 창수가 신발을 하나 골라 들자, 영수는 마치 부모가 자식에게 하는 것처럼 발에 맞는지 확인하고 신발에 흠이 없는지도 확인한다. 형에게 이런 면이 있었던가. 창수는 약간 놀란다. 지금껏 그가 알던 모습과 정반대의 모습이다. 그간 영수는 창수에게 말이 없고 잔정이 없는 모습을 보여주었다. 새 신발을 신은 창수는 낡은 운동화를 쓰레기통에 넣어 버린다.

역에 도착해서 몇 차례의 연착 안내 방송을 들으며 삼십 분 이상을 떤 끝에 두 사람은 열차에 올랐다. 창수는 다시 창가에 앉는다. 차창가는 밖의 경치가 몸에 닿을 듯 지나가고 있었다. 태양은 엷은 막을 드리운 듯 어둠침침하게 빛나고 있고 두루뭉술한 산들은 눈의 무게에 아예 주저앉아 버리기라도 할 것 같았다. 약간 녹은 상태에서 나무 위에 눈이 다시 내려앉았기 때문에 가지가 부러질 것처럼 무거워 보인다. 들판은 별다른 변화가 보이지 않는다. 엷은 막을 뚫고 내려온 몇 조각의 햇살 때문에 눈 속에 유리 조각이라도 박힌 것처럼 빛을 반사한다. 이것으로 인해 눈이 부실 듯한 눈의 왕국이 끝없이 이어진다. 기차 소리에 놀란 날짐승들도 제대로 눈을 뜨지 못해 머뭇거리다 겨우겨우 날개를 펴고 날아오른다.

"창수야!"

창수는 옆에 형이 있다는 것조차 잊고 있다가 퍼뜩 정신이 들어 고개를 돌린다.

"응, 왜?"

"너 혹시 사람이 죽은 것을 한 번이라도 본 적이 있니?"

"자세히는 보지 못했지만 한아씨가 돌아가실 때 본 것 같아."

어느 날 문득 자신을 둘러싸고 있는 낯익은 산과 들, 개울을 타고 동동거리며 달려가는 시냇물, 구름이 둥둥 떠 있는 새파란 하늘, 여태껏 알아 온 사람들이 모두 시야에서 사라져 버린다면, 하는 상상에 몇 번이나 창수도 몸을 부르르 떤 적이 있다. 만약 그런 일이 일어난다면 그것이야말로 죽음일 것이다. 지금도 그는 그렇게 생각하고 있다.

"내가 무슨 말을 하고 싶어 하는지 너도 짐작했겠지만, 나는 처음 사람의 죽음을 접했을 때 얼마나 놀랐는지 몰라. 내가 본 시체, 영혼이 빠져나간 몸뚱아리는 뻣뻣하게 굳어 있는 나무토막에 불과했어."

창수는 형이 무슨 말을 하고 싶어 하는지 알 것 같다. 하지만 입을 다물고 있다.

"사람에게 육체만 있고 영혼이 없다면 그것은 정말 슬픈 일일 거야. 하느님으로부터 구원을 받을 수도 없고 영원한 생명을 얻을 수도 없을 테니까."

영수는 자못 엄숙한 태도로 집게 손가락을 들어 관자놀이를 짚었다. 이런 말은 창수도 몇 번이고 몇십 번이고 교회에서 들었다. 그런데 지금 또 그 말들을 듣고 있으려니 신물이 났다. 창수는 내심으로만 반론을 제기한다. 내가 형의 말을 단순히 옳다거나 형이 권하는 길이 단지 좋은 길이기 때문에 갈 필요가 있을까. 그 길이 보편적으로 옳은 길이라고 하더라도 나는 여러 가지 길 중에서 마음대로 한 길을 택해서 걸어가거나 헤맬 정도의 권리는 있지 않을까. 단순히 누구의 명령에 따라서 일생을 살아야 한다면 그것이 과연 내게 주어진 인생이라고 할 수 있을까. 영수는 대꾸도 없이 묵묵히 있는 창수를 힐끗 보더니 화제를 바꾼다.

"앞으로 밖에 나와서 살려면 애로 사항이 많을 거야. 여러 가지 면에서 말이야."

"무얼 말인데?"

"물론 너는 나와는 다른 대접을 집에서 받고 있지만, 내가 경험해 본 바에 의하면 우리 부모님처럼 무관심한 부모는 아마도 이 세상에 없을 거야. 졸업식이나 입학식에 안 오는 것은 이해한다, 쳐. 하지만 자식이 간장 한 종지에 밥을 먹고 있는데 방 얻을 때부터 지금껏 한 번도 와본 적이 없다는 것이 말이 된다고 생각하니?"

영수의 말은 맞지만 창수는 그렇게 말하는 형이 달갑지 않다.

"난 지금 고등학교를 못 가게 된다고 하더라도 그렇게는 말하지 않을 거야."

영수는 실망하는 눈빛으로, 큰 소리는 아니지만 강한 톤으로 말한다.

"글쎄, 그럴까? 조금만 도시 생활을 해보면 아마도 내 심정을 이해하게 될 거야. 백 마디 말보다 한 번의 체험이 더 중요한 법이니까"

창수는 형의 말을 이해할 수 없다. 물질적이고 외관적인 것이 그렇게 중요할까. 그것들은 우리가 경멸해야 할 것들이 아닌가.

"그런데 형은 인자 검정고시 포기한 거야?"

약간 화가 난 창수는 형이 피하고 싶은 것을 건드린다.

"이제 군대 갔다 와서나 생각해 봐야겠다. 그런데 넌 참 좋겠다. 네가 하고 싶은 대로 살 수 있을 테니까 말이야. 누구 간섭하는 사람도 잔소리하는 사람도 없을 테고."

창수는 미소를 지어야 할지 난감하다. 형의 말이 틀린 것은 아니지만 꼭 비웃는 것만 같다.

9

사선대를 지날 때만 해도 간간이 내리던 것이 그들이 남원에 도착했을 때는 더 풍성해졌다. 숫제 발이 푹푹 빠질 정도로 내리고 있다. 게다가 날도 어두워졌다. 겨울이란 그렇다. 이만한 틈도 주지 않고 금세 밤을 몰고 오고 집 없는 사람들을 두려워하게 만든다.

두 사람은 역을 나오자, 몸집이 굵지만 팔과 다리가 잘린, 한여름에는 넓은 잎으로 하늘을 가리고 있던 플라타너스 아래를 부지런히 걸어간다. 혹시나 7시 반에 출발하는 막차를 놓치기라도 하면 큰일이다. 둘은 거의 동시에 모퉁이를 돈다. 간이 정류장에 서 있는 사람들이 보인다. 일단 그들은 안심한다. 만약에 막차가 떠났다면 열 명도 넘는 사람들이 버스 표지판 아래서 기다릴 리 없다. 그들은 사람들 속으로 들어가 한 무리가 된다.

창수는 갈수록 몸이 움츠러드는 것을 느낀다. 턱이 떨려 이빨도 닥닥 부딪는 소리를 내고 있다. 간이 정류장 건너편은 극장이다. 외투를 입고 머플러를 두른 사람들 몇몇이 그 앞에서 서성거리고 있다. 창수는 환한 불빛 아래 있는 그들은 어쩌면 따스할 것이라는 생각을 한다. 그때 버스 한 대가 그들 앞에서 정차한다. 사람들이 우르르 몰려간다. 하지만 그 차는 승객을 태우기 위해서가 아니라 내려주기 위해서 정차했을 뿐이다. 버스는 승객들이 내리자 내리는 눈 위에 바퀴 자국을 남기고, 매연을 풍기며 사라진다.

얼마가 또 지난다. 창수는 형을 몇 번이나 쳐다보았지만 영수는 전혀 춥다거나 떠는 기색을 보이지 않는다. 동생 앞이라고 일부러 그런 내색을 하지 않고 있다. 영수는 지금껏 그런 교육을 받아온 남자 중 하나다. 버스 한 대가 그들 앞에 정차한다. 기다리던 일행 중 한 사람이 운전사에게 무어라고 묻는다.

"눈이 쌓여서 못 갑니다. 폭설 주의보가 내렸어요."

운전사는 심드렁하게 말한다. 어쩌면 오늘 집으로 돌아가지 못할지도 모른다는 생각이 들지만 창수는 별반 두렵지는 않다. 창수는 홀로 많은 곳을 돌아다니며 밤을 보낸 적도 많다.

"조금만 더 기다려보자! 어찌 안 되겠니?"

영수는 창수에게 보라는 듯 웃음을 짓는다. 평소의 영수는 이런 사람이 아니었다. 무엇에 쫓기는 것처럼 급하고 불안정한 모습을 주위 사람들에게 보여주었다. 이런 상황에서 형이 비관적이지 않다는 것이 창수는 이상하다. 여관비도 없을 텐데. 두 시간이 지났다. 인월행 막차가 막 정류소에 도착한다.

"창수야!"

창수는 형의 뒤를 따라 서둘러 버스로 달려간다. 인월까지만 가도 집에 도착했다고 말할 수는 없어도, 한층 가까워지기는 하겠지. 축 처진 어깨를 달싹대며 창수는 형을 따라 차에 오른다. 허겁지겁 버스 안으로 몸을 디민다. 창수는 이런 자신이 약간 비굴하게 느껴지지만 안에는 봄바람보다 더 아늑한 바람이 부유하고 있다. 버스의 안과 밖의 온도가 이렇게 다를 수 있다는 것을 창수는 처음 알았다.

"이제 살 것 같다."

"정말이네."

영수의 미소에 창수도 따라 웃는다. 버스는 더 이상 재를 넘을 승객들이 없는지 10여 분을 넘게 기다린 끝에 출발한다. 체인 소리를 덜거덕거리며 버스가 굴러가자 창수는 저절로 마음이 편안해지며 눈꺼풀이 무거워지는 것을 느낀다.

좌석은 빠짐없이 채워져 있다. 누구 하나 입을 열고 떠드는 사람도 무엇인가를 꺼내서 읽거나 먹는 사람도 없다. 밖에서 내리는 눈의 정적이 그들에게도 잠시 침묵할 것을 명령한 것이다. 그렇지 않다면 눈이 내릴 때 나는 거대한, 사람들이 들을 수 없는 소리가 인간들을 압도해 버린 탓일 것이다.

버스가 여원재 입구에 이르자, 고슴도치처럼 삐쭉 선 상고머리의, 볼에 살이 많은 운전사가 땀을 훔치며 뒤를 돌아본다.

"혹시 재를 넘다가 응, 그러니까 버스가 올라가다가 못 올라가면 밀어야 할지도 모릅니다."

누구도 이의를 제기하는 사람은 없다. 그가 재를 넘게만 해준다면 무엇이든 시키는 대로 다 하겠다는 표정들이다. 버스가 천천히 한 굽이 한 굽이를 돌아간다. 운전사는 한 굽이를 돌 때마다 신이 나고 승객들은 자신들이 운전대를 잡기라도 한 것처럼 용을 쓰고 있다가 참았던 숨을 내뱉는다.

여원정을 지나자 버스는 지금까지보다 더한 경사의 오르막을 부르릉거리며 올라간다. 운전대를 잡고 있는 운전사는 뚫어지게 앞을 응시하고 있고 그의 양가로는 그에게 힘을 실어주려는 승객들이 네댓 명 옆에 서 있다. 그렇지 못한 승객들은 자리에 앉은 채 의자의 손잡이를 힘껏 움켜쥐고 있는 폼이 그것을 놓으면 이젠 끝장이라는 표정이다.

시간이 얼마나 흘렀을까. 버스는 평상시에 삼십 분이면 넘을 수 있었던 여원재를 무려 두 시간이나 걸려서 넘었다. 마침내 여원재 고갯마루에 서 있는 외딴집 불빛이 보이자, 사람들은 환성을 지른다. 그때 벨 소리가 들리며 한 사람이 문 앞에 가서 선다. 머리에 벙거지를 쓴 남자는 내리기 전에 운전기사에게 정중히 인사를 한다. 그리고 안에 남아 있는 사람들을 향해 손을 한번 흔든 후 버스에서 내린다. 남자가 내리고 난 후 버스 안은 조금씩 시끄러워진다. 조금 전의 긴박했던 상황에 대한 얘기를 서로 주고받는다. 들판을 지나 운봉에 도착해서 다시 몇 명이 내리고 똑같은 방식의 인사가 행해진다. 그들은 내리기 전에 운전사에게 고생했다는 말과 함께 지폐를 한 장 내놓기도 하고 동전 몇 개를 내려놓고 가기도 한다. 운전사도 그것을 굳이 사양하지는 않는다. 허연 수염이 섞여 있는 운전사의 입 주위에 무엇과도 견줄 수 없는 흐뭇한 미소가 감돌고 있다.

"승객 여러분 고생하셨습니다."

종점인 인월에 도착하자 이번에는 운전사가 먼저 자리에서 일어나 승객들에게 인사한다. 내리기 위해 일어서려고 했던 사람들이 한마디씩 했다.

"오늘 밤은 정말 특별한 밤이었습니다."

"언제 또 보거든 술이나 한잔합시다."

창수는 미안스러워 머리를 긁적이며 앞서 걸어나가는 형의 뒤를 따른다. 그런데 불 꺼진 인월 거리에 내리자 조금 전까지의 유쾌한 기분이 팍 가신다. 칼처럼 예리한 바람이 몰아치며 거센 눈보라가 일고 있다.

"뭐 요기라도 할 데가 있는가 가보자!"

영수가 지서 앞에서 집으로 가는 방향의 길을 한번 훑어본다. 창수도 눈을 들어 삼거리 북쪽으로 난 길을 본다. 설마 저 길을 가자는 것은 아니겠지.

"11시가 넘었는데 뭐 먹을 데가 있을까?"

영수의 뒤를 따라 창수도 도로를 건넌다. 개인택시가 대기하는 곳은 텅 비고 손님들이 끊이지 않던 대영옥이나 신흥옥에는 불이 꺼지고 문이 내려져 있다. 두 사람은 오일장이 서는 골목 안으로 들어간다. 그곳에는 장이 서는 날에만 북적대는 음식점이 대여섯 개나 있다. 장사꾼들이 늘 자리를 잡고 물건을 팔던 곳에는 콘크리트 구조물의 기둥만이 덜렁 서 있다. 창수는 장날을 떠올린다. 물건을 사라고 외치는 장사치의 목청 큰 소리, 여러 가지 색깔의 옷감들을 들고 지나가는 아낙들에게 한번 와서 구경하라고 하는 장난기 많은 남자, 파전을 구워 장꾼의 술상에 놓아주기 위해서 재빠르게 움직이던 여자의 손목, 턱턱 장꾼들에 부딪혀 걷다가 천막에 붙들어 맨 줄에 걸려 넘어지던 아이. 골목 끝자락에 켜진 형광등 불빛을 보았을 때 둘은 거의 동시에 손가락을 들어 가리킨다.

"저기!!"

영수가 먼저 '정든 집'이라는 간판의 음식점 앞에 닿는다.

"이 안으로 들어가자."

영수가 문을 밀자, 드르륵 소리가 난다. 안에는 몇 개의 빈 의자와 탁자들이 있고 가운데에는 연탄난로가 벌겋게 달아 있다. 두 사람이 자리에 앉자, 안에서 방문이 열리며 머리를 양쪽으로 갈라 묶은 여고생이 걸어 나온다.

"밥 종류가 됩니까?"

"떡국밖에 안 됩니다."

영수의 말에 여고생은 미안한 표정을 지으며 가만가만 조심스럽게 말한다. 그것이 눈보라가 치는 늦은 밤에 찾아온 두 사람에게 호감을 느끼거나 동정심을 느끼고 있는 것처럼 보인다.

"그럼, 라면 두 개만 끓여 주세요."

영수가 아래 바닥으로 다리를 길게 뻗는다. 창수도 난롯불 앞에 앉자 긴장이 풀려 다리를 뻗는다. 그러다가 여고생이 라면을 내왔을 때 창수는 의자에 앉은 채 코를 골며 자고 있다.

"야, 어서 일어나!"

형의 말에 창수는 화들짝 깨어난다. 아직도 잠이 덜 깬 눈으로 창수는 앞에 놓인 라면에 젓가락을 가져간다. 형제는 라면이 나오자마자 지금까지 어떻게 배고픈 것을 참았을까 싶을 정도로 서둘러 젓가락질을 해댄다. 그리고 마침내는 바닥에 남은 국물까지 모조리 마셔버렸을 때 지금까지 먹어본 어떤 음식보다 맛이 있었다는 것을 시인하지 않을 수 없다. 누가 보아도 먹는 일 외에는 관심이 없는 배고픈 자의 모습 그대로였다. 형제는 라면을 끓여다 준 여고생이 보고 있었다는 것도 몰랐다. 그녀가 부엌 어딘가나 방에 있으리라 여겼다. 그런데 그녀가 떡을 한 접시 들고 다시 나타났다. 게걸스럽게 먹어대는 모습을 그녀에게 고스란히 드러내고 있었다는 것을 알게 되자 창수는 쑥스러웠다. 영수도 마찬가지였다. 수치스러운 일을 하다가 들켰을 때처럼 고개를 들지 못했다.

그녀가 떡이 담긴 접시를 내려놓자, 영수는 눈을 크게 뜨고 양손을 어깨까지 들어 올린다. 그녀에 대해서 감사하지만 부끄러움에 차마 감사의 말을 할 수 없음을 양해해 달라는 태도일 것이다. 영수는 결국 그녀를 향한 것이었지만, 창수를 향해 이렇게 외쳤다.

"창수야, 이건 특별 서비스야. 알겠지?"

창수는 마지막 남은 면발을 쭉 입으로 빨아 당기려다가 멈춘 채 영수를 쳐다본다.

"정말 고맙습니다."

잠시 후 접시에 담겼던 떡이 모두 사라지자, 다시 형제는 의자에 축 늘어진다. 후식까지 먹고 난 후에 다가오는 편안한 휴식. 이것은 난로의 따뜻함, 풍만해진 위장의 탓이기도 하다. 이윽고 그녀에게 더 이상 폐를 끼칠 수 없다는 생각이 간절해지자 두 사람은 자리에서 일어난다. 영수가 셈을 치르는 동안 창수는 한발 두발 문을 향해 걸어간다.

"다음에 또 들르세요."

여고생은 문을 연 채 배웅까지 한다.

"정말 이런 대접을 받다니 잊지 못하겠습니다. 오늘 대단히 고마웠습니다."

영수의 인사를 끝으로 두 사람은 '정든 집'을 떠난다. 시장 골목을 돌아 큰길로 나오려는 길목이다.

"외갓집까지만 걸어가면 되겠다."

영수의 말이 끝나기도 전에 세찬 눈보라가 앞을 가로막는다. 그간 바람이 잤던 것은 시장 안의 건물들 때문이었다.

"걸어서?"

"왜? 가다가 얼어 죽을까 봐."

창수는 입을 다문 채 한숨을 한번 쉰다. 식당 문을 나서며 눈보라가 치는 밤에 외갓집까지, 이십 리 길을 걸어서 간다는 것을 이미 각오는 하고 있었지만 차마 엄두가 나지 않는다.

"이십 리밖에 안 되니까 한 시간이면 족히 갈 수 있을 거야."

영수가 앞에 서고 창수가 뒤에 서거나, 또는 나란히 눈보라를 뚫고 한발 두발 나아간다. 이 모습이 꼭 험준한 산을 오르는 등반가 같다. 사실 앞에서 몰아치는 눈보라를 안고 걸어가기란 결코 쉬운 일은 아니다. 한 발 두 발 내딛는 것이 발에 무거운 쇳덩어리를 단 것 같다. 형제가 서무리 입구를 벗어나 지암으로 가는 길 초입에 막 발을 디디자, 그때까지보다 더 거센 바람이 일고 살을 도려내는 것 날 선 바람이 몰아친다. 두 사람은 숨을 제대로 쉬지 못해 몸을 옆으로 비튼 채 앞으로, 앞으로 걸어 나간다. 창수는 슬쩍 형을 본다. 형에게도 말 못할 고통이 많았을 거야. 그런데 왜 그 신은 형을 도와주지 않는가. 여기는 저주받은 땅이기 때문인가.

이윽고 인가가 사라지며 불빛마저 사라져 버린다. 두 사람은 방향은 알고 있지만 딛고 있는 땅이 길인지 아니면 개울인지 논인지 구분할 수 없다. 이럴 때 신은 적어도 길을 인도해 주어야 하지 않은가.

창수는 또 신에 대한 생각이다. 광야에 내린 눈은 길을 찾는 것을 방해한다. 경사진 곳들을 모조리 평지로 만들어 버렸다. 창수는 눈을 찌르는 듯한 하얀 눈빛을 보지 않으려고 눈을 감고 걷는다. 잠깐 눈을 떴을 때 별빛을 받은 은빛의 눈밭이 번쩍거리기 시작한다. 마치 길을 밝히고 있다는 느낌까지 든다.

돌 공장에서 기계가 움직이는 소리가 들려온다. 그때 갑자기 창수가 딛고 있던 길바닥이 푹 아래로 내려앉는다. 창수는 비명을 지를 사이도 없이 이 미터 정도의 눈 속에 파묻혀 버렸다. 옆에서 걷던 영수가 그를 구하기 위해 허겁지겁 눈이 덜 쌓인 곳을 골라 디디며 내려온다. 창수는 인간의 눈이 그다지 쓸모없음을 깨달았다. 눈을 만나면 눈은 쓸모가 없어.

인풍 다리를 지나면서 창수는 약간 두려워진다. 언제 어디서 누구의 입으로부터 그 말이 생겼는지 그리고 꼭 그 말이 사실인지 확인할 틈도 없이 많은 사람이 불행한 사건을 믿게끔 만들어 온 오래된 소나무가 서 있는 곳이다. 만약 한밤중이 아니었다면 낡은 천이 걸린 소나무를 그냥 지나칠 수도, 목을 매달아 죽은 사람의 영혼이 그 나무 주위에 떠돌고 있으리라는 미신적인 생각을 젊은 혈기로 가볍게 무시해 버릴 수도 있다. 하지만 밤이 깊어 가고 있고 눈보라마저 이상한 휘파람 소리를 내고 있었기 때문에 잔뜩 몸을 움츠리고 외투 깃을 잡은 채 길 왼편에 있는 소나무를 보지 않으려고 애쓰며 걷는다. 금방이라도 혼령이 뒤에서 잡아당길 것 같은 느낌도 든다. 창수는 옆을 본다. 영수는 앞을 보며 걷기만 한다. 조금도 공포를 느끼는 것 같지 않다. 영수는 늘 창수 앞에서는 그래왔다. 앞으로도 영수는 자신의 나약하고 힘든 모습을 누구에게든 보여주지 않으려고 할 것이다.

그러나 소나무 옆을 지나는 동안 아무런 일도 일어나지 않는다. 목매어 죽은 남자의 흐느끼는 듯한 탄식이나 애원도 없고 목을 매달 때 사용했던 노끈이 앞에 떨어지지도 않는다. 불빛이 새어 나오는 대나무 숲에 이르렀을 때야 창수는 한숨을 내쉰다. 서서히 침착함을 되찾으면서 알게 된 사실이지만, 소나무를 의식하면서부터 그는 눈보라도 추위도 발을 헛디딜 것도 의식하지 못했다는 것을 깨달았다. 정말 이상하다. 정신을 오로지 한 곳에 집중하는 동안은 최면상태에 걸린 것처럼 무엇을 보거나 듣거나 느낄 수 없다니.

"어서 가자, 조금만 가면 된다."

영수의 말에 창수는 외할매, 라고 부르기만 하면 금방이라도 방문을 열고 나올 할머니의 모습, 군불을 한껏 때서 아랫목이 펄펄 끓는 온돌방, 늘 누구인가를 기다리고 있던 큰솥의 식은 밥을 눈에 선하게 보고 있었다.

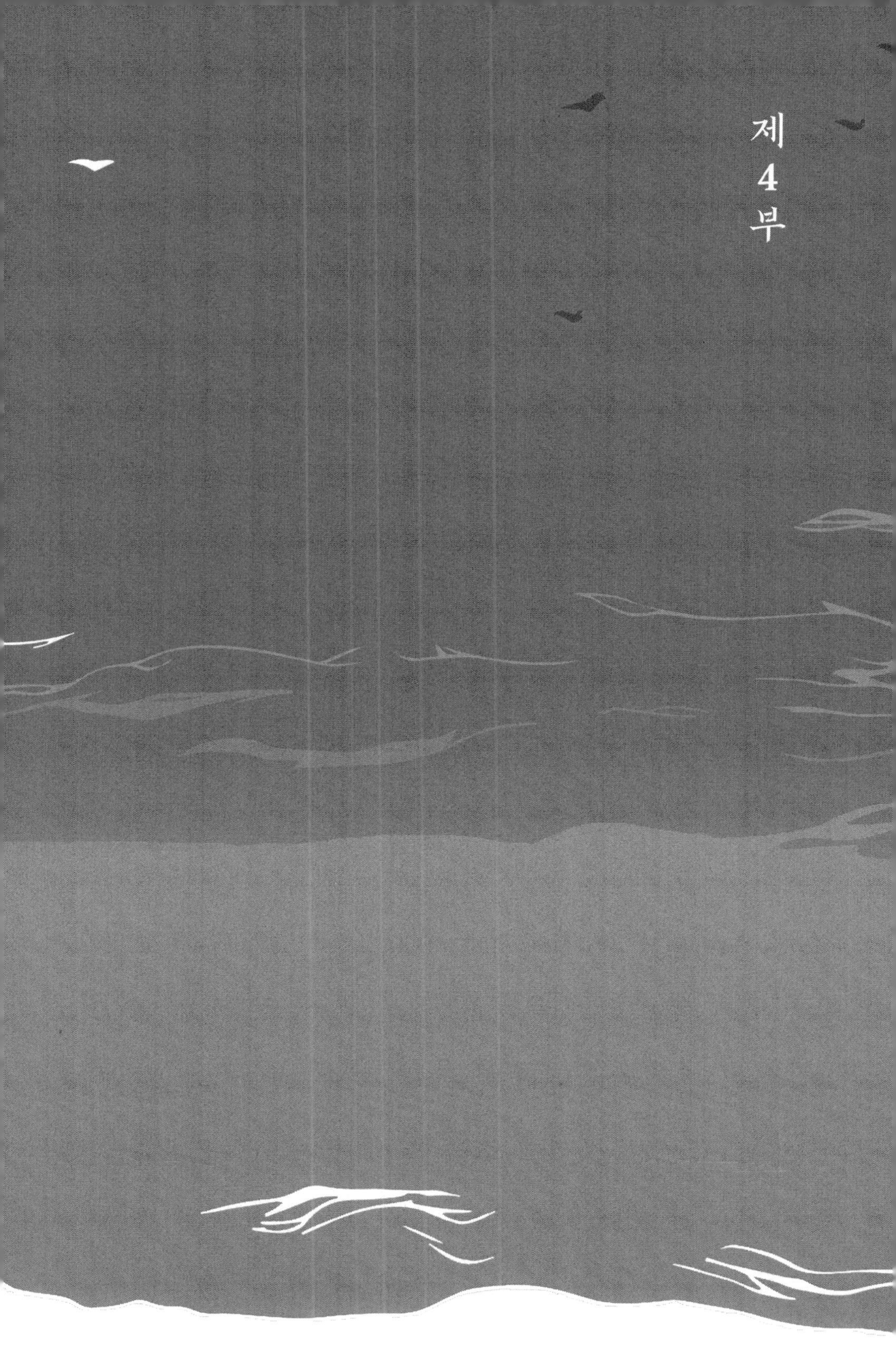

제4부

1

아담한 정원에 핀 우윳빛 목련은 빗속에서 한 잎 두 잎 스러졌지만 그에 따라 솟아오르는 새파란 잎은 꽃보다 더한 생기를 내고 있다. 태양이 있는 동안 빛을 빨아들여 머금고 있다가 비 오는 날이면 빛을 발산하는 것처럼 잎은 강렬해 보인다.

창수가 학교에 입학하고 하숙을 든 지도 한 달이 넘었다.

하숙집 대문은 낡고 고풍스러웠지만 안채는 양옥으로 지은 지 얼마 안 되는 새집이다. 사람들이 새집을 짓거나 아파트를 사게 되면 유행처럼 성한 물건도 곧잘 버리고 새로운 물건을 들여놓는 것에 비하면 이 집 주인은 다르다. 목조 대문간을 그대로 남겨두었다. 주인 남자는 동양화가다. 작고 여윈 체격에 약간 까다롭다. 예술가란 어떤 사람일까. 유행을 따르지 않지만 만들어 낼 수 있는 사람임이 분명하다. 또 병적일 정도로 무엇엔가 집착하지만 다른 사람이 가치 없다고 보는 것에서도 무엇인가를 길어 올릴 수 있는 사람일 것이다. 창수는 예술가에 대해 이런 시각을 갖고 있다.

한 달 전에 집을 떠날 때 창수는 결혼을 앞둔 처녀처럼 싱숭생숭했다. 분명 좋은 일이 앞에 기다리고 있고, 또 그것이 고대하던 일이지만 한편으로는 전혀 모르는 사람들 속에서, 아직 한 조각 애정을 느끼지 못하는 낯선 곳에서 어떻게 살아갈지 두려움이 앞섰다. 그가 집을 나섰을 때 가족들은 한마디씩 했다.

"이제 집을 떠나서 좋겠구나!"

"가서 열심히 공부해야 한다. 돈은 아껴 써야 한다. 잠만 자지 말고 열심히 공부해라."

별별 말들이 다 있지만 그때 그에게는 누구의 말도 귀에 들어오지 않았다.

그러나 고향을 떠나는 순간 창수는 한 가지 환상에 사로잡혔다. 얼마 후가 될지 모르지만 고향에 돌아가게 될 때에는 분명 떠났을 때의 모습 그대로 돌아가서는 안 된다는 것이다. 좋은 학교에 진학하든지 아니면 출세를 하든지, 돈을 많이 벌든지 해야만 고향으로 돌아갈 수 있다는. — 금의환향이라는 말도 시시때때로 그를 괴롭혔다. 이런 생각을 심어준 사람들은 누구일까. 그 자신일까. 부모님일까, 아니면 마을 사람들일까. 누구라고 쉽게 말할 수는 없다. 언제부터인가 그런 관념이 그의 머릿속에 있었다.

아무튼 창수처럼 고향을 떠난 사람이 고향으로 돌아가기 위해서는 무언가가 내세울 만한 것이 필요한 것은 사실이다. 그렇지 않으면 언젠가 작은아버지 한동휘가 고향 집에 들어서기 전처럼 비탄에 젖어 혼자 외치게 될 것이다.

'아 그 높은 기상이 있었건만!'

한동휘는 입신양명(立身揚名)의 뜻을 세우고 고향을 떠났지만 이십여 년이 지나도록 이룬 것이 없었다. 한동휘는 정가 주변을 기웃거리다 늙어버렸다.

창수는 다른 편지지를 한 장 꺼낸다. 한참을 생각하다가 볼펜을 들고 쓴다. 그러다 그는 몇 번이나 볼펜을 놓고 한숨을 내쉰다. 멍하니 허공을 바라보다가 다시 마음을 굳혀 볼펜을 쥔다. 글은 말처럼 쉽지 않다. 말을 건네거나 따로 만난 적이 없는 여자에게 편지를 쓰는 것은 더더욱 그렇다. 그는 몇 차례나 파지를 낸다.

정숙 씨께

당신. 이 말을 선택하기까지 얼마나 힘이 들었는지 모릅니다. 그대라는 말도 있고, 이름을 부를 수도, 동창이기에 아무런 호칭을 붙이지 않을 수도 있습니다.

이 호칭을 권한 것은 교양 있는 친구였어요. 숙녀에게 편지를 쓰면서 그 말을 쓰지 않는다면 도대체 무슨 호칭을 쓸 것이냐고 말이죠.

아무튼 이 편지를 받아 들고 무척이나 당황할 것이라는 생각이 듭니다. 전혀 마음에 둔 적이 없고, 전혀 생각지도 못했던 남학생으로부터 편지를 받는 기분, 이해할 것 같아요. 하지만 내 이름을 보는 즉시 그런 느낌은 사라질지 모른다고 기대해봅니다. 전혀 모르기만 한 사람이 아니라 3학년 동안 같이 공부를 한 동급생이었다는 것을 금방 알게 될 테니까요.

제가 이 편지를 쓰게 된 이유를 저는 잘 모릅니다. 집에 서툴기 짝이 없는 편지를 쓰다가 문득, 너에게도 그리워할 사람이 있느냐, 하는 물음이 솟아올랐습니다. 그런데 이 물음과 함께 당신의 모습이 떠올랐습니다.

제가 낯선 도시에 발을 내딛고 심심풀이 삼아 편지를 썼다고 생각할지 모릅니다. 그건 절대 아닙니다. 저는 아직 저 자신에 대해서 정확히 알지 못하고 있지만 저 자신을 기쁘게 하려고 다른 사람을 움직이는 교활한 사기꾼은 아닙니다.

친구들이 떠난 고향에서 당신은 어떤 기분을 느끼고 있을까요? 혼자 버려지거나 낙오된 듯한 기분일까요? 사실 저는 위로받고 싶은 것이 아니라 당신을 위로하고 싶습니다.

그런데 이렇게 말하는 제가 왜 야비하다는 생각이 드는지 모르겠습니다. 당신이 곤란하고 어려운 틈을 타서 친절하고 정이 넘치는 체하며 당신을 꼬드기는 것이 아닌가 싶습니다.

앞에서도 말했지만, 저에 대해서 잘 모릅니다. 지금껏 저를 알기 위해 노력해왔지만, 여전히 모르는 것투성입니다. 우선 저는 저에 대해 알고 싶어요. 당신을 위로하려고 드는 제가 저인지, 당신을 꼬드기려고 하는 것이 저인지 알고 싶습니다.

난생처음으로 연애편지를 쓰는 동안 창수는 몇 번이나 가슴이 울렁거림을 느낀다. 용암을 토해내려는 화산처럼 속이 끓어오른다. 그녀가 처음 말을 건넸던 일이 떠오른다. 그녀는 어머니로부터 받은 옷을 창수에게 건네주었다.

"어머니가 보내셨어."

수업 시간이나 쉬는 시간에 창수는 힐끔힐끔 그녀를 쳐다보았다. 그녀는 눈에 쉽게 띄는 경박한 걸음걸이에, 말할 때는 유난히 톤이 높은 강한 어조였다. 수업 시간에는 버릇없다 싶을 정도로 턱을 왼손으로 괴고 있었다. 어쩌면 이런 것들 때문에 창수는 그녀에게 끌렸는지도 모른다. 사실 누군가에게 사랑을 느끼거나 상대를 특별하게 생각하게 되는 것은 아주 사소한 것들, 즉 말의 뉘앙스나 어투, 단순한 버릇이나 무의식중에 튀어나오는 행동 같은 것들로부터 비롯되는 일이 허다하다. 그 사소한 것들을 사랑하게 되고 차차 범위를 넓혀가서 상대 전체를 사랑하게 되는 것이다.

쓰는 도중 낯간지러운 표현이 생각나자 창수는 얼굴이 붉어진다. 그 일이 몇 번 반복된다. 그는 한 장가량 편지를 쓴 후 한 쪽으로 밀쳐놓는다. 고개를 들어 책상 앞에 붙은 한 장의 그림을 올려다본다.

본래 그의 물건은 아니었다. 하숙집에 굴러다니는 것을 보고 그가 벽에 걸어놓았다. 그림 속에는 회색 먹구름이 상단 가득 그려져 있고 그 아래에는 검푸르지만 높은 파도가 수십 채 그려져 있다. 빨간 셔츠를 입은 백인 미남자는 갑판에 서서 노를 붙든 채 성난 파도를 응시하고 있다. 그런데 자세히 보면 남자는 파도 위에 떠 있는 그리스도를 보고 있다. 남자의 표정에는 두려움이라곤 없다. 눈은 크게 부릅뜨고, 팔은 강한 근육을 드러내며 억세게 키를 잡고 있다. 이 남자처럼 용감해 보이는 자를 창수는 본 적이 없다. 누군가의 말처럼 남자가 베드로이든 아니든 창수는 상관이 없었다. 부러운 것은 저 남자의 용기다! 그는 이렇게 외쳐댔다.

창수는 며칠 동안 정숙에게 보낼 편지를 가방 속에 넣고 다녔다. 그러다가 어느 날 아침을 맞았고 편지를 보낼 용기를 얻었다. 그는 서둘러 결말을 짓고 떨리는 손으로 편지를 봉했다. 그런 뒤 다시 읽지도 않고 등굣길에 우체통 속에 집어넣어 버렸다. 다시 그 편지를 읽었다면 그는 절대 보낼 수 없었을 것이다. 그 편지는 분명 그가 선택한 단어와 문장들이 그의 감정을 자연스럽게 표현하고 있었지만 다시 읽으면 우스꽝스럽고 유치해 보일 게 틀림없다.

편지가 떠난 후 그녀에게 거절당할까, 창수는 매시간 불안하다. 그리고 언제 올 줄 모르는 답장을 기다리려니 고통이 뒤따른다. 그는 정숙에게 편지를 썼다는 사실을 의식적으로 생각지 않으려고 노력한다. 그는 가슴이 아리기까지 한 기다림을 왜곡해서 아무렇지도 않은 일처럼 가볍게 여기고 편지를 보낸 사실조차 잊은 것처럼 행동한다.

창수의 지나친 방어를 어떻게 설명할 수 있을까. 지금껏 바라던 것들이 아주 사소한 단계에서부터 틀어졌기 때문에 미리부터 체념하는 버릇이 든 것일까. 그래서 사소한 고통도 피하려고 드는 것일까. 창수는 어떤 인간일까. 지금껏 그는 어떤 일을 시작하기 전부터 잘못되어 갈 것이라는 부정적인 생각에서 벗어나지 못했다. 지금 그는 자신의 상처를 깊게 하지 않으려고 이런 소극적인 방법을 쓰고 있다. 그러면 걱정에 휩싸이지도 않고 웃음거리도 되지 않을 것이라고 내심 여기고 있다.

며칠이 지났다. 창수는 책상 위에 놓인 편지 한 통을 보았다. 순간적으로 가슴이 뛰지만 그는 애써 그녀에게서 온 편지는 아니라고 속삭인다. 그런데 정말 아니다. 시골에서 형이 보낸 편지다.

이제 그곳 생활에 어느 정도 익숙해졌으리라 생각하지만 그래도 어려운 일들이 많으리라 생각한다. 그렇지만 너와 같은 처지에 있는 사람이라면 누구나 다 겪어야 할 일이니만치 어려움을 느끼는 것은 아주 당연한 것이 아닐 수 없다.

다른 사람이 할 수 있는 일은 너도 당연히 할 수 있다는 것을 잊지 말기 바란다. 또 어려운 일이 있거든, 부족한 형이지만, 나와 상의를 해주기를 바란다. 내가 너보다는 한 살이라도 더 먹었으니 꼭 합당한 것은 아니라도 네게 도움을 줄 수 있는 조언은 해줄 수 있으리라 생각한다. 또 한가지 부모님께는 자주 편지를 했으면 하는 바람이다. 이렇게 말하는 이유를 너도 알고 있겠지만 나는 올해 11월에 입영한다. 그간 내가 이렇다 할 집안의 기둥 노릇을 해오지 못한 것은 사실이지만, 막상 군에 간다고 생각하니 그래도 마음이 놓이지 않아 네게 이런 부탁을 한다. 부모님은 오로지 한 분뿐이니까.

그럼 이만.

영수의 편지는 겨우 열 줄밖에 안 되는 짤막한 쪽지 같다. 절약을 신조로 살아온 사람이 보았다면 편지지를 낭비했다고 말할 수 있을 정도로 편지지 여백이 많다. 아니 말을 절약한다는 측면에서는 절약이라고 할 수 있을지 모른다. 영수는 늘 이렇게 말을 아낀다. 이것은 의도적이다. 일부러 창수로 하여금 형을 어렵게 여기도록 한 나름의 조치다. 지나치게 간단하고 명료해서 서둘러 읽거나 생각 없이 읽으면 본뜻이 변질될 수도 있다는 것을 영수는 모른다. 그런데 간단한 편지가 창수에게 오래도록 여운을 남긴다.

고등학교 생활이라고 중학교와 별반 다를 것은 없다. 창수는 여전히 단체 생활에 염증을 내고 있고 여태 그랬던 것처럼 선생님들을 존경하고 있지 않다. 선생님들이란 그저 애정 없이 습관적으로 잔소리를 해대는 사람에 불과하고 마지못해 그들의 일을 하고 있을 뿐이라는 생각에서 벗어나지 못하고 있다.

간혹 학교에서 창수의 말투나 억양이 학생들의 놀림감이 된다. 그의 말투는 경상도 방언과 전라도 방언이 한데 섞인 고원의 언어이기 때문이다. 말끝에 동의를 뜻하는 - 잉'이라든가 마치 우기는 것처럼 들리는 어미인 '-땅께', 부정을 나타내는 '아이라' 등을 사용한다.

유독 창수의 말투에 집착하는 동급생 하나는 자주 말투를 흉내 내 애들을 웃긴다. 다른 학생들 흥미가 멀어져 다른 것으로 화제가 옮아 가버렸음에도 그는 쉽게 따라가지 않는다. 한 화제에서 다른 화제로 이어지는 공백기에, 망령을 불러내듯 가끔 창수의 말투를 화제에 올린다. 학생들이 금방 또 웃는다.

창수는 도시가 생각보다 실망스러운 곳임을 금방 깨달았다. 고원을 탈출해 닿으려고 했던 섬은 이런 곳이 아니었어. 고향을 탈출하기만 하면 모든 것이 잘 되리라고 생각했던 것은 얼마나 잘못되었던가. 내가 안주할 수 있는 고향은 어디에도 없는 것일까. 아직 모르고 있지만 그곳을 찾으려면 평생을 다 바쳐야 하는 것은 아닐까.

2

창수에게

어머니가 전해준 편지를 무심코 받아 들었을 때 생각지도 못했던 네 이름이 있음을 발견했다. 처음에는 그저 우리가 한 반이었기 때문에 이런 편지를 보낸 것이 아닐까 하는 생각을 했어. 하지만 편지를 열자마자 내 생각이 얼마나 순진하고 상상력이 결핍된 것인가를 깨달았어. 말로만 듣던 그런 편지였던 셈이지.

그런데 무엇보다도 놀라운 것은 내 기억 속의 너는 이런 편지를 쓸 수 있을 만큼 대담하거나 용기 있는 사람이 아니었다는 거야. 중학교 때의 네 모습이 떠오른다. 너는 아주 조용하고 말수가 적을 뿐 아니라 곧잘 수줍어하는 모범생이었다. 그런 네 모습 때문에 네 편지가 더욱 놀라운 것일까?

같이 공부했던 친구들 대개가 도시로 나가 공부를 하거나 아니면 공장에서 일을 하기 위해 고향을 떠난 지금 고향에 남아 있는 내 기분을 네가 이해한다고? 혼자 버려진 듯한 이 느낌을? 또래의 친구들로부터 낙오되어 버려서 이제 너 같은 아이들과는 영영 같아질 수 없게 된 나, 그리고 같이 고향에 남게 된 친구들.

내 처지가 그리 나쁘기만 한 것이라고만 말할 수 없다는 것을 나도 잘 알고 있어. 산업체 학교나 무료 기숙사가 있는 실업계 학교에 간 친구들도 있으니까. 그래, 나는 여기서 학교에 다닐 수 있다는 것만으로도 감사해야 하는지 모른다.

삶을 그대로 긍정하자! 또는 좋은 방향으로 생각하자고 몇 번이나 다짐해 본다. 내가 이 세상의 누구보다도 사랑하는 어머니가 나로 인해 가슴 아파하시는 모습을 두 눈으로 뻔히 볼 수는 없다. 역시 그때 고집을 부려 도시로 나가지 않은 것은 잘한 일이었어. 우리 앞에는 아직 많은 것들이 가능의 문을 열어 두고 기다리고 있으니까.

창수는 뭐든 잘 해내리라 믿어진다. 이런 편지를 쓸 정도로 결단력이 있고 용기가 있으니까. 그리고 내가 답장을 쓰기로 결심한 것은 네 편지를 읽는 동안 네가 드물게 감수성이 예민하고, 소년다운 순수함을 지니고 있다는 것을 발견했기 때문이야.

우리는 좋은 친구가 될 수 있지 않을까 생각한다.

앞으로 종종 편지할게. 이만 줄인다.

19**. 5. *

정숙

그녀의 편지를 해석하는 데 창수는 어려움을 느낀다. 몇 차례나 읽어도 그녀가 무슨 말을 하고 있는지조차 알 수 없다. 편지를 읽는 동안의 흥분과 놀람 때문일까. 아니다. 창수는 자신이 원하는 대답을 보지 못했기 때문이다. 그녀는 분명 창수로 하여금 일정한 간격을 두고 읽을 것을 요구하고 있었다. 겉봉에 씌어 있는 '귀우'라는 호칭을 쓰는 것, 친구라는 말도 그랬다. 그녀가 원하는 것은 명백함에도 창수는 뭐가 뭔지 모르겠다고 딴전을 피우고 있다.

편지를 읽고 나자, 창수는 책꽂이에서 시집을 한 권 빼어 든다. 현재 자신이 느끼고 있는 감정과 비슷한 기류를 표현한 시를 찾아내려는 것이다. 감정이란 쉽게 언어로 표현될 수 있는 것이 아니라 누군가의 책이나 말을 대하고 그간 깨닫지 못했던 상태나 언어를 발견하게 된다는 것을 그도 알고 있다.

> '사랑이란 감정은 자연스럽게 내부로부터 대상을 향하여 솟아오르는 것이기는 하지만 그것은 분명 자신의 이성이나 의지의 지배도 받는다. 그래서 종종 사랑하지도 않으면서 여러 가지 환상적인 것들 때문에 사랑하고 있다고 착각을 하게 되기도 하고 사랑이란 억지로 해서 안 되는 일임에도 불구하고 억지로 밀고 나가는 경우도 생긴다.'

이 구절에서 창수는 희망을 본다. 난 정말 신출내기야. 내 감정을 누구에게 맹세를 해도 좋을 만큼 진실하며 원하는 것이란 오로지 상대의 사랑밖에는 없다고 지나치게 감정을 과장하는 풋내기.

주말이 되자, 창수는 가방을 챙겨 하숙집을 나선다. 몇 차례 어머니로부터 한번 내려오는 것이 어떻겠느냐고 연락을 인편으로 받았지만, 단지 주말이기 때문에 집에 내려간다는 것이 그는 내키지 않는다. 전주에 올라오던 때의 감회가 채 가시지도 않았는데 말이다.

창수는 금암동 터미널로 향한다. 가는 길에 그는 이십여 개 고등학교에서 흘러나온 학생들과 만난다. 다들 유학생들이다. 사실 쑥스러워할 필요는 없었다고 그는 느낀다. 이제부터 한 달에 한두 번은 집을 방문해야겠어.

터미널 양가는 식당이나 기념품 가게가 메우고 있다. 창수는 기념품 가게를 지나치며 길가에 내놓은 물건 중에 특별한 물건이 있을까 눈여겨보지만 별다른 것이 없다. 타올, 죽세공품, 목각인형, 담뱃대 등 전국 어느 곳에 가도 볼 수 있는 특징 없는 것들뿐이다.

매표를 위해 창수는 학생들을 헤치고 터미널 안으로 들어간다. 갑자기 메스꺼워진 창수는 잠시 호흡을 멈춘다. 자동차나 터미널에서만 풍기는, 코를 찌르고 두통을 유발하는 악취 때문에 금방이라도 멀미가 날 것 같다. 처음 그가 멀미를 경험했던 것은 8살 때다. 대구행 고속버스 안에서 고모부가 주는 사과를 받아먹고 처음으로 토했다. 그런 후 차 안에서는 아무것도 먹지 못했을뿐더러 두통 때문에 억지로라도 잠을 청해야 했다. 10분 넘게 줄을 서서 기다린 끝에 창수는 표를 들고 5번 개찰구를 향해 걸어간다.

"야!"

누군가 등을 '탁' 친다. 반사적으로 창수는 뒤를 돌아본다. 용희가 듬성듬성한 이빨을 드러내며 웃고 있다. 창수가 먼저 묻는다.

"오래간만이네. 느그 학교는 어때, 괜찮냐?"

"그럼, 괜찮제. 전통이 있는 학굔데."

"우리 학교는 천주교 재단에서 운영하는 학교라 매주 월요일마다 챔플 시간이라는 것이 있어. 신부님이 직접 강의하는 시간도 있고."

"그래, 그건 나도 들었어."

걸어가는 동안 용희는 쉴 새 없이 떠들어댄다. 창수는 말 한마디 하지 않고 용희 말을 듣고만 있다. 자연스레 연락조차 닿지 않거나 집을 떠난 이후 만나지 못한 친구들의 소식들을 거의 빠짐없이 듣게 된다. 친구들에 관한 한 용희는 모르는 일이 거의 없고 선후배에 대해서도 마찬가지다. 그 점에서 용희는 독특하다. 한 점 고집이라곤 없는 자가 가질 수 있는 친화력 때문이다. 용희는 창수가 아는 모든 사람의 사랑과 기대를 받고 있다. 용희의 태도는 늘 예절 바르고 호감이 가게 한다. 한편 용희는 소문에 대해 늘 촉각을 곤두세우며 자신이 좋지 못한 소문의 주인공이 되지 않도록 늘 주의한다.

"나는 다른 사람들의 눈과 귀를 의식하지 않고 살아가는 것보다 의식하고 사는 것이 더 현명하다고 생각해. 왜냐면 사람들을 의식하게 되면 내 자신의 말과 행동에 책임을 지기 위해 노력하게 되고 사람들의 기대를 무너뜨리지 않기 위해서는 더욱 열심히 공부해야 할 테니까 결국 나한테도 좋은 일이 아니겠어."

창수는 용희와 반대되는 입장을 취한다.

"자신이 옳다고 믿는 일을 위해서는 때로 주위의 의견을 무시할 때도 필요해. 때로는 주위 사람들이 말하는 것이 늘 옳은 길만은 아니니까."

이 말에 용희는 주위 사람들이 훨씬 더 자신에 대해 더 잘 알고 있다고 말했었다.

"지금 누구하고 같이 있어?"

"형하고 학교 뒤에서 자취하고 있어. 너는?"

"내 의사는 아니지만 혼자서 하숙하고 있어. 그런데 학교는 어디로 갈 생각이야?"

"나야 뭐 법대를 가야지. 넌?"

용희는 선배들로부터 정치가의 기질이 있으니 그쪽으로 진로를 잡으라는 충고를 듣고 있었다. 용희의 꿈도 정계로 진출하여 정치가가 되는 것이다.

"아직 결정하지는 않았지만 지금 기분 같아서는 해양대학교에 가볼까 해."

"선장이 되겠다? 그거 좋겠는데. 거센 파도를 헤치고 나아가는 배의 갑판에 서서 담배 파이프를 물고 조타수에게 명령을 내린다."

짓궂은 용희 때문에 창수는 멋쩍은 기분이 든다. 하지만 그런 상상을 해보지 않았다는 것은 거짓말이다. 창수는 한 번도 바다에 가보지 못했고 배를 타본 적도 없지만 그림 속에서 본 빨간 셔츠를 입은 남자가 되기를 원하고 있다.

두 사람은 직행버스 안에서 많은 이야기를 나눈다. 용희는 창수와 단둘이 있을 때 유달리 말이 많다. 그것은 창수에게 한 말들이 새끼를 치지 않기 때문이다. 즉 다른 사람에게 옮겨가는 일이 없기 때문에 자신이 했던 말에 대한 오해나 비난을 받지 않을 필요가 없다. 때로 용희는 창수에게 어린애처럼 구는 일도 있지만 조금도 흉이 되지 않는다. 둘 사이에서만 통할 수 있었던 것이고 다른 사람에게 알려질 염려도 없다. 용희는 여섯 살에 친어머니를 잃었다. 이후 용희는 계모와 함께 살고 있다. 하지만 그것으로 인해 기가 죽거나 어두운 기색을 보인 일이 없다. 대화하는 동안 창수는 멀미는 어디로 가고 남은 게 없음을 깨닫는다.

두 사람은 남원에서 인월로 가는 직행으로 갈아타고 다시 인월에 내려 석천으로 가는 버스로 갈아타는 노선을 취한다. 인월에 도착하자, 용희는 동창들을 향해 달려간다. 그들을 상대로 용희는 악수를 하고 마치 맏형처럼 어깨를 툭툭 치기도 하고 제법 엄한 충고도 한다. 이런 모습을 늘 보아왔기 때문에 창수는 조금도 이상하게 생각지 않는다. 다만 둘이 있을 때의 모습과는 딴판이라는 데에는 약간 놀랄 뿐이다. 용희가 친구들과 담소하는 동안 창수는 정류소 간판 아래 서 있다.

이윽고 버스가 도착하자 창수는 사람들 틈으로 끼어든다. 용희는 버스 안에서도 대화를 멈추지 않는다. 창수 쪽에는 거의 시선을 주지 않는다. 창수는 따로 앉아 창밖에 보이는 낯익은 풍경들을 감상하고 있다. 남자가 저 정도는 돼야지. 어떤 친구들하고도 잘 어울리고, 누구한테도 자신의 의견을 말할 수 있고 정말 저런 모습이 패기가 있는 거지. 말할 때 보면 얼마나 또박또박 힘 있게 말하는지 아주 사람을 압도한다니까. 너는 언제 그렇게 될 거야? 생전 가야 말도 잘 안 하고 말 좀 하나 싶으면 기어들어 가게 말을 해서 다른 사람은 알아듣지도 못하고. 아무리 친구라지만 넌 좀 배워야 해.

영수가 한 말들이 창수에게 떠오른다. 하지만 창수가 용희처럼 될 가망은 거의 없다. 언젠가 창수는 용희를 모방하기 위해 한쪽 호주머니에 손을 찌르고 좀 건방진 말투를 구사한 적이 있다. 그리고 여유 있는 미소를 지으며 다른 친구의 어깨를 툭툭 친 적도 있다. 하지만 그때뿐이다. 그가 의식적으로 주의를 기울이지 않는 한 본래의 수줍고 얼빠진 모습으로 돌아와 버린다.

바람시기를 지난 버스는 초등학교가 있는 고개를 넘는다. 창수는 가슴이 두근거린다. 너머에 작은 방죽이 있고 그다음 정숙이 사는 집이 나오는데. 논 사이로 난 도로, 원불교 교당, 낙엽송, 막 앞산이 순차적으로 창수에게 다가온다. 무성한 잎이 달린 아까시나무 가로수가 휙휙 지나간다. 원불교 교당으로 가는 길옆에 있는 바위는 산을 지키는 수호신처럼 산 입구에 두 개가 포개어져 있어 흡사 눈사람처럼 보인다. 그 옆으로 소나무 숲 아래에는 겨우내 떨어진 갈색 솔잎이 수북이 쌓여 구수한 냄새를 피운다.

차창 밖으로 쭉쭉 뻗은 낙엽송이 모습을 드러낸다. 버스가 모퉁이를 돈다. 창수는 다른 친구들이 눈치채지 못하도록 슬며시 고개를 돌려 정숙이 사는 집을 뚫어져라 살핀다. 수수깡과 나무로 엮은 울타리 너머 빈 마루에 그녀가 앉아 있는 것만 같다. 심장이 끓어오른다. 하지만 집에는 아무도 없다.

이윽고 버스가 정자나무 아래에 정차한다. 학생들이 내리며 앉아 있는 친구들에게 손을 흔들거나 나중에 또 보자는 말을 남긴다. 창수도 그들에게 손을 흔든다. 예전에는 볼 수 없었던 풍경이야. 이윽고 버스가 월암 창고 마당에 도착하자 사람들이 내린다. 창수도 사람들에 섞여 버스에서 내린다.

"저녁에 시간 나거든 집에 놀러 와라."

용희가 위뜸으로 가는 길에 서 있다.

"그래."

그때 세 노인이 두 사람 곁으로 다가온다. 늘 나란히 다니는 세 노인은 모두 허연 수염을 길게 기르고 있다. 그중 허리가 굽은 과수원집 서 영감만이 지팡이를 짚고 있다. 시간은 이들에게 전혀 흔적을 남기지 않고 있다. 창수가 어릴 적 보았던 모습 그대로다. 어찌 된 일일까. 그들은 영원히 나이를 먹지 않고 있는 걸까. 용희가 앞으로 나서며 구십도 각도로 절을 한다. 노인들을 누가 먼저랄 것도 없이 기특한 표정이다.

"뉘 집 아들인가?"

"예, 서센네 아들입니다."

창수는 간단히 고개만 숙이고 집으로 걸음을 옮긴다.

3

"어머이!"

마당에 들어서자마자 창수는 큰 소리로 어머니를 부른다. 제일 먼저 동생 경수가 방문을 열고 마루로 뛰어나온다.

"성이 왔어, 전주에서 성이 왔당께."

경수의 말에 전주댁도 허겁지겁 뛰어나온다.

"아이구, 이제 오나 저제 오나 기다리는 참이다. 어서 들어가 밥 먹자."

저녁 식사가 시작된다. 둥근 상을 가운데 두고 가족들이 빙 둘러앉는다. 가족들의 관심이 창수 한 몸에 집중되어 있다. 창수는 들떠서 묻지도 않은 그곳 생활을 말한다. 그러다 그는 문득 형이 자리에 없는 것을 깨닫는다.

"형은 어디 갔어요?"

"예비당에나 갔겄제. 토요일인께."

무심코 말해놓고 전주댁은 후회하는 눈빛이다. 시부모에게 무시당하는 동섭을 보아온 전주댁은 뜻한 바가 있었다. 자식들을 절대 차별없이 키우자는 것이었다. 그래서 그녀는 삼 형제에게 열 손가락 깨물어 안 아픈 손가락 없다고 누누이 말해왔다. 하지만 그것은 그녀의 마음대로 되지 않았다. 이제 그녀는 예수를 믿는 등 갖가지로 자신을 괴롭히는 영수를 밀어내고 있었다. 단지 그것을 한 번씩 잊을 따름이다.

그간 삼 형제는 부모의 사랑을 얻기 위해 여러 면에서 경쟁해 왔다. 어른 흉내를 내어 부모를 흐뭇하게 하거나 부모의 무릎 위에서 애교를 부리거나 요청에 성실하는 등, 각자의 위치에서 서로 다른 방식으로. 하지만 삼형제만 그런 것은 아니었다. 전주댁과 동섭도 자식이 자신들의 얼굴을 더 오랫동안 보도록 하기 위해 갖가지 끈을 쥐여주고 수시로 잡아당겼다. 이 싸움은 그리 오래가지 않았다. 전주댁은 그리 힘들이지 않게 자신을 향해 자식들을 돌려놓을 수 있었다. 전주댁이 자식에게 지나칠 정도로 애정 표현을 했거나 거기에 큰 욕심을 부려서가 아니었다. 동섭이 자식에게 무관심한 듯 보이는 것이 사내의 미덕이며, 감정을 절제하는 것은 양반의 후손으로서 당연하다고 여기고 자식을 대했기 때문이다.

창수도 비슷한 생각을 하고 있다. 아버지 대 삼 형제가 그랬던 것처럼 우리 삼 형제도 별나게 살고 있다고 할 수 있을 거야. 3은 화합이 아니라 분열인가. 창수는 자신이 차남이라는 것에도 불만이다. 부모가 보내는 사랑이 자신에게 직접 오는 법이 없이 곧잘 위나 아래를 통해서 오기 때문에 그것이 엷어지기 때문이다. 그래서 창수는 간혹, 난 부모에게 잊혀진 것이 아닐까, 생각해 왔다.

형은 장남으로서 가장 유리한 위치에 있어. 아버지는 장남으로 할머니, 할아버지께 푸대접받았기 때문에 형을 특별히 위해 왔으니까. 예수를 믿는 것도 그래. 형이 장남이기 때문에 부모님은 그토록 걱정하는 거야. 형도 그걸 믿고 지금껏 날뛰는 것이고. 경수도 그래. 경수는 막내이기 때문에 아버지에게 어리광을 부릴 수도 있고 응석을 떨어도 돼. 하지만 난 아니야. 위에서 누르고 아래서 치고. 난 꼼짝할 수가 없어.

"당숙이 많이 아프신갑드라. 무슨 암이라고 허든디…."

"엄마는 참, 폐암이래."

경수가 어머니의 말을 가로챈다.

"분필 가루 마시는 것이 사람한테 얼매나 안 좋은 것인디. 허긴 몇십 년을 마셨은께 그럴 만도 허다만."

"옛날부터 건강에 이상이 있다고는 생각했지만 설마 했는데, 지금 어디 계세요?"

"서울에 있는 큰 병원에 계신다는디 인자 사표를 내실 거라고 허드라. 아이고 암이면 살기 힘들제, 다른 암도 아이고 폐암인디 말이여."

전주댁은 매우 안타까운 표정을 짓고 혀까지 찬다. 그때 아무 말 없이 식사만 하고 있던 동섭이 나무란다.

"그래도 죽는다는 소리 허는 것이 아이라."

전주댁은 아차 싶은지 잠시 입을 오므린다. 하지만 몇 분을 넘기지 못한다.

"근디 암 치료라는 걸 허는데 말이여. 방사선 치룐가 뭔가를 받음서 약도 독허디 독헌 약만 먹는디 그런 치료를 허먼 머리도 다 빠지고 사람 꼴이 이상해진다드라. 그러고 본께 앞집 아재도 혹시 암이었던가 몰라. 우리찌리사 다들 술을 많이 묵고 밥을 안 묵어서 죽었다고는 해쌌지만."

동섭은 죽기 전 아저씨 한진우의 모습을 떠올린다. 마를 대로 말라 대꼬챙이 같았고 피부는 검게 변해 있었다. 하지만 병원 출입을 해본 일이 없었기 때문에 병명을 얻지도 치료를 받은 적도 없다고 들었다. 동섭은 불안해진다. 한씨 집안 남자 중 한 사람은 불치병에 걸려서 죽고, 또 한 사람은 희망 없는 치료를 계속하고 있다는 사실이 머릿속을 뱅뱅 돌아다닌다. 결코 예사로운 일이 아니야. 더욱이 이 불치병은 유전적인 요인이 강하다고 알고 있는데. 나도 예외라고 할 수 없어.

"그래도 작은 아버님이 먼저 세상을 베리야되는디 큰일이구만. 자식이 애비보다 먼저 가게 생겼으니."

동섭이 한숨을 내쉰다.

"그러면 집에는 누가 있어요?"

"당숙모는 병원에 따라가고 없고, 영희하고 한아씨하고만 둘이 있는갑드라. 영희가 한아씨 밥 채리디리고 핵교 가면 점심때는 그냥 막걸리나 마시고 마는 걸 우리 집에 와서 드시라고 했드만 몇 번 오싰드라. 근디 말이여, 당숙이 치료를 해도 잘 안되는가 기도원에를 간다고 했드리야, 세상에! 사람이 살기는 오래 살고 볼 일이여! 영수가 교회 다닐 때 그렇게 뭐라 해쌌드만, 집안 망친다고 말이여. 그래도 느그 아부지는 일을 안 해서 그렇제, 안 죽고 살아주는 것만 해도 어디냐. 앞집 아지매나 장수 이모나 혼자 되어가꼬 설움 받고 사는디. 여자는 혼자 살면 사람들이 깔보고 덤빈다이. 사람 알기를 우습게 알고 말이여."

다들 전주댁 입만 쳐다보고 있다. 말이 끝나자, 불쑥 동섭이 입가에 미소를 짓는다.

"남자헌테 왜 잘해야되는지 인자 알겄제?"

예상치 못한 동섭의 말에 다들 큰 소리로 웃는다. 창수도 모처럼 다가온 즐거운 밤을 누리는 기분이다. 공통의 화제를 가지고 대화를 나누는 동안 창수는 가족이란 이런 것이구나, 하는 것을 느낀다. 그는 예전에 형이 몰고 왔던 바람을 자신이 몰고 온 듯해 기쁘다. 같이 사는 동안에는 이런 환대를 받은 적이 없어. 그날이 그날 같아서 어지간한 일에는 감동하지 못했으니까.

다음 날 아침이다.

"어서, 일어나라!"

한동섭이 방문을 열어젖히고 고함을 지른다. 창수는 머리를 손으로 감싸고 뒹굴다 못해 몇 차례나 머리를 쥐어뜯는다.

"아!"

하룻밤 새에 창수는 지긋지긋한 삶으로 돌아온 자신을 발견한다. 지나간 일들이 악몽처럼 순식간에 지나간다. 창수는 영원히 이곳을 벗어나지 못할 것 같아 다시 한번 머리를 쥐어뜯는다.

"누야 집에나 한번 갔다가 가라."

아침 식사 시간에 전주댁이 창수를 부추긴다. 전주댁은 간혹 간접적으로 사람에게 접근한다. 그리고 자신의 요청을 거부할 수 없게 은근히 사람을 몰아간다. 동섭이 고집을 부릴 때도 전주댁은 마음을 고쳐먹도록 부추기는 역할을 훌륭히 해냈다.

얼마 후 창수는 경수와 함께 집을 나선다. 명자가 사는 동면 창성리는 구영에서 냇물만 건너면 되는 가까운 마을임에도 불구하고 버스를 이용하자면 오히려 먼 길을 돌아가야 한다. 그들은 마을에서 인월까지 버스를 타고 갔다가 다시 인월에서 버스를 기다려 냇물 건너편 길을 따라 거슬러 온다. 그들이 버스에서 내리자 약 이 킬로미터의 꼬불꼬불한 진입로가 기다리고 있다. 마을은 큰 도로에서도 멀리 떨어진 산비탈에 있다.

"누야는 어찌 살고 있을까?"

몇 굽이를 지났을 때 경수가 묻는다. 창수는 턱까지 찬 숨을 고른다.

사실 화려한 과거를 가진 명자가 겨우 물 건너에 있는 안동섭이라는 남자에게 시집을 간 것은 누가 보아도 이상한 일이다. 지나치게 연애를 많이 한 사람은 결국 중매로 결혼한다는 말처럼 명자는 그 방면에 대한 나름의 주의를 터득한 것일까. 아니면 지나치게 많은 남자를 사귀어본 결과 남자들이란 별반 다를 것이 없다고 생각한 것일까. 그도 아니면 오랫동안 객지에 나가 있었기 때문에 고향 사람이 아닌 타관바치는 절대 믿을 수 없어졌기 때문일까. 언젠가 명자가 친구에게 했다는 말에 의하면 아마 후자가 옳을 것이다. 그 말에 의하면 그녀는 장차 배우자가 될 남자에 대해서, 자라온 과정을 속속들이는 아니라도 집안 배경이나 성장 과정, 그리고 주위에 있는 친구들을 통해 알아볼 수 있는 사람이라야 했다는 것이다. 그래야만 사기를 당하거나 속지 않고 결혼할 수 있으리라는 것이다. 하지만 그런 사람을 고를라치면 같은 고향에서 태어나 자라고, 아는 사람이나 친구를 통하여 가감 없이 상대에 대한 정보를 들을 수 있는 자가 아니면 불가능한 일이다.

"글쎄, 시집을 잘 간 것인지는 모르지만 워낙 성깔이 있으니까."

"그래, 누나하고 나는 참 닮은 점이 많아."

그럼 나는 누구하고 닮았을까, 라고 말하려다 창수는 그만둔다. 아버지와 가장 닮았다고 경수가 말할까 두렵기 때문이다. 그들은 마을 입구에 서 있는 정자나무에 이르렀다.

"어르신, 안우성 어르신 댁이 어딥니까?"

창수는 그늘에 앉아 있던 한 노인에게 안우성의 집을 묻는다. 노인은 두 사람이 눈에 익은 얼굴인지 훑어본다. 잠시 후 노인은 손을 높이 쳐들며 집을 가르쳐준다.

마을은 사십 호(戶) 정도밖에 안 되는 아주 작은 마을이다. 산비탈에 그대로 층계를 만들고 그 위에 단계별로 집을 지어놓고 있다. 노인의 말대로 두 사람은 마을 앞을 흐르는 개울 위에 걸쳐진 작은 다리를 건너 고샅을 더듬어 올라간다. 걸어가는 동안 창수는 들고 있던 보따리를 왼손으로 옮긴다. 달리아가 그려진 붉은 보자기 안에는 전주댁이 광에서 내준 곶감 한 접이 들어 있다.

'그 집에는 참 감나무가 하나도 없다드라. 곶감이나 한 접 들고 가거라. 시어머이가 일도 못 헌다고 궁시렁댄다고 해쌌드만 걱정은 걱정이네, 밥이나 제대로 잘 허고 있는지. 시집가기 전에 좀 배우라고 해도 지가 안 배울라고 헌께 내가 이길 수가 있어야제.'

두 사람은 돌담을 따라서 걷다가 왼편의 고샅 안으로 들어선다. 멀지 않은 곳에 고샅을 향해 있는 한 채의 집이 있고 마당에 이제 갓 육십을 넘은 듯한 노파가 마당을 서성거리고 있다. 둘은 그 집 안으로 들어간다. 노파는 곧 둘을 알아본다.

"아이고, 사돈들이 어쩐 일인가?"

노파는 두 손을 들었다가 내리며 수다스럽게 말한다.

"안녕하세요?"

그들은 사돈에게 서둘러 인사를 한다. 그녀는 말과 표정이 이상하리만큼 어우러지지 않는다. 곧게 높이 선 코나 여전히 굳어 있어 자연스럽지 못한 표정은 차분하고 냉정함에 어울리는 것이다.

"어서 올라들 오게. 지금 누님은 집 뒤에 있는 밭에 가 있은께."

"그럼 밭에 한번 가볼게요."

창수는 마루에 보따리를 내려놓는다. 사돈은 말리지 않고 집 뒤에 있는 밭으로 가는 길을 가르쳐준다. 둘은 길을 나선다. 아래채에 딸린 외양간 옆으로 난 샛길을 따라 산길을 올라가자, 몇 통의 벌집이 나타난다. 벌집에서 윙윙거리는 소리가 크게 울려 나온다. 지금은 여왕벌이 식솔들을 거느리고 분가를 하는, 벌들로서는 일 년 중 가장 바쁜 시기다. 몇 그루의 소나무와 그 안에 자리 잡은 누구 것인지 모르는 묘를 지나자, 앞에 넓은 황토밭이 나타난다. 밭고랑에 하얀 수건이 얼룩거린다.

"누야!"

경수가 누나를 부른다.

"창수야, 경수야!"

명자는 뒤를 돌아보며 약간 울먹인 목소리로 둘을 동시에 부른다.

"여기서 뭐 해?"

"뭐하기는 밭매는 거지. 이제 얼마 안 남았으니까 조금만 기다려."

명자는 서둘러 풀을 매지만 태양에 수분을 모조리 빼앗긴 단단한 땅에 뿌리고 내린 풀들은 쉽게 뽑히지 않는다.

"힘 안 들어?"

창수는 그녀 옆에 쪼그려 앉으며 무심코 풀을 잡아당긴다.

"다른 사람들도 하는 일이니 하고는 있다만 이런 일은 돈도 안 되면서 힘만 든다. 이 일을 하고 있은께 우리 어머이 아부지는 이런 일을 어찌하고 살았을까 싶다. 나는 도시 나가서 하는 일이라면 자신이 있는데."

창수는 누나의 말에 이의는 없지만 왠지 그런 말이 입에 발린 것 같아 듣기 싫어 먼 하늘을 쳐다본다. 다른 사람의 말을 모방해서 말하는 것이 창수는 견딜 수 없다. 머리 위에서 제법 따가운 햇살이 쏘아대고 있다.

점심을 먹고 나자 둘은 누나를 따라 아래채로 간다. 명자는 전기포트에 끓인 물을 연한 노란색 잔에 부어 커피와 크림을 넣고 저어 내민다. 아직 창수는 커피라는 것을 먹어본 일이 없다. 그는 받침을 한 손에 받치고 커피잔을 들어 한 모금 들이켠다. 따뜻한 액체가 위벽을 타고 내려가서 위장에 닿을 때쯤에 상쾌한 기분과 함께 활력이 솟아난다.

"외할매한테는 가봤냐?"

한쪽 다리를 뻗고 한쪽 다리는 오므린 비스듬한 자세에서 명자는 커피를 홀짝인다.

"아니."

문득 자신이 집안의 장녀임을 생각해 낸 명자는 헛기침을 한 번 하고 자세를 고쳐 앉는다.

"그럼 조금 있다가 한번 가봐. 그동안에는 외할매가 혼자 계시다가 광수하고 즈그 어머이하고 들어와서 같이 사는데 할머니가 연세가 들어서 제대로 움직이지도 못하시니까 광수 어머이가 해 주는 밥 얻어묵고 있는 갑던데 그 사람들이 어디 제대로 신경을 써 주냐. 할머니가 혼자서 뭘 하신다고 하다가 다치기도 하고, 손톱 깎아주는 사람도 없는 갑드라."

"이런 나쁜!"

경수가 방바닥이라도 칠 것처럼 흥분해서 뒤의 말을 잇지는 못한다. 화가 나기는 창수도 마찬가지다. 어째서 이런 일이 있는가, 왜 사람들이 그렇게 하지 않으면 안 되는가, 그전에도 그랬지만 똑같은 물음을 반복한다. 하지만 그는 아직도 여기에 대한 답을 알아낼 수가 없다.

"할매가 참 정신력이 강하기는 강하신 분이야. 할아버지 돌아가시고부터 지금까지 혼자 사셨으니 그럴 만도 하지만. 그래도 벌써 구십이 다 되셨어. 어차피 지금 와서 말한들 무슨 소용이 있겠는가마는 아들 복이 없어 대를 못 이어서 그렇지. 그리고 말년 복이 너무 없어서."

누나의 감정을 금방 느낀 창수는 가슴에 손을 가져간다. 전주에 있는 동안 그는 누구보다도 외할머니를 진하게 그리워했다.

"그럼, 가는 길에 우리 한번 가봐."

"응."

"돈 안 줘도 갈 거여?"

창수는 짓궂게 경수를 본다. 경수가 그간 외갓집에 자주 드나들고 관심을 가졌던 것은 외할머니가 갈 때마다 돈을 몇 푼씩 쥐여주었기 때문임을 창수도 알고 있었다.

"내가 언제 그랬다고 그래? "

경수가 곧 반격을 가할 기세다. 경수는 아주 작은 자극에도 쉽게 달아올라 상대가 누구든 덤비는 버릇을 가지고 있다. 창수는 언제 그랬냐는 듯이 슬며시 딴전을 피운다.

"아니, 그냥."

"서로 우애 있게 지내야지. 아부지하고 삼촌들하고 늘 사이가 안 좋은 것을 보면서도 그래?"

누나가 버럭 소리를 지를까 두려워진 창수는 복종하는 체한다. 얼마 후 형제는 자리에서 일어난다.

"버스가 자주 안 오니까 걸어가는 것이 더 나을 거다. 바로 물만 건너면 된께."

둘이 방에서 나오는 것을 보고 사돈이 곁으로 다가온다.

"더 놀다가 가제, 왜 벌써 갈라고?"

"외갓집에 갔다가 오늘 전주로 가야 하거든요."

"그래, 사돈. 그러면 나중에 또 오게. 정수도 오면 같이 이야기도 허고."

정수는 창수와 나이가 같고, 역시 전주에서 학교를 다니고 있다. 둘은 사돈과 작별 인사를 하고 골목으로 걸어 나간다. 명자는 동생들이 극구 사양함에도 불구하고 정자나무까지 따라 나와 배웅한다.

"공부 열심히 해."

명자는 작게 사각으로 접은 만 원짜리 지폐 한 장을 창수 손에 쥐어준다. 이런 구차함이 싫지만 창수는 하는 수 없이 받는다. 둘은 구불구불한 내리막길을 걸어 내려가며 오래도록 손을 흔들며 서 있는 누나에게 답례한다.

4

두 사람은 군데군데 돌부리와 물구덩이 있는 비포장의 길을 내려간다. 그들은 얼마 전 버스를 내렸던 곳에서 동쪽으로 방향을 잡는다. '점'이라는 마을, 전통적으로 옹기를 구워 오던 마을 앞에서 물을 건

너는 길이 가장 빠른 길이다. '점'이라는 마을은 지금까지 인근 마을과 격리되다시피 살고 있다. 인근 사람들은 점 사람들과 상종하지 않는다. 상놈들이 사는 마을이라고 멸시한다. 특별한 일이 없는 한 서로 간에 사람이 오가는 일도 없다.

둘은 마을 어귀에 이르자, 통과해야 할지 몇 번을 망설인다. 멸시를 받는 사람들이란 배타적이어서 외부인을 고운 눈초리로 보지 않을 것이 분명했다. 어떤 해코지를 할지도 몰랐다. 창수는 경수에게 주의하라는 신호를 한다. 둘은 마을을 지나는 동안 숨을 죽이며 걷는다. 둘은 골목길을 가다가 '점' 마을 사람이라도 만나게 되면 뒤도 돌아보지 말고 건너 마을을 향해 뛰기로 미리 약속을 해두었다. 마을을 통과하는 동안 창수는 문둥이에게 잡혀 간을 빼앗길까 봐 잔뜩 겁을 집어먹고 산길을 서둘러 달리던 때를 떠올린다. 왜 이런 일이 생겨난 것일까. 한쪽이 멸시하기 때문에 다른 한쪽은 하는 수 없이 증오심을 가지게 된 것일까. 아니면 대화라는 것을 해본 적이 없기 때문에 지나칠 정도로 서로에 대해 모르고 있어서 상대를 괴물로 여기게 된 것일까.

간신히 마을 안 길을 빠져나온 두 사람은 논두렁길을 걸어간다. 다행히 아무도 만나지 않았다.

"괜히 겁을 집어먹었군."

창수는 경수의 얼굴을 본다. 아직도 경계심을 풀지 않아 표정이 굳어 있다. 외나무다리 앞에 이르자, 경수의 표정이 바뀐다. 창수는 뒤를 돌아본다. 뒤편에는 조용하고 한가롭기만 한 마을이 있다. 둘은 조심스럽게 외나무다리를 건넌다. 얼마 후 둘은 외갓집 문 앞에 도착한다.

"성, 이상하지 않아?"

창수가 대문을 밀고 들어가려고 하자, 경수가 이상하다는 듯 고개를 갸웃거리며 소매를 잡는다.

"왜?"

"외갓집에 원래 대문이 없었잖아."

그러고 보니 사립에는 푸른 철 대문이 달려 있다. 창수는 벌려진 문 사이로 얼굴을 내밀고 무슨 일이 있는 것은 아닐까, 하고 자세히 살핀다. 외할머니가 다른 곳으로 이사를 간 것이 아닐까. 그런데 달라진 것은 대문만이 아니다. 슬레이트를 머리에 인 아래채도 새로이 들어서 있다. 그때 아래채에 딸린 방문이 열리며 한 노파가 대문간을 향해 걸어온다. 얼굴이 통실통실하고 긴 머리를 뒤로 모아 쪽을 진 반백의 노파다.

"아, 느그들이냐?"

목소리가 맑고 부드럽다. 창수는 그녀의 얼굴이 기억에 없다. 외삼촌 생모인가.

"안녕하세요?"

창수가 인사를 하고 나자, 위채에서 임춘복 여사가 문고리를 잡고 방문을 연다.

"월암 아들이구나."

여사의 표정은 의기양양하면서도 흐뭇하다.

"어서 할매한테 가보그라."

노파가 위채를 보며 말한다. 마루에 도착할 때까지 임춘복 여사는 문고리를 잡은 채 밖을 내다보고 있다. 검버섯이 핀 얼굴에 몇 올 남지 않은 머리카락을 틀어 간신히 쪽 진 그녀는 형제가 가까이 가자 몇 개 남지 않은 이빨을 드러내며 미소를 짓는다. 그녀의 미소는 대지보다도 더 포근하고 햇살보다 더 따사롭다, 창수는 그렇게 느낀다. 외할머니가 없다면 이 집은 어떻게 될까.

형제는 마루에 걸터앉는다. 창수는 외할머니의 얼굴을 보는 대신 먼저 손을 본다. 임춘복 여사의 손가락이 떨리고 있다. 그 위에 달린 손톱들은 억세게 자라 흡사 동물의 것 같다. 창수는 손톱깎이를 찾아내서 외할머니의 손톱을 깎는다. 돌기처럼 돋아난 검은빛의 죽은 손톱도 손질한다.

일이 끝나자, 이번에는 경수의 지적대로 땟국물이 그대로 남아 있는 얼굴을 씻기기 위해 물을 데운다. 창수는 외할머니의 얼굴에 물을 바르고 문지른다. 왜 외할머니가 버려지게 되었을까. 어머니나 아버지를 포함한 사람들이 무관심해서일 거야. 그렇지 않다면 어떤 구실을 붙여서라도 할머니를 모시고 살았을 거야. 설사 할머니가 결코 집을 떠날 수 없다고 버텨도 말이야.

“아이구, 느그들이 참!”

임춘복 여사는 내내 웃음을 감추지 못하고 입을 벌려 몇 개 남지 않은 치아를 드러낸다. 그녀로서도 외손자들에게 이런 대접을 받는 것은 처음 있는 일일 것이다. 하지만 그녀가 외손자들에게 베푼 것에 비하면 사실 그건 아무것도, 정말 아무것도 아니라고 할 수 있다. 그때 아래채의 노파가 부엌으로 오다가 말한다.

“그새 손톱이 그렇게 길었구나.”

망할 놈의 할망구 같으니라구. 창수는 속으로 욕을 해대지만 겉으로는 계면쩍은 웃음으로 얼버무린다. 이렇게 하는 것이 외할머니를 위해서 백 번 낫다는 것을 그도 알고 있다. 노파는 딸이나 사위, 외손자 그 누구보다도 외할머니와 오랜 시간을 보내야 하는 사람인 것이다.

세수를 끝내자 둘은 방 안으로 들어간다. 방안은 낮임에도 불구하고 저녁이 가까워져 오는 것처럼 어둠침침하다. 문에 발려진 창호지가 몇 년째 그대로 방치되어 있다. 창수는 전등을 켜기 위해 스위치를 찾는다.

"스위치가 어디 있지?"

"야야 놔두라. 전등을 켜면 눈이 부셔."

그러면 여태까지 전등도 켜지 않은 채 지냈다는 말인가. 창수는 놀라움에 털썩 자리에 앉는다. 그간 임춘복 여사는 어두운 방 안에 앉아, 해가 뜨는지 날이 새는지도 모르고, 무작정 시간을 흘려보내기만 했다. 하긴 그녀에게 시간이란 더 이상 가치 있는 것도 아까울 것도 없었다. 고독을 더하게 할 뿐이고 희망을 가져다주지도 위로를 던져주지도 못했을 무의미한 것이었다.

그때 창수는 노인네의 방에서만 나는 쿰쿰하고 비위를 상하게 하는 야릇한 냄새를 맡았다. 그는 코를 어디 둘까 하다가 골판지 같은 두꺼운 장판 위에 덕지덕지 붙은 검은 얼룩을 보았다. 창수는 바닥을 쓸고 경수는 걸레를 빨아 바닥을 닦는다. 하지만 몇 년 아니 그 이상 곳곳에 뿌리를 내린 코를 찌르는 냄새가 사라지지 않는다.

아래채에 사람들이 오기 전까지만 해도 임춘복 여사의 처지는 그나마 나았다고 할 수 있다. 부엉댁이 한 손으로 끼니를 준비하고 청소를 해주었다. 밤이면 군불을 때 주었고 필요한 것이 있으면 장엔 나가 사다 주었다. 하지만 그들이 오고 난 후로 부엉댁은 말이 날까 두려워 스스로 발길을 끊었다.

"성, 아래채 할매가 외삼춘 어머이라?"

"맞기는 맞는 것 같아. 외삼춘이 이 집으로 양자를 들어왔다니까."

"한집에 살면서도 이렇게 사는 걸 보면 남 같아."

"그래, 남보다 못하지."

순간 창수에게 무심결에 들었던 어머니 말이 떠올랐다.

'할매 돌아가실 만헌께 집에 기어들어 와가지고 할매 돌아가실 날만 기다렸다가 한몫할라는 거제, 그 연놈들이! 안 그러면 뭣 땜시 대구 나가서 돈 잘 벌고 있는 아들을 불러 딜이 가지고 아래채에 떡 자리를 잡고 앉았겄어. 즈그 에미하고 아들하고 돼지겉이 욕심이 목구멍꺼지 차 가지고. 즈그밖에 모르는 종내기들이여. 아이먼 그 사람들이, 사람이라먼 그렇게 헐 수 없제. 끼니를 제때 챙기주나, 밤 되면 군불을 때 주나. 그날도 웬만허먼 할매도 그냥 방에 앉아서 군불 때 주도록 기다렸을 것인디 방에 있기가 얼매나 추웠고 그 연놈들이 지독허게 굴었으먼 할매가 불 땐다고 방에서 나오다가 무릎팍을 다쳤겄어. 우리 어머이가 전생에 무슨 죄를 지어서 저 꼴을 보고 살아야 허는지, 참! 글고 어머이도 그런 인간들을 탁 좇아내 버리들 않고 뭐 헌다고 받아디리 가지고 저 고생인지 알 수가 없제. 옛날에 양자 딜일 때도 그랬어. 양자, 그깟 놈의 양자딜이서 뭐 헐라냐고 딸들이 다 반대를 허는디도 지영이 말만 듣고 진짜 피가 몇 방울이라도 섞인지 알고, 고집을 피워서 집에 들이드만 결국 이리될라고 그랬는갑제. 인제 할매 세상 베리먼 집이고 뭐고 다 그 연놈들 차지가 될 거여.'

이런 말을 할 때의 전주댁을 보노라면 누구라도 그녀의 의식을 차고앉은 사람은 어머니라는 것을 알 수 있을 것이다. 사실이 그랬다. 그녀는 자신의 말처럼 자나 깨나 어머니를 잊지 못하는 효녀였다. 이것은 주위 사람들 대부분도 인정하는 터였다. 하지만 좀 더 깊이 생각해 보면 그것은 동섭이나 자식들에게 불행한 일일 수 있었다. 그녀는 잠시 어머니나 아내 노릇을 하는 것이 아닐까 의심해볼 수 있었기 때문이다.

둘은 외할머니와 얼굴을 대하고 마주 앉는다. 임춘복 여사는 처녀적에도 그리 아리따운 얼굴은 아니었음에 틀림없다. 툭 튀어나온 광대뼈에 높은 이마, 뭉툭한 코. 이것들이 그것을 말해주고 있다.

"인자 가먼 언제 오냐? 멀리 나가서 공부헌다고 오기도 힘들제? 그래도 학상이 공부를 열심히 해야제."

그녀는 몇 해 전까지는 한쪽 손만 떨었지만 이제는 턱까지 떤다. 이빨이 마주쳐 닥, 닥 하는 소리를 낸다.

"느그 어머이는 언제 한번 왔다가드만 요새는 안 오네. 장수 느그 이모는 어찌 지내고 있는가 모르것다. 남자도 죽어뿌리고 혼자 산다고."

창수는 그녀를 기쁘게 해드리고 싶어 자주 찾아오겠다고 말하고 싶지만 간신히 참는다. 약속을 지킬 수 없을까 두렵기 때문이다. 창수는 어머니로부터 말을 앞세우면 뒷감당하기 어렵다는 말을 누차 들었다.

"빨래는 이모가 와서 한번 했어. 그때 머리도 감고."

임춘복 여사는 손자들의 눈을 쳐다보지 않는다. 아니 거의 의식하지도 않으면서 말을 엮어 나가고 있다. 상대를 염두에 둘만 한 여력이 없기도 하지만 귀도 제 역할을 못 하고 있다. 얼마 전까지만 해도 그녀는 이렇지 않았다. 정신이 맑아서 자신이 한 일이나 사람들의 얼굴을 뚜렷이 구분하고 있었다. 지금껏 치매에 걸리지 않고 있는 것만 보아도 아직 그녀의 정신은 굳건하다고 할 수 있다.

"아래채에나 한번 가 보자."

"나는 가기 싫어. 혼자 갔다 와."

경수가 완강히 고개를 젓는다. 창수도 굳이 데리고 갈 생각은 없다. 창수가 아래채에 가보려는 것은 그들이 사는 방을 보고 싶어서가 아니다. 그들이 어찌 살든 그도 아무 상관 없는 일이라고 여기고 있다. 단지 그는 아래채를 들여다봄으로써 그들 모자로 하여금 외할머니께 관심을 갖도록 하려 할 뿐이다.

창수는 마루로 나와 돌계단을 내려간다. 아래채 방문 앞에 이르자 그는 잠시 멈추어 선다. '할매'라고 부르려니 갑자기 어색하고 쑥스러워졌다. 그는 고개를 좌우로 움직여 아래채 전체를 살핀다. 슬레이트 지붕 아래 한 칸은 창고이고 그 옆이 모자가 들어 있는 방이다. 방문 앞에 놓인 댓돌 위에는 서너 켤레의 신발이 놓여 있고, 그 옆에는 검은 솥이 걸린 연탄아궁이가 있다.

"할매!"

한껏 용기를 내어 부르지만 창수의 목소리는 크게 나오지 않는다. 안에서 곧 방문이 열리며 조금 전의 노파가 얼굴을 내민다.

"응, 너 왔구나."

"어서 들어오이라."

그가 방 안으로 들어서자, 아랫목에 누워 있던 광수가 하품하며 상체를 일으킨다.

"야가 일을 하고 돼서 좀 자던 참이다."

노파가 광수를 대신해 말한다. 광수는 눈을 꿈쩍거리며 머리 뒤쪽을 쓱쓱 긁어댄다. 광수를 보자 창수는 화가 치밀어 오른다. 이렇게 가까이 살면서 할머니를 내버려두고 있다는 것이 견딜 수 없어진다. 이때 노파가 물엿을 버무린 강정을 내놓는다.

“동생도 오라고 하지.”

“놔두세요. 뭐 한다고.”

창수가 외삼촌과 잡담하는 동안 노파는 돋보기안경을 귀에 걸치고 한얼교 경전을 읽는다. 그녀의 입술이 달싹거리는 것을 보다가 창수는 방안을 둘러본다. 창수의 시선은 벽에 걸린 사진에서 멎는다. 영정으로 쓰기 위해 찍었음이 분명한 노파의 흑백 사진을 뚫어져라 쳐다본다. 이 할매도 죽음에 대비하고 있구나. 그런 다음 큰 액자에 꽂혀 있는 스냅사진을 본다. 노파의 가족들이다. 창수는 그녀에게도 가족이 있다는 것이 놀랍다.

5

창수에게

1학기 중간고사가 끝나고 자퇴서를 내버릴까 몇 번이나 생각했어.

그때의 내 기분을 너는 잘 이해하지 못하겠지만 참담하고 암울함의 절정이었어. 하지만 여태까지 아무것도 달라진 것이라고는 없어. 내내 그런 상태일 뿐이지.

사람이라는 것은 자신의 처지에 만족하고 분수껏 살아야 하는데 나는 왜 그러지 못하는지 모르겠어. 어느 때는 부모님이 그렇게 원망스러울 수가 없어.

어쩌면 오빠도 이런 내 기분을 미리 경험한 것인지 몰라. 그리고 오빠가 고등학교 시절에 학생운동에 가담한 것도 이런 이유 때문이 아닐지 몰라. 그래서 지금 다니던 회사도 그만두고 집에 돌아와 독서에만 열중하고 아침저녁으로 오리를 몰고 다니는 것인지도 몰라. 하지만 그것은 핑계인지도 모르지.

아, 다시 아침이 밝아 오고 있다. 새로운 아침이 다가올 때마다 왜 나는 괴로움에 휩싸이는 것일까? 또 언제쯤이면 즐겁고 상쾌한 기분으로 아침을 맞을 수 있을까?

정숙은 처음 창수에게 편지를 보냈을 때보다 더한 절망에 빠져 있다. 사실 그녀는 분수령에 서 있는 상태라고 할 수 있다. 그때까지 올라온 길에서 미끄러져 다시 바닥으로 떨어질 수도 있고 분수령 너머로 한 발짝을 내밀 수도 있다. 하지만 분수령에 닿으면 고통은 그 전보다 몇 배 더 심해진다. 절망이 극에 달해 억지로라도 '마지막으로 다시 한번!'이라고 외치지 않으면 결코 넘을 수 없는 곳이 바로 그곳이다. 왜냐하면 분수령은 이쪽과 저쪽을 경계 짓는 마지막 정점이어서 인간의 한계를 시험할 정도의 통과제의를 강요하기 때문이다.

연인들이 그렇듯이 창수도 정숙의 고통을 자신의 것으로 받아들인다. 글귀 하나하나가 창수의 정신을 파고들어 상처를 낸다. 그는 혼란스러운 상태에서 무슨 말을 쓰는지 지각하지도 못하고 글을 쓴다. 그리고 지금까지 그랬던 것처럼 다시 읽지 않고 편지를 봉한다.

그 후 오랫동안 창수는 정숙이 보낸 편지를 받지 못했다. 원래 그녀는 편지를 받고 답장을 쓰는 간격이 길기는 했지만 이 정도는 아니었다. 창수가 10통을 보내면 1통은 보냈다. 창수는 차츰 불안해진다. 그녀가 그곳 생활에 익숙해졌을까 두려워진다. 이제 정숙은 내 위로가 필요 없는지 몰라. 창수는 더욱 외로운 상태에 빠져 혼자 있는 시간이 되면 항상 그녀를 떠올리고 밑도 끝도 없는 편지를 써댄다.

여름방학이 되자 창수는 고향으로 내려온다. 전주에 비하면 고원지대는 평균 기온이 낮고 습기도 적어 피서지나 다름없다. 방학 내내 그는 고향에서 머물고 외할머니와도 며칠씩 지냈다.

어느 날 창수는 외갓집 마루에 앉아 상을 펴놓고 책을 보고 있다. 외할머니는 부엉댁 집에 가고 없다. 책을 보는 도중 그는 마당에서 힘차고 자라고 있는 포도나무 덩굴, 배나무, 그 아래 멀리 보이는 아까시나무 가로수길, 정숙이 사는 제각집, 물 건너 누나가 사는 창성리를 보며 잠시 휴식을 취한다. 뒷문을 통해 불어오는 바람은 알맞게 불어오고 호두나무에서는 매미가 울어댄다.

'우연히 정숙과 마주친다면 얼마나 좋을까?'

창수는 문득 이런 생각을 하지만 감히 정숙의 집을 찾아갈 엄두는 내지 못한다. 친구들 사이에 떠도는 소문에 의하면 그녀의 아버지는 지나치게 보수적이고 완고했다. 게다가 그녀의 오빠는 더 무서웠다. 우연히 그녀를 찾아갔던 중학교 동창 하나는 그녀의 오빠에게 호되게 당했다고 했다. 그때 고랑에 사는 문희(서지영의 딸)가 빨래통을 이고 마당에 나타난다. 문희와 창수는 남이라고는 할 수 없었다. 창수의 굵은 핏줄 중 하나를 따라 달리다가 실낱같이 가는 말단 부분을 비집고 들어가면 문희와 만날 수 있었다.

"누야, 어디 가?"

문희는 빨래통을 이고 샘으로 가려다 말고 마루 위에 걸터앉는다.

"시골에 있을 때보다 더 준수해 보이네, 이거! 도시물이 좋기는 좋은가 보네."

문희는 장난기 어린 눈으로 창수를 본다. 그녀는 남자 친구들과는 수줍어서 얼굴도 들지 못하면서 가까이 지내는 사람들에게는 의외로 장난도 치고 농담도 잘한다. 두 사람은 서로의 학교생활이나 친구들에 대해서 이야기를 나눈다. 그러다가 창수는 동창이기 때문에 우연히 묻는다는 투로 정숙의 안부를 묻는다.

"정숙이는 나하고 같은 반이야. 내가 지금 가서 데리고 올까?"

문희가 자리에서 벌떡 일어서자, 깜짝 놀란 창수는 무어라 말을 하지 못한다.

"그래, 그럼. 빨래통은 가는 길에 샘에 좀 갖다놓고."

문희는 자신이 다 알아서 할 테니 염려 말라는 표정이다. 그녀가 집 밖으로 나가자 창수는 그녀를 만날 수 있다는 생각에 흥분된다. 맥박은 더욱 빠르게 뛰고 몸은 가눌 수 없을 지경이다. 만나게 되면 어떻게 첫인사를 하고, 무슨 말을 해야 할까. 창수는 자리에서 일어났다가 행여 그녀가 나타나기라도 할까 봐 다시 주저앉기를 몇 차례 되풀이한다.

잠시 후 거짓말처럼 창수의 눈앞에 정숙이 모습을 드러낸다. 창수는 자리에서 일어서려다 한번 주저앉은 후 가까스로 일어나 더듬더듬 인사한다.

"안녕, 잘 지냈니?"

"응."

인사를 하고 난 후가 더 문제다. 창수는 무슨 말을 할까 헤맨다. 어떤 여자라도 나 같은 남자에게는 호감을 느끼지 못할 거야. 남자는 배짱, 여자는 애교라는 말도 있지 않은가. 난 정말 숙맥 같은 남자다. 이럴 때 유머 있는 대화로 그녀를 즐겁게 해준다면 얼마나 좋을까. 정숙은 창수가 무슨 말을 하기를 기다리고 있다. 창수는 가까스로 친구들 소식을 묻는다. 그녀는 그다지 길지 않게 대답한다. 곧 대화가 끊어진다. 창수는 유머를 전달하려고 하지만 입안에서만 맴돈다. 그때 문희가 정숙에게 말을 꺼낸다.

잠시 후 둘은 마루에서 일어난다.

둘은 마당에 늘어져 있는 장독대 앞으로 걸어간다. 둘은 장독대 뒤 짙푸른 포도덩굴과 이파리 속에 포도송이가 몇 개나 매달려 있는지 살피다가 장독대 한쪽에 피어 있는 세 그루의 주황색 꽃 앞으로 걸어간다. 창수도 둘이 있는 곳으로 걸어간다.

"이게 무슨 꽃이지?"

옆에 선 문희가 정숙에게 묻는다. 그 꽃은 어긋나며 올라간 이파리 위에 활개를 치는 듯한 자태의 꽃잎들이 날아갈 듯 얹혀있고 위에는 검은 점들이 이곳저곳에 박혀 있다. 그리고 가운데에서 솟아오른 암술과 수술은 교태를 짓는 듯 끝이 도르르 말려 있다.

"나리꽃!"

정숙의 목소리는 약간 오만해보인다. 그런데 그 점이 창수에게는 얼마나 매력적으로 보이는지 모른다.

"참, 이쁘다. 할머니가 심어놓았나 보다."

문희의 말에 창수는 그렇다고 말한다. 정숙은 집안 이곳저곳을 둘러본다. 그런 뒤 얼마 지나지 않아 돌아갈 태세를 취한다.

"이제 그만 가봐야겠어."

창수는 차마 좀 더 있다가 가, 라든지 나중에 또 어디서 만날지 물을 용기가 없다. 창수는 정숙을 배웅하기 위해 사립을 지나 방죽이 바라보이는 곳까지 따라간다. 그녀가 방죽 둑으로 이어지는 계단을 밟고 내려선다.

"이제 그만 들어가."

"응, 그래."

"참!"

정숙은 무슨 말인가를 하기 위해 잠시 뒤돌아선다.

"아니야, 아니!"

그녀는 손을 내저으며 다시 태도를 바꾼다.

"아니, 들어가."

그녀는 무슨 말을 하려고 한 것일까. 혹시 날 사랑한다고 말하려 한 것일까. 아닐 것이다. 그녀는 내게 이별을 고하고 싶었을 거야. 창수에게 이런 생각이 떠나지 않는다.

다음 날 창수는 집으로 돌아온다.

저녁 식사 시간에 전주댁이 동섭과 영수를 비난한다. 그간 두 사람은 외가의 문제에 간여하지 않아야 한다고 한목소리를 내왔다. 그러다가 며칠 간격으로 늙으면 죽는 것이 서로를 위해 좋다고 늘어놓았다.

"사람이 늙으면 죽어야 한다니, 앞니 하나가 뒤틀어진 사람들이라서 그래?"

전주댁의 말은 쉴 새 없이 이어진다.

"우리가 얼매나 외할매 은혜를 입고 살았는디 사람이 그럴 수는 없는 거여. 머리에 검은 털 난 짐승은 할 수 없는 거제."

동섭은 아무 말이 없다. 고령에 의지할 수조차 없는 사람들 사이에 남겨진 장모의 시중은 고사하고 방문조차 하지 않으려 들었다. 영수도 말없이 듣기만 하고 있다.

"아니, 나이가 들면 당신도 고생이고 주위 사람도 고생인께…."

형은 오해가 생겼다는 듯한 표정이지만 채 말을 끝내지 못한다.

"참 인정머리라고는 손톱만큼도 없는 사람들이여."

저녁 식사 후에 창수는 집을 나선다. 골목을 걸어가는 동안 시원한 바람이 휙 불어오지만 머릿속은 혼란스럽다. 창수는 형이나 아버지와 같은 생각을 한 번도 해본 적이 없다. 그는 지금껏 집에 있을 때보다 외할머니와 함께 있는 동안 심신이 안정됨을 느꼈다.

외할머니는 이런 내 생각을 알고 있을까. 창수는 하늘을 쳐다본다. 성긴 별 사이로 상현달이 보인다. 앞서 말한 것처럼 임춘복 여사는 식물들 대신 인간을 사랑했다. 그래서 외손자들을 친손자 이상으로 돌보아 주었다. 하지만 그것도 기운이 있을 때 얘기였다. 이제 그녀는 정말로 늙었다. 주위 사람들에게 짐이 되고 있을 뿐이다. 그녀를 사랑하는 사람들도 그녀가 늙어가는 것을 안타깝게 바라볼 뿐 다른 도리가 없다. 그들이 할 수 있는 일은 고작해야 자주 그녀의 집을 방문하지 못함을 가슴 아파하거나 그전에 받은 은혜를 생각하며 죄스러워하는 것뿐이다.

임춘복 여사는 전생에 어떤 죄를 짓고 태어나서, 죽고 싶지만 죽을 수 없는가 하고 푸념하는 버릇이 있다. 그것은 주로 잠을 이룰 수 없을 때다. 그녀는 죽고 싶지만 죽을 수 없고 잠들고 싶지만 잠들 수 없는 운명을 타고난 것인지 모른다. 간혹 그녀는 죽은 네 명의 자식들이 자신을 붙들고 있기 때문이라 여긴다. 네 아들의 영혼이 자신들을 죽게 만든 복수로 어미를 지긋지긋한 이 세상에 오래도록 붙잡아놓고 있다는 것이다. 이런 생각 때문에 그녀는 자신을 가리켜 '죄 많은 여자'라고 한다. 어쨌든 그녀가 죽고 나면 살아남은 사람들은 모두 그녀가 얽어놓은 사랑의 사슬에서 벗어날 것이다. 더 이상 그녀로 인해 늘 그쪽을 바라보며 괴로워하지 않아도 될 것이다. 그녀도 물론 홀가분해질 것이다. 잠 못 이루는 숱한 밤에 소주를 홀짝이거나 수면제를 먹지 않아도 될 것이고, 자신의 육신으로 하기 힘든 사소한 일로 인해 속상해하지 않아도 될 것이다.

창수는 골목과 큰 길이 만나는 지점에 있는 작은 다리에서 걸음을 멈춘다. 그는 까치발을 하고 초등학교 담 너머를 향해 고개를 쑥 빼든다. 방학이 되어 고향에 내려온 학생들은 여름날 저녁이 되면 학교 운동장으로 몰려들고 있다.

여름의 운동장은 낮에는 노인들에게 그늘을 제공하고 해거름 판에는 청소년들의 스포츠 경기장으로 저녁에는 피 끓는 청춘 남녀들의 공원으로 제공된다. 그는 초등학교의 얕은 담을 뛰어넘는다. 6학년 교사를 따라 운동장에 내려서자마자 정문 쪽 플라타너스 아래에서 들리는 기타 소리, 노랫소리. 앞집 동렬일 거야. 이 동네에서 저렇게 멋지게 기타를 칠 수 있는 사람은 그밖에 없어. 동렬은 동네 여학생들에게 둘러싸여 유행하는 대중가요나 팝송을 생각나는 대로 연주하기도 하고 신청곡을 받는 수도 있다. 남녀는 함께 노래를 부르다가 지치면 둥그스름한 달빛을 받으며 저수지 둑으로 올라갔다. 그곳에서 밤이 새는 줄 모르고 서넛씩 둑에 앉아 귓속말하며 으슥한 곳을 찾기도 한다.

발을 디딜 때마다 모래가 버석거리는 소리가 들린다. 창수는 기타 치는 무리와는 떨어져 회전틀이 있는 곳으로 걸어간다. 그도 청춘 남녀에 섞여 어울린 적도 있지만 지금은 기타 반주에 맞추어 노래할 기분이 아니다.

"누구니?"

옅은 어둠 속에서 여자의 목소리가 들려온다. 어딘가 귀에 익은 목소리다. 조금도 탁하지 않고 약간의 공명이 있는 고음이다. 당숙의 넷째 딸인 영애다.

"영애니?"

"응, 창수구나."

회전 틀에 앉아 있던 영애도 금방 창수를 알아본다. 창수는 회전 틀 앞으로 걸어가서 목소리의 주인공을 확인한다.

"언제 내려왔니? 소식도 없이."

밤공기 속에 영애 특유의 쾌활한 목소리가 울려 퍼진다.

"며칠 동안 외갓집에 가 있었어."

"외숙모가 그러기는 그러더라만."

"그런데 왜 여기 혼자 나와 있어?"

창수는 고개를 갸웃거린다. 아무리 시골이지만 여자들은 대개 둘이나 셋씩 짝을 지어 다니는 것이 보통이다.

"음, 아버지 때문에 그래. 아버지가 의료원에서 폐암 선고를 받으셨기 때문이지. 경과가 좋다지만 다른 병도 아니고. 아버지는 온몸이 다 부서진 것 같아. 머리칼은 다 빠지고 피부는 검게 타들어가고, 살아 있는 사람 같지 않아."

창수는 무어라 위로해야 할지 난감한 표정을 짓는다. 이미 선고까지 받은 마당에 그것을 부정할 수도 의사들을 돌팔이라고 매도할 수도 없다. 사실 현대인치고 의사들이 하는 말에 누가 거역할 수 있을까. 전문 지식이 없는 일반인들에게 의사의 말은 절대적이다. 희망을 가지라고 말할까? 너무 어쭙잖지 않은가. 창수는 고심 끝에 살아남는다는 어휘를 쓰자고 작정한다.

"폐암이라고 해서 다 죽는 것은 아닐 거야. 암을 이기고 살아난 사람들도 많이 있으니까 말이야. 지금은 어디 계셔?"

"응, 지금은 기도원에 계셔. 요양이 필요하신 것인지 아니면 이제 더 이상 기댈 곳이 없으니까 하나님께 매달려 보실 생각인지 모르겠어."

그녀의 얼굴은 굳어 있지만 창수는 웃음이 나올 것 같다. 그토록 예수를 비난했던 당숙이 이제 죽을 마당에 이르니까 예수에게 기대다니.

"우리 가족들은 모두 교회에 다니기로 했어. 엄마, 할아버지, 언니, 오빠, 동생 모두 다."

창수는 잠자코 그녀의 말에 귀를 기울인다. 옆구리에 성경책을 낀 당숙이나 할아버지의 모습이라니. 창수는 자신도 모르게 음흉한 미소가 떠올라 감추기에 바쁘다.

"너도 교회 다녀. 그러면서 우리 아버지를 위해 기도도 해주고."

영애의 말이 끝나기 무섭게 창수는 죄책감을 느낀다. 그래서 타인에게 무한한 동정심을 느끼는 선한 상태로 돌아가 당숙을 위해 기도하고 싶어진다. 자신이 아닌 다른 사람을 위해 무슨 일인가를 할 수 있다는 것처럼 좋은 일은 없다. 창수도 이런 말에 동의한다. 이를테면 선물이 그렇다. 누군가에게서 선물을 받을 때의 기쁨은 잠시뿐이지만 누군가에게 선물을 주었을 때는 다르다. 누군가에게 무엇을 주었다는 것을 떠올릴 때마다 자신은 한없이 선량하고 이 세상 사람들을 사랑하고 있다는 것을 여긴다.

"그래, 나도 당숙이 하루빨리 나으시기를 기도할게."

"고마워."

"우리 둑이나 같이 걸을까?"

지난해 겨울밤 두 사람은 마치 연인이라도 되는 것처럼 나란히 하얀 둑길을 저벅저벅 걸으며 앞으로 다가올 미래에 관해서 이야기했다. 영애는 고개를 젓는다. 지금 그녀에게 낭만이 스며들 틈은 없는 것이다. 그녀의 기분이 창수에게 전해져 온다. 그녀는 자신을 낳아주고 길러 준 육친이 내려갈 죽음의 골짜기를 보고 있다.

"그럼, 집에 데려다 줄게, 가자."

둘은 회전 틀에서 일어나 모래 위에 발을 내디딘다. 플라타너스 아래에서 기타를 치고 노래를 부르던 치들은 어디론가 가고 없다. 영애가 그쪽으로 한번 눈길을 주었다가 거둔다. 이런 일만 아니라면 그녀도 맑은 목소리로 노래 실력을 뽐낼 수 있었을 것이다.

6

열일곱의 소년에게 낯선 도시 생활은 그리 호락호락한 것이 아니다. 과거에 집에서 사는 것이 견딜 수 없었던 것처럼 창수는 이 도시가 견딜 수 없다. 다닥다닥 붙어 있는 수십 수백의 집과 아스팔트 길에 나서기만 하면 어지럽게 다가오는 낯선 사람들과 자동차를 볼 때마다 더할 수 없는 외로움과 혼자 버려진 듯한 소외감을 느낀다.

창수가 든 하숙집 부부는 자주 싸운다. 아니 싸우는 것이 아니라 남자가 여자를 두들겨 팬다. 어떤 이유인지 창수는 물어볼 수도 없다. 그것은 늘 같은 방식으로 같은 시간대에 이루어진다. 먼저 집에 돌아온 남자는 여자에게 하숙생들이 자는지 묻는다. 그런 후 두 사람은 방 안으로 들어간다. 잠시 후 툭탁거리는 소리와 함께 여자의 흐느낌 소리가 들려온다. 그때마다 창수에게 하숙집 여주인의 악의 없이 착한 둥근 얼굴이 떠오른다. 그녀는 음식 솜씨도 좋고 하숙생들에게 친절하다.

1학기가 끝나자, 창수는 하숙을 옮기기로 결심한다. 새로운 하숙집을 구하는 문제는 의외로 쉬웠다. 그가 말을 꺼내자마자 여러 곳에서 우리 하숙집으로 들어가자, 는 제의가 들어온다. 하숙집 주인들이 하숙생을 통해 사전에 거미줄을 쳐두고 있었다. 창수는 심사숙고해서 결정하려 한다. 지금껏 같은 실수를 많이 되풀이했다 싶어서다. 그는 같은 함정에 빠지지 않겠다고 다짐했지만 결국 그와 비슷한 함정에 다시 빠졌다. 하지만 가만 생각해 보니 같은 함정이란 없었던 것처럼 여겨진다. 그러니 그것들이 같은 실수는 아니었던 셈이다. 창수는 생각의 방향을 바꾼다. 매번 내게 닥쳐오는 일은 전혀 다른 거야. 제각기 다른 상황을 두고 있고 서로 다른 방향에서 접근해 오니까. 그래도 달라지는 것은 없다. 결국 창수는 미로를 헤매기만 할 뿐 해결책을 찾아내지 못한다.

창수는 제의가 들어온 곳 중 한 집에 하숙을 정하기로 결정을 내린다.

학교에서 채 오 분 거리도 되지 않는 한적한 골목 속에 위치한 디귿 자 형의 집이다. 거기에는 각 방에 두 명씩, 창수를 포함해서 모두

6명의 하숙생이 기거하는 전문적인 하숙집이다. 창수가 든 곳은 위채의 왼쪽 방으로 반대편 아래채의 두 개의 방을 마주 보고 있다. 두 개의 미닫이문이 있고, 문에 달린 작은 유리에 눈을 갖다 대면 아래채의 방문과 신발이 보인다. 같이 방을 쓰게 된 학생은 얼굴이 여학생처럼 곱고 뽀얗지만 곳곳에 검은 점이 도드라져 있는 민구라는 또래 학생이다. 민구는 내내 혼자서 방을 써왔기 때문인지 창수와 한방을 쓰게 되자, 여러 면에서 불편해하는 기색이 역력하다. 민구는 창수와 한방에 있게 되면 거의 침묵을 지키고, 저녁을 먹자마자 아래채의 오른쪽 방으로 달려간다. 그 방에는 동향인 종두라는 친구가 있다. 그곳에서 민구는 종두, 같은 방을 쓰는 현수와 잡담을 하기도 하고 유행가를 부르기도 하며 저녁 시간을 보낸다.

이런 민구를 보며 창수는 별별 생각을 한다. 내가 말이 없기 때문에 부담스러운 것일까. 그렇다면 말을 붙여 보면 될 것이 아닌가. 나도 먼저 말을 트고 속내를 보이지는 못하지만 상대의 말을 들어주거나 맞장구를 치는 데는 자신이 있는데. 무뚝뚝한 내 표정이 화난 것으로 비쳐서일까. 그래서 하루는 먼저 민구에게 말을 건다. 하지만 민구는 서먹서먹한 표정으로 묻는 것에만 답을 하더니 다시 아랫방으로 달아나 버린다. 그 후로도 몇 차례 창수는 그런 시도를 되풀이하지만 늘 실패로 끝난다.

"망할 놈의 자식, 네 맘대로 해라."

창수는 민구를 내버려두기로 작정한다. 결국 민구는 창수가 들어온 지 채 한 달이 안 되어 짐을 꾸린다. 집에서 학교까지 1시간 남짓 걸리는 거리를 통학하는 것이 하숙하는 것보다 더 마음이 편할 것 같다는 것이 그 이유다. 창수는 자신 때문에 그런 것 같아 미안한 마음이 들지만 말리고 싶은 생각은 없다. 민구를 적극 말리고 나선 사람은 하숙집 여주인이다.

"민구 어머니가 나하고 여고 때 친한 친구였거든. 그래서 우리 집에 있게 했던 것인데 꼭 잘해준다기보다는 좀 신경이 쓰이기는 쓰였지. 너하고 같이 한방을 쓰게 한 것은 네가 착하고 말이 없어서 숫기 없는 민구하고 잘 지내지 않을까 생각해서였는데 일이 이상하게 되어버렸구나. 하지만 나한테 미안하다고 하지는 마. 사람이 살다보면 그럴 수도 있는 거지, 안 그래? 내가 다시 한번 말려보고, 안되면 할 수 없는 거지."

하숙집 여주인은 다시 한번 민구를 한쪽으로 불러내서 설득한다. 민구는 묵묵부답으로 자신의 의사를 철회하려 하지 않는다.

민구가 가버리고 나자 창수는 다시 혼자가 된다. 그러면서 차츰 둘이었기 때문에 불편했던 때가 그리워지기 시작한다. 이후 창수는 민구가 그랬던 것처럼 가끔 아랫방을 찾는다. 민구가 늘 찾아갔던 아랫방에는 두 명의 하숙생이 있다. 민구와 동향인 친구는 종두다. 호리호리하고 얼굴에 여드름이 수북한, 이성에 대한 관심이 지나칠 정도로 많아서 늘 여자에 대해서만 생각하고 말하는 학생이다.

같이 있는 현수는 학생임에도 담배를 피우고 술까지 마시고 다니는 불량 학생이다. 그렇다고 하숙집에서 막되게 군 적은 없다. 옆방에 있는 하숙생들에 비해 학업에 열의가 없지만 그런대로 현수도 선량하다. 간혹 현수는 자랑삼아 건방지고 잘난 체하는 녀석들을 마구 패주었다고 말한다. 그러는 동안 창수는 현수에 대해 알게 되었다. 현수는 어렸을 때부터 수재로 이름을 날렸던 형과 늘 구별되었다. 현수는 형과 전혀 딴판으로 열등생이었고 문제아일 뿐이었다. 그는 부모로부터 형과 다른 대우를 받았다. 그래서 자신을 사랑하는 법을 배우지 못했고 급기야 고등학교 재수 시절에 술과 담배를 배웠다.

아래채 왼쪽 방에 들어 있는 두 사람은 공부에 열심이다. 두 사람은 매일 아침 좁은 마당에서 줄넘기하고 밤늦도록 공부한다. 옆방과는 다른 분위기를 가진, 자신들의 본분에 충실한 학생들의 방이다.

끼리끼리 방을 쓰게 된 것은 아마 오랜 세월 하숙을 쳐 온 여주인의 전략일 것이다. 그렇게 하는 것이 서로에게 피해를 주지 않고 하숙생은 오래 잡아둘 수 있다.

늦가을 어느 날이다. 창수는 가방을 놓고 저녁 식사를 기다리다가 어머니의 목소리를 들었다.

"여기 창수가 있는데 맞아요?"

전주댁은 종두를 붙들고 묻고 있었다.

"아니, 어머이, 어떻게 여기까지."

창수는 반가우면서도 갑작스러워 채 말이 나오지 않는다. 아무런 연락도 없었다. 창수는 마당으로 내려선다.

"농사도 인자 좀 한가해지고 해서 올라왔다. 어찌 있는가 궁금허기도 허고."

전주댁은 도시에 사는 부인들과 비교도 안 되게 늙어 보인다. 좁고 야윈 볼, 햇볕에 그을린 새까만 피부, 골골이 패인 안면의 주름살, 한 번 오그라진 후 영영 잘 펴지지 않고 애를 먹이는 굽은 새끼손가락, 남자의 손처럼 툭툭 불거진 정맥들. 왜 지금 그것들이 눈에 들어온 것인지 창수는 이해할 수 없다. 집에 내려갔을 때는 보지 못하던 것들이다.

저녁 식사를 마친 후 모자는 방으로 건너온다. 방은 그리 좁지 않다. 원래 두 사람이 쓸 수 있게 된 것이어서 둘이 마주 앉거나 누워도 불편하지 않다.

"성은 잘 있어요?"

"느그 성은 그간에 그렇게 애를 멕이드만 인자 군대 갔다. 저도 고생을 해봐야 부모들이 얼매나 고상을 험서 살았는지 알제. 가는 뭔 일이든지 아주 쉽고 우습게 생각을 했는디, 세상일이 지 맘대로 되면 부자 안 된 사람 아무도 없고 출세 못 헐 사람 아무도 없제, 없어!"

"그래도 자신감은 있으니까."

"자신감은 무슨 자신감, 세상 물정 몰라 그렇제. 근디 느그 당숙이 인자 죽게 생겼다. 기도원에 있는디 그 병이 뭐 하느님한테 의탁을 헌다고 해서 낫는 벵이냐. 의료원에서 퇴원허라고 허면 그것은 벌써 의사들도 못 낫는 병이여. 말이야 바른말이지만 즈그가 더 이상 낫게 허지를 못헌께 환자를 내놨제, 낫을 것 겉으면 뭐헐라고 내놨겄어. 근디 그 기도원 사람들 말로는 그 병이 다 낫아 간다고 헌대야. 그래서 이 주 뒤에 집으로 온다고 허드라. 근디 그 말을 어디 믿을 수가 있냐. 그 사람들이사 낫아도 하느님이고 죽어도 하느님인께 뭐 아수울 것이 있어야제. 글고 기도원이 즈그 자랑헌다고 허는 말을 곧이들을 건 없어. 암에 걸리서 당장 죽는 사람도 있고 몇 년 있다가 죽는 사람도 있당께 두고 봐야제."

창수는 어머니 사투리를 알아듣기 힘들다. 하지만 오랜만에 어머니를 만났다는 것, 그것도 집이 아니라 고향에서 멀리 떨어진 도시의 하숙방에서 만났다는 것에 창수는 지나칠 정도로 감격해 있다. 그는 이야기 도중에 무심코 '그래가지고?'만 반복해 댄다.

"네 동상도 성처럼 전주에 있는 고등핵교 온다고 벼르고 있다. 너

가는 것을 보더니 그놈이 글씨 얼매나 억척스럽게 공부를 허는지, 꼭 느그 누야 같애. 어디 말허는 걸 보면 한 마디도 안 진다. 나헌테도 그래."

"하숙집 아주머니는 좋지요? 여기가 그래도 다른 데보다 하숙비도 좀 싸요."

"그래, 되도록이면 하숙집도 하주 옝기지 말고 한 군데 오래 있어라. 그래야 정이 들어서 잘해주제. 참 공부는 잘허고 있냐? 느그 아부지는 한 번씩 일이 힘들 때면 이런 소리로 아예 노래를 헌다. 아이고, 이놈 때문에 내가 뼈 빠져 죽는구나, 허고 말이여."

창수는 소리를 내서 크게 웃는다. 아버지의 모습이 눈에 선하게 보이는 것 같다. 전주댁도 앞니 몇 개만 남은 작은 입을 벌려 소리를 내어 웃는다.

한바탕 웃고 나자, 창수는 문득 아버지 말이 곧 어머니 마음일지도 모른다는 생각을 한다. 평소의 전주댁은 당신의 생각을 아버지의 말인 양 털어놓는 버릇이 있다. 이 판단이 정확하다면! 순간 창수는 심장을 양쪽에서 잡아당기는 듯한 통증을 느낀다. 이런 증상은 그가 흥분했을 때 나타났다가 2~3분 후면 흔적도 없이 사라진다. 왜 그것을 즉시 생각지 못한 것일까. 창수는 부모님이 형과 대립이 생겼을 때 공동으로 대처를 해왔다는 것을 떠올린다. …그러니까 누나는 어머니 아버지가 찰떡궁합이라고 했잖아. 그래, 우리 부모님은 다른 문제는 제쳐두더라도 돈 문제에 관한 한 언제든 냉랭해질 수 있는 분들이야. 한 푼도 못 내놓는다던가, 안 돼 못 줘, 라고 고심 없이 말할 수 있어. 창수는 얼굴을 한껏 찡그렸다가 편다. 별것 아니다. 심장의 통증쯤이야.

"느그 삼촌이 결혼헌단다."

혹 누가 들을세라 전주댁 목소리가 낮아진다. 누가 엿듣거나 할 상황이 아님에도 전주댁은 곧잘 이런 태도를 취한다. 그녀가 이러는 것이 전혀 이해할 수 없는 것은 아니다. 한창 영수와 사이가 좋지 않을 때다. 무심코 작은방 앞을 지나가다가 창수는 안방 벽에 귀를 대고 부모님 대화를 엿듣는 형을 본 적이 있다. 전주댁도 그걸 알고 있다.

"그래요?"

"누구하고 해요."

"중매로 만났는디 여자가 시청엔가 다닌다드라. 근디 나이가 좀 들었는갑드라."

"예쁜가?"

"예쁘먼 지금까지 시집을 못 갔겄냐? 근디 결혼허게 되면 할매가 집으로 내리올란가 모르것다."

"할매가요?"

"인자 쓸모가 없어진 늙은이를 같이 데리고 사는 게 걸리적거릴 거 아이냐. 세상의 어느 여자가, 늦게 허는 결혼이기는 해도, 시어머이 시숙을 다 모시고 살겄냐. 느그 아부지는 그놈들 좋아서 같이 따라 갔으면 펭생 살아야 헌다고 땅패기 겉은 소리를 허지만 말이여. 글고 느그 할매가 말이 많고 수다스러버서 간살을 어지간히 잘 직이냐."

"결혼식에는 가요?"

"그래. 느그 아부지하고 둘이서만 갔다 와야 되겄다. 너도 알지만 느그 가운데 삼촌이 어디 사람 구실이나 허고 사냐. 작은삼촌이 돈 벌어놓으먼 홀랑 갔다가 까묵고. 느그 할매도 그래. 아무리 가운데 아들이 좋아도 막딩이 예금통장을 삼촌 모르게도 갖다주고 했디야.

막딩이 삼촌이 좋아서도 주었겠지만 말이여. 그런 느그 할매가 시골로 내리오면 그때는 인자 죽는 날까지 있는 거제. 아무리 큰아들 싫다고 발광을 허고 나가기는 했어도 죽을 때가 가까워지는디 어디서 죽겄냐, 큰아들한테 와서 죽어야제."

"왜 그때는 그러고 갔지요?"

"그런께 사람 앞일은 모른다고 안 허냐. 어찌 됐든지 간에 느그 막딩이 삼촌이 결혼허고 나면 가운데 삼촌이 제일 큰일이라. 어디 가서 밥 한 그릇 벌어 묵을 재주 없고 또 얻어묵을 데도 없는디. 하여튼 그놈이 제일 큰일이구만, 그래! 내가 옛날부터, 제발 몽달로 늙어 죽지 말고 아무거나 좋은께 각시 하나 얻으라, 고 노래를 불렀는디 어디 여자가 그런 반거충이한테 올라고 해야 말이제. 저러다가 집 나와서 추운 날 돌아댕기다가 길바닥에서 얼어 죽고 말제."

"할매가 진짜 온다구요?"

"아이구, 근디 할마이 와 있는 것을 내가 또 어찌 봐야되는가 모르것다."

밤새도록 이야기를 하라면 전주댁은 할 수 있었을 것이다. 다만 창수가 내일 아침 학교를 가야 하기 때문에 그렇게 하지 못하는 것뿐이다. 그날 두 사람이 간신히 잠자리에 든 시각은 새벽 2시가 넘어서다.

"푹 자고 내일 학교 가야제. 나는 첫 차 타고 갈 건께 그리 알아라."

"주무세요."

다음 날 아침, 창수가 눈을 떴을 때 정말 전주댁은 떠나고 없다. 어머니는 농사꾼 아낙이야. 부지런하게 몸을 꿈적이지 않으면 밥도 한 술 뜰 수 없다, 는 진리를 너무 잘 알고 있는 거지.

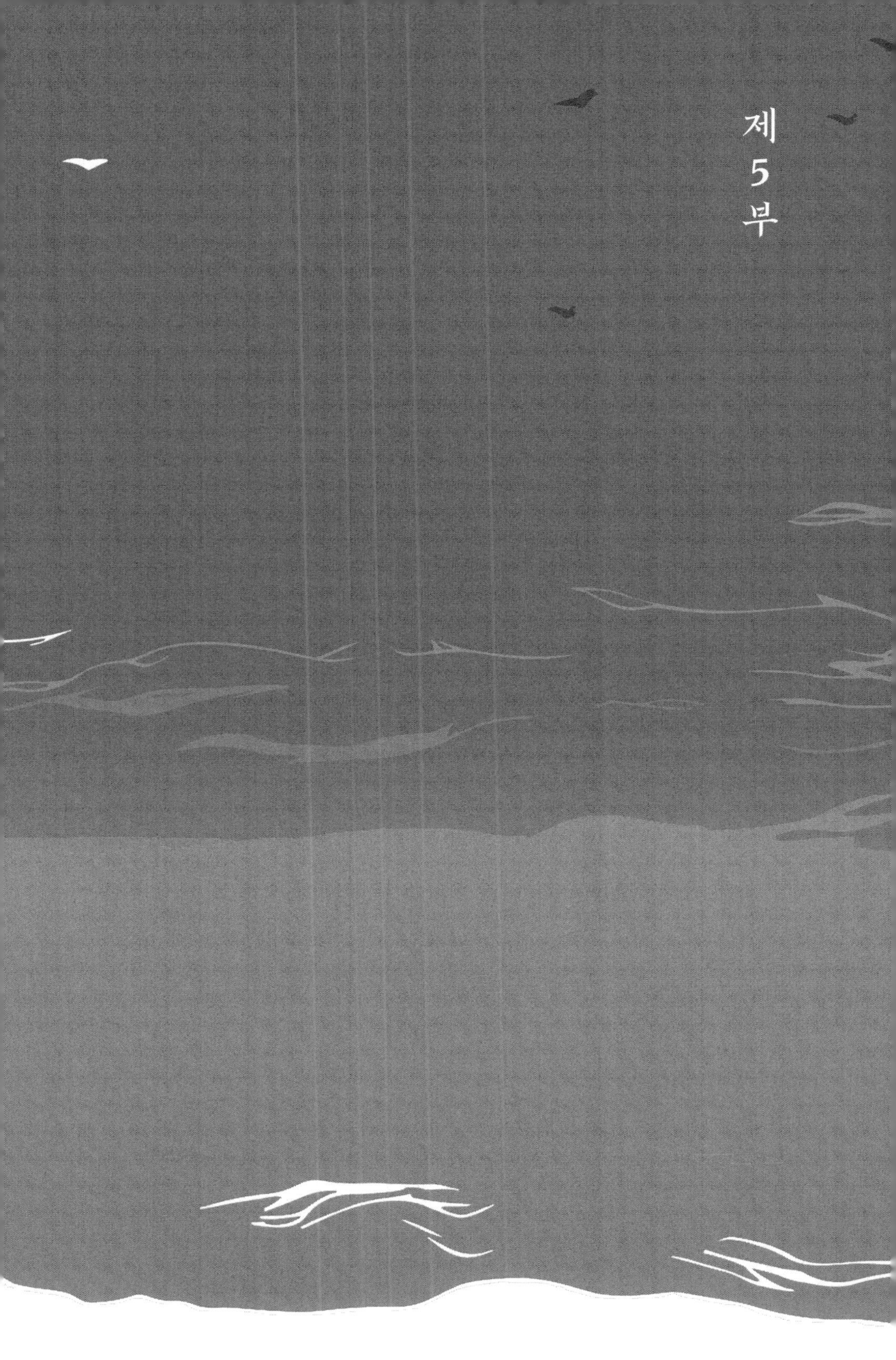
제 5 부

1

오전 10시 버스를 타기 위해 한동섭은 전주댁과 함께 집을 나선다. 오랜만에 양복을 입고 넥타이를 맨 동섭은 목이 부자연스러워 자주 목을 만진다.

"작은집에서는 나왔을까?"

"기별을 했은께 나왔겠제."

전주댁의 말투는 동섭에게 핀잔을 주기 위한 기회를 별러왔던 것 같다. 문득 동섭은 이 걸음이 아내에게 내키지 않는 것이라고 생각했다. 두 사람이 창고 마당에 나오자, 다리 부근 한복에 흰 고무신을 신은 한산댁 모습이 보인다.

"먼저 나오셨네요."

"큰집에도 나오네."

두 여자는 신변에서 일어난 자잘한 이야기를 주고받는다.

"동규도 장개를 가야 정신을 좀 차리제."

"글고 영수네 집도 좀 편안허고."

버스를 타고 난 후에도 두 사람은 내내 이야기를 주고받는다. 그러다가 정자에서 한숙자가 타면서 바뀌었다. 두 사람은 한숙자를 의식해서 속마음을 드러내지 않는다. 서로에게 자극이 될 수 있는 화제를 피하고 있다. 남원에 도착해서 서울행 보통 열차를 탄 후부터는 대화는 뜸해졌다. 간간이 한 마디씩만 주고받았다. 동섭은 침묵을 지킨다. 그런데 무슨 일로든 움직이던 몸이 오랫동안 정지 상태에 빠지자,

어딘가가 뒤틀리거나 부서질 것처럼 같다. 동섭은 이리역에서 정차 시간이 긴 것을 틈타 밖으로 나갔다가 들어온다.

"김밥 사세요! 조금 지나면 김밥이 떨어집니다."

붉은 상의를 입은 김밥 장수가 김밥을 한 아름 안고 지나간다. 벌써 점심시간이 되었던가. 동섭은 손목시계를 본다. 세 여자는 싸가지고 온 밥과 계란, 물통을 내놓는다. 동섭은 전주댁 옆으로 가서 그것들을 먹는다.

얼마 후 동섭은 졸음이 몰려와 몇 번 눈을 비빈다. 그러다 얼핏 잠이 든다. 그가 눈을 뜨자, 열차 구내방송은 다음 역이 수원이라는 것을 알리고 있다. 열차 내 등은 켜져 있다. 그는 차창 밖을 내다본다. 막 해가 진 후의 싸늘함이 느껴지고, 사각의 크고 작은 건물의 윤곽이 흐릿해지고 있다. 도로를 달리는 차들의 전조등도 하나둘 켜지고 있다. 그는 정확하기로 이름난, 무겁지만 야광이 입혀진 오리엔트 손목시계를 본다. 오후 5시 20분이다. 하긴 벌써 11월이니까.

이윽고 열차는 서울역에 도착한다. 네 사람은 바삐 움직이는 사람들 틈에 섞여 출구를 향해 움직인다.

"외삼촌 여기요!"

서울역 개찰구 앞에 박성기의 큰아들 수철이 서 있다. 수철은 외갓집이 서울로 이사하자, 박성기의 주장대로 서울로 진학을 했고 외갓집에서 기숙하며 고등학교에 다녔다.

그들은 서울역을 빠져나와 광장을 걸어간다. 동섭은 놀라움에 눈을 크게 뜬다. 갖가지 불빛이 싸안고 있는 구시대의 서양식 건물이 빚어내는 웅장함은 정말 대단하다. 이번에는 광장 건너편을 향해 눈을 희번덕거린다. 수천 개의 가로등이 켜진 공항 활주로 같은 도로가 있고 그 위를 수많은 자동차가 달리고 있다.

"외삼촌은 서울이 처음이지요?"

"그래."

그들은 수철을 따라 지하철을 타기 위해 수십, 수백 개의 돌계단을 내려간다.

"우리는 서울 누구네 집에 찾아오라고 해도 길을 몰라서 못 오겄구만."

한산댁 말에 나머지 사람들은 웃는다. 지하철 안은 만원이다. 그들은 사람들 틈을 비집고 들어가 겨우 운신의 여지를 만든다. 사람들은 숨이 막히는 듯한 고통을 참느라 얼굴들을 찡그리고 있다. 동섭은 앞사람 등에 얼굴을 붙이고 좌우나 앞뒤로 흔들린다. 그는 직감적으로 몇 번이나 서울은 사람이 살 곳이 아니라고 느낀다. 휘황찬란한 외관을 갖춘 세계는 허상에 지나지 않아.

전철에서 내리자, 수철은 그들을 버스로 안내한다. 얼마 후 그들은 하룻밤 묵을 여관 앞에 당도한다.

"내일 식이 있을 천주교 성당하고 여기하고는 가까워요. 그럼 편히 쉬세요."

수철이 고개를 꾸뻑하고 가려고 하자 전주댁이 불러 세운다.

"동규는 우리한테 안 와본디야?"

"안 오기는요? 제가 도착했다고 말하면 곧 올 겁니다."

수철이가 사라지자, 동섭은 오랜 여행으로 지친 몸을 가누지 못하고 여관방에 털썩 주저앉는다. 저고리를 벗고 집에서처럼 누우려고 하자, 전주댁이 옆구리를 쿡쿡 찌른다.

"잠은 옆방에 가서 자요."

전주댁은 사람들이 있는 곳에서만 존댓말을 썼다.

"방이 어디 있어?"

"바로 옆방도 얻었다고 허드만 그래."

한 번씩 가는 귀가 먹는다니까. 하긴 사람은 마음이 없는 것은 듣지도 보지도 못한다더니. 동섭은 자세를 고쳐 다리를 모으고 앉았다가 하는데 여자들이 씻기 위해 욕실로 들어간다.

동섭은 서둘러 옆방으로 건너온다. 이불을 펴고 눕자, 이 방을 거쳐 간 사람들의 온갖 체취가 느껴진다. 벽지에 쓰인 낙서 몇 조각도 그것을 보증하고 있다. 옷 속에 벌레가 기어다니는 것 같고 세상이 구질구질해진 느낌이다. 동섭은 양치하고 다리를 씻고 싶지만 오로지 마음에 지나지 않는다. 월암에 있었더라면 식사를 한 후 상을 내다놓고 자리에 누워 빈둥거릴 시간이다. 그때 뱃속에서 꼬르륵하는 소리가 났다. 열차 안에서 점심으로 먹은 계란과 밥이 온전한 상태로 그의 머릿속에 떠오른다.

'옆방에 가서 무얼 먹으러 밖으로 나가자고 할까?'

돈은 어떻게 낼 것인가. 돈을 낼 자신이 없던 동섭은 동규가 올 때까지 기다려보기로 한다. 그런데 한 시간이 지나고 두 시간이 지나도 동규는 나타나지 않는다. 그는 배고픔을 잊기 위하여 잠을 청하다가 잠 속으로 빠져들어 간다. 한 끼 정도 굶는다고 죽지는 않는다! 하지만 몇 시간을 자지 못하고 그는 잠에서 깨어난다. 환경이 달라져 있기 때문이기도 하지만 사라질 만하면 들리는 차바퀴 굴러가는 소리 때문이다. 차가 지나갈 때마다 방바닥에 뉘어진 몸이 미세한 진동에 떠밀려 이리저리 떠다니고 있다. 길가에 위치한 여관을 잡은 것이 잘못이었다. 옆방에 있는 사람들은 어쩌고 있을까. 나처럼 배를 움켜쥐고 자는 것은 아닐까.

다음 날 아침, 동섭은 몸 구석구석이 쑤시는 것을 느끼며 자리에서 일어난다. 그는 옆방 문을 두드린다.

"간밤에 동규가 왔다 갔소?"

전주댁이 문을 열어준다. 여자들이 옹기종기 모여 앉아 있는 것이 보인다. 얼굴이 붓고 피부가 거칠어 보이고, 눈이 충혈된 것이 그와 비슷한 상태로 밤을 보낸 것이 틀림없다.

"오기는 누가 왔다고 그래요!"

전주댁은 화가 잔뜩 올라 있다. 두 사람도 먼 거리에서 오랜 시간 동안 차를 타고 온 자신들을 돌보기 위해 찾아오지 않은 동규에게 잔뜩 불만을 품은 표정이다.

"이런 망헐 놈이!"

순간 동섭은 누군가 아침을 사먹으러 가자는 사람이 있기를 바랐다. 누군가 가자고 하면 돈을 낼 용의가 생겼기 때문이다. 하지만 누구도 아침을 사먹으러 가자고 하는 사람은 없다. 이것은 이들이 살아온 방식과 상관이 있었다. 이들은 식당에 들어가서 의자에 앉아 주문하고 식사가 나올 때까지 기다리고, 잡담하며 식사하고 마침내 식당을 나오기 전에 자신들의 돈으로 계산하는 것에 전혀 길들지 않았다. 각자 개인적인 차이는 있을 수 있지만, 가까운 인월장에 가서 밥을 사먹어야 할 때도 이들은 별다른 고민 없이 굶는 방법을 선택했던 사람들이다.

얼마 후 그들은 시간에 맞춰 눈앞에 보이는 천주교 성당으로 걸어간다. 정문을 지나 아치형의 현관을 향해 걸어가고 있을 때 마침 그곳을 나오는 동규가 눈에 띄었다. 동섭은 그 자리에서 따귀라도 때리고 싶지만 막상 행동으로 옮길 용기는 나지 않는다. 다른 사람들도 그랬다. 한동안 속으로 욕을 해댔으면서도 하얀 장갑을 끼고 정장을 한 동규를 보자, 축하하기에 바쁘다.

"결혼을 헌다니 정말 다행이구만."

동섭은 동생에게 약간 냉담한 기색으로 축하의 말을 건넨다. 어머니를 만나서도 간단히 인사를 한다. 지난 일에 대한 감정은 아무래도 좋았다. 그는 두 끼를 굶자, 마음의 등불이 꺼져버려 정신은 혼미해지고 만사가 귀찮아진다. 사실 인간은 몇 끼 식사도 견디지 못하는 나약한 존재였다.

결혼식은 천주교의 결혼방식에 따라 진행된다. 동섭은 알지도 못하는 노래를 부르고 까마귀처럼 검은 옷을 입은 신부의 축사를 듣는다. 의자에 앉아 있는 동안 그는 몇 번이나 고개를 끄덕거리며 졸았다. 눈을 떠 보니 식이 끝나 있고 사진을 찍기 위해 사람들이 몰려가고 있다. 사진을 한 장 찍은 후 그는 신랑 신부 앞에서 머뭇거리는 전주댁을 데리고 식당으로 달려간다.

얼마 후 동섭은 뱃속에서 음울하고 절망적인 곡을 연주하던 악단들을 모조리 몰아내고 은은하고 흥겨운 타령을 연주하는 국악단으로 교체한다. 약간 멍하고 자세는 약간 기우뚱한 상태에서 그는 노래를 흥얼거리며 식당을 나온다. 성당 바깥으로 나가 담배를 한 대 피운다. 그런 뒤 그는 신혼여행을 미룬 신랑 신부 일행들에 섞여 신집으로 몰려갔다.

일행은 십 분가량 걸은 끝에 동규의 집에 도착했다. 이것 때문에 동섭은 기분이 불쾌해진다. 먼 거리가 아님에도 와보지 않았다는 것이 견딜 수 없다. 하지만 누구에게도 그런 내색을 할 수는 없다. 집에 돌아가면 반드시 아내와 함께 이 일을 두고두고 씹으리라.

이층 양옥집에 딸린 두 칸 셋방은 촌사람 눈으로 보면 아주 고급스럽고 깨끗한 방이고 도시 사람 눈으로 보자면 그런대로 살 만한 집이다. 작지만 베니어합판이 깔린 거실이 있고 내부에 수세식 화장실도 있다.

"아이구, 정말 좋구만."

"나도 이런 데서 살아봤으면 좋겠구만."

한숙자와 한산댁이 정말 집이 좋다고 몇 번이나 호들갑을 떤다.

안방에 모셔진 신부는 미용사가 온갖 정성과 기술을 쏟았음에도 불구하고 고운 기색이 엿보이지 않고 나이가 든 것을 감추지 못했다. 이를 두고 신랑 쪽 사람들이 몇 번 입을 댄다.

"사람이 좋아 보이네. 나이는 들었어도."

전주댁은 신부가 낫다고 귓속말을 한다. 동섭이 가만 보니 신부는 목소리가 약간 쉬기는 했지만 교양 있게 말하는 것이 학식도 있어 보인다. 동규처럼 성질 급하고 무식한 놈이 뭐가 좋다고. 동섭은 신부에게 가여움을 느낀다.

모인 사람들은 동섭으로서는 모르는 사람이 태반이지만 아는 얼굴도 더러 있다. 작은아버지(한상우)의 아들인 영민이와 성민, 옆집에 살다가 오래전에 이사 간 조영기도 있다. 그는 이들과 어울리며 자신이 얼마나 사교적인 사람인지 보여주기 위해 대화에 열중한다. 사실 그가 사교적이 되는 것은 술에 취할 때뿐이다. 갖은 농담을 주고받고 밑바닥이 보일 정도로 노래를 퍼 올리는 것도 이런 때다. 그렇지만 이런 때 그를 알게 된 사람은 다음 날 맨정신일 때 만나면 실망하고 만다. 마치 성인군자나 되듯 실수할까 봐 예의 바르게 처신하는 꽁생원 같은 모습 때문이다.

모처럼 만에 만난 고향 사람들로 인해 동섭은 아침과는 전혀 딴판으로 흥분되어 있다. 사람들이 건네주는 술을 사양하지 않고 마신다. 물론 독한 소주는 마시지 않았다. 그러면서 아침에는 전혀 축하를 해주고 싶지 않았던 동생의 결혼을 축하하는 건배를 하고 있다.

그때 누군가 문을 열고 나타난다. 고급 양복에 머리에 기름을 발라서 곱게 넘긴 남자가 거실에 발을 들여놓는다. 한동열이다. 순간 동섭은 여름날 등목을 할 때처럼 등골을 싸하게 찌르는 냉기를 느낀다. 이놈이 여기가 어디라고, 사기 치고 도망간 뒤로는 코쭝배기도 안 보이드만. 한동열은 마치 나비가 날개를 펄럭이는 것처럼 사래를 치며 환영하는 파평 윤씨에 의해 사람들에게 소개된다.

"여기 한 사장이 왔네요."

한동열에 대해 전혀 모르고 있었던 사람들은 인사를 하고, 알고 있었던 사람들은 냉담한 표정을 짓는다.

"그래, 하는 일은 잘 되고?"

파평 윤씨의 친근한 물음에 동열이 굵은 목소리로 대답한다.

"그저, 그렇습니다."

동열은 큰상을 중심으로 거실을 차지하고 있던 사람들 속으로 끼어든다. 동섭은 몇 사람 건너에 앉은 동열을 못 본 척하고 고개를 돌려 외면한다. 죽기 전에는 보고 싶지 않았던 얼굴이다. 그때 동열이 능글맞다 싶을 만큼 친절하고 상냥한 투로 동섭에게 말을 걸어온다.

"고향에는 별일이 없는가?"

동섭은 신경이 뒤꼭지에 몰리고, 빰으로 주위 사람들의 눈길이 박힌다. 그는 화난 얼굴을 보이지 않으려고 고개를 돌린 채 딴전을 피운다. 다행히 동열은 삼십 분을 채우지 않고, 몇 사람이 자리에서 일어서자 같이 일어선다. 동규가 동열에게 정겨운 작별 인사를 한다.

"다음에 또 초대할게요."

"그래, 그때 또 보지 뭐."

둘은 한통속일지 모른다고 생각한 동섭은 동열이 문을 나서서 보이지 않게 된 순간까지 고개를 돌리지 않는다. 심지가 굳은 사람이란 이렇게 처세하는 거야. 얼마 지나지 않아 동규가 그와 전주댁을 작은 방으로 부른다. 문득 어제저녁 배를 움켜쥐고 잔 일이 생각난 동섭은 얼굴이 붉어진다.

"어젯밤에는…."

동섭의 말이 시작되기도 전에 전주댁이 손가락으로 옆구리를 쿡 찌른다. 말을 꺼내지 말라는 신호였다. 동섭과 전주댁은 작은 방으로 들어간다. 두 사람이 자리에 앉자, 동규는 수철에게 상을 하나 들고 오라고 한 후 무릎을 꿇은 채 형님에게 술을 한 잔 따라 준다.

"형님, 한 잔 드세요."

이 녀석이 뭘 잘못 먹었나 싶어 동섭은 동생을 쳐다본다. 동규는 얼굴이 발그레해서 눈동자가 풀려 있다. 혀도 약간 꼬부라졌다.

"성수도 한 잔 허세요, 모처럼 서울에 오셨는데."

동규는 전주댁 앞에도 술을 한 잔 따라서 놓아준다. 전주댁은 시동생이 왜 이런 행동을 하는지 알고 있다는 눈빛으로 얌전히 앉아 있다. 평소 전주댁은 대화를 하기 전에 먼저 상대의 말을 들어봐야 한다고 말해왔다. 동규가 차마 입이 떨어지지 않는다는 듯 몇 번 손가락으로 입을 만지작거린다.

"성수님, 부탁이 있어서요."

"무슨 부탁인데?"

"성수님, 이번 참에 어머니 좀 모시고 가세요."

"삼춘이 나를 아주 바보천친지 아는 갑는디. 그래, 이날 이때꺼지 할마이를 데리고 있은께 아수운 거 몰랐제. 밥 해줘, 빨래해 줘, 청소해 줘, 텃밭에 채소 심어서 묵고 남은 거 시장에 내다 팔아서 돈 만들아 줘, 가운데 아들이 제리라고 종같이 붙어서 수발을 들어준 할망구가 인자는 필요 없다, 이거제…… 내가 그런 거 모르는지 알제?"

전주댁의 말은 분명 이 순간이 오기를 준비한 사람의 것이다. 그렇지 않다면 이렇게 많은 말을 순식간에 쏟아놓을 수는 없다. 동규가 닫힌 문을 뒤돌아보며, 누가 들을세라 애원조가 되었다.

"아이구! 제발 부탁이요, 성수! 그 사람한테는 지난 일은 이야기하지 말아줘요, 예?"

"살다 살다 본께 내가 너헌테 이런 소리를 들을 때도 있구만, 그래!"

그런 태도를 비웃으며 전주댁이 더욱 큰 소리로 외친다. 이런 때가 아니면 언제 큰소리 치겠냐는 듯이.

"성님은 제가 데리고 있어볼 테니까 제발 부탁입니다만, 어머니는 돌아가실 때까지는 잘 좀 모셔줘요."

동규는 무릎을 꿇고 간곡한 표정이 되었다. 그러자 전주댁은 약간 수그러져 입가에 미소를 머금었다.

"그래, 내가 메느리고 할마이가 시에미인께 내가 모시고 가기는 가제, 허지만 지금은 안 돼. 나중에 직접 모시고 집으로 와!"

전주댁은 허락하는 대신 조건을 붙인다. 그런 후 진심으로 결혼을 축하하는 듯 말했다.

"어쨌거나 그리 고생만 허다가 결혼을 허게 돼서 정말 용하기는 용

허다.”

“그동안 정말 성님 집에 가서 행패를 부려서 미안하고, 죄송합니다. 이제는 저도 열심히 잘살아 볼 생각입니다.”

“이러다 저러다 보면 좋을 때가 있다고 자네도 곧 돈 벌고 잘 살 거여, 자네는 타고난 복도 많은께.”

전주댁은 흐뭇한 표정을 짓는다. 그러더니 갑자기 표정을 바꿔 한 가지 다짐을 받는다.

“정말로, 인자 옛날 겉은 일은 없겄제?”

“아이구, 성수는. 인자 저도 철이 좀 들어야지요.”

“근디 어쩌다 그런 여자를 만냈냐?”

동섭의 물음이 끝나기도 전에 전주댁이 덩달아 묻는다.

“자네가 솔직히 말해서 어디 제대로 배우기를 했어, 그렇다고 집안이 좋아?”

“예, 맞습니다. 그렇지만 저도 한 번은 잘살아 보아야 할 것이 아닙니까?”

아내의 대범함에 동섭은 놀랐다. 지놈도 제 딴에는 잘 살고 싶은 생각은 있었군.

동섭이 담배를 꺼내자, 동생이 달려들어 담배에 불을 붙여준다.

“여자가 시청 공무원을 허던 여자람서?”

“예. 나이가 좀 많아서 저하고 결혼하는 겁니다. 얼굴은 못났지만 사람이 참 마음이 넓어요, 속도 좋고요.”

“그래, 잘했네. 근디 할매한테 들은께 인자는 술도 안 묵고 담배도 안 피기로 했담서.”

“모르겄어요. 그 사람한테 결혼하면 같이 교회를 다니고 술도 안 묵고 담배도 안 피기로 약속을 허기는 했는디……."

대화가 언제 끝날지 모르겠다는 생각이 들자, 동섭은 방을 나온다. 거실에는 비쩍 말라 이마와 볼에 골골이 주름이 팬 어머니가 신부와 이야기를 나누고 있다. 묘하게 사람을 끌어당기는 어머니의 고음이 들려온다.

"큰아야, 너도 여기 좀 앉거라. 오랜만에 봤으니까 이야기나 좀 하게."

파평 윤씨는 어느새 고향 말을 잃어버리고, 높낮이와 감칠맛이 없고 세련된 서울말을 쓰고 있다. 동섭은 어머니의 목소리에서 아늑하고 편안하며, 어떤 두려움도 없던 세계를 떠올린다. 그렇지만 다시 그것을 받아들이는 것은 낯설 뿐 아니라 부끄럽기조차 하다. 동섭은 어머니의 자궁을 통해 세상 밖으로 나왔다는 사실을 잠시 잊고 싶다. 그는 잠시 바람을 쏘인다는 핑계를 대고 밖으로 나온다.

2

아침부터 시작된 전주댁 잔소리에 동섭은 약간 마음이 상해 있다. 이에 대해 그는 몇 번이나 아내에게 말한 적이 있다. 아침은 내게 아주 중요하고 감각적으로 예민한 때이니만큼, 달리 말해서 잠을 자고 난 후 외계를 받아들이기 위해서는 준비가 필요하다고 수차례 말했다. 하지만 건망증이 심한 전주댁은 한 번씩 그의 주문을 잊어

버린다.

"틈만 나면 담배나 피울라고 들고, 굴뚝도 이런 굴뚝이 없제. 밥 묵기 전에 그렇게 댐배를 물고 있지 말라고 해도 예펜네 말은 죽었다 깨나도 안 들을라고 해. 냄새나는 것은 둘째 치고 어디 방안에 담뱃가루 안 떨어진 데가 없어, 어디 보께트(호주머니)에 담뱃가루 안 들어 있는 데가 없고… 제발 경수야, 너는 좋은 일 헌다고 담배 좀 묵지 마라, 잉!"

화가 끓어오른 동섭은 앞에 놓인 밥상을 뒤집어엎고 싶지만 간신히 참는다. 그것도 이제는 아주 먼 옛날, 젊었을 적 얘기다. 그는 우울하고 체념한 기분으로 식사한다. 전주댁도 더 이상 잔소리를 하지 않는다.

식사를 끝내자, 동섭은 장에서 구입한 예비군복 상의와 군데군데 재봉틀로 기운 자국이 있는 갈색 바지를 벗고 전주댁이 내온 하얀 셔츠와 바지로 갈아입는다. 한동준의 병문안을 가기 위해서다. 그가 마당으로 나오자, 샘가에 경수와 주말이라 집에 내려온 창수가 서성거리는 것이 보인다.

"어서, 안 나오고 뭐 해?"

동섭은 조금 전의 우울한 기분에 대한 화풀이로 방안에 대고 냅다 소리를 지른다. 전주댁의 평소 표현대로 입이 서 발 댓 자나 나온 표정이다. 그러자 방문이 화난 것처럼 꽝 소리를 내며 열리고 전주댁은 허겁지겁 옷을 갈아입는 장면을 드러내 보인다. 멋쩍어진 동섭은 더 이상 전주댁을 재촉할 수 없다. 이윽고 스웨터 한 팔은 꿰고 한 팔은 꿰지 못한 전주댁이 나온다.

"어서 갑시다! 즈그 아부지!"

그들은 회관을 거쳐 구판장 마당으로 걸어간다. 창고에는 붉은색 페인트로 칠해진 반공, 방첩이라는 글이 씌어 있다. 중앙정부의 이념이 오지 산골인 월암까지 내려와서, 처음엔 주민들의 눈을 자극하고 그다음에는 정부 시책에 옹호하는 자들을 만들어 냈다.

큰길로 나서면서 동섭은 한동준을 만나면 무어라고 위로해야 할지 생각한다. 슬픈 표정을 짓고 착 가라앉은 목소리로 형님의 병은 사람의 인력으로는 할 수 없는 일인가 봅니다, 고 말할까. 하지만 그런 말은 너무 잔혹해…… 상태가 좋아졌다고 했으니까 죽음을 생각하기는 아직 이르지 몰라. 몰라보게 좋아지셨어요, 혈색도 좋으시고 금방이라도 자리에서 일어나실 것 같습니다, 라고 말하자! 하지만 그것이 사실과 다를 경우에는 어떻게 말해야 하지……. 올라가는 내내 그는 한동준과 맞닥뜨릴 상황에서 할 말과 취해야 할 행동을 생각한다. 평소 때와 달리 병자에게 하는 말이란 보이지 않는 제약을 안고 있어서 그 자리는 여간 조심스럽지 않다. 언행을 잘못 표출할 경우 병자에게 위로가 아니라 누가 될 수도 있다. 동섭은 전주댁에게 물어볼까 싶어 곁눈질을 해본다. 전주댁은 두 아들에게 그간 한동준이 치료해온 과정을 설명해주고 있다. 새살도 좋아! 전주댁은 자식들이 어릴 때부터 앞에 앉혀놓고 반공교육을 하는 것처럼 갖가지의 얘기를 수시로 들려주었다. 시집살이의 서러움, 동섭의 무심함과 무능함, 두 동생의 횡포 등.

이윽고 그들은 작은집에 도착한다. 대문을 넘어서자 여러 사람의 말소리가 들린다. 동섭은 여태까지의 두려움이 훌쩍 날아감을 느낀다. 비슷한 상황에 처한 여러 사람 속으로 들어간다고 생각하자 자신의 미약한 모습이나 어설픈 생각이 묻혀버릴 것 같다. 목소리의 주인공이 하나둘 모습을 드러낸다. 그들은 대개 동섭과 안면이 있던 사람들로 이웃에 사는 박 집사, 옆집에 사는 이 집사, 그리고 교회의 목사와 다른 마을에서 온 신자들이다. 그밖에 이 집의 가족이랄 수 있는 동호와 부산에서 다방을 한다는 동환까지 와 있다. 동섭은 사람들에게 인사를 하며 뜰방 위로 올라간다.

그때 한산댁이 부엌에서 나온다. 병자를 간호하느라 자신의 건강을 돌볼 사이가 없었던 한산댁 얼굴은 지치고 피곤한 기색이지만 절망의 흔적은 보이지 않는다.

"이렇게 와줘서 정말 고맙소."

한산댁은 전주댁과 창수, 경수의 손을 번갈아 잡는다. 한산댁은 전주댁과 달리 정이 느껴지면 수줍음 때문에 감추거나 의식적인 억제라는 과정을 거치지 않고 그대로 표현할 줄 아는 단순한 여자다. 그녀는 부모님이 일찍 돌아가신 후 결혼할 때까지 친정 오빠의 보살핌으로 자랐다. 이것이 그녀를 인간적인 정에 집착하도록 만든 것인지 모른다. 동섭은 두 아이를 데리고 방으로 들어간다. 방에는 두 개의 긴 상이 놓여 있고 그 위에 하얀 종이가 깔려 있다.

"성님은 어디 계세요?"

동섭이 묻자 한산댁은 뒷방을 손으로 가리킨다.

"저 뒷방에."

한산댁은 동쪽으로 난 방문을 드르륵 소리를 내서 열고는 안에 대고 말한다.

"아래 큰집에서 왔어요. 전주에서 창수도 오고요."

"으, 그래."

한산댁은 그들을 들여보낸 뒤 문을 닫는다. 동섭은 두 아이와 함께 뿌우연 어둠 속으로 들어가서 병자를 찾지만 잘 보이지 않는다. 그는 동공이 축소되기를 기다린다. 그런데 방에서 이상한 냄새가 풍겼다. 이게 무슨 냄새일까. 동섭은 잠시 숨을 멈춘다. 약 냄새 같기도 하고 무엇이 썩고 있는 듯한 냄새 같기도 하고. 성님이 환자이기 때문일까. 이윽고 어둠 속에 앉아서 그들의 일거일동을 보고 있었음이 분명한 한동준이 스르르 모습을 드러낸다. 창수와 경수가 절을 하기 위해 손을 들어 올린다.

"아니야. 아니라니까, 아픈 사람한테는 절을 하는 게 아니야."

한동준의 허둥대는 듯한 말에 창수가 깜짝 놀라 동작을 멈춘다. 동섭은 미리 주의를 주지 않은 것을 후회하며 손을 들어서 앉으라는 표시를 한다. 창수와 경수가 무릎을 꿇으며 앉는다.

"고생이 많았지요? 어서 완쾌하셔야 할 텐데……."

조심스럽기는 동섭도 마찬가지다. 이렇게 말하고 나서도 뭔가 실수를 하는 것은 아닐까 싶다.

"그래도 좀 좋아졌어."

동준의 목소리는 입안 어딘가에 무엇이 걸려 있을 때처럼 두 갈래로 갈라져 나오는 것 같은 음성이다. 차차 어둠에 익숙해진 그들은 동준의 모습을 뚜렷하게 볼 수 있다. 앞부분이 벗겨져서 근엄하게 보였던 이마는 이제 근엄하다기보다는 볼품이 없다. 털갈이를 시작한 가축의 털처럼 군데군데 움푹 머리칼이 빠지고 또 몇 가닥은 남아서 매달려 있었기 때문에 보기 흉하다. 그때 안방에서 기도 소리가 들려오고 짧은 기도 후에 아멘 하는 합창이 들려온다.

잠시 후 방문을 닫고 나오며 동섭은 동준이 이처럼 초라한 모습을 보인 적은 여태 한 번도 없었다는 것을 기억해 냈다. 한 번씩 이 집에

왔을 때 그가 느낀 한동준의 권위는 거의 절대적이었다. 어찌 보면 한산댁이나 자식들은 모두 동준의 명령에 죽고 사는 부하처럼 보였다. 한상두의 권위도 그의 권위를 누르지 못했다. 죽은 본 부인에게서 난, 하나밖에 없는 아들이기 때문일까. 대를 잇고 제사를 물려줄 아들이기 때문에 감히 함부로 대하지 못하는 것일까. 그는 한동준과 긴히 할 얘기가 없을 때는 작은방으로 달아나서 작은아버지(한상두)와 잡담을 나누곤 했다. 그는 한동준 앞에서는 말하는 것, 숨 쉬는 것조차 불편해서 앉아 있을 수조차 없었다.

큰방에는 긴 상을 사이에 두고 여러 사람이 빙 둘러앉아 있다. 두 아이를 상 앞으로 가서 앉도록 한 후 동섭은 자리를 틔워준 사람들 사이에 앉는다.

"그동안 제일 고생하신 분은 그래도 집사님이 아니시겠습니까?"

아랫목 중간의 상석을 차지하고 조금 전에 기도를 주재했던 목사가 은빛으로 빛나는 이빨을 내보인다.

"원, 별말씀 다 하십니다."

마루로 통하는 큰방 문에 서 있던 한산댁이 몸 둘 바 모르겠다는 듯 문에 기대어 앉는다. 그녀의 말이 이어진다.

"기도원 원장님이 여러 가지로 많이 보살펴 주셨지요. 저는 기도원이라는 데를 첨 가봤는디 그전까지는 기도원이 어찌 생겼는지도 몰랐어요. 긍께 기도원이라는 데서는 기도나 하는 데로 알았제, 아픈 사람까지 낫게 하는 덴 줄은 몰랐던 거지요."

"집사님도 아시겠지만 우리 교회에서 한 선생님을 위해서 기도를 많이 올렸습니다."

언젠가 목사는 동섭의 집에 한 번 찾아온 적이 있다. 영수 때문이었다. 그때 영수는 거의 제정신이라고 할 수 없는 상태였다. 목에 카세트를 건 채 오토바이를 타고 빗속을 달리기도 하고 동섭과 말다툼 끝에 격분하여 휘발유병을 들고 집에 불을 지르겠다고 고래고래 고함을 지르기도 했다. 그래서 전주댁은 미쳐 날뛰는 영수를 진정시키기 위해 교회의 목사를 불렀다. 그때 목사는 한쪽에 앉아 아는 체도 하지 않으려는 동섭은 제쳐두고 전주댁에게 이렇게 말했다.

"모든 것이 다 주님의 뜻입니다. 지금의 한 선생(영수)은 시험에 들어서 마귀와 싸우고 있는 것입니다. 지금은 저로서도 달리 할 일이 없습니다. 그를 도울 수도, 마귀의 침입을 막을 수도 없습니다. 제가 할 수 있는 일이라고는 어서 한 선생이 시험에서 벗어날 수 있도록 기도하는 길밖엔 없습니다. 어쩌면 하나님이 이런 시험을 내리시는 것은 가족들로 하여금 주님을 영접하도록 하시려는 것인지도 모릅니다. 하느님은 종종 이런 시험을 내리시니까요. 물론 저도 마귀의 시험에 든 적이 있었기 때문에 드리는 말씀입니다. 만약 온 가족이 믿음을 갖게 된다면, 온 가족이 함께 교회에 나오시게 된다면, 그것보다 더 좋은 일은 없겠지만, 한 선생님도 시험을 쉽게 물리치리라 믿습니다. 믿습니다, 할렐루야!"

동섭은 목사에게 주먹이라도 한 방 날리고 싶었다. 그런 말을 듣자고 목사를 불러온 것은 아니다 싶어서였다. 사실 목사는 농사꾼과 그들의 자식들이 어렵사리 내는 십일조로, 좋은 양옥의 사택에서 자식들에게 피아노를 치게 하며 살고 하고 있었다. 그뿐이 아니었다. 영수는 군대 가기 전까지 주일마다 아이들에게 설교하고 교회 버스도 운전했지만 영수에게 돌아온 것은 입에 발린 칭찬들뿐이었다. 하긴 종교적인 봉사를 두고 믿음이라고는 씨알도 없는 동섭이 세속적인 이해

타산 식으로 생각하는 것은 잘못된 것일지 모른다.

"선생님이 저렇게 되신 것은 어쩌면 이 집안 모두를 구원하시려고 주님이 의도하신 것인지 모릅니다. 보세요, 할아버지도 교회에 나오시게 되었고 우리 집사님도 교회에 나오시고, 그리고 다른 자식들도 모두 주님의 어린양이 되시지 않았습니까?"

그때까지 조용히 자리를 지키고 있던 수다쟁이 박 집사가 입을 연다. 그녀는 다른 사람의 말만을 들으며 가만히 앉아 있을 수 있는 여자는 아니다. 그녀도 전주댁처럼 듣기보다 말하기를 즐거워하는 부류의 여자다. 그런데 그녀가 사용하는 어귀들이 언젠가 목사가 했던 말과 너무나 흡사하다. 그들은 똑같은 단어와 어구를 사용하고 있고 말투도 거의 동일하다. 어쩌면 이렇게 잘 길들여진 서커스의 동물이라니! 동섭은 웃음이 나올 것 같았지만 간신히 참았다.

박 집사의 남편 탁씨는 동네 사람들이 아는 바지만, 장날마다 경운기로 짐을 실어다주며 부지런히 집에 돈을 벌어다 주었다. 하지만 이것은 집안 살림에 아무런 보탬이 되지 않았다. 박 집사는 남편이 돈을 벌어다 주면 돈을 가지고 교회로 가고, 콩을 추수하면 콩을 이고 교회로 가고, 깨를 털면 깨를 이고 교회로 갔다. 이런 정성 덕택으로 그녀는, 오랫동안 교회에 다녔지만 집사 자리를 얻지 못한 방아실댁보다 먼저 집사 자리를 얻었다.

이들 교회 패거리가 정작 마을 사람들의 눈총을 받는 이유는 그런 것들 때문이 아니다. 이웃이고 뭐고 상관없이 비신자들과는 상종을 않고 자기네들끼리만 어울리며 살아간다는 데 있다. 사실 박 집사는 동준이 개종하지 않았을 때는 집에 발도 디딘 적이 없다.

상(床) 위에는 분홍색과 쑥색, 하얀색의 달떡, 파나 생선을 넣은 부침, 단술(식혜) 등의 음식이 접시와 사발에 담겨 있다. 한산댁이 교인들을 초청하기 위해 미리 주문한 음식들이다.

"우리 한 선생도 같이 있었으면 당숙을 위해서 기도를 드렸을 텐디……."

목사의 맞은편에 앉아 있던 빼드렁니 이 집사(한신형의 처)가 달떡 하나를 입으로 가져간다. 그때 문 쪽에 앉아 잔심부름을 하고 있던 전주댁이 대답한다.

"가는 군대 가서도 교회를 다닌 갑데요. 저번에 편지 온 것을 본께."

동섭은 전주댁을 흘긋 본다. 하잘 것도 없는 목사에게 머리를 조아리고 다소곳하게 말하는 것에 그는 기분이 상한다.

"예, 맞습니다. 군대 안에도 교회가 있습니다. 물론 불당도 있구요. 그런데 저는 한 선생이 군대 가고 없으니까, 교회를 끌어나가기가 힘듭니다. 다른 청년들이 있기는 하지만 어디 한 선생처럼 열성적으로 교회 일에 헌신하는 사람이 있어야지요."

"맞아요. 우리 한 선생이 군대 간다고 송별기도회 할 때는 눈물 안 흘린 사람이 없었단께요."

옆에 있던 박 집사가 거들고 나선다. 오래 앉아 있을 자리는 아니라고 느낀 동섭은 떡과 부침을 몇 점 집어먹은 후 밖으로 나온다. 전주댁의 말처럼 한동준이 완쾌된 것도 아닌데 이런 자리를 마련했다는 것이 방정을 떠는 것 같아 몹시 불안하다. 그는 마루에 걸터앉는다.

창수가 마루로 나와 부엌으로 고개를 내민다. 언제부터 그곳에 있었는지 한동준의 다섯째 딸 영애가 동생 영희와 함께 아궁이 앞에 앉아 부지깽이로 불을 뒤적이고 있다. 그들은 창수에게 가까이 오라고 부지깽이를 들어 흔든다.

“둘이서 무슨 재미있는 이야기를 하는 거야? 큰애기들이 불장난하다가 밤에 어쩌려고?”

자매는 입이라도 맞춘 것처럼 거의 동시에 외친다.

“다 큰 처녀한테 못 하는 소리가 없구만.”

영애는 꾸짖는 시늉을 하고 근엄한 표정을 짓는다. 창수는 어깨를 움츠리는 시늉을 하고는 슬그머니 부엌으로 들어간다. 창수는 그들 곁에 쪼그려 앉는다.

동준이 죽고 나면 이 애들은 어떨까. 동섭은 뜰방으로 내려와 작은 방 문을 열어 본다. 한상두는 없다. 일부러 이런 자리를 피한 것이 틀림없다. 그때 동호, 동환이 형제가 모퉁이에서 돌아온다. 동생인 동환이 담배를 꺼내 물며 동섭에게도 권한다. 그는 동환이 내민 고급 담배를 받아 피운다. 그는 동네 청년들과도 곧잘 맞담배질한다.

“네가 보기에는 동준이 성님이 어떠신 것 같냐?”

동호가 동생인 동환이에게 묻는다.

“기도원에서 하는 말을 믿을 수가 있어야지, 날강도 같은 녀석들!”

호리호리한 체구의 동환이 작은 눈으로 큰방을 쏘아본다.

“그래도 사람 일이란 모르는 거다. 혹시 낫게 될지 아냐?”

“그러먼 즈그도 낫는다는 장담을 할 수는 없는 거 아입니까?”

이런 대화를 나누는 형제를 보며 동섭은 문득 서자처럼 살아온 두 사람이 느꼈을 미세한 괴로움이나 어정쩡한 위치에서 생겼을 불안을 생각한다. 두 사람은 아버지를 곁에 두고도 다른 집에서 어머니, 동복의 형제와 함께 살아왔다. 그렇다고 작은아버지가 이들을 위해 세심한 배려를 하지 않았다는 것은 아니지만 사이가 유난히 좋은 형제는 한쪽 다리로 땅을 딛고 서 있는 것처럼 어설퍼 보였다. 동환의 말이 계속 이어진다.

"기도원이란 것은 원래가 병원에서 두 손 두 발 다 든 사람들이 실오라기 같은 희망이라도 얻을라고 찾아가는 데여. 그러니까 그 사람들을 욕할 것은 없어. 성님도 의료원에서 갖은 치료를 다 받다가 돈만 까묵고 가망이 없어 기도원으로 온 건께."

"어쨌거나 동준이 성님이 죽기는 아직 이르제. 학교에서 정년을 채우도 못했고, 무엇보다도 작은아부지가 돌아가시기 전인께. 긍께 성님은 그러고 싶지는 않겄지만 큰 불효를 저지르고 있는 거여…… 그래, 이런 일이 일어나서는 안 되겄지."

동섭의 말에 동환이 이의를 제기한다.

"하기는 그래요… 하지만 위암도 아니고 폐암인디……."

"허, 아까부터 자꾸 그런다. 말을 앞질러 하는 법이 아니래도."

동호가 동생을 나무란다.

"지금 막내가 열네 살인디 걱정은 걱정이겠네."

동섭도 한마디 한다.

"성한 사람은 어떻게든 살기 마련이요, 죽는 사람만 섧지."

동호가 또다시 이렇게 말한다. 순간 동섭에게 누군가 했던 말이 떠오른다. 병이란 인간을 죽음으로 몰고 가려는 저승사자의 속임수다. 그렇다, 병이 사람을 지치게 해서 삶의 애착을 빼앗으면 저승사자는 그다지 힘들이지 않고 인간을 어둠으로 끌고 가는 것이야. 화제가 바뀐다. 동환이가 운영하는 다방과 사귀고 있는 여자에게로 옮아간다.

"언제 결혼할 거여?"

동섭의 말에 동환이 대답한다.

"돈도 좀 벌고 동준이 성님이 어찌 되는지 봐서 해야죠."

3

창수는 모처럼 만에 정숙의 편지를 받았다. 예전과 달리 정숙은 상당히 안정되어 누가 보아도 느낄 수 있을 정도다. 이제 그녀도 조금씩 체념할 수 있게 된 것이다. 문득 창수는 2학년 초에 아버지와 나눈 대화를 떠올린다.

"제가 대학을 갈 수 있을까요?"

"우리 형편에 대학은 무슨 대학이냐, 느그 성은 고등핵교도 제대로 못 마쳤어, 긍께 대학 갈 생각은 말아! 고등핵교 보내준 것만도 감사허게 생각해, 이놈아!"

창수는 아버지를 원망하지도 세상을 비관하지도 않는다. 창수는 그 일을 누구에게도 알리지 않고 그 자신도 곧 잊어버렸다. 사실 아버지는 당신의 역할과 책임을 다한 거야. 내게 반드시 대학까지 보내줄 이유는 없어.

이후 창수는 삶의 활력을 잃어버리고 헤매었다. 아버지 때문이 아니다. 대학 진학 같은 것이 그에게는 그다지 가치 있는 일로 여겨지지 않는다. 이 세상은 오로지 환각에 지나지 않는다는 생각이 든다. 사람들이 추구하는 부나 명예 같은 것도 쓸모없게 여겨진다. 장자의 말처럼 인생은 허무한 꿈과 같은 것이라는 생각이 거듭 든다.

편지를 읽고 나자, 창수는 천장을 올려다본다. 그는 정숙에게 쓸모없는 존재가 될 것 같은 불길한 생각을 한다. 그간 그녀가 절망 속에 있었기 때문에 창수는 보이지 않는 용기를 주기 위해 고심했고 그녀가 슬픔에 빠져 있었기 때문에 위로의 편지를 쓸 수 있었다. 이제 그녀가 안정을 찾고 있다. 이제 자신의 조언 같은 것은 쓸모가 없어질까, 창수는 두려워진다.

잠시 후 창수는 이리로 가는 직행을 타기 위해 하숙집을 나온다. 터미널까지 걸어가는 동안 창수는 몇 번 그녀의 얼굴을 생각한다. 그녀는 그다지 예쁘지도 사랑스럽지도 않다. 잠시 그의 마음을 흔들어 놓았을 따름이다. 버스 편으로 이리까지 가는 동안 창수는 그녀가 보냈던 편지를 생각한다. 이번 편지는 지나치게 추상적이고 관념적이다. 지금까지 그녀는 주변에서 일어났던 일이나 심적인 상태를 내비치고 있었는데 이번은 아니다. 헤세의 시구를 인용하기도 하고 고향의 자연을 예찬하기도 하는 등 편지를 쓴 의도를 짐작하기 어려웠다. 창수는 지금까지 먼저 친구를 배신하거나 믿음을 저버리지는 않으리라 생각해 왔는데 그녀에게도 마찬가지였다. 내 사랑이 먼저 식어 다른 사람을 사귀는 일은 없어. 난 절대 그런 놈은 아니거든. 그러다 창수는 이것이 결국은 그녀를 곁에 붙잡아두기 위한 나름의 방편임을 깨닫는다. 그녀가 싫어하면 언제든 떠날 수 있다는 말과 다름이 아니기 때문이다. 난 정말 교활한 위선자야.

영수가 근무하는 기동대는 이리시 외곽에 있다. 흡사 자동차 정비소나 공장 건물처럼 보이는 건물 앞에서 창수는 정문에 서 있는 전경에게 면회 신청을 한다. 전경은 방문일지에 그의 이름을 기록한 후 경비 전화 수화기를 든다.

"저기서 기다리십시오."

창수는 전경이 가리키는 곳으로 걸어간다. 등나무 줄기가 몇 개의 기둥을 타고 올라가 집으로 치자면 서까래를 덮고 있다. 바닥에 목재

의자가 놓인 야외 휴게소다. 몇 분이 지났다.

"야, 창수야! 여기다!"

창수가 앉아 있는 뒤편, 하얀 페인트가 칠해진 건물의 계단 쪽에서 영수의 목소리가 들린다. 영수는 계단을 내려오며 손을 흔든다. 영수는 독수리 문양이 왼쪽에 달린 푸른 군복을 입고 있다. 군화의 앞부분은 번쩍거리고 있다. 흠잡을 데 없이 단정한 복장이다. 군인이란 이런 것이구나. 창수도 의자에서 일어나 손을 흔든다.

"네가 올지는 생각도 못 했다."

영수는 창수의 손을 꼭 쥔다. 입대 후 형제의 첫 상봉이다. 창수는 형의 얼굴을 제대로 쳐다볼 수 없다. 그의 머릿속에 든 형의 얼굴은 근엄하기 짝이 없는 것이다. 이런 모습은 어딘가 모르게 낯설어서 쉽게 접근하기 어렵다. 그래서 지금껏 그는 면회 올 엄두를 내지 못했던 것인지 모른다. 무슨 말인가를 해야 한다, 는 생각이 떠오르자 창수는 인사를 건넨다.

"그동안 잘 지냈어요?"

형에게 경어를 쓸 때마다 창수는 모욕감이 든다. 형에게 경어 쓰는 것을 강제로 배웠기 때문일지 모른다.

"그래, 아버지 어머니는 다 잘 계시지? 자, 외출을 받았으니까 나가 보자."

영수가 앞서서 건물 밖으로 걸어간다. 창수는 잠자코 뒤를 따른다. 영수는 기동대 건물 맞은편의 슈퍼 앞에서 잠시 멈춘다. 두 사람은 슈퍼 내부의 탁자가 놓여 있는 곳으로 들어간다. 그들은 목조 탁자를 가운데 두고 앉는다.

"참 작은아버지 결혼했다면서?"

영수가 주인에게 마실 것을 시킨다.

"응."

"내가 안에 들어앉아 있어도 들을 소식은 다 듣고 있잖냐. 그런데 그 집하고는 되도록 가까이 지내지 않는 게 좋을 거야."

창수는 형이 왜 그런 말을 하는지 알 수 없다. 이런 사소한 일까지 간섭하는 이유가 뭘까. 아직도 나를 손아귀에 쥐고 주무르겠다는 것인가. 창수는 잠자코 이런 생각들을 한다. 영수는 군대 오기 전 작은 집에 들어가 산 일도 있고 명자가 교통사고를 당했을 때 가장 먼저 그 집에 달려가 도움을 청했다.

"참 작은집 종성이 형이 곧 결혼한다고 하더라. 함양에 사는 아가씨인가 보던데 당숙한테 무슨 일이 생길까 봐 서두르고 있더라. 그런데 왜 우리 집에서는 장남이 푸대접받는지 알 수 없단 말이야. 다른 집안에서는 장차 그 집안을 이끌어갈 기둥으로 인식되고 다른 형제들에 앞서 우선적으로 모든 권리들이 주어지는데 말이야. 아마 아버지가 할아버지 할머니로부터 푸대접을 받았듯이 나도 그런 대물림을 받는 거겠지."

창수의 속에서 분노가 이글거린다. 지금껏 쟁여놓았던 화가 꾸역꾸역 솟아오른다. 칫, 그래서 나보고 도대체 어쩌라는 거야, 늘 장남 타령이니 말이야. 언제는 차남더러 장남 노릇까지 하라고 하고는 이제 와서 또 이런 말을 하니. 그렇다고 내가 특별하게 무슨 대접을 받는단 말인가. 나라고 별 수 있을까 봐서.

"형, 나는 장남이 될 생각도 없고 욕심도 나지 않아. 그러니까 이제 그런 이야기는 그만했으면 좋겠어."

이렇게 말하고 나자, 창수는 아차 싶지만 속은 말할 수 없이 시원하다. 그가 감정을 표현하는 것은 자주 있는 일이 아니다. 그는 지금껏 형 앞에서 감정을 표현한 적이 없다.

"아니, 네가 그런 말을 하다니 놀라운걸."

영수는 자못 놀랐다는 표정이다.

"그냥 우연히 나온 말이었어, 정말로 너한테 무슨 말을 듣고 싶어서 그런 것은 아니었어. 우리가 이런 말을 한다고 해서 네가 장남이 되고 내가 차남이 되는 것은 아닐 테니까. 그런데 부모님은 뭐라고 안 하시든?"

"다른 할 말이 뭐가 있겠어? 몸 성히 잘 있다가 제대하길 바라고 계시지."

"그런 것 말고 말이야."

영수는 부모님의 속을 알기 위해 매번 거짓말을 잘 하지 못하는 창수를 이용해 왔다.

"집에 내려갔을 때 어머니가 군대 가 있는 놈이 무슨 돈을 그리 쓰는지 모르겠다고 말한 적은 있어."

"그건 참 설명하기 곤란하지만, 실지로 이런 곳에서 군대 생활을 하는 사람에게는 돈이 없다면 그야말로 볼 장 다 본 거야. 한 마디로 군대 생활 포기해야 하는 거지. 왜 그러냐고? 그 돈을 내가 쓰는 것이 아니고 고참들을 위해 쓰는 거니까. 군대에서 고참은 곧 왕이고 신이거든. 너도 나중에 군대 오게 되면 지금 내가 하는 말을 이해하게 될 거야. 네가 군대 올 날도 몇 년 안 남았으니까. 그리고 지금까지의 뿌리 깊은 군대의 습성들이 갑자기 바뀌지는 않을 테니까."

형의 말이 전혀 이해되지 않는 것은 아니다. 그간 그도 여러 선배가 술잔을 앞에 두고 하는 군대 이야기를 귀가 따갑도록 들어왔다.

듣는 사람으로 하여금, 군 생활을 이겨낸 자신을 부러워하고 존경하도록 하기 위해, 일부러 과장된 몸짓으로 연출하는 것이었지만.

"면회가 오래 안 되니까 오늘은 이만 헤어지자. 난 아직 졸병이거든."

"그래요?"

형과 진학 문제에 대해 상의하고 싶었던 창수는 안타까워진다.

"공부하기 어렵지만 참고 열심히 해. 다 피가 되고 살이 될 테니까."

"나중에 외박 나가거든 한번 찾아갈게."

영수가 자리에서 일어나자, 창수도 하는 수 없이 일어난다. 창수는 정문에 선 채 형이 부대 안으로 들어가는 것을 보고 있다. 영수는 손을 흔들고 부대 안으로 사라진다.

그 길로 창수는 곧장 직행을 타고 하숙집으로 돌아온다. 집에 돌아오자, 그는 자리에 눕는다. 천장의 사각 모서리가 눈에 들어온다. 언젠가 느꼈던 것처럼 그는 혼자임을 느낀다. 내 고민을 대신해줄 사람은 없다는 생각이 든다. 얼마 지나지 않아 창수의 눈꺼풀이 무거워진다. 온몸이 나른하고 우주가 빙빙 도는 거대한 소리가 들린다.

창수는 중학 시절로 돌아가 있다. 그는 형을 피해 같은 반 친구 집 비키니 옷장 속에 숨어 있다. 방에 있어도 들킬 염려는 없지만 불시에 형이 들이닥칠 것만 같아 마음을 놓을 수 없다. 방에 놓인 비키니 옷장은 그런 불안으로부터 그를 보호해준다. 그런데 하루가 지나고 이틀이 지나자 답답해서 견딜 수 없고 밖의 일이 궁금해진다. 집에서 찾든지 안 찾든지 그것은 중요한 일이 아니지만 이젠 집으로 돌아가도 별 탈이 없을 것 같은 생각이 든다. 그는 친구 집을 나와 집 쪽을 향해 걸어간다. 돌이나 자갈이 군데군데 박히고 비만 오면 물이 고이는 웅덩이가 있는 울퉁불퉁한 길이다. 삼거리가 나타난다. 그는 빨래터로 가는 길을 버리고 오른쪽으로 돈다.

"야, 이놈아!"

어디에선가 형의 외침 소리가 들린다. 그는 깜짝 놀라 주위를 두리번거린다. 아뿔싸! 그는 뛰기 시작한다. 영수가 빨래터 쪽에서 뛰어오고 있다. 형에게 잡히면 난 살아남기 힘들어. 좀 더 주의를 기울일걸. 그랬더라면 빨래터에 있는 형을 발견할 수 있었을 텐데. 그렇지만 그런 생각이 지금 무슨 소용이 있다는 말이야. 형은 내가 나타날 때를 기다리며 몸을 숨기고 있었어. 집이 가까워지고 있지만 그 안에 그를 보호해 줄 사람은 없다. 곧 그곳은 그의 집이라고 할 수 없다. 그는 있는 힘을 다해 서쪽을 향해 달린다. 동열이네 집, 정자댁네 텃밭을 지나자, 약국 맞은편 집으로 뛰어 들어간다. 마당을 돌아 그늘이 진 뒤안으로 들어서자, 벽돌담이 그를 가로막았다. 그는 생각할 사이도 없이 이 미터 높이의 담을 뛰어넘는다. 쿵 하는 소리와 함께 그는 문 영감 집 마당으로 굴러떨어진다. 잠시도 꾸물거릴 수가 없었던 그는 자리에서 벌떡 일어난다. 뒤안으로 돌아간 그는 사냥꾼에게 쫓기는 사슴처럼 숨을 헐떡이며 얼굴을 갈색 흙벽에 묻고 움직이지 않는다. 아무도 보이지 않고 세상도 보이지 않는다. 이 세상에는 그도 없고 영수도 없다. 정말 아무것도 없다.

"야, 이놈!"

고함과 함께 창수는 형에게 뒷덜미를 잡힌다. 아! 아! 창수는 비명을 지르다 꿈에서 깨어난다. 꿈이었구나. 그런데 왜 실지로 일어난 일처럼 생생할까? 어쩌면 앞으로 좋지 않은 일이 일어나는 것은 아닐까. 온몸이 땀에 젖어 있다. 그는 이마의 땀을 손으로 훔친다. 무의식

중에 그는 문으로 고개를 돌린다. 순간 날카로운 칼날이 목덜미를 스치고 지나간다. 작은 유리 너머에 검은 눈동자가 있다. 누구일까. 아랫방 기연일까. 기연이 아니면 이런 짓을 할 사람은 없었다. 기연은 관음증 환자라고 할 정도는 아니지만 자주 다른 방을 기웃거렸다. 몇 주 전에도 기연은 옆방을 훔쳐보다가 창수에게 들켰다. 창수가 그 이유를 묻자, 기연은 부끄러워하면서도 이렇게 말했다.

"넌 잘 모를 수도 있지만 행인들의 얼굴을 한번 보렴. 저마다 제각각이야. 어떤 사람은 무슨 생각을 하면서 슬며시 웃고 있고 어떤 사람은 무엇인가 골똘히 생각하느라 안색이 약간 어둡거든. 그리고 어떤 사람은 갑자기 잊었던 것이 생각난 듯 허둥지둥 걷고 어떤 사람은 어깨가 축 처지고 걸음걸이도 힘이 없는 것이 도대체 살기 싫다는 표정이야. 정말 신기하지. 사람이라는 건 말이야. 감정의 동물이기 때문일까. 하여튼 사람의 얼굴이란 거울 같아서 그 사람의 생각이나 처해 있는 상황에 따라서 다른 모양과 분위기를 반사하는 것이 분명해. 그렇지 않다면 그렇게 다양한 표정을 만들어낼 수 없을 테니 말이야. 그런데 언젠가부터 그런 생각이 들더라구. 여러 사람 속에 있을 때와 달리 혼자 있을 때는 어떻게 하고 있을지 궁금해지더라구. 혼자 있을 때는 무엇을 생각할까. 웃기는 이야기일까, 가족일까, 여자 친구일까? 최근 들어 그 사람을 괴롭히는 문제일까, 아니면 자위행위를 할까. 이렇게 이야기하다가는 정말 끝이 없을 거야. 그런데 말이야. 사람은 혼자 있게 되면 아주 응큼한 생각도 잘하고 다른 사람 앞에서는 할 수 없는 이상한 짓도 잘하잖아. 그런 것을 생각하면 절로 웃음이 나와. 그래서 얘긴데 누가 여드름을 짜거나 코딱지를 후비거나 털을 뽑고 있지 않을까, 자위행위를 하고 있지 않을까 생각하면 왜 이리 짜릿한 기분이 들고 다른 사람을 엿보고 싶은 생각이 드는지 모르겠어."

창수는 자신의 자는 모습이 결코 좋게 상상되지 않는다. 드르릉 코를 골았을 것이고, 사타구니를 긁었을 수도 있다. 그는 스르르 눕는 체하며 책상 밑에 있던 빗자루 몽둥이를 손에 잡자마자 문을 향해 던진다.

"어이쿠."

밖에서 비명과 함께 쿵 넘어지는 소리, 다리를 끌며 마당을 기어가는 소리가 들린다. 아랫방 문이 열렸다가 닫힌다. 아무래도 하숙을 옮겨야겠어. 누군가에게 관찰당하는 것은 추적당하는 것보다도 더 몸서리쳐지는 일이야. 창수는 다시 잠 속으로 빠져들어간다. 다시 잠에서 깨지 말았으면. 그는 이렇게 중얼거린다.

4

다음 날 창수는 하숙을 구하러 다닌다. 벌써 세 번째 하숙집인 셈이다. 하숙을 옮기려고 하자 창수는 하숙집 여주인의 눈치가 보인다. 그녀는 창수를 홀대한 일도 없고 식사도 그만하면 좋은 편이었다. 그녀는 거무튀튀한 피부에 눈이 작고 작달막하지만 사소한 일에 신경을 곤두세우게 하는 그런 여자는 아니었다. 몇 년째 중풍으로 반신불수가 된 시어머니 수발까지 드는 효부였다.

여주인의 마음을 언짢게 하지 않고 어떻게 하숙을 옮길까. 궁리하다가 창수는 얼토당토않은 거짓말을 지어낸다. 좀 더 공부에 열중하기 위해서 조용한 집을 찾아가야겠다는 것이다. 천변 너머에 하숙집을 구하게 되자, 창수는 그녀에게 말을 꺼낸다. 의외로 그녀는 순순히 응낙한다. 그녀는 화난 얼굴도 아니고 얼굴을 붉히지도 섭섭한 표정도 짓지 않는다.

"네가 며칠 전에 짐을 싸는 것을 지나가다가 보고 네가 나가려나 보다 생각했는데… 그래, 갈 데는 구했어?"

"예, 그동안 잘해주시고 고마웠는데 제가 공부를 좀 더 열심히 해보고 싶어서요."

"그렇다면 나도 별로 할 말이 없구나. 하지만 하숙을 옮겨도 놀러와도 된다. 그리고 다시 들어오고 싶으면 들어와도 된다. 난 언제든 반길 거니까."

"예, 그러겠어요."

창수는 새 하숙집으로 떠난다. 하지만 이것이 불안하고 초조한 나날의 서곡이리라 생각지 못했다. 이후 그는 지나치게 예민하고 신경질적으로 변해갔고 네 번씩이나 더 하숙을 옮겼다.

새 하숙집은 낡은 마룻바닥, 오래된 가구, 어두운 자색의 창틀이나 문 때문에 집안 분위기가 음침하고 고리타분한 냄새가 풍기는 슬래브집이다. 건축 일을 하는 주인 영감이 손수 집을 지을 때, 딴에는 고급스럽고 세련되게 지었다지만 이제 그런 창틀이나 색상을 사용하는 집은 없었다.

창수는 한동안 자신이 이런 집을 하숙으로 선택한 이유를 알 수 없다. 노부부와 딸만이 사는 조용한 집이 마음에 들었던 것일까. 고

풍스러운 대문이 있는 예전의 하숙집 아주머니에 대한 그리움 때문에. 역시 알 수 없다. 그는 선택할 당시의 기분을 기억할 수 없었다. 하지만 확실한 것은 될 대로 되라는 마음이 심중에 있었다는 것이다. 어느새 그는 열다섯 살에 친구들과 가출을 시도했을 때처럼 자포자기한 상태에서 삶을 보고 있었다. 죽음에 대해서 진지하게 생각하고 있었다. 솔직히 그는 첫 번째 제의가 들어온 이 집에 대해 심사숙고하지 않았다. 아무려면 어때. 이 세상에 대단한 일이란 없다. 이제 나를 놀라게 할 것도 겁나게 할 것도 없으니까, 결정해 버리자.

창수가 같이 방을 쓰게 된 사람은 영규라는 하급생이다. 영규는 얼굴 전체에 여드름이 돋아 있어 붉은 얼굴빛을 하고 있었다. 영규는 창수를 약간 경계하고 있는 듯했다. 먼저 창수에게 말을 건네거나 웃지 않았다. 나중에 창수가 들은 바에 의하면 영규는 홀어머니 밑에서 자라난 외아들이었다. 주말이면 영규는 집으로 내려갔다. 어머니의 과보호가 그에게 좋지 않은 습성을 길러준 거야. 창수는 이렇게 생각할 수밖에 없었다.

하숙집 여주인, 아니 할머니는 꼭 배추 같은 머리에 긴 얼굴을 가진 여자로 만화에 나오는 톰 소오여와 닮아 있었다. 창수는 얼굴이 긴 여자는 질색이었다. 그래서 가능하면 여주인의 얼굴을 정면으로 쳐다보는 일은 삼가고 있다. 왠지 얼굴이 긴 여자를, 특히 턱이 긴 여자를 보고 있으면 견딜 수 없는 기분이 드는 것이다. 그리고 하숙집 막내딸도 그랬다. 그녀는 함께 식사는커녕 어머니로부터 하숙생과는 일체 말도 하지 말라는 가르침을 받았는지 눈길이 마주쳐도 인사도 하지 않았다.

한 달이 지났다. 토요일이다. 창수가 학교에 있는 동안 영수가 하숙집을 방문했다. 영수는 자신이 창수의 형임을 밝히고 방에서 기다려도 좋다는 허락을 얻었다. 이윽고 창수가 학교에서 돌아왔다. 창수는 형이 방에 누워 있는 것을 발견하자, 반가운 마음이 들지만 이내 불안해진다. 천장을 보고 누운 형의 자세 때문이다. 어딘가 눈에 익은 자세에서 그는 형에게 학대받을 때 품었던 증오를 발견한다. 창수는 고통스러운 표정으로 머리를 내젓는다.

1시간 후다. 영수가 깨어나고 여주인이 방으로 식사를 날라다 준다.

"언제 왔어?"

"……"

"그럼, 휴가를 받은 거야?"

"……."

영수는 쩝쩝 소리를 내며 입 속으로 음식을 넣기에 바쁘다.

"아, 맛있다."

영수는 벌건 고춧가루를 푼 찌개 속에서 생선을 건져 올려 밥 위에 놓고 아주 맛있게 먹어댄다. 창수는 믿을 수 없는 표정을 짓는다. 군에 가기 전까지만 해도 영수는 좋지 않은 위장 때문에 가리는 음식이 많았고 맛에 대해서도 까다로웠다. 그리고 창수가 아는 하숙집 음식은 그다지 훌륭한 식사는 아니었다. 밥이나 찌개에서 긴 머리카락이 나오는 수가 허다하고 고춧가루와 장을 지나칠 정도로 많이 뿌려 짜고 매웠다. 반면 국에는 거의 양념을 쓰지 않아 밍밍해 먹기가 힘들었다.

"휴가를 받은 거야?"

"음, 정확히 말하면 병가야. 혹시 병가라고 들어 봤어?"

이 말에 창수는 눈을 크게 뜬다. 이때까지 그는 그런 용어를 들어

본 적이 없다.

"아니, 병가가 뭐야?"

"그런데, 왜 이리 밥이 맛이 있냐? 진수성찬이 따로 없어."

창수는 답변을 채근하는 대신 형이 먹는 모습을 쳐다본다. 정말 성질 못된 인간은 군대 가면 사람이 되는가 보네.

"네가 군대 짬밥을 안 먹어봐서 그래. 참, 집에 갔다가 오는 길인데 오늘 하룻밤만 신세를 좀 지자. 내일은 어디 가서 일이라도 해야 될 테니까."

"집에는 별일 없어?"

"서울에서 할머니가 내려와 계시더라. 아버지가 장남이니까 당연히 할머니를 모셔야지. 그동안 고생만 하셨는데, 인제 좀 편히 사셔야지. 사시면 또 얼마나 사시겠냐. 집에 자주 편지 하니?"

"아니, 어쩌다 한 번씩."

"집에 자주 편지해라. 부모님 살아 계시고 네가 이렇게 공부할 수 있다는 것이 어디냐. "

이 말에 창수는 웃음이 나오려고 한다. 도대체 왜 이러는 걸까? 이건 정말 안 어울리는데. 일부러 나 들으라고 하는 말일까. 하긴 옛날에도 그러기는 했지만. 창수가 형의 말을 전적으로 믿지 못하는 데는 충분한 이유가 있다. 그때까지 그가 알던 형은 번지르르하게 말할 뿐 스스로 실천하는 사람은 아니었다. 언젠가 한 번 창수는 이에 대해 물은 적이 있다.

"형은 왜 말과 다르게 행동해?"

"왜냐하면 나도 사람이니까. 마음은 있지만 그렇게 안 되는 것을 어쩌겠니?"

"그렇게 말하면 다른 사람들에게 변명으로 들릴 수도 있잖아."

"얘는 교과서 같은 얘기만 하네. 사람이기 때문에 실수도 있고 잘못도 있을 수 있는 거야. 그래서 하나님께 회개하는 거지."

그 순간 창수에게 비신도가 신도를 비아냥거릴 때 쓰는 말이 떠오른다. 죽기 전에 회개하기만 하면 구원을 받을 수 있으니 어떤 짓을 저질러도 된다는 건가.

식사가 끝나자, 창수는 상을 들어 주방에 가져다 놓는다. 그가 돌아오자, 영수는 들고 온 회갈색 통나무 모양의 가방을 뒤적거린다. 그 안에는 속옷과 면도기, 성경 같은 것들이 헝클어진 채 담겨 있다. 그것들 사이에서 영수는 종이쪽지 하나를 꺼내 내민다. 창수는 무심코 그것을 받아 읽는다. 맨 윗줄을 읽다가 그는 깜짝 놀란다. 그것은 경찰병원에서 발급한 진단서다. 환자의 성명은 영수로 되어 있다. 창수는 병명을 읽다가 하마터면 종이를 바닥에 떨어뜨릴 뻔했다. 한참 회전틀을 타다가 내렸을 때처럼 세상이 빙빙 도는 것 같다. 정신분열증. 창수로서는 감히 상상할 수 없는 병명이 찍혀 있다. 책 속이나 텔레비전에서 보았음 직한 병명이다. 순간적으로 창수는 형이 가엾고 불쌍하다는 생각을 한다. 형이 아버지에게 무분별하게 대들고 자살을 기도했던 것도 이것 때문이었구나. 그런데 내게 진단서를 보여주는 이유는 뭘까. 창수는 그 점이 이상하다. 일부러 날 놀라게 하려고 장난을 친 것일까. 아니, 그럴 리는 없다. 정신질환을 앓고 있음을 알려주는 형에게 창수는 그것이 사실인지 아닌지 또 왜 진단서를 뗐는지 물을 수 없다.

모든 병은 면역력이 없거나 약화된, 다시 말하면 어떤 병에 대하여 항체를 갖지 못한 사람들에서 모습을 나타낸다. 어쩌면 영수는 선천적으로 정신병에 대해서 쉽게 노출될 체질을 물려받았거나 후천적으로 그런 환경을 가졌다고 할 수 있다. 그렇다면 창수도 정신분열을 일으킬 수 있다. 영수가 군대에서 있었던 일을 말한다.

"내가 그때 말이야. 그 순간을 넘길 수 있었던 것은 아버지, 어머니 모습이 떠올랐기 때문이야. 그렇지 않았더라면 나는 지금 땅속에 놈들과 같이 묻혀 있을 거야. 이상하지? 그때 아버지 어머니가 떠올랐다는 것이. 넌 아직 정신적으로 미숙해서 잘 모르겠지만 나는 내 또래의 애들을 보면 늘 어리다고 생각할 정도로 정신적으로 성숙했어. 그러니 그런 애들하고 같이 놀 수야 있니? 죽이고 싶다는 생각이 들어도, 수류탄을 까고 싶어도 참는 수밖에."

도대체 군대란 어떤 곳이길래 사람을 극한상황까지 몰고 가는 것일까. 깡패 같았던 형이 혀를 내두르는 것을 보면 정말 대단한 곳이 틀림없다. 하지만 창수는 그때까지 보아왔던 것과는 전혀 다른 얼굴로 활동하는 이데올로기가 있다는 것까지는 상상할 수 없다.

5

어째서 자다가 잠이 깨었는지 창수는 알 수 없다. 건강이 좋지 않거나 따로 낮잠을 잔 경우가 아니면 창수는 중간에 잠을 깨는 일이 없었다. 줄곧 아침까지 한 번도 깨지 않고 내리자는 것이 그의 특기였다.

이게 어찌 된 일인가. 어둠 속에서 눈을 뜨자 창수는 자신이 취하고 있는 자세에 깜짝 놀란다. 같이 자는 영규를 껴안고 배에 다리까지 척 올리고 있다. 나도 어쩔 수 없는 동물이다. 정욕을 가진 동물이고 싶지 않았지만 하는 수 없다. 나도 짐승이다. 무섭고 창피한 일이다. 창수는 부끄러움에 고개를 무릎 속에 파묻는다. 순간 정숙의 얼굴이 그에게 떠오른다.

"아, 그렇다!"

창수는 꿈속에서 정숙을 보았다. 그녀는 하숙방 구석에 목각인형으로 나타나서 미동도 하지 않고 있었다. 슬프다거나 기쁘다거나 하는 표정 없이 눈만 깜빡거렸다. 창수는 그녀의 모습을 보자 반갑기보다는 서글퍼져서 이런 시를 읊었다

> 파도야 어쩌란 말이냐
>
> 파도야 날 어쩌란 말이냐

창수는 후다닥 자리에서 일어나 책상 앞으로 달려가 백열등 스탠드를 켠다. 강하고 굳센 팔로 키를 잡고 파도와 싸우고 있는 백인의 모습을 보기 위해서다. 지금껏 그 그림은 창수에게 슈베르트의 음악이나 니체의 아포리즘보다 더 큰 위로를 주었다. 그런데 그 그림이 보이지 않는다. 어디에 두었는지도 생각이 나지 않는다. 벽에 건 기억도 없다. 어찌 된 셈일까. 창수는 어쩔 줄 모르고 책꽂이나 서랍을 뒤적거린다. 어디에도 그림이 없다. 아마 이사를 하던 중에 분실된 것이 분명하다. 그런데 그렇게 애지중지하던 그림이 없어진 줄도 몰랐다는 것이 창수는 이해가 가지 않는다.

"아!"

그 그림은 형이 십자가를 목과 팔에 걸고 감고 잤던 것처럼 창수에게는 더없이 소중한 것이었다. 순간 창수에게 형의 모습이 떠올랐다. 영수는 목에 하나, 양손에 하나씩, 벽에 하나 십자가를 걸어 두고 잠자리에 들었다. 그렇게 하지 않으면 잠을 이룰 수 없다는 것이다.

결국 그림 찾는 것을 단념한 창수는 영규와 간격을 두고 자리에 눕는다. 여러 가지 생각들이 그를 스치고 지나간다. 왜 우리 집은 똥구멍이 찢어지게 가난하고, 늘 좋지 않은 일들만 벌어지는 것일까. 다른 사람들은 다들 행복하게 보이는데 왜 나와 관련된 사람들에게서는 불행밖에 볼 수 없는 것일까. 불행한 사람들이란 어쩌면 타고난 것이며 후천적으로 아무리 노력해도 행복해질 수 없는 것은 아닐까. 창수는 자신도 모르게 눈물을 흘린다. 인생의 어느 순간은 꾸역꾸역 밀려드는 우스꽝스러운 생각 때문에 잠을 미루고 싶고 또 어느 때 슬프고 괴로운 골짜기를 걷다 보면 길을 잃기도 한다, 는 말이 떠오르지만 아무 소용이 없다.

사실 창수에게 불면의 밤이란 당치도 않다. 지금껏 그는 전주댁의 말처럼 너무 잠이 많아 '잠충이'라는 별명을 얻을 정도였다. 그는 눈물을 흘리면서도 잠으로 빠져든다. 그런데 다음 날 아침에 일어나 생각해 보니 슬픈 생각을 한 것은 단 몇 분도 채 되지 않는다. 간밤에 했던 생각들을 모두 기억해내지도 못한다. 난 한심해. 누가 뭐래도 게으르고 잠 많은 인간이야. 실망에 찬 창수는 이렇게 중얼거렸다.

토요일이라 터미널은 복잡하다. 창수는 집으로 가는 버스에 탄다. 그는 인월에서 이종 누나인 경서를 만났다. 두 살 위인 경서는 그와 같은 학년에 다니고 있다. 그녀는 초등학교를 졸업하고 1년, 중학교를 졸업하고 1년 동안 오빠와 여동생 사이에서 진학할 기회를 엿보아야 했다. 창수는 집까지 걸어서 갈 작정으로 정자 노인정에서 내린다.

지금껏 창수와 경서, 두 집안은 내내 소원한 상태였다. 부모 간에 쌓인 적대적인 감정이 자식들에게도 자연스럽게 이어져 내려왔다. 원래 자식들이란 부모의 걸음걸이, 헛기침 소리까지 닮으려 들기 때문에 감정도 자연스레 이어받게 된다. 그런데 또래가 만나면 그런 감정이 희미해진다. 수철과 영수, 창수와 경서, 경수와 영서가 그렇다. 만약 적대감이라는 것이 혈관 속에 흐르는 피의 흐름으로 측정한다면 같은 또래가 만나면 피가 정상적으로 흐르지 않는 것이 된다.

"고모부하고 고모님은 어떠셔요?"

두 사람은 노인정을 향해 나란히 걷는다.

"너도 우리 어머니가 몇십 년 전부터 심장병으로 고생해온 것은 알지? 그런데 지금은 아버지도 건강이 안 좋아지셨어. 그래서 집안 꼴이 말이 아니지."

머리를 길게 늘어뜨린 경서는 70년대 낭만주의에나 어울렸을 소녀 차림이다. 언젠가 그녀는 장래 희망이 연예인이 되는 것이라고 말한 적이 있다. 난 나중에 연예인이 될래. 소풍 때나 체육대회 때 내가 하는 것 봤지? 노래면 노래, 사회면 사회, 나보다 잘하는 사람들은 아직 없거든. 그리고 연예인 되면 돈을 많이 번다고 하니까 그런 점도 있고.

그녀는 키가 아주 작다. 창수 어깨에 올 정도다.

"수철이 오빠는 고등학교 진학할 때 아주 생각 잘했지. 지금은 철도고등학교 졸업하고 임실에서 일하고 있는데 앞으로 몇 년만 더 벌면 엄마 수술 시켜준다고 그랬어. 철도공무원 가족이니까 의료보험

혜택을 받고서 말이야."

창수는 그녀가 부러워진다. 창수는 아직 의료보험이 무엇인지도 모르고 있다.

"명서가 올 3월에 산업체 학교로 떠났어. 그 애는 나보다 더 착하고 참한 앤데 나 대신 그곳에 간 셈이지. 나도 그동안 집에서 압력을 많이 받았어. 하지만 나는 마지막까지 버텼어. 나는 내 자신을 누구보다도 잘 알고 있어. 나는 그런 생활을 도저히 할 수 없거든."

그녀는 계속 말을 이어 나간다. 창수는 늘 듣는 쪽이고 말하는 것은 경서다. 창수는 아무런 조건 없이 조용히 들어주는 데 익숙해져 있고 그녀는 매번 같은 이야기라도 듣는 사람이 조금도 지루하지 않게, 흥미 있게 끌어나가는 재주가 있다. 간혹 역할이 뒤바뀌는 때도 있는데 그것은 아주 볼썽사나운 장면이 된다. 그는 이야기를 잘한답시고 소설처럼 말하기도 하고 갖가지 형용사를 갖다 붙여대서 재미없는 것으로 만들고, 그녀는 도저히 견딜 수 없어 이야기 도중에 끼어들기도 하고 몰래 하품하기도 했다.

"낮에 일하고 밤에 공부하는 것이 쉬운 일 같지? 아니야, 그것은 결코 만만한 일이 아니야. 그 애가 간다고 하기 전까지만 해도 나는 그런 학생, 아니 직업이 나나 우리 선배들에게서 이미 끝난 줄 알았어… 만약에 내가 그런 상황에 떨어졌다고 하면 나는 하루도 버텨내지 못할 거야. 친구들에게 위신이 서지 않는 것은 물론이고… 역시 내 동생은 달랐어. 부모님이 말을 꺼내기도 전에 먼저 산업체 학교로 가겠다고 자청했거든. 그러고 보면 참 나는 나쁜 애야. 내가 그 애를 그쪽으로 밀어낸 셈이 됐어."

그때까지 입을 닫고 있었지만 창수는 뭐라고 하지 않을 수 없다.

"누나, 이왕 이렇게 된 일을 그렇게 가슴 아프게만 생각할 필요가 없잖아."

"어머니가 저렇게 골골하시는 것은 전적으로 아버지 탓이야. 아버지는 나처럼 사교적이고 씀씀이도 헤픈 데다가 일하는 것을 싫어하시거든. 만약에 지금이라도 아버지가 이장을 내놓고 다른 동네 아저씨들처럼 조용히 농사나 지으면서 산다면 더 이상 어머니는 속을 끓이지 않아도 될 텐데… 할아버지는 집안에서 무슨 일이 일어나고 있는지도 모르시는 것 같아. 노인네라 귀찮은 일은 피하고 싶어서 그러는지 아니면 아무런 힘도 없기 때문에 뒷짐만 지고 있는 것인지. 그 아래 있는 두 애들도 걱정스러워. 우리 집 형편이 나아지지 않는다면 그 애 뒤를 따라서 실업계로 갈 것이 뻔해."

노인정 앞을 막고 있는 은사시나무들이 바람에 흔들리며 햇빛을 반사한다. 나무들 앞에는 넓은 들이 작은 야산 중턱까지 이어져 있는데 몇 년 전에 건설된 고속도로 위를 차들이 내달리고 있다. 오래전에 지어져 니스 칠이 벗겨질 대로 벗겨지고 바랠 대로 바랜 노인정의 기둥이나 서까래는 벌레들이 군데군데 구멍까지 뚫어놓았다.

"내일 결혼식이 있는 거 알죠?"

"우리 집에서는 아버지 혼자나 가실 거야. 하여튼 오늘 너를 만나서 한바탕 이야기를 하고 나니 속이 뻥 뚫리는 것 같다. 가슴도 후련해지고. 나는 이렇게 한바탕 이야기를 하지 못하면 속병이라도 생길 것 같아."

"그렇다면 잘됐네요."

창수는 정숙에 대한 소식을 물어볼까 망설인다. 경서는 정숙과 같은 학교에 다니고 있다. 창수가 그녀와 함께 내린 것도 이 때문이다.

창수는 이마 위에 주름을 만든다. 정숙의 안부를 물을 자신이 생기지 않는다.

"한 번씩 집에 놀러 오렴, 나를 만나러 온다고 생각하고. 그리고 다른 가족들은 몰라도 우리 아버지는 너희들을 좋아하시잖아."

"미안해요. 생각같이 쉽게 올 수가 있어야지요. 누나를 만나고 싶다는 생각은 몇 번 했지만."

"참 정숙이는…."

경서는 무엇인가를 생각하는 투로 아주 느리게 발음한다. 하지만 그것이 듣는 사람으로 하여금 불안함이 들게 하거나 한없는 궁금증으로 몰아가지는 않는다. 이제야 기다린 보람이 있구나. 이야기를 해주려면 진작 좀 해주지. 이렇게 애태울 건 뭐야? 창수의 머릿속 핏줄이 팽팽해진다.

"학교생활은 무난하게 잘하고 있어. 선생님의 관심이 모조리 정숙이한테 쏠리고 있다고 해도 과언이 아니니까. 남학생들하고 사이도 좋아. 잘 만나주고 스스럼없이 이야기도 하니까. 남자들이란 다 그렇지는 않겠지만 그런 여자여자에게 쏠리기 마련이니까. 나한테는 그냥 언니, 언니하고 따르고 자기가 어렵고 힘든 일이 있으면 한 번씩 잘 털어놔. 근데 왜 그러는지 모르지만 장학금을 받아서 옷이나 사 입는 것을 보니 좀 그렇더라."

경서의 말에 거짓이 있다는 건 아니다. 왠지 경서가 정숙에 대해 좋지 않은 감정을 품고 있다고밖에 여겨지지 않는다. 마지막 말은 특히 귀에 거슬린다. 창수는 입을 꾹 다물고 다음 이야기를 기다리지만 경서는 말이 없다.

"이제 그만 일어나자. 어두워지기 전에 집에 들어가야지."

경서가 긴 머리칼을 매만지며 자리에서 일어선다. 벌써 주위는 땅거미가 지고 있다. 창수도 그녀를 따라 자리에서 일어난다. 두 사람은 마을 입구에 서 있는 정자나무 아래에서 헤어진다.

"누나, 이제 들어가요."

창수는 한쪽 손을 들어 올려 작별을 고한다.

"걸어가려면 힘들겠다."

고종사촌 누나와 헤어진 창수는 서둘러 걷는다. 그리 먼 길이라고 할 수는 없지만 해가 지고 나면 행인들이 끊어지기 일쑤고 제모리 길모퉁이의 대숲에서 나는 대파람 소리는 귀신을 불러대는 주문처럼 들려 다리가 물먹은 솜을 단 것처럼 잘 떨어지지 않았던 기억이 창수에게는 있다.

집으로 가는 도중 창수는 문득 어느 사이엔지 혼자서 밤길을 걸을 정도로 성장했다는 것, 고향을 떠나 도회지로 진출했다는 것, 더욱 현명해지고 지혜로워졌다는 것, 많은 사람을 알게 되고 세상을 더 넓게 보고 있다는 것을 깨닫는다. 그의 가슴속에 환희가 피어오르고 날아갈 것처럼 뿌듯해진다. 나는 정말 많은 발전을 했어, 나 스스로도 대견해할 만큼.

창수는 현재 모습과 왜소하고 나약하기 그지없는 과거 모습을 비교한다. 사실 이런 순간은 자주 오지 않는다. 아주 가끔씩 밖에 찾아오지 않는다. 그것을 아는 창수는 이 순간을 즐기기로 마음먹는다. 이 때만큼은 그도 음울한 생각에서 벗어나 이 세상을 살고 있음을 진정으로 감사할 수 있다.

제모리 모퉁이를 돌자 멀리 마을이 보인다. 10분도 되지 않아 그는 집 어귀에 이르렀다.

"어머이!"

여느 때처럼 창수는 큰 소리로 어머니를 부르며 마당을 걸어 들어간다. 방문이 열리고 사람이 나온다. 그런데 전주댁이 아니고 창수가 오랫동안 보지 못하던 파평 윤씨다.

"아, 네가 작은 애구나. 어서 들어오거라. 네 에미는 앞집에 갔는데 곧 올 거다."

당황한 창수는 떨떠름한 눈으로 할머니를 쳐다본다. 그녀는 머리 전체를 덮은 흰머리에도 불구하고 늙었다는 느낌을 주지 않는다. 서울말을 구사하고 시골 노인과 달리 세련된 모습이다. 창수는 방으로 들어가자 예의 바르게 할머니께 큰절을 올린다.

"네가 벌써 이렇게 컸구나. 아주 어렸을 때 봤는데 세월이란 참!"

그녀의 말에 창수는 잠자코 있다. 곧 전주댁이 방으로 들어온다.

"언제 왔냐?"

"좀 전에."

"어머님, 진지 잡사야지요?"

"그래, 어서 먹자."

파평 윤씨의 목소리는 팽팽한 현 위를 달리는 손가락처럼 신경을 자극하는 듯한 고음에다가 나비의 날갯짓처럼 간드러진 것이다. 전주댁의 말처럼 아주 낭창낭창하다. 동섭이 들어오고서야 저녁 식사가 시작된다.

식사하는 동안 파평 윤씨는 처음부터 끝까지 화제를 독점한다. 그녀는 인월장에 갔던 일을 소재로 삼고 있다. 그녀에게는 몇십 년 만에 만나는 풍경과 사람이 흥미롭고 새삼스러웠을 것이다. 달라진 거리, 장에 전을 낸 낯선 얼굴들, 예전과 다름없이 사람들의 입에서 흘러나오는 구수한 사투리들. 서울의 이름난 시장에 가보아도 이런 느낌을 주는 곳은 없었을 것이다.

"오늘 장에서 서당 선생네하고 같이 돌아댕기다가 단지를 하나 샀다. 나이 든 사람들이란 그저 이런 사기요강이 있어야 되거든."

그녀가 앉은 채 허리를 돌려 윗목에 놓아둔 청화백자 문양의 요강단지를 손가락으로 가리킨다.

"예, 하나 있어야지요."

예전 같으면 어림도 없었을 일이지만 앞문 쪽에 쪼그리고 앉아 식사하던 전주댁이 맞장구를 친다. 전주댁이 경우에 밝은 사람이어서 할머니를 난처하게 만들지 않으려고 맞장구를 치는 것은 아니다. 그녀는 남의 집 일에 관심이 많은 시골 사람 입에 오르내리기를 두려워하고 있었다. 시골에서는 아주 사소한 일도 곧잘 입에 오르내린다. 더구나 상대가 시어머니라면 더욱 그렇다.

서당 선생네는 파평 윤씨와 여러 면에서 비슷한 여자다. 우선 체구가 비슷하고 남의 일에 참견하기 좋아하고 지나치게 수다스럽다. 그리고 둘은 내일을 결코 생각지 않는 낙천주의자들이다.

한씨 가족들은 모두 수저를 놀리는 데만 정신을 쓰고 있을 뿐 파평 윤씨의 말은 건성으로 흘려듣고 있다. 사실 그녀는 가족들을 부담스럽게 하고 있다. 창수에게 어머니 전주댁의 말이 떠오른다. 바로 앞에서 말하는 것처럼 쟁쟁하다. 작은 자식이라고 오냐, 오냐, 예쁜 내 새끼, 하면서 길러 가지고 될 일이여. 나는 그래서 우리 아들은 절대로 그렇게는 안 가르쳐. 나무랄 일이 있으면 나무라고 가르칠 일이 있으면 가르쳐야지. 둘째, 그 자식을 그렇게 버린 것은 즈그 어머니야. 전에 전북 여객에 잘 다니고 있을 때 뭐 한다고 집에 데리고 들어와,

들어오기를. 공부를 안 시킬 요량이면 일을 배우게 해서 자기 앞가림을 하게끔 만들어야지. 지금 와서 작은놈이 제 앞가림도 못허고 장가도 못 가고, 오늘날 이 사달이 나게 만든 것이 다 즈그 에미 때문이라니까… 여기 이 집구석을 떠날 때 다시는 이 집구석에 발을 안 댄다고 하더니만. 사람이 자기 앞일을 하는 사람이 어디가 있어. 사람은 어떤 일이 있더라도 앞날을 두고는 큰소리를 치는 것이 아니라니까.

"내일 결혼식에 어떻게 가요?"

식사가 끝낸 전주댁과 경수가 부엌에서 대화를 나누고 있다.

"내일 열한 시나 예식이 있단께 한 아홉 시나 되면 회관에서 방송이 나올 거이다. 작은집에서 함양 가게크롬 관광버스를 대절해 놓았다드라."

전주댁의 말투에서 조심스러움이 풍겨 나온다.

6

다음 날 저녁이다. 파평 윤씨는 서당댁 집에 마실을 가고 없다. 전주댁은 예전처럼 방에 상을 그대로 벌려둔 채 텔레비전을 보기도 하고 경수를 상대로 결혼식에 관한 이야기도 한다.

"아가씨는 함양 아가씨여, 선을 봐서 결혼을 허게 됐는 갑든디 인물도 좋고 집안도 작은집에 비해서 그리 빠지는 것은 아인갑드라."

"당숙도 참석을 했는가요?"

경수가 어머니를 보며 묻는다.

"그래 참석했지. 근디 얼굴이 꺼매서 얼굴을 좀 손을 봤드라. 딸들이 화장을 좀 시키줬는지 아니면 미장원에 가서 했는지 뽀얘서 보기에는 잘 모르겄드라."

이때 동섭이 더 이상 참을 수 없다는 표정으로 자리에서 일어나 번쩍 상을 들어 꽝 소리가 나게 마루에 내놓는다. 그런 뒤 손수 걸레를 들고 방을 훔친다. 그녀는 아무렇지도 않은 표정으로 홑긋 고개를 돌린다. 남자라고 그런 일을 해서 안 된다는 법은 없다, 그런 눈빛이다. 텔레비전에서 연인인 듯한 남녀가 수영복을 입은 채 밀려오는 파도를 가지고 장난을 치고 있다. 동섭은 방을 훔치다가 약이 올라 들으라는 듯 식후마다 늘어놓는 불평을 쏟아낸다.

"상을 앞에다 두고 노는 것을 도대체 어디서 배운 거야, 텔레비전을 보면 쌀이 나와 밥이 나와!"

동섭의 호통에 전주댁은 씩 웃으며 쌍꺼풀이 여럿 진 눈을 살짝 감아보인다. 예전 같았으면 당장 상을 날렸을 텐데, 동섭은 화를 내려다 가라앉히는 표정이다. 하긴 전주댁도 늘 눈짓만 하는 것은 아니다. 남편이 두려워하는 쇳소리를 돌려주는 수도 있다. 제대로 치우지도 못하는 상을 뭐 하러 내놓는다고 그 야단이야. 밥이라도 하라고 했으면 난리가 났겠구먼 그래.

걸레질을 한 후 동섭은 밖으로 나간다. 반찬을 찬장에 넣고 빈 그릇을 함박에 담아놓은 후 마당으로 나가는 듯하다. 그때 석천으로 올라가는 버스가 마을을 지나면서 빵! 하는 소리를 내며 지나간다. 이 밤에 설마 버스를 탈 사람이 있을라고. 전주댁이 이런 생각이 끝나기도 전에 누군가 집 안으로 들어서며 소리친다.

"어머니!"

대뜸 전주댁은 영수의 목소리를 알아챘다. 정말 징그러운 목소리다. 전주댁은 입구를 향해 걸어 나갈 것이 망설여진다. 그녀가 마루에 서자, 목소리의 주인공이 앞에 선다. 과연 푸른 제복에 검은 군화를 신고 모자를 쓴 영수다.

"그래, 영수냐? 어서 오이라."

전주댁은 자신의 목소리가 약간 떨리는 것에 놀란다.

"예, 그동안 건강하셨습니까?"

영수의 목소리는 의외로 크고 박력이 넘쳐서 과연 군인이라는 것을 실감하게 한다. 그때 동섭과 경수가 마루로 나와서 두 사람을 보고 있다. 영수라는 것을 확인하자, 전주댁은 앞으로 달려 나가 영수의 손을 잡고 늘어진다.

"그래, 얼매나 고생이 많냐? 어서 안으로 들어가자!"

전주댁은 영수를 데리고 방으로 들어가서 마주 앉는다.

"부대가 이리에 있다고?"

"예, 창수가 한 번 면회를 왔었습니다."

"응, 그래. 나도 창수한테는 들었다. 그래 어디 몸 아픈 데는 없고?"

전주댁은 영수의 얼굴을 살펴본다. 얼굴은 좋아 보지만 위장이 나빠 고생할 때 생겼던 수두의 붉은 반점이 그대로 남아 있다. 열을 수반하며 피부 점막에 씨앗이 생기더니 열꽃을 피워 올렸고 완전히 개화한 후 마침내 꽃잎이 떨어지며 생을 마친 병의 흔적이다.

"예, 아픈 데는 없습니다."

잠시 후 전주댁이 장남을 위해 식사를 차려 내자, 영수가 수저를 들어 밥을 먹기 시작한다. 영수는 콩나물이고 김치고 생선이고 닥치는 대로 먹는다. 순간 전주댁은 군대라는 강압적인 조직체에 길들여진 영수를 얼핏 읽는다.

"근데 휴가를 받았냐?"

이번에는 동섭이 묻는다.

"예, 그건 좀 있다가 말씀을 드리겠습니다."

갑자기 무슨 일이 있는 것 같아 전주댁은 불안해진다. 그간 영수가 몰고 왔던 폭풍은 그녀로서는 감당할 수 없을 만큼 엄청난 것이었다. 이번에도 그런 것일까, 아니면 사소하지만 여러 가지로 고통을 안겨주는 것일까. 잠시 후 영수의 입에서 흘러나올 말을 생각하며 전주댁은 한쪽 무릎을 두 손으로 휘어 감는다. 동섭도 그리 쾌활한 표정은 아니다. 애써 불안한 기색을 지우려고 하고 있지만 닥쳐올 일에 대해 마음의 준비를 하는 표정이다. 이윽고 식사가 끝나자, 영수가 상을 들어 부엌으로 통하는 문 앞에 가져다 놓고 돌아온다. 이제 기다릴 만큼 기다렸다고 생각한 전주댁이 묻는다.

"대체 무슨 일이길래 그래?"

"뭐 별일은 아닙니다. 부대 안에서 단순한 사건이 있었습니다."

"무슨 사건인디, 너와 상관이 있는 거냐?"

이번에는 동섭이 묻는다. 순간 전주댁은 또 영수에게 말려드는 것이 아닌가 생각한다. 그녀는 고집 센 자식에게 늘 끌려다녔고 한 번도 어머니로서의 권위를 보여주지 못했다.

"그리 특별한 사건은 아닙니다. 어느 날 밤이었습니다. 그날 저는 내무반에서 자던 중이었습니다. 그런데 조금 자다가 다시 일어났어요. 몸속에서 생긴 어떤 열기 때문인데, 열이 올라 잠시도 가만있을 수 있는 상태가 아니었습니다. 그래서 저는 내무반 안을 서성거렸습니다. 이제 정말 제대하면 열심히 살아봐야겠다고 생각했어요. 이렇게 어려운 생활도 이겨내고 있는데 사회생활이야 식은 죽 먹기라는 생각이 들었지요. 무슨 일을 해도 잘할 자신이 말입니다. 공부도 하고 돈도 많이 벌고…… 그런데 갑자기 어떤 녀석이 허공에 나타나 저를 비웃는 것이 보였습니다. 그래서 저는 어서 썩 꺼지라고 했지요. 그런데 녀석이 물러가지는 않고 혀를 날름거리며 저를 비웃는 것이었습니다. 저는 화가 났고 그 녀석의 목을 잡고 조르기 시작했습니다. 그러자 녀석이 숨이 막힌다고 꽥꽥 소리를 질렀습니다. 그리고 그 소리에 놀란 사람들이 달려왔습니다. 중대 불침번들도 달려왔습니다. 그것이 전부입니다."

"그래, 어찌 됐는디?"

전주댁은 영수의 말을 곧이곧대로 믿을 수 없다. 언젠가 뛰어난 말재주를 가진 영수는 사람들에게 삼촌들을 미화시켜 말하기도 하고 교회에서 간증이랍시고 부모를 욕보이기도 했다.

"경찰병원에 실려 가서 정신감정을 받았습니다."

전주댁은 가벼운 신음을 낸다. 어쩌면 영수 말이 맞을지도 모른다는 생각이 퍼뜩 든다.

"그런데 진단이 정신분열증으로 나왔습니다. 그래서 이차로 민간병원에서 진단받아 가야합니다. 그러면 상이 제대를 시켜준답니다."

"상이 제대라면 조기 제대 말이냐?"

전주댁이 눈을 크게 뜨고 묻는다. 영수가 군대 가 있는 동안 오랜만에 사는 것처럼 살고 있다는 느낌이었다.

"아니, 군대 안에서 병이 났으면 군대에서 치료해서 사람을 보내줘야지, 그런 법이 어딨냐?"

"네가 제대하고 싶다고 했냐?"

"아니요, 저는 그렇게 말한 적은 없습니다. 다른 사람들 다 하는 군대 생활을 저라고 못할 이유가 없습니다. 그런데 경찰병원 의사가 하는 말이, 이런 병은 치료한다고 쉽게 낫는 병이 아니라며 제대를 권하더군요. 제가 생각하기에는 그다지 심한 것이 아닌데 아마 의사가 옛날의 병력을 가지고 그러는 것 같아요."

"그럴 양이면 신체검사 받으러 가서 그걸 이야기를 허제, 왜?"

"병원에 가서 진단받거나 치료한 일도 없었잖아요. 그리고 그것으로 군 면제가 되는 줄은 몰랐어요."

전주댁은 더 이상 말해봐야 아무 소용이 없다는 것을 알았다. 사실 그녀도 정신 병력으로 인해 군을 면제받을 수 있다는 것을 몰랐다.

다음 날 일찍 세 사람은 전주 예수병원을 향해 출발한다.

차를 타고 가는 동안 동섭은 관찰을 통해 스스로 알게 된 자신의 심리 상태와 영수의 증상을 연관 지어본다. 때때로 일어나는 안면마비, 이것은 아마 동생들에게 붙잡혀 이리저리 끌려다닌 후에 생긴 질환 같았다. 하지만 주기적으로 우울한 기분과 기분 좋은 상태가 되풀이되는 것은 알 수 없었다. 그는 청소년기 때부터 이런 증상을 느꼈다. 하지만 병이라고 생각해 본 적은 없다. 이것들은 영수의 증상과 별 연관이 없어 보였다. 적어도 그는 환상을 보거나 환청을 들은 일도 백일몽에 빠진 적도 없다.

그들은 오전 11시경 전주 예수병원에 도착한다. 진찰 순서를 기다리는 동안 많은 환자가 지나간다. 두 사람은 병원이라는 곳에 처음으로 발을 디뎠고 정신과는 더더욱 처음이다. 어쩌면 이 세상에는 성한 사람보다 아픈 사람들이 많은 것이 아닐까. 두 사람은 비슷한 생각을 했다.

드디어 영수의 차례가 되자, 그들은 진찰실로 들어간다. 정신과 의사는 나이가 들어 보이고 체구는 말랐지만 친근하고 소박한 인상이다. 의사는 반가운 손님을 맞을 때처럼 자리에서 일어나서 동섭에게 악수를 청하더니 자리를 권한다. 전주댁과 영수에게도 자리를 권한다. 그들이 모두 앉자, 면담이 시작된다. 의사는 먼저 영수에게 묻는다.

"부모님이 같이 있어도 되겠습니까?"

영수가 잠깐 꺼리는 기색이다.

"좋습니다."

"어떻게 해서 병원에 오게 되었는지 말씀해주시겠습니까?"

영수는 부대 내에서 일어났던 일을 설명하고, 제대하기 위해서는 진단서가 필요하다고 말한다.

"지금 불편한 것을 말씀해주시겠습니까?"

"생활에 별다른 불편은 느끼지 않습니다. 한 번씩 머리가 깨질 것 같은 두통을 느끼기는 하지만 다른 것은 거의 없습니다."

"언제부터 그런 두통을 느꼈습니까?"

"아마 고등학교 다니던 무렵부터 그런 것 같습니다. 그때도 한 차례 이런 일이 있었습니다."

영수는 갑자기 흥분해서 집을 뛰쳐나가던 때의 일을 말한다. 의사는 고개를 약간 숙이고 영수의 말을 들으며 고개를 끄덕이기도 하고 그렇군요, 하고 맞장구를 치기도 한다.

"여기에 대해 치료받은 적은 있습니까?"

"없습니다. 그 증상은 할아버지 묘지를 이장한 후로 갑자기 사라져 버렸습니다."

"그 뒤에는 어떻게 됐나요?"

"군대 가기 전까지는 별다른 일이 일어나지 않았습니다. 가끔씩 두통이 일어나기는 했습니다마는."

그것은 사실이 아니다. 적어도 전주댁이 보기에는 그랬다. 군대 가기 전의 영수는 집을 뛰쳐나가거나 멍청한 기색을 보이지는 않았지만 열에 들뜬 듯했고 작은 일에도 쉽게 흥분했다. 그녀는 잠시도 두 사람에게서 눈을 뗄 수 없다. 혹시나 치료가 불가능하다는 말을 들을까 두렵다. 사실 사람들은 미치겠다는 말을 곧잘 농담처럼 할 수 있지만 가까운 사람이 미친 것을 본 사람은 감히 그런 말을 할 수 없다. 미친 사람은 곧잘 아무짝에도 쓸모없는 인간이라는 뜻으로 해석되고, 직장을 갖거나 결혼하기 어렵다. 그리고 병이 치유될 때까지 누군가가 환자의 옆에 붙어서 감시하고 돌봐주어야 한다. 전주댁은 생각만 해도 진저리가 쳐진다. 의사는 영수에게 몇 가지 검사를 한다. 검사가 끝나자, 의사가 말한다.

"저는 이제 대략 어떻게 병원에 오시게 되었는지 알겠습니다. 자, 이제 다른 것에 대해 이야기해 봅시다. 혹시 가족 중에 정신질환을 앓았던 사람이나 그로 인해 고생했던 사람이 있습니까?"

"작은아버지 한 분이 약간 과대망상이 있다고 여겨지고, 고모가 심장질환이 있지만 정신질환을 앓은 사람은 없습니다."

"먼 친척분이라도 없습니까?"

"없습니다."

두 사람의 대화는 약 삼십 분가량 지속되었다. 과대망상이 있다고 영수가 말한 한동휘에 대해 몇 가지 질문이 이어진다.
"혹시 물어보고 싶은 것이 있으신가요?"
"왜 이런 병이 생기는 겁니까?"
"정신분열증을 유발하는 데는 많은 요인이 있습니다. 예를 들어 유전적 요인이 어떤 사람을 정신분열증에 걸리게 할 수도 있지만 스트레스나 과다한 긴장 상태에서 발생할 수도 있습니다. 그리고 영수 군이 예전에 보인 병력은 자세히 알 수는 없지만 아마도 청소년기에 자주 일어나는 긴장형의 분열증 같습니다. 하지만 이런 증세는 시일이 지나면 저절로 완치되는 수가 많습니다. 하지만 이번에는 다를 수도 있습니다. 그리고 결론에 도달하려면 아직 더 알아보아야 할 것이 있습니다."
"얼마나 치료를 받아야 합니까?"
의사의 말에 어리둥절해진 동섭이 말을 더듬으며 묻는다.
"입원할 정도는 아니지만 통원 치료를 받아야 합니다."
"치료받게 된다면 어떤 치료를 받게 됩니까?"
"주로 오늘과 같은 대화 요법이나 최면술을 쓰기도 합니다만 영수 군 같은 경우는 약간의 약물을 쓸 수 있습니다. 세로토닌-도파닌 길항제라고 불리는 새로 나온 약물이 있습니다."
"그런데 오늘 진단서를 받을 수 있습니까?"
의사는 잠시 말이 없다. 그러자 영수가 의사를 조르기 시작한다.
"이미 경찰병원에서 일차 진료를 받았거든요. 그리고 또 제 처지가 처지인 만큼 진단서를 좀 발급해 주십시요. 그래야만 수월하게 치료를 받을 수 있을 것이 아닙니까?"
"예, 그렇게 해드리겠습니다. 군대라는 특수한 긴장 상태가 당신의 병을 악화시킬 소지가 많이 있기 때문입니다."

의사와의 면담이 끝났다. 그들은 의사에게 정중히 작별 인사를 나눈다. 동섭은 수납계에서 진료비를 지불한다. 병명란에 정신분열증이라고 쓰인 진단서도 받았다.

병원을 나오자, 그들은 시외버스 터미널로 향한다. 그곳에서 영수는 이리행, 두 사람은 진주행 버스에 오른다. 버스에 앉았을 때, 전주댁은 동섭에게 넌지시 의견을 묻는다.

"그놈이 아무래도 군대 생활허기 싫어서 그런 거 겉제?"

"잘 모르겄어. 첨에는 그런 생각이 들드만."

정신병원을 보기 전이라면 동섭도 전주댁의 말에 동의했을 것이다. 하지만 이제는 아니다. 그가 보기에 정상인과 정신질환자의 차이는 별것이 아니었다. 그는 자신도 언제 그런 처지가 되어 입원하게 될지 불안해진다.

"염삼스러운 놈!"

문득 전주댁이 창 쪽을 향해 중얼거린다.

7

다음 해 6월이다. 부엉댁이 허겁지겁 친정으로 달려 들어온다. 마루에 앉아 있던 세 사람이 거의 동시에 고개를 돌린다.

"자가 무슨 일인가? 요새는 집에도 잘 안 오는디."

임춘복 여사가 느릿느릿 말한다. 전주댁도 고개를 젓는 것이 글쎄, 말입니다, 하는 표정이다. 부엉댁은 아랫방에 사람들이 들어오면서부터는 스스로 걸음을 끊었다.

"영수야, 길에서 물이 터졌는디 좀 가보자!"

"물이 터져?"

전주댁의 말에 부엉댁이 고개를 끄덕인다. 전주댁은 영수의 얼굴을 본다. 요즘 영수는 농사짓는 데 열심이다. 오늘도 전주댁은 영수가 모는 경운기를 타고 잿뎅이 논에 왔다.

"그래, 영수야. 같이 가보자."

부엉댁은 혼자이고 한쪽 팔을 쓰지 못하기 때문에 다른 사람이 생각하기에 사소한 일도 큰일이 될 수 있었다. 같이 가서 일러주어야겠다고 전주댁이 생각하기도 전에 영수가 앞서 걸어 나간다. 영수는 제대 후 확실히 달라졌다. 집안에 무슨 일이 있으면 먼저 나선다. 누가 보아도 장자의 도리를 다하려고 하는 것 같다.

"그래, 어서 같이 가봐라!"

임춘복 여사도 한쪽 손을 들어 재촉한다. 세 사람은 서둘러 서쪽 길을 따라 걷는다. 남편이 죽고 자식들이 모두 타지로 나간 후 부엉댁은 혼자 집을 지키며 살고 있다. 남원에 사는 작은아들 대성이 주말을 기해 한 번씩 다녀가기는 했지만 이번처럼 갑자기 호스가 터진 사고 같은 것은 어찌할 수 없는 일이다.

잠시 후 세 사람은 물이 터져서 흥건한 고샅에 도착한다. 문득 전주댁은 언니가 측은하게 생각된다. 다른 아낙이라면 솜씨가 없어도 대충 얽어놓거나 땅이라도 파놓았을 것이다. 세 사람은 일단 샘으로 간다. 큰 바위 아래에서 물이 솟아 나오는 샘은 대나무 숲에 가려 있어 햇빛을 받지 않는 곳에 있다.

"우선 거기를 막아!"

부엉댁 말대로 영수가 입구를 비닐로 틀어막는다. 물은 그곳에서 길 아래 묻힌 PVC 파이프를 따라 내려오다가 뒤편 개울을 지나 곧바로 집안의 둥근 콘크리트관으로 떨어지게 되어 있다. 일행은 물이 홍건한 지점으로 내려온다.

영수가 톱으로 파이프를 자르는 동안 전주댁은 한쪽을 붙든다. 위쪽은 비닐로 막고 아래쪽 파이프에 대고 펌프질을 시작한다. 물이 흐르지 못하도록 막고 있는 이물질을 펌프의 힘으로 불어내려는 것이다.

영수는 왼발로 펌프를 밟고 두 손으로 펌프질을 해댄다. 영수의 팔과 어깨의 근육이 움직이며 펌프 속에 빨려 들어간 공기는 호스를 타고 들어가며 쉭쉭 소리를 낸다. 지금처럼만 해준다면 영수와 함께 사는 것도 나쁘지 않다.

"안 힘드냐?"

전주댁 말에 영수는 대답도 없이 묵묵히 펌프질한다. 다른 사람들 앞에서는 모르지만, 영수도 동섭처럼 말이 없다. 그동안 부엉댁은 필요한 연장을 가지러 집 안으로 들어간다. 이윽고 영수가 펌프질을 멈춘다. 호스가 뚫린 것이다. 그 작업이 끝나자 영수는 부엉댁이 가져온 톱으로 깨진 파이프를 반듯이 자르고 한쪽을 당겨 접착제를 붙인다. 이 점에서 영수는 전주댁을 닮았다. 눈썰미가 좋아 한 번 본 일은 금방 따라 할 수 있다. 잠시 후 접착 부분이 약간 마르자, 이번에는 접착 부위를 비닐로 칭칭 동여맨다. 그것을 다시 땅 밑에 묻는 것으로 일이 끝난다. 전주댁은 바위 아래에 있는 샘으로 올라가서 막아둔 파이프의 입구를 틔워 준다.

모든 작업이 끝나자, 영수는 연장을 챙긴다. 이제 남아 있는 일은 콘크리트관으로 물이 떨어지는 것을 확인하는 것이다.

"영수야, 물 내리온다!"

두 사람이 집에 도착하기도 전에 신이 난 부엉댁 목소리가 들린다. 잠시 후 그들은 콘크리트 구조물 안으로 물이 떨어지는 것을 보며 흐뭇한 기분으로 마루에 걸터앉는다. 그때 부엉댁이 은빛 쟁반에 김치와 검은 냄비를 담아 가지고 나타난다.

"자, 이거 라면이다. 힘들게 고생했는데 좀 먹어봐. 동상도 좀 들고."

부엉댁이 검은 냄비의 뚜껑을 연다. 김이 모락모락 오르는 라면이 모습을 드러낸다.

"잿뎅이 농사짓느라고 힘들제?"

"논이 옛날 논이라 푹푹 빠져서 그것이 좀 고생이제."

"그래도 그 땅이 소출은 좀 나제."

그러니 어쩌자는 말인가, 전주댁은 약간 화가 난다. 참, 욕심은 많아 가지고. 제일 많이 유산도 받았으면서. 잿뎅이 논은 작년 가을 재산 분배로 인해 전주댁과 장수댁, 공동명의로 이전된 땅으로 올해부터 동섭 내외가 경작하기 시작했다. 이것에 대해 동섭은 늘 못마땅해한다. 처갓집논 부친다는 말을 사람들에게 들어서가 아니라 경지정리가 되지 않은 데다가 산성화되어 발이 푹푹 빠지는 논이기 때문이다.

"동생네 둘째 아들 재문이가 말이여……."

부엉댁 목소리가 갑자기 낮아진다.

"문동 언니네라면……."

강종문이 죽었을 때 방문한 뒤로 전주댁은 소식을 듣지 못했다. 그녀가 장수에 간 일도, 장수댁이 집으로 넘어온 일도 없었다. 부엉댁네 일도 마찬가지다. 그녀는 여기에 오기 전까지 큰아들인 유성이 재혼해서 아주 게으른 여자와 살고 있으며, 전처소생의 아들이 그 여자를 냉대하고 있다고만 들었다.

"재문이가 한 달 전엔가 한 번 외갓집으로, 그것도 밤에 찾아왔드라고."

"그래?"

전주댁이 약간 톤을 높이자, 영수가 젓가락질을 멈춘다.

"근디 그냥 온 것이 아이고 엿장수 리어카를 끌고 왔드라고. 그래서 내가 너 엿장수 허냐고 했드만 헌다고 그러데."

"그 전에 미장헌다고 안 했어?"

"몰라, 미장헌다는 이약은 나도 들었는디 때리치웠는갑제."

"그러면 엿장수가 제 체질에 맞는 일이었는갑제."

"근디 저녁을 묵고 나서 어머이가 그냥 허는 말로 집에 느그 어머이하고 동생들이 있는데 집에는 안 가고 왜 엿장수를 허고 돌아다니냐고 헌께 말이여."

끝부분에서 부엉댁 말투가 올라간다. 그것이 전주댁에게 더한 불안을 불러일으킨다.

"엿장수 험서 집에는 안 들어갔디야?"

"아, 지 말이 그때 그랬어. 근디 그 말에 팩 토라지드만 그 길로 그냥 리어커를 끌고 나가부리데."

"그래가지고?"

"그래, 괜히 우리가 저 놈 원래 성질이 그런 걸 생각도 못 허고 잘못

건드렸다 싶기는 싶드만…… 가길래 그냥 놔줬제, 뭐. 잡는다고 그놈이 올 놈도 아이고 말이여."

"아이고, 그놈도 즈그 아부지를 탁해가지고 안 그래."

"근디 말이여. 나중에 장수에서 동생이 와서 말을 허는디, 세상에 그놈이 그날 말이여. …그날 밤에 가다가 리어커는 내뿌리고 그냥 택시를 타고 남원으로 갔었든갑서."

라면을 다 먹은 영수가 약간 불편한 표정으로 두 사람의 얘기를 듣고 있다.

"무슨 일로 밤에 혼자 택시를 타고 가?"

"그거야 나도 모르제. 남원에 뭐 잘 아는 술집 여자가 있는 갑다고 즈그 어머이가 그러데."

"망헐 놈!"

"근디 이놈이 차비도 없었는가 남원에 도착해서는 그냥 운전수 목에 칼을 들이대고는 돈을 뺏아서 달아나부렀디야."

전주댁은 가슴이 덜컥 내려앉는 것 같다. 어쩔 수 없는 종자들이여.

"아이구, 어쩌끄나잉!"

"긍께 동생이 여기 왔던 날, 그날은 재판받는 거 보고 오는 길이래야."

"그래, 그래서 그동안에 우리 집에도 안 오고 그랬구만."

"아이구, 자식들이 지애비를 탁해가지고……."

"그러게 말이여."

자매간이란 이래서 좋은 것인지 몰라. 어떤 말을 해도 마음이 잘 맞고 소문이 날 우려도 없으니까. 잠시 후 전주댁은 자리에서 일어난다.

"인자, 가봐야겄소."

"영수야, 수고했다."

"예, 안녕히 계세요."

고샅을 빠져나와 큰길로 나서면서, 씨는 정말 속일 수 없다는 생각이 들어 전주댁은 혀를 찬다. 그런 후 얼마 전까지만 해도 자신에게 악물 덩어리였던 영수를 흘깃 쳐다본다.

8

한 번씩 끈적끈적한 바람이 불고 지나간다. 구판장에서 열두어 살 먹은 여자아이가 한씨 집을 향해 달려간다.

"전화 받으시래요."

"오냐."

동섭은 안방에서 배를 깔고 엎드려 있다가 자리에서 일어난다. 말을 마친 아이는 휙 뒤돌아서 달려나간다. 전주댁이 구정물을 들고나오다가 묻는다.

"어디서 온 전화래?"

"몰라. 가봐야 알제."

그는 검은 고무신을 신고 바삐 걸어간다.

"전화세 많이 나와, 빨리 좀 걸어가."

"알았단께."

구판장에 도착해서 동섭은 댓돌 위에 놓인 송수화기를 집어 든다.

"여보시요?"

저편에서 숙자의 울먹이는 목소리가 들려온다.

"오빠, 나요. 우리 시아부지가 죽었소."

"언제?"

사돈이 죽었다고? 그는 가볍게 속으로 묻는다. 여동생의 말을 듣는 동안 동섭은 아버지가 죽었을 때 숙자의 옷차림을 떠올린다. 하얀 소복 차림의 여동생은 내내 손수건을 들고 살았다.

"그래, 알았다."

그는 짧게 통화를 끝낸다. 사실 이런 일이 아니면 두 사람은 서로 연락을 취하지 않았다.

"정자 성기네 즈그 아부지가 죽었다는구만 그래."

방문을 열자마자 그는 태연하게 전주댁에게 말한다. 놀랄 만한 일이 생겼을 때 그가 취할 수 있는 가장 마음에 드는 자세다.

"아니, 얼매 전까지만 해도 생생한 양반이 왜 돌아가싰으까, 잉!"

전주댁은 약간 놀라면서도 그저 평범하게 반응하고 있다. 만약 장모가 죽었다고 말하면 아내는 어떤 반응을 보일까. 시커먼 먹구름이 비를 내리듯 눈물을 흘리고 폭풍에 떠는 나뭇잎처럼 온몸을 부들부들 떨어댈까. 문득 동섭은 그 장면이 보고 싶다.

"그거야, 나도 모르제."

동섭도 궁금해진다. 그간에 그렇게 정정했는데, 무슨 일이 있었다는 것일까. 머리를 짧게 깎아서 두개골의 윤곽이 드러나는 머리에, 태어나서 한 번도 깎아본 적이 없을 듯싶게 길게 늘어뜨린 수염의 사돈장이 햇빛이 들어오지 않아 침침한 방에 앉아 있는 모습이 떠오른다.

가래 끓는 기침 소리를 내고 담뱃대를 두들기던 장면이 이어진다. 하긴 나이 든 사람이 죽는 데는 이유가 없지. 누구든 사자가 부르면 가야 하는 것이지.

다음 날 아침이다. 잠시 밖에 나갔던 전주댁이 부리나케 집으로 달려들어온다.

"뭔일인디, 그리 호들갑이여."

"사돈이 농약을 마싰디야"

"어떻게 알게 된 건디?"

"앞집 아지매가 장에 갔다가 정자 사람한테 들었디야."

이렇게 말을 던져놓고 전주댁은 하얀 두루마기를 꺼낸다. 전주댁은 바늘을 왼손에 쥐고 실을 꿰려 한다. 바늘귀가 잘 들어가지 않자, 전주댁은 애가 타는 듯하다. 전주댁의 시력은 이제 바늘귀를 볼 수 없을 정도로 약화되어 있다.

"근디 그 양반이 왜 농약을 묵었디야."

드디어 바늘귀에 실은 집어넣은 전주댁은 옷에 동정을 대고 꿰매기 시작한다. 전주댁은 바느질하고, 재봉틀로 옷을 만드는 것을 즐겨왔다. 또한 겨울이 되면 실로 옷이나 양말을 만들어 아이들에게 입히기도 했다. 그럴 때의 그녀는 놀라울 정도로 인내심이 많아 보인다.

"사람들 이약으로는 그렇디야. 아들하고 사이가 안 좋아서 맨날 싸왔는디 그것 땜시 죽었는갑다고 그러데."

전주댁이 부지런히 바늘을 움직인다. 그녀는 일을 하면서 이야기할 수도 있고 동시에 두 가지 일을 같이하기도 한다. 그녀는 곧잘 부엌 아궁이에 불을 대놓고 샘으로 마당으로, 수십 차례 뛰어다닌다. 하지만 동섭은 두 가지 일을 한꺼번에 할 수가 없다.

"그런다고 사람이 죽어?"

"참 사둔 넘 말허고 있네. 즈그 아부지는 그동안에 영수하고 엔간히 싸워봐서 그래? 사람이 말을 허먼 사람 말이 말 같지를 않나, 곧이 안 들어."

전주댁이 신경질을 내면서 하얀 실을 이빨로 끊으려 한다. 순간 앞니 몇 개와 어금니 몇 개만 남은 그녀의 치아가 드러난다. 잉! 그녀는 몇 번이나 실을 끊는 데 실패한다. 그간 동섭은 전주댁으로부터 가족들 의견은 도외시하고 다른 사람들 말에만 귀를 기울인다는 비난을 받아왔다. 그 점이 그로서도 이상했다. 인간적인 약점들을 너무 속속들이 알아서일까. 그래서 쉽게 무시해버려도 좋다고 느낀 것일까. 아니야, 이건 나를 믿을 수 없는 것과 마찬가지로 나와 비슷한 가족들의 말을 믿을 수 없기 때문일 거야.

"해필 농약을 묵고 죽다니."

동섭은 윗목에 무릎을 세우고 앉아 그것을 팔로 안은 채 중얼거린다. 왠지, 근거 없는 믿음이지만 이 죽음이 좋지 않은 일들을 몰고 올 것만 같다. 고인이 농약을 마시는 장면이 생생하게 떠오른다. 자신을 향해 살려달라고 애원하는 것 같아 그는 고통스러움을 느낀다. 순간 고인과 자신의 모습이 겹쳐 보이며 누가 죽었는지 혼동되는 순간이 온다. 그도 영수로부터 생명의 위협을 느낀 적이 있다. 언젠가 영수는 집을 불 지른다고 휘발유 통을 들고 동섭을 협박하기도, 정말 죽일 것처럼 적개심 섞인 눈으로 노려본 적도 있다. 증폭된 불안 속에서 동섭은 머지않아 다가올 것 같은 자신의 죽음을 상상한다. 동섭의 몸이 떨린다. 나도 머잖아 죽겠지. …그때 영수는 정신질환에 시달렸기 때문에 착란 증세를 보인 것이었잖아, 하고 속삭여도 소용이 없다.

"왜 몸을 떨고 그래?"

전주댁의 물음에 동섭은 무어라 대답할 수 없다.

"농약을 먹고 죽었다고 해서 그렇구만."

전주댁은 눈치가 빠르다. 그의 마음을 훤히 꿰뚫고 있다.

"사람 죽는 거 어디 한두 번 보요?"

햇빛에 반사된 거울이 반짝하듯이 전주댁의 입가에 엷은 미소가 스친다. 도대체 동섭의 신경은 둔감해질 수가 없다. 사람이 죽는 것을 여러 차례 보았음에도 불구하고 부고 소식만 들어도 놀라고 당황한다. 마치 처음 당한 일처럼 반응한다. 일을 하는 데도 마찬가지다. 사람이 경험이 쌓일 법하고 요령이 생길 듯도 하건만 늘 새잡이다. 그래서 전주댁은 질타를 가하곤 한다.

얼마 뒤 동섭은 어머니, 아내와 함께 집을 나선다.

상가에는 동네 사람들이 와 있다. 하얀 광목 차일 아래에는 남자 몇 사람이 장례를 의논하고 있다. 동섭은 고인의 빈소로 가서 조문한다.

"얼마나 심려가 크시겄소?"

"와 주셔서 고맙습니다."

박성기는 목소리가 쉬어 있다. 동섭은 아버지를 죽음으로 몰고 간 불효자식의 얼굴을 본다. 눈 아래 얼룩이 져 있다. 다들 뒤에서만 손가락질을 할 테지. 숙자는 윗방에 앉아 있는데 어이없는 표정이다. 과연 시아버지가 죽은 것이 사실인지 묻고 있는 눈빛이다. 어머니와 전주댁이 숙자 옆에 앉아 위로하는 것을 보며 동섭은 밖으로 나온다.

애초에 대궐같이 큰집으로 이사온 것이 아니었다. 이것은 그나 전주댁만이 아니라 대개의 사람들이 공감하는 바였다. 그 집의 터는,

전에 살던 주인이 집을 팔고 가면서 누군가에게 했다는 말처럼 집안에 온갖 불행을 몰고 오는 자리였다. 첫 희생자는 안사돈이었다. 이사를 하고 난 직후 안사돈은 앓기 시작했고 끝내 해를 넘기지 못하고 죽었다. 이것은 우연일지 모른다. 사람들이 불행을 풍수지리와 연관지어 말하는 습관에 기인한 것일 수도 있다.

정확히 이 집이 불행하게 된 것은 가장인 박성기 개인적인 탓에 힘입은 바가 크다. 그는 사람 만나기 좋아하고 술 마시기 좋아해서 그동안 집안일을 거의 돌보지 않았다. 아마 그것이 박성기가 고인과 늘 다투는 원인이 되었을 것이다. 아니 그와 반대로 고인과 사이가 좋지 않았기 때문에 그렇게 밖으로 나돌았다고 할 수도 있다. 어쨌든 두 사람의 불화는 가정을 불행하게 했고 마침내 한 사람이 죽는 것으로 이어진 셈이다.

동네 사람들과 어울리면서 동섭은 새로운 사실을 한 가지 듣는다. 박성기가 동네 사람들에게 약간의 빚을 지고 있다는 것이다. 빚이라니? 그도 농협에 얼마의 빚을 지고는 있지만 농사꾼에게 이보다 무서운 것은 없다고 생각해 왔다. 하긴 매일 이장 일 한다고 밖으로 돌아다니고 부부가 양질로 약을 먹는데 살림이 배겨나겠어? 그러니 사돈이 약을 먹고 죽지. 하지만 동섭의 생각에는 근거가 없다. 빚이 주는 중압감 때문에 본인도 아닌 사장(査丈)어른이 죽었다는 것은 누구도 공감할 수 없을 것이다.

다음 날 상여가 나간 후 집으로 돌아온다.

이후 며칠간 동섭은 고인에 대한 환상으로 인해 잠을 설친다. 하지만 그것도 잠시 이내 그는 무감각해진다. 농약을 마시고 있는 고인의 일그러진 표정은 더 이상 떠오르지 않는다. 고인이 눈과 코, 입, 귀로

피를 흘리는 꿈도 꾸지 않는다. 이것은 물론 시간의 힘이다. 시간의 흐름에 따라 자극적이고 불쾌한 일들을 떠올리지 않아도 된다는 것은, 감각이 무디어진다는 것은, 그로서는 찬미할 만한 일이다. 그는 모르고 있었지만, 그의 감각도 의식하지 못하는 동안 무디어지고 있는 셈이다.

9

"도대체 왜 학교를 안 가겠다는 거이냐, 왜 그래?"

애가 끓어 목에 불이 지펴질 것 같이 마른 목소리로 전주댁은 작은방에 대고 소리친다. 안에서는 여전히 대답이 없다. 정말 이놈이 왜 그러지, 그녀의 얼굴은 분명 그렇게 생각하고 있다.

그녀는 점심을 먹고 난 이후부터 창수가 전주에 간다고 나서기를 기다렸다. 그녀는 들에 나가는 것도 늦추고 미뤄졌던 집안일을 하고 있었다. 일을 하는 도중에도 내내 신경이 쓰여 그녀는 작은방을 쳐다보았다. 곧 전주로 간다고 나서겠지. 그녀는 신경을 가라앉히기 위해 마음을 다독거리며 기다렸다. 이윽고 큰방의 벽시계가 네 번 종을 친다. 그녀는 기다리다 못해 작은방 문을 두들겼다.

"내일이 개학이 아이라?"

안에서는 아무런 대답이 없다. 전주댁은 불길한 생각이 들어 문고리를 잡아당겼다. 그러나 안에서 굳게 잠긴 방문은 열리지 않는다.

"문 좀 열어봐!"

전주댁의 외침에도 안에서는 응답이 없다. 그녀는 침을 꼴깍 삼킨다. 그녀는 창수의 코 고는 소리라도 들을 수 있을까 싶어 방문에 귀를 대본다.

"저 인제 학교 같은 데는 안 가요!"

안에서 터져나온 뜻밖의 말에 전주댁은 그녀의 표현대로라면 간이 툭 떨어질 것처럼 깜짝 놀라 위에서처럼 소리쳤다.

창수는 폭탄 선언을 한 뒤 더 이상 문밖으로 말을 보내지 않는다. 모자 사이를 매개하던 말의 전령이 잠시 가사 상태에 빠진다. 전주댁은 무엇인가를 깊이 생각하는 눈치다. 그러다가 갑자기 무엇을 생각해 낸 듯 긴장된 표정으로 천천히 말의 전령을 깨운다.

"그래, 니가 생각허는 것 겉이 우리 집이 힘들기사 힘들제, 그거이 거짓말은 아이제. 근디 니 생각겉이 너 하나 핵교 못 보낼 정도는 아이라… 언제, 내가 돈 애끼 쓰라고 헌 것 그것 때문에 그러냐? 그건 그 말이 내 입에 붙어서 헌 말이제, 그것이 진짜로 니가 쓰는 돈이 아까워서 그렇다는 말은 아이라. 글고 부모가 되어 가지고 자식헌테 그런 말도 못 허겄냐?"

전주댁의 음성은 조금 전과는 판이하게 다르다. 그녀는 영매가 된 듯 부드럽고 잔잔한 주문을 외고 있다. 그녀는 창수에게 모성을 불러일으키려 한다.

한편 방 안에 있는 창수는 어머니가 무슨 말을 하든지 어떤 주문을 외던지 끄떡도 하지 않고 있다. 그는 어머니의 잔잔한 말투는 정말 질색이다. 이런 비슷한 일이 생길 때마다 어머니는 매번 이 주문을 사용했고 그때마다 그는 굴복했다. 하지만 일단 문제를 해결하고 나면 어머니는, 자식이란 부모의 의사와 희망에 따라 살도록 결정지어진 존재라고 믿는 본연의 자세로 되돌아간다. 언제 자식에게 간이 살살 녹을 정도의 주문을 걸었냐는 듯이.

단 하루, 개학일을 넘기기만 하면 된다. 그러면 부모님의 어깨에 지운 짐 때문에 고통스러워하지 않을 수 있다. 또한 고등학교를 그만둠과 동시에 존경하지도 않는 선생님들의 모습을 보지 않아도 된다. 아무런 흥미도 없는 공부에 매달려 삶을 허비하고, 소심하고 공상을 즐기는 날 결코 이해하지 못하는 친구들을 만나지 않아도 된다. 창수는 이런 생각이다.

이래가지고는 안 되겠어. 전주댁은 남편에게 도움을 청하기 위해 뛰다시피 논으로 달려간다.

"무슨 일인데 그래?"

"어서 이리 와봐."

전주댁은 논두렁가에 서서 남편이 오기를 기다렸다가 일어나고 있는 일을 설명한다. 동섭은 논두렁을 덮고 있는 풀을 베다가 중단하고 낫과 지게를 챙긴다. 동섭은 아내가 창수를 굳이 학교로 다시 밀어넣으려고 하는 것을 이해할 수가 없다. 고등학교 졸업도 하지 못하고 사회로 나온 자식이 할 수 있는 일이란 지극히 단순하고 육체적인 노동이 될 수밖에 없지만 누구든 원하지 않는 것은 강요해서는 안 된다. 그것이 그의 좌우명이었다. 그래서 그는 종종 '제 신세 제 알아서 하게 내버려둬! 라고 외치곤 했다.

그런데 이런 동섭의 생각들은 영수에게 무관심한 아버지로, 전주댁에게는 인정머리도 없고 욕심 없는 남자로 비쳤다. 동네 사람들이 그를, 약간 야유가 섞여 있지만 성인으로 취급한 것에 비하면 너무 뜻밖이다.

동섭은 자신이 형편없는 인간으로 오해받게 된 원인에 대해서 생각해 본다.

삼십 대에 동섭은 어떻게 살 것인가를 생각한 것이 아니라 왜 살아야 하는지를 열심히 생각했다. 삶이 구체적으로 죽음과 어떻게 다른지 뚜렷한 구분을 지을 수 없었고, 사람과 동물의 삶이 얼마나 다를지 확신을 갖지 못했다. 새벽에 일찍 일어나 혼자가 되면 그는 멍청히 생각에 잠기기도 하고 조부로부터 배운 학문에서 그 답을 얻을까 책을 뒤적인 적도 있다. 그렇지만 그는 어느 곳에서도 뚜렷한 답을 얻지 못했다. 그가 얻을 수 있는 지식에는 한계가 있었고, 그가 만나는 사람들로부터 좋은 조언을 얻을 수도 없었다. 그는 때때로 찾아오는 삶의 무상함이나 때때로 찾아오는 불안감을 이기지 못해 세상과 사람들을 혐오하게 되었다. 그렇다고 사람들을 막 대했다는 것은 아니다. 그는 지금껏 사람들에게 손톱만 한 피해도 준 적이 없다고 자부하고 있을 정도였다. 그것은 사실이었다. 그는 사람들에게 예의로 대했고 경우에 없는 짓을 한 적이 없었다.

그러면서 그는 사람과 세상으로부터 고립되어 갔다. 하지만 영원히 은자로 남아 있을 수는 없었다. 자신이 낳은 자식들로 인해 그는 세상에서 불어오는 바람 앞에 서서 그것이 몸을 관통하는 것을 보고 있어야 했다. 그 때문에 간혹 그는 내부에 쌓여 있던 화를 참지 못하고 폭발시켰다.

앞서가던 전주댁이 몇 번이고 뒤돌아보며 재촉한다. 동섭은 못 들은 체 똑같은 보조로 걷는다. 비가 온다고 뛰면 앞에 있는 비까지 다 맞게 되는 것처럼 빨리 간다고 창수의 마음이 변할 리 없지 않은가.

그의 표정은 이렇게 말하고 있지만 내면은 그렇지 않다. 그는 몹시 흥분해 있고 어서 가라앉히지 않으면 말 한마디 할 수 없을 정도로 격해져 있다. 집에 돌아온 동섭은 작은방 문 앞으로 다가가서 헛기침한다.

"나는 니가 헐라고 허는 것을 막을 생각은 없어. 꼭 학교를 다니는 것만이 최선이라고 생각을 안 헌께. "

생각하고 있었던 말을 미처 다 하기도 전에 동섭은 전주댁에게 끌려 마당으로 나간다.

"아, 이놈의 남자가 아를 학교에 보내라고 데리고 왔드만, 뭐라고 그런디야, 시방!"

전주댁에게 퉁바리를 맞은 동섭은 다시 방문 앞으로 간다.

"야, 이놈아! 이왕 고등핵교를 들어갔은께 졸업장이라도 받아가지고 졸업을 해야지, 시방 핵교를 안 가면 중퇴를 하자는 거여, 뭐여? 대학을 못 갈 형편이라서 그래?"

동섭은 창수의 일에 그다지 관심이 없지만 흥분을 가장하여 소리친다. 여전히 안에서 아무런 대답이 없다.

"에이, 이놈의 자석이 부모 애를 믹일라고 난 놈이여. 야, 이놈아! 니 인생 니 알아서 허는 거여!"

동섭은 창수에게 자극을 주어 스스로 나오도록 하려고 시도해본다. 그러자 옆에 서 있던 파평 윤씨가 그를 막고 나선다.

"야, 야! 네가 그러면 못 쓴다. 느그 에미 애비도 생각해야지."

그녀의 달램에도 불구하고 안에서는 대답이 없다.

안에 있는 창수는 벽에 머리를 처박고 침울한 표정을 짓고 있다. 그도 자신의 태도가 자식이나 손자로서 취할 태도가 아니라는 것 정도는 알고 있다. 하지만 그는 자기 의사를 관철하기 위해서는 어떤 말에도 굴복해서는 안 된다는 생각이다. 어떻게 해야 하나. 창수는 문득 화가 난다. 자신의 생각이 왜 가족들에게 받아들여질 수 없는지 이해할 수 없다.

방에서는 아무런 대답이 들려오지 않는다. 방안을 향해 침입해 들어갔던 무수한 자음과 모음은 죽은 자의 영혼처럼 대기 중으로 흩어져 버린다. 동섭은 조금 전에 자신이 한 말이 효과를 보지 못하자 다시 문 앞으로 다가간다. 그리고 그와 창수 사이를 가르고 있는, 마음만 먹으면 부숴 버릴 수도 있는, 그을음과 먼지가 끼어서 본래의 대나무 빛과 원래의 색소를 잃어버려 검게 변한 문짝, 그것들 위에 붙어 한 몸처럼 되어버린 누런 창호지를 골똘히 보며 할 말을 생각한다.

창수는 이불을 뒤집어쓰고 벽 쪽을 향해 고개를 돌린 채 눈물짓는다. 이런 짓이 사내답지 못하다는 생각보다는 어쩌면 내 신세가 이렇게 가엾게 됐을까 하는 생각이 더 우위를 점하고 있다. 창수의 눈에서 눈물이 흘러내린다. 그는 흐르는 눈물을 그대로 내버려둔다. 창수는 자신에 대한 한없는 동정을 느낀다. 눈물은 창수의 뺨을 타고 흐르다 마침내 붉은 베갯잇을 적신다. 이젠 올 때까지 온 거야. 할머니나 부모님이 매달리는 것은 한번 그래보는 것이거나 의무감 때문일 거야. 사실 이분들이 그럴 이유는 없지 않은가. 지금까지도 나를 위해 희생했다는데 난 그것을 보상해줄 자신이 없어. 나도 그 사실을 아주 잘 알고 있지 않은가…… 아, 나라는 인간은 늘 왜 이럴까. 도대체 아무짝에도 쓸모없는 나 같은 인간을 왜 우리 부모님은 가만두지 못하시지? 진작 집을 나가서 돌아오지 않았거나 어디서 죽어버렸다면 이런 일은 없었겠지. 하여튼 이제는 너무 늦었어. 담임 선생님께도 자퇴서를 발송했으니까.

이 사건이 일으키기 전에 창수는 담임선생에게 한 통의 편지를 발송했다. 얼굴에 곰보 자국이 있지만 세심하고 친절한 담임선생님께 그간 보살펴준 은혜에 감사를 올리며 자퇴서를 보냈다. 거기에서 그는 가정형편으로 인하여 더 이상 학업을 계속할 수 없게 되었다고 썼다. 자퇴서 하단에는 보호자인 동섭의 이름을 썼고, 몰래 훔친 도장을 찍었다.

얼마나 지났을까. 오랫동안 밖에서 인기척이 없다. 한참 동안 밖의 동정에 귀를 기울이던 창수는 입가에 미소를 떠올린다. 모처럼 만에 그의 고집대로 일이 되어 가고 있다. 그간 그는 원하는 대로 산 적이 거의 없다. 아주 사소한 일까지 그랬다. 게으르고 행동이 느릴 뿐 아니라 무언가 모자라는 듯한 얼굴이었기 때문에 다들 마음을 놓지 못했던 탓일 수도 있다.

작고 사소한 희망이 묵살될 때마다 창수는 내심 외쳐왔다.

"나는 그렇게 바보가 아니에요. 그러니까 날 좀 가만 내버려둬요!"

그러나 그 목소리에 귀를 기울이는 사람은 어디에도 없었다. 그러다 창수는 자신의 죽음을 지어내기 시작했다. 그는 멀찌감치 서서 자신의 시체를 즐거운 기분으로 쳐다본 후 시체 옆에 애통해하거나 참회하는 가족들을 그려 넣었다. 그러면 기분이 짜릿해졌다.

내가 죽는 것보다 더 대단한 일이 어디 있습니까? 문득 창수는 죽음을 경험해 보고 싶다. 언젠가 영원히 집을 떠나려고 했던 것처럼 세상을 떠난다고 생각하자, 그는 기분이 날아갈 것 같다. 그를 괴롭히던 갖가지 환경. 불화를 일삼는 가난한 집, 가족들이 거는 기대, 갖가지의 형태로 구속하던 학교 선생님, 사악함을 감출 수 없는 친구들. 이들로부터 달아날 수 있다는 사실이 그에게 말할 수 없이 큰 기쁨으로 다가온다.

창수는 죽을 이유가 많음이 다행스럽다. 그간 그는 부모나 형제들이 단지 말로 전하는 사랑을 들었을 뿐 한 번도 느껴본 적은 없다. 그는 늘 혼자라고 생각해 왔고 그때마다 혼자 뒤란에 앉아 울었다. 나는 혼자다. 이 세상에 많은 사람이 있지만 나는 혼자이다! 내가 없어진다고 해서 세상은 이만한 흠도 하나 남지 않을 것이다.

창수는 천장 대들보에 허리띠를 매고 그 아래 의자를 갖다놓은 후 그 위에 올라선다. 그때 한동준에게 도움을 청하러 떠났던 사람들이 돌아온다. 한동준은 방안의 창수를 향해 말하기 시작한다.

"창수야, 그전까지는 몰랐지만 얼마 전에 네가 보낸 편지는 얼마나 눈물 나게 고마웠는지 아냐? 지금까지도 누구 하나 내게 그런 편지를 보낸 사람은 없어. 그런 네가 학교를 그만두겠다고 문을 닫아걸고 있는 것을 보니 얼마나 마음이 아픈지 몰라. 네가 원하는 길이 뭐니? 내가 도움이 될 수 있다면 도와줄게, 응?"

여기까지 말한 후 한동준은 잠시 말을 멈춘다. 숨이 턱까지 차올라 금방이라도 기침이 터져나올 것 같다. 당숙의 목소리에 창수는 문 쪽으로 다가간다. 이게 정말 무슨 일일까. 왜 이런 일이 일어난 것일까.

"당숙은 잘 모르세요. 우리 집안이 얼마나 어려운지, 그리고 그간 그것 때문에 제 마음이 얼마나 무거웠는지……."

"네 희망이 뭔지 모르지만 우리 집안은 대대로 교육자 집안이었단다. 증조할아버지는 이 나라에서 모르는 사람이 없을 정도로 명망이 높았던 대학자셨고. 당숙이 평생 교육을 천직으로 여기게 된 것도 아마 이런 가문의 전통이 있었기 때문일 거야. 창수야! 너도 이쪽 길로 한번 가보는 것이 어떻겠니? 네가 이 길로 가기만 한다면 내가 어떻게든 길을 열어주도록 해보마. 창수야, 여기서 학업을 중단해서는 안 된다!"

"당숙이 아무리 그래도 제 뜻은 변함이 없습니다. 절 가만 내버려 두세요."

뜻하는 바를 달성할 수 없을지도 모른다는 생각이 들자, 창수는 마음이 바빠진다. 이들에게 그 기회를 주어서는 안 돼. 그는 딛고 있던 의자를 용기 있게 발로 걷어차버린다. 그는 대들보에 대롱대롱 매달린다. 곧 창수는 숨이 막혀온다. 방문 너머에 많은 사람을 앞에 두고 죽는 것이 그는 아주 마음에 든다. 야릇한 흥분상태가 그에게 찾아온다.

"사실 젊을 때는 누구나 혈기가 넘치고, 자신감이 있어서 무엇이든지 해낼 수 있을 것 같지만 그것은 오로지 한 때란다. 나도 고등학교를 졸업하고 바로 사범학교를 갔었더라면 좋았을 것을, 정말 후회스럽다. 그때는 고등학교를 졸업한 것만으로도 아주 대단한 일이었기 때문에 안주해 버린 것이지. 솔직히 말해서 나는 농사꾼으로 남지 않기 위해서 공부를 했거든. 할아버지가 바라는 바이기도 했고…… 그리고 사람은 살다가 보면 어떤 식으로든 자기가 태어난 이 사회를 위해서 봉사할 때가 온단다. 그런 때가 오면 나 자신만이 아니라 다른 사람을 위해서도 살아야 한다. 그것이 우리를 낳아주고 길러준 대지에 대한 의무이기도 하고. 물론 나도 처음부터 이 사회를 위해 봉사하겠다는 생각을 가진 것은 아니야. 그저 어쩌다 보니 그런 기회를 맞이했던 것이고, 고등학교라도 마쳤기 때문에 그것을 수용할 수 있었던 거야. 창수야, 내 말이 무슨 말인지 알겠지?…… 창수야, 만약에 말이야. 네가 우리 집안의 기질을 그대로 이어받고 있다면 교육자의 길로 곧장 가는 것이 지름길일 거야. 먼 길을 돌아서 가는 것은 너무 힘들고 어렵단다. 자신이 가야 할 길을 잃어버릴 수도 있고 다시 돌아갈 수 없을 정도로 너무 멀리 와버리는 수도 있단 말이다."

창수는 이제 절정의 쾌감을 느낀다. 그러다 그는 신음 소리를 내기 전에 힘이 빠지는 것을 느낀다. 여기까지 말한 한동준은 숨이 턱까지 차서 더 이상 말을 할 수 없었기 때문에 동섭에 의해 마루에 옮겨진다. 그때 막 집으로 돌아온 영수가 방문 앞으로 다가선다.

"창수야!"

안에서 대답이 없자, 화가 난 영수는 헛간으로 달려간다. 영수는 도끼로 돌쩌귀를 부수기 시작한다.

"아이, 그렇다고."

전주댁의 말이 채 끝나기 무섭게 문이 부서져 내린다. 그들 앞에는 대들보에 목을 매달고 허공에 그네처럼 걸린 창수가 나타난다.

"아이고!"

"아이구, 저놈이!"

영수는 창수에게 인공호흡을 몇 차례 시도한다. 그럼에도 창수의 뒤집힌 눈은 돌아오지 않는다. 영수는 창수를 들쳐업고 구판장 앞으로 뛰어간다. 낮임에도 불구하고 지나가는 차들이 없다. 영수는 도로를 따라 뛴다. 영수의 얼굴과 온몸에서 땀을 비 오듯이 흘러내린다. 동네 사람들 몇몇이 영수가 동생을 업고 뛰는 것을 놀란 눈으로 보았고 길을 비켜준다. 동섭과 전주댁은 그 뒤를 따르며 지나가는 차를 잡기 위해 뒤를 돌아다본다.

그들은 '지금멀' 다리까지 와버린다. 영수는 맥이 빠져 죽은 창수를 내려놓지도 못한 채 그 자리에 다리를 후들거리며 서 있다. 영수는 다리 아래로 흐르는 물과 물살에 휘말려 푸르르 떨고 있는 풀들을 본다. 그때 뒤에 처졌던 동섭이 지나가는 트럭을 한 대 잡는다. 세 사람은 합심해서 창수를 싣고 난 후 각자 트럭 뒤로 올라간다.

얼마 후 그들은 대영면 보건소에 도착한다. 그들은 창수를 갈색 비닐 침대 위에 뉜다. 공중보건의는 창수의 눈을 까뒤집어 보고 맥박을 확인한다.

"살겠습니까?"

전주댁의 비통한 물음에 공중보건의는 할 말을 생각하는 듯 눈을 지그시 감는다. 그러더니 어쩔 수 없다는 표정이 된다.

"이미 30분 전에 사망했습니다."

10

하숙집에 들어서자, 무심결에 책상 위에 놓여 있던 라디오 스위치를 켰다. 벌떼가 윙윙거리는 것 같은 잡음이 알아들을 수 있는 음성으로 바뀌는 데는 오랜 시간이 걸리지 않았다.

착 가라앉은 해설자의 음성이 들려왔다. 드라마인지 다큐멘터리인지 가늠할 수 없는 극은 이미 시작해서 중반부를 달리고 있는 듯했는데 물론 제목도 알 수 없었다. 나는 그것에 개의치 않고 해설자의 목소리에 귀를 기울였다. 간혹 그 전에 어떤 사건이 있었는지 모르는 편이 극을 즐기는 데 낫다는 것을 알고 있었던 것이다.

그러는 동안 나는 자신도 모르게 라디오 속으로 훅 빨려 들어가는 느낌이었는데 그 이유는 정확히 알 수 없었다. 해설자의 음침한 목소리 때문일까. 아니면 지나칠 정도로 완벽한 행복의 조건 때문이었을까. 아무튼 나는 그 순간에 불안한 기분을 느꼈고 내 방에 살금살금 다가오는 죽음의 냄새를 맡았다.

주인공 — 해설자가 말하는 그자가 어떻게 성장하고 어떻게 살아왔는지는 알 길이 없었다. 내가 듣기 시작한 부분은 바로 남자 주인공이 출세 가도를 달리고 있었다는 것과 얼마 있지 않아 모든 사람이 우러러볼 수 있는 자리에 오르리라는 것을 누구도 의심치 않았다는 부분이었다. 주인공의 가정은 어느 집보다 행복했다. 아, 이런 가정이다! 라고 내가 생각하고 있었던 바로 그런 이상적인 가정이었다.

아침에 일어나면 티티새에게 먹이를 주고 있던 아내가 그에게 상냥한 목소리로 인사했고 이층에서 주르르 내려온 딸들은 양팔에 매달렸다. 휴일에 간혹 그는 아내와 딸들을 자가용에 태우고 놀이공원으로, 호수로 야유회를 가는 때가 있었다. 한마디로 그는 어느 것 하나 부족함 없는 처지였다. 가정이나 직장에서 지나치게 바람직한 위치에 서 있었다.

혹시 이 글을 읽을 사람을 위해 잠시 나를 소개해야 할 것 같다. 방송을 듣기 전 나는 무척 혼란스러웠다. 그것은 내가 처한 불우한 환경 때문일 수도 있고 고등학생이라는 특수한 상황 탓일 수도 있다. 하지만 많이 고민하는 자의 내면을 들었다 놓았다 하는 것이 단지 몇 가지에서 유래한다고 생각하는 것은 잘못이다. 거기에는 늘 복합적인 것들이 얽히고설켜 있기 때문이다. 좀 더 현실적으로 말하자면 나는 고등학교 2학년이었다. 그러나 1학년 때에 비해 조금도 나아진 것이 없었다. 성적은 갈수록 떨어지고 있었고 나를 둘러싸고 있는 것에 참을 수 없을 정도로 커다란 염증을 느끼고 있었다. 학교도 친구도 가족도 내게는 오로지 짐이 될 뿐이고, 잠시 어딘가에 기대려고 해도 기댈 만한 곳을 발견할 수 없었다. 나는 내 가족이 내게 얼마나 많은 기대를 걸고 있는지 알고 있다. 하지만 나는 아버지나 어머니의 기대를 충족시킬 수 있을 정도로 뛰어난 학생이 결코 아니었다. 나는 단지 평범하고 수업 시간에 선생님의 말씀을 듣는 대신 공상을 즐기고, 혼자서 책을 읽는 것을 좋아하고 약간 염세적인 취미를 가진 별스러운 아이일 뿐이었다.

감정이 그다지 들어 있지 않은 해설자의 목소리가 이어졌다.

'그런 어느 날이었습니다. 그 남자, 현재의 삶에 별다른 불만이 없었던 그가 아무런 이유도 없이 아파트 창문으로 몸을 던졌습니다. 누가 보아도 그의 행동은 도저히 이해할 수 없는 것이었습니다. 자살할 하등 이유가 없는 사람이 유서도 남기지 않은 채 자살했다는 것을 누가 납득하겠습니까…….'

라디오 방송의 절정인 이 대목을 들으며 나는 금방이라도 미칠 것 같은 기분이 들었다. 특히 그가 몸을 던졌을 때는 숨이 콱 막혀오고 머릿속에는 한 줌의 불꽃도 없는 적막 상태가 되었다. 게다가 해설자의 음성이 아주 냉정하고 무뚝뚝하게 느껴졌기 때문에 더욱 견딜 수 없는 상태가 되었다. 나는 한참 동안 땅이 꺼져라, 하고 한숨을 내쉰 후,

'왜 그는 죽었을까. 그가 죽을 운명이었기 때문일까. 나도 어쩌면 주인공처럼 허무하게 죽는 것은 아닐까. 그렇다면 지금 내가 이런 잡다한 것들에 잡혀 있는 것은 얼마나 어리석은가.'

라는 말들을 중얼거리며 방안을 쉴 새 없이 걸어 다녔다.

'이건 정말 좋은 징조가 아니야. 이것은 어쩌면 하늘의 예시 같은 것일지도 몰라…… 미칠 것 같으면서도 지금껏 미치지 않았던 것은 때가 되지 않아서일 거야. 그리고 이제는 그때가 온 걸 거야.'

안방에 있다가 마당으로 내려서면서도 나는 이렇게 중얼거렸다. 그때 문득 아버지가 떠올랐다. 검게 타고 수염이 텁수룩해서 누가 보아도 대단하게 여겨지지 않는 농부였다. 그는 지금껏 어떤 모험을 감행한 적이 없었고 누구를 위해 희생해 본 적이 없었다. 어느 것에도 구애받지 않으려 했고, 자신의 내면이 평화로울 것만 바라고 살아왔다. 그때 이런 생각이 들었다. 아버지는 어쩌면 미치지 않기 위해서, 오래오래 살아남기 위해서 무능하고 게으른 체한 것인지도 모른다는 생각이 든 것이다. 그러니까 곧게 잘 자란 아름드리 참나무가 되어서 사람들에게 팔을 내주고 다리를 내주고 몸뚱아리를 내주지 않기 위해 스스로 비틀어져서 쓸모없는 나무가 되기로 한 것일까. 그럴 수도 있었다. 그렇다면 아버지는 얼마나 현명하신 분인가.

잠시 후 또 이런 생각이 들었다. 그 옛날 아버지가 했던 것처럼, 이제 나도 선택해야 할 때인지 모른다는 생각이 들었다. 그러나 아버지와 같은 길을 선택하는 데는 아직껏 많은 난관이 있다. 나는 지금껏 아버지를 닮지 않겠다고 맹세해 왔다…… 이제 나는 어떻게 해야 할까? 나는 꼬불꼬불한 골목을 빠져나오며 이런 생각들에 골몰해 있었는데 골목을 막 빠져나왔을 때 빨간빛이 흘러나오는 봉창을 보았다. 그것을 보자, 갑자기 부끄러운 생각이 들었다. 나는 그 불빛을 볼 때마다 부부의 관계를 생각하고 정욕에 사로잡혀 뭔가 이상한 소리라도 들을 수 있지 않을까 싶어 숨을 죽이고 봉창 밑에 서 있곤 했다.

입구를 빠져나오자, 미니 슈퍼에 들어가 담배를 한 갑 샀다. 그간 나는 담배를 피우지 않겠다고 몇 번이나 다짐한 줄 모른다. 그러나 이번 같은 상황이 닥치면 다짐이고 뭐고 아무런 소용이 없었다. 연기를 폐에 빨아들여 호흡기를 잠시 마비시키지 않으면 금방이라도 숨이 막힐 것 같았다. 그리고 이런 상황에서는 까짓 담배 하나 가지고, 라고 쉽게 말할 수 있었다.

담배를 바지 주머니에 넣은 나는 개천을 향해 걸어가기 시작했다. 걸음을 뗄 때마다 하수도를 덮은 콘크리트판이 울렁거렸고 아래에서는 물 흐르는 소리가 들렸다. 담배에 불을 붙인 것은 인적이 없는 상다리 위에서였다. 낮에 돌멩이를 던지면 검은 오물들이 튀어 오르는 전주천은 밤이면 몇 개 서 있지 않은 가로등 때문에 늘 어스름에 싸여 있어서 멀리서 누군가 보더라도 쉽게 나를 알아볼 수 없을 것 같았다.

그때, 멀리 상류 개천에 환한 불빛이 보이자, 나는 갑자기 이렇게 내뱉었다. 에이, 될 대로 돼라! 그런데 그 말이 입밖으로 나오자, 나는 금방 뱉은 말이 무엇을 뜻하는지를 알아챘고 지금 내가 어떤 처지에 놓여 있다는 것을 정확하게 짚어낼 수 있었다. 하지만 그것은 늘 우연이었을 뿐 의식적으로 그 방법을 불러낼 수는 없었다. 마치 오른발을 든 채 왼발로 서너 걸음 걸어야만 날 수 있다는 것을 잊었기 때문에 날 수 없었던 사람처럼 나도 늘 그 방법을 잊고 있다가 이렇게 갑자기 입 밖으로 언어가 튀어나오고 무의식 속에 갇혀 있던 것들이 떼지어 몰려나오면, 이런 방법이 있었구나, 하고 생각할 따름이었다.

천변로에 다다랐을 때다. 문득 남쪽을 향해 달려가는 열차의 긴 행렬이 떠올랐다. 사실 '남쪽'이나 '남향'이라는 말은 얼마나 나를 들뜨게 하는지, 흥분하게 하는지 모른다 — 이 점에서 나는 러시아 사람들과 비슷할 것 같다. 나는 그 말을 들을 때마다 가슴이 울렁거렸고 그 단어를 대할 때마다 노란 개나리를 연상했고, 다사로운 등불 아래 있는 어떤 가족을 생각했다. 내가 그런 이유는 아주 간단하다. 내가 살았던 곳은 여름에는 분지보다 평균 기온이 낮아서 피서지로 나무랄 데 없었던 대신 겨울은 빨리 와서 아주 서서히 갔을 뿐 아니라 혹독해서 살을 베어 갈 정도로 추웠다. 그리고 나는 사랑한다는 말을 가족들에게 듣고 있었지만, 한 번도 그 사랑을 느껴본 적이 없었다. 물론 그것은 부모님의 기대에 부응하지 못하고 있는 내 잘못일 것이다.

나는 서둘러 횡단보도를 건너 정류소 앞에 도착했다. 녹색 줄무늬의 시내버스를 타기 위해서였다. 서성거리고 있을 때 부랑자 한 사람이 내게 다가와서 손을 벌렸다. 언제 세수를 했는지 모르게 숯검정이 묻은 듯한 얼굴이 가로등 아래에서도 쉽게 드러나는 사오십 대 남자였다. 나는 어떻게 해야 할지 망설였다. 고결한 성품을 지닌 성자처럼, 친한 친구를 대하듯 내 가족을 대하듯 부랑자를 대해줄까? 그래서 입고 있는 옷을 벗어주고 하숙집으로 데려가 먹을 것도 주고 잠도 재워줄까? 이것은 분명 거짓이 아니다. 나는 부랑자를 보자마자 그런 생각을 했다. 난 그 남자에게 무엇인가를 해주고 싶어 견딜 수 없어진 것이다. 그런데 왜 하필 그 순간에 담임 선생님이 했던 말이 생각났는지 모른다. 내가 부랑자에게 무엇인가를 해주고 싶다는 생각, 바로 그 뒤에 붙어서 왔기 때문에 그것의 존재를 잘 몰랐던 것일 수도 있다.

그런데 선생님 말씀은 내가 도저히 거역할 수 없는 힘을 지니고 있었다. 2학년 동안 내내 나는 선생님을 흠모했기 때문에 그가 했던 말, 그가 취했던 자세도 모방하려고 했다. 어느 날 수업 시간에 그는 분명 거지는 도와주어서는 안 된다고 말했었다. 거지의 일생에 조금도 도움이 되지 않을 것이라는 이유에서였다. 그러나 지금 이 순간 왜 거지에게 도움을 주어서는 안 되는지 알 수 없다. 그 이유라는 것도 합당하게 여겨지지 않는다.

만약 선생님 말씀이 떠오르지 않았더라면 나는 아마도 바지 주머니에 들어 있었던, 몇 장 되지 않은 지폐를 모두 그에게 주었을 것이다.

부랑자는 내가 아무런 반응을 보이지 않자, 옆에 서 있던 단발머리 여학생에게로 다가갔다. 그런데 그 여학생은 부랑자가 옆에 온 것만으로도 흠칫 놀라서 한 발짝 뒤로 물러났다 — 낮도 아닌 밤이었다. 이것은 언제부터인가 여자들이 가지게 된, 자신을 지키려는 보호본능의 일종인 듯했는데 부랑자가 막상 손을 내밀었을 때는 겁에 질려 금방이라도 울 듯한 기색이 역력했다. 나는 그것을 지켜보며 무슨 일이 일어날 것에 대비해 잔뜩 긴장하고 있었다. 여차하면 놈을 때려눕힐 생각이었다.

다행히 큰일은 일어나지 않았지만 부랑자는 몹시 기분이 나빠보였다. 나와 다른 형태를 띠었지만 여학생의 것도 거절임이 분명했다. 그러니까 그것은 적선을 거절당한 자의 분노였다. 부랑자는 한참 동안 알아들을 수 없는 말을 뭐라고 입속으로 중얼거리더니 도저히 참을 수 없었는지 여학생에게 욕지거리를 퍼붓고는 가버렸다.

잠시 후 버스가 도착했다. 겁에 질려 있었던 여학생은 허겁지겁 버스 안으로 뛰어 들어갔다. 여학생의 뒤를 따라 나도 버스에 올랐는데 버스 안은 늦은 시간이어서 회사원이나 노동자가 대부분이었다. 직장에서 퇴근하는 시간대였다. 그래서인지 모두 피곤한 기색으로 자리에 앉아 있거나 서 있었다. 아예 잠이 든 사람들도 있었다.

이십 분 후 버스가 역에 도착했다. 나는 버스에서 내려 광장을 가로질러 걸었다. 나는 광장을 걷는 것이 좋다. 다른 사람들이 나를 보고 있는 것 같은 기분이 들고 괜히 어깨에 힘이 들어가는 것을 매번 느꼈다. 그래서인지 광장을 걷는 동안 바닥이 마치 다리미로 다린 것처럼 구김이 없다는 생각이 들었다.

대합실로 들어갔다가 다시 밖으로 나와 역 광장 귀퉁이에 있는 공중전화 부스로 걸어갔다. 하숙집에 전화하는 것을 잊었다. 동전을 넣고 번호를 누르자, 현실과 가상을 경계 지우는 작은 산 너머에 하숙집 아주머니가 잠옷 바람으로 뛰어나왔다.

그녀는 내게 어쩐 일이냐고 장난 섞인 말을 늘어놓았다. 그러나 그것이 그다지 반갑지는 않았다. 나는 같은 반 친구의 집에서 같이 공부하는 중인데 어쩌면 여기서 잘지도 모르겠다고 조금도 가책을 느끼지 않고 둘러댔다. 물론 거짓말이었지만 그녀는 별다른 의심을 하는 것 같지 않았다. 응, 그래 알았어, 하고 말했을 뿐이다. 사실 하숙집 여주인은 하숙생들의 식사와 잠자리를 제공하고 그 대가로 하숙비를 받고 있을 뿐 하숙생의 사소한 일까지 제재할 수는 없었다. 다시 말해서 나는 그 점을 한껏 악용하고 있는 셈이었다.

통화가 끝나자, 송수화기를 몸체에 걸고 대합실로 들어갔다. 대합실 안에는 이곳저곳을 서성이는 사람, 긴 의자에 앉아서 목을 뒤로 젖히고 텔레비전을 보는 사람, 한쪽에 앉아 신문을 보는 사람, 얼굴에 신문지를 뒤집어쓰고 긴 의자에 누워서 잠을 청하는 부랑아 등 제각각이었다.

매표구에서 00:05분에 발차하는 여수행 비둘기호 표를 한 장 끊었다. 역원에게서 표를 받고 셈을 치른 나는 앉을 곳을 찾았다. 텔레비전을 볼 수 있는 곳엔 자리가 없었다. 그래서 나는 텔레비전이 보이지 않는 위치의 긴 의자에 앉아 벽에 등을 기댔다.

몇 분이 지났을까. 얼마 떨어지지 않는 곳에 앉아 있는 남녀가 아까 전부터 서로 껴안다시피 하면서 몸을 밀착시키고 있었다. 둘이 무어라고 중얼거리는 것 같기도 했지만 나한테까지 들리지는 않았다. 그들은 옆 사람들에게는 들리지 않는 낮은 목소리, 즉 코맹맹이 소리나 혀 짧은 소리로 서로의 귀를 간질이고 있었다. 나는 그들과 눈이 마주치는 것을 애써 피했다. 그들이 무안을 당한 듯 얼굴을 붉히리라고 생각해서가 아니라 — 왜냐하면 그들은 이미 오래전부터 다른 사람의 시선 같은 것은 무시하고 있었기 때문이다, 그들을 보고 있노라면 나도 모르게 얼굴이 붉어질 것 같아서였다. 나는 그들을 피해 건너편에 신문지를 덮고 누워 있는 부랑아에게 눈길을 돌렸다. 원래는 하얀색이었을 고무신은 때에 절어 검게 변해 있었고, 갈색 바지도 온갖 오물들로 인해 더럽혀져 이미 세탁할 수준을 넘어서 있었다. 그러다가 나는 부랑자의 얼굴을 덮은 신문에서 시선을 멈췄다. 숨을 들이쉬고 내쉴 때마다 신문지가 들썩거리는 것이 흥미로워서였다. 그것을 보다가 문득 이런 생각이 들었다. 신문을 들썩이지 않는 순간 어떻게 될까, 하는 생각이 든 것이다. 물론 부랑자는 사람들이 알지 못하는 순간 죽어 있을 것이었다. 그러다가 또 이런 생각이 들었다. 나는 어쩌면 저 남자와 같이 되는 것이 두려워서 아까 그 부랑자에게 돈을 주지 않은 것이 아닐까. 저 남자처럼 비참한 상태에 빠지지 않기 위해서 어쩌면 경멸하고 있었던 것은 아닐까. 하지만 그렇게 되면 조금 전에 만났던 거지에게 동정심이 생긴 이유를 설명할 수 없었다.

잘은 모르지만 그것이 두 가지의 별개 감정일 수도 있다는 생각이 든 것은 조금 지나서였는데 가만 생각해 보니, 사실 나라고 부랑자가 되지 않을까 두렵지 않은 것은 아니었다…… 아버지를 닮았다는 말을 주위에서 들을 때마다 아버지를 경멸한 것처럼, 부랑자가 되지 않기 위해 나는 부랑자를 경멸한 것일지도 모른다.

그때였다. 긴 나무 의자에 누워 있던 부랑자가 돌아눕기 위해 몸을 꼼지락거리기 시작했다. 오랫동안 같은 자세로 있었기 때문에 몸이 불편했을 것이다. 하지만 그는 몸을 움직이자마자 바닥에 굴러떨어지고 말았다. 그가 누워 있던 의자는 한 사람이 누워 있기에도 비좁은 것이었기 때문이다. 그렇지만 부랑아는 아이쿠, 하는 비명이나 사람 죽네, 하는 따위의 소리를 지르지는 않았다. 그래서 물체가 떨어지듯이 쿵 하는 소리만이 났을 뿐이었고 떨어진 후에도 그는 죽은 사람처럼 움직이지 않았다. 이 광경을 쭉 지켜보고 있던 나는 그가 아마도 술에 취해 있거나 지나치게 피곤했던 것이 틀림없다고 생각하면서도 왠지 불안한 생각이 들었다. 바닥에 머리를 부딪치는 순간, 뇌를 다쳤을 가능성도 있었기 때문이다. 하지만 모두 자신의 관심거리에만 골몰하고 있었기 때문에 그가 바닥에 떨어져도 눈여겨보는 사람은 없었다.

나는 부랑자를 그대로 내버려둘 것인가 아니면 어떤 조처를 해야 할 것인지 머뭇거렸다. 아무리 부랑자지만 다쳤을지도 모르는 사람을 가만 내버려 둘 수는 없다는 생각이 문득 들었다. 그럼에도 나는 쉽게 자리를 털고 일어서지는 못했다. 언제부터인가 나는 사람들 앞에 나서는 일을 극도로 꺼리고 있었다. 그리고 누군가의 입에 내가 오르는 것 자체를 혐오하고 있었다.

몇 분이 흘렀다. 마침내 나는 자리에서 일어나 부랑자의 곁으로 다가가서 그의 고개 밑으로 손을 넣었다. 일단 그를 의자 위로 올려놓을 생각이었다. 그런데 내가 고개 밑으로 손을 밀어넣자, 무언가 손에 흥건한 액체가 만져졌다. 피, 피였다. 그것을 보자, 나는 얼른 손을 빼고 뒤로 물러났다. 놀라기도 놀란 것이었지만 피 냄새를 맡자마자 속이 울렁거렸다.

잠시 후 마음을 가라앉힌 나는 다시 부랑자의 옆으로 다가갔다. 부랑자는 생각보다 무거웠다. 한 손으로 머리를 받치고 한 손으로는 허리를 든 채 쩔쩔맸다. 그럼에도 나를 도와주기 위해 달려오는 사람은 없었다. 빌어먹을! 간신히 그를 의자 위에 올려놓자, 크게 숨을 내쉬고 머리에 생긴 상처를 살폈다. 큰 상처를 입은 것 같지는 않았다. 머리에서 흐르던 피는 이미 굳어서 머리카락에 말라붙어 있었다.

앉았던 자리로 돌아오기 위해 고개를 돌렸을 때 나는 주위에 있던 사람들의 시선이 모두 내게 향해 있음을 발견했다. 나는 부끄러운 척 고개를 숙이고 조금 전에 앉았던 자리에 앉기 위해 걸음을 뗐다. 그들도 부랑자가 바닥으로 굴러떨어진 것을 보았거나 내가 혼자서 끙끙거리는 것을 보았던 것이 틀림없었다. 그런데 왜 아무도 나서서 않았던 것일까. 나는 화가 나서 야유라도 할 셈으로 자리에 앉기 전에 두 손을 터는 것처럼 탁탁 소리가 나게 쳤다.

발차 시각 10분 전이 되자 개찰구가 열렸다. 자리에 앉아 있거나 주변을 서성거리던 사람들이 우르르 개찰구로 몰려갔다. 나도 자리에서 일어나며 두 남녀가 있는 쪽을 힐끗 보았다. 그들도 배낭을 챙겨 자리에서 일어나는 것이 보였다. 하지만 바닥으로 굴러떨어졌던 부랑자는 일어날 기색이 없이 여전히 자리에 누워 있었다.

지하통로를 지나 지상으로 나오자, 약간 솟아오른 객실만이 밝게 드러나서 마치 그것은 물 위에 떠 있는 여객선처럼 보였다. 나는 사람들 뒤를 따라 객차 안으로 들어갔다. 객석은 거의 반도 채워지지 않고 있었다. 객실 통로를 따라 걷다가 빈자리를 골라 앉았다. 비둘기호는 그 점이 좋았다. 승객들에게 따로 자리를 지정해주지 않기 때문에 빈자리가 나면 아무 곳이고 앉을 수도 있었고, 자리가 없을 때는 서서 가거나 바닥에 신문지를 깔고 앉을 수도 있었다. 나는 긴 의자를 차지하고 비스듬히 기대앉았다. 그때 열차가 곧 출발한다는 안내방송이 흘러나왔다.

열차가 덜컹거리는 소리를 내며 태엽 자동차처럼 뒤로 물러섰다가 출발하자, 안내방송이 끊겼다. 그 순간 열차 바퀴 구르는 소리가 들리고 나는 유리창을 통해 한 여자의 얼굴을 보았다. 오랫동안 구애의 편지를 보냈지만 그녀는 지금껏 어떤 의사도 밝히지 않고 있었다. 그녀가 차창 위로 슬픈 모습을 드러내더니 크리스티나 로제티의 시를 속삭이기 시작했다.

> 사랑하는 이여, 내 죽거든
>
> 슬픈 노래는 부르지 마세요.
>
> 머리맡에는 장미도
>
> 그늘 짓는 사이프러스 나무도 심지 마세요
>
> 몸을 덮은 푸른 풀이
>
> 소나기와 이슬에 젖게 두세요.
>
> 그리고 원한다면 기억해 주세요.
>
> 아니, 잊으셔도 돼요.

역 구내에 켜졌던 등이 사라지면서 정숙의 모습이 사라졌다. 그 사이 열차가 얼마나 달렸는지 시가지의 불빛도 가물거렸다.

"쎄가 빠지고 허리가 휘도록 일을 해서 핵교 보냈드만 제우 그 지랄을 허고 자빠졌어? 대학을 못 가면 공무원 시험이라도 쳐서 면서기라도 허면 안 되냐…… 그렇게 죽어서 이 에미 속을 썩일 거면 뭐 하러 세상에 나왔어, 왜?"

이번엔 어머니였다. 나는 어머니의 모습에 몸서리를 치며 차창 쪽으로 고개를 돌려 잠을 청했다. 나는 어머니가 내게 얼마나 많은 사랑의 말을 쏟아놓았는지 알고 있었지만 그것들은 늘 가슴을 파고든 적이 없었다.

"넌 잠 때문에 망할 거여. 어째 이 집 남자들은 잠이 그리 많은가 모르겄어?"

이때 내 표정은 아마 지나치게 통제되어 있다가 풀리면서 약간 흥분한, 진눈깨비 내리기 시작한 우중충한 날씨였을 것이다. 나는 몇 번 손사래를 쳤다. 그러나 어머니의 말은 계속되고 있었다. 그러다 어느 순간 어머니의 말은 열차 바퀴 속으로 말려 들어갔는지 종적을 감추고 말았다. 그런데 그 뒤를 이어 형이 나타났다.

"난 이제부터 장남이 아니야. 네가 장남이야. 알겠어? 부모님이 오로지 너만을 위하여 너한테만 기대를 걸고 있으니까 그런 믿음을 저버리지 말고 열심히 살도록 해!"

하지만 그것들은 모두 환상에 지나지 않다는 것을 나는 곧 깨달았다. 잠에 다다르려는 내 실눈과 열차의 유리창, 그리고 밖의 어둠이 만들어 낸 합작품이다. 더구나 막 잠이 들려는 순간은 얼마나 기막히게 현실과 환상을 섞어 내는가. 아지랑이가 피어오르는 것을 보고 있을 때처럼 의식은 가물가물해지고 언젠가 들었던 사람들의 말을 듣기도 하고, 자신도 모르게 바라던 길로 걸어 들어가기도 한다.

그런가 하면 잠의 문턱에 다리를 한 발 걸쳐놓았을 때 느끼는 고통도 만만치 않다. 그것은 음속을 통과할 때나 타임머신을 타고 시간과 시간 사이를 건너뛸 때와 다를 바 없는 것이었다. 만약 이 순간에 피치 못할 사정이 생기거나, 누군가 잠을 방해한다면 그것은 잠에 들려는 사람의 고통을 연장시킨다. 잠을 태운 기체는 심하게 요동을 치고 그 안에 탄 사람은 거의 실신 상태에 빠져버리는 것이다.

이윽고 잠 속으로 떨어진 나는 무수히 많은 청개구리가 비를 맞으며 울고 있는 것을 보고 있었다. 그 녀석들은 다른 동류들과 다름없이 연두색 피부에 검은 점이 박혀 있었는데 이상하게도 다리는 지나치게 하얗고 입 속은 딸기처럼 빨갰다. 이들은 거의 동시에 나를 향해 풀쩍풀쩍 뛰어왔다. 나는 조금도 놀라지 않았다. 꿈속에서 주어진 상황대로라면 거기에는 위협적인 요소라고는 없었다. 그런데 그들 중에 노란 왕관을 쓴 개구리가 내게 다가와 아는 체를 한 후 무어라고 말했다. 하지만 나는 그의 말을 전혀 알아들을 수 없다. 그것은 한국어도 불어도 영어도 아닌 개구리만의 언어였다. 나는 그의 빨간 입을 다시 보았다. 차츰 그의 입이 확대되고 나는 그 속으로 빨려 들어가고 있었다. 그런데 개구리 모습이라는 것이 이상했다. 왠지 눈에 익은 사람의 모습을 띠고 있었다. 누굴까?

꿈이 끝나며 잠깐의 공백기를 거쳐 다른 꿈속으로 날아갔다 — 아니 공백기는 없었을 수도 있다. 이 꿈들은 긴 줄거리를 가지지 않는, 이미지만으로 구성된 단편적인 것들이었다. 마치 슬라이드를 보는 것처럼 한 사람의 얼굴이 나타났다가 사라지고 금세 다른 영상이 뒤이어 나타나는 식으로 —.

내가 잠을 깬 것은 열차를 정차시키기 위해 기관사가 건 브레이크 때문이었다. 그것으로 인해 나는 불쾌해져서 인상을 찌푸리며 눈을 떴는데 브레이크가 선로와 맞닿으면서 신경을 자극하는 마찰음을 일으켰다. 그 순간 내 눈에 드러난 것은 반대편 좌석에 아무렇게나 뒹굴고 있는 중년 여자의 빨간 속옷과 허벅지였다. 그녀는 의자에 누운 채 코까지 골며 잠이 들어 있었다. 그것을 보자 조금 전의 개구리 꿈이 어쩌면 그녀의 코 고는 소리 때문에 생긴 것이 아닌가 싶었다. 하지만 왜 알지도 못하는 여자에게 정욕이 느껴지는지 알 수 없었다. 나는 이런 자신을 용서할 수 없을 것 같은 기분이었다. 내가 원하고 바라던 인간은 그런 욕정을 지녀서는 안 되었다. 이후 나는 고통의 구렁 속으로 내 몸을 몰아넣고 짓이겼다.

잠시 후 정지한 열차 안으로 승객들이 문을 밀치고 들어왔다. 고무 함박 안에 생선을 이고 들어오는 머리가 센 아낙, 갈색 중절모를 쓴 노인, 아버지의 손에 이끌려 들어오는 아이. 이들은 빈자리를 보는 대로 서둘러 가서 앉았다. 얼마 후 열차가 출발했다.

객실 안이 잠잠해지자, 자리에서 일어나 뒷문을 열고 밖으로 나갔다. 더 이상 잠이 올 것 같지도 않았고 설사 다시 잠이 들어도 조금 전처럼 혼란스러운 꿈이 이어질까 두려웠기 때문이다.

화장실을 지나 객실 문을 밀고 밖으로 나오자 열차의 덜커덩거리는 소리가 들렸다. 열차는 막 들판을 지나 산어귀로 접어드는 순간이었다. 고개를 들어 하늘을 쳐다보았다. 거무스름한 하늘에 눈이 시리도록 푸른 그믐달이 떠 있었다. 나는 열차 사이를 잇는 철판 위에 서 보았다. 그러자 앞뒤 객차의 움직임에 따라 두 발이 제각기 움직였다. 오른발과 왼발이 제각기 오르락내리락 춤을 추는 것이다. 그러다 문득 이 움직임이 나의 삶과 죽음을 놓고 저울질하는 신의 장난이라는 생각을 내게 불러일으켰다. 그 순간 나는 나도 모르게 비장한 마음이 되어 있었다. 나는 누구에게도 들리지 않을 큰 소리로 외쳤다.

"생사의 기로에 서 있다!"

그래서 높이 떠 있는 달에 눈이 갔을까. 시골에서 살 적에는 보름달이 뜬 것을 발견할 적마다 여러 가지 소원을 빌었다. 물론 달 속에 계수나무가 있고 토끼가 있다고 믿고 있을 때였다. 그때는 얼마나 좋았는지 모른다. 그때는 삶이 아름답기만 해서 푸른 하늘, 흰 구름이 주위를 둘러싼 산과 나무들이 사라지면 얼마나 고통스러운 일일까, 죽음이 있다면 바로 그런 것이리라 여겼다. 그때 문득 언젠가 읽은 '달이 기울고 차는 것이 인간과 동물에게 끼치는 영향'이라는 책이 생각났고, 나는 지금 그믐달의 영향을 받아 하숙집을 나왔고 열차를 탔을 것이라는 생각이 들었다. 거기에 따르면 다음에 취할 내 행동은 어떤 것일까, 그것이 궁금해졌다. 내 속을 들여다보았다. 나는 차츰 숭고한 기분이나 비장감이 고양되고 있음을 느꼈지만 아직 이성을 잃지는 않고 있었다 — 평소 나는 이성을 굴복시키기 위해서는, 즉 자신의 감정에 푹 빠져들려면 거부할 수 없는 유혹이나 엉터리이긴 하지만 억지를 빌려와야 한다고 믿고 있었다.

그러다가 머지않아 그 순간이 왔고 나는 그것을 출발하기 전부터 기다렸음을 깨달았다. 깊이 잠겨 있던 무의식이 안개처럼 의식을 헤치고 밀려왔다. 나는 주문을 외우는 마술사처럼 이렇게 뇌까리기 시작했다.

'그렇다. 나는 누구의 사랑을 받아 본 적이 없다. 그래서 지금 같이 절망에 사로잡혀 있을 때 누구 하나 손을 내밀어 줄 사람이 없는 것이다. 어느 인간도 어느 신도 나를 구원할 수는 없다. 나는…… 버림

받은 자이다……'

그런 생각을 하는 사이 나는 더 이상 자제할 수 없는 과도한 흥분 상태에 접어들었다. 열에 들뜬 내 몸은 떨기 시작했고 눈에서는 한 방울씩 눈물이 흐르기 시작했다. 부모님을 비롯한 몇 사람의 얼굴이 떠올랐지만, 나는 고개를 저어 필사적으로 그들을 쫓으려고 했는데 가장 가까운 이들이 그 순간만큼은 강력한 적이었다.

얼마 후 나는 쇠고리를 풀고 출입구를 막고 있던 중문을 열었다. 승객들이 오르내릴 때가 아니면 승무원들은 그 문을 닫아두었다. 문을 열자, 요란한 바퀴 소리와 함께 어둠에 덮인 들판이 나타났다. 어둠 속에서 나를 부르는 소리가 먼 산에서 들려왔고 검푸른 하늘에 뜬 달이 나를 향해 손짓하는 것을 보았다. 그것을 따라 나는 한 계단씩 아래로 내려갔다. 쓱쓱 지나가는 풀과 자갈들이 이마를 스칠 듯 지나갔다. 감미로운 음악을 들을 때와 같은 황홀한 기분이 들었다. 자, 어서 가자!

그런데 내가 열차 바퀴 아래로 몸을 밀어 넣을 생각으로 막 마지막 계단을 내려서려고 할 때였다. 누군가 큰 소리로 창수야! 하고 불렀다. 나는 소스라치게 놀라 뒤를 돌아보았는데 한 여자가 나를 향해 달려오고 있었다. 깜짝 놀란 나는 그 여자가 오기를 기다렸다. 어머니일까, 아니면 정숙일까?

그 여자가 점점 가까워지면서 모습이 뚜렷해졌다. 여자는 어머니도 정숙도 아니었다. 삼십 대의 그 여자는 나를 부른 것이 아니었던지 금방 지나쳐 가버렸다. 그런 뒤 그 뒤를 따라 한 남자가 뛰다시피 걸어오고 있었다. 사실 조금 전 그 목소리는 나를 부른 것이 아니었다. 토라져서 뛰어가는 여자를 뒤따라오던 남자가 부른 것이었다. 어쨌든 일이 이렇게 되자, 조금 전까지 취하려던 동작을 멈추고 잠시 바람을 쐬러 나온 듯한 표정을 지으며 계단 위로 올라서지 않을 수 없었다. 황급히 뛰어가던 여자가 객실의 문을 열고 들어가고 다시 남자가 뒤를 따라가는 것이 보였다.

"이봐, 도대체 어쩌자는 거야?"

다시 한번 남자 목소리가 들려왔다. 하지만 그의 모습도 곧 유령처럼 사라져 버렸다.

이들이 지나가고 나자 — 머문 시간은 몇 초에 불과했지만, 나는 조금 전에 실행하려던 것을 포기했다. 갑자기 맥이 빠져버려서 아무것도 할 수 없는 무기력한 상태가 되었을 뿐 아니라 조금 전까지 가졌던 환상이나 감정들이 아주 우스꽝스러워졌다.

얼마 후 나는 객실에 들어가기에 앞서 시계를 보았다. 벌써 새벽 네 시를 넘어서고 있었다.

9시까지 등교하려면 서둘러야겠다. 나는 그렇게 혼자 중얼거리며 객실로 들어갔다가 다음 역에서 내렸다. 출발했던 역으로 되돌아가기 위해서였다.

위의 글은 발견한 것은 영수였다. 영수는 창수의 유품을 정리하면서 나온 이 글을 몇 번이고 읽었다. 그런 후 동섭에게만 보여준다.

"한 번 자살을 시도한 사람은 또다시 자살을 시도한답니다."

창수의 유품이 남아 있는 작은방을 나오며 동섭은 영수의 말을 몇 번이나 듣고 있었다.

제 6 부

1

한 해가 지났다. 1986년 1월이다.

새벽 4시에 어김없이 눈이 뜬 한동섭은 화장실에 가기 위해 일어선다. 문 앞에 처둔 바람막이를 걷자, 쌩하고 바람이 불어온다. 올겨울은 유난히 춥다. 다른 해에 비해 눈도 많이 내렸다. 동섭은 화장실에 앉아 새끼를 품고 누운 어미 돼지를 보았다. 어미 돼지는 열두 마리의 새끼를 낳았지만 추위로 인해 그 반이 얼어 죽었다. 그나마 목숨을 건진 것들은 전주댁의 정성 때문이었다. 그녀는 어미 돼지로부터 약한 새끼를 가져다가 옷에 푹 싸서 아랫목에 놓아두었다. 그리고 시시때때로 꿀꿀거리는 돼지 입에 우유 젖병을 빨려 주었다. 사람보다 더 연하고 부드러운 피부를 가진 돼지 새끼는 옷을 헤집고 나오다가 미끄러운 장판 때문에 몇 번이나 넘어졌다. 붉은 기운이 도는 하얀 피부, 역시 그런 빛의 발톱들, 등과 배를 덮은 새싹처럼 부드러운 검은 털. 거기에는 어미가 주는 더러움이나 천박함이 없다. 지금도 제일 약한 돼지 한 마리가 아랫목에서 꿈틀거린다. 녀석은 허연 눈썹에 쌍꺼풀진 눈을 끔뻑이며 꿀꿀거린다.

동섭은 양치질하기 위해 선반 위에 놓아둔 칫솔과 치약을 내린다. 방안에서 양치질하는 것은 쉬운 일이 아니다. 칫솔을 움직일 때마다 생기는 거품을 입안에 담고 있는 것은 때론 고역이다. 그렇다고 밖에서 입을 벌린 채 오래 있을 수는 없다. 이가 덜덜 떨리는 것은 물론이고 혀가 마비될 수도 있었다.

동섭이 들락거리는 소리에 잠이 깬 전주댁이 일어난다.

"아이고, 사람이 대체 잠을 잘 수가 없어."

동섭은 양치질을 마무리하기 위해 문을 열고 밖으로 나간다. 겨울 동안 한 번도 허연 이마를 손질할 틈이 없었을 솔비산이 눈에 들어온다. 수돗가로 가서 찬물을 한 바가지 뜬 후 그는 입을 헹구어낸다. 문득 동섭에게 창수의 모습이 눈앞에 어른거렸다. 창수는 무슨 말을 하기 위해 마당에서 기다리고 있다. 그가 방안에서 양치를 시작해 마루로, 수돗가로 나오는 동안 창수는 내내 마당에서 서성인다. 또 뭘 달라는 거지. 그는 창수에게 눈길을 주지 않는다. 녀석이 내게 요구할 것이 있다면 돈밖에는 없을 거야. 양치의 과정을 다 끝나자 창수가 다가온다.

"방학 책값 좀 주세요."

창수의 목소리는 모깃소리만 하게 작다. 순간 영수로 인해 불편해진 그의 마음이 고개를 들었다.

"없어!"

그때 내 목소리는 어떠했던가. 동섭은 과거의 음성을 더듬어 보았다. 아마 냉정했을 거야. 그 말이 충격적이었는지 창수는 말없이 동섭의 앞을 떠났다. 어쩌면 이런 것들이 녀석이 죽음을 택한 이유가 되었을 것이다. 가슴이 울컥이자, 동섭은 방으로 들어간다. 담배를 피워 문다. 연기를 빨아들인 후 입과 코로 내뱉는다. 연기가 눈을 가리며 흰 눈처럼 방안에 소복소복 쌓인다.

"즈그 아부지, 잠깐만 나와봐요."

전주댁은 다른 사람 앞에서만 동섭에게 존대했다. 무슨 일이지, 동섭은 앉은 채 방문을 열어젖힌다. 밖으로부터 날을 세운 바람이 할퀼 것처럼 뛰어 들어온다. 눈사람인 양 서 있는 사람의 모습이 보인다. 장수 처형이다. 허리가 구부정해진 장수댁은 한 손에 대나무 막대기를 짚고, 또 한 손에는 보따리를 든 채 서 있다. 동섭은 황급히 담배를 끄고 밖으로 나간다.

"아이고, 어찌 첫 새벽에."

동섭은 딴에 호들갑을 떨며 허리를 구부려 인사를 한다.

"예, 그간 별고 없으신기요?"

"언니는 늙어갈수록 영락없이 어머이를 닮아가네."

전주댁의 말에 장수댁은 대꾸도 하지 않았다. 이때 전주에 유학하여 고등학교에 다니고 있던 경수가 이불에서 나와 장수댁에게 인사를 한다.

"이모 오셨어요? 어서 들어오세요."

"그래요. 어서 방으로 들어가십시다."

동섭도 덩달아 재촉한다.

"새북밥을 해묵고 집을 떠났는디 산에 눈이 많이 쌓이고 서릿발이 히서……."

장수댁은 뜰방에 서서 머리에 썼던 수건과 입고 있던 검붉은 인조털옷을 벗는다.

"어서 아랫목으로 내리오고… 밥 묵었어도 뭐 좀 잡사봐요."

"아, 동상이나 들게."

"그래도 이리 와서 들어요."

장수댁은 동생의 성화에 못 이겨 아랫목으로 내려가며 동섭에게 양해를 구한다. 그 사이 전주댁은 서둘러 상을 차려 그녀 앞에 놓는다.

"시래깃국에 싱건지뿐이라……."

장수댁은 동생이 차려준 밥과 국을 시늉으로 몇 숟가락 뜨고 난 후 한쪽으로 밀어놓는다.

"성님, 혼자 사신다고 고상이 많소."

장수댁은 검게 변한 앞니 몇 개만이 남은 입안을 보여주기라도 할 것처럼 입을 크게 벌리며 당치도 않다는 표정을 짓는다.

"아이구, 아이구, 그런 소리 말어. 사람 사는 것이 다 그렇제. 그런디 동생은 참 어찌 지내는가?"

"우리 창수가 죽고 난 뒤로 얼마나 울었는지 몰라. 근디 그 뒤로는 그냥 앉아 있기만 해도 눈물이 흐르고, 서 있어도 흐르고 아무래도 눈이 고장이 났어."

말끝에 전주댁은 눈물을 주르륵 흘린다.

"아이, 동상이 그래서 어쩌?"

장수댁이 동생의 손을 잡고 달래기 시작한다.

"자식놈이 애물단지라고. 부모 가슴에 이리 못을 박고 갈지 누가 알았겄어? 동상, 나도 재문이 그놈이 감옥소에 들어간 뒤로 동상 같은 세월을 보냈다네. 큰아들이 군산서 오라고 해도 가기도 싫고 작은 아들 고등핵교 보내놓고 내내 혼자서 그냥 사네."

장수댁도 콧물을 훌쩍인다. 동섭은 자매가 우는 것을 보다 못해 자리를 박차고 나선다. 돼지 구정물을 주고 겨를 한 바가지 퍼 준 후에 작은방 아궁이 옆에 쪼그려 앉아 담배를 피운다. 그런 뒤 다시 방으로 들어간다. 어느 정도 감정을 가라앉힌 자매는 다른 이야기를 하고 있다.

"구영리 성님이 서울 큰아들 집에 있다가 작은아들 집으로 내리와서 사는디 영 구박이 심헌갑서. 그 못된 메느리가 말이여……."

처형의 이야기가 시작되자, 동섭은 바싹 다가앉고 싶지만 쉽게 몸을 움직일 수 없다. 자신의 속내를 처형에게 들킬까 두려워서이다. 노유성은 서울 시내 시장을 돌며 양말 장사를 하는데 벌이가 시원치 않았다. 그렇게 몇 년을 혼자 지내던 유성이 중매 끝에 결혼한 여자는 키가 작고 바람이 불면 날아갈 것처럼 가냘프게 보이는 여자였다. 둘은 정식으로 결혼식도 올리지 못하고 겨우 혼인신고만 하고 살았다. 부엉댁도 이들이 사는 곳에 간 적이 있었다. 그저 어른 두 사람이 누우면 방을 가득 메울 정도로 작은 방이었다. 그녀는 감히 거기 끼어 함께 살 생각을 하지 못했다. 게다가 전처소생의 아들이 있었다.

장수댁의 말은 이후 약 삼십 분가량 계속된다.

그동안 부엉댁은 나이 든 친정어머니를 보살펴 드린다는 구실로 들락거리며 밥을 지어 같이 먹었고, 말벗이 되어 자주 대화를 주고받았고, 친정어머니가 원하는 것들을 사기 위해 장에도 다니곤 했다. 부엉댁이 어려워지기 시작한 것은 광수와 생모가 친정에 들어앉으면서부터였다. 이후 그녀가 친정어머니를 돌본다는 좋은 구실은 사라져 버렸다. 두 사람이 밥을 짓는 것, 군불을 때 주는 것 모두를 해결하려 들었다.

이후 부엉댁은 스스로 모든 것을 해결해야 할 처지에 빠졌다. 스스로 밥을 하고 빨래하고 나무를 하는 것 정도는 그간에 해 왔으니까 문제가 없었다. 하지만 당장 쌀을 팔고 조미료, 신발, 치약을 살 돈이 수중에 없었다. 그녀가 마을에서 할 수 있는 일도 아주 한정되어 있었다. 그녀는 다른 아낙들 속에서 부지런히 김을 맬 수도 없었고 모를 심을 수도, 벼를 벨 수도 없었다. 당연히 그녀에게 돌아오는 일은 품삯이 적고 사소한, 이를테면 밤송이를 까는 일 같은 것이었다.

그러면서 마을 사람들이 하나둘 입을 대기 시작했다. 물론 그녀를 향한 것이 아니라 아들 둘을 향한 것이었다. 아들이 둘이나 있는데 제 에미 모실 놈이 없느냐, 그놈들이 일부러 모셔가지 않고 있는 것은 아니냐, 하고 묻기 시작했다. 이런 말들이 듣기 싫었던 부엉댁은 별말을 하지 않았다. 그러자, 동네 아낙들은 그녀 앞에서는 하지 않았지만 서로 붙들고 앉기만 하면 부엉댁을 소재로 노래를 불렀다.

동네에 떠돌게 된 소문을 먼저 듣게 된 것은 남원에 살던 대성이었다. 그는 소문이 나기 시작한 지 한 달이 지났을 무렵 고향 친구의 전화를 받았다. 사정을 알게 된 대성은 형에게 전화를 걸었다. 서울의 형으로 하여금 어머니를 모셔가도록 할 의도였다.

"우리 성제간이 이렇게 마을 사람들한테 욕을 먹고 있는데 성은 어쩔 셈이요?"

"아니, 내가 형편이 워낙에 이래놔서 말이야."

유성은 변명을 했지만 그것은 통하지 않았다. 대성은 당장 어머니를 데려가지 않으면 무슨 사달을 내겠다고 형을 협박했다.

"그래, 알았다."

유성은 장자 된 도리로 굴복하지 않을 수 없었다.

그렇게 부엉댁의 서울 생활은 시작되었다. 하지만 이렇게 시작된 생활이 편안할 리 없었다. 그녀는 말 그대로 아무것도 할 수 없으면서 밥만 축내는 귀신이었다. 그리고 그녀가 있는 동안 전처소생의 아들은 늘 옆집 친구 집에 가서 신세를 져야 했다. 그럼에도 세 사람이 자리에 누우면 방은 꼼짝도 할 수 없이 꽉 차버려서 잠자는 동안 몸을 움직일 수 없었다. 결국 부엉댁은 큰아들 집에서 한 달을 채우지 못하고 구영리로 돌아왔다. 그녀는 자신으로 인해 자식들이 동네 사람들로부터 욕먹는 것이 두렵지 않은 것은 아니었지만, 그것보다 더 무서운 것을 서울에서 보았다.

그럴 즈음에 재산 상속 논의가 본격화되었다. 여든다섯을 넘긴 임춘복 여사가 죽기 전에, 아니 정신이 혼미해지기 전에 재산을 분할해야겠다고 결심한 것이다. 그것을 논의하기 위해 모인 사람은 부엉댁과 대성, 장수댁과 재문, 전주댁이었다. 이 자리에 광수와 생모는 참석하지 못했다. 딸들 중 누구도 그들이 참석하기를 원치 않았고 임 여사도 원치 않았다.

오랜 논의 결과 우선 장녀인 부엉댁에게는 물 건너의 기름진 논(밭으로도 경작할 수 있는) 너 마지기와 장탯재 선산과 거기에 딸린 밭 다섯 마지기를 주기로 했다. 또 양자인 광수에게는 갈담리 앞의 논 서 마지기와 왜홍골 밭과 집을 주기로 했다. 그다음으로 남은 것은 두 마지기가랑이 길로 들어간 후 남은 잿뎅이 논 여섯 마지기였다. 이것은 전주댁과 장수댁의 공동소유로 남겨졌다. 그리고 이 논에서 나오는 수확으로 임 여사의 장례비 일체와 그 후에도 소용이 될지 모를 비용 일체를 부담하기로 했다. 이렇게 결정이 되자, 누구도 이의를 제기하는 사람은 없었다. 아랫방에 사는 광수와 생모도 이의를 제기하지 않았다. 그러고 보면 재산 분배는 공정하게 위치와 서열에 따라 이루어진 것이었다.

그런데 이 논의가 있던 직후 부엉댁은 놀랄 만한 일을 경험하게 되었다. 그때까지 그녀를 내치던 둘째 아들과 며느리가 모시겠다고 나선 것이다.

"이젠 저희들이 어머니를 모실 테니 아무 걱정하지 마십시오."

부엉댁은 인간, 그중에서 자식의 얼굴이 얼마나 두꺼워질 수 있는지 그때 처음 알았다. 그녀는 아들과 며느리의 얼굴에 침이라도 뱉고 싶었지만 가까스로 참고 냉정하게 말했다.

"나는 느그들이 뭘 노리는지 다 안께, 그만 물러가라, 잉!"

이것은 그녀의 진심이었다. 그러나 두 사람은 그녀를 가만두지 않았다. 둘째 며느리는 하루 종일 그녀를 따라다니며 앞으로 잘한다, 는 말을 수백 번이나 되풀이했다. 대성이는 과일이나 한과를 사가지고 와서 입에 넣어주며 같이 살자고 하다가, 부엉댁이 말을 듣지 않을 것처럼 보이자, 강제로 차에 태워서 데리고 가겠다고 협박을 해댔다.

하는 수 없이 부엉댁은 남원으로 갔다. 그녀는 둘째 며느리가 해주는 밥을 먹으며 따듯한 물로 세수를 했고 손녀들의 재롱을 보며 지냈다. 하지만 이것들은 이전 수속을 마치기 전까지의 일이었다. 두 형제에게 소유권 이전을 하자마자, 그녀는 달라진 대접을 받아야 했다. 마지못해 며느리가 차려주는 밥을 먹었고 자리에 함부로 누울 수도 없었고 팔을 하나 쓰지 못하는 것에 대해 손자 손녀들의 조롱을 받았다.

장수댁이 이 사실을 알게 된 것은 보름 전이었다. 그녀는 군산에 갔다가 내려오는 길에 언니를 만나고 싶은 마음에 대성이의 집에 들렀다. 거기서 우연히 장수댁은 언니의 얼굴에 난 생채기를 보았고 볼에 멍이 든 것을 발견했다. 그 즉시 그녀는 언니에게 왜 그렇게 됐는지 물었다. 처음에 부엉댁은 넘어져서 다친 것이라고 딱 잡아뗐다.

"우리가 남도 아니고 피를 나눈 성제간인디 성님이 나한테 못 헐 말이 어디가 있소. 나도 대성이가 어떤 놈이라는 것을 동상한테 들어서 알고 있은께 두둔할라고 허지 말고."

장수댁이 간곡하게 말하자, 부엉댁은 비참하고 서러운 눈물을 흘리며 입을 열었다.

"그저께 저녁인디 대성이가 아직 퇴근을 안 했길래 기다릴까 싶어서 마당으로 나왔어. 근디 갑자기 뒤에서 메느리하고 딸년들 둘이서 달려들드만 마당 한쪽에 있는 변소간으로 던져부리는 거여, 한 마디로 그만 어서 죽으라는 말이제. 그런 꼴을 당허고 본께 얼매나 서럽고 괘씸헌지, 이틀을 밥을 굶었네."

"그래 그놈이 들어와서 물어보지도 안 해?"

"물어보면 뭘 해? 인자 그놈은 볼 장 다 봤다고 며느리하고 딸 있는 데서도 대놓고 구박을 허는디……."

"바보같이, 뭐 하러 자식 놈들한테, 뭐 헌다고 그것들을 다 이전을 해 줘. 죽기 아니면 살기로 붙들고 있어야제, 죽는 날꺼지."

"내가 당헐 수가 있어야제, 어디!"

한참 동안 두 사람은 말이 없었다. 몇 분 후 마루로 나가서 무를 다듬으면서 대화가 다시 이어졌다.

"언제 언니를 만나러 한번 가봐야겄소."

전주댁의 말에 장수댁이 맞장구를 쳤다.

"그래, 하루라도 빨리 좀 가봐. 내가 가서 보는 것보다야 똑똑한 우리 동생이 가서 언니를 좀 어찌 살리주봐."

점심을 먹고 나자, 장수댁은 보따리를 챙겨 떠날 채비를 차린다. 이것을 본 전주댁은 언니를 붙들고 늘어진다.

"이왕 왔으니 같이 잠이라도 자고 가요! 저녁이 둘이 이약도 좀 허고."

장수댁은 홰홰 고개를 젓는다.

"가야제. 집에 지다리는 사람도 없지만 있으면 폐만 되제."

누구보다도 언니의 성질을 잘 알고 있었던 전주댁은 더 이상 말리지 못한다. 그녀는 아무리 사소한 결정이라고 해도 한번 결정을 내리기만 하면 절대 철회하지 않는 외통수였다. 가는 동안 차비라도 하라며 전주댁이 몇 푼의 돈을 쥐여주었지만 장수댁은 돈을 받지 않으려고 염소처럼 버틴다. 이번엔 전주댁도 물러서지 않는다. 입구를 나서는 언니의 주머니에 억지로 돈을 쑤셔놓고 앞으로 떠민다.

장수댁은 또다시 치아가 몇 개 남지 않은 입안을 드러내며, 새벽에 도보로 걸어왔던 길을 되돌아간다. 장수댁이 모퉁이를 돌아서 회관 마당에 발을 디디기도 전에 옆에서 경수가 전주댁에게 묻는다.

"잿뎅이 논이 어디예요?"

이 말에 지금의 감정을 그대로 지니고 싶었던 전주댁은 마루에 있던 무 바구니를 들고 말없이 방으로 들어간다. 그 뒤를 따라 들어간 경수가 재차 물었다.

"잿뎅이 논이라면 어느 논 말인가요?"

전주댁은 바구니에 담겨 있던 무를 도마 위에 올려놓는다.

"지금 우리가 부치고 있는 구영리 논 있제? 경운기도 못 들어가고 소도 못 들어가서 쇠스랑으로 쪼아서 물을 댄 논 말이여. 경지정리라도 했으면 부치기가 수월할 것인디, 거기서 나온 것을 가지고 장수 이모하고 나하고 가르고, 거기서 조금씩 낸기서 할매 돌아가시고 나면 쓸라고 허는 거여. 오늘 이모도 그거 땀시 온 것이고."

옆에 누워 있던 동섭이 마땅찮은 표정을 지으며 참견한다.

"그거 힘들게 농사지어서 뭐 할라고 그래? 소출이 많이 나기는 해도 농사지을라면 맨날 새북에 걸어다니야 되고…… 그 농사 좀 지어 묵을라다가 사람이 골벵이 든당께."

앞에서 말했다시피 동섭은 마을에 있는 논에 비해 몇 배나 힘든 잿뎅이 논을 짓는 것을 불만스럽게 여기고 있었다. 그리고 처가 논을 부친다는 말이 마을 사람들 입에 오를 내릴까 봐 걱정하고 있었다.

"저 양반은 저리 욕심이 없당께. 큰이모네 아들 두 놈은 물 건너 밭하고 장탯재 산을 즈그 앞으로 이전을 하고도 잿뎅이 논을 어찌 관리를 하고 있는가 눈에 불을 켜고 보고 있는디 말이여."

전주댁의 말에 동섭은 더 이상 말을 잇지는 않는다. 그래봐야 전주댁을 당할 도리가 없다는 것을 그도 잘 알고 있다.

"그럼 외삼촌은 어떻게 되는 건가요?"

경수가 다시 묻는다.

"그놈허고 즈그 에미하고 허는 것 좀 봐라. 할매 세상 베리면 젯상에 물 한 그릇이라도 떠놓을 사람들이냐. 애초에 외한아씨가 돌아가심서 그놈은 내 자식이 아닌께 양자로 들이지 말라고 허셨는디 할매가 지영이 그놈 말에 넘어가서 고집을 부린 것이제…… 그런디 그전에는 안 그러드만 요새 그놈이 할매 세수도 시켜드리고 손톱도 깎아드리고 허는 갑드라. 허기사 사람이 옆에 삼서 그런 것도 안 허고 살면 그것은 사람도 아이제."

"자식이 아니라고요? 아랫방에 같이 사는 할머니한테서 난 자식이 아닌가요?"

"자식이 맞기야 맞제……."

전주댁은 난처한 표정으로 말끝을 흐린다. 그녀의 생각에 경수는 그런 일을 알 만한 나이에 이르지 못했다. 그것을 본 동섭은 입이 근질거리는 것을 간신히 참았다. 양자인 광수에 대해 동섭만큼 많이 아는 사람은 없다. 앞서 말했다시피 그는 함양과 구영을 오가며 호적

정리까지 했다. 장인이 자식을 얻기 위해서 지금의 광수 생모를 얻은 것은 사실이다. 그때 광수 생모는 과부였고 집이 가난했기 때문에 이쪽에 아들을 하나 낳아줄 용의가 있다고 했다. 거기에는 물론 물질적인 대가가 따라야 했는데 동섭도 장인이 광수의 생모에게 얼마만 한 대가를 치렀는지 듣지 못했다. 하지만 광수 생모가 장인과 동침하기 전에 이미 애를 가지고 있었던 것은 확실했다.

급작스럽게 어둠이 닥쳐오고 있다. 전주댁은 길게 썬 무를 바가지에 담으며 일어선다.

"또 저녁 할 때가 됐구만. 저녁에는 또 뭘 먹제?"

그녀는 자리에 남아 있는 사람들에게 들으라는 듯 걱정거리 같지 않으면서도 늘 그녀를 떠나지 않는 고민을 털어놓는다.

"엄마는 왜 식사 준비할 때마다 그래요?"

식사 준비 전마다 듣는 푸념이 괴로웠던 경수가 눈을 치켜뜬다.

"야, 이놈아! 네가 밥 한 번 채리봐라. 그런 생각이 저절로 들 텐께. 다른 집에는 딸들도 있어서 즈그 어머이가 편하다고 허드만 이 집에는 남자뿐이라 해주는 밥을 가만 앉아서 퍼먹기만 허니 원……."

경수가 입을 다문다. 그간 이 집 남자들이 전주댁을 도운 적이 있기는 했지만 기껏해야 설거지나 하고 청소나 하는 것뿐이었다. 그때 영수가 큰방으로 들어와 텔레비전 앞에 자리를 틀고 앉는다. 그 모습이 못마땅해 동섭은 잔소리를 한다.

"테레비를 틀먼 쌀이 나오냐, 밥이 나오냐?"

"일을 해도 마찬가지 아니요? 나한테 돈 한 푼 돌아오는 법이 없는데."

예기치 않은 영수의 대답에 동섭은 깜짝 놀라 입을 다문다. 봄에 염소를 길러 봐야겠으니 돈을 좀 마련해달라고 한 것을 안 된다고 했는데 한 해를 보내고도 그 타령이다.

영수는 지나가는 화면을 무심코 보고 있다. 그 모습이 겉보기에는 텔레비전에 심취해 있는 것처럼 보인다. 하지만 그의 내부는 격렬하게 타오르고 있다. 몇 년 동안 그는 아버지와 어머니가 원하는 그런 자식이 되고 싶었다. 착하고, 어버이의 말에 순종하는 장남이고자 했다. 그런데 부모는 그의 노동력을 이용하려 할 뿐 그가 원하는 것에 관심을 기울이지 않았다. 거의 한 번도 들어준 적이 없다. 바로 무관심이 아니고 무엇이겠어? 영수는 아버지처럼 내내 가난한 상태에 머물고 싶지 않고 그것을 자신의 자식에게 물려주고 싶지도 않았다. 울음이 터질 것 같아 그는 방을 나와버린다.

2

보름 전, 시어머니의 회복이 불가능하다고 여긴 전주댁은 안방 아랫목에 모셨다. 엄동설한을 모질고 독하게 이겨낸 노인이 봄이 되면서 한 해도 그럭저럭 보낼 수 있겠거니 싶어 마음을 놓은 탓이다.

한동섭, 전주댁, 영수, 경수가 번갈아가며 조용히 그녀를 지키고 있다. 한편 전주댁은 끼니때가 되자, 시어머니의 입에 죽을 흘려넣어 준다. 임종을 앞두고 있다고 해서 곡기를 끊을 수는 없었기 때문이다.

파평 윤씨는 어깨에까지 이불을 끌어 올리고, 굵은 주름살 하나 없는 고운 피부를 한 번씩 실룩인다. 쪽을 지었던 하얀 머리는 풀어서 베개 아래로 늘어뜨리고 있다. 안색은 죽기 직전까지도 밝고 화사한 봄빛이다.

주위에 둘러앉은 가족들이 주의 깊게 보고 있었던 것은 파평 윤씨의 눈동자였다. 동섭도 한 번씩 어머니 얼굴에 시선을 고정시키고 변화를 확인한다. 생명이 꺼지는 순간 즉 임종을 놓치지 않기 위해서였다. 얼굴색이 변함없는 것을 확인한 후에는 문종이 사이로 어떻게 영혼이 빠져나갈까 궁금해하며 문 쪽으로 눈을 돌린다.

그러다 전주댁이 시선을 한 번 붙잡는다. 전주댁의 얼굴은 슬프다고 할 수 없지만 약간 시무룩하다. 동섭은 아내가 아마 장례 치를 일에 대해 걱정한다고 생각한다. 그도 마찬가지였다. 두 사람은 아버지가 죽었을 때도 한동휘, 동규가 한바탕 난리를 치는 것을 뻔히 구경하거나 도피하는 것부터 시작해서 동네 사람들을 만나면 얼굴을 들 수 없을 정도로 온갖 창피를 다 당했다.

경수는 잠든 할머니의 모습을 보며, 사람이 금방 숨을 거두었을 때는 어떨지 궁금하다는 표정을 짓는다. 경수는 그때까지 동물이나 사람이 죽는 현장에 서 본 적이 없다. 사람은 숨이 끊어지는 순간에 비명을 지르게 될까. 아니면 아무런 말 한마디 없이 순간적으로 근육이 경직되어 버리는 것일까. 아니, 사람마다 다른 양상을 보일지도 몰라. 그러니까 옛말에 죽는 복도 오복 중의 하나라고 했겠지. 사람들이 흔히 하는 말처럼 잠이 드는 것처럼 스르르 죽는 것인지도 몰라. 그렇다면 잠이 들 때 통과해야 했던 문을 죽는 순간에도 통과해야 하는 것은 아닐까. 그 순간 경수는 무심결에 할머니의 고개가 힘없이 돌아가는 것을 본다.

"엄마, 할머니가 돌아가셨어!"

경수의 외침에 다들 고개를 움직인다. 경수 외에는 그 짧은 순간 파평 윤씨 얼굴에서 눈을 떼고 있었던 셈이다. 다시 말해서 다들 잠시, 아주 잠시 한눈을 팔고 있었다. 동섭은 어머니의 얼굴을 자세히 본다. 장남이었지만 무대 같아서 자신을 멸시했던 어머니였다. 어머니 입은 약간 벌어져 있고 고개가 한쪽으로 돌아가 있다. 숨이 끊어진 것이 분명하다.

파평 윤씨의 죽음은 누가 보아도 편안하고 조용했다. 비명, 외침, 몸부림, 그 어느 것도 없는 평화스러운 죽음이었다. 전주댁이 시어머니의 반쯤 열린 눈꺼풀을 내리덮으며 너무 수월한 임종이었어, 라고 자신의 일처럼 말한다.

슬픈 일이 아니고 기쁜 일이라, 동섭은 속으로 생각한다. 정상인과 다름없는 붉은 색조가 지배하고 있었던 어머니 안색이 시간이 지나면서 색조가 빠져나갔고 마침내는 창백해진다. 이것에서 동섭은 얼마 전에 죽은 창수를 떠올리며 몸을 부르르 떤다. 이미 어른 구실을 할 만큼 자란 성기와 주위의 거뭇거뭇한 털을 드러낸 창수는 수줍어하지도 얼굴을 붉히지도 않았다. 신체의 모든 움직임은 정지하고 신경은 무감각해서 썩은 나무토막 같았다.

파평 윤씨의 죽음을 정식으로 확인한 사람은 전주댁이었다. 미리 준비해 두었던 얇은 한지를 코에 갖다 대고 흔들림이 있는지 확인했다. 더 이상의 흔들림이 없다는 것을 확인한 전주댁은 시어머니의 얼굴을 쓰다듬고 솜으로 입과 코, 귀를 막는다. 그런 다음 전주댁은 고인이 평소 입었던 적삼을 들고 밖으로 나간다. 그녀는 북쪽의 봉화산을 향해 적삼을 흔들며 파평 윤씨의 이름을 세 번 불렀다.

"윤귀녀! 윤귀녀! 윤귀녀!"

이런 외침에도 죽은 몸을 떠난 영혼은 다시 돌아오지 않는다. 전주댁의 눈에 연 같은 것이 어디론가 날아가는 것이 보일 뿐이다. 이제 당신과 인연은 끝났어요. 다시는 만나지 말았으면 좋겠어요. 전주댁은 이웃에게 시어머니가 죽었음을 알리기 위해 지붕으로 옷을 던진다. 초혼이 끝나자, 가족들은 정해진 순서대로 몇 분간 곡을 한다. 한동섭도 곡을 하기 시작했다. 조금도 슬프거나 고통스럽지 않다. 숨이 끊어지고 신경이 경직되고 고개가 갑자기 돌아간다, 이것이 바로 죽음이었다.

잠시 후 동섭과 전주댁은 자식들을 밖으로 보내고 일을 시작한다. 파평 윤씨를 영원히 저승에서 살도록 하기 위해, 칠성판 위에 주검을 올려놓고 양손을 묶은 다음 이를 허리에 동여매고 두 엄지발가락도 묶어둔다. 그런 후 머리를 윗목으로 가게 해서 홑이불을 얼굴까지 덮고, 그 앞을 병풍으로 가려둔다.

영수는 마당에 나와 있는 동안 자신이 아닌 타인의 죽음에 대해서 진지하게 생각해 볼 수 있었다. 그가 눈앞에서 본 죽음은 파도가 밀려왔다가 밀려가는 것처럼 자연스럽고 간단한 것이었다. 지금껏 그가 생각했던 것처럼 힘들고 어려운 결단을 필요로 하거나 광기가 뒤섞인 상태에서 일어나는 일도 아니었다. 따라서 자신의 목을 찌를 정도의 용기도 필요 없었고, 가족들이나 친구들이 자신이 버려졌다는 소외감도 없을 듯했다. 봄이 오면 꽃이 피듯이, 여름이 되면 장맛비가 내리듯이 그랬다. 이제 나는 간다! 라든지 내가 죽거든…… 이라든지 하는 유언도 없었다. 그저 잠을 자듯이 눈을 감기만 하면 되었다.

"그놈들이 내리오면 또 지랄 옘병을 헐 것인디, 연락을 해야 허나,

말아야 허나……."

앞일이 걱정스러웠던 동섭이 중얼거리자, 전주댁이 이마에 주름살을 만든다.

"그놈이 인자는 안 그런다고 했은께 믿어봐야제."

"이런 일이 어디 한두 번이야제. 내리올 때마다 그 지랄을 허고 올라간께, 인자는 연락허기도 겁이 나. 그놈들은 정말 성제가 아니라, 웬수여, 웬수!"

"그런다고 연락을 안 헐 거여?"

전주댁은 어린애처럼 구는 동섭이 여전히 못마땅하다. 도대체 어른이라고 다 어른이 아니야. 어린애 같은 어른이 얼마나 많은지.

"돼지 땅 패기 겉은 소리 허지 마. 우리가 연락을 안 했는디 그놈들이 내리와 봐. 그러먼 그놈들이 얼매나 더 엠병지랄을 헐 것이여."

"연락을 허기는 해야제. 허지만 인자 이 일만 지내고 나먼 인자 지놈들허고는 끝이라. 부모도 죽고 없는디 성제는 무슨 성제여?"

전주댁과 동섭은 일가친척들에게 연락하기 전에 위와 같이 의논을 했다. 어떻게든 동생들을 보지 않으려는 동섭과 어떻게 하는 것이 보다 더 합리적이고 정당한 방식인지를 말하는 전주댁 사이에 잠시 언쟁이 벌어진다. 하지만 이 언쟁은 여태 그랬던 것처럼 전주댁의 승리로 끝날 수밖에 없다. 왜냐하면 동섭은 아내가 자신의 감정을 헤아려 주기를 바랐을 뿐 언쟁을 통해 아내를 누를 생각은 없었기 때문이다.

얼마 후 초상을 당한 한씨가(家)에 사람들 발길이 잦아지기 시작했다. 정자리 한숙자가 한달음에 올라오고 서울에서 동섭의 두 동생이 내려왔을 뿐 아니라 그때까지 소식조차 모르던 한씨 일가들이 하나씩 둘씩 모여들었다.

여기서 고인이 된 파평 윤씨가 이들 가족에게 어떤 존재였던가 생각해 보자. 그것은 간혹 고인을 평가할 수 있다고 말해지기 때문이다. 우선 그녀가 죽기 전에 이들 가족에게 남기고 간 애정을 생각해 보자면, 사실 이들이 파평 윤씨를 추억할 만한 것은 없다. 그녀는 영수가 아주 어렸을 때 고향을 떠났다. 그래서 영수와 경수는 할머니가 돌아오기 전까지만 해도 얼굴 윤곽도 거의 모르고 있었다. 그 후로도 마찬가지였다. 파평 윤씨는 월암에서 산 2년 가까운 세월 동안, 처음 며칠만 집에 붙어 있다가 그 후로는 거의 서당 선생 집에 있었다. 그곳에 친구가 있고 마음이 편하다는 것이다. 또한 영수와 경수가 할머니에 대해 부모에게 들은 것도 부정적인 것이었다. 그들의 아버지는 버림받은 자식이었고 어머니는 전혀 사람다운 취급을 받은 적이 없었다. 그랬기 때문에 파평 윤씨를 각별하게 생각할 여지라곤 없었다. 동섭이나 전주댁도 마찬가지였다. 파평 윤씨는 둘째 아들을 떠받들고 살았던 것과는 대조적으로 장남인 동섭을 바보나 등신으로 취급했다. 그리고 무조건 복종하고 종처럼 일할 것만 바랐던 며느리가 사사건건 물고 늘어지자, 아들 내외를 아예 없는 셈 치고 고향을 떠나버렸고, 이후 한 번도 찾아온 적이 없었다. 그래서 동섭은 어머니의 죽음이 확인된 속광(屬纊) 후에도 슬픈 기색 없이 입으로만 아이고! 아이고! 하고 울 수 있었을지 모른다.

훗날 동섭은 어려운 처지에 빠졌을 때 이때의 일을 연관 지어 말한 적이 있었는데, 그것도 어머니의 슬픔을 과장해서 말하기 위한 것은 아니었다. 자신이 그만큼 냉정한 남자였음을 말하고자 한 것이었다. 평소의 그는 냉정하고 과묵해서 여간한 일을 가지고는 슬픈 기색도 보이지 않을 수 있었다. 그 때문에 전주댁은 평소 이런 말을 입에 달고 살았다.

'저 인간이 도대체 인간인가 싶을 때가 많당께. 사람이라면 바늘에 찔리면 아파서라도 소리를 지르고 누가 귀에 대고 소리를 지르면 꿈쩍 놀라기라도 할 텐데 저놈의 인간은 피가 있는 인간인지 눈물이 있는 인간인지, 내가 살다 살다 저렇게 인정머리 없고 멋대가리 없는 인간은 첨이랑께.'

다시 말해서 동섭은 그때 자신이 얼마나 큰 고통을 겪고 있는지 비교해서 말하기 위해 어머니의 죽음을 끌어왔고, 내가 우리 어머니 죽어서도 눈물을 안 흘렸는데 자식놈이 피눈물을 흘리게 한다, 고 말했다.

그럼에도 불구하고 서럽게 운 사람이 있다. 바로 전주댁이다. 그녀는 누가 뭐래도 이들 가족 중에서 가장 슬프게 울었다. 결코 동네 사람들에게 보이기 위한 것이 아니라 진심으로 서러워하고 슬퍼하는 모습을 보여준 것이다. 이것은 전주댁이 눈물이 많기 때문에, 또 정이 많았기 때문에 그랬다고도 할 수 있지만 쉽게 감정이입을 할 수 있는 자질이 있어서일 수도 있다. 왜냐하면 이미 그런 일을 겪은 솔직한 사람들의 말에 의하면, 인간은 가장 가까운 사람이 죽었을 때는 충격에 쉽게 울지 못한다는 것이다. 가장 가까웠던 사람의 죽음이 사실인지 아닌지 분별할 수 없는 어리둥절한 상태가 될 뿐 아니라 사람들에게 보이기 위해 울려고 해도 감정을 불러올 수 없어 감히 울 수가 없다는 것이다.

3

출상 날이다.

이날 집 안을 골목에서 들여다보면 버드나무 지팡이를 짚고 상복을 입은 상주들이 제일 먼저 눈에 띄고, 그다음으로 종이꽃으로 만든 꽃상여가 보인다. 그 옆으로 멍석에 앉아 있는 몇 명의 노인네와 부지런히 걸어 다니는 젊은이들이 눈에 띈다. 또 마당에 걸린 가마솥 앞에는 장작불을 때는 아낙과 옆에서 간을 맞추는 아낙, 한 번씩 울어 젖히거나 시끄럽게 떠들어대는 아이들이 있다. 고기 냄새를 맡고 달려든 동네의 오만 잡종 개들도 날뛰어 댄다. 집에 들어오지 못하는 사람들은 담밖에 서서 상여가 나오기를 기다렸다. 이들에게 있어서 상갓집처럼 풍성한 먹을거리를 제공하는 곳이란 없고 상여가 나가는 행렬처럼 좋은 구경거리란 찾아보기 힘들었다.

상주들의 곡이 끝나자, 집례가 술을 올리고 축문을 읽는다. 이제 관을 상여에 옮길 차례였다. 계원 여섯 사람이 상여 위에 관을 안치했다. 곧 발인제가 이어졌다. 상여 앞에 제상을 차려두고 상주들이 단잔을 올리고 한 번씩 절을 했다.

발인제가 끝나자 상두꾼들은 자신의 자리를 찾아 들어가 상여를 들어 올렸다. 그러자 상여 위에 달린 하얀색, 녹색, 붉은색 종이꽃들이 춤을 추었다. 이들은 상여 앞쪽이 집을 향하게 해서 세 번 들었다가 놓으며 고인을 대신해 작별 인사를 했다. 그런데 막 상여가 머리를 틀어 집을 나가려고 할 때 술에 만취된 한동규가 상여를 부여잡고 길을 막았다.

"그대로 나가!"

이렇게 말하는 사람이 있었지만 동규가 상여를 잡고 흔들어 대는 데야 앞으로 나갈 도리가 없다. 결국 상여는 마당에 내려지고 한동규는 상여 위에 엎드려 통곡하기 시작한다.

"도대체 누가 술을 멕인 거여, 내가 이놈한테는 절대로 술을 주면 안 된다고 그랬는디 어디다 술을 두었던 거여?"

전주댁이 좌중을 향해 여장부다운 기세로 고함을 지른다.

"그렇게 술을 싱키고 싱켰는디 어디서 찾아묵었는지 우리는 몰라요. 그런 것까지 우리가 어떻게 감시를 해요? 구판장에 가서 마시고 들어왔는가 아니면 어디 숨어 있는 술을 찾아냈는가……."

한 아낙이 화서 나서 외친다. 뒤이어 앞집에 사는 임실댁이 한숨 섞인 투로 말한다.

"아이고, 이거 또 난장판이 되겄구만, 그래!"

한동휘, 동규가 한바탕 행패를 부리기 전에 반드시 술을 마시고 시작한다는 것은 마을 사람 누구나 다 아는 일이었다. 두 사람이 술을 마시고 일을 시작하는 것은 두 가지 이유에서였다. 하나는 술에 취한 자가 벌이는 행동에 대해서 사람들이 비교적 관대하게 보아준다는 것을 알고 있었기 때문이고, 또 한 가지는 맨정신에는 생기지 않는 호기를 얻기 위해서였다고 할 수 있다.

아니나 다를까 사람들이 우려했던 일이 금방 터진다. 곧 아낙들의 비명에 이어 구정물 통이 뒤집어지고 된장독이 깨지는 소리가 들렸다. 상여 위에 엎드려 있던 한동규가 벌떡 일어나 행패를 부리기 시작한 것이다. 그리고 이것을 신호로 한동휘도 같이 달려들어 고함을 지른다.

"한동섭! 한동섭 이리 나와!"

한동섭을 찾기 위해 사람들 눈이 바삐 움직였지만 동섭은 이미 그 자리에 없다. 그들이 술을 마셨다는 것을 안 순간, 동섭은 발인이고 뭐고 슬금슬금 뒤로 물러나서 앞집으로 달아나버렸다.

비명을 지르며 한쪽으로 물러났던 아낙들은 각자 아이들을 찾아 손을 잡고 집 밖으로 달아나기 시작한다. 그러나 남자들은 체면이 있는지라 자리를 지키고 있었지만 누구 하나 나서서 말리지 못한다. 남의 집안일에 섣불리 나서서 그들과 대적하다가는 어딘가가 부러지거나 다치리라는 것을 알고 있다.

이때 어디서 나타났는지 구둣발 하나가 동규의 가슴팍을 향해 날아든다. 사람들의 시선이 그곳을 향해 집중된다. 사람들은 와, 하고 짧은 비명과 함께 잔뜩 호기심을 가진 눈으로 지켜본다. 주인공은 이 집의 장남 영수였다. 한편 발길질에 나가떨어졌던 한동규는 황토 마당 위에 비스듬히 앉아 씩씩대고 있다.

"아니, 이 녀석… 네가… 조카가 삼촌을 때려, 이 자식이?"

"그러먼 동생이 성님 집에 와서 행패 부리는 것은 잘 허는 짓이고?"

어느 틈에 전주댁이 앞으로 나서서 영수를 대변한다. 잠시 할 말을 잃은 듯했던 영수는 어머니의 말에 더욱 고무되어 이번에야말로 끝장을 보겠다는 듯이 앞으로 나선다.

"아직도 술이 덜 깨는 모양이구만, 그래! 한 방 더 맞아봐야 정신을 차리겠어."

그러자 주위에 있던 사람들이 와르르 달려들어 영수를 붙잡는다. 그가 하는 행동을 얼마든지 이해는 할 수 있지만 도리에 어긋나니 그만두라는 것이다. 도리, 도리는 무슨 도립니까, 영수가 소리를 지르고 있다. 내리사랑은 있어도 치사랑은 없다는 말처럼 말인가. 영수는 그렇게 말하는 사람들을 이해할 수 없다. 그사이 고함을 지르던 동휘는 사람들의 눈이 두 사람에게 집중된 사이 스르르 집을 빠져나가고 있다.

"제발 이것 좀 놓으세요. 지금까지 우리가 얼마나 당하고 살았는데."

사람들에게 두 팔과 몸을 붙잡힌 영수는 울먹이며 발길질을 해보지만 거리가 멀어 동규에게는 닿지 않는다. 사람들은 영수의 팔을 양쪽에서 두 사람씩 잡고 앞집으로 데리고 간다. 바닥에 비스듬히 앉아 있던 한동규도 어느 틈엔가 달려온 매형에게 붙들려 끌려 나가며 고함을 지른다.

"너 이 자식 봐라, 너 가만히 안 둬!"

이로써 이날의 난리는 끝장이 났는데 밖에서 구경하던 아낙들은 일이 아주 싱겁게 끝났다는 표정으로 입맛을 다신다. 하지만 한씨 집을 동정하던 사람들은 이렇게 한번, 두 사람의 행패를 막은 것에 대해 아주 속 시원한 표정을 지었다. 그들이 본 바에 의하면 지금까지의 한동섭은 제대로 항거 한 번 못 해보고 두 사람에게 당하거나 도피하기만 했다.

영수가 나타난 것은 망자에게도 아주 잘된 일이었다. 영수가 아니었다면 망자는 몇 시간 동안 물건이 부서지는 소리, 아녀자들과 어린 애들의 비명에 귀를 틀어막거나 보이지 않는 한숨을 지었을 것이 분명했다. 곧 요령 소리가 울리고 앞으로 갔다, 뒤로 갔다 하며 상여가 움직이기 시작한다.

요령은 땡그랑 땡그랑 땡그랑

어화 어화 어나리 넝차 어-화

간다 간다 나는 간다 북망산천 나는 간다

어화 어화 어나리 넝차 어-화

상여의 행렬은 진군하는 군대처럼 맨 앞의 정찰대 즉 기수들이 앞을 서서 길을 열고 그다음으로 혼백과 흰 고무신이 든 영여, 큰 상여, 상복을 입은 상주들, 복인, 구경꾼들이 길게 이어진다. 상여는 초등학교 뒤 도로를 지나 개울을 따라간다. 법자네 집 앞에 두 갈래 길이 나타났을 때 상여는 왼쪽으로 돌아, 중간 기착지인 제모리 다리를 향해 나아간다. 그곳에서 노제를 지내기로 되어 있다.

상여가 마을 동쪽 마지막 집쯤에 이르렀을 때다. 상여 앞에 걸쳐진 새끼줄 위에 돈을 꽂고 땅으로 내려오기 전에 동섭은 동쪽 자갈길을 따라 비척비척 내려오고 있는 동규를 보았다. 아니 저 녀석이. 동규가 다시 나타나리라고는 꿈에도 생각지 못했던 동섭은 당황해서 서둘러 상여를 내려온다.

이윽고 길이 갈라지는 지점에서 상여와 동규가 만난다. 동규는 상여를 가로막고 멈춰, 못 가! 하고 외친다. 상여꾼들이나 그 뒤를 따르던 사람들은 기도 안 찬다는 듯한 표정으로 동규를 쳐다보았지만 길을 막고 버티고 있는 이상, 임시로 상여를 세우지 않을 수 없다. 그때 뒤를 따르던 구경꾼 중에서 한 사람이 상여 앞으로 걸어 나오며 호령하듯 우렁차게 외친다.

"이게 무슨 짓이야? 썩 꺼지지 못해?"

주위 사람들의 시선이 모조리 그 남자에게 쏠린다. 그는 마을의 이장을 지내기도 한 방태수로 큰 체구와 억센 팔, 험한 입을 가지고 있어서 이 마을 사람 중에 그를 두려워하지 않는 사람이라곤 없다. 그리고 그때까지 그와 싸워서 이긴 남자는 없었다. 사람들은 다들 이제 진짜로 한동규, 넌 임자를 만난 거다, 라는 표정을 짓고 있다.

동규는 눈물이 범벅이 된 얼굴을 들어 방태수를 바라본다. 그는 잠시 움찔하는 기색이었지만 그것도 잠시, 갑자기 상대에게 달려들었다. 동규는 방태수의 두 팔을 양손으로 잡고 뒤로 넘어짐과 동시에 두 발로 차서 길바닥에 패대기쳐 버린다. 이것이 바로 동규가 수색대 있을 때 배운 무술의 하나였다. 어이없이 나가떨어진 방태수가 어리둥절하고 멍한 표정으로 동규를 보았다. 그것은 마을 사람들도 마찬가지였다. 다른 사람도 아닌 방태수가 이렇게 쉽게 나가떨어지리라고는 누구도 예측하지 못했다. 이제 마을 사람들은 동규가 아닌 방태수가 임자 만났다는 쪽으로 기울어진다. 그러면서 자신들을 괴롭혔던 독충이 보기 좋게 당하는 꼴을 머릿속에 그려보고 있다.

바닥에 나뒹굴었던 방태수가 가까스로 자리에서 일어난다. 뒤에 처져 있던 동섭도 이제 곧 진짜 싸움이 시작되려나 보다, 생각하며 흥미진진한 표정을 지었다. 그런데 방태수는 옷을 탁탁 털더니 그답지 않게 분한 표정을 짓는다.

"느그 한씨들, 우리 방씨 문중 산에… 다른 사람은 다 뫼를 써도 느그는 못써, 인마!"

방태수는 한쪽 다리를 절며 과수원을 향해 걸어가기 시작한다. 사람들은 허를 찔렸을 때처럼 입을 벌렸고, 멍한 눈은 방태수의 걸음을 좇아 오르락내리락하고 있다. 순간 동섭은 낭패라는 생각이 들었다. 이미 풍수가 묏자리를 짚어 주었고 계원들이 광중까지 파놓은 상태였다. 웃을 때가 아니야. 동섭은 상복을 입은 채 뛰기 시작한다.

"제발, 사정 좀 봐주시요."

동섭은 방태수 팔을 붙들고 애원한다.

"뭣땜시, 내가 그리여. 저놈이 내 앞에서 무릎 꿇고 빌기 전에는 못 쓴께 그리 알아!"

방태수는 동규에게 당한 화풀이를 형인 동섭에게 하고 있다. 결국 동섭은 방태수 마음을 돌리는 것을 포기하고, 터덜터덜 상여가 있는 곳으로 돌아온다. 그 사이 막걸리를 통째로 마시며 상여를 잡고 울던 동규는 박성기의 손에 이끌려 마을을 향해 걸어가고 있다. 어찌하면 좋지. 그때 누군가 저 건너의 뽕나무밭을 장지로 정하자고 의견을 내놓는다. 다른 사람도 덩달아 그렇게 하자고 말했다. 동섭은 고개를 끄덕였다. 비록 황토이고 풍수에게도 보일 여유가 없지만 그의 소유로 된 밭 중에서 가장 가깝고 그나마 햇빛이 비치는 곳이었다.

얼마 후 상두꾼들은 맥이 풀린 듯 앞으로 갔다, 뒤로 갔다를 되풀이한 후, 엉금엉금 장지를 향해 걸음을 뗀다.

북망산천이 머다드니

저 건너 뽕나무밭이 북망이로구나.

천신만고 끝에 파평 윤씨의 장례식이 끝나자, 동섭의 집에 모였던 일가친척들은 버스가 한 대씩 들어올 때마다 순차적으로 집을 떠난다. 그러면서 한씨가(家)는 다시 한적한 농가로 되돌아간다. 마치 물결과 바람에 몸을 내맡기기만 하면 배가 흘러가는 것처럼.

마을 사람들은 한씨 집에서 일어난 사건을 두고 얼마 동안은 먼저 말을 꺼내지 못해서 안달이었다. 누가 그 일에 대해 더 많이 알고 있으며, 똑같이 본 사건이라도 누가 더 흥미 있게 말할 수 있는지 내기를 하는 듯했다. 하지만 그것들이 한씨 집에 전달되지는 않았다. 전주댁은 마실을 가는 일이 없고, 동섭도 동네 사랑에 나가서 노닥거리지 않았기 때문이다. 들에 나가서 일을 하고 돌아오면 두 사람은 집에 틀어박혀 두 사람만이 나눌 수 있는 아기자기한 대화를 하고 자리에 눕거나 텔레비전을 보았다. 그래서 두 사람은 앞집 아주머니나 친한 일가를 통해 듣지 않으면 동네 사람들이 무어라고 쑤군대는지도 몰랐다. 아니 그들은 미리부터 마을 사람들의 반응이 어떠하리라고 짐작했기 때문에 일부러 사람들과의 접촉을 피하고 있었다.

4

꽃샘추위가 서서히 누그러지고 있다. 동섭 내외는 울산으로 떠나는 명자의 이삿짐 싣는 것을 거들기 위해 창성리에 갔다가 오는 길이다. 두 사람은 명자 내외가 도시로 떠난다는 것에 두 사람은 처음부터 대찬성이었지만 사돈댁에서는 그간 제법 말이 많았던 것 같았다. 사위가 장남이었고 명자가 맏며느리였기 때문이었다. 가장 심한 반대를 했던 명자의 시조부모는 작년 겨울에야 이주를 허락했다.

“하기사, 촌에 있어 봐야 뭘 해묵을 게 있어야제.”

“미련허고 모지랜 놈들만 촌에 남아서 흙 파묵고 있는 거제… 젊은 사람, 어느 누가 촌에 남아서 농사나 짓고 앉았겠어?"

전주댁은 동섭의 비관적인 말투가 견딜 수 없지만 참고 있다. 늘 보아온 태도에 대해 똑같은 반응을 보이려니 신물이 난 것이다. 전주댁의 생각은 동섭처럼 비관적인 영수에게로 옮아간다. 그간 그녀는 영수가 도시에 나가 일자리를 잡고 돈을 모아 결혼하기를 바랐다. 하지만 영수는 그녀의 생각에 콧방귀도 뀌지 않았다. 그렇다고 농사를 짓기로 작정한 사람으로 보이지는 않았다.

한동안 영수는 부모와 함께 들에 나가며 열심히 일했다. 경운기를 몰고 논을 갈고 써레질하고 무거운 짐을 실어 나르는 등 동섭이 할 수 없는 많은 일을 대신해 왔다. 그런데 언제부터인가 영수는 경운기를 가지고 할 수 있는 일만 겨우 할 뿐 잔일은 거들떠보려고도 하지 않았다.

"낙이 없어요, 낙이!"

전주댁이 왜 그러냐고 물으면 영수는 이렇게 외쳤다. 영수는 간혹 외출하면서 입을 옷과 필요한 만큼의 용돈을 바랐다. 그리고 친구들처럼 목돈을 들여 돈이 될 만한 사업을 하고자 했다. 하지만 검소하고 성실하게 살아온 전주댁은 영수를 이해할 수 없었다. 가난을 참고 견디려는 마음이 없어. 정말 이상해. 차곡차곡 돈을 벌어 사업을 하려는 생각은 왜 들지 않을까. 이 집 인간들이 원래 그랬어. 혀는 짧아도 침은 멀리 뱉으려 했어. 그러면서 그녀는 영수를 예수병원에 데리고 간 것에 대해서도 후회했다. 어렵고 힘든 것을 모르는 영수가 군대에서 좀 더 고생했었더라면 하는 아쉬움이 남았기 때문이다. 제대한 이후 영수는 조금도 이상한 행동을 하지 않았다. 누가 보아도 군생활이 하기 힘들어 꾀를 피운 것이라고 할 수밖에 없었다. 그녀는 때때로 영수를 진찰한 정신과 의사를 향해서 욕을 퍼부었다. 그때 그 놈이 한 말도 돈을 벌어먹기 위한 수작이었어.

어느새 두 사람은 앞집을 지나려 하고 있다.

"할매하고 아지매가 앉아 있네."

동섭의 말에 전주댁은 대꾸를 하지 않는다. 임실댁은 남편이 죽기 전부터 혼자 손수레를 끌고 다니면서 일을 했는데 이제는 머슴도 없이 혼자 농사를 짓고 있다. 그녀의 시어머니는 간혹 자식보다 더 오래 살고 있음을 한탄하기도 했지만, 머리가 백발임에도 여전히 건강해 보인다. 자식들을 모조리 객지로 보낸 후 큰 집에 남아있는 두 사람, 이제 같이 늙어가고 있는 모습이 애처롭게 느껴지지만 전주댁은 그대로 지나친다.

그날 밤늦은 시간에 뜻밖의 손님이 찾아왔다.

"오빠, 자요? 오빠, 나요!"

누군가 밖에서 부르는 소리에 텔레비전을 보고 있던 전주댁이 문을 연다. 은은한 달빛 아래 키 작은 여자가 서 있다. 그녀는 목에 두터운 털실로 짠 목도리를 하고 있다.

"올케가 어쩐 일이라?"

동섭의 여동생인 한숙자였다.

"아니, 밤중에 어쩐 일인가? 어서 들어오게."

전주댁은 부리나케 동섭을 깨운다. 하지만 동섭은 음냐, 음냐 하는 잠꼬대 소리를 내며 좀체 일어나지 않을 뿐 아니라 자는 사람을 깨운다고 신경질을 낸다.

"어서, 일어나 봐. 정자에서 왔당께."

얼마 뒤 가까스로 눈을 뜬 동섭은 여동생을 알아보고 약간 잠이 섞인 목소리로 말한다.

"아니, 이 밤중에 어쩐 일이냐?"

동섭은 동생의 얼굴을 보기 전에 시계를 먼저 본다. 오전 1시 30분이다. 한숙자는 금방 입을 열지 않는다. 그것이 두 사람을 더 궁금하게 만든다. 동섭은 꿈속에서 아주 좋은 일을 한 후 매우 기분이 좋은 상태에 있다. 처음 만난 노파를 위해 그는 짐을 들어 주고 업어서 물을 건네주기까지 했다. 꿈속에서 직접적인 보답을 받지는 못했지만, 그는 좋은 일을 했다는 보람을 느꼈다.

"오빠, 인자 우리 집은 다 끝났어요."

갑자기 한숙자가 손으로 바닥을 치며 울기 시작한다.

"그래, 무슨 일인데, 그래?"

전주댁이 숙자 옆으로 가서 등을 어루만진다. 그 사이 동섭은 담배를 꺼내 불을 붙인다. 한참 후 울음을 그친 한숙자가 입을 연다. 이렇게 해서 동섭과 전주댁은 박씨 집의 비극을 알게 되었다.

초가집을 팔아치우고 대궐 같은 기와집으로 이사하기 전까지만 해도 한숙자는 그다지 걱정할 일이 없었다. 집안은 평화로웠고 한숙자의 시부모는 다정하고 금실이 좋아 큰 소리 한 번 내지 않았다. 그런데 새로운 집으로 이사하면서 좋지 않은 일이 벌어지기 시작했다. 시어머니가 앓기 시작하더니 한 달도 되지 않아 죽었다. 아내를 잃은 시아버지, 박명석은 며칠 동안 음식을 입에 대지 못하고 날이 갈수록 살아갈 기력을 잃었다. 아랫방을 차지한 시아버지는 식사할 때의 몸놀림을 빼고는 죽은 사람처럼 거의 움직이지 않았다.

이후 집안에는 음습한 공기가 돌아다녔다. 가족들은 소리 내어 크게 웃지 못하고 작은 목소리로만 대화했다. 처음 얼마 동안 박성기는 아버지 눈치를 보았다. 그는 엄한 아버지로부터 매를 맞으며 자랐고, 결혼 후에도 코뚜레가 꿰어진 소처럼 아버지 명령에 복종하고 살았다. 다혈질인 아버지 밑에서 거의 숨도 쉬지 못하고 살았다. 그러던 어느 날 그는 자기의 코를 만져보게 되었다. 그때까지 자신을 지배해 왔던 코뚜레가 사라지고 없었다. 그는 순간적으로 자신이 가장이며 마음껏 행동해도 된다고 잘못 생각했다. 그래서 그는 누구의 간섭도 받지 않고 친구들과 어울려 밤늦도록 면내의 술집을 돌아다녔다.

나중에야 그는 이때가 자신의 인생에 있어 후반기를 준비해야 할 시점이었음을 깨달았다. 하지만 이미 때는 늦어 있었다. 가정에 충실하고 아버지께 순종적이었던 박성기는 지금까지와는 전혀 다른 방향에 눈을 주고 있었다. 집에 있는 날이 드물어졌고 가정을 돌아보지 않았다. 그뿐이 아니었다. 차가운 논흙 속에 발을 담그고 모를 찌거나 낫을 들고 수렁 논에 들어가지도 않았다. 그는 모든 농사를 놉을 사서 해결하려 들었다. 게다가 마침 맞게 얻게 된 마을 이장 직(職)은 그의 방종에 정당성을 부여했다. 이후 그는 이장이랍시고 마을 일을 핑계 대고 틈만 나면 동네 밖으로 나갔다.

그로부터 몇 년이 지났다. 방에만 틀어박혀 있던 박명석도 차츰 집안이 어떻게 돌아가는지 눈치채게 되었다. 기력을 회복한 박명석은 마당을 쓸고 쇠죽을 끓이며 아들이 밤중이나 되어야 집에 돌아오는 것을 보았다. 며느리가 온갖 집안일을 다 하고, 밭을 매는 것을 보았다. 그는 자유나 힘에 대해 모르고 있던 아들에게 갑자기 그것을 주어버린 자신을 책망했지만 때는 늦어 있었다. 속이 탄 노인은 가망 없는 짓인 줄 알면서도 박성기를 볼 때마다 잔소리를 해댔다.

"집구석 일은 안중에도 없고 이장이랍시고 미친놈 같이 돌아다녀서 어쩌자는 거여?"

"내가 무슨 일을 하든 아부지가 무슨 상관이요? 저는 이장 일을 해서 일 년 먹을 것을 장만하고 있는디."

아버지에게 순종만 하던 예전의 박성기가 아니었다. 두 사람의 대립은 서로 안면을 부딪칠 때마다 이어졌다. 노인은 과거로 되돌아가고자 했고, 아들은 그것을 거부하는 것으로 맞섰다. 한숙자가 병을 얻은 것도 두 사람이 조성한 긴장된 분위기 때문이었다. 시아버지와 남편이 팽팽하게 맞설 때마다 중간에 낀 그녀는 가슴이 뛰는 것을 느꼈고 늘 어찌할 줄 몰랐다. 남편이 어디 갔냐고 묻는 시아버지의 물음에 그녀는 늘 전전긍긍했고 밖으로 나갈 때마다 거짓말을 시키는 남편의 부탁에 진실을 말해야 하나, 말아야 하나를 두고 고민했다. 이것이 몇 해 이어지자, 그녀의 심장은 사소한 압력도 견디어 낼 수 없었다. 조금만 힘들게 일해도 얼굴이 붉어졌고 급한 일이 있어도 뛸 수 없을 지경이 되었다. 그렇다고 병원에 갈 형편은 아니었다. 그녀는 대략적인 공중보건의의 진찰을 받았고 보건소에서 무상으로 내주는 약을 늘 입에 달고 살았다. 하지만 그 약은 보건의의 말대로 임시치료제였을 뿐이었다. 심장판막증은 수술이 아니면 나아질 수도, 완치될 수도 없는 병이었다.

어느 날이었다. 그때까지 참고 견디기만 할 뿐 불평이라고는 할 줄 몰랐던 한숙자는 남편을 불러 앉혔다. 한숙자는 남편이 동네 사람들 모르게 빚을 지운 증거를 가지고 있었다.

"어디에 이렇게 많은 돈을 쓴 거요?"

박성기는 아무런 변명도 하지 못했다. 그가 동네 사람들에게 지운 빚은 전 재산을 팔아도, 평생 두 사람이 부지런히 일을 해서 갚을 수도 없는 어마어마한 액수였다. 그렇지만 큰 소리를 내며 싸우거나 크게 울 수 없는 상황이었다. 이 일이 마을 사람들에게 알려지면 그들은 동네 사람들의 몰매를 맞을 것이 틀림없었다.

한숙자는 울면서 남편에게 말했다.

"다시 물어봅시다. 도대체 어쩌자고 이렇게 많은 빚을 내서 쓴 거요?"

"내가 뭐 나쁜 짓을 한 것도 아이고, 계집질을 한 것도 아니여. 자네가 한 번씩 먹은 보약하고 내가 얼마 전부터 먹기 시작한 약값들, 글고 생활비로 들어간 돈이여."

"그것이 이렇게 액수가 커요?"

"생각을 해봐. 하루 이틀도 아이고, 거진 오 년이 넘는 세월을 그렇게 지냈는디 그럼 한두 푼이겄어?"

"빚이 조금씩 불어나면 어떤 조처를 했어야제. 당신이 나가서 공사판 막일꾼을 해서라도 빚을 갚을 생각을 했어야지, 지금껏 숨기다가 나한테 들키니까 인자 말을 하니……."

한숙자는 한숨을 푹 내쉬었다. 화를 낼 기력도 없었고, 울어봐야 해결될 문제도 아니었다. 그런데 둘의 대화를 듣고 있던 사람이 있었다. 바로 박성기의 아버지이자, 한숙자의 시아버지였다. 박명석도 처음에는 부부 사이에 일어나는 사소한 다툼이거니 생각했다. 살아오는 동안 그도 다투거나 싸우면서 사는 부부를 많이 보아왔기 때문이다. 하지만 평소에 조용하고 남편에게 고분고분하기만 했던 며느리가 남편을 몰아세우는 것이 심상치 않다고 느꼈다. 이윽고 그는 일생에서 가장 수치스러운 일을 목전에 두고 있다는 것을 알았다. 그리고 이런 일에 닥치면 곧잘 노인들이 그렇듯 자신이 너무 오래 살았음을 한탄했다.

“그래, 어쩔 셈이요?”

한숙자가 다시 다그쳐 물었다.

“다른 방법이 있어? 할 수 없으면 밤에 도망이라도 가야지.”

“안 돼요. 그렇게 해서 어쩌자는 거여? 동네 사람들이 우리를 못 찾아낼 거 겉애요? 경찰에 신고라도 하면 어디 우리가 숨어서 편히 살 거 겉애요?”

“그러면 자네가 남아서 동네 사람들을 좀 달래봐. 심장병이 있는 줄 아는 동네 사람들이 자네를 함부로 허지는 못 헐 텐께.”

“당신이 저지른 일 땜에 나보고 죽으라는 소리요?”

밖에서 듣고 있던 노인은 두 사람이 눈치채지 못하게 방문 앞을 물러났다. 그는 무심결에 모퉁이를 돌아 헛간으로 걸어갔다. 노인은 그곳에서 자신의 손때 묻은 괭이를 찾아내서 오랫동안 쓰다듬고 있었다. 그러다가 구석에 놓인 비료와 농약 상자를 발견했다. 그는 망설임 없이 농약 상자 안에서 제초제인지 살충제인지를 한 병 꺼내 들고 방으로 돌아왔다. 그 후 노인이 한 일은 이부자리를 정돈하고 방 안을 깨끗이 청소하는 것이었다. 그것이 끝나자, 노인은 문을 걸어 잠갔다. 노인은 마음을 가다듬기 위해 눈을 감았다. 노인은 죽은 아내를 향해 몇 마디 말을 던지고, 아버지를 비롯한 조상들의 얼굴을 떠올렸다. 이제 내가 이승에서 할 일은 이것뿐이다, 라고 중얼거린 후 노인은 갈색 유리병 마개를 땄다. 난 이 마을에서 태어나고 자랐고 여기 뼈를 묻어야 할 사람이여. 어찌 내가 두 눈 시퍼렇게 뜨고 동네 사람들과 산과 들을 볼 수 있겠어. 그는 아들 대신 죄를 짊어지고 가려는 것이었다. 임자 인자 나도 가네, 하고 보이지 않는 아내에게 속삭인 후 노인은 물을 마시듯 농약을 마셔 버렸다. 농약이 목구멍을 타고 내려가면서 식도를 태웠고 약기운은 순식간에 몸에 퍼졌다. 그는 목을 움켜잡고 방을 뒹굴었다. 입과 코를 비롯한 혈에서 피가 흘러나왔다. 그렇지만 노인은 소리를 질러 아들 내외를 부르지 않았다.

다음 날 아침 박명석은 죽은 채 가족에게 발견되었다. 유언장은 없었지만, 박성기는 아버지가 자신이 저지른 일 때문에 죽었다는 것을 깨달았다. 그는 고향을 떠나는 일을 얼마 동안 보류하기로 했다.

다행히 동네 사람들은 박성기가 자신들이 맡긴 인장을 도용해서 농협에 빚을 지워놓았다는 것을 모르고 있었다. 그 빚은 동네 사람들이 가진 재산에 비례해서 각자의 형편에 알맞게 지워져 있었다. 그중 가장 많은 빚을 걸머지고 있는 사람은 아무런 연고도 없이 정자로 흘러온 허씨네 집이었다. 박성기는 이들이 마을에 오게 되자, 이장으로서는 당연한 것이었지만 온갖 친절을 베풀었다. 마을 사람들과 어울리도록 하기 위해 일부러 자리를 주선해 주고 전답을 매입하는데 다리를 놓아주기도 했다. 그 과정에서 그는 허씨가 배를 타서 많은 돈을 가지고 있다는 것을 알게 되었고 이들에게 많은 빚을 지워도 무리가 없으리라고 생각했다.

박명석이 죽은 후 이 년이 지났다. 그동안은 어찌어찌해서 대출금의 회수를 미뤄왔지만 더 이상 버틸 수 없었던 박성기는 또다시 아내에게 고향을 떠날 것을 종용했다. 박성기는 거의 매일 밤, 낫이나 쇠스랑을 든 마을 사람에게 쫓기는 꿈을 꾸고 있었다. 한숙자도 이젠 다른 방법이 없다는 것을 알고 있었다. 그녀는 이 년 전과 달리 한풀 꺾여서 이렇게 말했다.

"간다면 어디로 갈라고요?"

"모르겄어, 아직은. 서울에 있는 처남한테나 가볼까?"

"서울이요?"

"아직은 모르겄어. 내가 어디에 가든 추후에 연락을 할 텐께, 다른 데 있지 말고 월암 오빠네 집에 가만 있어."

"알았어요. 당신은 어차피 여기 남아있지 못할 텐께 내가 남아서 용서를 빌어 볼게요."

"하여튼지 동생네 집으로 가. 외갓집에 가봐야 씨도 안 멕힐 건께."

그날 저녁 박성기는 당장 소용될 것만 챙겼다. 옷가지, 수건, 칫솔, 비누 등만을 작은 가방에 넣었다. 그는 큰딸을 데리고 마을 사람들의 눈에 띄지 않도록 조심하면서 개포를 거쳐 진장리로 걸어갔다. 진장에서 버스를 타고 곧장 남원으로 가려는 것이었다.

박성기와 큰딸이 가고 난 뒤 한숙자는 자신의 손에 의해 매만져지고 보살핌을 받았던 살림살이들을 만지고 쓰다듬어 본 후 역시 당장 소용될 만한 것만 챙겨 가지고 온 동네를 호령할 듯 내려보던 집을 떠났다. 월암으로 가는 길에 막내딸이 몇 차례나 그녀에게 무슨 일이냐고 물었다. 그녀는 도저히 자신의 입으로 그간의 사정을 설명할 수 없었다. 파렴치한 행동을 저지른 남편과 공범이라고 할 수 있는 자신을 자식 앞에서 내보일 수 없었다. 그녀는 자연 알게 될 일이라고 말한 후 입을 다물었다.

"그래, 나보고 어쩌라는 거냐?"

동섭은 자신에게까지 불똥이 튈까 봐 벌컥 화를 낸다.

"어쩌라는 것이 아이라, 내일 아침이면 동네 사람들이 들이닥칠 텐디, 동네 사람들을 좀 달래주라는 거요. 전 도대체 겁이 나고 떨려서 어찌할 줄을 모르겄어요."

"어떻게 말이여?"

동섭은 숙자가 바보 같은 짓을 하고 있다 싶었다. 의리고 인정이 지금 무슨 소용이 있어. 같이 가지 남기는 왜 남아 가지고 지랄이지. 바보같이.

"나도 잘 모르겄지만, 어쨌든 저 좀 살려주세요. 금방이라도 심장이 벌름거려서 죽을 거 겉애요."

동섭은 즉시 그 말뜻을 알아들었다. 그것은 빚 갚을 때까지 보증을 서달라는 말에 다름 아니었다. 그는 고개를 젓는다. 보증 서는 일은 집안 망하는 일이라고 믿고 있었던 그는 그때까지 누구에게도 보증을 선 일이 없었다.

"내가 지금 당장 너를 도와준다고 해도 그것은 밑 빠진 독에 물 붓기여. 긍께 아무 소리 말고 참는 대로 참아봐. 그러다 보면 눈이 까뒤집힌 동네 사람들도 차츰 마음이 약해져서 그냥 흐지부지허고 말 건게."

"오빠, 그래도……."

여동생이 두 손을 맞대고 빌고 있었지만, 동섭은 두 번 다시 입을 열지 않았다. 결국 한숙자는 눈물을 글썽거리며 자리에서 일어난다. 전주댁이 그들을 배웅해 주기 위해 밖으로 나간다. 안에서 꼼짝하지 않고 있던 동섭은 밖에서 두 사람이 무어라 소곤대는 소리를 들으며 다시 잠 속에 빠져든다.

다음 날 저녁이다.

"외삼촌, 외삼촌!"

식사를 마치고 누워 있던 동섭이 방문을 연다. 마당에 예닐곱 살 먹어 보이는 여자아이가 서 있다. 금방 누구인지 알아보지 못한 동섭은 이렇게 묻는다.

"네가 누구냐?"

"정자, 막내라요. 외삼촌! 우리 엄마가 다 죽어가요, 제발 같이 좀 가 주세요."

동네 사람들이 들이닥친 것이여. 동섭은 직감적으로 느낀다. 설거지하고 있던 전주댁이 마당으로 뛰어나온다.

"엄마가 데리고 오라고 시키드냐?"

"예, 외삼촌을 모시고 오라고 했어요."

전주댁의 물음에 미리는 울먹이며 대답한다.

"지금 동네 사람들이 와서 엄마를 못살게 허고 있냐?"

"예."

전주댁이 어떤 말을 하기 전에 동섭은 알았다고 말한 후 미리를 돌려보낸다. 걱정이 된 전주댁은 방 안으로 들어와 남편의 얼굴을 빤히 본다.

"즈그 아부지 어찌할라고 그래?"

"어찌하기는 뭘 어찌해!"

정자 사람들이 사건의 전말에 대해 알게 된 것은 채 하루가 걸리지 않았다. 박성기가 야반도주한 데 대해 의심을 품은 그들은 서로의 의견을 주고받다가 마침내 진장농협으로 전화를 하기에 이르렀다. 그리고 자신도 모르게 빚이 지워진 사실을 알게 되었다. 대출인은 한두 사람이 아니었다. 대출금에는 차이가 있었지만 대부분의 마을 사람들 이름과 도장이 명부에 올라 있었다.

그들이 한숙자의 거처를 알게 된 것은 저녁 무렵이다. 그들은 방송을 통해 사람들을 모았다. 회관 앞마당에 대략 남녀노소 이십여 명이 모였다. 그들은 플래쉬, 몽둥이, 괭이, 낫 등을 들고 월암을 향해 출발한다. 그들은 탁씨(박 집사의 남편) 집에 들어서자마자 이렇게 외친다.

"박성기, 이 도둑놈! 어서 앞으로 나서지 못할까?"

그들은 박성기, 나오라고 동네가 떠나가도록 고래고래 고함을 지른다. 그런데 방문을 열고 그들 앞에 머리를 내민 사람은 심장병을 심하게 앓고 있는 한숙자였다. 한숙자는 문을 열고, 몇십 년 얼굴을 맞대고 산 동네 사람들을 본다. 그녀는 한순간 인공 시절 인민재판을 주도하던 빨간 완장의 농민들 속에 자신이 있는 것이 아닌가 착각한다.

"당장 박성기를 내놓지 않으면 성치 않을 줄 알아!"

"저도 어디로 갔는지 저는 모릅니다."

그녀는 낮은 음성으로 말했는데 그것은 사실이다. 박성기는 일단 자리를 잡은 후 동생의 집으로 연락을 주기로 했다. 그러자 또 한 사람이 낫을 높이 쳐들고 외친다.

"이실직고하지 않으면 이 자리에서 너 죽고 나 죽는 거야!"

시퍼런 날이 전등에 빛나자, 다른 사람들도 괭이와 몽둥이를 높이 쳐들었다가 내린다. 그것을 본 한숙자는 그대로 실신을 해버린다. 일이 이렇게 되자, 그때까지 뒤에서 보기만 했던 박 집사가 나선다.

"당신들 살인자가 되고 싶어 환장을 했어? 올케가 심장병이 있는 거 몰라서 그래?"

이 말에 괭이와 낫을 하늘 높이 치켜들던 마을 사람들 기세가 주춤해진다. 얼마 후 혼절했던 한숙자가 깨어난다. 그녀는 의식을 찾자마자, 몰려든 사람들 앞에 무릎을 꿇고 엎드리더니 애원한다.

"저는 정말이지 바로 이태 전까지만 해도 이 일을 모르고 있었어요. 글고 이 일을 알고 났을 때는 정말 죽고 싶은 심정이었어요…… 정말 동네 분들 뵐 면목이 없어요. 정말 죽을 죄를 지었어요. 저를 남편 대신 경찰서에 끌고 가 처넣으시든지 아니면 이 자리에서 밟아 죽이시든지 동네 사람들 처분에 맡기겠어요."

그녀의 말이 이어지면서 가스통을 터트려 집을 날려버릴 듯 분노로 이글거리던 동네 사람들의 눈이 점차 온순한 빛을 찾아간다. 폭도가 순박한 농민으로 돌아오는 순간이다. 어쩌면 박성기는 차마 동네 사람들이 아내를 어쩌지 못하는, 이런 순간을 노린 것이 아닐까. 그리고 이러다가 흐지부지되기를 바란 것은 아니었을까. 이때 동네 사람 중 한 사람이 발길을 돌린다. 그러자 한 사람씩 두 사람씩 대문을 걸어 나간다.

"닦달한다고 그놈이 나올 것도 아니고 다른 데로 찾아봅시다"

누군가의 말소리도 들린다.

5

한 해가 지났다. 벌들이 잉잉거리는 소리는 한씨가(家) 밖에서 들을 수 있을 정도로 크게 울려나간다. 애초 두 통이었던 것이 이제는 담 너머 텃밭과 이사 간 옆집 상돌이네 집에까지 놓아야 할 정도로 늘어났다. 동섭은 벌통을 놓기 위해 박윤성의 소유인 담 너머 텃밭을 빌리고 상돌이네가 이사 가자, 옆집을 사들였다.

전주댁은 벌통을 받치고 있는 넓고 네모난, 반들반들한 화강암 위를 청소하고 있다. 벌들이 뜨고 내리는 데 사용되는 이 돌은 벌들에게는 활주로나 마찬가지여서 수시로 청소를 해주어야 했다. 그 판 위로 노란 꽃가루를 양다리에 묻힌 꿀벌들이 공중으로 날아오르거나 착륙한다. 그런 후 벌통 앞에 나 있는 작은 구멍을 통해 집으로 들어간다. 그 일이 끝나자, 전주댁은 벌통 앞에 걸린 작은 문을 연다. 그녀의 손은 벌에게 쏘일까 조심스럽게 움직인다. 그녀는 벌집에서 떨어져 내린 부스러기나 외부에서 날아들어온 먼지들을 조심조심 넓은 붓으로 쓸어낸다.

그녀는 작은방 아궁이 옆에 있는 세 번째 벌통을 청소하고 있다. 이때 사람들 눈을 막기 위해 짚동을 포개놓은 곳을 누군가 지나쳐 오는 것이 보인다. 그녀는 청소하다 말고 들어오는 사람을 본다. 어딘지 모르게 눈에 익은 사람의 모습이다. 그자가 누구인지 알아본 순간 그녀는 가슴이 덜컥 내려앉는다. 얼마 전에 난리를 치고 돌아간 시동생 한동휘다. 그녀는 한 손에 솔을 든 채 멍한 표정으로 시동생이 걸어 들어오는 것을 보고 있다.

한동휘는 마루에 앉아 있던 동섭에게 인사를 하는 둥 마는 둥 지나치더니 마루에 걸터앉아 무어라 혼자 중얼거린다. 동휘는 꾀죄죄해 보인다. 세수를 하지 않아 부스스한 얼굴에 빗지 않은 머리, 발갛게 충혈된 눈동자, 구겨진 양복 등. 마루에 앉아 있던 동섭은 황급히 마루에서 일어난다. 저놈이 술에 취한 것이 틀림없어. 그는 돼지 구정물을 주러가는 체하며 동생을 훔쳐본다. 저놈이 대체 무슨 맘으로 내려왔을까. 그는 동생에게 다가서지도 그렇다고 밖으로 나가지도 않은 채 마당에서 얼쩡거리고 있다. 그 사이 벌통 청소를 마친 전주댁은 데워놓은 물을 버리기 아까워 머리를 감기 시작한다. 전주댁은 두 차례 비누칠을 한 후 헹군다. 그런 뒤 수건을 두르고 방으로 들어간다.

잠시 후 전주댁은 머리에 수건을 두른 채 마루로 나온다. 그녀는 설마 시동생이 혼자 무슨 일을 저지르랴 싶다. 그녀는 시동생에게 먼저 말을 걸지는 않고 행동을 지켜보고 있다. 혼자 무어라고 중얼거리던 동휘는 자리에서 일어나 샘을 향해 걸어간다. 세수하러 가는 거겠지, 전주댁은 약간 긴장을 늦춘다. 그런데 샘을 향해 걸어가던 동휘가 갑자기 몸을 홱 돌리더니 방으로 들어가려던 전주댁을 향해 욕지거리를 해댄다.

"이 개 같은 년들이 뭘 쳐다보는 거야?"

이런 욕설이 시동생 입에서 튀어나오리라고는 생각지 못했던 전주댁은 입을 벌린 채 멍하니 서 있다. 그때였다. 친정에 다니러 와 있던 명자가 부엌에서 뛰어나오며 방안의 경수를 향해 악을 써댄다.

"이 미친놈이 어머니한테 욕을 하고 있는데 너는 뭐 하는 거야?"

이 말은 경수가 아니라 동섭의 행동을 일깨웠다. 만약 이때 명자가 외치지 않았더라면 동섭은 도대체 어찌할지 몰라 서 있었을 것이다. 그 말을 듣는 순간 그는 자신도 모르게 마당 한쪽에 있던 짚동으로 달려가 기대져 있던 괭이를 꼬나 쥐었다. 그는 피가 끓어오르는 것을 느끼며 괭이를 높이 쳐들었고 무작정 앞으로 돌진했다. 너는 이제 죽은 목숨이야. 달리는 순간 깨져서 피투성이가 된 동생의 머리가 동섭에게 떠오른다.

그런데 그는 괭이를 막 내리치려다 동생의 놀란 눈빛과 마주쳤고 결코 가만히 있지 않겠다는 듯 막대를 쥔 손을 보았다. 놀란 그는 자신도 모르게 괭이를 내리치려던 동작을 멈추었다. 갑작스러운 대항에

겁을 집어먹었기 때문일까. 아니면 자기 행동을 의식할 수 있을 만큼, 상대가 동생이라는 것을 알아챌 만큼 이성을 잃을 수 없어서였을까. 어쨌든 일은 우스꽝스럽게 되어버리고 말았다. 동섭은 언제 무슨 일이 있었느냐는 듯한 표정으로 괭이를 내리고, 제자리에 갖다놓기 위해 뒤돌아선다. 동섭이 돌아서자, 동휘도 들고 있던 막대기를 내린다. 사실 동휘도 갑작스럽게 달려드는 형의 동작에 놀란 나머지 얼떨결에 막대기를 집어든 것에 불과하다.

그 후 얼마 동안 한씨 집에는 정적이 흐른다. 동휘는 멍하니 마루에 앉아 있고 동섭은 샘에 우두커니 서 있다. 다른 사람들도 마찬가지다. 다들 방이나 부엌에서 순식간에 벌어졌던 일을 생각해 내려고 하는 듯했다. 먼저 정적을 깨뜨린 것은 동휘였다. 그는 꼬리를 내린 개처럼 온순한 목소리로 전주댁에게 배가 고프다고 했다. 전주댁은 자기 귀를 의심했지만 두말없이 명자에게 상을 차리라고 이른다.

상이 앞에 놓이자마자 동휘는 순식간에 해치운다. 그런 뒤 그는 형수를 향해 쾌활한 웃음을 짓고 앞집 할머니한테 인사를 하러 간다며 나간다.

"아무래도 있을 만한 데가 없는 갑제. 같이 있던 동규가 결혼을 허고 난께 옛날겉이 살라고 해도 제수 눈치도 보이고 집에 붙어 있기가 힘들었는 갑서…… 그냥 우리 집에 같이 살자고 해봐야겄어. 나중에 들어오거든."

얼마 전에도 동휘는 형의 집을 찾아온 적이 있다. 그때 동휘는 대놓고 말은 하지 않았지만, 은근히 이곳에서 같이 살았으면 하는 기미를 내비쳤다. 이것을 눈치채지 못할 전주댁이 아니었다. 그녀는 같이 살게 되면 장가도 보내준다고 꾀었다. 그러자 동휘의 태도가 싹 변했다.

입을 헤벌레 벌리더니 겸연쩍게 웃었다. 그런 후 지금 당장이라도 그러고 싶지만, 그간에 잘못한 일도 있으니 다음에 또 오게 되면 그때 생각해 보겠다고 말했다.

얼마 후 동섭은 밭에 나가기 위해 지게가 있는 마구간을 향해 걸어간다. 전주댁은 경수에게 혹시 소나기가 오거든 마당에 널어놓은 건초를 거둬들이라고 당부한다. 그리고 낮은 목소리로 삼촌이 돌아오면 집에 잘 잡아두라고 일러둔다. 전주댁은 명자와 함께 염소를 몰고 나선다. 그들은 무기고 앞을 지난다. 방위병들은 사라졌지만 여전히 철조망이 쳐져 있다.

"뭘 어쩔라고 그래?"

"몽달로 늙게 놔둘 수가 없어서 그러제."

전주댁의 말에 동섭은 더 이상 묻지 않는다. 그때 뒤따라오던 명자가 웃으며 말한다.

"근디 좀 전에 아부지를 본께 영 아부지 같지 않데요."

동섭은 피식 웃음을 흘린다. 그가 동생을 상대로 싸워보려고 한 것은 이번이 처음이다. 그런데 어떻게 해서 괭이를 들고 동휘 앞에까지 달려갔고 또다시 멋쩍게 돌아왔는지 자신도 알 수 없다. 워낙 갑작스럽게 일어난 일이라 생각할 여유도 없었다. 그러는 한편으로 그는 자신도 용감한 인간일지 모른다고 느꼈다.

"젠작 좀 그리했으면 동생들이 깔보고 성한테 달라드는 일이 없기야 없었겄제."

순수하게 내 맘속으로 들어와 나를 이해해 줄 수는 없을까. 깔아뭉개고 비웃으려고 드니. 전주댁의 이런 태도는 늘 동섭의 마음에 거슬린다.

초등학교 관사를 지나자 논두렁 길이 나타난다. 세 사람은 한 줄로 늘어선다. 그때 앞서가던 염소가 놀랐는지 뛰기 시작했고 줄을 잡고 있던 전주댁은 한 손에 바구니를 든 채 질질 끌려갔다. 몇 미터를 끌려가다가 겨우 정신을 가다듬은 전주댁이 뛰기 시작한다. 그녀는 이십여 미터를 뛰어가서야 겨우 염소를 진정시킨다.

"울산에는 일거리가 많냐?"

숨을 몰아쉬며 전주댁이 명자에게 묻는다.

"일거리가 많기야 많지요. 자동차 공장, 중공업, 조선소. 전국 각지에서 사람들이 돈 벌러 모여들어요."

"그러면 애들 즈그 아부지는 어디 다니는 거냐?"

이 말을 들으며 동섭은 잊었던 외손자들을 생각한다. 언젠가 명자가 보내준 사진 속의 한 아이는 아마도 유치원복으로 보이는, 파란 웃옷에 반바지를 입고 노란 가방을 메고 있었고, 그보다 작은 아이는 모자를 쓰고 영자가 씌어 있는 붉은 티셔츠와 갈색 반바지를 입고 있었다.

"애들 아부지하고, 애들도 데리고 오지 그랬어."

"애들 좋아허지도 않는 사람이 웬일이디야."

동섭의 말에 전주댁이 비아냥댄다.

"애 아빠가 배 만드는 조선소에 다니는 동안 제가 슈퍼를 좀 하려고 준비하고 있어요."

"슈퍼?"

"그동안에 애 아부지가 회사 다니며 좀 벌어놓은 돈이 있어요… 돈이 모자라면 시아부지가 논 팔아서 올려보내 준대요."

"그래?"

동섭은 눈을 크게 뜬다.

"결혼하기 전에는 애 아부지가 시아부지한테 인정을 못 받아서 장남이라도 푸대접을 받았는데 이제는 좀 달라졌어요."

명자의 말에 동섭은 가책을 느낀다. 영수가 염소를 기르겠다고 나서서 돈을 마련해 달라고 한 일이 생각나서였다. 하지만 뭐든 하면 잘될 것이라고 믿고 덤비는 것을 보고 말리지 않을 부모가 어디 있어.

"그래, 장사는 언제 시작해?"

어느새 모녀끼리 말을 주고받는다.

"다음 주 장날에 개업식을 할려고 그래요. 그때 우리 영수를 좀 데리고 가야겠어요."

"가한테 한 번 말해봐."

"영수가 꼭 어머니를 닮아서 무슨 일이든지 한번 눈에 뵈이면 그냥 할 줄 안당께요. 눈치도 빠르고 싹싹허고."

동섭은 명자의 말을 믿을 수 없다. 그가 아는 영수는 다른 사람들 하는 일은 곧 죽어도 해야 하는 귀 얇은, 시시한 일은 거들떠보지도 않는, 턱없이 통만 큰 자식이었다.

그들은 어느새 수리잡안에 와 있다. 동섭은 지게를 소나무에 기대어 놓고 위에 얹혀 있던 비료 포대를 내린다. 그 안에는 거름으로 쓸 재들이 들어있다.

"땅이 안 좋아서 배추 농사가 잘 안돼. 우리 먹을 것만 고추밭 옆이랑에 좀 심어야겄어."

명자가 돋궈진 두둑 위에 간격을 두고 병으로 자리를 만들어 놓으면, 뒤따라가던 전주댁은 배추씨를 놓고 재를 덮어놓는다. 마지막으로 동섭은 흙을 비벼 그 위를 덮는다.

"너무 많이 덮지 마. 그냥 씨가 안 날아가게끔 살살살살, 비가 오면 안 떠내려가게끔 살살 덮어놔요."

이 말의 뜻을 어느 누가 제대로 알아들을 수 있을까. 동섭은 마른 흙을 찾아서 손바닥으로 비비며 둥근 회색 그림자를 지운다.

"영수는 요새 일 잘해요?"

뜬금없이 명자가 묻는다.

"그놈이 뭐 일을 잘해? 지 허고 싶으면 허고 허기 싫으면 말고 그러는 거제."

동섭이 대뜸 나서서 이렇게 말한다. 그러자 전주댁이 서둘러 정정한다.

"교회 일 헌다고 맨 날 바빠. 요새는 한 선생네 식구들도 교회에 다니는디 영수 잘 헌다고 칭송을 헌다. 글고 경운기 몰고 허는 큰일은 해주는디 자잘한 일은 손도 안 댈라고 헌다."

"그러면 지금이라도 신학교를 들어가서 본격적으로 공부를 하지 왜 교회 일에만 매달리는지 모르겠네."

"야가 진짜로 모르는 소리 허고 있네. 가가 고등학교를 어디 제대로 졸업해야 신학교를 가든지 말든지 허제."

"어쩌다가 그리됐던가?"

"지가 아무리 헐라고 해도 몸이 아파서 맨날 고만두었는디 어쩌냐."

"그놈이 이리서 그냥 그대로 고등핵교를 다니기만 했어도 되는디 갔다가……."

동섭은 무슨 일이든 중도에 그만두거나 갑자기 다른 것으로 바꾸는 것에 절대적으로 반대였다 — 예나 지금이나.

"그놈이 그때 바람이 들어서 안 그래? 즈그 친구들은 좋은 고등핵교 가서 뻰내고 다니는디 저는 그런 실업계 가서 처박혀 있다고 생각을 헌께 속이 상하고 분이 나서 그랬겄제."

막 두 이랑에 배추씨를 심었을 때 갑자기 소나기가 쏟아진다.

"아이고, 소나기다!"

나오기 전부터 예측하던 일이지만 미룰 수는 없다. 전주댁은 서둘러 일을 마무리하라고 외친다. 동섭은 재가 담긴 포대를 묶어 지게에 얹는다. 전주댁은 배추씨와 병을 챙겨 밭가로 나온다.

전주댁과 명자가 허겁지겁 마을을 향해 달려간다. 동섭은 두 사람의 뒤를 따르며 천천히 걸어간다. 앞서도 말했듯이 그는 비가 오나 눈이 오나 결코 걸음을 흩트리지 않고 걸어갔다. 앞서가던 두 사람이 몇 번 뒤를 돌아다본다. 그들은 오랫동안 보아온, 이해할 수 없는 인간의 자세에서 자신들이 받은 고통을 돌이켜본다.

동섭은 머리를 타고 얼굴 위로 흘러내린 빗물을 한 번씩 손으로 훑어 내린다. 그는 모처럼 교향악을 듣는 기분이다. 저수지 수면 위를 보자, 그 느낌은 더 절실해진다. 비에 젖은 저수지 둑은 생기를 머금은 듯 짙푸르게 느껴지고 일제히 수면으로 떨어지는 빗방울은 상상할 수 없이 장엄한 음악을 자아내고 있다. 푸른 하늘과 햇빛을 막아선 연주자는 어떠한가. 그것은 조물주의 냉엄하고 무자비한 시야를 덮어버리고 혼신의 힘을 다해 구름을 끌어다 춤을 추도록 하고 천둥을 불러다 협연을 시키고 있다.

그렇게 위엄 있게 내리던 비는 그가 막 회관 마당에 발을 디디자, 금세 뚝 그쳐 버린다. 그리고 소나기로 인해 황홀해 있던 동섭은 몽롱한 상태에서 벗어난다. 그는 고개를 젖혀 하늘을 본다. 구름 사이에서 찡그리고 뒤틀린 모습의 해가 삐쭉 나왔다가 들어간다.

마당에 널려있던 건초는 이미 거두어져 있다. 동섭은 지게를 아래채 헛간 앞에 세워두고 마루에 앉는다.

"그놈이 건초를 다 거두어뒀네."

"…그놈은 어디로 갔는지 없고 누가 마루에 열무를 한 단 갖다 놨어."

동섭의 말에 전주댁이 불쾌한 표정으로 대답한다.

6

오후에 동섭은 두 사람을 남겨놓고 집을 나선다. 곧이어 다가올 장마철에 대비해 잿뎅이 논의 물꼬를 트고 물기가 걷히면 논두렁 풀도 벨까 싶어서다. 그는 젊음뚱을 지나면서 버스가 서 있는 것을 본다. 월암이 출발지일 경우 이런 일은 종종 있다. 그렇게 되면 차 안에 탄 사람들은 자기 의사와 상관없이 십 분이고 이십 분이고 기다려야 했다. 젠장 맞을, 동섭은 걷기로 작정한다.

그가 지금멀 다리를 막 건너자, 버스가 휙 지나간다. 버스가 지나는 아주 짧은 순간 그는 승객들을 확인한다. 그런데 그때 영수와 낯이 익지 않은 여학생이 거의 동시에 얼굴을 휙 돌린다. 저놈이 무슨 일일까. 그것도 가시나를 하나 끼고. 동섭은 엉뚱하게 검은 고무신을 신고 지게를 진 자신의 꼬락서니를 본다. 그놈이 이제 나를 창피스럽게 여기는 건가. 문득 전주댁이 한 말이 떠오른다. 곰보에 허름한 옷을 입은 어머니가 도시락을 들고 자식 학교에 찾아갔더니 말이요. 그 자식이란 놈이 즈그 에미가 창피하다고 집에서 일하는 사람이라고 했대요.

구지내기를 지나 산길을 걷는 동안 동섭은 몇 사람을 만난다. 그들은 반가운 표정으로 안부를 묻고 야반도주한 박성기를 화제에 올린다. 그런데 박성기가 어쩌다 그렇게 됐지. 평소 박성기에 대해서 좋은 감정이 있던 그들은 이번 일로 인해 큰 충격을 받은 듯했다.

"사람이 감당할 수 없는 일을 저질러 놓고 보니까, 그래서 도망을 친 거지, 그렇게 서글서글하고 인물헌 사람이 없었어."

동섭은 매제를 비난하거나 변호할 필요도 느끼지 않는다. 그저 그들의 말을 들어주기만 하면 되었다. 하긴 그가 격한 어조로 매제를 비난한다고 해서 사람들 입에 오르내릴 가능성은 거의 없다. 그는 오랫동안 사람들 밑에 가라앉아 조용하게 산 까닭에 살아있는지조차 모르는 사람들도 있다. 다시 말해 매일 얼굴을 보는 동네 사람이 아닌 타동네 사람들이 동섭을 만나서 반가워하는 일이 있다면 그것은 그가 살아있음을 보게 되기 때문이다.

잿뎅이 논에 도착해서 동섭은 한창 자라나는 벼들이 이고 있는 빗방울을 본다. 바람이 지나갈 때마다 그것들이 벼의 몸통에서 떨어져 나간다. 물에 빠지거나 비에 젖은 개들이 온몸을 뒤틀어가며 털어대는 모습과 흡사하다. 이 장면을 보며 동섭은 벼들이 살아서 움직이고 있다는 착각을 한다.

문득 그는 자식에게 생각이 미친다. 알맞은 거름과 비료를 주고 정성을 들이면 들일수록 기운차게 성장하는 벼들과 달리 자식들은 그렇지 못했다. 그가 정성을 들여 키운 자식 하나는 스스로 목숨을 끊었고 갖가지로 그를 골탕먹이고 마음을 긁어대던 자식은 정신병을 앓고도 살아남아 매번 자신의 목줄을 조르고 있다.

논에 발을 딛자마자, 발이 쑥쑥 빠진다. 그는 여섯 마지기 논의 도구를 치는 동안 갖가지 생각을 다 한다. 잠시도 생각을 하지 않고 살아갈 수는 없을까. 일을 할 때는 오로지 일에 대해서만 생각해야 하는 것인데. 그런데 힘이 들수록 생각도 더한다. 그는 전주댁이 옆에 없는 것이 아쉽다. 옆에 있다면 무어라고 위로를 주기도 하고, 심심할까 봐 이야기도 할 텐데. 사람은 혼자 살 수 없는 거야. 그런데 경수 그놈이 내가 학비를 대기 위해 이렇게 힘들게 일하는 것을 알까. 그때 전주댁 목소리가 들려오는 듯했다. 그까짓 일 가지고 힘들다고 하면 어떻게 해요. 하긴 이런 정도의 일은 일도 아니라고 할 수 있었다. 하루 종일 허리가 끊어지도록 모를 심는 것에 비하면 정말 이런 일은 일도 아니었다.

도구를 치고 난 후 한동안 그는 논두렁에 앉아 있다. 난 아내 말대로 너무 태평하게 살았다고 할 수 있지. 아무 걱정도 없고 욕심도 없는 사람처럼 말이야. 그렇지만 그건 아니란 말이야. 나는 다른 사람 이상으로 이 세상이 힘들어. 이윽고 자리에서 일어난 그는 집으로 가는 대신 처가로 발길을 돌린다. 처가에 지게와 괭이를 맡겨 두고 버스를 타고 갈 작정이었다.

마치 뱀같이 구불구불한 길을 그는 천천히 걸어 올라간다. 길은 걷는 사람이 평지를 걷는 듯한 기분을 느끼게 해 주지만 실은 그것이 아니다. 길은 아주 은밀하게, 한 굽이 한 굽이를 돌 때마다 위를 향해 있다. 정상의 장탯재 마루에 닿으면 그것을 명확히 알 수 있다.

장탯재 마루에 닿자, 그는 왼쪽으로 눈길을 준다. 지금은 부엉댁 아들 유성의 소유로 되어 있지만 그곳은 고래로부터 이씨 선산이었다. 죽은 장인과 그 위의 처가 조상들이 누워 있고 장차 장모가 죽으면 묻힐 자리도 바로 거기였다.

한 줄기 바람이 동면까지 넓게 펼쳐진 들판으로부터 불어온다. 휴, 이제 다 온 것 같군. 그는 과거 어른들이 했던 말을 흉내 내어 말하며 숨을 크게 들이쉰다. 나도 이제 그 나이가 되었어. 하지만 달라진 것은 아무것도 없어. 그는 잠시 쉬었다가 구영리로 이어지는 내리막길을 걸어간다.

처가 마당에 들어서자, 그는 늘 그랬던 것처럼 계신기요, 하고 외쳤지만, 아래채에서도 위채에서도 방문이 열리지 않는다. 그는 뜰방에 지게를 기대어 놓고 다시 외친다.

"장모님, 계신기요?"

이번에도 방문이 열리지 않자, 그는 위채 마루에 올라가 방문을 열며 똑같이 외친다. 그러자 방 안에서 사람 기척이 난다. 방 안의 사람은 서서히 문 쪽으로 다가온다. 임춘복 여사는 문을 열고 동섭을 자세히 들여다본다.

"장모님! 별일 없으신기요?"

"그래, 월암에서 온 우리 사우구만. 내가 인자 정신이 나갔는 갑네. 사람이 와도 누군지도 모르고."

임춘복 여사는 동섭의 손을 잡는다. 그녀의 눈가에는 오랫동안 세수를 하지 못해 생긴 딱딱한 노란 눈곱이 매달려 있고 몇 올 남지 않은 흰머리는 비녀를 찌르지 못해 고무줄로 묶고 있다.

"장모님, 편안허신기요?"

그녀는 말이 없다. 내 태도가 마음에 안 들어서 그런가. 전주댁에게 매양 듣는 말이지만 그는 누구에게도 다정스럽지 못했다. 장모에게만이 아니라 어머니, 아내, 자식들에게도 그랬다. 쑥스러워진 그는 눈을 딴 곳으로 돌린다. 거기에 몇십 년째 자리를 지키고 있는 이층 농이 있다. 그 안에 주로 들어 있었던 것은 사탕이나 과자, 과일 같은 것들이었다. 장모는 외손자들이 올 때마다 농 안에 손을 넣어 먹을 것을 꺼냈다. 이제 그 농에 처음 모습은 남아있지 않았다. 무수한 세월을 거치면서 빛이 바랬고 장식도 떨어져 흉터만 남아있다.

얼마 뒤 동섭은 처가를 나오며 장모가 한 번씩 들려주었던, 꼭 이런 때 꺼내놓았을 법한 이야기를 상상해 낸다. 자네 조부는 키가 조그마하니 야물고 단단하게 생겼는데 갓에 대갓끈을 달아 쓰고 뒷집박 부잣집에 와서는 시조를 하는데 말이여… 나야 내 딸이 그 집으로 시집을 가서 살게 될지는 정말 생각을 못 했지…….

이것을 떠올린 동섭은 약간 씁쓸한 기분이다. 아무래도 조부를 닮는다는 것은 무리였어. 현실은 도무지 내게 맞지 않았어.

7

집으로 돌아오는 동안 동섭은 몇 번이나 뒤를 돌아본다. 광수와 생모가 장모를 잘 보살펴 준다고는 했지만 어쩐지 그것이 시늉에 지나지 않을 것 같다. 부엉댁에게 처가에 와서 살도록 손을 써볼까. 하지만 부엉댁도 옛날 같지 않다. 그녀는 오로지 한 손으로만 살아왔기 때문에 보통 사람들보다 많이 쇠약해져 있고 설사 말을 꺼낸다고 하더라도 자식들이 들고일어날지 몰랐다.

가장 좋은 방법은 그가 모시고 사는 길이었다. 하지만 이 부분은 그도 약간 망설여지는 대목이다. 그때까지 그는 장모를 모시고 사는 사위들에 대해 아직 알지 못했고, 동네 사람들 눈도 무서웠다. 그리고 정작 임춘복 여사가 반대하고 있었다. 그녀는 시집온 이후 살아온 집에서 임종을 맞기를 소원하고 있었다. 죽는 순간까지 집을 지키고 있지 않으면 이씨 집안의 귀신이 될 수 없다고 생각하는 것일까. 아니면 광수와 생모에게 평생 살아온 터전을 빼앗기고 싶은 생각이 추호도 없기 때문일까. 이럴 때 난 어떻게 해야 할까, 이래서 다른 사람들도 한쪽 눈을 감고 사는 것일까.

집에 돌아와서도 동섭은 내내 장모 생각이다. 그간에 입은 은혜를 생각해서라도 그는 어떻게든 막막한 상황에서 그녀를 구해주고 싶다는 생각이다. 사람은 늙으면 주위 사람에게 폐만 된다. 그는 가족들과 식사하는 내내 한마디도 하지 않는다.

다음 날이다. 11시경 전화벨이 울린다. 방학 중이라 월암에 내려와 있던 경수가 전화를 받는다. 잠시 후 경수가 다급한 목소리로 어머니를 찾는다.

"어머이, 어머이! 할매가 돌아가싰대!"

정기화물을 통해 명자에게 보낼 고춧가루와 감자, 산나물 같은 것을 다듬어 포대에 넣고 있던 전주댁이 방으로 뛰어 들어간다.

"누구한테 온 거여?"

"광수 삼촌!"

전주댁은 수화기를 건네받는다. 그녀의 여보세요, 라는 말은 회선을 떠나서 전혀 다른 말로 전이되어 돌아온다. 그것은 끔찍할 정도의 슬픔을 몰고 온다. 그녀는 자신을 책망하며 그 자리에서 머리를 풀어헤친다.

"아이고, 어머이! 아이고, 우리 어머이!"

전주댁은 경수에게 일러 집 앞 논에서 김을 매고 있는 동섭에게 기별하도록 한다. 그런데 뭘 타고 가지. 그녀는 문득 영수가 없다는 것에 생각이 미친다. 영수는 명자네 슈퍼마켓 개업식에 가고 없다. 그녀는 발을 동동 구르며 동섭이 오기를 기다린다.

"빨리 좀 와, 제발! 구영리 어머이가 돌아가셨디야."

"그래. 나도 빨리 온다고 오는 거여."

1시간에 1대 간격으로 들어오는 버스가 도착하려면 30분이나 기다려야 했다. 세 사람은 서둘러 길을 나선다. 걸어가는 동안 그녀는 내내 울음을 멈추지 못한다. 그러면서도 간밤 꿈 이야기를 하고 있다.

"꿈에 아버지를 보았는데 임종을 못 지켜드린 것이 생각나서 마음이 아팠어."

"그리여?"

"아무리 그래도 사람이 죽고 사는 일에 기척이 없을 리가 없거든."

전주댁은 아버지 임종 때를 떠올린다. 그때도 이번처럼 임종을 지키지 못했다. 아직 어렸던 창수와 경수가 임종을 기다리는 아버지 주위를 돌아다니며 물건들을 늘어놓자, 그녀는 월암에 둘을 데려다 놓기 위해 친정을 나섰다. 지금 이렇게 애통할 줄 알았더라면 그때 좀 더 기다릴 것을. 전주댁은 울먹인다.

"간밤 꿈도 그렇고 해서 오늘 저녁에는 외갓집에 가볼라고 했는디……."

"경수야, 어머이 좀 붙들어라."

동섭의 말에 뒤처져 따라오던 경수가 전주댁에게 붙어 선다. 그때까지 슬픈 표정이던 경수도 울기 시작한다.

"허기사 더 사시먼 좋은 꼴도 못 보고 욕만 보시겄지만."

지금까지도 그랬지만 지금 전주댁의 의식 속에는 온통 임춘복 여사뿐이다. 전주댁은 과연 효녀야. 동섭은 아버지가 돌아가셨을 때도 아내처럼 울거나 가슴 아파하지 않았다. 그때 그의 감정은 전혀 외부의 일에 대해서 감응할 수 없었던 것처럼 미동도 하지 않았다.

"저기, 저기!"

전주댁의 손은 슬레이트 지붕을 가리키고 있다. 임춘복 여사의 윗옷이 거기에 있었다. 이제 임춘복 여사가 회생할 가능성은 없었다. 전주댁은 또다시 오열한다. 그들이 방으로 들어갔을 때 망자의 눈은 이미 감겨 있다. 두 손은 배 위로 모아 백지로 묶이고 코와 입에는 솜이 막혀 있다. 이것은 모두 광수의 생모가 시신이 굳기 전에 취한 조치였다. 그들이 한바탕 곡을 하고 났을 때 광수가 들어오더니 시신 앞에 병풍을 치고 상 위에 촛불 두 개를 켠 후 향을 피운다.

고인이 숨을 거둔 것을 최초로 발견했던 사람은 광수 생모였다. 그녀의 말에 의하면 전날 저녁 동섭이 다녀간 이후 임춘복 여사는 정신이 아주 맑은 상태였다. 광수 생모에게 몇 가지를 묻기도 하고 식사도 남기지 않고 먹었다. 하지만 그것은 죽음에 이르기 전에 나타나는 일시적인 현상이었다. 광수 생모가 아침에 일어나 방문을 열었을 때 그녀는 이미 운명해 있었다.

동섭은 방에서 나오는 길에 담 밑에 놓인 사잣밥을 본다. 그때 녹색 옷을 걸치고 수염을 멋들어지게 기른 염라대왕이 환영처럼 모습을 드러낸다. 그 뒤로 역시 녹색의 옷을 입은 저승사자, 노란 옷을 입은 강림 도령이 나타난다. 이들은 일단 방 안으로 들어가 고인을 포박 지워 데리고 나온다. 그들이 집을 나서려는 순간 고인이 염려 대왕에게 말했다.

"먼 길을 가는데 요기는 하고 가야지 안 되겠습니까?"

염라대왕은 저승사자, 강림도령을 돌아본다. 둘은 시장기를 느끼고 있음이 분명하지만 별 반응이 없다. 자신의 명령에 따르겠다는 뜻으로 해석한 염라대왕은 이렇게 말한다.

"그럼, 여기서 밥을 먹고 가세."

셋은 포박을 진 고인을 세워두고 식사를 한다. 잠시 후 식사가 끝나자, 저승의 신들은 자리에서 일어난다.

"자, 서두르세!"

염라대왕의 말에 셋은 용의 등에 오른다. 용이 하늘을 향해 수직으로 날아오르기 시작한다. 갖가지 모양의 구름을 헤치고 나가자, 수천 개의 빛줄기가 나타나 고인이 살아온 삶의 단면들을 비춰준다. 어린 시절부터 시작해 마지막 모습까지 그려진다. 그런데 그 속에는 행과 불행이 대립적으로 버티고 서 있는, 고통이나 회한이 뱀의 무리처럼 뒤섞여 있는, 다들 아는 삶의 모습은 보이지 않는다. 빛줄기라는 것은 냉담한 거울의 역할만을 담당하고 있다. 그것이 끝나자, 인간의 영혼이 우주로 회귀하는 의식이 이루어졌다. 먼저 고인의 혼을 싸고 있던 작은 원광이 커지기 시작했는데, 그것은 보다 더 큰 원에 통합되었고, 그것은 더 큰 원에 통합되었다. 그러면서 마치 호수에 돌을 던질 때의 파문 같은 빛의 현상이 일어났다.

그곳을 통과하자 이승의 기억을 잃어버리는 암흑의 공간이 나타났다. 이른바 이승과 저승을 완벽히 구분 짓는 곳이었다. 그 너머에 저승의 문이 있었다. 그런데 그들은 채 암흑의 공간을 빠져나가기도 전에 다시 고인의 집으로 하강하지 않을 수 없었다. 고인의 집에서 먹었던 사잣밥 탓이었다. 아니 반찬 삼아 먹었던 간장 때문에 물이 켜서 견딜 수 없었다.

사람들은 정말 부질없는 노력을 기울인다니까. 염라대왕은 용에게 하강을 명했다. 얼마 후 고인의 집에서 물을 먹은 그들은 다시 저승을 향해 출발했다. 하지만 이번에도 역시 저승의 문 앞에 이르기 전에 고인의 집으로 돌아올 수밖에 없었다. 이렇게 그들은 삼 일 동안 고인의 집을 떠났다가 되돌아오기를 되풀이했다.

남원에 사는 노대성이 가족과 함께 먼저 들이닥쳤다. 그다음 장수와 군산에서, 또는 울산에서 명자 내외와 영수가 속속들이 도착했다. 이들은 시신을 안고 자신들을 길러 준 부모이며 어려울 때 구제해 준 은인을 안고 통곡했다.

어쨌든 이 일로 해서 인적이 드물었던 집에 사람들의 발길이 분주해졌다. 고인과 가까운 사람들뿐 아니라 생전에 고인의 은혜를 입었던 마을 사람들도 상갓집 일을 거들기 위해 달려왔다.

저녁 무렵이다.

스스로 호상(護喪)을 자처한 주 면장이 장지를 어디로 할 것인지 알려달라고 했기 때문에 전주댁은 상주들을 불러 모은다.

오래전에 주 면장 집에는 화재가 있었다. 이것을 처음 발견한 것은 이미 작고한 이명진 처사였다. 그는 밤중에 소피를 보러 나왔다가 아랫집의 지붕이 타오르는 것을 발견했다. 불이야, 하고 소리를 치며,

그는 기와가 튀는 것을 막기 위해 쇠스랑을 들고 지붕으로 올라갔다. 그는 기왓장을 집어 던지며 황급히 불을 껐다. 그러는 동안 주 면장 집과 마을 사람들이 자다 말고 뛰어나왔다. 다행히 불은 크게 번지지 않고 꺼졌다. 하지만 이미 그는 다량의 유독가스를 마셔 호흡기와 장을 해친 상태였다.

여러 사람이 내놓은 의견은 가지가지다. 선산에 모시자는 사람, 물 건너 논에 모시자는 사람, 왜홍골 밭에 모시자는 사람 등 분분하다.

"살아서 돌아가신 분은 장탯재 선산에는 못 쓴께 어디 다른 데 썼다가 선산으로 모시야제."

그때까지 듣기만 하던 전주댁이 눈에 대고 있던 손수건을 내리며 말한다. 그러자 얼굴 곳곳이 분화구처럼 구멍이 나 있는 부엉댁의 장자, 노유성이 나선다.

"내가 그런께 허는 말 아잉가, 이모! 풍수헌테 이미 한번 보였드만 왜홍골 밭에다 쓰는 것이 좋다고 허드라고. 글고 나도 이런 것을 좀 볼 줄 알아요. 거기는 북쪽과 좌우 동서 쪽이 산으로 둘러싸여서 바람을 막고 있어요. 남쪽에는 냇물이 흐르고요. 그것뿐이 아니요. 거기는 아침부터 저녁까지 볕이 드는 양지에다가 마을이 내리다 보이는 게 아주 명당이란께요."

말을 마치자 유성은 집게손가락을 구부려서 콧구멍 속으로 집어넣으며 동생인 대성을 힐끔 본다. 그러나 얼굴이 길고 매부리코인 대성은 잠자코 듣고 있기만 할 뿐 별말이 없다.

"그래, 유성이 말대로 거기다 쓰세, 동상!"

가장 나중에 구영리에 도착한 장수댁이 채 마르지도 않는 눈으로 대화에 끼어든다. 그간 이들 네 사람은 실질적으로 이 집을 이끌어왔고 재산분할을 주도했다. 부엉댁은 두 아들이 있었기 때문에 듣고만 있는 편이었고 양자인 광수는 늘 이런 의논 자리에 초대받지 못했다.

"근디 인자 우리 어머이 제사는 누가 지내주어?"

갑자기 장수댁이 화제를 바꾼다.

"성님, 내가 아무리 생각해도 그 수 뱁이는 없을 거 겉애…… 저놈(광수를 가리킴)이 물 한 그릇 떠놓을 리 만무허고 원불교 교당에 뫼십시다. 돈만 좀 딜이주면 거기서 알아서 지내준다고 헌께 거기로 뫼십시다."

오랫동안 이 문제에 대해 고심해 왔던 듯 전주댁이 목소리에 힘을 준다.

"아니, 그래도 광수 그놈이 양잔디 제사는 지내주겄제. 안 그러면 갈담 앞에 논하고 이 집하고 뭐 헌다고 지 앞으로 우리가 해주었겄어."

유성의 말에 여태까지 듣기만 하고 있던 대성이 혀를 끌끌 차며 한심하다는 표정을 짓는다.

"아이구, 참, 내! 성님은 이렇게 뭘 모른당께. 말도 안 되는 소리 허지 말고 이모 시키는 대로 헙시다. 성님!"

유성은 동생을 한번 쳐다보더니 입을 샐쭉하고 다문다. 유성이 이렇게 된 데에는 유성이 소신 없고 말주변이 없는 등의 기질적인 이유도 있겠지만 그것보다는 이혼 후의 경제적인 어려움 때문에 대성에게서 빌어다 쓴 돈 때문이었다. 유성은 그 돈을 갚지 못해 동생에게 모진 말을 듣고 몇 번이나 닭똥 같은 눈물을 흘렸고, 어머니를 모셔가라는 동생의 호통 아닌 호통에도 대꾸 한 번 하지 못했다.

"동네 사람들이 욕헐지 모르겄네."

장수댁은 고인을 원불교에 모시는 것이 문득 겁이 나는 듯하다.

"욕을 해도 할 수 없습니다. 이 집에 아들 없는지는 동네 사람들이 먼저 알고 앉았고, 광수 그놈이 양자라고 있지만 제삿밥 못 얻어 묵을지는 동네 사람이 먼저 압니다."

대성이 은빛 앞니를 드러내며 야무지게 말한다.

"아무 소리 허지 말고 내 허자는 대로 해요. 원불교 교당에서 성의껏 모셔주겄다, 보고 싶으면 언제든지 보러 올 수도 있겄다, 얼매나 좋아!"

이제 일은 거의 확정적으로 보아도 무리가 없다. 여태까지 전주댁과 대성의 의견만 일치되면 일은 거의 일사천리였다. 처음부터 논의의 과정을 지켜보고 있던 동섭은 전주댁의 어디에 이런 대찬 기질이 숨어 있었던가 하고 감탄한다. 그녀는 날만 궂으면 팔다리신경통을 호소하며 자식들에게 다리를 밟아 달라고 했는데, 그럴 때의 표정은 장난스럽고 유머가 넘쳐서 자식이 아니라 친구나 연인을 대하는 것 같았다. 자식들도 맞장구를 곧잘 쳤다. 내키지 않은 척 빼다가도 어머니의 장난에 못 이겨, 아랫목의 시렁을 잡고 이쪽 다리, 저쪽 다리를 번갈아 가며 밟아댔다. 그러면 그녀는 아이고, 시원하다! 고 소리치며 다리 밟아주면 나중에 분가할 때 솥을 떼주는 거란다, 나중에 내가 꼭 솥을 떼서 주마, 라고 약속하곤 했다.

이틀째 되는 날의 방안을 보자면 병풍 뒤로 목욕, 습(襲), 염(殮)을 거친 주검은 관 속에 있다. 영좌(靈座) 오른쪽에는 붉은 비단에 고인의 성명을 쓴 명정(銘旌)이 세워져 있고, 교의에는 검은 리본을 맨 고인의 사진이 놓여 있다. 상주들의 복장도 전날과는 다르다. 풀어 헤쳤던 머리는 걷어 올리고 손에는 상원하방(上圓下方)의 버드나무 지팡이를 들고 있다. 성복제(成服祭)가 끝나자 호상소에서 조문객을 받기 시작한다.

그날 오후 두 시경이다. 동섭은 또 다른 부음을 받았다. 누군가가 집 입구에서 기다린다는 말에 밖으로 나갔더니 월암의 청년이 한동준의 부음을 전해 준다. 하루 간격으로 두 사람이 죽은 것이다. 동섭은 전주댁에게도 이 사실을 알린다.

"내가 암만 봐도 죽을 것 겉드라고. 기도원에서 돌아온 뒤로 얼굴이 잠깐 좋아지고 해서 큰아들 결혼은 시켰는디 그 병이 어떤 병이여, 바로 폐암이 아니여. 하여튼지 간에 그간 고생만 허고 돈만 쓰다가 죽었네."

동섭은 잠시 정신이 혼미해지는 것을 느낀다. 분필을 들고 아이들을 가르치는 모습에서 시작해 발병한 후 항암치료를 받으며 고통스러워하고, 죽지 않기 위해서 발버둥을 치다가 마침내 기독교를 받아들이고 십자가 앞에 기도하는 모습, 그리고 부질없는 노력 끝에 고통을 호소하며 죽어가는 한동준의 모습이 열차 속에서 본 풍경처럼 빠르게 지나간다.

"퇴직하면 집도 새로 짓고 한산댁하고 여행도 같이 갈라고 했었다는디 그것이 다 헛일이 되었네. 그렇게 갑자기 병을 얻을지 누가 알았겠소? 글고 기도원에 가면 나을까 싶어 서양 귀신인 예수를 믿고, 한아씨하고 임실댁, 애들까지 다 교회를 다녔는디…… 즈그 아부지 병을 낫게 해달라고 말이여."

전주댁 눈에서 눈물이 주르르 흘러내린다. 이것이 동섭은 한동준의 죽음으로 인한 것인지 아니면 장모의 죽음으로 인한 것인지, 아니면 창수가 생각나서 그러는 것인지 알 수 없다.

"애들 당숙이 교회 신자로 있다가 죽었은께 교회장으로 허겄네."
"그러겄제."
텅 빈 공간에 검게 타버린 얼굴과 거의 다 빠져버리고 몇 가닥 남지 않은 머리의 한동준이 누워 있다. 그 옆에 머리를 풀어 헤치고 울고 있는 한산댁이 있다. 그녀가 보지 않는 사이 동준이 금이빨을 번쩍이며 미소를 짓고 있다. 그러자 어딘가에서 나타나 울고 있던 동준의 자식 중 하나가 그것을 보고 기겁을 한다. 하지만 그것은 아주 잠시뿐이다. 한동준은 더 이상 미소를 지을 수 없다. 검은 옷을 입은 죽음의 사자가 다가왔다. 인제 그만 생사람 잡지 마. 죽음의 사자들이 양옆에 섰다. 죽음의 사자에게 잡혀 끌려가는 동안 한동준은 발버둥치며 가족들을 향해 소리쳤다. 제발 어서 향을 피워, 그래야 이놈들이 물러가지. 한동준의 말은 사실이었다. 향 연기가 그윽한 방안이 나타난다. 다시 한동준이 방 안에 누워 있고 한산댁이 머리를 푼 채 울고 있다. 과연 검은 옷을 입은 죽음의 사자는 나타나지 않는다. 그러나 하얀 날개를 단 천사들이 그를 데리러 천상에서 내려와 있다.
끊임없이 떠오르는 환상에 동섭은 머리를 흔들며 망할 놈의 것, 하고 중얼거린다. 요즘 들어 그는 더욱 자주 환상에 침범당하고 있다.
3일째 되는 날, 출상이다.
고인이 마지막으로 묘지를 향해 떠나기 전 조상을 뵙는 의례, 고인이 살던 집에서 마지막으로 대접을 받는 절차가 이어진다. 그것이 끝나자 운구꾼들이 관을 상여 위에 모신다. 발인제(發靷祭)가 끝나자, 상여가 움직이기 시작한다.

간다 간다 나는 간다

북망산천 나는 간다

앞소리꾼의 매김이 공동 우물 앞에서 노제를 지내고 마을 어귀에 이르자 이렇게 바뀐다.

이제 가면 언제 오나 내년 이맘때 제삿날에

다시 한번 만나보자 잘 있거라. 잘 있거라

우리 딸네 울지 마라 내 가슴이 더 답답다

내가 가면 아주 가나 저승길에 만나보자

상두꾼들이 뒷소리를 받는다.

어화 어화 어나리 넝차 어 — 화

앞소리꾼이 고인을 대신해서 이승에 남은 딸들에게 이별을 고하는 대목이다. 그런데 마치 고인이 직접 딸들에게 이별을 고하는 것처럼 느껴질 정도로 생생했다. 그래서 세 딸은 그 자리에 주저앉아 슬픔에 복받친 곡을 했고 주위에 있던 사람들까지 눈물을 글썽거린다. 하지만 이별의 뜻은 이것으로 끝난 것이 아니었다. 고인의 이별은 양자와 손자들, 그다음으로 구영리 마을 전체로까지 이어진다. 상여는 어느새 가파른 산비탈을 앞에 두고 있다. 여자 상주들은 하나둘 집으로 돌아가기 시작한다.

고인이 묻힐 곳은 마을 앞의 들판과 시내가 훤히 내려다보이는 전망이 좋은 곳이었다. 하루 종일 햇빛이 드는 양지였다. 상여는 고인이 살집에 이르자, 곧 해체되어 불에 태워진다. 관은 하관 시에 맞추어 산역꾼들이 파놓은 광중에 놓인다. 그 위에 명정이 덮이고 산역꾼들이 퍼 준 흙을 상주들이 상복 자락에 담아 뿌린다. 그런 다음 산역꾼들이 본격적으로 흙을 퍼붓기 시작한다.

흙을 메우기 시작하여 평지와 같은 높이가 되자, 산역꾼들은 삽질을 멈춘다. 산에서 올리는 마지막 제사가 이어진다. 호상(護喪)의 지시에 따라 유족들은 상을 차리고 옆으로 나란히 늘어서서 절을 한다.

행렬 뒷줄에 선 동섭은 경건한 마음으로 절을 한다. 장모님은 잘 가신 거야. 순간 사람들 사이로 광수의 모습이 비친다. 광수의 얼굴은 벌겋게 달아오르고 눈은 퉁퉁 부어 있다. 정말 뜻밖이었다. 이씨 집안 사람들은 광수가 이씨 집안의 대를 잇거나 제사를 모시도록 하지 않았다. 장례식만 끝나면 광수는 이씨가의 사람들과 거의 남이 된다고 할 수 있다.

누군가에게 말한 적은 없지만, 동섭은 광수가 양자인 만큼 장손이 누릴 수 있는 권한을 주어야 한다고 생각했던 쪽이었다. 그는 사람들이 대단히 신성하게 여기는, 대를 잇는다는 것 자체에 회의적이었다. 대단한 혈통이고 가문들인 양, 그것도 아들만이 부모의 유전인자를 보존하고 있는 양, 곳곳에서, 어쩌면 그렇게 똑같은 폭력을 휘두르는지 그는 혀를 내둘렀다. 그가 이것을 비판할 수 있는 상상의 무대는 인간이 문명을 갖기 이전의 원시시대였다.

「누구의 통제도 받지 않으면서 가장 순수한 상태로 존재하는 인간들의 모습, 우주의 시작 때 부여받은 삶에 대한 순수를 잃지 않고 권리를 충분히 누릴 수 있는 세계.」

여기서는 모든 것이 자유롭고 어느 것도 인간을 구속하지 않았다. 다시 말해서 그는 갖가지 문제를 대할 때마다 초심으로 돌아가자는 말 그대로 인류의 시초를 생각하는 것이었다. 그러면 그는 자신의 가난함, 제도적이거나 인습적인 문제에 얽매이지 않고 자유로울 수 있었다.

그러나 그는 이런 말을 누구에게 한 적이 없고 어쩌다 술김에 말을 꺼냈을 때도 갑장들로부터 핀잔을 들었을 뿐이다. 다들 미래에 대한 많은 꿈 — 부질없는 욕심이라고도 할 수 있는 것과 사회구조에 맞는 일련의 계획들을 가지고 있었다.

8

다음 날이다. 동섭과 가족들은 또 다른 출상을 보기 위해 아침 일찍 출발한다. 그들은 면사무소로 쓰이던 건물을 지나 정자나무 아래를 향해 걸어간다.

"인자 어디 가서 살아도 맘놓고 살것다. 자나 깨나 오매가 걱정이드만 인자는 한시름 놓았어. 어디 잠깐 누구네 집에 다니러 가도 오매가 세상 베릴까 걱정이드만 인자 그건 걱정은 안 해도 되것다."

전주댁이 홀가분한 기분으로 말한다. 그간 고인은 그녀가 늘 마음을 놓지 못하게 했던 어린아이였고 두 어깨를 짓누르던 무거운 짐이었다. 동섭은 결코 효자라고 할 수 없었지만 전주댁은 분명 효녀였다. 그녀는 죽은 네 동생 몫까지 다해 효도하려는 듯 친정 일에 뛰어

들어 사소하고 잡다한 일에서 시작해 이번처럼 굵직한 일까지 좌지우지하고 해왔다. 앞으로도 그녀는 효녀로서 해야 할 역할을 다할 것이다. 사십구재를 지내기 위해 동분서주하고 어쩌면 제사도 모시려고 할지도 모른다.

"야, 그런디 느그 이 소문 들었냐?"

한참을 걷다가 전주댁이 갑자기 멈춰 선다. 소문이라는 말에 다들 귀를 쫑긋하고 그녀의 입을 쳐다본다.

"무슨 말인데요?"

가장 근접한 곳에서 걷던 경수가 그녀를 본다.

"사람이 오래 살다가 본께 참 별일이 다 있다, 이런 날도 있구나 싶단께. 그래서 사람은 오래 살고 볼 일이라고 허는 것인가 모르겄지만. 뭔 말인고 허니 평택 당숙네 아들, 그놈이 안 있냐, 그놈이 알거지가 됐디야."

그녀의 목소리는 '평택'이라는 단어에서 작아지기 시작해서 알거지라고 발음할 즈음에는 아주 작아서 귀를 기울이고 있지 않으면 들을 수 없을 정도다.

"어찌 그리 고소하고 속이 시원헌지 모르겄어. 즈그사 우리 겉은 사람들 홀까 묵고 자손만대 잘살지 알았는가 몰라도 나는 이리될 줄 알았어. 사실 말이 났으니 말이지 우리 동네 사람들치고 그놈한테 안 당헌 사람이 누가 있냐, 없어! 근디 그놈이 서울 가서도 사기를 쳐묵고 살았는가 어쨌는가, 다방을 채리서 잘 산다드만…… 어찌 돼서 그렇게 됐는가 모르제. 그래서 지금 오갈 데 없는 신세가 된 평택 당숙이 작은집에 와 있다고 허드라. 시골에 내리올 때마다 방이 더럽고 지저분허다고 그 지랄을 떨고 — 아들 자랑 돈 자랑 해쌌드만 아이구, 고소허다, 고소해!"

동섭은 조부와 달리 훤칠하고 이마가 반듯하고, 코가 높게 우뚝 선 종조부를 떠올린다. 종조부가 오래 살았더라면 조부는 선산을 저당 잡히고 술을 마시거나 광인처럼 떠돌지 않았겠지. 허우대가 좋고 코 밑에 팔자수염을 기른 그의 당숙은 종조부 외양을 빼닮았다. 하지만 일가를 무시하고 돈 자랑하는 것은 그렇지 않다.

"그러면 작은마누라는 어찌 됐단가?"

어머니 말에 귀를 기울이던 명자가 묻는다.

"그거사 어찌 됐는지 못 들었지만, 작은마누라라는 것도 돈이 있을 때 이야기제. 돈도 없는 빈털터리 가난뱅이헌테 누가 가만 붙어 있겄어? 아마 벌써 줄행랑을 쳤을 거여."

"참, 큰마누라도 복이 없제. 그동안 얼매나 속을 썩고 살았을까?"

명자는 자신도 혹시 그런 처지에 빠지기라도 하면 어쩌나 하는 표정이다. 그런데 이런 말을 주고받는 모녀의 모습이 어딘지 모르게 동섭에게 낯설다. 지금껏 둘은 대화의 상대라기보다는 싸움의 상대였다 — 거침없이 대드는 입바른 명자, 몇 번 대거리하다가 속이 상해 뒤돌아 앉는 전주댁. 어쨌든 이날의 모녀 모습은 사이가 좋고 다정해 보인다.

"사필 뭐라고, 사람이 마음을 나쁘게 쓰고 행동을 허면 그러는 거여. 내가 마음을 좋게 쓰고 다른 사람들한테도 인심을 얻으면 그것이 자기나 자기 새끼들한테 돌아온다는 말도 전부터 있은게… 원래 같이 살던 큰오마이가 무식허다든가 촌티가 난다든가 해서 집구석에 처박아 놓고 식모 겉이 부리묵기만 허고, 작은마누래는 떠억 다방에 앉혀 장사를 해묵다가… 뭐라드라, 그 여자는 그놈이 그렇게 되고 나서 돈을 갖고 날랐다든가 그러데. 아니 그거시 아이고 남자 모르게 사기를 당했다든가… 하여튼 사람은 오래 살고 볼일이란께. 우리들을 갖다가 그놈들이 촌에 산다고 등신으로 알고, 한 번씩 내리와도 저 우에 작은 한아씨한테도 안 와보고 즈그 헐 짓만 허고 돌아다니드만……."

동섭은 사필귀정이라고 정정해 주려다가 그만두고 옆에 걷던 사위 안동섭에게 고개를 돌린다. 우연치고는 정말 이상했다. 그는 시부모와 며느리, 사위와 처가 식구가 같은 띠를 띤 집에 대해서는 들었지만 사위와 장인의 이름이 같다는 말은 들은 적이 없다. 어쩌면 말투는 그리 느리고 행동은 어기적거리는지 모른다. 그는 그다지 자신과 닮지 않은 얼굴, 체격 등을 가진 사위를 보면서도 늘 자신을 보는 기분이다.

"그래 장사는 잘 돼 가는가?"

동섭은 사위에게 무심코 말을 던진다.

"개업식 날은 정말 눈코 뜰 새 없이 바빴어요. 그리고 그 뒤로도 며칠간 손님들이 많았어요. 하지만 지금은 그 정도는 아니고 하루에 몇십만 원 정도의 매상은 올라옵니다."

"잘됐군. 그래, 영수는 잘 좀 도와주던가?"

"처남이 일을 얼마나 잘하는지 혼자서 방 도배 다 하고 장판도 깔고 했습니다."

그들은 월암 회관 앞에 도착한다. 동섭과 전주댁은 그들을 작은집으로 보낸 후 잠시 집으로 들어간다. 그들이 집에 들어서자, 돼지가 마치 우리를 뛰쳐나오기라도 할 것처럼 문짝 위에 두 다리를 걸치고 꽥꽥 소리를 질러댄다. 며칠째 바깥으로 나가지 못한 염소도 마찬가지다. 반쪽 콩알 같은 눈동자를 굴리고 구슬픈 목소리로 울며 두 사람에게 먹이를 청한다.

"앞집 아지매한테 짐승들 묵을 걸 좀 주라고 했는디, 작은집에 초상이 나서."

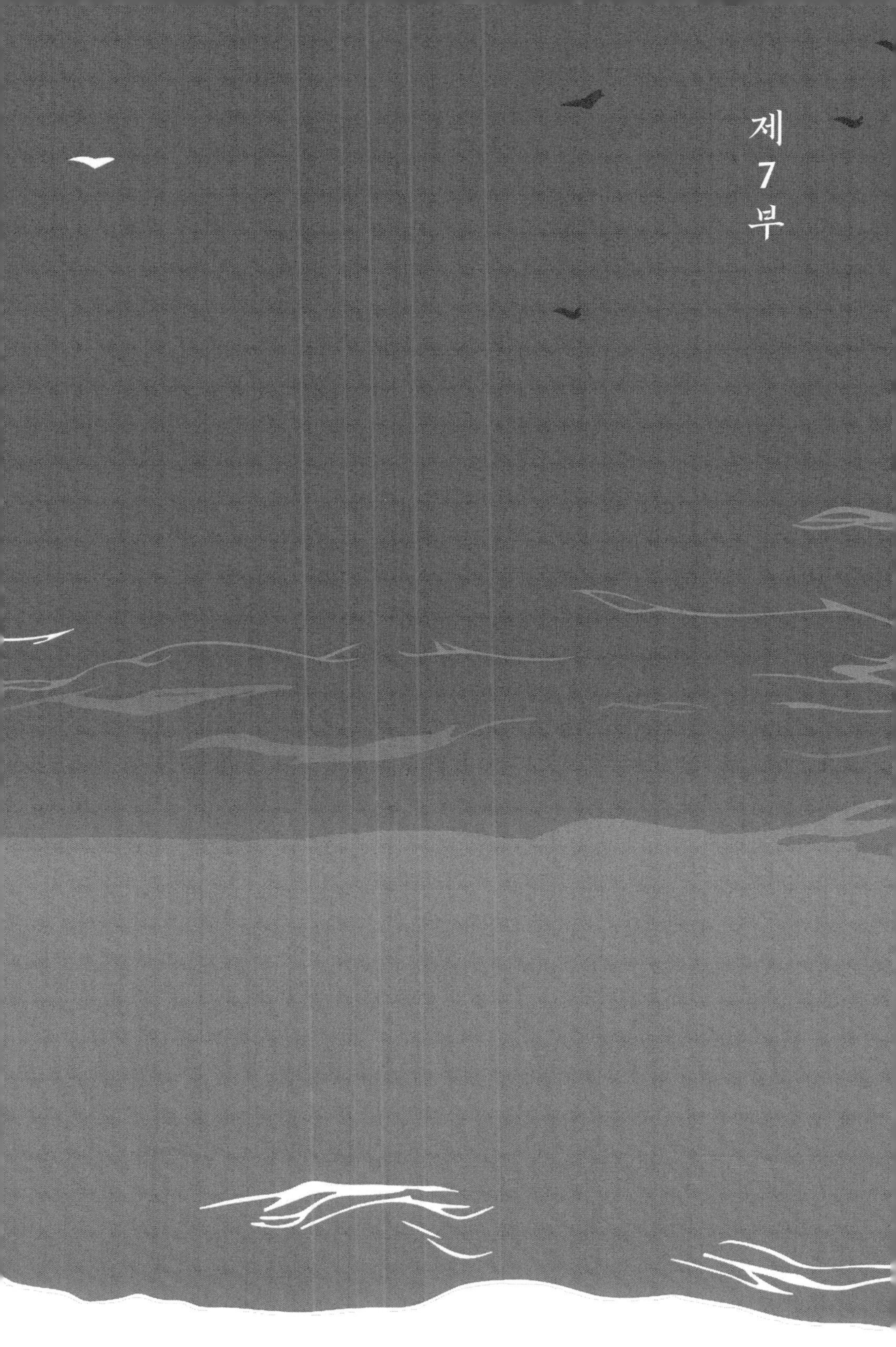

제 7 부

1

1988년 가을이다.

들은 한바탕 한 해를 마감하는 잔치를 벌이고 난 후 약간 수그러져 있다. 그것들은 죽음을 준비하거나 동면을 위한 준비를 하고 있다.

당산 옆에 사는 홍동수와 김판수가 나란히 화강암으로 만들어진 장수비(長壽碑) 앞을 걸어오고 있다. 마을회관 이층으로 올라가는 계단에 앉아 있던 동섭은 이들에게 짓궂은 장난이라도 할 셈으로 몸을 숨긴 채 기다리고 있다. 그런데 그들이 가까이 오면서 동섭은 장난을 치려고 했던 생각을 잊는다. 여태까지 보지 못했던 것이 눈에 들어왔기 때문이다. 그것은 그들이 가까이 오면서 더욱 뚜렷해진다. 그와 갑장인 두 사람의 머리칼은 허옇게 세어 있고, 검게 그을린 피부에는 깊게 주름이 패어 있다. 게다가 광대뼈까지 튀어나와 마치 들에 서 있는 허수아비를 보는 느낌이다. 그 순간 동섭은 자기 얼굴이 궁금해져 전주댁에게 받은 임무도 잊어버린다.

장수비가 세워진 것은 바로 이 주일 전이다. 월암에 사는 노인들의 장수를 기념하기 위해 면에서 세운 것이다. 처음 장수비를 보았을 때 동섭이 떠올린 사람은 한동준을 먼저 보낸 작은아버지였고, 그다음으로 작은아버지와 곧잘 어울려 다니는 과수원집 서 영감과 뒷집 최 영감이었다. 이들 셋이 긴 수염을 늘어뜨리고 뒷짐을 진 채 걷는 모습을 상상하면서 동섭은 한숨을 내쉰다. 어쩌면 그 늙은이들이 자신이나 갑장들이 죽은 다음까지 살아 있을 것 같다.

"자네 거기서 뭐 허는가?"

홍동수가 먼저 동섭을 발견한다. 동섭은 정신을 차렸지만 예상치 않게 이런 말을 하고 있다.

"가을이 되니 맘이 심란허구만."

"허기는 자네 장모 죽고, 한동준이도 죽었으니께."

김판수가 맘을 이해한다는 투다. 동섭은 또다시 한숨을 쉰다.

"인자 우리도 좋은 시절이 다 간 것 같네."

"인간의 운명이란 그런 거여. 자식들 공부시키고 나먼 결혼시켜 손자도 봐야 할 것이고 또 그러다 보먼 우리도 죽어야제."

이렇게 말한 홍동수는 김판수와 함께 마을 안길로 걸어간다. 동섭은 그들과 함께 보낸 여름밤을 생각해 냈다. 저수지 물이 차면 저절로 넘치게 되어 있는, 얕은 콘크리트 댐 아래로 이어지는 여수로였다. 거기에는 갑자기 많은 물이 쏟아질 경우를 고려해서, 물의 방향을 조정하기 위한 구부러진 장벽이 있다. 여름이면 동섭과 친구들은 그곳에 모여 장작불을 피우고 밤새 술을 마시며 인생을 토론했고 별을 보며 소망을 빌었다. 하지만 그런 시절은 곧 지나가 버렸다. 결혼하고 자식들을 얻게 되자, 그들은 세속적인 욕망에 찌들어 자신을 돌아볼 기회를 얻지 못한 것이다. 그것이 늘 환경으로부터 온 것은 아니다. 간혹 생각지 못했던 욕망이 덮쳐오는 수도 있었다. 그럴 때면 그들은 엉겁결에 그것을 자식의 날개 위에 슬쩍 얹어놓았다. 그리고 그 때문에 자식이 추락하지 않을지 조마조마한 마음으로 지켜보지 않을 수 없었다. 하지만 동섭은 이들과 같아지지 못했다. 그는 늘 인생의 방관자로 서 있었다.

아무튼 그때 이후로 그는 뻑적지근하게 논 적이 없다. 동네 남자들이 모이는 사랑방에 가서 잡담하거나 술 내기를 한 일도 없다. 전주댁 부탁 때문이었지만 그는 집에서 그다지 할 일이 없었음에도 불구하고 밤마실을 삼갔다. 그는 전주댁이 바라는 대로 해주고 싶었다. 더 많이 사랑한 자가 인내심을 가지고 참된 희생을 한다, 그것이 그의 생각이었다. 그렇다고 그가 늘 전주댁을 사랑이 깃든 마음으로 대한 것만은 아니었다. 그녀가 남자의 자존심을 건드릴 때마다, 버르장머리 없이 군다고 생각될 때마다 그는 밥상을 집어던지고 고함을 질렀다. 그러면 전주댁은 파르르 떨며 정말 놀라서 어쩔 줄 모르는 시늉을 했다. 아이고, 무섭네. 우리 집 양반. 전주댁이 이렇게 말하면 동섭은 더 이상 화를 낼 수 없었다. 하지만 늘 이런 것은 아니었다. 언뜻 보면 약하게 보이지만 강한 남성의 기질을 내부에 간직한 전주댁이었다. 그녀가 매섭게 몰아칠 때면 동섭은 허영에 차고 변덕스러워 자신조차 혐오스럽게 보았던 어머니가 내부에 들어있음을 들키고 괴로운 밤을 보내야 했다.

초등학교 교사들이 사는 관사 너머로, 학교 뒤편에 측백나무가 일렬로 서 있다. 그 뒤로 논두렁길이 있고 '동네산'이 잇닿아 있다. 그 산은 이름이 '동네산'일 뿐 산의 소유주는 따로 있다. 그곳은 앞서 말한 통일주체 대의원 집 선산이다. 동네산은 동섭의 어린 시절을 간직하고 있다가 때때로 추억이란 이름으로 돌려주었다. 봄이면 그곳에서 진달래를 따고 또래 아이들과 전쟁놀이를 했고 겨울이면 미끄럼을 탔다. 그 너머에 있는 초록의 긴 둑이 있는 저수지도 같은 작용을 하고 있었다. 그곳에서 그는 노을 지는 태양이 발산하는 분홍색, 주황색, 하늘색 등의 빛깔을 받아들인 물결이 부르는 노랫소리를 들으며 낚시했다.

동섭은 한숨을 푹 쉰다. 몸이 가벼워질 수 있고 자연과 일체가 될 수 있었던 때는 이제 지났어. 왜 이렇게 몸이 붇고 세속에 빠져버렸을까. 이것은 수십, 수백 차례 그를 덮친 세파 때문이랄 수도 있는데 그때마다 그는 경험을 얻는 대신 태어나면서 지녔던 감각을 잃고 말았다. 그는 안타까운 생각이 들었다. 그때 학교 뒤의 포플러 이파리가 강렬한 태양을 받아 반짝거렸다. 포플러나무다! 포플러는 얼마나 힘차게 약동하는가. 아, 이런 말은 아니었어. 그때 내가 이 나무와 잎을 보았을 때 중얼거렸던 말은 결코 이런 말은 아니었고 이런 느낌도 아니었어. 수많은 싹이 자라나서 바람에 제각각 흔들릴 때마다 부르던 곡조는 어땠을까. 그것을 들은 나는 어떤 감동을 받았을까. 그때의 느낌을 되살릴 수 없다는 것이 동섭을 마음 아프게 한다.

그 순간이었다. 버스가 마을 남쪽의 노인정 앞에 정차한다. 버스는 회관 마당 앞에 사람들을 내려놓고 석천을 향해 올라간다. 그는 사람들이 지나가는 동안 얼굴을 마주치지 않기 위해 회의실 문을 열고 들어갔다가 다시 나온다.

그가 전주댁으로부터 받은 임무는 영수의 동태를 살피는 것이다.

"영수, 그놈이 인자 열여덟 묵은 가시나를 만나고 다닌디야. 그것도 교회 제자라는디."

처음에 동섭은 이 일을 하지 않기 위해 무던히도 버티었다. 남자를 망신주려고 작정했구먼, 하고 전주댁에게 퍼붓기도 하고 그런 일까지 부모가 간섭할 필요가 있느냐며 따지기도 했다. 그런데 막상 그녀가 일을 제쳐두고 나선다고 했을 때는 부득이 나서지 않을 수 없었다. 전주댁의 뒷소리 무서워서가 아니었다. 그는 몸놀림이 빠른 전주댁처럼 일을 해낼 수 없었다.

그 순간 영수가 집에서 나온다. 영수는 얇은 회색 잠바에 청바지를 입고 운동화를 신은 차림이다. 영수는 가벼운 걸음으로 마을 안길을 죽 따라 내려가고 있다. 어디로 가는 것일까, 버스를 타려는 게 아닌가. 동섭이 이렇게 생각하는 동안 영수는 약국집이 이사 가고 난 후 살게 된 월산댁 큰아들 집을 지나 길 끝까지 내려간다. 그런 후 노인정 쪽으로 획 돌았다. 영수가 버스를 기다리는 것이 분명하다고 생각한 그는 시계를 본다. 아직 버스가 내려오려면 오 분 정도의 시간이 남아 있다. 동섭은 담배를 꺼내 입에 물고 불을 붙여 훅 연기를 빨아들인다. 문득 이런 일이 자신의 체질에 맞지 않는다 싶다. 그는 누군가의 뒤를 조사하거나 엿보는 행위 자체에 관심이 없다. 하지만 그는 정작 어떤 장면이 일어날 때까지 기다릴 인내심이 없었다. 지금까지 그는 머릿속에 열이 뻗쳐올라 몇 번이나 집으로 돌아가고 싶다는 생각을 했다. 이왕 나왔으니, 끝까지 해보자! 그럴 때마다 그는 이렇게 마음을 다잡았다. 그는 위뜸을 보기 위해 고개를 내민다. 하지만 양곡창고에 가려 잘 보이지 않는다.

그는 계단을 내려가서 너른 회관 마당을 가로질러 느릿느릿 걸어간다. 버스를 기다리는 양 위장하려는 것이다. 그는 회관 마당을 벗어나 창고 끝까지 걸어간다. 그때 버스를 타려는 사람들이 서쪽 길을 따라 내려오는 것이 보인다. 한 사람은 멧돼지처럼 큰 홍동수의 마누라고 한 사람은 무안댁이다. 그 뒤로 키가 크고 비쩍 마른 여학생이 걸어오고 있다. 언젠가 동섭이 지금멀을 향해 걷고 있을 때 영수와 함께 버스 안에 앉아 있던 여학생이다.

그는 회관의 이층 계단을 향해 황급히 걸어간다. 그는 지게를 지고 골미에 있는 논을 향해 걸어간다. 그곳에 논두렁콩을 베러 나간 전주댁이 있다.

2년 전의 경지정리로 인해 들판은 완연히 달라졌다. 개울가에 있던 버드나무, 모두메(지명) 아래에 있던 소(沼)와 아까시나무 군은 사라지고 없다. 논들은 네모로 구획이 지어지고 사이사이로 농로와 수로가 있다. 저수지에서 내려오던 시내는 더욱 크고 넓게 확장이 되고 중간중간 다리도 놓였다.

그는 논둑에 허리를 굽히고 낫질하고 있던 전주댁을 향해 걸어간다. 동섭은 보고온 것을 사실대로 말한다. 이 말에 전주댁은 퇴락의 기미를 보이는 풀들 위에 털썩 주저앉는다.

"큰일이네, 이거! 선생허고 제자 사이에 이게 무슨 짓인가 모르겄네."

"오늘 본께 가는 정자에서 이사 온 오현구 큰딸인 갑서."

먼 곳에서 파랑새를 찾는 사람들만 있는 것은 아니다. 극히 소수의 근시안적인 사람들은 아주 현명하게 가까운 곳에서 자신의 상대를 찾아낸다. 오난숙의 경우가 그랬다. 그녀가 약간 철이 들기 시작한 열두어 살 무렵부터 영수는 주일학교 선생님이었다. 단상에 있을 때의 영수는 그녀에게 특별해 보였다. 그녀는 영수가 설교할 때마다 타는 듯한 눈을 뚫어지게 바라보았다. 영수가 찬송할 때는 같이 부르지 않고 아름다운 목소리를 듣기 위해 눈을 감았다. 그러나 그녀만 영수를 그렇게 느낀 것은 아니었다. 여자아이들 대부분이 그랬다. 그래서 영수는 그녀의 번뜩이는 눈길을 별다른 망설임 없이 무시할 수 있었다. 누구나 아는 사실이지만 그 나이 때 여자아이의 감정은 급격하게 끓어올라 금세 상대를 찾아내기도 한다.

그러면서 몇 년이 흘렀다. 어느 날 그녀는 더 이상 영수가 가슴속에 담아둘 수 없을 정도로 커졌음을 깨닫게 되었다. 18살 무렵의 일이었다. 그녀가 사제간의 벽, 8살이라는 나이 차이, 영수의 직업에 대해 생각해 보지 않는 것은 아니었다. 그녀는 딴은 현실적인 문제들에 대해서 깊이 생각했다. 사회적인 이목이나 앞으로 발생할지 모르는 문제들. 결국 그녀는 자신이 지금 생각하고 있는 문제는 부차적인 것에 지나지 않으며 최종적으로 영수와 동등해질 수 있다는 결론에 도달했다.

그녀의 고백을 들은 영수는 펄펄 뛰었다. 한 번 실연을 당했던 영수는 독신으로 살 것을 고집하고 있었고, 18살 소녀의 사랑이 영원하리라 믿지도 않았다. 하지만 이제 막 사랑의 언덕을 기어오르기 시작한 소녀의 사랑은 무서웠다. 그녀는 목숨을 내던질 각오까지 하고 있었다. 만약 그녀가 저 언덕 너머까지 볼 수 있었다면 거기서 전혀 기대하지 않았던 것을 보고 중도에 포기할 수 있었으리라. 아무튼 사랑을 고백한 이후 오난숙은 사랑을 얻는 일에 모든 힘을 기울였다. 그녀는 거의 매일 영수에게 편지를 썼고, 전화를 했고, 잠시라도 곁에 있기 위해 학교에 가지 않는 날도 있었다.

처음에 영수는 약간 냉담했다. 나쁜 감정이 있는 것은 아니었지만 그녀는 너무 어렸고 철이 없어 보였다. 그리고 주위 사람들이 무어라 할지도 걱정이 되었다. 아무리 교회지만 두 사람은 사제간이었고, 나이 차도 있었다. 하지만 영수는 그녀와 함께 시간을 보내는 동안 그녀가 또래 여학생들보다 지적으로 뛰어나고 성숙함을 알게 되었다. 결국 영수는 난숙의 사랑 고백을 받은 지 6개월 후 진지하게 사귀어 보자고 말했다.

얼마 후 두 사람이 우려했던 일이 터졌다. 두 사람이 만나는 것을 알게 된 난숙의 부모는 아예 씨도 안 먹히는 소리라고 펄펄 뛰었다. 이것은 누가 보아도 합당한 이유가 있었다. 우선 난숙은 여고 2학년으로 한창 공부에 전념할 나이였다. 그리고 영수는 교인들이 떠받들고 있다지만 주일학교 선생일 뿐으로 이렇다 할 재산이나 직장이 없었다. 그래서 장차 처자식을 먹여 살릴 수 있을지 의심스러웠으리라.

"사주가 너무 안 좋아. 서로 살이 있어서 같이 살면 살림이 오그라든당께."

벌써 궁합까지 파악한 전주댁 표정이 어두워진다. 동섭은 약간 다른 이유에서 여학생이 마음에 차지 않는다.

"아가 키만 삐쭉허지 벨로 볼 것이 없든디."

"아, 사람 인물 봐서 뭐 해? 착실허게 컸는가 사람 됨됨이가 어떤가를 봐야제…… 가가 그 집의 큰딸인디, 내가 정자 사람들헌테 물어본께 그 가시나는 집에 있으면 일신도 꼼짝도 않고 즈그메가 시키는 일도 안 해서 아예 집에서 내놨디야. 글고 작은딸은 가시나가 얼매나 싹싹허고 부지런헌가 집 안에만 들어서면 청소허고 밥허고 애들 챙기고, 부모가 없어도 다 알아서 헌디야. 가시나를 골라도 꼭 그런 가시나를 골랐을까 몰라. 지놈이 가만 있으면 내가 좋은 데 알아봐서 장개를 보내줄 것인디 그 새를 못 지다리고, 쯧, 쯧, 쯧!"

2

그날 저녁이다. 오현구는 초등학교에 다니는 아들을 통해 영수에게 은밀한 전갈을 보냈다.

"우리 아부지가 선생님 좀 잠깐 보재요. 근디 조용히 아무도 모르게 오라고 했어요."

영수는 장차 장인이 될지도 모르는 오현구가 덫을 놓고 기다리고 있다는 것을 눈치챘다. 그렇지 않다면 밤에 은밀히 아들을 시켜서 보낼 이유가 없었다. 영수는 아들을 돌려보낸 후 오현구와 맞닥뜨렸을 때 할 말들을 가다듬는다.

잠시 후 영수는 집을 나서며 큰기침을 한 후 마을 안길을 걸어간다. 이제 담배 사러 간다! 영수는 담배는 피우지 않지만, 좋아하는 유행가 한 소절을 무겁게 중얼거린다. 마을에 있는 가로등이래야 고작 이십여 개뿐이고, 그것도 교차로 모퉁이에만 있었다. 그가 어둠을 향해 몇 발짝 내딛자, 동쪽 삼거리에 서 있는 가로등이 나타난다. 그는 가로등을 등대 삼아 걸어간다. 가로등에 가까이 갈수록 길은 서서히 밝아지더니 모퉁이를 막 돌아서자, 대조적으로 더 큰 어두움이 다가온다.

오현구의 집은 마을 중간쯤에 있다. 입구에 도착해서 영수는 대담하게 큰기침을 한다. 도착했음을 안에 알리려는 의도였다. 그런 후 그는 유행가에 나오는 구절을 또다시 중얼거린다. 담배 사러간다! 대문의 역할을 하는 아래채를 돌면서 그는 온 집안을 환하게 밝히고 있는 마루의 전등을 본다. 순간 그는 도대체 왜 이 집안의 사람과 사물들이 자신의 내장까지 빼주고 싶을 정도로 고혹적인지 알 수 없다. 도깨비방망이가 부린 요술 때문일까.

오현구는 마루 위에 버티고 앉아 있다. 순간 영수는 주눅이 드는 것을 느낀다. 영수는 애써 오현구의 눈길을 무시하며 걷는다. 그가 머리를 숙이고 마루 위로 첫발을 내딛기가 무섭게 오현구의 명령이 떨어진다.

"여기 무릎 꿇고 앉아봐!"

영수는 미리 짐작하고 있었다는 듯 마루 위에 무릎을 꿇는다.

"너, 내가 우리 난숙이를 만나지 말라고 경고했을 텐데."

"이제 난숙이는 제 여잡니다. 누구도 저한테서 난숙이를 빼앗아갈 수는 없습니다."

깜짝 놀란 망아지처럼 벌떡 일어난 오현구는 영수의 뺨을 연달아 갈긴다.

"뭐라고, 이놈아! 난숙이는 내 딸이야. 네 놈한테 준 게 아니란 말이여."

영수는 뺨이 얼얼함을 느끼면서도 그것을 감싸쥐는 대신 오현구의 눈을 노려본다. 마치 눈싸움은 기싸움이라는 것을 가슴 깊이 새기고 있는 사람처럼. 영수는 오현구의 크게 부릅뜬 눈이 절의 입구에 서 있는 사천왕의 눈과 비슷하다는 것을 느낀다.

"저는 난숙이와 결혼하고 싶습니다. 허락해 주십시오."

"허락할 수 없어, 이 불한당 같은 놈아! 너 같은 놈한테 맡겨서 굶겨 죽이기 딱 맞겠다."

"저는 난숙이를 행복하게 해줄 자신이 있습니다."

"이놈아, 그런 입에 발린 말을 누가 못해? 그런 말은 해서는 안 돼. 왜냐, 인간으로서는 감히 책임질 수 없는 말이니까. 잔소리 말고 죽기 싫으면 난숙이를 만나지 마!"

"절대로 그럴 수 없습니다. 부모의 동의 없이 결혼할 수 있는 나이까지 기다릴 겁니다."

"아니, 이놈이!"

오현구는 발로 영수의 가슴을 몇 차례 걷어찬다. 그러자, 그때까지 방안에서 두 사람의 말을 듣기만 하던 오난숙이 뛰어나와 아버지 발을 잡고 늘어진다.

"아버지, 제발요, 제발요!"

그녀는 아버지를 향해 애원하면서 영수에게 외친다.

"어서, 가요! 어서 집으로 가요!"

하지만 마룻바닥에서 일어난 영수는 다시 무릎을 꿇고 엎드린다. 그는 지금껏 이런 일을 피하려고 한 적이 없었다.

"아주 이놈이 사람 성질을 긁네!"

오현구는 딸을 뿌리치고 또 한 차례 영수를 짓이긴다. 그러면서 오현구는 갑자기 겁이 나며 제풀에 지쳐 자빠진다는 말을 실감한다. 거머리 같은 놈. 오현구는 딸을 데리고 방으로 들어가 버린다. 그러자 마룻바닥에 엎드려 있던 영수는 울면서 애원한다.

"제발 허락해 주십시오. 아버님!"

영수는 밤새 그렇게 마룻바닥에 엎드려 있었다. 방에서는 누구도 나오지 않았다. 오현구의 말이 없는 이상 그 누구도 문을 열 수 없었기 때문이다. 결국 영수는 모질고 독하게 마룻바닥에 엎드려 있다가, 날이 밝아오자, 주위 사람들 이목을 의식해 집으로 돌아왔다.

이 사실을 전주댁으로부터 들은 동섭은 답답하기도 하지만 영수의 용기가 부럽다는 생각을 몇 번이나 한다. 어찌 감히 내 여자, 내 소유라고 말할 수 있을까. 하지만 아무리 생각해도 그 말은 돼먹지 못한 말이었다.

그로부터 3일 후, 뜻밖의 일이 발생했다. 오난숙이 이룰 수 없는 사랑을 저승에서나마 이루고 싶다는 유서를 남기고, 다량의 수면제를 복용한 것이 동생에게 발견되었다. 오난숙은 급히 달려온 택시에 실려 병원으로 옮겨졌다. 다행히 목숨에 지장을 줄 정도는 아니었다.

희대의 사건을 두고 동네 사람들은 저마다의 관점에서 이들의 사랑을 해석했다. 처녀의 마음이 얼마나 애절한 것이었을까, 하고 동정하는 쪽, 아버지 마음을 돌리기 위해 의도적으로 수면제를 먹었다고 파악한 쪽, 수면제를 먹기는 먹었으되 치사량을 몰라서 살아난 것이라고 말하는 쪽 등 가지각색이었다. 하지만 본인의 입을 통하지 않는 이상 한쪽이 옳다고 말하기는 힘들다. 그런데 그 와중에 뜻밖의 일이 한 가지 발생했다. 그녀가 다니던 여고의 학생들이 교장실을 찾아가서, 제발 난숙의 부모를 설득해 달라는 소동을 벌인 것이다. 그래서 교장은 본의 아니게 난숙의 부모에게 일단 사람을 살리는 쪽으로 생각하는 게 어떻겠냐는, 편지를 한 장 쓰게 되었다.

약 기운이 몸속에 남아 있었던 탓도 있지만 난숙은 가족들을 볼 낯이 없어 오랫동안 눈을 감고 있었다. 그러면서 부모가 하는 얘기들을 들었다.

"이럴라고 자식 키웠는가 싶네. 내가 우리 큰딸을 어떻게 키웠는디, 세상에 그놈 때문에 약을 먹어?"

오현구는 울먹이고 있었다. 옆에서 오난숙의 어머니가 달랬다.

"의사 선생님 말씀이 일부러 시늉으로 먹은 거라고 안 허요. 죽을 생각으로 먹은 게 아니라네요."

"그래도 그렇지. 그 어린 것을 그놈한테 어찌 주겄어."

이윽고 그녀가 눈을 뜨자, 오현구는 장차 사위가 될 영수를 부른다. 곧 결혼을 전제로 두 사람이 만나도 된다는 항복선언을 발표한다. 하지만 거기에는 한 가지 조건이 붙어 있다. 난숙이 여고를 졸업하기 전까지 두 사람이 합심해서 어떤 불상사도 일으키지 않는다는 것이다.

3

10월 말경이다. 저녁 9시경 전화벨이 울린다. 연속극을 시청하고 있던 전주댁이 전화기를 들었다.

"올케, 나요."

"올케라면?"

"그래요."

한 번도 고향에 내려오거나 연락한 적이 없어 생사조차 몰랐던 한숙자였다. 그녀는 그간의 안부를 몇십 분 동안이나 묻고, 백 번이나 염치없다고 한 후 용건을 털어놓는다.

"이번에 큰딸 경서가 결혼하게 됐는데 올케하고 오빠하고 한 번 올라와요."

"다른 집에도 연락했소?"

"집안사람들한테만 연락했어요. 동네 사람들 모르게 오세요."

동섭은 올케라는 말에도 여전히 누워 자는 체하고 있다. 동생이 어떻게 사는지 궁금하지 않은 것은 아니었지만 굳이 통화를 하고 싶지는 않다. 그는 속으로 그때 일을 지금껏 해결 짓지 못하고 있다는 것에 픽 웃는다. 하긴 제까짓 것들이 언제 그 많은 돈을. 얼마 후 전주댁은 작은집에 전화를 건다. 경서의 결혼 소식을 알리며 같이 가자고 한다. 한산댁은 인천에 사는 아들이 가도록 해야겠다고 힘없이 말한다. 하긴 당숙모는 요새 들어 사람들을 만나면 잘 웃지도 않았어. 여자에게는 아무리 몹쓸 남자라도 옆에 있어야 해. 전주댁은 전화기를 내려놓는다.

보름 후 두 사람은 서울행 열차에 올랐다. 가는 동안 동섭과 전주댁은 박성기 가족의 서울 생활에 대해 몇 번이나 의견을 주고받는다. 둘은 거의 같은 생각을 하고 있었다. 겨우겨우 먹고사는 게 분명하다, 하지만 시골에서 많은 돈을 가지고 올라갔거나 그간에 많은 돈을 벌어서 짐작도 못 한 일이 기다리고 있을지도 모른다는 것이다.

서울역에서 내린 두 사람은 1호선 전철을 탔다가 용산에서 내린다.

"자, 표를 다시 여기다 넣고."

동섭은 전주댁에게 표 넣는 것을 가르쳐 준다. 그는 전주댁이 전철표를 넣고 게이트를 통과하는 것을 흐뭇한 기분으로 쳐다본다. 그녀는 밖에 나오기만 하면 마치 세상일에 전혀 경험이 없는 어린아이 같다. 그래서 그는 사내로서의 봉사 정신을 발휘해 사소한 것까지 챙겨주며 아내를 이끌어가고 있다.

"자, 손을 잡고."

동섭은 전주댁의 손을 잡고 용산 전철역을 빠져나온다. 마지막 계단 위에 서자, 키가 작은 여자가 먼발치에서 걸어오고 있다. 여자가 먼저 동섭을 알아본다.

"오빠! 올케!"

동섭은 숙자가 몰라보게 달라졌다는 것을 느낀다. 목소리는 생기에 차 있고 그전처럼 불쾌감을 주는 구석은 조금도 없다. 얼굴도 붉게 물들어 이제 막 사춘기에 들어선 소녀의 얼굴 같다. 동섭은 이유를 묻고 싶지만, 만난 순간부터 그런 대화를 할 수는 없다.

"그동안 시골에는 별일 없지요?"

한숙자의 말투는 촌티를 완전히 벗어났다. 약간의 억양만 제외한다면. 두 사람은 숙자의 뒤를 따라간다.

"별일 없어요. 우리는 늘 그냥저냥 살아요."

전주댁의 말투도 약간 달라져 있다. 촌스럽게 보이지 않으려 금세 어투를 바꾸려는 노력을 시작한 것이다. 용사의 집을 지나 작은 골목으로 접어들면서 동섭은 완전히 방향감각을 잃는다. 고향에서는 옥잠봉 쪽이 동쪽, 솔비산 쪽이 늘 남쪽이었다. 순간 동섭은 마파람 분다, 는 앞집 아저씨의 흥겨운 목소리를 들었다. 아저씨는 아무래도 고통스럽고 지겨운 삶을 벗어나기 위해 밥 대신 술을 먹었고 원하던 대로 죽음을 맞이한 것이 틀림없어!

길을 따라 십 분 정도 걸었을 때 죽산상회라는 쌀집과 큰길 사거리가 나타난다. 죽산사거리라, 동섭은 지리를 익히려고 애쓰고 있다. 그 길을 따라 곧장 걸어가다가 그들은 오른쪽으로 돌았다.

"매제는 잘 있제?"

모처럼 동섭이 동생에게 묻는다.

"예, 집 부근에 있는 두부 공장에 다니고 있어요."

잠시 후 그들 앞에 세 채의 양옥집이 나타난다. 거의 비슷한 시기에, 같은 설계도에 의해서 지어진 아주 흡사한 세 집이었다. 이 집 중에 어느 것이 박성기 집일지 동섭은 점쳐보고 있다. 그러면서 매제가 좋은 집에서 살고 있을 것이라는 생각이 들어 썩 기분이 좋지 않다.

한숙자는 첫 번째 검은 대문을 지나고, 두 번째 목련이 피어 있는 집을 지난다. 동섭이 자신의 생각이 틀릴지도 모른다고 생각하고 있을 때 숙자는 세 번째 집 붉은 대문을 열고 안으로 들어간다. 그런데 그녀는 곧장 안채로 가지 않고 벽을 따라 좁은 길을 간다. 동섭은 자신의 엉성한 추리를 몇 번이나 책망한다. 걸어가는 동안 동섭은 반쯤 땅에 묻힌 창문을 통해 많은 사람이 거의 동시에 말해서 무슨 말인지 알아들을 수 없는 소음과 웃음소리를 들었다. 숙자가 계단을 통해 아래로 내려가다가 뒤를 돌아본다.

"우리는 여기서 살아요."

동섭은 아무런 반응을 보이지 않는다. 숙자가 마땅히 이런 곳에 살아야 한다는 생각을 들킬 것 같아서이다. 전주댁도 입을 다물고 걸어간다. 숙자는 전등이 환하게 켜진 지하실 바닥을 걸어간다. 거기에 베니어찬장과 그릇이 가득 담긴 함박이 있다.

"월암에서 외삼촌하고 외숙모하고 왔다."

숙자가 문을 드르륵 소리가 나게 열고 안에다 대고 말한다. 그러자 안에서 그녀의 아이들이 우르르 고개를 내밀고 인사를 한다.

"큰절해야지."

숙자가 약간 근엄한 표정을 짓는다. 그런 격식을 싫어하는 동섭은 아이들이 큰절하려는 것을 말렸지만 아이들은 듣지 않는다. 무릎을 꿇고 허리를 구부려 절을 한다.

"외삼촌 그간 별고 없으십니까?"

"그래, 느그도 잘 있냐."

그걸로 인사가 끝난다. 큰딸 경서는 결혼식 준비 때문에 아직 돌아오지 않았다. 방안에는 공무원으로 일하는 큰아들과 산업체 학교를 졸업하고 양산에서 전자회사 다니는 둘째 딸, 이리에서 실업계 고등학교 다니는 둘째 아들, 중학교에 다니는 막내딸 미리가 있다.

"애들이 한 번 모이기도 힘이 듭니다. 각지로 흩어져 있어서."

이 말이 사실일 거라고 생각하며 방안을 둘러본다. 그간 숙자와 함께 살아온 자식은 이번에 결혼하게 된 큰딸과 막내딸이었다. 그런데 네 사람이 생활하기에 방은 턱없이 비좁아 보인다. 작은 서랍장 위에 얹힌 베개와 이불, 바닥에 쌓인 방송통신대 교재와 잡지(이것은 경서가 보는 것이 틀림없다) 14인치 텔레비전과 쌀 한 가마, 벽에 붙은 옷걸이에 몇 겹으로 걸려있는 옷들. 아마도 이들이 고향을 떠나면서 가져온 것보다 그간에 장만한 물건들이 더 많아 보인다.

아이들은 인사를 한다고 법석을 떨더니 동섭 쪽은 아랑곳하지 않고 떠들어대기 시작한다. 주로 신랑될 자에 대한 정보와 두 사람이 살게 될 작은 아파트, 신혼여행에 대한 것들이다. 동섭은 신랑이 될 자에 대한 정보를 자세히 듣는다. 신랑이 될 자는 경서와 같은 중학교를 졸업했고 지금은 시청공무원이다. 두 사람이 만난 것은 방송통신대 교정이었다. 그곳에서 우연히 만난 두 사람은 동향이라는 것을 알게 되자 급속히 가까워진 모양이었다.

"시장허실 텐데 어서 드세요."

숙자가 둘째 딸과 함께 상을 차려서 안으로 들이밀어 준다. 배가 고팠던 동섭은 상이 들어오자마자, 수저를 든다.

"고모도 좀 들어와요."

전주댁이 수저를 든 채 문밖을 향해 말한다. 숙자는 잠시만 기다리라고 하더니 곧 안으로 들어온다. 전주댁이 방안을 둘러보는 체하며 말한다.

"그래, 이렇게 사는구만. 소식도 없어 어찌 사는가 궁금허드만……."

"그때는 곧 길바닥에 나앉아 네 사람이 다 굶어 죽을지 알았는데 그래도 동규가 이렇게 방을 하나 얻어줘서 그냥 살아요."

"동규가?"

동섭은 밥을 뜨다 말고 묻는다. 그래서 입안에 가득 든 밥이 튀어 나올 뻔했다. 몇 번이나 그럴 리 없다는 생각이 들었다. 자신에게 한 행동을 보면 더욱 그랬다.

"애들 아부지는 어디 가고?"

숙자의 대답이 이어지기 전에 전주댁이 묻는다.

"요 앞 두부 공장에 일하러 갔는데 낮에도 가고 밤에도 가고 대중이 없어요. 이번에 딸을 결혼시킨다고 했는데도, 사장이 사람이 없어 그러니 오늘까지 일을 좀 해달라고 부탁을 하더래요… 가내공장이라 사람이 몇 안 돼요."

숙자가 말끝에 몇 마디를 더 붙인다.

"그래도 서울에 사니까 촌에 사는 것보다 낫제?"

전주댁이 궁금한 눈을 반짝인다. 그녀도 언젠가부터 그녀도 도시 생활을 동경했지만 동섭 때문에 포기하고 있었다.

"어떤 사람은 서울 생활이 답답해서 싫다는데 나는 안 그래요. 촌에서 살 때 뙤약볕에서 밭매고 허리 끊어지게 모 심고 하던 때 생각하면 지금은 얼마나 편안한지 몰라요. 인자 다시 시골에 가서 살라고 하면 못 살 것 같아요."

"수철이는 지금 어디 있냐?"

동섭의 말에 숙자가 차근차근 대답한다.

"수철이는 지금 여관을 하나 잡으러 갔는데, 수유리에 살아요. 그

애는 같이 사는 여자가 있어요. 결혼식은 안 올렸지만."

"그래, 돈 좀 벌어서 장가만 들이면 되겠구만."

전주댁이 자신의 일처럼 말한다.

"근디, 올케! 내가 하나 자랑할 것이 있어."

숙자 얼굴이 기쁨으로 빛나고 있었다. 사실 그녀는 오랫동안 이 말을 들어줄 사람을 기다려왔다.

"우리 수철이 덕분에 심장 판막 수술을 받았는데…… 수술을 하고 나니까 이렇게 혈색이 돌아오고, 그전에는 걷기도 힘들었는데, 요새는 요 옆 가내공장 일도 다니고 있어."

한숙자는 분명 달라져 있었다. 예전의 음울한 모습은 어느 곳에서도 찾을 수 없었다. 목소리에는 생기가 돋아나고, 얼굴은 홍조를 띠고 있었다. 누군가 수술 당시의 기분이나 수술 과정 같은 것을 물었다면 그녀는 흔쾌히 대답해 주었을 것이다.

"정말 잘된 일이다."

동섭은 여동생이 건강을 회복하게 된 것을 진심으로 기뻐한다.

"인자 정말 사람 사는 것 같아요."

숙자가 다시 한번 그 기쁨을 드러냈다. 그 순간 동섭은 정자 사람들이 이런 동생을 보면 어떻게 생각할지 궁금해진다. 아마 기분 좋은 얼굴로 볼 수는 없으리라. 잠시 후 그는 이 생각이 잔혹하다고 싶어 그쯤에서 생각을 중지했다. 동섭은 화제를 일부러 돌린다.

"매제는 언제 오냐?"

"곧 있으면 들어올 거요."

"오빠는 올케한테 잘하지요?"

시누이의 물음에 전주댁은 강하게 고개를 내젓는 것으로 결코 그런 일은 일어나지 않았고 앞으로도 그렇지 않을 것이라는 뜻을 표시한다.

"그래도 가만 생각해 보면 우리 오빠같이 속 좋은 사람은 조선 천지에 없어요. 늘 성질이 그대로고 성질낼 줄도 모르고……."

숙자는 자신의 말이 사실임을 확인하기 위해 올케를 쳐다본다. 하지만 그 표정이란 것이 도대체 알 수 없는 것이다. 그런 말은 들어도 그만이고 안 들어도 그만인 듯 전주댁은 무표정하다. 속 모르는 소리 하지 말라는 것도 같다.

"애들 아버지는 기분 좋을 때는 등도 두드려 주고 다리도 주물러 주고 하지만 오빠처럼 늘 변함이 없는 성질이 아니요. 서글서글한 것 같아도 변덕도 부리고 까다롭게 굴 때는 얼마나 까다로운지……."

순진하기 짝이 없는 동섭은 숙자의 말을 들은 이후 내내 흡족한 표정이다. 여동생에게 그런 말을 기대한 것처럼 말이다.

"경서는 그동안에 서울 와서 어디를 다니는가요?"

"그 애는 서울에 올라온 뒤로 방송대 다니면서 유치원 선생님을 하고 있는데 그 앤 얼마나 백여시 같은 계집앤지 어디 내놔도 걱정할 게 하나도 없었어요… 매일 밤 열두 시나 되야 집에 돌아오길래 남자를 만나는가 보다 했지만 이렇게 든든한 사위를 보게 될 줄은 몰랐어요."

"그 아래 영서는요?"

그간의 궁금했던 일을 모조리 물을 기세로 전주댁은 질문을 퍼붓는다.

"영서는 남원에서 여상을 다니다가 집에 그런 일이 있고 나서, 지가 마산에 있는 산업체 학교로 갔어요. 그 애도 부모 잘못 만나 어릴 때부터 그 고생이지요. 그런데 명자는 지금 어디 살아요?”

“가는 결혼해서 시골서 살다가 울산으로 갔는디 신랑하고 같이 슈퍼를 허는 갑서.”

“그랬구만요. 그 애도 양글어서 잘 살 거요.”

여태 표준말이던 숙자의 입에서 사투리가 튀어나오자, 동섭은 슬그머니 웃는다. 그때 갑자기 방문이 열리며 박성기가 방으로 고개를 디민다. 동섭은 자리에서 벌떡 일어난다.

“그간 어떻게 지냈는가?”

박성기는 동섭의 말에 대꾸도 없이 뛰어나간다. 잠시 후 박성기가 한 손에 막걸리 한 병씩을 들고 나타난다. 당황한 동섭은 자리에 앉지 못하고 어정쩡하게 서 있다. 박성기는 자리에 앉으며 약간 쉰 듯한 목소리로 동섭에게 말한다.

“다른 술은 지금 집에 있는데 처남이 좋아하는 막걸리가 없어서 말이요.”

“그래도 영 뜻밖이네, 이거!”

동섭은 벌써 술에 취한 것처럼 말투에 많은 감정을 섞고 있다.

“우리는 그냥 딸 결혼식이니 연락하기는 했지만 처남이 찾아올지는 몰랐어요. 처남이 온다고 전화라도 했으면 뭐라도 장만을 해두는 것인데…… 자, 술이나 한잔 받으시오.”

동섭은 일단 사양하며 먼저 잔을 받을 것을 권한다. 하지만 박성기는 한사코 잔을 내민다. 장녀의 결혼을 앞둔 박성기는 한없이 기분이 좋아보였다. 말하는 동안 과장된 손짓에 허허, 하는 웃음을 터트리기도 한다.

“그래 서울 생활은 할 만해요?”

"요 앞 두부 공장에서 일하는데 많이 버는 것은 아니지만 일이 힘든 것도 아니고 할 만해요. 하기는 이런 일을 하며 처자식하고 같이 사는 것도 감사해야지요."

"그렇게 이야기할 건 없고, 술이나 한잔 받게."

동섭은 서둘러 잔을 비우고 매제에게 술을 따라준다. 그러던 박성기는 채 30분도 지나기 전에 자리에서 일어난다.

"그러고 보니 가봐야겠어요. 잠깐 밥이나 한술 뜨러 왔거든요. 가만 있자, 여섯 시 되면 올 테니 혼자 술 다 마시지 말고 기다려요."

박성기는 오던 때처럼 부리나케 집을 나간다. 동섭이 마중 나가려고 하는 것도 마다하고 달려간다. 동섭은 매제가 사라지는 모습을 몇 분간 보고 있다. 허름한 잠바 차림에 작업복 바지를 입고 나가는 뒷모습은 왠지 낯설다. 고향에 있을 때의 여유 있고 자신만만한 태도는 간 곳이 없다. 그래, 매제는 그 당시에 그럴 수밖에 없는 사정이 있었을 거야. 그리고 누구라도 그런 처지에 이르게 되면 그런 상황을 피해 갈 수는 없었을 거야. 그때 밖으로 나갔던 수철이 안으로 들어온다.

"어머니, 방을 잡아놨는데 어쩔까요?"

"외삼촌하고 외숙모하고 여기서 우리하고 같이 자고 너희들만 여관에 가거라."

여관이라는 말이 끝나기가 무섭게 아이들이 비명을 지른다.

"뭐가 그리 좋을까?"

아이들이 환호성을 지르는 것을 보고 전주댁이 말한다. 아이들이 옷을 입고 일어선다.

"외삼촌, 외숙모! 그럼 편안히 주무세요."

수철의 인사 속에 소란스러운 아이들 인사가 뒤섞인다.

"그래, 가서들 자라. 나중에 경서는 집에서 같이 자도록 해야겠다. 오늘 저녁이 마지막인데."

아이들이 가고 난 뒤 동섭은 피곤함을 이유로 베개를 청해 자리에 눕는다. 몸을 눕히자, 열차에서 느꼈던 진동들이 다시 살아난다. 숙자가 다시 말을 꺼낸다. 마음을 터놓고 지낼 사람을 사귀지 못했던 숙자는 올케에게 도시 생활에 대해 말한다. 그런 다음 자신의 사정을 모르는 사람에게는 할 수 없었던 얘기를 올케에게 털어놓고 한 번씩 대답을 구한다. 그런데 시간이 지날수록 동섭이 우려하는 방향으로 화제가 흘러가기 시작한다. 그래서 동섭은 화제를 돌리려고 한 마디씩 던진다.

"서울에서도 살아 보고 출세했다, 출세했어."

하지만 그런 노력은 아무런 소용이 없다. 타오르는 모닥불을 보고 덤벼드는 나방처럼 오빠를 본 숙자는 감정을 주체할 수 없는 상태가 되어 있다.

"언니는 뭐라고 할지 모르지만 그때, 오빠는 정말로 너무 했어요. 남도 아니고 친형제 간인데, 사람이라면 도저히 그럴 수 없어요. 그날 사람들이 문밖에 와 있을 때 내가 오빠를 부르러 미리를 보냈거든요. 제발 날 좀 구해달라고. 헌데 사람들이 천둥 같은 소리로 '절대로 살려두지 않겠다!'고 외치면서 신을 신은 채 마루에 올라오고 문고리를 잡아당겨서 나를 끌어낼 때까지 오빠는 오지 않았어요. 아니 내가 그 집을 떠날 때까지 오빠는 한 번도 그 집에 와 본 적이 없어요. 죽든지 살든지 네 일이니 네 알아서 하라는 거였겠죠. 하긴 내가 그때까지 오빠한테 잘한 것은 없어요. 아래 동생들이 번번이 오빠 집에 가서 행패를 부린다는 것을 알면서도 그런 짓을 못 하게 말리거나 타이른 적도 없으니까. 그런 우리들을 보고 아마 오빠는 이렇게 생각했을 거예요. 셋이 똘똘 뭉쳐서 오빠를 못살게 군다고요. 하지만 오빠가 죽이고 싶도록 미운 것은 아니었어요. 다만 오빠가 장남이니까 동생들을 보살펴 줄 의무가 있다고 생각했고, 핏줄도 아닌 남처럼 냉정하게 구는 오빠가 야속했을 뿐이지……."

숙자는 복받쳐 오르는 서러움을 울음으로 분출한다. 동섭은 숙자가 한 말들이 자신을 향한 것임을 잘 알고 있다. 하지만 그는 동생에게 사과하지 않는다. 그때까지 누구에게도 사과해 본 적이 없는 그는 형체 없는 수증기가 되어 공중으로 날아오르는 상상을 한다.

"원래가 그런 사람이요. 나한테도 그래. 세상에 저런 남정네가 어디 있을까 봐."

전주댁은 남의 남자 얘기하듯 무덤덤하게 말한다. 한바탕 눈물을 쏟은 숙자는 밖에 잠깐 일이 있다는 핑계를 대고 밖으로 나간다. 오가는 발소리, 바가지로 물을 푸는 소리, 그릇이 달그락거리는 소리가 밖에서 들려온다. 그러다 어느 순간 발소리가 멀어지는 것을 끝으로 밖은 조용해진다. 곧 돌아오겠지 싶어 동섭은 바깥소리에 귀를 기울인다. 잠시 후 형광등 안정기 소리가 귀 우는 소리처럼 크게 울리기 시작했다. 이후 가물가물해진 동섭의 의식은 무의식에 자리를 양보한다. 그는 나무하러 갔다가 깊은 산중에서 길을 잃고 헤매던 때로 되돌아간다. 멀리서 울리는 뻐꾸기 소리, 한 번씩 정적을 깨는 동물들의 바스락거리는 소리를 듣는다. 그 소리에 그는 가슴을 졸이며 정적의 무서움을 실감한다. 그는 처음으로 사람과 인가가 그리워졌다.

"피곤헐 텐디 좀 자시오."

전주댁의 목소리가 가물거린다. 시간이 얼마나 지났을까. 동섭이 언뜻 잠이 들었다가 문소리에 잠이 깨자, 동생과 매제가 나란히 앉아 큰딸과 대화를 나누고 있다. 그때 숙자는 버스 정류장에 큰딸을 데리러 갔던 것일까. 전주댁이 동섭을 흔들어 깨운다. 그는 음냐, 음냐, 소리를 내며 몇 번이나 몸을 뒤틀고 난 후에 눈을 뜬다.

"무슨 일이여?"

전주댁은 손을 들어 무엇인가를 가리키려고 한다. 큰딸과 성기가 왔으니 일어나라고 하는 말인가 보다, 동섭은 일어나 자리에 앉는다.

"피곤할 텐데 왜 깨우고 그러세요?"

성기는 아직껏 잠에 취한 동섭을 안쓰럽다는 듯 쳐다본다.

"잠이야 나중에 자도 되고 죽어서도 자도 되는 것, 앉아서 이약이나 허고 자요."

전주댁 목소리에는 강단이 있다. 사람들을 의식하는 것이다.

"외삼촌 언제 오셨어요?"

경서의 얼굴이 동섭의 망막 위로 나타난다. 문득 그는 잠자는 동안 비대해진 욕정의 눈으로, 결혼을 앞둔 처녀 얼굴을 쳐다보는 것이 두려워진다. 동섭은 화장실이 어디냐고 묻고, 밖으로 나온다. 그는 지하 계단을 올라 좁은 통로를 따라 어기적어기적 걷는다. 대문 왼편에 개집이 있고 그 옆이 화장실이다. 몽롱함이 가시면서 그는 자신이 낯선 곳에 있음을 발견했다. 갑자기 공포가 밀려와 그는 눈을 감는다.

한참 후 그는 자리에서 일어선다. 그런데 문을 열자마자 개가 달려들 것처럼 사납게 짖어댄다. 동섭은 깜짝 놀라 뒤로 물러난다. 아까는 없었는데. 그는 개가 묶여있는 것을 보고 개집 앞을 지나 방으로 돌아온다.

"그간 고생이 많았겄어."

"시골서 편안하게 살 때가 좋았지요."

낮에 만났을 때와 달리 성기의 말투는 한결 가라앉아 있다. 성기는 주로 서울에 있는 동안에 듣게 된 고향 사람들, 세상 돌아가는 이야기들을 늘어놓는다. 한쪽에서는 전주댁과 숙자, 경서가 그들만의 이야기하고 있다.

"시골에 한 번 내려오제."

"내가 고향에 한번 내려가 보고 싶어도 지은 죄가 있는데 어디 낯가죽을 들고 다닐 수가 있어야지요."

솔직히 동섭은 이런 성기를 동정하지는 않는다. 그것은 성기가 치러야 할 죄의 대가였다. 하지만 그런 말을 입 밖에 내서 매제의 기분을 상하게 하고 싶지는 않다. 그런 말을 본인이 하는 것은 아무 허물이 되지 않지만, 동섭이 말하게 되면 전혀 다른 뜻을 가진 언어가 될 수도 있다.

"서울에 고향 사람들도 많이 살제?"

"생각보다 많더라고요. 그런데 다들 내 이야기를 알고 있더군요, 내색은 않지만."

동섭은 새삼 매제가 대하기 쉽고 편안함을 느낀다. 성기에게는 나이 든 사람이 곧잘 주는 부담이나 일방통행식 사고를 하는 사람이 주는 답답함은 없다. 그의 생각에 성기는 상대를 편안하게 대화로 유도하는 요령, 상대를 즐겁게 할 방법을 체득하고 있는 것처럼 여겨진다.

이들 모두가 잠자리에 든 것은 새벽 2시경이다.

중간에 여자들이 눕고 양 끝에 남자들이 눕는다. 중간에 누운 여자들이 몇 마디 소곤거리는 것을 끝으로 방안은 조용해진다. 동섭은 한참을 뒤척이다가 겨우 잠든다. 하지만 4시 반이 되자, 그는 자동 인형처럼 일어나 월암의 집에서처럼 불을 켠다. 앗, 여기는 집이 아니구나. 불을 끄고 누우려다 동섭은 구석에 잠든 경서의 얼굴을 본다. 경서는 숙자를 닮아 오목조목하고 얼굴이 앳되다. 그래서 여전히 소녀 같지만 얼굴 구석구석에 보일 듯 말듯 세월의 그늘이 있다. 그 순간 경서가 얼굴을 찌푸린다. 동섭은 황급히 불을 끄고 자리에 눕는다.

4

다음 날 예식이 시작되기를 기다리며 동섭 내외는 천장에 샹들리에가 늘어지고, 은은하고 기품이 있는 바닥 장식재가 깔린 홀의 가죽 소파에 앉아 있다. 그때 작은 키에 수염이 푸르르한 동규가 계단을 올라온다. 네 놈은 쳐다보기만 해도 징그러워. 동섭은 동생과 얼굴이 마주치기 전에 고개를 돌려 창밖을 본다. 벌집처럼 한 치의 여유 공간도 없이 들어찬 주택들이 산자락 아래까지 뻗어 있다. 사람은 가지면 가질수록 더 가지고 싶은 법이지. 동섭은 도시에 사는 사람들이 행복하다고 생각할 수 없다.

"아니 동규가 아니여?"

전주댁이 스르르 자리에서 일어나 홀 중앙을 향해 걸어간다. 그녀는 일부러 시동생 내외를 모르는 체하고 싶지 않다. 어떤 일을 피하는 것은 그녀의 기질과도 맞지 않다. 그녀는 자신의 도리를 다하고 싶을 뿐이다. 잠시 후 전주댁은 시동생 내외를 동섭에게 데리고 온다.

"형님, 올라오셨습니까?"

동섭은 동규의 인사를 받지 않는다. 일부러 못 들은 체한다. 그러자 동규에 비해 월등히 키가 큰 제수, 정희연이 허리를 굽힌다.

"올라오셨어요?"

하는 수 없이 동섭은 자리에서 일어나 제수에게 답례한다.

"그간 별일 없지요?"

"나중에 예식 끝나고 우리 집으로 가세요. 그리고 형님 말을 들으니 요즘은 한가하다고 하시니까 며칠 쉬었다가 가세요."

동섭은 갖가지 이유를 들어 거절하려고 한다. 장소만 바뀌면 잠을 잘 이루지 못한다던가, 성질이 별나서 잠시도 오래 있지 못한다는 말로 대하기 어려운 제수를 벗어나려고 한다. 이때 전주댁이 중간에 들어 동섭을 달랜다.

"삼춘이 인자는 옛날 겉이 안 그런다고 정말 약속을 했당께요. 그리고 인자 저는 제 일 하는 데도 바쁘다고 허네. 며칠 쉬었다가 갑시다."

"지랄 염병을 하고 있네."

그 순간 동섭은 제수의 놀란 눈을 보고 정정한다.

"좋을 대로 해."

간신히 말한 후 동섭은 안면마비가 시작됨을 느낀다. 예식이 곧 시작될 것 같다며 동섭은 안으로 들어와 버렸다.

예식이 진행되는 동안 동섭은 힐끔 제수를 바라본다. 그녀가 아니었다면 동섭은 잠깐이나마 집에 들르겠다고 말하지 않을 수도 있었다. 제수가 동섭에게 부담스러운 존재로 작용한 것은 아버지 제사 때부터였다. 그때 동섭은 우연히 작은방 앞을 지나다가 제수가 영수에게 하는 말을 들었다.

"이제 지난 일 같은 것은 잊고 잘 지내야 하지 않겠니? 사촌지간에 서로 얼굴도 모르고 산다면 그게 어디 될 일이야. 어른들이 안 되면 우리끼리라도 해보자, 응!"

영수는 약간 부정적이었다. 오랜 시간 쌓인 앙금을 하루아침에 없애기는 어렵다고 했다. 그러나 제수는 포기하지 않는 눈치였다.

뷔페 점심 식사가 끝났다. 헤어지면서 박성기 내외는 결혼식에 참석해 주어서 고맙다는 말과 함께 종종 연락하고 살자는 말을 연거푸 해댄다. 동섭은 순전히 형식적으로 그러겠다, 고 대답을 한 후 동생의 뒤를 따른다.

동섭과 전주댁은 동생 내외의 안내대로 전철을 탄다. 전철이 달리는 동안 동섭은 전동차의 벽과 천정에 붙은 갖가지의 광고물들을 본다. 거기에서 그는 하루가 다르게 변해 가는 도시, 숨 가쁜 서울 사람들의 속내를 읽는다. 그중 하나에는 앞을 다투어 먼저 걸어가려는 사람들의 사진이 있고, 다른 하나에는 반나체의 배우들이 묘한 포즈로 사람들의 눈을 끌어들인 후 색정적인 목소리로 물건을 선전하고 있다. 그는 이런 도시에서 살 자신이 없다. 도대체 여유라고는 없어서, 자신을 돌아보거나 하늘을 쳐다볼 정신도 없이 살아가는 사람에게 인생이 무슨 의미가 있겠는가 싶어서다. 그런데 바로 옆에 이런 문구가 있다. '우리가 생물학적으로 수백만 년 전부터 지금까지 아무리 변화를 거듭해 왔다고 할지라도, 심리적으로, 내적으로 별로 달라진 것이 없습니다 — 우리는 여전히 야만적이고, 잔인하고, 폭력적이고, 경쟁하고, 자기중심적입니다.' 인도 성자의 책을 선전하는 광고물이다.

잠시 후 동섭은 동생이나 매제가 달라진 이유를 생각해 보려고 한다. 갑자기 고향을 떠난 매제가 그간의 악감정을 일소에 붙인 것은 얼핏 이해가 간다. 거기에는 고향이라는 매개체가 있다. 하지만 오랜 시간 도시생활을 해온 동규가 갑작스럽게 태도를 바꾼 것은 쉽사리 이해가 가지 않는다. 나이 탓일까. 자식을 낳아 기르면서 가족의 중요성을 알게 된 것일까. 아니면 제수의 의견을 마지못해 받아들인 것일까.

잠실역에서 내린 그들은 계단을 올라와서 버스를 기다린다. 버스는 오 분이 채 되지 않아 도착한다. 버스는 석촌호수를 지나더니 10여 분 후에는 논 사이에 난 시멘트 포장도로를 달린다. 그때 전주댁이 흥분된 음성으로 말한다.

"서울에도 논이 있네!"

그곳은 서울 속에 남아 있던 미개발지였다. 동섭은 별다른 표정을 짓지 않고 고개를 끄덕인다. 얼마 후 버스에서 내린 그들은 작은 다리를 건너 냄새가 고약한 시궁창을 끼고 걸어가기 시작했다. 왼편은 주택가로 야산 중턱까지 집들이 서 있다. 마을 중간쯤에 있는 골목에 꺾어 들자, 녹슨 군청색 철문이 그들 앞에 나타난다.

"바로 이 집이 제 집입니다."

동생의 말이 끝나기 무섭게 동섭은 문패를 본다. 검은 돌 위에 '韓東奎' 라는 문자가 양각되어 있다. 제수가 열쇠를 꺼내 문을 열자, 세 사람은 차례차례 대문을 통과한다. 그런데 그가 세 번째로 대문을 통과하려고 하자, 개가 으르렁거린다. 정말 개도 나 같은 놈은 알아본다니까. 뒤에서 전주댁이 개를 달래려고 입술을 동그랗게 말아 쭈쭈, 소리를 낸다. 동섭은 개나 고양이를 싫어한다. 그는 개를 자극하지 않기 위해 멈춘다. 그러자 제수가 되돌아서 개를 잡고 두 사람이 지나갈 때까지 기다려 준다.

두 사람은 신발을 벗고 누런 마룻바닥을 걸어간다. 거실 벽에는 낙타를 탄 아라비아 상인을 뜬 벽걸이가 걸려있다. 전주댁이 그 앞에서 잠시 멈춘다.

"이 방으로 들어가세요."

제수 정희연은 거실 왼쪽 방문을 열고 동섭과 전주댁을 안내한다. 그들이 막 안방으로 들어가려고 하자, 작은방에서 서너 살과 예닐곱 살로 보이는 남자아이 둘이 거실로 나온다. 아이들은 두 사람을 이상한 눈초리로 쳐다본다. 큰아이가 제수를 향해 묻는다.

"엄마, 누구야?"

정희연은 양쪽을 번갈아 보며 웃는다.

"이 녀석들아, 어서 인사해! 시골 큰집 큰아버지하고 큰어머니야."

아이들은 영 떨떠름한 표정으로 고개를 숙인다.

"아이 큰절을 해야지."

동규의 말에 제수는 두 아이를 데리고 안방으로 들어간다. 동섭과 전주댁이 자리에 앉자 두 아이가 무릎을 꿇고 허리를 굽혀 큰절한다. 전주댁이 천 원짜리 한 장씩을 주자, 두 아이는 어머니의 눈치를 본다. 큰아이는 작은 눈이 치켜 올라가 있었고, 곱슬머리에다가 볼에 점이 있다. 영판 동규를 닮았구나, 전주댁은 작은 아이에게도 눈을 돌린다. 그 아이는 머리칼은 곧지만 목이 쉬어 있고, 역시 눈이 치켜 올라가 있다. 너희들도 네 아버지 같은 인간들이 될까 무섭구나.

"어서 받아, 고맙습니다, 하고."

두 아이는 돈을 받아 들고 작은방으로 달아난다.

"애들 처음이지요?"

전주댁은 고개를 끄덕인다. 그러면서 누구의 잘못이라고 할 수는 없지만 여태 아이들이 태어나는 것도 몰랐고, 손을 잡아준 적도 안아준 적도 없다는 것을 깨닫는다. 잠시 후 동서가 주방으로 가자, 아이들이 안방으로 다시 들어온다.

"동준이 성님이 돌아가셨다면서요?"

동규가 동섭을 향해 묻는다.

"그래, 벌써 1년이 다 돼간다."

"그러면 집에 누가 있어요?"

"작은아부지하고 애들 당숙모하고 있고 여고에 다니는 딸이 들락거리는 갑드라."

"그래도 폐암 선고받고 몇 년 살았네요."

"그래."

"작은어머니(무지개댁)는 지금 성민이네 집에 와서 같이 살아요. 맨날 며느리하고 싸우는가 보던데……."

"작은어머니가 성질이 그래놔서 싸우기도 헐 거라."

침묵을 지키고 있던 전주댁이 아는 체한다.

"성민이는 요새 뭐 허는디?"

이번엔 동섭이 느릿느릿 묻는다.

"전에 하던 대로 광고회사를 하는데 한창 잘 나갔어요. 그때 차도 사고… 그런데 요새는 일감이 좀 줄었는가 봐요. 막내 영민이도 제대하고 거기서 일해요."

동규의 말이 끝나자, 동섭은 담배를 꺼내 문다. 재빨리 동규가 불을 붙여 준다.

"그때 아버님 묘를 이장하고 난 뒤로 일이 잘 풀렸어요. 그래서 집도 사고 차도 한 대 사고 살만해진 거지요."

"꼭 그래서 그랬겄어? 즈그 삼촌이 부지런허고 복이 많아서 그렇제."

전주댁이 이렇게 말한다.

"하여튼 제가 애들 엄마하고 결혼했을 때는 주유소를 하다가 좀 말아먹은 상태였는데, 지금은 처갓집에서 저라면 따봉!입니다. 결혼하고 3년 만에, 그것도 서울에서 집 산 사람 그리 흔치 않아요. 서울에 집 없이 사는 사람들이 얼마나 많은데요… 그러니까 우리 처갓집 사람들이 나하고 결혼한 것을 아주 흡족하게 생각을 하죠."

그간 전주댁은 시동생의 부지런함이나 경제적인 능력을 높이 쳐왔다. 하지만 시동생의 입을 통해 듣게 되자, 그녀는 입을 다문다. 제 자랑쟁이 같으니라구!

"그래, 잘살아. 우리는 땅이나 파묵고 살지만."

제수 정희연이 상을 들고 방으로 들어온다. 그녀는 다시 돌아가 전기 프라이팬과 삼겹살이 든 비닐봉지를 들고 들어온다. 동규도 자리에서 일어나 소주를 서너 병 가지고 들어온다. 고기도 굽기 전에 동규는 형님과 형수의 잔에 술을 부어 주고 자신의 잔에도 술을 따른다.

"아니, 고기도 굽기 전에."

동섭의 말에 아랑곳하지 않고 동규가 한 잔 홀짝 마신다.

"아, 성님은? 먼저 소주로 입가심해야지요."

동규가 김치를 한 조각 입에 물었다. 프라이팬이 달구어졌는지 정희연이 삼겹살을 팬 위에 올려놓는다. 지지직, 하는 소리와 함께 김이 오른다. 아이들이 후닥닥 어머니 쪽으로 몰려간다.

"가만히 있어, 뜨거우니까."

정희연은 구워진 고기를 접시 위에 올려놓는다.

"들어서 알고 있겠지만, 매형(박성기)이 어느 날인가 날 찾아왔어요. 그래서 무슨 일인가 물었더니 성님도 들어서 아는 그런 일이 있었던 겁니다. 참, 듣고 보니 사정이 딱하기는 딱하더라구요. 매형이 빈털터리에다가 당장 일할 곳도 없고. 그래서 내가 용산에다가 반지하식 방을 하나 얻어줬어요."

"그래, 잘했네."

전주댁이 재빨리 대답한다. 동규 입으로 들어가는 술을 본 동섭은 감당할 수 없는 일이 다가올 것 같아 불안해진다.

"자네도 한잔해!"

정희연은 동규의 잔을 받고 싶지 않은 눈치다. 형님 내외도 있는데, 하고 말하는 것 같다.

"아이, 괜찮아. 성님하고 성수도 다 마시는데 자네라고 못 마시라는 거 없잖아."

마지못해 정희연이 잔을 받는다. 동규의 말이 이어진다.

"잘 마시다가 괜히 성님하고 성수가 앞에 있으니까 그래요."

순간 동섭은 제수가 결혼 조건으로 금주를 내걸었었다는 것을 기억해 냈다. 이제 제수는 금주 조건을 철회한 것일까. 그래서 아예 같이 술을 마시기로 작정을 해버린 것일까. 그가 생각하는 사이 약간 고개를 돌려 술을 마신 제수가 인상을 찡그리며 동규에게 잔을 돌려준다. 그런 후 상추 위에 고기, 된장, 풋고추를 차례로 올려 입으로 가져간다.

"형수님, 제가 말이요. 열세 살에 군산 부둣가에 버려진 뒤에 말이요……."

동규가 반쯤 혀가 반쯤 꼬부라진 상태에서 서두를 꺼낸다. 너무 빠르지 않은가, 당황해진 동섭은 자리에서 일어나고 싶어진다.

"아이, 이이가 또 시작이야. 그런 이야기 다시 안 하기로 해놓고."

정희연의 제지에 머쓱해진 동규가 머리를 긁적인다.

"죄송합니다. 성님, 다시 안 하기로 해놓고 술만 한 잔 들어가면 그때 생각이 나서요."

동섭은 해볼 테면 해보라고 말하고 싶지만 잠자코 있다.

"참, 평택 당숙네 알지요?"

갑자기 생각났다는 듯 동규가 말한다.

"응, 그 소식은 우리도 들었네."

전주댁이 중간에 끼어든다.

"그 집이 원래 평택에 살았는데 다방하다가 말아먹고 집안이 완전 풍비박산 났어요."

"내가 다른 놈도 아닌 그놈한테 사기 당헌 일을 생각허면 맨날 잠이 안 왔었제."

그때 일을 생각하며 동섭이 이맛살을 찌푸린다.

"그때 성님은 그렇게 쌀 몇 가마 떼이고 말았지만 저는 돈을 좀 떼였어요. 아무한테도 말은 안 했지만."

"어쩌다가?"

전주댁의 쌍꺼풀 눈동자가 잠시 커진다.

"아이, 그 이야기는 그만두고. 근디 그 양반이 시골에서 클 때 보면 진짜 사람이 비상했다니까요. 저도 들은 이야기지만, 하루는 소나무를 베서 산에서 내려오다가 산 임자한테 들켰다는 겁니다. 그런데 그 양반이 했다는 소리가 정말 대단해요. 그런 때 우리들 같으면 대번 무릎이라도 꿇고 한 번만 봐 달라고 사정할 텐데 그 양반은, 내려놓고 가면 될 것 아니요, 하고 되레 화를 내면서 생나무를 바닥에 내팽개치고는 집으로 내려와 버렸다는 겁니다. 그러고는 말이요. 이 양반이 집에 내려갔다가 새벽에, 사람들이 다니지 않을 때 다시 산으로 올라가서 나무를 지고 내려와 버렸다는 겁니다. 설마 주인도 다시 올라와 나무를 지고 가리라고는 생각을 못 했던 거지요. 참, 담도 크고 머리도 좋은 사람입니다."

동섭도 아는 얘기였다. 하지만 동생의 말에 찬성할 수는 없다. 산은 산, 내는 내, 사기꾼은 사기꾼이었다.

"그때 대구에 사시는 은인을 못 만났더라면 어떻게 됐을지 모릅니다. 아마 죽었을지도 모르고 어디로 끌려갔을지도 몰라요. 지금도 명절만 되면 그 양반을 찾아가는데……."

"이 이가 또?"

동규의 아내가 다시 주의를 준다.

"내가 뭘? 우리 은인에 대해서 말하고 있는데? 자, 성님 어서 한 잔 드세요?"

동섭은 집까지 따라온 것이 후회된다. 저놈한테는 이런 얘기밖에 들을 것이 없어.

"애 아버지가 허튼소리 좀 했다고 생각하세요, 성님! 사실 저도 결혼하기 전까지는 집안이 이렇게 복잡하게 꼬여 있는지는 몰랐어요. 만약에 그런 것을 알았다면 저도 결혼을 좀 생각을 해보았을 텐데… 하지만 지금 와서 어떻게 하겠어요? 이왕 이렇게 된 것인데… 지난번 제사 때 시골에 내려가기 전까지만 해도 저는 이렇게까지 심각한 줄은 정말 몰랐어요. 누가 귀띔을 해 주는데 이건 형제간이 아니라 숫제 원수지간이더라구요. 그래서 그때 영수한테 그랬어요. 우리가 마냥 이러고 지낼 수는 없다, 아버지 대는 그랬더라도 사촌간에는 그렇게 지내서야 되겠느냐고 했었죠. 그랬더니 영수도 제 말에 고개를 끄덕거리더라구요."

"아니, 그것이 어떻게 된 거냐 하면 말이여……."

그간의 사정을 말하려던 전주댁은 동서에게 제지당한다.

"예, 저도 무슨 말씀을 하려는지 알아요. 저도 이 사람이 그동안 시골에 가서 어떻게 했는지 들었어요. 하지만 지나간 일은 지나간 일이고, 다시 시작해 보자는 거지요."

언제 말할 기회가 오나 애가 달아 있던 전주댁이 입을 연다.

"그래, 옳은 말이네. 앞에 밀린 고물차들 때문에 동생들이 결혼하지 못하면 안 되는 거 겉이 지난 일 때문에 사촌들간에 사이가 안 좋게 지내면 안 되겄제."

"그래, 서로 왕래를 자주 허자, 이 말 아니요?"

동섭이 한 손을 들었다가 내리며 말한다.

"예, 저는 두 아들을 키우는 동안 죽 그런 생각을 했어요. 이 애들이 성장하면서 외부 세계로 눈을 돌리게 될 때 내왕할 일가나 친척집도 없이 살아야 된다면, 그것은 정말 심각한 일이거든요. 생각해 보세요, 시골에 큰집이 있는 것을 뻔히 아는데 아빠가 고향에 내려가는 일도, 명절 때 일가들과 모여 차례도 지낼 수 없다면 얼마나 가슴아픈 일이겠어요. 철조망이 가로막힌 것도 아닌데……."

"그래, 그렇겄네."

전주댁이 동서의 말에 맞장구를 친다. 그 후 정희연은 집안이 화목하게 지낼 방안에 대해 몇 가지 더 대화를 유도한 후 한 가지 조건을 붙이고 모두에게 다짐받는다.

"하지만 한 가지 조건이 있어요. 그간의 감정에 대해서는, 그것이 제아무리 엄청난 것이라고 해도, 절대 상대 앞에서 끄집어내서는 안 돼요. 그쪽에서 알아주지 않기 때문에 알리려고 해서도 안 되고요. 우선 당신부터 말씀해 보세요."

"나야 당신이 하자는 대로 하지."

"그럼 성님네는?"

두 사람도 쾌활한 표정으로 동의한다. 이로써 양측은 뜻하지 않게, 오랜 시간을 끌어왔던 감정을 풀고 화해하기로 했다. 그들은 다시 몇 잔씩의 술을 더 마신 후 잠자리에 들었다.

그다음 날 동섭은 술에 취해 있던 탓으로 늦게 일어난다. 그런데 어젯밤에 같이 잠자리에 들었던 아내가 없다. 동섭은 무슨 일이 생긴 것이 아닐까 놀란 마음으로 주방으로 달려간다.

"아니 이 사람은 어디 갔어요?"

"예, 아침에 애들 아버지하고 동대문 시장에 갔어요."

설거지하던 제수가 웃는다.

"무슨 일로요?"

"애들 아버지가 옷을 하나 사드린다고 했는가 봐요."

동섭은 말없이 주방을 나와 욕실로 가서 세수한다. 식사를 마치고 난 후 그는 거실에 나와 서성거린다. 그때 큰방에 있던 아이들이 문을 열고 나온다. 그가 바람을 쐬기 위해 밖으로 나오자, 아이들도 따라 나온다. 그가 담배 피우는 동안 아이들은 하얀 개를 데리고 장난을 친다.

"큰아버지, 개 좀 봐요. 우리 개예요."

큰아버지라는 말에 동섭은 놀라 아이들을 본다. 여태까지 들어본 적이 없는 호칭이다. 그는 아이들에게 미소를 지어보인다.

"그래, 개가 안 무섭냐?"

"아니요."

둘이 동시에 대답한다. 잠시 후 동섭은 안으로 들어와 자리에 눕는다. 누적된 피로로 인해 머리가 어지럽고 다리 근육이 땅긴다. 동섭은 어스름한 방 안에 누워 어젯밤에 일어났던 일을 생각해 보려고 한다. 무어라고 한바탕 지껄인 것 같고 제수의 말에 손뼉을 친 것도 같다. 언뜻 잠이 들었다가 누군가 문을 여는 소리에 그는 눈을 뜬다. 처음에 동섭은 아이들이 장난을 치려는 것이려니 했다. 그런데 그게 아니었다. 누군가가 문 사이로 빼꼼히 들여다보고 있음이 분명한데 들어오지 않는 것이다. 궁금증을 느낀 그는 고개를 돌려 환한 문 쪽을 본다. 이윽고 주인공이 모습을 드러낸다. 수염이 덥수룩해 금방 알아보지 못했지만 동휘가 틀림없다. 깜짝 놀란 동섭은 자리에서 일어난다.

"성님, 담배 하나 좀 주세요."

동섭은 엉겁결에 담뱃갑에서 한 개비를 꺼내 준다.

"성님, 별일 없으시죠?"

동섭은 무어라 말해야 할지 알 수 없다.

"동규가 늘 담배를 사주는데 마침 담배가 떨어져서요."

이 말을 남기고 동휘는 스르르 방문을 닫으며 사라진다. 동휘의 모습에 이끌려 동섭은 거실로 나온다. 현관 유리창을 통해 마당을 걸어가는 동생이 보인다. 동휘는 회색 털실로 짠 스웨터에 물이 바래 보이는 갈색 바지를 입고 마당을 서성거리다가 대문 밖으로 나간다. 화려한 넥타이에 고급 양복 차림으로 월암에 나타났던 것에 비하면 너무 초라한 차림이다. 그는 내심 혀를 찬다. 하지만 이것이 동생과의 마지막 만남일 줄은 생각지 못했다.

5

두 사람은 석천 가는 길을 따라 걷다가 마을이 끝나기 전에 모습을 드러내는 왼편 골목으로 접어들려 하고 있다. 문득 동섭은 개울 건너편에 있는 무허가 치과의사 집을 본다. 몇 년 전 의사는 도회지로 떠나고 그 집에는 노센네가 살고 있다. 어릴 때부터 타지로 나가 돈을 번 자식들이 장만해 준 집이다. 자식들 애써 뒷바라지할 거 없어. 초등학교만 졸업하면 도시로 쫓아 보내야 돼. 그래야 돈을 벌어 부모 봉양을 하지. 어디선가 노센의 말이 들려오는 듯하다.

골목을 빙 돌아가자 작은집과 대문을 나란히 하고 있는 집이 나타난다. 탁씨 집이다. 그것을 보자 동섭은 그날의 소란을 생각해 낸다. 언젠가 많은 사람이 살기를 띤 눈으로 숙자를 노려보고 있었던 집이다. 숙자는 거기서 무릎을 꿇고 동네 사람들에게 용서를 빌었으리라.

"성님, 계시오?"

전주댁이 방문을 알리며 먼저 들어간다. 동섭도 뒤를 따른다. 사람이 찾아온 것을 안 한산댁은 맨발로 뛰어나온다.

"아이고, 이게 누구여?"

한산댁은 늘 이런 감탄사를 써서 정다움을 표시한다.

"그동안 별고 없었소?"

동섭은 그간 작은집에 들르지 못한 미안함을 이렇게 표현한다.

"예. 근디 이 양반이 죽고 난께 집이 텅 빈 것 겉애요. 한아씨하고 나하고만 집에 산께노."

"평택 당숙도 와 있다더만요?"

전주댁이 쌍꺼풀진 눈을 치켜뜨며 묻는다. 한산댁이 앞문 뒷문 할 것 없이 사방으로 열린 옆방을 가리킨다.

"그 양반은 배골 갔어요. 어서 작은방으로 가봐요."

이미 한상두는 반쯤 몸을 밖으로 내밀고 두 사람을 보고 있다. 동섭은 겸연쩍은 미소를 지으며 작은방으로 들어간다. 그렇지만 한상두가 동섭은 알아본 것은 아니었다. 한상두는 구십이 넘은 나이에도 매일 소주를 한 병씩 비울 정도로 강한 체력을 유지하고 있었지만, 눈은 퇴화하여 아주 가까이가 아니면 누구인지 알아볼 수 없었다. 그리고 스스로 배설할 수 없을 정도로 신경이 둔화해 있었다. 동섭은 작은아버지께 큰절을 올린다.

"그동안 별고 없으신기요?"

그제야 한상두는 동섭을 알아보고 손을 덥석 잡는다. 허연 틀니를 드러내며 기분 좋게 웃는다.

"나야 늘 그렇제."

순간 동섭은 방안에서 나는 야릇한 악취에 잠시 얼굴을 찡그리다가 금방 다시 얼굴을 편다. 노인들은 말보다 몸짓이나 표정을 통해 언어를 전달받기 때문에 무심코 그런 행동을 했다가 노인을 불쾌하게 만들 수 있다.

"서울에 네 동생들은 잘들 있더냐?"

"예, 잘들 있습니다."

한상두는 고개를 끄덕거린다.

"평택 느그 당숙은 여기 있다가 배골로 간다고 갔다. 근디 좀 있으면 또 올 거다. 그 영감도 오래 있을 데가 없은께."

동섭이 묵묵히 있자 한상두가 말을 잇는다.

"성기는 어쩌고 살드냐, 참."

"그냥 그럭저럭 잘 지내고 있어요."

"그놈도 참, 한두 살 먹은 것도 아니고 무슨 지랄인지……."

한상두가 됫병 소주 옆에 놓인 유리잔을 집어 들자, 동섭은 방에서 빠져나온다.

전주댁과 한산댁은 새로 개조한 주방에 있다. 싱크대와 가스레인지가 놓인 현대식 부엌이다.

"감옥살이도 이런 감옥살이가 없제. 딸네들이 한번 댕기 가라고 해도, 또 어디 가고 잡은 데가 있어도 갈 수가 없어. 잠깐이라도 아부님을 떠날 수가 없은께. 전생에 무슨 웬수가 졌는지 늙어서꺼지 이런 시집살이를 해야 하는지 원… 내가 나이 들어서 이런 시집살이를 허게 될 줄 누가 짐작이나 했겄어? 아침마다 세숫물 떠 드리고 끼니때마다 밥 차려 올리고 옷에다 실례를 허먼 다 치워 드리고…… 그런께 아부님이 나헌테 뭐라고 허는지 알아? 전생에 진 빚을 갚는 셈 치래. 그 말도 일리가 있기는 있는 말이제."

한산댁 말에 전주댁은 넋을 잃고 듣고 있다. 이제 이런 일은 자신에게 닥쳐오지 않을 테지만 멋진 해석이라 생각한다.

"나 먼저 집에 내리갈 텐께 좀 있다 내리 와."

어느 곳에서도 오래 앉아 있지 못하는 동섭은 떠나려고 한다.

“아이, 조금만 있어요. 당숙모 이약도 모처럼 듣고.”

전주댁이 일어서려는 동섭을 잡아 앉힌다. 동섭이 자리에 앉자, 끊어졌던 한산댁 사설이 이어진다.

“집은 고쳐서 살기도 좋고 기름보일라도 놨어. 근디 집이 좋으면 뭐 허겄어, 달랑 둘이 사는디. 가는 사람이 있어, 오는 사람이 있어? 아부님하고 나하고 같이 늙어감서 그냥 동무가 다 되었제 뭐, 서로 반말 지껄이험서. 옛날 겉으먼 택도 없는 소리지만, 내가 아부님더러 죽어라 죽어라 이 영감탱이야, 허면 아부님은 그냥 허허 웃고 말이여… 아이구, 묵을 걸 좀 내놔야 되겄네.”

한산댁 표정은 그리 슬프거나 괴로워 보이지 않는다. 지금 그녀는 전주댁을 상대로 즐겁게 말하고 있다.

“그간 고생이 많았지요? 성님 죽고.”

동섭의 말에 한산댁은 털털한 사람들이 곧잘 그러하듯 이렇게 말한다.

“죽은 사람은 인자 죽은 사람이고 산 사람이 못 살겄어요. 그런디 커피 한잔 헐라요? 맛이 있어요, 한번 들어봐요.“

한산댁은 누구의 대답도 기다리지 않고 커피를 타기 시작한다. 그런데 그 방식이 우아하고 품위 있는 것이 아니라 지극히 향토적이다. 솥에 국을 끓일 때처럼 주전자 안에 물과 원료를 넣고 가스레인지 위에 올려놓는다. 물이 끓자, 한산댁은 컵에 따른다.

”자, 어서 잡솨봐요. 시원해요.“

동섭은 전주댁이 건네주는 커피를 받아 한 모금 마신다. 된장국처럼 거부감이 느껴지지 않는다. 어느새 이 맛이 입에 붙은 것인가. 두 사람이 커피를 마시는 동안 한산댁은 자식과 일가에 관한 소식을 들려준다. 얼마 후 두 사람이 자리에서 일어나자, 한산댁은 자주 들러 달라고 당부한다.

"어쨌거나 사람 사는 집은 사람이 들락날락해야 사람 사는 집 같으니까."

비단 이 집뿐만이 아니라 농촌에는 사람이 없었다. 젊은 자식들은 모조리 도회지로 떠나버리고 늙고 쇠약한 늙은이만이 고향을 지키고 있었다.

1989년 여름이다. 당산의 매미 소리가 요란하게 울린다. 동섭은 들에 나갔다가 오는 길이다. 그는 작은방 문 앞을 지나다 댓돌에 놓인 두 개의 신발을 보았다. 그런데 그것들이 살아 있는 것처럼 느껴진다. 여자 구두 한 짝은 운동화를 향해 약간 기울어져 있고 운동화는 지나는 자를 위협하는 것 같다. 왜 이러지, 동섭은 움츠러진 어깨를 펴며 이유를 생각해 보려고 한다. 하긴, 나도 나이가 들었어. 언제 죽을지 모르고. 그 방은 동섭이 막 결혼해서 전주댁과 함께 신혼 시절을 보냈던 곳이다. 방은 두 사람이 눕기에도 좁았다. 그곳에서 두 사람은 안방의 아버지나 어머니가 들을세라 숨을 죽이고 사랑의 행위에 몰두했다. 전주댁은 그 방에서 두 아이를 낳았다. 그러다가 아버지와 어머니가 고향을 떠나자, 두 사람은 크고 넓은 안방으로 건너왔다.

이러는 동안 방안에 무대가 놓이고 그 위에 벌거벗은 두 사람이 나타난다. 두 사람은 벌거벗은 채 춤을 추고 있다. 그러다가 두 사람은 자리에 앉아 팔과 다리가 아직 생성되지 않은 도롱뇽 같은 형상을 한 아이에게 교대로 생명을 불어넣고 있다. 동섭은 무대 위의 두 사람이 자신이나 전주댁이 아닐까, 상상한다. 우린 아니야. 그는 지금까지의 습관대로 자신을 예외적인 인간으로 치부한다. 그리고 아들 내외에게 은밀한 저주를 내린다. 그래, 너희들은 이제, 예수교에서 말하는 금단의 열매를 먹은 거야. 오랫동안 금지되어 있던 쾌락을 맛본 대신 너희들은 뼈가 부서질 듯한 노동과 마음이 찢기는 고통을 느껴야 할 거야. 지금은 쾌락에 젖어 아무것도 가늠할 수 없겠지만.

"문을 꽉 닫고 둘이 들어앉아 있으면 안 더운가."

동섭의 말에 설거지하던 전주댁이 영수를 부른다.

"왜 뭐 할라고?"

동섭은 야단이라도 치려는 전주댁을 본다. 그러자 전주댁은 쿡 쥐어박고 싶다는 표정을 짓는다. 내가 그렇게 눈치 없는 인간인 줄 알아, 하는 표정이다.

"아, 애들 살 방 땜에 그렇제."

영수가 작은방에서 걸어 나온다. 영수는 어머니가 잔소리라도 할까 잔뜩 긴장하고 있다.

"네가 올가실에 결혼을 헐라면 지금부터 준비를 좀 해야겄다."

"아래채를 새로 지을라고 허는디 네 처갓집에 가서 혹시 아는 목수가 있는가 한 번 물어봐."

방에 앉아 동섭이 덧붙인다. 의혹에 찼던 영수의 표정이 금세 환한 빛으로 바뀐다.

"돈은 좀 있는가요?"

"너 장개 들일라고 모아놓은 돈이 있은께 걱정허지 말고."

동섭은 큰 눈을 끔뻑인다. 잠시 후 마루로 나온 동섭은 노란 양은 주전자를 기울여 물을 마시며 작은방에서 나온 두 사람이 부리나케 밖으로 나가는 것을 보았다.

"저놈이 결혼허고는 마음잡고 농사를 짓든지 해야 할 것인디……."
"저도 사람이면 그리 허겄제."
동섭이 한숨을 쉬자, 뒤따라 전주댁도 한숨을 쉰다.
한 달 후, 동섭은 대문채를 허물기 위해 포클레인과 트럭을 불렀다. 슬레이트를 벗겨내자, 대문채는 흉물스러운 모습을 드러낸다. 언젠가 있었던 화재 때문이다. 파평 윤씨가 불씨를 확인하지 않고 헛간에 재를 버린 것이 실수였다. 불씨가 발화한 것은 가족이 모두 잠든 시간이었다. 불이야, 하는 외침에 가족들은 요강이나 베개를 들고 밖으로 나왔다. 곧 동네 사람들이 양동이, 낫, 갈퀴를 들고 뛰어나왔다. 불은 초가를 홀라당 태운 후에 꺼졌다. 평소 고함을 잘 질렀던 한상두는 이번에도 파평 윤씨에게 버럭 고함을 질렀다. 사람들이 파평 윤씨의 히스테리를 목격하게 된 것은 그때였다. 파평 윤씨는 남편의 말에 대꾸도 못하다 경직증 환자처럼 뻣뻣이 서 있다가 갑자기 뒤로 벌렁 자빠졌다. 그녀는 사지를 벌벌 떨며 입으로 하얀 거품을 내뿜었다. 사람들은 물을 끓여온다, 팔다리를 주무른다, 부산을 떨었다. 이후 한상두는 또다시 그런 일을 겪게 될까 두려워 파평 윤씨에게만은 조심을 떨었다. 고성은 물론 사소한 잔소리도 할 수 없었다.
집을 부수는 일은 짓는 것에 비해 십분의 일 정도의 공력도 들지 않았다. 포클레인이 집을 부수자, 대기하고 있던 트럭이 흙이나 기둥이나 서까래로 쓰던 나무와 각종 쓰레기를 실어 나른다. 일이 끝나자, 영수 처가를 통해 부른 김 목수는 포클레인 기사에게 그려놓은 선에 따라 땅을 파달라고 부탁한다. 동섭에게도 구덩이를 파놓으면 시멘트를 버무려 붓도록 한다.

이틀이 지나서였다. 오난숙의 외사촌인 김 목수가 요란한 소리를 내는 트랙터를 몰고 동섭의 집에 나타났다. 동섭은 키 큰 사람을 볼 때마다 느꼈지만 그가 왜 농구를 시작하지 않았는지 묻고 싶다. 김 목수는 영수의 처가 식구들처럼 키가 백팔십이 넘는 거한이다.

"자네 혼자서 일을 다 하려고 하는가?"

동섭의 의문 섞인 말에 거한은 흔쾌히 대답한다.

"누구 한 사람 옆에서 도와주기만 하면 됩니다."

이후 트랙터에서 울려오는 음악에 맞추어 김 목수는 신명나고 거침없이 일을 해나간다. 목수를 돕는 일은 동섭과 영수가 교대로 했다. 전주댁은 목수에게 먹일 참과 맥주를 준비하기 바빴다.

처음에 김 목수는 모서리 네 곳에 나무로 된 기둥을 세웠다. 그런 다음 돌로 된 추를 매달아 수직과 수평을 맞추면서 벽돌을 쌓았다. 동섭은 목수의 뒤를 따라다니며 벽돌을 대 주었고 시멘트 가루가 담긴 붉은 통에 물을 길어다 부었다. 한 시간이 다르게 벽돌이 쌓여 올라갔다.

며칠이 지났을 때였다. 그날 오전 중에 일을 도왔던 영수가 점심을 먹자마자 말도 없이 사라지고 없다. 들에 나가려던 동섭은 화가 났지만 하는 수 없이 집에 남아야 했다.

"얼마나 좋으면 일하다가도 나갈까, 참!"

김 목수가 자신도 그런 시절이 있었기 때문에 이해할 수 있다는 듯 말했다.

"내가 살 집도 아니고 지가 살 집인데……."

동섭은 화를 내지는 않았지만 이맛살을 찌푸렸다.

"그래도 한창 좋을 때가 아닙니까?"

"지금이 농사철이니 하는 말이 아닌가? 자네도 집에 농사를 짓나?"

"예, 집에 있는 이앙기, 콤바인, 지금 몰고 온 트랙터를 가지고 동네 농사, 이웃 동네 농사까지 지어주고 있습니다."

"허허, 정말 대단한 사람이로구만. 그럼 자네 처는 뭘 하고?"

"뭐 화투도 치러 다니고 놀지요."

"그럼, 가만히 놔둬?"

"요새 여자들이 어디 일을 할라고 합니까? 촌에 살아주는 것으로도 고맙게 생각해야지요."

그 순간 동섭은 김 목수가 정말 속 좋은 남자라고 느꼈다. 자신 같으면 어림도 없는 일이었다. 그는 전주댁이 먼저 호미를 들고나서지 않으면 지게를 지지 않았다. 그래서 전주댁은 늘 어찌 생긴 남자가 여자가 나서기 전에는 일어서지를 않아, 하고 타박을 해댔다. 하지만 며느리가 김 목수의 처처럼 굴지 모른다고 생각하자 무작정 좋아할 일이 아니라는 것을 깨닫는다. 자신도 곧 이런 모습을 보며 살아야 하는 것이 아닌가 걱정스러워진다. 밥을 짓거나 빨래하는 일, 청소하는 일만 하며 집 안에서 빈둥거린다? 농촌 여자들의 추세가 그렇다고 하면 할 수 없지만 그런 것을 너그럽게 보아 넘길 수 있을지 동섭은 은근히 걱정된다.

벽돌을 쌓아 올린 후 슬레이트로 지붕을 일 때는 동섭과 전주댁, 영수가 모두 매달려야 했다. 머리 높이까지 쌓인 슬레이트를 한 장씩 들어내서 지붕 위로 밀어올려야 했다. 그것이 끝난 후 대문채 외벽의 미장과 창고로 쓸 건물 왼쪽의 바닥공사를 했다.

드디어 한 채의 블록 벽돌집이 완성된 날이 왔다.

동섭은 자신도 모르게 흐뭇해져 이제 살아생전에 나도 한 채의 집을 지었구나, 중얼거렸다.

"아직 다 지은 것이 아닙니다."

김 목수가 말해도 마찬가지였다. 집의 내부야 어떻든 그럴듯한 외형을 갖춘 집은 그에게 완벽하게 보였다. 전주댁도 동섭과 다르지 않았다. 번듯하게 집을 지어 아들을 결혼시키게 되었다는 기쁨 때문에 지나던 동네 사람들이 좋겠습니다, 한마디씩 하는 말에도 몇 마디씩 덧붙여 말했다.

"내부공사는 며칠 후에 와서 하지요."

김 목수가 잠시 집에 다녀온다고 말한 후 떠났다. 가을걷이가 시작되는 시기가 왔기 때문이다. 그러다가 비 오는 날 갑자기 김 목수는 동섭의 집으로 돌아왔고 내부공사를 단행했다. 목재소에서 사각기둥으로 켠 나무들을 톱으로 잘라 천장에 구조물을 매달고, 그 위를 베니어합판으로 덮어 평평하게 보이도록 만드는 작업이었다. 마침내 한 채의 집이 완성되었다.

"이제 벽지만 바르고 장판만 깔면 사람이 살 수 있습니다."

일을 마친 김 목수가 무표정하게 연장을 챙겼다.

"그동안에 정말 애썼네, 애썼어."

동섭은 몇 차례 김 목수의 노고를 치하하고 당초에 약속했던 품삯 위에 얼마를 더 얹어 준다. 이것은 사돈집에 대한 인사이기도 했다.

"아닙니다. 아니요."

김 목수는 한사코 받지 않으려고 트랙터를 몰고 달아나 버린다. 김 목수가 사라지는 것을 보던 동섭의 눈이 아래채에 가서 멎는다. 많은 사람이 생전에 한 채의 집을 짓지 못하고 죽는다는 사실을 생각하니 정말 감격스러웠다.

6

아득한 저편에서 동규의 목소리가 들릴 듯 말 듯 들려온다. 동섭은 수화기를 더욱 귀에 가까이 밀착시키고 물었다. 동규의 목소리는 떨리고, 거의 울음에 가까워 쉽게 알아들을 수 없다.

"대체 무슨 일이길래 그래?"

약간 화가 난 동섭의 말투가 퉁명스러워진다.

"어… 어… 크… 큰… 일 났어요. 성님이 죽었어요… 산에서… 떨어져 죽었어요."

순간 동섭의 안면이 마비되며 눈 아래 주름 속에 묻힌 실처럼 가는 신경이 고무줄을 당겼다 놓은 것처럼 빠르게 움직인다.

"뭐라고? 거기가 지금 어디여?"

"여기는… 서울 시립병원 영안실이요."

이번에도 동섭은 잘 알아듣지 못해 다시 한번 묻는다. 마침내 병원 이름을 정확하게 들은 동섭은 금방 가겠노라고 대답했다. 악물을 떨던 동생이 죽었다는 것이 사실 놀랄 만한 일인가. 놀라는 한편으로 그는 자신에게 묻는다. 평소 그는 동생이 죽는 것이 여러 사람 고생 던다, 고 생각해 왔다. 순간 머리가 덥수룩하고 수염이 지저분하게 자란 동생의 마지막 모습이 떠오른다. 동휘가 무서운 얼굴로 노려본다. 그러더니 이빨을 드러내고 큰 소리로 웃으며 흔적도 없이 사라진다. 왜 자식을 오냐, 오냐, 하고 길렀을까, 어머니는! 동섭은 전주댁의 말이 떠올라 이렇게 중얼거린다. 이제 그의 머릿속에는 자기 생각보다 전주댁의 것이 더 많이 들어가 있다.

"대체 무슨 일이라요?"

텔레비전에서 눈을 뗀 전주댁이 놀란 표정이다. 동섭이 말이 없자, 전주댁이 다시 묻는다.

"동휘가 죽었대요?"

동섭이 그다지 슬프지는 않지만 그런 표정으로 고개를 끄덕거린다.

"어쩌다가요?"

"산에서 떨어졌다고 하는 것 같은데 뭐라고 하는지 잘 알아들을 수가 있어야제."

"그러먼 어서 서둘러야제."

그로부터 6시간 후의 일이다. 두 사람은 서울 시립병원 영안실에 도착했다. 동규는 영안실 앞을 서성거리며 성급하게 담배 연기를 뿜어내고 있다가 두 사람이 나타나자, 피우고 있던 담배를 집어던지고 달려왔다.

"형님이 죽었습니다!"

이제 동규 목소리는 떨리고 있지 않았다.

"어떻게 된 거여?"

전주댁이 똑 부러지는 음성으로 묻자, 동규가 울어서 쉰 목소리로 대답한다.

"집을 나간 지 며칠이 돼도 들어오지 않아 평소에 형님이 자주 만났던 사람들에게 전화해서 알아보는데 파출소에서 연락이 왔어요. 실족사로 보인다면서요."

"그래, 산에 뭐하러 갔을까?"

전주댁이 궁금하다는 표정을 짓는다.

"요즘 집에 이상한 일들이 많이 일어났어요. 형님이 제 처를 때리기도 하고……."

동규는 지난 몇 달 동안 동휘가 벌였던 일들이 얼마나 칠칠치 못하고 형편없는 짓이었던가 말하기 시작한다. 언젠가 동휘는 가지고 있던 돈을 몽땅 털어서 전혀 알지 못하는 사람들에게 술을 산 후 그것도 모자라 집으로 데리고 온 적이 있었다. 동휘는 사람들을 거실에서 기다리게 한 후 안방으로 가서 장롱에 숨겨져 있던 돈을 찾아냈다. 물론 자신의 돈이 아니었다, 동휘는 그것을 사람들에게 나누어 주려고 했다.

"자, 내가 우리 집에 돈이 많다고 한 말을 기억하고 있겠죠? 내가 약속대로 여러분에게 이 돈을 줄 테니 가지고 집으로 가시오. 어서!"

동휘는 사람들을 향해 돈을 뿌려댔다. 그러자 동휘를 따라온 사람들 사이에서 한 푼이라도 더 주우려고 일대 소동이 벌어졌다. 마침 집에 들어온 정희연은 뜻하지 않은 광경을 보았고 소리를 지르며 사람들의 행동을 중지시켰다.

"어서 돈을 놔두고 꺼져요, 그렇지 않으면 경찰을 부를 테니까."

정희연의 말에 동휘를 따라왔던 사람들은 하나둘 돈을 두고 사라졌다. 잠시 후 화가 머리끝까지 치민 그녀는 거실에 엉거주춤 서 있는 시숙에게 소리쳤다.

"이게 도대체 무슨 일이요? 왜 이런 짓을 하는 거예요?"

그녀는 바보라든가 등신이라는 말이 생각났지만 그런 말까지는 차마 할 수 없었다.

"넌 누구야? 왜 내가 하는 일을 방해하는 거야?"

술에 취한 동휘가 정희연의 뺨을 후려갈겼다. 정희연도 가만히 있지 않았다. 평소 같으면 상대가 되지 않을 싸움이었지만 동휘의 눈동자는 흐릿해져 있었고 몸은 가눌 수 없을 지경이었다. 그녀가 밀자 동휘는 뒤로 벌렁 자빠져 버렸다.

이후에도 동휘는 이와 비슷한 일을 몇 번이나 반복했다. 우연히 만난 사람들에게 술을 산 후 술값을 가져오라는 전화를 하기 다반사였다. 참다못한 동규가 형님에게 따졌다.

"도대체 왜 그래요?"

그러자 동휘는 이렇게 말했다.

"기분이 너무 좋아서 말이야. 왠지 자꾸 돈이 생길 것 같은 생각이 들어."

"무슨 소리요?"

"나도 잘 모르겠어. 술을 마시면 집 안의 장롱에 수북하게 쌓아놓은 돈이 자꾸 눈앞에 아른거려."

이런 현상을 동규는 어떻게 받아들여야 할지 알 수 없었다. 그가 보기에 형은 거의 백치 상태나 다름없었다. 하지만 어떻게 할 방도를 알지 못했다. 내버려두는 수밖에 없었다. 또 언젠가는 여기 불쌍한 사람이 있으니 집 한 채를 살 수 있는 돈을 주어야 한다고 한 적이 있었다. 이때도 동규는 나갔다. 물론 그 돈을 들고 나간 것이 아니라 술에 취한 형님이 길을 잃고 헤맬까 봐 나간 것이었다. 동휘는 남루한 옷차림에 하수도 냄새를 능가하는 거지를 하나 붙들고 눈물을 흘리고 있었다.

"돈은 이런 사람들을 위해 써야 해. 자 우리 집에 돈이 많이 있으니 조금만 기다리시오."

이것을 본 동규는 기가 막혀 아무 말도 할 수 없었다.

또 한 번은 도봉산 아래 어느 계곡 소나무 밑에 가면 금이 묻어 있다고 어서 파오라고 한 적도 있었다. 꿈에 머리가 하얀 도사가 나타나서 금이 묻힌 장소를 일러주었다는 것이었다. 이때 동규가 취할 수 있는 태도는 한 가지였다. 화가 나서 제발 정신 좀 차리라고 고래고래 고함을 지르는 것이었다.

한바탕씩 소란을 부리고 나면 며칠 동안 동휘는 잠잠했다. 하루 종일 방안에 틀어박혀 잠을 자기도 하고 혼자 어두운 방에 앉아 누군가와 대화를 나누는 것처럼 중얼거리기도 했다. 그것을 보며 동규는 어떻게 사람이 저렇게 변할 수 있을지 의심스러웠다. 누구에게도 지지 않을 화술을 가지고 있었던 동휘는 사회의 유명 인사를 상당수 알고 있었다. 사실 동규가 서울에 처음 올라와 일을 시작하려고 했을 때 주유소 동업을 주선해 준 사람도 동휘였다. 동규가 아는 사람만 해도 교회 목사, 여당의 유력 인사, 중소기업 사장 등이었다.

한동규와 정희연은 어떻게 해야 할지 난감했다. 어린애도 아닌 성인을 하루 종일 따라다니며 감시하는 것도 불가능한 일이었다. 동규는 목수와 인부들을 데리고 집을 짓고 있었다. 그리고 정희연은 금은방에 출근해서 오후 5시가 넘어서야 집에 들어왔다. 그렇다고 누군가에게 도움을 청하거나 의견을 구할 사람도 없었다. 정신이상자가 집에 있다는 것을 사람들에게 알려 눈총받기 딱 좋았다.

그들 일행은 일단 빈소로 간다. 그곳에는 미리 와 있었던 박성기 내외가 검은 띠가 둘린 한동휘 영정사진 아래 앉아 있다.

"형님, 어서 오시오."

박성기는 일어나며 아는 체를 했지만 한숙자는 여전히 자리에 앉아 있다. 전주댁이 한숙자에게 다가가 어깨를 살짝 건드린다. 한숙자는 울어서 퉁퉁 부은 눈으로 전주댁을 보더니 갑자기 생각났다는 듯 통곡을 하기 시작한다.

"아이구, 불쌍한 동상, 어찌 이렇게 죽었는가?"

동섭은 동생의 사진을 잠시 본다. 과거 자신을 죽일 듯 노려보고 경멸의 웃음을 띄우던 입술이 거기 있다. 언젠가 불우한 처지를 비관하며 하늘을 올려다보던 눈도 있다. 하지만 그것은 동섭의 생각에 지나지 않는다. 동휘는 얼음 속에 든 꽃처럼 냉랭하고 파리한 형상으로 누워 있다. 동섭은 빈소에 향을 피운 후 밖으로 나온다.

동섭이 담배를 피우는 동안, 누군가 한쪽 손을 잡는다. 깜짝 놀란 동섭은 손을 잡은 자를 본다. 동규다. 그는 감히 손을 빼지 못하고 동규를 따라간다. 무슨 일이 벌어질 것처럼 동섭은 두려워진다. 동규는 영안실 문을 들어서면서 손을 놓는다.

시립병원 영안실은 본 건물과는 떨어진 곳에 있는 아주 큰 창고 같은 건물이다. 이곳은 다른 병동과 달리 거대한 냉동창고를 갖추고 있다. 두 사람이 오는 것을 보자, 영안실을 지키던 머리가 벗겨진 오십대 남자는 책상에 앉아 있다가 자리에서 일어난다. 남자는 무엇을 묻는 듯 동규의 얼굴을 한번 쳐다본다. 동규가 고개를 끄덕거리자, 남자는 무덤덤한 표정으로 책상 서랍에서 일회용 비닐장갑을 꺼내 양손에 낀다.

남자는 앞장서서 걸어가더니 한쪽 벽 전체를 차지하고 있는 수십 개의 냉동고 안쪽 부근에서 멈춘다. 남자는 아래에서 두 번째 줄에 있는 서랍의 손잡이를 잡아당긴다. 대형 철제서랍이 스르르 밖으로 밀려 나온다. 그때 누군가 흐느낌과 함께 영안실 안으로 들어오는 기척이 들린다. 막 시신 위에 덮여 있던 하얀 천을 걷으려고 했던 남자는 동작을 멈추고 뒤를 돌아본다. 형제도 무슨 일인가 싶어 뒤를 돌아본다. 한숙자가 손수건을 든 채 울먹이며 걸어 들어오고 있다. 뒤에는 박성기가 따르고 있었다. 형제는 그 자리에 선 채 두 사람이 오기를 기다린다.

"아까는 겁이 나서 못 보았는데 썩어서 없어지기 전에 한 번 봐두어야겠어."

그들 일행은 서랍장 앞으로 걸어간다. 조금 전에 하얀 천을 벗기려던 남자는 시신 앞에서 기다리고 있다가 오히려 잘되었다는 표정이다. 그것도 직업은 틀림없지만 시신을 보거나 만지는 일은 결코 쉬운 일은 아니다. 시신에는 천 조각이 덮여 있지 않아. 알코올로 깨끗하게 닦여진 알몸에 면도까지 말끔하게 되어 있다. 거기에는 실족했을 때의 놀란 표정, 아픔으로 인해 일그러진 흔적이 남아 있지 않다.

한숙자가 가장 먼저 반응을 일으킨다. 그녀는 큰 소리로 울부짖으며 시체를 담고 있는 함에 매달린다. 숙자가 우는 동안 동섭은 이미 혼이 날아간 시신을 자세히 들여다본다. 과거 창수의 시신을 냉정히 보았을 때처럼. 시신은 약간 누른빛을 띤 것 같기도, 푸르딩딩한 얼음 조각 속에 든 나뭇가지처럼 뼈가 보이는 듯도 하다. 수염이 덮여 있던 뺨은 푸르르하고 입술은 핏기 없이 창백하다. 피부는 싱싱한 탄력을 상실해서 오십 대에 달했다는 것을 보여주고 있다. 검은 숲에 쌓인 시든 생식기도 보인다. 갑자기 동섭은 토할 것 같아 뒤로 물러난다. 동섭의 뒤를 이어 다른 사람들도 나온다.

먼저 나와 있던 동규는 영안실 입구 난간에 걸터앉아 있다. 그런데 그들이 옆에 가기도 전에 동규는 벌떡 일어나서 누군가에게 화를 내는 것처럼 허공을 향해 욕을 퍼붓는다. 그런 후 다시 자리에 주저앉아 울먹이며 주먹으로 바닥을 내리친다. 그들은 깜짝 놀라 황급히 동규에게 달려간다.

"아니, 처남 자네가 이러면 되는가?"

박성기가 동규의 어깨를 붙잡는다. 동규는 그 말을 듣지 못했는지 이렇게 중얼거린다.

"내가 조금만 더 신경을 썼어도 형님이 돌아가시지는 않았을 텐데……."

문득 동생의 눈을 본 동섭은 불안한 생각이 든다. 그 눈은 언젠가 시골에서 행패를 부릴 때의 바로 그 눈과 흡사하다. 태양처럼 이글거리고 있지만 실지로는 사람의 눈을 쳐다보기보다는 먼 곳의 어느 한 점을 응시하는 듯 멍한 시선이다. 내 눈에는 아무도 안 보여! 성님이고 나발이고 아무것도 안 보인단 말이야! 동섭은 그 눈에서 이 말들을 듣는다.

그때 갑자기 동규가 큰 소리로 웃어대기 시작했는데 이것은 5분 동안이나 계속되었다. 박성기와 전주댁은 거의 동시에 호들갑스러운 몸짓으로 주위를 휘둘러보고 서둘러 동규를 제지하려고 했는데 굳이 그럴 필요까지는 없었다. 동규는 자발적으로 웃기 시작했듯이 스스로 광기 어린 웃음을 멈추었다. 그것은 어떤 충격에 직면한 사람이 곧잘 그러는 과장된 몸짓에 지나지 않았다.

웃음을 멈춘 동규는 문득 동섭에게 할 이야기가 있다며 누님과 매형에게 빈소에 가 있으라고 말한다. 두 사람은 미덥지 않았지만 동섭에게 눈짓을 해 보이고는 빈소로 들어간다.

"담배 하나만 주시오, 성님."

그들이 안으로 들어간 것을 확인한 동규는 옆에 쭈그려 앉은 동섭에게 고개를 돌린다. 동섭은 호주머니에서 담배를 꺼내 동생에게 내밀고 불까지 붙여준다.

"나를 도와서 이끌어 주기도 하고 징그럽게 애를 멕이기도 한 형님은, 정말 난 사람은 난 사람이었어요. 아직까지 우리 고향에서 그런 사람이 나왔다는 말을 들은 적이 없으니까요. 형님이 어떤 사람이었는가 하면, 전혀 모른 사람이라고 하더라도 삼십 분만 이야기하면 자기편으로 끌어들일 수도 있었고 설득할 수도 있는 사람이었어요. 안 그래요, 형님?"

동섭은 잠자코 있다. 그는 동규의 말을 긍정도 부정도 하기 어렵다.

"하긴 나도 그 때문에 형님 밑으로 많은 돈을 쏟아부었죠. 물론 내가 한 것이 아니라 어머니가 내 예금통장을 훔쳐내서 뒷바라지해 준 것이지만…… 그런 것 때문에 참 싸움도 많이 했어요. 서로 치고받고 때리고 어머니는 사람들 불러다 말리고… 하지만 돈이란 있다가도 없는 것이고 없다가도 벌리는 것이니까……."

"됐다. 그만하고 들어가자. 지난 일 들춰내서 좋을 게 뭐 있냐, 사람이 죽었으면 그 죄는 묻는 것이 아이다."

동섭은 동생이 또다시 자신을 붙들고 지나간 일을 더듬을까 속이 탄다. 동규는 동섭의 말에 아랑곳하지 않고 배우들의 꾸미는 듯한, 이상하게 격앙된 목소리로 말하고 있다.

"만약에 우리 아버지, 어머니가 좀 더 안목이 있고 현명한 사람이어서 전답을 팔아서라도 형님 공부를 시켰더라면, 나중에 정부 고관에게 올려보낼 선물 대신 학교에 진학시켰더라면 얼마나 좋았을까. 그랬더라면 시대를 잘못 타고난 영웅이라는 말은 생기지도 않았을 것이고, 이렇듯 우리 형님이 허무한 생을 끝내지 않아도 되었을 겁니다.

아! 형님! 나도 형님이 이렇게 갑자기 돌아가실 줄은 몰랐어요…… 그런데 그간 어찌 사셨을까? 집도 절도 없는 사람처럼 아는 집을 찾아다니며 며칠씩 신세를 지다가 나중에는 아마 거리로 나섰을 거야. 형님을 몰라주는 이 세상 사람들과 잘못 낳아준 시대를 원망하면서. 그리고 결혼해서 저 혼자 잘 먹고 잘 살겠다고, 잠시 머물던 형님이 기거하는 데 눈치를 보게 했달 수 있는 이 못난 동생을 원망하면서. 하지만 형님! 저는 정말 하느라고 했어요. 내내 형님 뒷바라지만 하다가 나이 서른여덟에 겨우 결혼했다고요……."

여기까지 말한 동규는 잠시 말하는 것을 멈추고 돌로 시멘트 바닥에 직직 소리를 내며 그림을 그린다. 돌과 시멘트 바닥이 마찰을 일으키며 희끄무레한 선이 하나씩 둘씩 그려진다. 무엇을 그리려는 것일까. 동섭은 궁금해진다. 곧 윤곽이 드러난다. 그것은 한 마리의 새다. 언젠가 시골에 내려왔을 때 동규는 이 새를 그린 적이 있었다. 다만 그때는 창수가 쓰던 공책의 제일 뒷장이었고 이번에는 시멘트 바닥이라는 게 다를 뿐이었다. 그것은 두견이와 비슷해 보였지만 큰 머리나 굵직한 부리, 긴 꽁지를 보면 두견이는 아니었다. 동섭은 동생이 옛날에 그렸던 새가 뻐꾸기라고 생각했었고 지금도 그랬다. 여름이면 고향의 멀미산에서 응답을 기다리는 듯 여운 있게 울어대는 새. 동규는 이 울음소리를 듣고 누군가 응답을 해 주기를 바랐는지도 모르지.

"아마도 어머니와 형님은 전생에 부부간이거나 남매가 아니었던가 싶어요. 그렇지 않다면 당신 몸으로 낳은 자식을 죽는 날까지 찬탄과 존경의 눈으로 바라보며, 막내아들의 통장을 훔쳐다 주는 것도 모자라 텃밭을 일구어 채소 판 돈까지 뒷바라지에 처넣을 어리석은 어머니는 없을 테니까요. 또 긴 세월 동안 한 번도 다투거나 어긋나는 일 없이 그렇게 사이좋게 걸어갈 수 없었을 테니까요. 대전에서 살 때 얘긴데, 고향에서 팔아온 재산이 모두 바닥났을 때 어머니가 날 꼬드기더라고요. 앞으로 네 형이 잘 되면 몇 배로 갚아줄 테니까 돈 좀 내놓으라고 말입니다. 염소젖을 짜서 새벽마다 배달 다녀서 번 돈을 어디다 다 쓰느냐…… 지금도 그 말이 귀에 생생해요. 우리 동휘는 말이여, 앞으로 대통령이 될 사람이여! 대통령이라고? 흥! 누가 먼저 그런 환상을 품게 되었을까요. 어머님일까요, 형님일까요? 하긴 그런 것은 아무래도 좋습니다. 누구 한 사람만 의심을 품었더라면 그런 어리석은 일들은 일어나지 않았을 테니까 말이죠."

잠시 말을 멈춘 동규가 동섭을 바라보더니 불쑥 말을 잇는다.

"형님은 내가 왜 슬퍼하느냐, 이 말씀이로군요."

동섭은 속내를 들킨 것 같아 흠칫 놀란다. 동섭은 그동안 악물을 떨던 놈이 죽었으니 너한테도 잘된 일이 아니냐고 말하고 싶었다.

"저도 그게 궁금하단 말입니다. 이날 이때까지 돈 벌어 잘 먹고 잘 살아보겠다는, 떵떵거리고 살겠다는 일념만으로 살아왔는데."

동규의 말투나 표정이 소름 끼칠 정도로 비웃음과 절망으로 가득 차 있다. 놀란 동섭은 바닥에 주저앉을 뻔 한다.

"그래서 늘 큰형님이 촌에서 잘 사는 것을 보면 배가 아파 난리를 쳤죠, 흐흐흐!"

흐느낌에는 독기가 묻어 있는 것처럼 보인다. 이 세상에 곧 종말이 올 것 같은 탄식도 배어 있다. 동섭은 어서 이 자리를 피하고 싶어진다. 그렇지만 동섭은 자리를 박차고 일어설 용기를 내지 못한다.

"가만히 생각해 보면 큰형님은 제대로 된 선택을 했는지 몰라요. 그게 이 집안에서 미치지 않고, 온전한 정신으로 사는 방법이었을 겁니다. 이해할 수 없는 구석을 지닌 부모와 형제, 그중 특히 어머니와 동휘 형님을 남 보듯이 모른 체 하고 사는 게 오래오래 살아남는 방법이었을 겁니다…… 어머님이 돌아가시고 나서부터 형님은 마치 세상에 혼자 남겨진 것처럼 서러워하기도 하고 술에 취해 행패를 부리기도 했는데 정말 우스웠죠. 마치 사랑하는 애인이 죽었을 때의 비탄이었거든요. 망할 놈의 화상! ”

순간 동섭은 동규의 정신상태를 의심해 보지 않을 수 없다. 정상적인 상태에서라면 결코 이런 말을 술술 할 수는 없을 거야. 또다시 동규의 말이 들려오고 있다.

“이제야 알게 된 것이지만 형님은 혼자서는 아무것도 할 수 없는 그런 사람이었어요. 힘들게 돈을 벌어본 적도 없고 끼니 걱정을 해본 적도 없으니 도대체 뭘 할 수 있었겠어요? 또 그런 사람을 거리로 내몰았으니, 나도 죽일 놈이지요.“

이쯤에서 동섭은 동규에게 한 가지 물어보기로 했다.

“그런데 왜 나를 버린 자식으로 치부하고 떠났던 것인지나 물어보자.”

동규는 잠시 무엇을 생각하는 표정이다.

“큰형님과 형수님은 예외였겠지만 우리에게 형님은 희망이었어요. 그것은 어쩌면 어머니로부터 부풀려진 이야기를 수십 차례 듣는 동안 믿게 되었다고 할 수도 있지만, 우리는 모두 형님이 출세만 하면 집안을 다시 일으킬 것이고 우리 집안은 부귀영화를 누리게 될 것이라고 기대했었어요. 그런데 큰형님은 이런 것을 믿지 않으려 들었고, 큰형수님은 되레 방해를 놓고 있었어요. 또 한 가지는 그동안 영부인에게 선물한다면서 많은 빚을 지고 있었거든요. 그래서 재산을 처분하지 않으면 안 되었던 겁니다⋯⋯ 저도 한때이기는 하지만 형님을 통해 환한 불빛이 있는 다리 너머를 보았어요. 휘황찬란한 불빛에 싸인 가옥들과 주인 가족이 나오기를 기다리는 비단옷을 걸친 손님들을 본 겁니다."

이후 동규는 극도의 혼란 상태에 빠져 술에 취한 사람처럼 횡설수설 떠들어댄다. 동섭은 동생의 말을 곧이곧대로 믿어야 할지 어쩔지 판단을 내리지 못한다.

다음 날이다. 그들은 시신 처리 문제를 놓고 의논한다. 고인의 유언이 있었는지 물은 사람은 박성기였다. 매장을 하든, 화장을 하든 고인의 의사가 가장 존중되어야 했다. 동규가 잠시 생각하는 눈치더니 말했다.

"형님이 죽기 전에 남긴 말은 없어요."

한동휘는 산에 올랐다가 발을 헛디뎌 갑작스럽게 죽음을 맞이했다. 죽은 몸에서도 유언이라고 할 만한 것은 발견되지 않았다.

"하긴 오십도 채 되지 않은 나이에 누가 유언장을 지니고 다니겠어."

박성기 말에 다들 수긍하는 눈치였는데 선뜻 화장하자고 말하는 사람은 없다. 화장은 전통적인 관습 아래 살아온 이들에게는 꽤 꺼림칙한 장례 방식으로 생각되었다. 육체를 화장하게 되면 육체에 깃들어 있던 영혼까지 타버릴지도 모른다는 것이다.—사실 매장된 시체가 썩고 있는 모습을 한 번이라도 본 사람이라면 화장을 선택하는 데 그다지 주저하지 않을 것이다, 그래서 화장은 예외적으로만 사용되었다. 어린아이가 죽었거나 나이가 들었어도 결혼하지 않은 사람들, 다시 말해 죽은 자를 기릴 자식을 남기지 않은 자만 적용해 왔다. 그렇다면 동휘를 화장시키는 데 무리는 없었다. 다들 화장했으면 싶으면서도 쉽게 말을 꺼내지 못할 뿐이다.

“그러면 화장을 합시다.”

누군가의 말을 기다리다 못해 한숙자가 먼저 입을 열었다. 누구도 이의를 제기하는 사람은 없다. 고개를 끄덕이거나 침묵함으로써 긍정을 표시한다.

삼 일째 되는 날, 시신을 담은 영구차는 벽제 화장터로 향했다. 쇠로 된 수레 위에 관이 놓이자, 한동규와 한숙자는 관에 매달려 흐느끼기 시작한다. 나머지 사람들은 무거운 표정으로 서 있다. 시신이 화구로 들어간 것은 오전 1시경이었다. 얼마 지나지 않아 굴뚝을 통해 연기가 나옴과 동시에 노린내가 나기 시작한다. 얼마나 지났을까. 뻥, 하는 소리가 들린다. 그 소리에 동섭은 깜짝 놀랐지만, 누구에게 물어보지는 못한다. 나중에 알고 보니 그것은 내장이 터지는 소리였다. 시신이 다 타는 데는 2시간 반이 넘게 걸렸다. 모든 과정이 끝나자, 화장터의 인부는 공이로 빻은 뼛가루를 나무상자에 담아 건네준다.

동섭은 일행과 함께 한강에 가서 재를 뿌리며, 재가 바람에 흩날릴 때마다 탄생하는 검은 새를 본다. 붉게 물든 석양을 향해 헤아릴 수 없이 많은 새가 날아가고 있다. 그런데 새들 가운데 한 마리가 유독 동섭의 눈에 익었다. 그는 새를 향해 손을 흔들려고 생각한다. 그런데 그가 막 손을 들려고 하자 저녁노을을 받으며 배를 저어가던, 밀짚모자를 쓴 노인이 그를 노려본다. 당신이 새에게 손을 흔들기만 하면 새를 가만히 안 두겠어, 노인은 그렇게 말하고 있다. 하는 수 없이 동섭은 손을 내린다. 그때 새 중 한 마리가 큰소리로 끼루룩 하고 운다. 그러자 새들은 지는 해를 향해 모두 날아가고 노인도 사라진다. 이윽고 어둠이 밀려와 한강 물 위를 수놓았던 저녁노을을 삼켜 버린다.

동섭이 막 환상에서 깨어났을 때 동규가 쉰 목소리로 악을 쓰듯 외친다.

"제가 아니면 누가 형님 제사상에 물 한 그릇 떠놓겠습니까? 제가 살아있는 동안만이라도 제삿밥을 떠놓을 테니 큰형님은 걱정하지 마십시오."

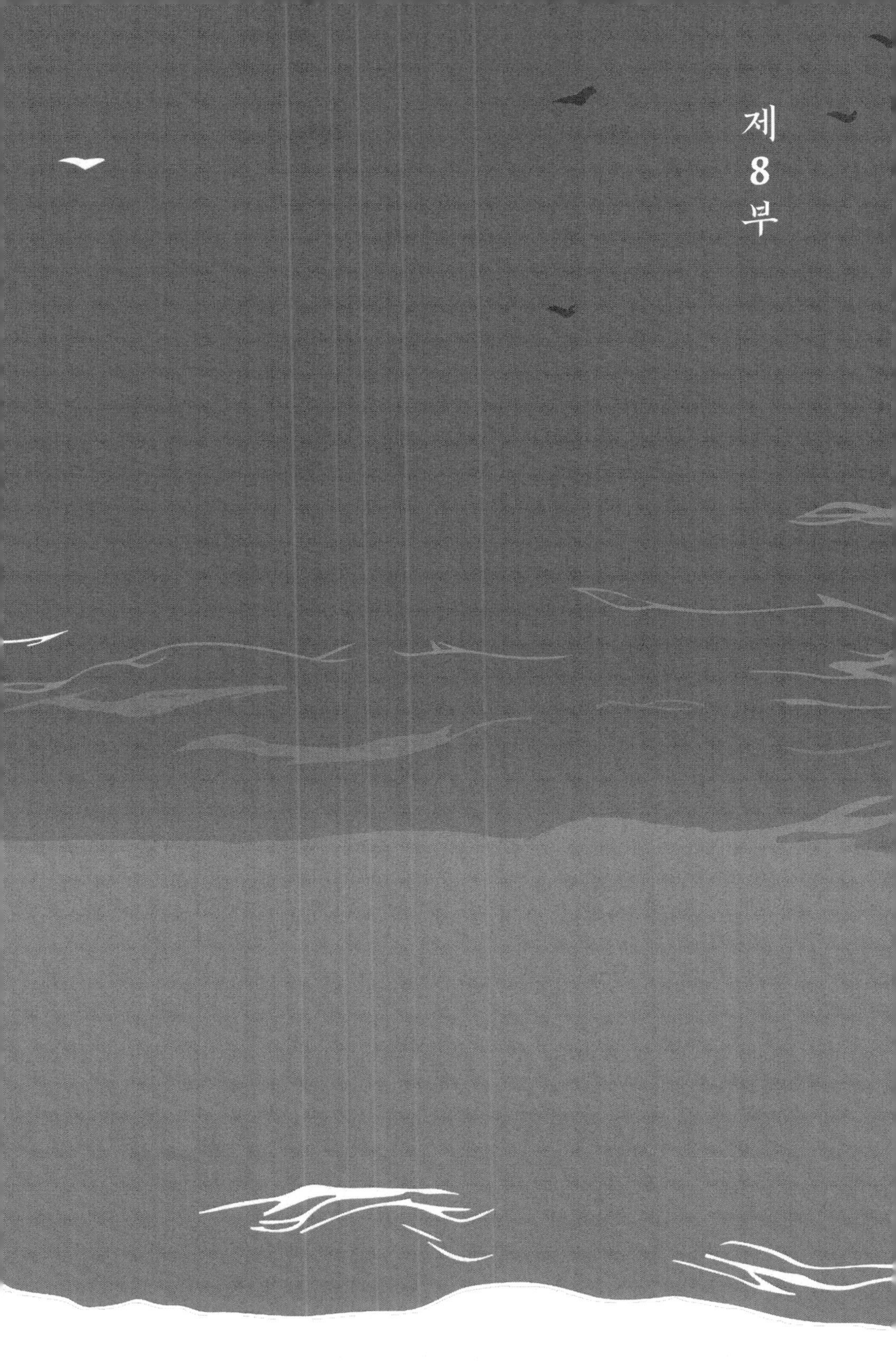
제 8 부

1

1990년 3월, 구암교회에서 결혼식이 진행되고 있다. 목사는 두 개의 커다란 촛불 사이에 서서 식을 이끌고 있다. 동섭은 기도하는 동안 눈을 감고 있지 않았다. 슬그머니 눈을 감았다가 뜬 그는 교회당의 예절에 익숙지 않은 어린아이처럼 눈을 뜬 채 많은 하객을 보고 있다.

신랑뿐 아니라 신부 측 하객들도 대부분 대영면 사람들이기 때문에 동섭이 모르는 사람은 거의 없다. 그가 월암에서 53년의 기간을 사는 동안 우연히 길에서 마주치거나 이번처럼 특별한 일이 있을 때, 아니면 다른 이유로 분명 만난 적이 있는 사람들이다.

신랑 측 좌석 앞부분에는 부엉댁과 장수댁이 나란히 앉아 있다. 언제 온 것일까, 눈이 와서 늦게 도착한 것일까. 동섭의 눈이 두 사람에게 멎는다. 부엉댁 왼쪽 뺨에 생긴 검은 얼룩에 먼저 눈이 간다. 간혹 점이 아닐까 궁금해한 적이 있지만 이제는 까다롭게 쳐다볼 필요가 없다. 그것은 더 이상 점이 아니라 저승의 꽃임을 알았기 때문이다. 옆에 앉은 장수댁은 어쩌면 그렇게, 라는 감탄이 나올 정도로 임춘복 여사를 빼닮았다. 그런데 자세히 보면 얼굴에서만 풍겨 나오는 것은 아니다. 낭랑한 듯하면서도 날카로운 음색이 섞인 음성이나 구부정한 허리도 닮아 있다. 장수댁 옆으로 큰아들인 강재수, 노유성과 노대성이 차례로 앉아 있다. 그들 뒤편으로는 임실댁과 한산댁이 앉아 있다. 두 여자는 시기에 차이는 있지만 죽음의 문턱까지 같이 가려고 했던 남자들을 잃어버렸다. 한씨 집에 와서 불행해진 여자들이야, 동섭은 생각한다. 상심한 두 여자는 눈에 띌 정도로 기운을 잃고 흰머리가 늘었다.

마지막으로 동섭의 눈이 멈춘 곳은 텔레비전에서 본 어느 여류시인과 닮은 영수의 장모, 뻐드렁니에 장작개비처럼 말랐지만 키가 후리후리한 사십 대 초반의 여자였다. 옆에는 지나치게 검은 머리칼에 기름을 발라 넘긴 장신의 오현구가 있다.

결혼식이 끝나자, 동섭은 전주댁과 문 앞에 서서 사람들에게 인사를 한 후 밖으로 나온다. 그때 한 아이가 장난삼아 교회당 앞에 있던 종을 끌어당긴다. 이것은 예배의 시작과 끝을 알리는 종이었다. 땡그랑, 땡그랑! 하는 종소리가 울려퍼진다. 그 소리를 듣자, 동섭은 새벽에 있었던 일을 떠올린다. 새벽 4시에 울렸던 종소리에 그는 이상한 고통이 닥치는 것을 느꼈다. 악귀들의 웅성거림, 병사들의 함성에 비유할 수 있을 것이다. 물론 그것은 한순간에 지나지 않았지만, 한동안 그는 귀를 막고 있어야 했다. 종소리가 사그라지는 동안 동섭은 힘들고 고통스러웠던 일들을 하나하나 떠올렸다. 작고 사소한 일에서 최근의 몇 년 동안 한씨 집안 남자들이 하나씩 둘씩 죽어간 일까지. 그런 후 그가 떠올린 말은 좋은 일에는 늘 마(魔)가 끼어 있다는 것이다. 그래서 그는 좀 더 신중하고 조심스럽게 결혼식을 치러야겠다고 생각했다.

교회 앞에는 오래전에 지어진 재건 중학교가 눈에 덮인 채 서 있다. 농부들이 동물의 우리나 창고로 쓰면서 군데군데 허물어졌지만, 아직 외양은 멀쩡했다. 재건이라는 말이 뜻하는 것처럼 이 학교는 재건 운동이 한창일 때 교사와 학생들의 손에 의해 지어진 곳이었다.

학생들이 흙을 나르고 선생들이 벽돌을 찍어 어렵사리 탄생한 단층의 중학교였다. 이 재건 운동 덕분에 한동준은 교사로서 첫발을 내디딜 수 있었다. 나이 든 교사들을 몰아낸 청년들은 어린 학생들에게 열심히 혁명정부의 이념을 전파했다. 학생들을 민족중흥의 역사적 사명을 띤 전사로 만듦과 동시에 그들의 부모와 친척들의 머릿속에 혁명사상을 심어주려 했다. 한동준이 혁명가를 아버지(국부)로 여겨야 한다는 생각을 은연중에 내비쳤던 것도 그즈음이었다. 조금도 이상한 사상이 아닙니다, 과거 우리 조상들이 임금을 어버이로 생각한 것처럼 그분을 아버지로 여기자는 것입니다. 동준이 자주 애창했던 노래도 '혁명가의 조국'이라는 노래였다.

부근에 식당이 없었기 때문에 동섭은 신랑 측의 하객들을 모두 집으로 가도록 한다. 하객들은 집으로 가는 동안 결혼식이면 으레 하는 말들을 한다. 신랑이 키가 작다든지 신부가 너무 키가 크다든지, 아니면 신랑이 결혼식 내내 웃었기 때문에 중절 수술을 받지 않는다면 분명 딸을 낳을 것이라든지 하는 것 등이다. 이들의 말에 동섭은 웃기도 하고 기꺼이 놀림의 상대가 되어주기도 한다. 이날은 장남이 공적으로 결혼을 한 날임과 동시에 며느리를 맞이하는 날이기도 했다.

사람들이 모두 돌아가고 신랑 신부가 신혼여행을 떠난 후, 동섭은 부조금 명세가 적힌 장부를 펴든다. 결혼식에 누가 오고 누가 오지 않았는가를 살피려는 것이다. 이것은 앞에서 말했다시피 품앗이여서, 동섭이 누군가의 결혼식에 가서 부조했으면 상대편 사람도 와서 진빛을 갚아야 했다. 그런데 행사가 있을 때마다 발견하는 것이었지만, 반드시 와야 할 몇 사람이 오지 않았다. 동섭은 전주댁에게 그들의 이름을 불러준다.

"사람들이 왜 그런가 몰라. 이 사람들은 아예 받아먹기만 하고 고정적으로 다른 집에는 가지 않는 사람들이요."

동섭은 화가 나서 얼굴을 찌푸린다. 그들은 양심 따위는 곧잘 무시하는 그런 사람들이다. 곧이곧대로 살다가는 어찌 살아, 라는 말을 자주 하는 사람들이다.

얼마 후 전주댁은 아들과 며느리가 신혼여행에서 돌아온 이후 달라질 자신의 위치를 상상하고 있다. 시어머니로서 대접을 받는 기분이란 어떤 것일까. 그녀는 아마도 이 순간을 오랫동안 기다려 왔음을 깨닫는다. 누가 생각해도 오랫동안 혼자 해왔던 부엌일을 후임자에게 물려주고, 가만히 자리에 앉아 며느리가 차려주는 밥상을 받는다는 것은 가슴이 두근거리는 일이 틀림없다.

신혼여행에서 돌아온 신랑 신부가 처음 집에서 잔 날이다. 전주댁은 초조하게 아침상이 오기를 기다린다. 일찍 일어난 그녀가 가축들을 먹이고 난 후 쌀도 씻지 않고 방에 앉아 있었던 것은 그 때문이다. 그런데 동이 트고 날이 훤해지고 있지만 아랫방에서는 인기척이 없다. 지금 밥을 안 지으면 아침이 늦는데. 그녀는 마당과 방을 오가며 걱정하다가 하는 수 없이 부엌으로 들어간다. 상한 속을 안고, 그녀는 두 사람이 피곤한 것이라고 애써 생각한다. 그날 아침은 그녀 스스로 밥을 짓는다. 하지만 막상 밥을 먹으려고 상 앞에 앉으며 전주댁은 두 사람을 깨워서 같이 먹어야 한다는 것을 깨달았다. 그녀는 동섭에게 먼저 식사하라고 이르고, 두 사람을 깨우기 위해 아랫방을 향해 걸어간다.

"얘야, 일어나거라!"

몇 번을 불러도 안에서는 인기척이 없다. 참다못해 그녀는 방문을 두들긴다. 문 사이에 끼워진 유리가 흔들리면서 요란한 소리를 낸다. 영수의 목소리가 들려온다.

"어머니, 나가요!"

얼마 후 부리나케 세수를 한 두 사람이 밥상에 앉았다. 이렇게 해서 네 사람은 처음으로 한 자리에서 아침 식사를 한다.

"아침에 일찍 일어나야제."

전주댁은 시어머니의 전철을 밟을 생각은 없지만 식사를 끝내기 전에 기어이 며느리에게 한마디 한다. 지난날 내가 살았던 것에 비하면 이건 시집살이라고 할 수 없어. 난 파평 윤씨 같은 못된 시어머니가 되고 싶진 않아. 새벽에 일어나서 밥 짓는 것이라도 해. 그 이상 바라지 않을 테니까. 그녀는 이런 생각을 하고 있다. 오난숙은 고개를 숙인 채 말이 없다.

"자, 어서들 묵어라!"

동섭은 전주댁의 약간 근엄한 얼굴을 흘깃 한 번 본다. 며느리가 설거지하고 청소하는 동안 전주댁은 느긋한 마음으로 방안에 앉아 있다. 미리 침대 생활을 익히려는 수술 전의 환자처럼.

그날 동섭은 잠시 집 안에서 일을 한 것 외에는 별다른 일을 하지 않았다. 추수를 끝내고 나면 별로 일거리가 없다. 이전 같으면 전주댁이 가마니나 새끼를 꼬라고 성화를 댔을 테지만 이제는 그런 시절도 지나가 버렸다. 약간의 돈만 주면 굵기가 고른 기계로 꼰 새끼를 살 수 있고, 짚으로 만든 가마니는 얼마 전에 거의 자취를 감추어 버렸다. 쓰기 편하고 가벼운 자루가 나온 지 오래였다.

이후 며칠 동안 동섭 내외는 아랫방에서 흘러나오는 자명종 소리, 조바심치는 영수의 목소리를 들었다.

“어서 일어나, 일어나라니까.”

잠이 많은 오난숙은 쉽게 잠에서 깨지 못해 영수의 애를 있는 대로 태우고 있었다. 간혹 일찍 일어난 며느리가 식사를 준비한 적도 있다. 하지만 그것은 어쩌다 한두 번이었고 대개는 잠에서 깨지 못해 식사가 늦어졌다. 그런 어느 날 아내를 깨우다 못해 영수가 부엌에 나와 쌀을 씻기 시작했다. 이때 마루로 나오던 전주댁이 이 장면을 보았고 꼴사납다는 눈빛이 되었다.

“이놈아! 너는 느그 아부지가 방에서 상 들고나오는 것을 뭐라고 허드만, 어찌 된 연고로 쌀을 씻고 있냐?”

영수는 들은 척도 않고 밥을 하고, 상을 차린 후 아내를 데리러 간다. 얼마 후 며느리가 부스스한 얼굴로 큰방에 나타난다.

“죄송합니다. 늦게 일어나서.”

전주댁은 그 말이 진심이라고 믿을 수 없다. 아무리 철이 없어도 그렇지. 그녀는 식사하는 내내 얼굴을 찌푸리고 있다. 그 때문에 동섭까지 전주댁 눈치를 보았다. 며느리가 한 밥과 아들이 한 밥에 어떤 차이가 있을까, 동섭은 마치 죄인처럼 밥을 먹는 아들 내외를 본다. 그러다가 문득 이것이 관습의 굴레라는 것이며 몇 사람에 의해 깨어질 수 있을 정도로 허약한 것이 아니라는 것을 깨달았다.

그러나 그다음 날도 똑같은 일이 벌어졌기 때문에 동섭은 무언가 대책이 필요하다고 느꼈다. 이래가지고는 내가 불안해서 살 수가 없어. 아내가 며느리가 차려주는 밥상을 받아보는 소원을 포기하던지, 아니면 각자 따로 식사를 차려먹던지. 오늘 일어난 일이 내일이나 보이지 않는 날까지 연장된다는 것, 그것처럼 그에게 끔찍한 일은 없었다.

어느 날 오후다. 전주댁은 영수가 방에서 빨래를 가지고 나와 아래채 창고 안에 놓인 세탁기 앞으로 걸어가는 것을 보았다. 이놈이 마누라를 떠받들고 살 모양이네. 내가 며느리한테 잘하라고 자식을 키운 것이 아니었는데. 영수는 그런 전주댁의 생각을 아는지 모르는지 세탁기에 빨랫감을 넣고 물을 받아 돌리기 시작한다. 왼쪽으로 한 번, 오른쪽으로 한 번. 왼쪽이 먼저인가. 모르겠어. 세탁기 소음을 들으며 전주댁은 춥게만 기억되는 자신의 시집살이를 떠올린다. 도둑 누명을 쓰고 억울하고 분한 마음을 달래지 못해 한산댁이나 임실댁을 찾아갔던 꽃샘추위 때문에 발이 시리던 저녁. 그때는 정말 동상이 걸리는 줄 알았어. 도저히 한씨 집에서 살 수 없었기 때문에 밤길을 걸어 친정에 갈 때 뺨을 스치던 소슬바람. 그때는 아무것도 느껴지지 않았어. 나중에야 뺨이 달아오른 것을 알았으니까.

전주댁이 며느리에게 요구하는 것은 그다지 큰 것이 아니었다. 며느리와 함께 제사 음식을 만들 꿈은 애당초 꾸지도 않았다. 그녀는 기독교를 믿는 며느리와 결혼한 것을 잘 알고 있었다. 그녀가 원한 것은 며느리가 자신을 시어머니 위치에서 끌어내리지 않는 것이었다. 그리고 며느리로서 당연히 해야 할 일만 하는 것이었다. 그런데 며느리는 그것마저 하지 못하고 있었다. 전주댁은 한숨을 뽑아낸다. 그런 다음 다시 그것을 뽑아내려고 했지만 제대로 나오지 않는다. 쇳덩이가 명치를 꽉 누른 것처럼 답답해진다.

한편 오난숙은 방안에 앉아 느긋하게 음악을 듣고 있다. 그때까지 영수를 향해 노를 저어온 오난숙은 '시댁'이라는 어마어마한 빙산에 좌초될지도 모른다는 생각을 한 적이 없다. 그녀는 관습의 괴물이 오씨의 사랑스러운 딸과 한씨가의 며느리라는 명함을 바꿔치기한 것조차 몰랐다. 그뿐이 아니다. 그녀는 한 톨의 피도 섞이지 않은 '시'라고 불리는 가면을 쓴 이중적인 부모와 의붓동생들을 가지게 된 것도 눈치채지 못했다. 그녀는 무방비 상태로 전혀 다른 생활 태도와 습관을 지닌 채 몇십 년을 살아온 사람들 속으로 떠밀려 들어가고 있었다. 즐겨 먹는 음식이 다를 수도 있고 아침에 일어났을 때 하는 인사가 다를 수도, 누군가 잘못을 저질렀을 때 처리하는 방향이 다를 수도 있는 사람들 속으로. 간혹 위험을 느끼는 순간이 있기는 했다. 하지만 그녀는 그다지 심각해지지 않았다. 낙천적이기도 했지만, 그녀는 무한한 능력을 가진 것으로 여겨지는 선생님이 남편 자리를 차고앉아 있었기 때문에 집안에서 일어날 수 있는 어떤 위험도 쉽고 간단하게 처리할 수 있으리라 믿고 있다.

다시 봄이 다가오고 있을 때 영수가 다시 돼지를 키워 보고 싶다는 말을 동섭에게 꺼냈다.

"왜 또 갑자기 돼지 타령이야?"

동섭은 내키지 않지만 일단 장남의 말을 들어보기로 한다.

"위뜸에 사는 김씨네 아들이 돼지 키워서 작년에 많은 돈을 벌었어요."

"그래, 그것은 나도 알고 있는디 지금은 돈이 없어."

"농협에서 빚이라도 좀 내주면 안 돼요?"

농협이라는 말에 동섭은 깜짝 놀랐다. 이놈이 돈을 우습게 아는 줄은 알았지만 빚이라니.

"네가 넘의 돈 무서운지 몰라서 그러는디 올가실 농사나 지어놓고 생각해 보자. 지금 경수가 대학교 2학년인께 좀 더 기다려야 헐지도 모르겄다."

"난 도대체 하고 싶은 일이 있어도 뭐 하나 맘대로 해본 일이 없다니까요."

동섭은 입을 다문다. 거기에 대해서는 그도 할 말이 없다. 그는 다른 면에서는 자식들에게 많은 자유를 주었지만 돈에 관한 한 어떤 자유도 주지 못했다. 그는 늘 궁핍한 생활을 했고 돈 몇 푼에 벌벌 떨며 살아왔다. 그러면서도 그는 영수의 마음을 이해할 수 없었다. 내가 살 듯이 너도 살면 되잖아. 동섭은 돌아서서 아랫방으로 걸어가는 영수의 뒤에 대고 이렇게 중얼거린다. 이제 너도 다 큰 어른이고, 결혼도 시켜주었으니까, 가난한 부모한테 의탁하지 말고 네 힘대로 좀 살아봐라.

동섭이 전주댁에게 이 말을 전했을 때, 좀 더 심도 있는 해석이 나왔다.

"그놈이 결혼해서 제 처도 있고 헌께 열심히 살아볼라고 허는 갑소. 올 가실에는 돈을 좀 준다고 해보제."

동섭은 조금도 이해할 수 없지만 아내의 말에 공감하는 체한다.

2

다음 날 저녁이다. 동섭은 오현구의 전화를 받았다.

"어제저녁에 영수가 집에 와서 돈이 좀 필요하다고 말하더라구요."

"아, 돼지 키워본다는 것 말이지요. 하지만 지금 제가 여유가 없어서요."

"그러면 제가 좀 빌려줘도 되겠습니까?"

동섭은 사돈의 말을 어떻게 받아들여야 할지 알 수 없다. 이건 내 집안 문제지 사돈이 나설 계제가 아닌데요, 라고 말하고 싶은 것을 참고 그는 완곡한 표현을 사용한다.

"놔두세요. 젊은 아들이 고생을 좀 해야지요."

"예, 알겠습니다."

전화를 끊고 동섭은 몹시 기분이 상한다. 전주댁도 그리 유쾌한 얼굴이 아니다.

"아니, 사돈이 한마을에 사니까 별일이 다 있어요. 그놈이 어쩌자고 집안일을 다 얘기하고……."

동섭은 옛말 그른 것 없다고 생각한다. 처가는 멀수록 좋은 거야. 그러다가 그는 옛말이 옳은 것이 아니라 사회구조나 사람들의 의식이 몇백 년 전과 다름이 없기 때문에 그런 말이 맹위를 떨친다는 것에 생각이 미친다. 그랬구나, 생각하면서도 그는 시간이 날 때마다 친정으로 놀러가는 며느리나, 같이 따라가는 영수가 좋게 보이지 않는 것을 어쩔 수 없었다. 그가 가지고 있었던 감정이 과거 조상들의 것과 다름이 없었기 때문이다. 그리고 그때마다 그는 아들 내외가 사돈과 대화를 나누는 장면, 자신과 전주댁의 흠이 화제의 주요한 것으로 올라 이리 들춰지고 저리 들춰지는 것을 상상한다. 끔찍한 일이야.

열흘 뒤 동섭은 전주댁과 함께 들에 나갔다가 돌아온 후 돼지 새끼들이 새로 만든 우리 안에서 꿀꿀거리고 있는 것을 발견했다. 처가에서 돈을 빌려주었다는 것을 깨달은 전주댁은 당장 사돈에게 따지러 갈 기세였지만 동섭은 이를 말렸다.

"아무리 그래도 사돈이여. 사돈지간은 어려운 것이고, 그런께 관둬!"

"동네 사람들이 우리 영수 보고 데릴사위, 데릴사위 허길래 나는 장난으로 허는 말인지 알았제. 근디 오늘 본께 그 말이 하나도 틀린 말이 아니여!"

"그건 또 무슨 말이여?"

"우리 집 며느리가 큰딸이고 그 아래에 딸이 쭈르니 넷이 있고 막내 아들이 안 있소?"

과연 듣고 보니 일리가 있는 말이다. 하지만 그것이 과연 가능한 일일까, 동섭은 생각한다. 그 집에 아들이 없는 것도 아니고, 여태 그런 말은 그는 들어본 적이 없다. 설사, 그런 일이 일어난다고 해도 그다지 놀랄 일은 아니었다. 영수가 그 집에 데릴사위로 간다고 하더라도 막내아들 경수가 있었다. 그는 경수에게 많은 기대를 걸고 있었다. 경수가 대학을 졸업하고 난 후 같이 살게 될 날이 올지도 모른다는 전주댁 생각에 무의식적으로 편승하고 있었다.

이후 동섭은 좀 더 주의 깊게 두 사람을 살핀다. 전주댁의 말처럼 장남 내외는 수시로, 아무런 거리낌 없이 사돈집에 드나들고 있었고, 영수의 처제들도 아랫방에 찾아왔다. 정말 영수는 데릴사위가 되기로 작정한 것일까. 하긴 사위도 자식이라는 데 그것이 불가능한 일은 아니지.

며칠 뒤 전주댁이 영수를 안방으로 불러들였다.

"너 애가 대체 왜 그 모양이냐?"

"제가 뭘 어쨌다고 그래요? 어머니 아버지한테 돈이 나올 법하면 내가 장인한테 말했겠어요?"

영수가 태도는 조금도 거리낌이 없다. 이제 더 이상 부모에게 기대할 것이 없으니까 상관하지 말라, 이 말이지, 동섭은 생각한다.

"그래도 우리 집안에서 일어난 일을 말해서는 안 되제."

다른 사람들이 들어서는 안 될 비밀 이야기를 할 때처럼 전주댁의 목소리가 작아진다.

"우리 장인도 그렇대요. 자식이 원하는 일을 밀어주지 않는 부모는 부모도 아니라고 말이요."

천연덕스러운 영수의 대답에 동섭은 깜짝 놀란다. 부모가 모든 것을 돌봐주고 뒤를 대준다, 어린애가 할 법한 생각이었다.

"무슨 자격으로 그따위 소리를 사돈이 해?"

화가 난 전주댁이 소리를 지른다. 그녀는 당장이라도 사돈댁을 찾아가 따지고 싶어진다.

"다른 집 부모들은 자식에게 어찌하는지 보고나 말 좀 해요."

영수는 문을 열고 밖으로 나가버린다. 그럼, 나더러 자식에게 잘하기 위해 사돈과 다투라는 말인가. 동섭은 다툼을 좋아하지도 않았지만 무분별한 다툼을 일삼는 사람에 대해서도 혐오감을 가지고 있다. 동섭은 과거 자신이 그랬던 것처럼 영수가 아버지 말이라면 사시나무 떨듯 무조건 순종하기를 바라지는 않았지만, 부모이기 때문에 자식에게 무한한 책임과 의무를 져야 한다고 생각지 않았다. 그에게 있어 자식은 언젠가 떨어져 나갈 개체로 생각되었고 그전까지만 별 탈 없이 돌봐주기만 하면 되는 존재였다. 다시 말해 그는 여건이 허락하는 한에서만 자식의 뒤를 봐준다는, 약간은 뻔뻔한 생각을 하고 있었다.

영수 말에 충격을 받은 사람은 결혼 이후 오랫동안 부모를 바람막이로 삼을 수 있었던 전주댁이었다. 그녀는 부모가 자신에게 한 것처럼, 아니면 다른 부모들이 자식들에게 하듯 못할까 봐 불안해했다. 그렇게 되면 부모의 도리를 다하지 못하는 것 같았다. 그래서 영수에게 돈을 대주지 못한 것도 큰 죄를 지은 것 같은 기분을 느꼈다.

동섭은 심란한 마음을 잊고 싶어 자리에 누웠지만 다른 날처럼 쉽사리 잠이 다가오지 않는다. 끌어당기면 당길수록 그것은 과분한 애인처럼 더 멀리 달아난다. 전주댁도 마찬가지였다. 그날 밤 두 사람은 힘들고 고통스러운 밤을 보냈다. 그리고 두 사람이 며느리와 자식을 구박한다는 소문이 온 동네에 퍼진 것을 안 다음 날은 더 아프고 괴로운 밤을 보냈다.

이후 동섭 내외와 영수 부부가 같이 아침 식사를 하는 일이 드물어졌다. 전주댁은 며느리를 맞아들이기 전으로 돌아가 손수 밥을 지었고 상 위에 두 개의 숟가락만을 놓았다. 그런 후 내내 해왔던 것처럼 들에 일을 나가는 것이다. 한편 두 사람이 일터를 향해 나감과 동시에 영수 내외가 방문을 열고 밖으로 나왔다. 그들은 방해자 또는 간섭자가 사라진 집안을 마음껏 휘젓고 다니며 식사하고 세탁했다. 그러다 부모가 돌아올 때쯤이면 방안이나 처가(친정)로 갔다. 그래서 동섭과 전주댁이 일을 마치고 집으로 돌아오면 어김없이 아랫방 문이 닫혀 있었다. 이때 눈치도 없이 동섭이 이놈이 어디를 간 거지, 하고 말하면 전주댁은 말없이 손가락을 들어 문 앞을 가리켰다. 문 앞에 신발이 없으면 사돈집으로 간 것이고, 신발이 있으면 두 사람이 방안에 들어앉아 있는 것이었다.

어느 날 아침 동섭과 전주댁은 식사하기 위해 마주 앉았다.

"새벽에 들은께 며느리가 나와서 밥을 헐라고 허는 걸……."

"응, 그래서?"

동섭은 무슨 일인가 싶어 눈을 크게 뜨고 묻는다.

"세상에, 영수 그놈이 못 나가게 말리드란께."

"이런 숭악헌 놈!"

동섭은 욕을 했지만 어떻게 할 방도는 없었다. 영수를 불러 이유를 묻고 혼을 낼 계제도 아니었다. 그는 속으로 끙끙 앓기만 했다.

그날 저녁이다. 마음이 상한 상태에서 하루를 보낸 전주댁은 명자에게 전화를 걸었다.

"아니 이거 남부끄러워서 살겄냐, 자식이라는 게 부모 험담이나 하고 다니고 말이여. 한 날은 지가 뭐를 해본다고 돈을 좀 내놓으라고 허는디 안 내놓은께 애백이를 허고 지내간 일을 전개를 훏서 달라드는디……."

딸에게 전화해서 어쩌자는 것일까. 동섭은 허공을 응시하고 있다. 마치 오랫동안 한 지점만 응시하면 구멍이 뚫리기라도 한다는 듯이. 동섭은 말로만 듣던 일이 자신에게 일어날 줄 전혀 예상하지 못했다. 자신은 비껴갈 줄 알았다. 이렇게 비극적으로, 이렇게 가슴 아프게 다가올 줄 몰랐다. 전주댁의 말이 이어진다.

"근디 내가 돈을 쥐고 안 내놓는 거냐? 묵고 죽을라고 해도 없는 돈을 어찌 만들어서 준단 말이여. 내가 이러다가는 명대로 못 살겄다, 이건 자식이 아니라 웬수다, 웬수여!"

동섭은 명자의 태도가 궁금해진다. 명자는 전주댁의 말을 그냥 그대로 받아들여서 위로를 줄 성격은 아니었다. 명자는 입바른 소리 잘하는, 즉 잘못된 것은 반드시 짚고 나가는 올곧은 데가 있었다.

"글고, 가도 그래. 아무리 나이가 어리고 철이 없다고 해도 그렇제. 넘의 집 며느리로 들어왔으면 지 할 짓을 헐 줄 알아야제."

명자가 무어라고 했는지 전주댁은 조심스럽게 그녀의 말을 정정한다.

"그래, 맞아! 가는 허고 싶어도 못 허제. 그놈이 다 그렇게 시키서 그럴 거라. 근께 며느리는 하나도 나무랠 거 없어."

전화기를 내려놓고 전주댁은 화를 참지 못해 울음을 터트린다. 동섭은 내내 불쾌한 채로 누워 있다가 잠이 들었다. 그는 요즘 들어 매일이다시피 깊고 어두운 나락으로 떨어지는 꿈을 꾸었다. 정말 좋지 못한 꿈이었다. 그는 막 잠에서 깼을 때 기분이 좋은 것은 좋은 꿈으로, 기분이 나쁜 꿈은 나쁜 꿈으로 해석하고 있었다. 다음 날 아침 그는 불쾌한 기분이 가실 때까지 누워 있었다.

며칠 후 동섭은 상가에 문상갔다가 몇 사람이 자신을 쳐다보며 쑥덕이는 것을 보았다. 아낙도 아니고 남자들이다. 하긴 남자들이라고 별 수 있으랴. 남자들도 남의 집안일에 관심이 많고 지껄이기를 좋아하는 족속이야. 쑥덕이는 사람들의 화제가 자신과 관련이 있다고 단정한 동섭은 홧김에 막걸리를 몇 병이나 마신다. 그는 누군가를 붙들고 싸움이라도 걸고 싶은 생각이 든다. 하지만 그런 생각을 뿌리치고 그는 곧장 집으로 돌아온다. 우선 집으로 가서 고함을 지르든지, 목이 터지게 울든지 할 생각이다.

술에 취해 비척거리며 집으로 들어가다가 문득 동섭은 문이 닫힌 아랫방을 보았다. 그것을 보자 집을 짓는 데 많은 돈을 들였으며, 목수의 일을 기쁘게 돕던 자신의 모습, 완성된 집을 보며 즐거워하던 전주댁 모습이 떠올랐다. 갑자기 화가 치밀어 오른 그는 아랫방으로 달려가 미닫이문을 밀었다. 하지만 안에서 잠긴 문은 열리지 않는다. 그는 문을 흔들어 댄다. 문에 박힌 유리들이 떨어져 나갈 것처럼 요란한 소리를 낸다.

"영수, 이놈 쳐 죽일 놈아! 문 열어!"

안에서는 아무런 대답도 들려오지 않는다. 일부러 안 여는 거야. 광란의 상태에 빠진 동섭은 헛간으로 달려가 도끼를 집어 든다. 도끼로 문을 부숴 버릴 작정이다. 그런데 도끼를 든 그가 방문 앞에 다다르자 오난숙이 놀란 눈으로 시아버지와 도끼를 번갈아 쳐다본다.

"그놈 어디 갔어, 이 도치로 쳐 죽일 놈!"

며느리 모습을 보자, 주눅이 든 동섭은 이렇게 둘러댄 후 슬며시 방으로 돌아온다.

다음 날이다. 술이 깬 동섭은 몇 번이나 자신의 행동을 후회했다. 정말 며느리에게는 고함을 칠 마음이 없었다고 해도 영수나 며느리가 자신의 마음을 알아줄 리 만무했다.

"이 일을 어쩌면 좋제?"

동섭의 걱정에 전주댁이 무심하게 대답한다.

"지나간 일인데 헐 수 있소."

"그래도 시아부지답게 점잖게 말할 수도 있었는데 내가 왜 그랬제."

"곧 있으면 영수가 들이닥칠 거요."

아니나 다를까 아침상을 물리기도 전에 영수가 방문을 열고 들어선다. 뒤에는 오난숙이 따라 들어온다. 동섭은 둘이 들어와 앉는 아주 짧은 시간 동안 무언가 좋은 방안을 생각해 내려고 했다. 하지만 아주 좋은 생각은 떠오르지 않았다.

"아니, 어떻게 시아부지가 되셔 가지고 며느리한테 그런 막말을 할 수가 있어요?"

영수는 금방 무슨 일이라도 저지를 것처럼 흥분해 있다.

"뭐라고 했는디, 그래?"

전주댁이 능청스럽게 말을 받는다.

"어머니는 좀 빠져 있어요."

"이놈 에미한테 허는 말버릇 좀 봐라."

동섭이 이 후레아들 놈, 이라는 말을 잘라먹으며 말한다.

"좋아요. 도치로 쳐 죽인다고요?"

"야, 이놈아! 그것은 며느리한테 그런 것이 아니고 너를 그러겄다는 거여, 이놈아!"

"그래요? 그럼 저를 이 자리에서 쳐 죽여 보세요."

막상 영수가 목을 내밀자 동섭은 어쩌지 못하고 외면한다.

"우리 부모님은 자식이 하고 싶은 일이 있다고 하면 하지 못하게 막거나, 냉정하게 거절하는 일은 없어요. 정말 아버님 어머님은 이상해요. 이 사람한테 두 분은 부모님 같지 않아요."

그때까지 지켜보기만 하던 며느리가 입을 연다.

"아니, 너는 애한테 무슨 소리를 해서 저런 말을 하는 거야?"

전주댁이 언성을 높인다. 동섭도 같은 심정이다. 영수는 집안의 좋지 못한 일, 심지어 부모 허물까지 모두 며느리에게 말한 것이 틀림없다. 아무리 부부지간에 비밀이 없어야 한다고 하지만, 이럴 수가! 순간 영수와 며느리가 나란히 아랫방에 누워 있는 모습이 동섭에게 떠오른다. 두 사람이 얼굴을 마주 보며 마음속에 담아두었던 일을 하나하나 털어놓는 장면이다. 그런데 그 장면이 왠지 낯설지 않았다. 가만 생각해 보니 그것은 바로 삼십 년 전 자신과 전주댁 모습이었다.

3

"우리 어머이 산소를 파서 옮길라고 헌디야."

전주댁의 흥분된 말투에 동섭이 무슨 뜻인지 몰라 다시 묻는다.

"누구 말이여?"

"돌아가신 구영리 어머이 말이여."

전주댁은 동섭에게 차분히 설명할 여유가 없다. 그래서 동섭을 재촉하고 나선다.

"아, 그렇게 섰지 말고 어서 갑시다!"

이 말에 동섭은 주섬주섬 옷을 갈아입는다. 작년 내내 장남 때문에 마음고생을 했는데 1991년이 되어도 집안이 편할 날이 없다.

얼마 후 두 사람은 석천에서 내려오는 10시 버스에 오른다. 버스를 타고 가는 동안 동섭은 광수와 생모가 갑자기 모든 것을 처분하고 마을을 떠나려 한 이유에 대해서 생각한다. 두 사람이 유산 배분에 불만이 있어서가 아닐까 생각했지만 그것이 아닌 듯했다. 광수가 받은 유산은 적은 것이 아니었다. 광수는 고 임춘복 여사가 살던 집과 갈담 앞의 논과 왜홍골 밭을 유산으로 받았다. 이씨 혈통을 잇지 않아도 되고, 조상을 모시지 않아도 된다는 조건으로 광수에게 주어진 것은 과분할 정도였다. 이것만으로도 광수와 생모는 죽는 날까지 생계를 이어가는 데 지장이 없고, 미래를 위해 저축을 해둘 수도 있었다.

주위의 차가운 시선 때문이었을까. 어쩌면 그럴지도 몰랐다. 임춘복 여사가 죽은 후 그녀의 딸과 외손자들은 약속이나 한 것처럼 광수가 사는 집을 방문하지 않았다. 혹 지나는 길이어도 먼 산을 보는 체하며 지나쳤다. 그들에게 임춘복 여사가 살지 않는 집은 아무런 의미가 없었다. 다시 말해서 그들에게 광수와 생모는 아무것도 아니었다. 그들은 고 임춘복 여사의 사십구재 때 광수와 생모에게 음식을 만들어 달라거나 상주 노릇을 부탁하지 않았다.

이것 말고 또 다른 이유가 있다면 어떤 것이 있을까. 혹 어떤 것들이 두 사람의 가장 고귀한 것을 건드린 것이 아닐까. 흔치 않은 행운으로 이씨 집에 발을 들여놓은 광수는 끼니 걱정을 하고, 부황으로 죽을 염려는 하지 않아도 되었다. 하지만 '양' 자가 붙어야 정식관계를 설명할 수 있는 사람들에 둘러싸인 광수는 자신의 자리를 가진 적이 없었다. 광수 생모가 아들을 대구로 불러낸 것도 그 때문이었다. 하지만 몇 년 후 두 사람은 구영으로 돌아왔다. 임 여사의 망령에 시달렸을까. 아니면 의무감 때문이었을까. 그런데 이것이 주위 사람들에게는 유산을 물려받기 위한 수작으로 보였을 수도 있다. 동섭의 생각은 계속되고 있다. 혹 마을 사람들은 외지에서 흘러와 임춘복 여사의 집과 전답을 차지하게 된 두 사람에 대해 질투를 느끼고 따돌렸던 것일까. 그리고 두 사람을 배척하려는 은밀한 기류가 마을 사람들 사이에 형성된 것이 아닐까. 동섭이 알기에 두 사람은 그다지 사교적인 사람이 아니었다. 하지만 마을 사람 모두가 그들을 배척했다고 볼 수는 없었다. 도둑이나 강도에게도 친구가 있고 이웃이 있는 것처럼 약간 특이하게 마을에 살게 된 두 사람에게 이웃이 없었다고는 말할 수 없다.

나중에 알게 된 사실이지만, 버스를 타고 오면서 한 동섭의 생각은 약간 빗나가 있었다. 두 사람이 집과 전답을 팔아치우고 구영리를 떠나기로 한 데에는 구체적인 이유가 있었다. 광수 생모는 서른 한 살 먹도록 장가를 들지 못하고 있는 광수로 인해 근심하고 있다가 마침내 농촌을 떠나기로 작정했다. 대처로 나가 직장을 잡고 있으면 매력 없는 광수도 많은 여자를 접하게 될 것이고 자연 혼사 길도 열리리라 생각한 것이다. 그래서 광수 생모는 왜홍골 밭과 갈담 앞 논, 그리고 집을 모두 내놓고 임자가 나타나기를 기다렸다. 그중 시세보다 싸게 내놓은 집과 갈담 앞 논은 쉽게 팔렸다. 하지만 밭 가장자리에 고 임춘복 여사의 묘가 있는 왜홍골 밭은 쉽게 임자가 나서지 않았다. 그러다가 묘를 다른 곳으로 이장하면 사겠다는 사람이 나타났고, 좋은 기회를 놓치고 싶지 않았던 광수의 생모는 누구와 상의도 거치지 않고 일을 시작했다.

버스가 구영리에 정차하자 두 사람은 서둘러 내렸다.

"저기 봐, 저기!"

동섭이 구 면사무소 앞을 가리킨다. 멀리서 광수와 생모가 일꾼들을 데리고 내리막길을 내려오고 있었다. 이것을 본 전주댁이 바삐 달려갔다.

"이게 도대체 무슨 짓이요?"

전주댁이 길을 막아서며 외치자, 사람들 속에 섞여 오던 광수 생모가 앞으로 나선다.

"아, 월암 막딩이 딸이구만. 밭을 팔았는디 할매를 선산으로 이장을 헐라고 그러네."

광수 생모의 표정은 전주댁이 곧잘 쓰는 표현을 빌자면 옹색한 것, 즉 부끄럽고 죄송하지만 하는 수 없다는 것이다.

"아니, 밭을 팔아도 산소를 그냥 놔두고 팔면 되는디 꼭 어머이를 파내야 돼요?"

전주댁이 이해할 수 없다는 눈으로 그녀를 쳐다본다.

"미안허네. 산소를 놔두면 아무도 살라는 사람이 나서들 않아서 말이여."

"그러면 그 밭을 안 팔고 다른 사람한테 부치게 허면 될 거 아니요."

"그렇게 생각도 해보았지만, 우리가 타관바치라 그런가 부칠라는 사람도 없어. 그리고 우리도 한 번 여기를 떠나고 나서는 다시 돌아오거나 연락하고 싶은 생각도 없고……."

이 말에 전주댁은 이 일을 어떻게 해야 하나, 궁리하고 있다. 동섭이 보기에도 광수 생모가 억지를 쓰는 구석은 전혀 없어보인다. 갑자기 전주댁이 지게를 진 한 남자에게 달려간다.

"아이고, 우리 어머이! 돌아가신 지 얼마나 됐다고 이렇게 바지게에 실려서……."

전주댁이 바지게를 잡고 울기 시작한다. 그 안에는 고 임춘복 여사의 유골이 담겨 있다. 전주댁은 묘지를 팠던 일꾼들에게 묻는다. 땅 밑으로 물이 흐르지는 않았는지, 살이 모두 썩었는지, 뼈는 온전하게 찾았는지. 일꾼 중 한 사람이 살은 모두 잘 썩었고 뼈도 잘 찾았다고 말하자, 그녀는 다시 흐느낀다.

시간이 지체될 것이라고 여긴 일꾼들은 정자나무 아래에 지게를 받쳐놓은 채 담배를 피운다. 그들과 섞여 있던 동섭은 힐끔거리며 지나가는 사람들의 눈초리를 피하기도 하고, 무슨 일인지 물어오는 마을 사람들에게 간단한 대답으로 돌려보내기도 한다. 그러면서 고인의 유골을 묻을 장소로 장탯재 선산을 생각하고 있다. 산 자가 선산에 들어갈 수 없다는 금기가 이젠 사라진 거야. 그래, 거기 묻으면 되는 거야.

그때였다. 제각 쪽에서 먼지를 일으키며 달려온 흰색 자가용이 정자나무 앞에 정지한다. 문이 열리자, 사람들의 눈이 모조리 그쪽으로 쏠린다. 차에서 내린 사람은 노대성이다. 그는 차에서 내리자마자, 사람들을 향해 이렇게 외친다.

"이거 누가 시킨 거요?"

누구도 나서는 사람이 없다. 순간 광수와 생모의 얼굴이 얼음이 얼기 직전의 물처럼 파르르 떨렸다. 광수 생모가 가누기 힘들 것처럼 보이는 육중한 몸을 들고 일부러 느릿느릿 자리에서 일어난다.

"내가 땅을 팔라니 묘가 걸려서 못 팔게 생겼는디 나보고 어쩌란 말이냐?"

"무슨 돼먹지 않은 소리여, 당장 도로 갔다가 묻어놔!"

"우리도 그렇게는 못 허겄다."

광수 생모는 전주댁을 대할 때와는 딴판이다. 할 테면 해보라는 투다.

"그러면 그 땅이 원래 누구 땅이여?"

"원래야 이씨 땅이었지만 지금은 광수가 상속받았으니 광수 땅이지."

"알기는 아는구만. 그러면 어디로 갔다가 묻을라는 거요?"

"달리 갈 데가 있어? 장탯재 선산으로 가야제."

광수 생모는 사전에 상의를 거치지 않은 것이 켕겨 말끝을 흐린다. 하지만 사전에 말을 꺼냈다간 일도 시작할 수 없었다.

"그래, 조금 전에 당신이 왜홍골 밭이 광수 것이라고 했은께, 장탯재 선산은 우리 성 앞으로 된 땅이여. 근께 당신들이 함부로 거기다

묘를 쓰면 안 되지."

대성의 말에 광수 생모는 의외라는 표정이더니, 에이 모르겠다, 고 중얼거리며 자리에 주저앉아 버린다.

"이모, 잠깐 나 좀 봅시다."

대성이 전주댁을 부른다. 정자나무 아래로 옮겨진 유골 앞에 서 있던 전주댁이 무슨 말을 하려는 것일까, 하는 궁금한 표정으로 대성의 뒤를 따라서 가게를 향해 걸어간다. 잠시 후 가게 안으로 들어갔던 두 사람이 정자나무 앞으로 다가온다.

"어서 좋은 말헐 때 도로 갔다가 묻어놓으시오."

대성이 광수 생모를 향해 대뜸 고함을 지른다.

"이미 그건 팔린 거니께 내 맘대로 못허요."

"뭐라고요?"

대성은 광수의 생모를 향해 걸어갔다. 광수 생모는 잔뜩 긴장된 표정으로 대성이 걸어오는 것을 보고만 있다. 하지만 자리에서 일어나지는 않는다. 그녀는 설마 저놈이 날 어찌할까 봐, 하는 표정이다. 대성은 광수 생모 앞에 서더니, 갑자기 옆에 앉아 있던 광수의 멱살을 잡아끌었다. 대성은 광수 생모가 달려들기 전에 광수를 끌고 길 가운데로 나온다.

"너, 이놈! 네가 뭐허는 놈인디 할매 산소를 파서 네 맘대로 옮겨, 자식아!"

대성은 광수의 뺨을 후려갈긴다. 광수는 감히 뺨을 감싸 쥘 생각도 못 하고 대성에게 몸을 내맡기고 있다. 길에 서 있던 전주댁도 광수에게 달려든다.

"야, 이놈아! 네가 그동안 누구 집에서 먹고 자랐냐? 어서 말해봐!"

"그야, 어머이 집에서 묵고 컸지요."

대성에게 멱살을 잡힌 광수가 숨을 가쁘게 쉰다.

"네 놈이 사람이면 그럴 수 있어? 세상에 어머이 묘를 네 맘대로 파!"

전주댁 말이 끝나기도 전에 정자나무 아래 앉아 있던 광수 생모가 자리에서 벌떡 일어나 두 사람에게 달려들었다.

"아이고, 저 두 연놈이 생때같은 내 아들 쥑인다!"

고래고래 고함을 치며 광수 생모는 대성에게 달려들었지만, 상대가 될 수 없었다. 대성이 한 번 뿌리치자 광수 생모는 뒤로 나동그라졌다. 그러나 그녀는 다시 대성에게 달려들어 광수의 멱살을 쥔 대성의 손을 떼 내려고 했다. 이번에도 역부족이었다. 대성은 광수 생모에게 보이려는 듯 광수의 머리를 쥐어박고 발로 정강이를 걷어차기까지 한다. 그러자 광수 생모는 갑자기 방향을 틀어 옆에 있던 전주댁의 머리끄덩이를 잡고 늘어진다. 불시에 머리를 붙잡힌 전주댁과 광수 생모 사이에 대판 싸움이 벌어진다. 두 사람은 몇 차례 팽팽하게 맞선다. 그러다가 몸집이 작고 호리호리한 전주댁은 덩치가 크고 힘이 센 광수 생모에게 밀리기 시작한다. 마침내 전주댁이 광수 생모에게 질질 끌려다니며 비명을 지른다. 이것을 본 동섭은 더럭 겁이 났다. 언젠가 전주댁은 과로로 인한 하혈 때문에 입원한 적이 있다. 동섭은 두 사람을 말리기 위해 뛰어간다. 하지만 고집 센 노인의 손을 전주댁 머리에서 떼어내기란 쉬운 일이 아니었다. 노인은 그 자리에서 빙빙 돌며 동섭을 골탕먹인다. 그때 정자나무 아래서 구경만 하던 일꾼 중 한 사람이 동섭을 돕기 위해 뛰어나왔다. 이장이 있음을 전화로 전주댁에게 알려주었던 분이네 아버지였다.

얼마 후 동섭과 분이네 아버지는 전주댁과 광수 생모를 간신히 떼어냈다. 여전히 악다구니를 쓰는 광수 생모를 분이네 아버지가 막고, 동섭은 전주댁을 부축해서 뒤로 돌아섰다. 그 순간 전주댁이 무어라고 고함을 지르려다가 갑자기 바닥으로 쓰러지려고 했다.

"아이구, 왜 이래?"

동섭이 어깨를 껴안자, 분이네 아버지가 달려온다. 동섭은 그의 도움을 받아 전주댁을 가겟방으로 옮긴다. 오래전부터 싸움을 구경하고 있던 가겟방 여자는 이런 일에 익숙한 듯 전주댁에게 찬물을 먹이고 팔다리를 주무른다. 전주댁은 곧 깨어난다. 동섭은 더 이상 싸움을 해서 안 될 것 같아 가겟집 여자에게 버스가 오거든 좀 잡아달라고 부탁한다.

얼마 후 막앞산 부근에서 빵, 하는 버스 클랙슨 소리가 들렸다. 밖으로 나갔던 가겟집 여자가 방문을 열고 외쳤다.

"버스가 왔어요!"

동섭은 전주댁을 데리고 밖으로 나와 버스에 오른다.

"이러다가 죽은 사람이 아니라, 산 사람을 잡겄어."

동섭의 말에 전주댁은 정자나무 쪽을 바라본다. 동섭도 차창 밖을 본다. 일꾼들이 나서서 양측의 싸움은 중지되어 있다. 대성은 담배를 피우고 있고 광수 생모는 광수의 얼굴을 보고 있다. 그리고 유골이 얹힌 바지게는 정자나무 아래 세워져 있다.

"대성이가 있은께 나중에 연락이 오겄제."

동섭의 말에 전주댁이 고개를 끄덕거렸다. 얼마 후에 버스는 월암에 도착했다.

방에 들어오자, 전주댁은 참빗과 거울을 꺼내 머리부터 빗기 시작했다. 빗질할 때마다 머리카락이 한 움큼씩 빠져나왔다. 숱도 적은

데, 전주댁이 우울한 표정으로 중얼거렸다. 그런 다음 전주댁은 팔과 다리를 걷어 올렸다. 곳곳에 푸르딩딩한 멍이 들어 있다. 여자들 몸이란 연약한 채소 같다니까. 동섭은 약통에서 물파스를 찾아 전주댁에게 건네준다. 지금까지 전주댁은 많은 싸움을 했지만 대부분 자신을 위해서가 아니라 동섭을 위해서였다. 그래서 전주댁의 상대는 지금껏 여자가 아니라 남자였고, 싸운 수단도 머리끄덩이 같은 것이 아니라 말과 울음이었다. 한 가지 예로 방앗간 고씨가 동섭을 벼 도둑으로 몬 적이 있었다. 하지만 동섭은 고씨가 워낙 거세게 몰아붙이는 바람에 제대로 변명도 못 하고 집에 돌아왔다. 무대 같으니, 남자가 말 한마디도 제대로 못 해. 사정을 들은 전주댁은 즉시 방앗간으로 달려가 고씨에게 울면서 따졌다. 전주댁 말은 조금도 이치에 어긋나지 않았다. 그녀는 고씨의 말을 하나하나 반박해 들어갔다. 결국 한 시간에 걸친 언쟁 끝에 전주댁은 고씨의 사과를 받아냈다.

다음 날 아침까지 대성의 연락이 없자, 두 사람은 일이 어떻게 되었는지 알기 위해 다시 구영리로 갔다. 과거 임춘복 여사가 기거하던 곳에 광수나 광수 생모는 없었다. 대성도 남원으로 돌아가고 없었다.

"사람들이 아무도 없으면 일이 어찌 되었다는 건가?"

구 면사무소를 돌아내려 오면서 전주댁이 고개를 갸웃거린다.

"해결이 잘 됐겠제."

동섭이 아내를 위로할 뜻으로 말한다. 전주댁이 갑자기 이렇게 말했다.

"그래, 분이네 집으로 한번 가봐야겄어."

두 사람은 즉시 마을 동쪽에 있는 분이네 집으로 달려간다. 분이네 아버지는 마침 돼지 마구 거름을 치고 있다.

"양쪽이 한참을 싸웠어요… 아니, 두 사람이 집으로 간 다음에 우리가 뜯어 말기서 잠깐 앉아 있드만 또 대성이가 광수를 때리기 시작했어요. 광수는 대성이한테 얻어맞아서 피가 낭자했는데 그걸 본 즈그 어머이가 달라들었다가 대성이 발에 몇 번 채였어요. 둘이서 달라들어도 대성이 하나한테 안 돼요. 그러다가 대성이가 사람 하나 죽일 것 겉애서 우리가 또 일어나서 말깄어요. 글고 바지게에 실려 있던 유골은 동쪽 최 영감네 산으로 갔어요. 지나가던 최 영감이 묏자리를 준다고 해서요."

"그러면 언제 그 일을 했는디요?"

전주댁이 다급하게 물었다.

"우리가 광수 어머이하고 광수를 따라서 지게를 지고 일어선께 벌써 해가 뉘엿뉘엿 지고 있었는디, 거기 간께 해가 다 져서 깜깜한데 유골을 안치하는 데 애를 묵었어요. 그래, 떼도 못 씌우고 흙만 덮어놨어요."

"그럼, 제대로 공사도 못 했네요?"

전주댁 얼굴빛이 흐려졌다.

"원래 가묘를 쓴다고 쓴 거랍디다."

분이네 아버지의 말에 전주댁은 몇 번이나 가묘, 라는 말을 되풀이한다.

"그럼, 자네는 그 자리를 알겄구만?"

동섭의 물음에 분이네 아버지가 고개를 끄덕인다.

"자, 미안허지만 그 자리 좀 알려주시오."

전주댁이 눈물이 그렁그렁한 눈으로 분이네 아버지를 쳐다본다.

"그러지요, 뭐."

"아이구, 우리 어머이가 눈도 설고 낯도 선 산비탈에서 어쩌고 계실까?"

전주댁이 동쪽으로 고개를 돌린다.

"그래, 선산에 쓰게 놔두지 왜 두 사람이 난리를 피워서 못 하게 헌 거여? 그쪽에서 밭을 팔고 간다면 선산에 쓰도록 두지, 왜 대성이 그놈이 선산에 못 쓰게 하냐는 말이지, 지 놈은 그게 어디 지 땅인가?"

갑자기 화가 치밀어 오른 동섭이 신경질을 냈다. 그 말에 전주댁이 갑자기 정신을 차린 듯 말했다.

"아이고, 아이고! 내가 어제는 잠깐 정신이 나갔는 갑네. 왜 그것을 생각 못했을까, 잉! 선산에 쓰면 되는디, 광수하고 즈그 어머이 땜에 분이 나서 몰아붙인다고 아무 생각도 못 했네. 하도 분하고 원통해서 말이여……."

"안 그래도 동네 사람들 모다 대성이 그놈이 쥑일 놈이라고 욕을 해 쌌소."

두 사람 대화를 듣고 있던 분이 아버지가 말했다.

"이놈들이 이씨 선산을 노씨 선산으로 만들 작정인 가비여, 아이고!"

전주댁이 울분을 이기지 못해 그 자리에 주저앉았다. 그러고 보니 장모를 왜홍골 밭에 쓰자고 할 때부터 대성이 형제에게는 속셈이 있었다. 얼마 후 두 사람은 가묘를 찾아가기 위해 분이네 아버지를 따라 마을 동쪽을 향해 걸어갔다.

"그렇게 먼 데는 아인디 옆에 도랑이 있는 산비탈이라요."

분이네 아버지는 동쪽 다리에 다다르기 전에 논두렁길로 접어든다. 계단식으로 층계 층계 서 있는 천수답 중 한 군데에 허연 비닐 속 푸릇푸릇한 모가 자라고 있다. 조금 더 올라가자, 물이 가득 찬 작은

방죽이 나타난다. 동섭은 풍수지리에 정확한 지식은 없었지만, 묘 아래에 방죽이 하나 있으면 그리 나쁘지는 않을 것이라고 생각하면서 부디 좋은 곳에 장모가 누워 있기를 기원한다. 방죽 옆에 난 길을 따라 더 걸어가자, 소나무 숲이 나타난다. 갈수록 소나무가 길을 조여오면서 그들은 엷은 햇빛이 비치는 그늘 속을 걸어 들어간다. 그늘이 끝날 즈음에 동섭은 보라색 달개비꽃과 하얀 은방울꽃을 발견했지만 그대로 지나친다.

소나무 숲은 짙어졌다 옅어지기를 반복한다. 오솔길을 따라 삼십여 분을 따라 걸어간 끝에 세 사람은 가묘 앞에 섰다. 그것은 묘라고 할 수 없을 정도로 초라하다. 비석도 팻말도 없이 붉은 흙이 덮인 무덤이다. 전주댁은 가묘를 보자마자, 자리에 엎드려 통곡한다.

"아이고, 이렇게 옹색한데 우리 어머이가 누워 계시다이… 산도 설고 물도 설은 데 누버서 얼매나 우셨을까?"

전주댁이 구슬피 우는 동안 동섭은 가묘의 위치를 가늠해 본다. 분이네 아버지 말처럼 동북 방향이었기 때문에 햇빛이 잘 드는 곳은 아니다. 하긴 가묘라니까, 이렇게 중얼거리며 동섭은 근처에 개울이 있다는 말이 생각나서, 분이네 아버지에게 개울이 어디 있느냐고 묻는다.

"저기요."

그는 분이네 아버지가 가리킨 곳으로 눈을 돌린다. 낭떠러지 아래로 눈갯버들이 우거져 있다. 그리고 그 아래 잔풀들이 주위에 나 있는 작은 개울에 실 같은 물이 흐르고 있다. 그것을 보자, 저절로 웃음이 나왔다.

4

동섭은 집 어귀에 들어서다가 변함없이 아랫방 문 앞에 놓여 있는 두 개의 신발을 보았다. 하나는 가죽으로 만들어진 남자 신발이고 하나는 꽃무늬가 밖에 매달려 있는 노란색 샌들이다. 두 사람의 모습이 떠오르자, 동섭은 갑자기 가슴이 울컥해지는 것을 느낀다. 그러면서 혼자 뒤안에 웅크리고 앉았던 열서너 살 무렵의 일이 의식에 떠오른다. 그때 이유 없이 눈물이 흘러내렸고 이 세상 어디에도 자신을 사랑해줄 사람이 없으며, 이 세상에는 오직 혼자라는 생각이 들어 하늘을 향해 이 세상에는 오직 나 혼자다, 라고 울먹이며 외쳤다.

방문을 열자, 전주댁은 자리에 이불도 펴지 않은 채 누워 있다. 전주댁은 낯선 산비탈에 버려진 어머니에 대한 생각 때문에 내내 우울해 있다. 그런 아내를 보며 동섭은 장모가 마음에 차건 차지 않건 광수를 양자로 대우했다면 좋았을걸, 하고 생각한다. 그랬더라면 장모가 묻혔던 땅에서 얼마 살지 못하고 쫓겨나는 일은 없었을 것 같아서다. 동섭은 새마을(담배)을 꺼내 불을 붙인다. 그도 한 때는 금욕적이고 절도 있는 생활을 꿈꾼 적이 있었다. 어떤 욕망에도 흔들림 없는 평정의 상태를 유지한 채 삶을 이어가고자 했다. 그렇지만 금욕하며 수도 생활을 하는 것과 세상의 유혹에 시달리며 고통과 자극을 받으며 사는 것 중 어느 것이 더 나은 깨달음을 줄까, 하는 문제에서 그는 두 가지에 별반 차이가 없다는 것을 직감적으로 느꼈다. 아니 후자가 인간을 더욱 단련시키고 보다 더 폭넓은 깨달음을 줄 수 있다고 생각했기 때문에 술과 담배를 입에 댔다. 결혼도 같은 연장선 위에서 있었다.

이번 일은 창수가 죽었던 때보다도 더 견디기 힘들다. 창수는 죽는 순간에 고통을 준 후 차차 그의 기억 속에서 희미해졌지만, 영수는 아니었다. 영수의 살기에 그는 매번 당황하고 있었고 며느리가 보내는 야멸찬 눈초리에 끊임없이 고통을 당하고 있었다. 그런데 전주댁 외에 이 사실을 털어놓을 사람이 없었다. 여태 그는 아무리 친한 친구에게도 부끄러운 일을 말해본 적이 없고 그럴 필요도 느끼지 않았다. 지금까지 그는 앞에서 밀어닥친 고통에 대한 해답을 내면에서 구했다. 물론 시간이 문제를 해결해 준 것도 있었다. 하지만 이번 일은 지금까지 겪은 어떤 것과도 달라 그는 조금도 낙관할 수 없었다. 그는 자신이 최대의 위기를 맞고 있다는 생각이었다. 지금처럼 황당한 일을 당한 적도, 비참한 적도 없다는 생각이 끊임없이 들었다.

전주댁은 다른 곳에 눈길을 주고 있다. 요즘 그녀는 영수와의 갈등 같은 것은 염두에도 없는 듯 어머니의 유해를 선산에 모시기 위해 몇 차례 남원을 들락거린다. 과거에는 이씨 선산이었지만 노씨 형제에게 소유권이 이전된 이상 그들의 허락이 있어야 필요했다.

"근께 인자 즈그 앞으로 된 산인께 누가 들고일어나도 암시랑토 안타 이거제. 즈그가 클 때 다 누구 공으로 컸는디 은혜도 모르는 짐승 겉은 놈들……."

노씨 형제가 갖은 핑계를 대며 이장을 지연시키는 것들 두고 욕을 퍼붓고 있다. 그러다 문득 새로운 방안을 생각했는지 울산의 명자에게 전화를 건다.

"그래도 느그들이 나서서 어찌 좀 해봐야 되는 거 아이냐?"

명자의 대답이 시큰둥한지 전주댁의 목소리가 갈라진다.

"아랫방의 저놈? 저놈도 지가 뭐 헌다고 나서겄어?"

명자가 영수를 앞에 내세워 일을 해결지어 보라고 한 듯했다.

"나도 제발 좀 저놈이 도시 나가서 지가 돈 좀 벌고, 쓰고 싶은 대로 펑펑 쓰고 살았으면 좋겠어."

그제야 동섭은 전주댁이 무엇을 원하는지 깨닫는다. 아들, 며느리 얼굴 보는 데 지친 것은 나만이 아니었어. 그래, 얼굴을 맞대고 살지 않는다면 이 불화도 해결될지 몰라. 맞아, 눈에 안 띄는 이상 좋은 게 없어.

"울산의 야들 둘이 한 번 올라온다네."

전화를 끊고 난 전주댁이 동섭을 바라본다.

"뭐 땜시?"

"저놈을 살살 달래 가지고 울산으로 나오도록 해본다네."

"그래?"

정말 이런 방법이 있었구나, 그런데 왜 지금까지 이런 생각을 하지 못하고 있었던 것일까, 아내의 말에 흥분된 동섭의 얼굴이 달아오른다.

그로부터 며칠 후 정말로 안동섭과 한명자는 슈퍼의 일을 동생에게 잠시 맡기고 집으로 찾아왔다.

"진짜 저놈이 나갈라고 할까?"

좋은 방법이라 생각하면서도 과연 영수가 나갈지 동섭은 믿기 어렵다.

"지금도 물론 돈이 궁하겠지만, 앞으로 애들 키우고 교육시키려면 많은 돈이 든다는 말로 꾀면 넘어오지 않을까 싶어요."

동섭과 같은 이름의 사위 안동섭이 전략을 털어놓는다.

"애들 아빠를 한 번 믿어봐요. 지금도 큰형님 말이라면 동생들이 벌벌 떠니까요."

명자가 안동섭과 시댁을 마음에 들어 하는 것은 바로 이 점이었다. 형제간의 다투는 것만 보다가 시아버지나 남편의 한마디에 방향이 정해지고 일사불란하게 움직이는 것을 보자, 이제 제대로 된 가정을 가지게 되나 보다 생각했다. 거기에 비하면 친정은 어떻게 붙여보려고 해도 붙지 않는 콩가루였다. 저녁 식사 후 동섭은 영수 내외를 큰방으로 부른다. 잠시 후 기침 소리와 함께 아들 내외가 방으로 들어온다. 동섭은 오랫동안 큰방으로 온 적이 없는 두 사람이 방문을 열고 들어오자, 결전을 앞에 둔 것처럼 가슴이 두근거린다.

"내가 이렇게 갑자기 찾아온 것은 처남도 알겠지만 말이야……."

두 사람은 명자 내외를 의식해서인지 평소와 달리 다소곳한 태도로 방문 앞에 앉아 있다.

"지금 처남, 일도 안 하고 아랫방에서 나오지도 않고 그런다면서?"

영수는 말이 없다. 그러자 안동섭의 기세가 오르기 시작한다.

"결혼하기 전에, 나는 시골에 있을 때 어쨌는지 알아? 아버지가 논에 가면 같이 논에 가고, 밭에 가면 같이 밭에 가고, 들에 풀 베러 가면 같이 갔어. 일은 못 하지만 아들로서 최소한의 도리는 다했지. 그런데 처남은 지금 어때? 사실 처남 하는 것 봐서는 나라도 돈 한 푼 안 주겠어. 자꾸 내 이야기를 해서 안 됐지만 내가 직장을 그만두고 슈퍼를 시작할 때 아버지가 논을 팔아 대 준 것은 나를 인정해 주었기 때문이야. 그렇지 않았다면 무엇 때문에 그렇게 많은 돈을 만들어 주었겠어?"

잠깐 숨을 쉬기 위해 말을 멈춘 안동섭이 다시 말을 이어간다. 그런데 왜 이놈은 죽은 것처럼 말하지 않고 있는 걸까, 영수가 대답이 없는 것이 이상하다고 생각하면서 동섭은 다음 이야기에 귀를 기울인다.

"일단 부모님에게 인정받아야 해, 여기 장인어른도 계시지만 부모가 자식한테 꼭 학교를 보내주고 뒷돈을 대 줄 의무는 없는 거야. 부모가 내키면 해줄 수도 있고, 안 해줄 수도 있는 거야. 처남은 여기서부터 잘못됐어. 내가 노력해서 무얼 해보려는 생각도 안 하고 바라기만 해서야 되겠어. 지금 현 상태에서 서로를 위한 가장 좋은 방책은 영수, 자네가 여기를 떠나는 거야."

안동섭의 연설에 보이지 않게 손뼉만 치고 있던 명자가 나선다. 이윽고 듣기만 하던 영수도 입을 연다.

"나가서 뭘 해 먹고산다는 말입니까?"

"자네는 그런 생각 때문에 안 되는 거야. 겁을 내고 도사리고 있기만 하면 아무것도 못 해. 일단 울산으로 나와, 정 일할 곳이 없으면 우리 집에서 일해! 내가 자네 월급을 줄 테니까."

이 말을 들은 동섭은 마음이 바빠진다. 이번에는 무언가 일이 잘 풀릴 것 같은 기분이 느껴진다. 그러면서 그는 일이 잘된다면 지금 사위에게 진 신세를 갚아야 할 것 같다.

"하긴 저도 도시로 나가서 살고 싶지만, 사실 방 하나 얻을 돈도 없습니다."

"네가 도시 나가서 살 생각만 있으면 방 하나 정도야 못 얻어주겄냐?"

차분하게 양측의 의견을 경청하고 있던 전주댁이 끼어든다.

"그럼 키우던 돼지는 어찌헐 거여?"

자신이 돼지를 맡게 될까 두려워진 동섭이 물었다.

"장인어른과 상의해 봐야 알겠지만 아마 돼지를 맡아줄 겁니다."

"그럼, 간단하게 일이 해결됐네. 언제 출발할 거야?"
안동섭은 마무리를 짓기 위해 서두른다.
"내일이라도 당장 떠나야겠어요."
영수의 말에 동섭은 자신이 말을 잘못 들은 것이 아닌지 의심한다. 이렇게 순순히 물러날 영수가 아닌데. 안동섭과 명자가 자리에서 일어선다. 그것을 본 동섭은 두 사람이 가고 난 후 영수가 변심할까 두려워진다.
"아니, 벌써 갈라고?"
"실은 창성리에 쌀을 부탁해 놓았는데 싣고 가야 됩니다."
명자 내외는 마당에 세워 두었던 트럭을 향해 걸어간다.
"밤인데 괜찮겠는가?"
"괜찮습니다. 그럼, 저희들은 그만 가보겠습니다."
안동섭이 트럭의 유리문을 내리며 인사를 한다. 옆에 앉은 명자도 손을 흔든다. 남은 네 사람은 집 입구까지 트럭을 따라간다. 그런 후 각자의 방으로 들어간다. 큰방으로 들어오자, 동섭은 힐끗 전주댁을 본다.
"정말로 저놈이 갈까 모르겠네."
"몰라, 갈 거 같으면 가겠지요."
다음 날 밤 영수 내외는 전주댁이 도와주겠다는 것도 마다하고 끙끙대며 이삿짐을 싸고 있었다. 동섭은 밤새 아랫방에서 짐을 싸는 소리를 들으며 싱숭생숭한 밤을 보냈다. 전주댁과 정말 저 녀석들이 가기는 가는 것 같다, 는 말도 주고받았다.
아침이 되자, 영수 내외는 방안에 싸 두었던 짐을 끌어내 트럭에 싣기 시작했다. 동섭은 영수가 짐 싣는 것을 거들기 위해 아래채로 걸어간다. 몇 개의 짐을 트럭에 실었을까. 사돈 오현구가 식구들을 데리고 들이닥쳤다.

"사돈 그간 별일 없으십니까?"

"예, 사돈도 별일 없으십니까?"

동섭은 사돈이라는 말이 지금 입에서 나오느냐, 고 묻고 싶지만 이렇게 인사하고 말았다.

"우리 큰사위가 이사를 한다는데 안 와볼 수가 있어야지요."

영수의 장모가 뻐드렁니를 드러내며 웃는다.

"예~."

동섭은 말끝을 길게 빼며 말한다. 부엌에 있던 전주댁도 마당으로 나와 그들과 인사를 나누었다.

"자, 어서 실읍시다!"

오현구 말에 따라 동섭은 장롱을 실으려고 방으로 들어간다. 짐은 그리 많지 않다. 장롱과 냉장고, 세탁기를 실으면 별반 할 것이 없다. 작은 살림살이는 두 명의 여자아이와 한 명의 남자아이가 다 나르고 있다.

짐을 모두 싣자, 영수 내외는 트럭에 오른다.

"그럼, 나중에 연락드리겠습니다."

"그래 잘 살거라."

동섭은 마음에서 우러나지는 않았지만 이렇게 한마디 한다.

"먹고살기 힘들면 그냥 들어와. 객지서 고생하지 말고."

"예, 그럴게요."

트럭이 모퉁이를 돌아 사라진다. 사돈 내외를 배웅하고 돌아서며 동섭은 갑자기 머리가 뜨거워진 것을 느낀다. 하늘을 보니 치솟은 해가 대지에 열기를 보내고 있다. 여름 아침에는 좀 서늘할 때 일을 해야 한다니까.

"잘 살아야 될 텐데……."

전주댁은 혼잣말을 한다. 그녀는 위채로 가기 전에 아랫방의 방문을 열고 몇 분가량 서 있다가 문을 닫는다. 동섭은 문을 닫고 돌아서는 아내의 얼굴에서 서글픔과 시원함이 교차하는 것을 보았다.

두 사람은 잠시 밭에 나갔다가 점심때 들어온 이후 뜨거운 햇볕이 사라지기를 기다리며 집에 있었다. 이것은 농부들이 일하는 방식이었다. 뜨거운 태양이 머리 위에 있는 동안은 낮잠을 자거나 집 안에서 빈둥거리다가 태양광선이 사그라지기 시작할 무렵 다시 들에 나가 해질 때까지 일하는 것이다. 하지만 그날 두 사람은 점심때 집에 돌아온 후 다시 들로 나가지 않았다. 과연 영수가 울산에 도착해서 제대로 짐을 부려놓고 살지 걱정스러웠기 때문이다. 아니 두 사람은 그렇게 애먹이던 자식이 갑자기 사라졌다는 것을 도저히 믿을 수 없었다.

오후 4시 반경이다. 전주댁은 기다리다 못해 전화기를 들었다. 그녀는 명자냐, 하고 물은 후 통화를 시작했다. 잠결에 전주댁 목소리를 들으며 동섭은 등이 좀 끈적거리기는 하지만 오랫동안 아늑한 상태에 빠져 있고 싶어 그대로 누워 있다. 그러는 동안 그는 잠이 들었고 몇 갈래의 꿈길을 걸었다. 그는 어린 시절로 돌아가 있다. 무슨 일인지 아버지는 화가 나 있다. 그는 무릎을 꿇고 꾸지람을 들으며 앉아 있다. 어머니의 얼굴도 휙 지나간다. 그런 뒤 또 다른 꿈이 나타난다.

1시간 후 동섭은 눈을 뜬다. 그런데 전화기 앞에 앉은 전주댁의 표정이 화가 난 것처럼 보였다. 동섭은 불안한 생각이 들었지만, 속내를 감추고 무뚝뚝하게 묻는다. 이런 경우 늘 터져 나오기 마련인, 대낮에 코를 골며 잔다는 타박을 듣지 않기 위해서이기도 했다.

"무슨 일이여?"

"즈그 아부지는 지금 잠이 와, 잠이!"

동섭은 무엇이 또 전주댁이 화나게 했는지 생각해 보려고 했지만, 도저히 알 수 없다.

"뭔 일인디 그래?"

"명자가 그러는디… 영수, 그놈이 트럭에서 짐도 안 내리고 지금 도로 돌아오고 있다요."

순간 동섭은 자신이 성인임을 믿을 수 없다.

영수 내외가 울산 백록슈퍼에 도착한 것은 오후 2시경이었다. 영수는 슈퍼 옆 주차장에 이삿짐을 실은 트럭을 주차하고 슈퍼로 들어갔다. 손님들이 들고 온 물건들을 계산하고 있던 명자는 두 사람을 보았다.

"어서 와. 배고프지? 밥통에 밥이 들어 있으니까 들어가서 좀 먹어라."

명자가 바쁘게 계산하는 것을 보며 두 사람은 가게에 딸린 부엌을 거쳐 작은 방으로 들어갔다. 잠시 후 명자는 두 사람이 밥을 먹고 나오는 것을 보았다.

"벌써 밥을 다 먹었어? 지금 매형이 농수산물 시장에 가서 혼자 보려니까 바쁘네."

"예, 다 먹었어요."

영수가 말하는 동안 또 한 손님이 계산대 위에 물건을 올려놓아 대화는 중단되었다. 명자는 계산하고 있는 손님 뒤로 또 한 사람이 있는 것을 보고 영수에게 말했다.

"좀 있다 매형 오면 집으로 보낼 테니까 짐이라도 내리고 있어."

명자는 두 사람이 슈퍼 밖으로 나가는 것을 보았다. 명자는 두 사람이 가고 난 후에도 대여섯 명의 물건값을 더 계산하고 거스름돈을 내주었다.

드디어 가게가 한산해지자 명자는 늦은 점심을 해결하기 위해 부엌에 들어갔다. 이렇게 불규칙적으로 먹는 식사가 사람을 허기지게 해서 때로 화나게 만들뿐 아니라 위장을 망친다는 것을 알면서도 어쩔 수 없다. 그때 안동섭이 비닐에 싸여진 채소를 가게 바닥에 턱 내려놓는다.

"영수하고 영수 각시하고 둘이 왔던데 어서 좀 가봐야겠어요."

"언제 왔는데?"

"지금이 두 시 사십 분이니까 두 시 정도가 되었을 거예요."

"얼른 채소를 내려놓고 가야겠구만."

안동섭은 서둘러 짐을 들여놓은 후 트럭을 몰고 사라졌다. 명자는 남편이 가는 것을 보며 식사했는지도 물어보지 못했다는 것을 알았지만 이미 트럭은 사라진 뒤였다. 그런데 5분도 채 지나기 전에 안동섭이 돌아왔다.

"오기는 누가 와? 사람도 없고, 차도 없는디……."

무심결에 안동섭 입에서 사투리가 튀어나온다.

"방에 짐이 있는지는 확인했어요?"

그럴 리 없다는 표정으로 명자가 고개를 흔들었다.

"방에는 아무것도 없어."

"도대체 어찌 된 일이지?"

"아마 도로 간 거 같아."

"그럼, 내가 가서 한 번 더 보고 올 테니까 식사 좀 하고 있어요."

"응."

슈퍼를 나오자마자 뜨거운 태양광선이 내려온다. 명자는 목과 어깨가 따가운 것을 느끼며 양산을 들고 올 것을 잘못했다 싶었다. 하지만 다시 돌아갈 만한 여유가 없었다. 그녀는 한시바삐 자기 눈으로 트럭과 영수 내외를 보고 싶었다. 제대로 인도도 없는 길을 걸어가는 동안 몇 번 위험한 순간이 닥쳐온다. 차들이 빠르게 지나가면서 뚫어놓은 공간 속으로 빨려들 것 같다. 휘청거리며 그 길을 지나자, 좁은 골목이 나타난다. 직선으로 난 골목을 따라 걸어가며 명자는 만약 영수가 짐도 내리지 않고 가버린 것이 사실이라면 남편을 어떤 눈으로 보아야 할지 걱정스러웠다. 처음에 안동섭은 처가 일에 나서는 것을 부담스러워했다. 사위가 처가 일에 나서는 것은 모양새가 좋지 않아. 그런 것을 명자가 몇 번이나 설득해서 시골로 갔고, 겨우 영수 내외를 불러올렸다.

십자 교차로를 만나자, 그녀는 오른쪽으로 돌아 철길을 향해 걸어갔다. 철길 너머에 영수가 머물기로 했던 방이 있다. 그녀는 단층 양옥집 앞에 서서 초인종을 누르려다가 나무 대문을 밀어본다. 문이 스르르 열린다.

명자는 마당에서 오른쪽으로 빙 돌아 좁은 통로를 통해 단칸방에 이르렀다. 방문은 열려 있다. 그런데 푸른빛이 도는 하얀 벽지가 붙은 방에는 아무것도 없다. 당연히 있어야 할 가구나 전자제품이 없다. 옷걸이에 걸린 옷도, 사람이 사는 집이면 으레 벽에 걸리는 달력도 없다. 그녀는 방문을 닫고 나오며 영수를 향해 욕지거리를 퍼부었다.

"망할 놈의 자식 같으니라고."

그녀는 풀 죽은 모습으로 슈퍼에 돌아와 안동섭의 말이 사실임을 시인했다.

"처남이 어쩌자고, 애들 장난도 아니고……."

명자는 말없이 함박에 담아놓았던 배추를 거칠게 건져 올린다. 그 때문에 얼굴과 팔에 소금물이 튀었다. 이것들은 영수에게 김치를 담아주기 위해 소금에 절여놓았던 배추들이다. 책상 위에 놓여 있던 전화벨이 울린 것은 20분가량 지나서였다. 영수일 것이 분명하다고 생각한 명자는 부리나케 손을 뻗었다. 이놈을 어떻게 한다지, 이렇게 중얼거리다 명자는 일단 영수의 말을 듣고 난 후 화를 내기로 작정했다.

"느그들 사람들이 왜 온다간다는 말도 없이 간 거야?"

"누나는 아마 모를 수도 있지만, 사람이 매정하게 대하는데 살 맘이 안 생겨서 말이야."

명자는 친구의 집을 찾아갔다가 대문 뒤에서 개가 뛰어나왔을 때처럼 놀랐다. 그런데 영수의 말투는 느긋하고 차분해서 듣는 사람을 약 올리려는 것 같다.

"아니 애들 장난도 아니고, 그러는 게 어디가 있어? 느그 준다고 김치도 담아 놨는데……."

옆에서 듣고만 있던 안동섭이 돌아온대, 하고 물었다. 명자가 고개를 젓자, 수화기를 낚아챘다.

"처남 지금 올 거야, 말 거야?"

안동섭의 성난 목소리를 들으며 명자는 고개를 들 수 없다. 그래 우리 집 인간들은 모두가 제멋대로야. 쥐뿔도 없는 인간들이 말이야.

"나는 이제 죽는 한이 있어도 큰처남 일은 모른 체 할 테니까 섭섭하게 생각지 마!"

안동섭은 탁 소리가 나게 전화기를 내려놓는다. 그런 뒤 담배를 입에 문다.

5

"올해는 날이 왜 이리 가문가 모르겄어?"

자리에 누운 동섭은 파리똥이 앉아 더러워진 천장을 보고 있다. 등을 돌린 전주댁은 모로 누워 있다. 농사에는 물이 필요하고 그것은 곧 비를 의미한다. 비는 이 지방에 적절히 내린 적이 거의 없다. 가문 날씨가 내내 이어지다가 7월에 집중적으로 쏟아졌다. 그런 뒤 다시 가물었다. 특히 3~4년 주기로 심한 가뭄이 이어졌다. 월암에서는 산 정상에서 기우제를 지내고 청솔가지를 태우는 대신 여자들을 동원했다. 여자들의 음기로 하늘의 양기에 대항하는 주술이다. 온 동네 여자들은 저녁 식사를 마친 후 쌀을 까불 때 쓰는 키를 들고 저수지 둑에 모였다. 한 사람도 빠짐없이 둑에 모이면 의식이 시작되었다. 그들은 입고 있던 옷을 모두 벗고 소금 얻으러 가는 오줌싸개 아이처럼 머리에 키를 썼다. 그런 뒤 하늘을 향해 일제히 맹렬하게 우는 것이다. 의식을 끝내고 난 뒤 전주댁은 몇 번이나 비가 쏟아지는 것을 경험했다.

"정 가물먼 기우제라도 지내야 되겄제."

"그러면 또 저녁에 여자들이 챙이를 쓰고 수리잡 가에 가서 우는가?"

"그렇게 궁금허먼 직접 와서 보제, 왜?"

"아니 논바닥이 쩍쩍 갈라지고 저수지 물이 다 빠지고 해서 허는 말이제."

동섭은 '수리잡안'으로 갈 때 본 저수지를 떠올린다. 월암에서 태어나 자라는 동안 그는 몇 번이나 가뭄을 겪었지만, 이번처럼 저수지가 심하게 바닥을 드러낸 것은 보지 못했다. 물이 차 있을 때의 저수지는 사람들에게 새로운 세계처럼 보이지만 바닥을 보고 나면 그런 신비는 사라져 버린다. 거기에는 지옥에나 있을 법한 회색 펄이 갖가지 죽은 것을 품고 있다. 일제시대 사용했던 것으로 추정되는 붉게 녹이 슨 연장, 홍수 때 상류에서 내려온 옷가지와 썩어서 검게 변한 나무 등 버려지거나 쓸모없어진 것들이다. 저수지가 군데군데 바닥을 드러내면 고기들은 물웅덩이에서 홍부네 가족처럼 옹기종기 모여 살지 않을 수 없었다. 그러면 근방의 낚시꾼들은 모조리 수리잡으로 몰려들었다.

"이놈의 데도 살 곳이 못 되는 갑서."

동섭이 영수로 인해 마음 상한 분풀이를 하자, 전주댁이 당치도 않다는 듯 받는다.

"나이 오십이 넘어서 어디를 나가? 젊었을 때라먼 모르지만."

"아랫방 저놈은 한 번 나갔으먼 자리를 잡고 살았으먼 되는디 뭔 지랄 헌다고 돌아와 가지고……."

영수가 이삿짐이 실린 트럭을 몰고 집으로 다시 돌아오자 동섭 내외는 모르는 체하고 방에 들어앉아 있었다. 동섭은 한 번 마음을 정한 후 다시 그것을 번복하기 위해서는 아주 복잡한 과정을 거쳐야 하는 종류의 사람이었고, 변덕이라는 것은 생각조차 해본 적이 없다. 그래서 이번 일은 정말 황당했다. 하지만 늘 자신감이 넘쳤던 전주댁은 달랐다. 그녀는 현실을 거부하거나, 어려운 상황에 부딪혔을 때 안 된다고 말해본 적이 없었다. 그때그때 상황에 따라서 판단을 내리고 즉시 행동으로 옮기는 유형이었다.

영수가 돌아온 이후 약 한 달간은 별다른 분쟁이 없었다.

"지놈도 낯가죽이 있으니까 옛날처럼 못하는 것이겠지."

전주댁 말에 동섭은 동의할 수 없었다. 영수가 짐을 싣기 이전으로 복귀하는 것은 시간문제라고 보고 있었다. 앞으로 더했으면 더했지 덜 하지는 않을 것이라고 장담했다. 그런데 얼마 지난 후 그것은 사실로 나타났다. 영수 내외는 두 사람을 숫제 부모로 인정하지 않으려 했다.

영수는 어찌 보면 마을 동쪽 길모퉁이에 사는 맹 양반 아들 맹철구와 닮았다. 주위 사람들의 말을 들어보면, 맹 양반을 닮은 맹철구는 약간 모자라거나 바보처럼 보였다. 그래서 친구들의 놀림을 받고 이용당하기도 했다. 그러던 맹철구가 집안에서 큰 소리를 내기 시작한 것은 약간 철이 든 고등학생 무렵이다. 맹철구는 동생들에게 지겟작대기를 휘두르고 부모에게 돈을 내놓으라고 협박을 일삼는 폭군이 되어 있었다. 그 때문에 동네에서는 말이 많았지만 두고 보는 수밖에 없었다. 그것은 사회적인 일이 아니라 가정사에 불과하다는 의견이 많았기 때문이다. 맹 양반 내외는 철구를 결혼시킨 후 얼마 지나지 않아 죽었다. 고작 육십을 넘긴 나이였다. 동네 사람들은 젊었을 때의 고생이 두 사람을 일찍 죽게 했다고들 했다. 하지만 전주댁은 그렇게 생각할 수 없었다.

자식과의 불화를 겪기 전까지만 해도 동섭은 맹 양반네 일쯤이야 재미있게 한 귀로 듣고 한 귀로 흘릴 수 있었다. 그까짓 일 가지고 뭘 그래, 라고 등한시할 수 있었다. 하지만 이제는 아니었다. 막상 당사자가 되자, 그는 그까짓 일이 결코 아니라는 것을 깨닫게 되었다. 그 일은 수시로 죽고 싶은 생각이 들 정도로 고통스러운 것이었다. 그런데 또다시 그 상황이 재연되고 있었다. 그리고 여태까지 두 사람을 위해 싸워온 명자도 약간 냉담해져서 전화로 하소연을 시도하는 전주댁의 마음을 상하게 하고 있었다. 명자는 며느리 흉을 보는 전주댁에게 콩가루 집안이 되지 않으려거든 이제 제발 그런 말을 하지 말라고 하고 있었다. 그런 행동은 형제간의 우애를 망칠 뿐이라는 것이다. 어떻게 늘 한 목소리만 내고 살아. 이런 생각을 하며 전주댁은 생각 끝에 부산에서 대학 다니던 경수에게 전화를 걸었다. 통화가 끝나자, 전주댁은 주말에 경수가 온다고 동섭에게 알려주었다.

경수가 오기로 한 토요일이 되자, 전주댁은 서둘러 집으로 돌아와 저녁을 준비하며 동섭에게 몇 가지 주문을 한다. 경수가 올 때까지 저녁을 먹지 말고 기다리자는 것, 경수에게 지금까지의 자잘한 일을 말해도 막지 말라는 것이다. 동섭은 군말 없이 동의한다.

경수가 마당에 들어서서 어머니, 하고 부른 것은 저녁 아홉 시경이었다. 이 소리를 듣자마자, 전주댁은 방문을 열고 뛰어나가 막내아들을 맞아들인다.

"어서 들어와라! 너 오면 먹는다고 기다리고 있다."

전주댁은 경수의 손을 잡고 잠시 눈시울을 적신 후 저녁상을 가지러 부엌으로 갔다.

"그래, 어서 와라."

동섭은 과연 영수를 물리칠 수 있을지 의심스러워 몇 번이나 경수의 얼굴을 쳐다본다. 경수는 앞머리가 숱이 적어 대머리의 징조가 보인다고 할 수도 있지만 약간 치켜 올라간 눈에서는 힘과 광채가 느껴진다. 곧 저녁 식사가 시작되었다. 세 사람은 둥근 상을 앞에 두고 식사를 시작한다.

"우리만 먹어요?"

경수가 수저질하다 말고 방문을 쳐다본다.

"아래채 사람들은 따로 채리서 묵은께 우리끼리만 묵으먼 돼."

전주댁이 숟가락 든 손을 내저었다.

"어머니는 참, 밖에서 들으면 어쩌라고?"

"듣든가 말든가. 내가 어디 못할 소리 하는 거냐. 세상에 어제는 이놈이 내가 뭐라고 해로운 소리를 했다고 때리죽일 것겉이 흐더랑께. 그때 마침 누가 찾아왔은께 망정이지 잘못됐으먼 내가 그 자리에서 죽었당께."

"아니, 그런 놈을 가만둬, 그 자리서 때리죽이 부리제."

흥분된 동섭은 당장 어떻게 할 것처럼 눈을 크게 뜬다.

"말만 허지 말고 어떻게 해봐, 그러먼. 세상에 자식 하나 맘대로 못하고도 무슨 애비라고…… 이러다가 내가 말라 죽겄어."

정곡을 찔린 동섭은 입을 다물지 않을 수 없다. 그는 누차 이런 말을 전주댁으로부터 들어왔다.

"어찌 된 일인지 자세히 좀 말씀해 보세요."

경수의 물음에 전주댁이 입을 열었다. 이번 일의 발단은 영수가 밥상을 들고 아랫방으로 가는 것을 본 전주댁이 인자 마누라한테 밥까지 갖다 바치냐, 고 조롱한 것 때문이다. 영수는 성질 급한 닭처럼 흥분해서 어머니를 사람들 눈에 띄지 않는 모퉁이로 끌고 갔다.

"가만히 있어, 가만히 안 있으면 쳐 죽일 텐께."

어깨를 잡힌 전주댁은 금방이라도 죽일 것 같이 눈을 부라리며 말하는 아들에게 질려 숨도 쉬지 못할 지경이었다. 그런데 그때 마침 임실댁이 집 안에 들어왔다.

"둘이 거기 서서 뭐 해?"

영수는 전주댁 어깨를 놓고 뒤로 물러났다. 영수는 아무것도 아니라는 듯 억지웃음을 띄우며 아랫방으로 되돌아갔다.

전주댁 마른 볼 위에 눈물이 흘러내렸다.

"정말 어떻게 이런 일이 일어날 수 있을까?"

경수가 믿을 수 없는 표정을 지으며 서너 차례 고개를 저었다.

"밥이나 먹고 나서 말해도 될 것을 애 밥도 못 묵게……."

동섭은 분위기를 바꾸어 볼 셈으로 경수에게 나직한 목소리로 물었다.

"그래, 학교는 잘 다니고 있냐?"

"학교 졸업하면 방송국에 취직할 생각입니다."

"그럼, 뭐가 되는 거냐? 아나운서가 되는 거냐?"

"아직 무엇이 될지는 결정하지 못했습니다."

"응, 그래! 어서 묵어라."

그때 갑자기 방문이 열리며 영수가 들어온다. 동섭은 장남의 얼굴을 본 순간 가슴이 파르르 떨린다. 내가 저 자식을 어찌 내 맘대로 한다는 말인가.

"그래, 너 왔구나! 별일은 없고?"

경수는 일어서려다 영수의 제지에 다시 앉는다.
“그간 별일 없었습니까?”
“자, 어서 밥 묵고 이야기해라.”
동섭은 또다시 가슴이 떨릴 것 같아 영수를 똑바로 보지 못한다.
“그래, 밥 먹고 이야기해라.”
영수는 텔레비전으로 눈을 돌린다. 동섭은 가능하면 영수 쪽은 보지 않으려 애를 쓰고 있다. 자식을 두려워한다는 것이 말이 안 되는 줄 모르는 바 아니었지만, 그것은 사실이다. 영수는 세 사람이 밥을 먹는 동안 묵묵히 앉아 텔레비전을 보고 있다가 한 번씩 웃음을 터트린다. 이윽고 식사가 끝났다. 동섭은 담배를 꺼내려다 영수가 앞에 있다는 생각에 도로 주머니에 밀어 넣는다. 언젠가 영수는 아주 경멸스러운 표정을 지으며 방에서 웬 담배 냄새가 나는지, 원! 하며 혀를 톡톡 찼다. 이후로 동섭은 방에서 담배 피우는 일을 삼가고 있다.
“형수님은 잘 계시지요?”
식사를 끝낸 경수가 돌아앉는다.
“응, 그래.”
영수는 목소리에 형다운 무게를 얹어 짧게 대답한다.
“형한테 한 가지 물어보고 싶은 것이 있어요.”
경수의 목소리는 약간 떨리고 말의 속도도 빨라져 있다. 그런데 이 말을 들은 영수는 명랑한 데다 빙글빙글 웃는 빛이다. 상을 내가야 하나, 말아야 하나 결정하지 못하고 있던 동섭은 자리에 눌어붙어 있기로 작정한다.
“그래, 뭔데 말해봐!”
“아버지, 어머니가 형 때문에 도저히 집에서 살 수가 없대요. 어찌 된 일입니까?"

그 순간 영수의 얼굴이 참혹할 정도로 일그러진다. 동섭은 당혹함을 감추기 위해 고개를 돌려버린다. 이제 한바탕 치고받고 난리가 나겠군. 적어도 그는 이렇게 생각지 않을 수 없다. 헤아릴 수 없이 크고 무거운 정적이 두 사람 사이에 놓인다.

그런데 그때 어린아이가 엉엉 울 때와 비슷한 울음이 영수에게서 터져 나온다. 어안이 벙벙해진 동섭은 영수와 경수를 번갈아 쳐다본다. 경수가 주먹을 날렸나. 당황한 경수의 얼굴은 보니 분명 아니었다. 전주댁 얼굴에도 난감해하는 기색이 역력했다.

이때였으리라. 또 다른 울음소리가 터져 나온 것은. 그것은 경수의 울음소리였다. 영수와 달리 구슬프기 짝이 없는 집 잃은 염소의 울음이다.

"왜 우리 집이 이렇게 됐는지…… 모르겠어요. 전 우리 집이 다른 집보다 행복하다고 생각했는데……."

일이 이렇게 되어버리자 무색해진 동섭은 돌아앉는다. 정말 이상하게 되어버렸어. 문득 그는 두 사람이 부러워진다. 나도 이렇게 울 수 있다면 얼마나 좋을까. 그간 그의 감정은 눈물을 끌어올릴 정도로 빠르고 격렬하게 솟아오른 적이 없다. 자신도 모르게 흥분해서 괭이나 도끼를 집어든 적은 있었지만. 그의 감정은 늘 다른 사람보다 느렸고 분명한 배출구를 가지고 있지 않았다. 쉽게 노하지만 쉽게 울 수는 없다.

오랫동안 두 사람의 울음소리가 고요한 밤하늘을 진동시켰다. 두 울음소리 중 먼저 그친 것은 아이가 우는 듯한 울음소리였다. 한바탕 울어 젖힌 영수는 스스로 방을 걸어 나간다. 경수의 울음도 곧 그쳤다.

"클 때는 그래도, 이놈이 삼 형제 중에 제일 순허고 착헌 놈이었는디……."

영수가 사라진 방문으로 눈길을 주며 전주댁이 푸념했다. 이 말에 대꾸하는 사람은 없다. 다들 자신의 생각과 감정에 빠져 있다. 잠시 후 전주댁이 자리에서 일어나자 경수도 뒤를 따른다. 경수가 전주댁을 위로해 주기 위해 나간 것으로 생각한 동섭은 새마을(담배)을 꺼내 불을 붙인다. 그런 후 방문을 열어젖힌다. 마루에 걸터앉은 전주댁의 가냘픈 어깨와 바위처럼 큼직한 경수의 뒷모습이 보였다. 전주댁은 약간 고개를 뒤로 젖히고 있는 것이 옥잠봉에서 솟아오른 달을 보고 있는 듯했다. 달, 달이라는 생각에 동섭은 마루로 나간다. 그는 조금 전에 전주댁이 보았고 그 외에 많은 사람이 갖가지 생각을 품고 바라보고 있을, 막 보름을 지나 이지러지기 시작한 달을 보았다. 순간 그는 달의 인력에 의해 바닷물이 움직인다는 것을 생각해 냈는데 문득 인간의 운명도 달에 의해서 조종되는 것이라는 확신을 얻었다. 달이 차오르고 이지러지기를 반복하듯 인간 개개인이나 집안이나 국가도 그것의 움직임에 따라 변화하는 것이다! 그때 실오라기 같은 것이 달 속에 나타나더니 검은 무늬를 만들기 시작한다. 그것은 계수나무 같기도, 토끼 같기도, 선녀가 산다는 달의 궁전 같기도 했다. 하지만 그것이 워낙 빠르고 연속적으로 모양이 바뀌었기 때문에 한 가지 이름을 붙일 수는 없다.

얼마 동안 생각에 잠겨 있던 전주댁이 입을 연다.

"이제 세상 돌아가는 이치를 좀 알 것 같은디… 그래 미럽이 나면 사람이 죽을 때가 가까워진다드만……."

"제 생각에도 한 집에 살면서 이렇게 사시느니 차라리 이 동네를 떠나 다른 데 사시는 것이 나을 것 같아요."

경수의 말에 동섭은 한숨을 푹 내쉰다. 누군가가 이 집을 떠나야 한다면 이번에는 자신이 나갈 차례였다. 전주댁도 덩달아 한숨을 내쉰다.

"그동안에는 저러다가 좋아지겠지 허는 맘도 있었고, 낯설고 물 설은 타동네 가서 살라고 생각허면 눈물이 먼저 쏟아져서 그리도 못 허고 있었는디, 요새 며칠 들어서 내가 저놈을 못 견디서 다른 데로 가야겠다고 생각을 허기는 했제. 해도 내가 저놈을 저렇게 내뿌리두고 가면 되겄냐?… 자식은 부모를 버리는 일은 있어도 부모가 자식을 버리든 못 헌다."

"그래도 어떻게 사시려고?"

"이보다 더 헌 일도 여지까지 겪고 살았는디, 자식 땜시 고향을 떠나면 저놈은 무슨 낯을 들고 여그서 살겄냐."

전주댁의 말에 동섭도 거들고 나선다.

"그래, 저놈도 저리 우는디, 없었던 일로 치자."

6

온 동네 여자들이 저수지 둑에 가서 울고 돌아온 이후 정말로 많은 비가 내렸다. 사람들은 놉을 얻기 위해 밤마다 동네를 돌고 비가 내리는 중에도 비옷을 입고 모내기를 한다. 전주댁은 겨우 모내기를 마치고 나서 일 년 농사를 굳히지 않게 된 것을 천만다행으로 생각했다. 송곳으로 찔러도 들어갈 것 같지 않을 메마르고 쩍쩍 갈라진 땅이나 누렇게 변색되다가 검게 타들어 가는 벼는 생각만 해도 아찔했다.

가뭄이 지나고 나서 몇 차례 태풍이 닥쳐왔다. 가옥이나 들판의 벼를 모조리 날려버릴 것처럼 바람이 불고 하늘에서는 억수로 장대비가 쏟아졌다. 하지만 태풍은 그다지 큰 피해를 남기지 않았다. 거짓말처럼 태풍이 물러가고 나면 논을 가득 채운 물은 움직임을 전혀 드러내지 않으면서 스르르 빠져버렸다. 그러면 더욱 강렬해진 태양 아래서 농약을 살포하면 그만이었다. 그런데 태풍이라고 할 수도 없는 저온현상이 그야말로 한 해 농사를 굳혀 버렸다. 하루 종일 태양이 내리쪼여도 시원찮을 시점에 기온이 떨어지자, 영글기를 기다리고 있던 벼들이 그대로 액체 상태에 머물렀다. 그러면 벼 이삭은 고개를 숙이지 못하는 쭉정이가 되는 것이다. 이것을 농촌지도소에서는 '냉해'라고 명명했다.

"올해 농사는 굳혔어, 들에 나갈 맘이 안 나네."

동섭의 말에 전주댁은 침묵을 지킨다. 이왕 아는 일을 가지고 말해봐야 입만 아프지 않은가.

"그런디 어제 버스 타고 오다 본께 장탯재 산에 뭐가 시커먼 것이 들어서 있든디……."

"뭐 말인디?"

전주댁은 머릿속에 번쩍 불이 이는 것 같아 고개를 획 돌린다.

"인자 그쪽으로 걸어갈 일이 뭐가 있어? 장에 갔다 오는 길에 본께 뭔 돌이 서 있드라는 말이제."

동섭은 그것들이 원래부터 있었던 것들이냐고 묻고 있다. 아니 원래 있었는지 없었는지 생각이 나지 않기 때문에 확인하려는 것이다.

"무슨 돌이 있다면 그것이 비석이 아니여?"

"그냥 무심코 봐서 잘 모르겄어."

동섭은 어떤 것이든 눈여겨보지 않으면 눈앞에 있는 것도 제대로 보지 못하고 그것을 누군가에게 전할 때면 자신도 모르게 끙끙거린다. 너무 지나치게 눈여겨보아도 별반 다르지 않다. 그는 명백히 자기 귀로 들었음이 분명한데도 상대가 무슨 말을 했는지 알지 못했다. 아무튼 동섭은 눈을 부릅뜨고 보았음에도 그 사물의 형태가 어떤지 기억하지 못하는 위인이었다. 이 긴가민가하는 병 때문에 전주댁은 얼마나 절망했는지 모른다.

"어서, 갑시다!"

"가기는 어딜 가? 오늘 밭에도 가봐야 허는디……."

한동안 친정어머니 묘를 이장할 수 있으리라는 기대를 걸고 남원을 들락거리던 전주댁은 가뭄이 닥치고 농사일이 바빠지면서 잠시 그 일을 잊고 있었다.

얼마 후 두 사람은 버스 운전사에게 부탁하여 장탯재 선산 앞에서 내렸다. 전주댁이 앞서 걸어가고 동섭이 그 뒤를 따른다. 짧은 오르막을 오르자, 대여섯 마지기의 밭 한가운데 수십 년간 한자리에 서 있었던 우람한 낙엽송이 나타난다. 주위의 밭에는 자주색 줄기 위에 이파리가 달린 고구마나 분홍 꽃이 진 참깨 같은 것들이 서 있다. 두 사람은 고구마 줄기나 참깨를 건드리지 않고 밭고랑 사이를 걸어간다. 밭을 지나자, 잔디밭이 나타나고 그 너머로 얼마 전까지만 해도 아름드리 소나무가 몇 그루 서 있던 곳에 두 개의 묘와 비석이 모습을 드러낸다. 아이구머니나! 전주댁이 비명을 지르며 그쪽을 향해 달려간다. 땅이 파헤쳐지고 소나무를 비롯한 잡목이 뽑혀 나가거나 잘려있다.

"여기에 소나무가 빽빽하게 들어서 있었는디……."

전주댁이 새로이 둥지를 튼 두 개의 무덤 주위를 돈다.

"이놈들이 언제 했으까, 잉!"

전주댁은 봉분 위에 덮인 떼가 아직 뿌리를 내리지 못하고 있는 것을 확인한다.

"이리 좀 와 봐!"

전주댁은 이끼가 끼지 않은 잿빛 상석을 보며 검은 화강암으로 만든 비석을 향해 걸어간다. 동섭은 비석 뒷면을 자세히 들여다 본다. 그는 비석이 세워진 날짜를 소리 내어 읽는다. 그런 다음 앞면의 익수○○노씨지묘(益秀○○魯氏之墓)라는 글자도 읽는다.

"노씨들 거란께."

동섭의 말에 전주댁은 바닥에 주저앉아 울고 싶지만 잘 버티고 있다. 그녀는 불같은 화가 치밀어 오히려 침착한 상태를 유지할 수 있다. 그녀는 이런 일이 벌어질 경우 어떻게 할지 머릿속에 그려놓은 대로 움직이고 있다.

"이것이 누구 묘라?"

"잘은 모르지만, 아마 그놈들 조부 것인 모양이여."

"그러면 이놈들이 이씨 선산을 노씨 것으로 만들 작정인가 보네, 이놈들이! 그냥 포클레인을 갖다가 파내부리까."

"아이라, 그랬다가는 큰일나!"

전주댁이 당장 포클레인이라도 몰고 올 기세에 동섭은 손을 내젓는다.

“그럼, 어쩌자는 거여.”

“그랬다가 그놈들이 고소라도 허면 지서에 잽히간단께.”

겁 많은 위인 같으니라고. 전주댁은 생각하다가 마음을 고쳐먹는다.

“이왕 이렇게 된 것 할 수 없는 일이고, 어머이를 어서 아부지 옆에다 모시야 되겄어.”

“법으로 해도 승산이 없담서, 그놈들 명의로 돼 있어서.”

“일단 집으로 갔다가 내일 나하고 어디 좀 알아봅시다.”

“어디를?”

동섭은 정직하기도 하지만 말을 잘 참지 못하고 누군가에게 곧잘 해버린다. 그것을 아는 전주댁은 더 이상 입을 열지 않는다.

그날 저녁이다. 설거지를 서둘러 마친 후 전주댁은 전화기를 든다. 그녀는 몇 번 혀를 굴려 연습한 후 공손한 말투를 만들었다.

“사돈한테 한 가지 부탁을 좀 드릴라구요.”

긴 신호가 창성 안우성의 안방으로 전달된다. 전화벨이 몇 번 울리고 안우성이 전화를 받는다.

“아이고 사돈이 어쩐 일이신가요?”

전주댁은 그동안 일어났던 일을 설명하고 도움을 청한다.

“보통 풍수 가지고는 안 됩니다. 그놈들을 이길 정도로 억센 사람이 아니면 당해낼 수 없습니다.”

“그래요. 아는 사람이 있는디 소개를 해 디리야겠네요. 근디 꼭 집으로 와야 돼요. 안 그러면 소개 안 해 디립니다.”

“내일 집으로요? 예, 그러면 들어가시요.”

전화기를 내려놓는 전주댁의 표정이 사뭇 달라져 있다. 그녀는 동섭에게 말했다.

"내일 사돈어른이 집으로 놀러 한 번 오라네요. 그러면 몇십 년 동안 법에서 일한 억센 풍수를 하나 소개를 해준다구요."

다음 날 대충 할 일을 마친 후 두 사람은 오전 10시 버스에 오른다. 전주댁은 이런 일로 사돈에게 폐를 끼치게 된 것이 무엇보다 마음에 걸렸다. 명자가 이 일을 알게 된다면 쌍심지를 켜고 대들지도 모를 일이었다. 구영리에서 내린 두 사람은 그때부터 논두렁길을 따라 길을 걸어간다. 앞서 말한 대로 물을 건너 점을 지나는 지름길이다.

창성리로 가는 동안 동섭은 뚱해 있다. 전주댁이 말을 붙여도 시큰둥했다. 전주댁은 동섭이 그런 이유를 곧 알아차렸다. 동섭은 전화를 통해 알려주어도 무방할 일을 굳이 자신을 부른 사돈에 대해 언짢아하고 있는 것이 틀림없었다. 정말 제 몸 움직이는 것을 이렇게 싫어해서야 원! 전주댁은 사돈이 굳이 집으로 부른 이유를 알 것 같았다. 안우성은 동섭 같지 않았다. 이런 기회에 서로 얼굴을 보고 말하자는 것이었다.

안우성 집 어귀에 들어서면서 부엌에서 흘러나오는 고소한 냄새를 맡은 동섭의 얼굴이 펴졌다. 그새 언제 장을 보아다 음식을 장만한 것일까, 전주댁은 놀라워하면서 집 안으로 들어간다. 마루에 앉아 있던 안우성은 두 사람을 보자, 황급히 뛰어나온다.

"이렇게 오시라고 해서 죄송합니다. 하지만 이렇게라도 안 하면 만나 뵐 기회가 있어야지요."

전주댁은 가능한 한 크게 허리를 숙여 공손히 인사한다. 이것은 친정아버지로부터 배운 가르침이다. 기분이 풀린 동섭도 소탈한 웃음을 터트린다.

"그간 별고 없으시지요?"

두 사람이 방안에 자리를 잡자, 접시들이 비좁게 앉아 있는 상이 들어온다. 마치 꽃무늬처럼 실고추와 참깨를 뿌린 나물, 부침, 생선, 돼지고기볶음 등. 그것을 보며 전주댁은 사돈이 얼마나 성의를 다하고 있는지 깨달았다. 사돈간의 대접은 과연 이렇게 해야 하는 거였다.

"안사돈도 어서 들어오세요."

전주댁이 인사를 차린다. 순간 전주댁은 또 친정아버지를 생각한다. 어릴 때 배운 사소한 가르침이 나이가 들수록 잊히기는커녕 더욱 뚜렷하게 떠오른다.

"예, 어서 들어오세요."

동섭도 덩달아 이렇게 말한다. 그러자 부엌에서 혼자 음식을 장만하던 안사돈이 막걸리를 가지고 들어온다.

"사돈이 막걸리를 좋아하신다고 해서요."

이후 동섭 내외는 사돈 내외와 얼굴을 맞대고 갖가지 집안일과 자식들의 일을 물었다.

"울산의 애들은 정말 성공했어요. 인제 억대 부자가 되었으니까요."

안우성이 희고 큰 얼굴에 가득 웃음을 띤다.

"예, 모두 다 사돈이 잘 뒷받침해 주어서 그렇지요. 아니면 어떻게 그렇게 금방 일어섰겠습니까?"

미리 할 말을 준비하고 있던 전주댁이 재빨리 응수한다.

"아닙니다. 제 아들 같으면 그런 일은 아마 엄두도 못 냈을 겁니다. 우리 큰며느리가 앞장서서 일을 추진하니까 가도 하는 수 없이 뒤따라간 겁니다."

"촌에 있을 때도 그런 말을 한 번씩 했어요. 도시에 나가면 무얼 하든 자신이 있다고요."

"남자 못지않은 배포도 있고. 원래가 관상에 복이 달려 있습니다, 우리 큰며느리가."

대화하는 중간중간 동섭은 안우성이 따라주는 막걸리를 마신다. 전주댁도 한 잔 받아 약간 몸을 틀어 마신다. 안우성의 사뿐거리는 듯한 목소리가 좀 거슬리기는 했지만 일을 위해서는 사돈이 필요했다. 정말 배짱이 맞아! 전주댁이 눈짓하자 동섭은 안우성에게 따뜻하게 데운 정종을 따라준다.

이윽고 두 사람 사이에 이장에 대한 본격적인 논의가 이루어졌다.

"정말 저는 사돈 말씀을 듣고 깜짝 놀랬습니다. 그런 일은 웬만한 남자도 할 수 없는 일인데 그런 일을 시작허시다니……."

지금껏 전주댁은 사람들로부터 이런 말들을 많이 들어왔다. 남자로 태어났으면 얼마나 멋지고 호탕하게 살았을 것인가! 그때마다 그녀는 늘 그런 생각을 했다. 하지만 가만 생각해 보니 본의 아니게 남편 험담을 하는 자리가 되었다.

"어디 편찮으신 데는 없지요?"

동섭의 물음에 안사돈은 수줍은 듯 짧게 예, 하고 대답한다. 두 사람은 잘 어울리는군. 전주댁은 이렇게 생각하며 여닫이문으로 고개를 돌린다. 문 위에 붉은색의 부적이 붙어 있다. 그 위로는 얼마 전에 죽은 안우성의 부친과 그보다 앞에 죽은 모친의 흑백 초상화가 있다.

"제가 언제 이 사람하고 일을 한 번 같이 한 적이 있는디, 이 사람은 경찰을 하다가 정년퇴직을 한 사람이요. 그래서 그런가 몰라도 대단한 풍수입니다. 글고 다른 사람보다 돈도 더 많이 주어야 헙니다."

안우성은 진지한 표정으로 말하고 있다. 평생 이런 남자와 한번 살아보고 싶은 마음이 전주댁에게 또다시 일어난다.

"그런 것은 괜찮습니다. 돈은 얼매가 들어도 좋습니다."

"그래요. 그러먼."

안우성이 전화번호를 적어 가지고 온다며 자리에서 일어난다. 안우성은 마루를 통해 건넌방에 들어갔다가 금방 돌아와서 전주댁에게 메모지를 건네준다.

"거기로 전화해서 제가 소개를 했다고 하면 알아들을 겁니다."

이것으로 두 사람의 대화는 끝났고 화제는 다시 신변으로 돌아갔다.

오후 두 시경이 되자 두 사람은 사돈댁을 나선다. 두 사람이 거절함에도 불구하고 안우성 내외는 다리까지 배웅을 나온다.

"또 무슨 일 있으면 연락하세요."

안우성의 말에 전주댁은 몇 번이나 고개를 숙인다. 정자나무를 지나며 전주댁이 뒤를 돌아보았다. 안우성 내외가 등을 보이고 걸어가고 있다.

"사돈은 옛날부터 나하고 배짱이 잘 맞아요. 말을 하면 탁탁 통하고."

"그래 맞아, 무슨 일이든 배짱이 안 맞는 사람하고는 일하기가 힘들제."

동섭은 그녀의 기분을 잘 맞추어 준다.

"내일부터 당장 일을 시작해야겄어. 일단 풍수를 구영리에서 만내가지고, 장탯재 가서 자리를 잡아놓고, 그놈을 만나러 가야겄어."

약간 입술을 오므리자, 전주댁의 강한 의지가 밖으로 드러낸다. 실지로 그녀는 집에 돌아와 풍수와 통화를 했고 다음 날 오후에 만나기로 약속까지 정해 두었다.

다음 날 구영리에서 두 사람이 만난 풍수는 머리가 희끗희끗하고 얼굴이 사각으로 보일 정도로 강한 턱을 가진 남자였다. 두 사람은 풍수를 장탯재로 데리고 갔다. 걸어가는 도중 전주댁은 그간의 사정을 세세하게 들려주었다. 사정을 알아야 제대로 도움을 받지, 하는 심정에서였다. 풍수는 약간 다혈질이었다. 전주댁의 말에 몇 번이나 흥분한 풍수는 저런 몹쓸 놈들, 이라고 내뱉었다. 그런 뒤 자기는 이런 경험이 많으니 믿어 보라고 말했다. 하지만 전주댁은 드센 노씨 형제를 상대로 풍수가 제대로 일을 해낼 수 있을지 확신을 가지지 못했다.

장탯재에 도착해서 풍수는 주변의 산과 들, 물을 휘둘러 본 후 길과 반대쪽인 남쪽을 향해 걸어갔다. 그는 몇 군데 나경을 놓고 좌향을 계산한다. 옆에서 전주댁은 가끔 풍수의 입에서 흘러나오는 천반봉침이라는 말이나 육십갑자 중에 나오는 갑자, 을축, 계축 하는 따위의 말을 들었다. 하지만 그녀로서는 무슨 말인지 알 도리가 없었다.

"바로 이 자립니다."

장탯재 산을 돌아다닌 끝에 자리를 선택한 풍수가 두 사람에게 뫼를 쓸 자리를 짚어 주었다.

"여기요?"

한 번도 묏자리로 생각해 본 적이 없는 자리라 전주댁은 선뜻 나서지 못하고 머뭇거렸다.

"자, 여기 한 번 서보세요."

전주댁은 풍수가 시키는 소나무 숲 앞에 서서 아래를 보았다. 너른 들이 한눈에 들어오고, 건너편의 산과 덕산리, 구영리 사이를 흐르는 냇물이 눈에 훤하게 들어왔다. 그리고 하루 종일 햇빛이 비치는 남향이었다.

"그래, 괜찮아 보이네요."

"여기가 이 산에서는 제일 좋은 자립니다."

이제 남은 일은 스스로 결정권을 장악하고 이번 사건을 뒤에서 조종해 온 대성을 만나는 것이었다. 세 사람은 남원행 버스에 올랐다.

"여섯 시면 대성이 일이 끝난께 우리가 먼저 도착할 것 같네요."

버스 안에서 시간을 따져 본 후 전주댁이 말했다.

"그러면 회사로 찾아갑시다. 회사 정문 앞에서 만나 이야기를 하면 되니까요."

풍수는 바쁜 사람이었고 또 기다리는 고객이 있을 수도 있었다. 전주댁은 풍수의 말에 동의했다. 약 40분 후, 세 사람은 남원 시가지에 닿기 전에 버스에서 내렸다. 길 오른편에 전력공사의 커다란 현대식 건물이 있었다. 그들은 수위실에 가서 면회를 신청하고 음료수와 과자를 파는 대기실 안으로 들어갔다. 퇴근 시간이라 면회하기 위해 기다리는 사람은 없다. 탁자를 사이에 두고 전주댁은 풍수에게 어떻게 할 작정이냐고 묻고 싶었지만, 두고 보면 알겠지 싶어 기다리기로 했다. 그때 동섭이 담배를 빼 들었다. 문득 전주댁은 풍수에게 담배 한 갑도 사주지 않았다는 것을 떠올렸다.

"무슨 담배를 피우십니까?"

"나는 담배 끊었으니 신경 쓰지 마요."

"그러면 음료수라도 드셔야지요."

전주댁 눈짓에 동섭이 판매대 앞으로 가서 인삼 드링크를 한 병 사가지고 돌아와 풍수에게 건네준다. 전주댁은 문 쪽만 쳐다보고 있다.

얼마 지나지 않아 청색 작업복 차림의 대성이가 약간 불량스럽게 팔을 내흔들며 내리막을 내려오는 것이 그녀의 눈에 들어온다.
"와요!"
전주댁의 낮은 목소리가 끝나기 무섭게 대성이 안으로 들어온다.
"언제 오셨습니까?"
"좀 전에 왔다. 너하고 헐 이약이 있어서."
전주댁은 의미심장한 눈빛으로 조카를 본다. 오늘은 결판을 내자. 내가 이기나 네가 이기나.
"무슨 일인데요?"
"우리가 지금 할매 모실 곳을 보고 오는 길인디 너한테 허락을 좀 받으러 왔다."
"어디 다 쓸라고요, 이모!"
"이분이 풍수 어르신인디, 좀 전에 이분하고 장탯재 선산에 가서 덕산이 보이는 쪽으로 소나무가 좀 있든디, 거기다 자리를 봐두고 왔다."
"내가 혼자서 결정을 내릴 수가 있간디. 서울에 있는 성하고도 의논을 해야제."
대성이 능글맞은 웃음을 짓자, 전주댁은 이제 목소리를 높여야 할 때라 싶다.
"쓸데없는 소리는 허지 말고, 된다 안 된다 결정을 해, 이 자리에서!"
두 사람의 말을 묵묵히 듣고 있던 풍수가 나선다.
"내가 그간의 사정 이야기를 들으니까 원래 그 산이 자네 외갓집 선산이었다고 들었네. 그리고 외갓집 선산에 모신 자네 조상들 묘하고 비도 보고 오는 길이네."

“그래서 그것이 어쨌다는 말입니까?”

대성의 얼굴이 붉어지며 말투도 불손해진다. 그럼에도 풍수는 말투가 흐트러지거나 주눅이 들지 않는다.

“뭐 어쨌다는 것이 아니고, 이 아주머니 말씀은 자네한테도 외할머니 되는 분을 선산에 모시도록 해달라는 거지.”

“그 산이 제 앞으로 된 것도 아니고 성하고 의논을 해봐야 됩니다. 어머니 말씀도 들어봐야 하고요.”

“자네 말이 틀린 것은 물론 아니야. 하지만 말일세. 법적으로 장남인 양자로 하여금 선산에 대한 반환청구 소송을 내게 할 수도 있다는 말이지. 그러면 판사들이 어떤 판결을 내릴 것 같나?”

풍수의 말에 대성이는 잠시 멍한 기색이다. 그와 반대로 옆에서 듣고만 있던 전주댁은 하마터면 아하, 하는 탄성을 지를 뻔했다.

“아니 제가 언제 외할매 산소를 못 쓰게 했습니까? 의논을 해봐야 한다고 했제.”

“그래, 써도 된다 이 말이제?”

전주댁이 다그쳐 묻는다.

“예, 아무 데나 쓰시고 싶은데 쓰세요.”

드디어 대성의 허락이 떨어졌다. 이렇게 간단한 일이었다니. 이쪽의 승리가 확실해지자, 전주댁은 속이 후련해진다. 그간 미워했던 조카를 용서할 마음도 생긴다.

다음 날부터 전주댁은 이장계획을 착실히 추진시켜 나갔다. 이장 날짜를 받고 일꾼을 사고 음식을 장만했다. 그런데 막상 묘를 이장할 준비가 모두 갖추어졌을 때 뜻밖의 일이 발생했다. 대성이 그 자리는 줄 수 없으니 다른 묏자리를 잡아서 쓰라고 억지를 부리는 것이다.

전주댁은 대성이 심사를 알 것도 같았다. 좋은 자리라고 하니까 욕심이 나서 그러는 것이었다. 그렇다고 그대로 물러설 수는 없었다. 몇 번 대성이와 싸우다 지친 전주댁은 다시 풍수를 앞세웠다. 그리고 풍수는 전주댁의 기대대로 묏자리를 되찾아왔다.

어쨌든 이런 복잡다단한 과정 끝에 고 임춘복 여사는 다사롭고 고운 햇빛이 드는 선산에 자리를 잡고 누울 수 있었다. 그 후 전주댁은 장수댁과 논의해 고 임춘복 여사 묘 앞에 상석을 놓고, 비석도 세워 놓았다.

"세상에 이런 효녀가 또 있을까, 잉?"

이후 동섭은 전주댁을 향해 장난삼아 한 번씩 빈정거렸다.

7

한동준이 폐암 선고를 받고 몇 년을 더 살았던 것에 비하면 박성기의 종말은 얼마나 조급하게 다가온 것인지 몰랐다. 동섭은 박성기가 앓았던 췌장암이 다른 암에 비해 유예기간이 짧다는 것을 알자 막연한 불안을 느꼈다. 그래서 그는 췌장이 몸의 어느 곳에 붙어 있으며 암에 걸렸을 때 어떤 식으로 고통이 오는지 사람들에게 들으려고 했다. 사람들의 말은 가지각색이었다. 명치에서부터 양 옆구리에 걸쳐 긴장감과 저항이 느껴지면 일단 췌장에 이상이 생긴 것이라고 말한 사람도 있었고, 또 어떤 사람은 쉬 피로하고 안색이 나쁘고 원기가 없으면 의심해 볼 수 있다고도 말했다. 각기 다른 말에 그는 갈피를 잡을 수 없다. 숙자가 박성기를 병원으로 옮기게 된 것은 식은땀을 흘리면서 입술과 손톱이 보라색으로 바뀌었기 때문이라고 들었는데. 어느 것이 맞는가, 아니 어느 것이 초기 증상이고 어느 것이 후기 증상인가.

"도저히 병원에 오래 놔둘 처지가 아니었드리야. 전세방이라도 빼서 치료 받았으면 좀 더 살 수도 있었지만 애들 고모가 반대했다네."

전주댁은 병명도 제대로 발음하지 못하고 증상도 모르고 있었지만 뜻밖의 일을 알고 있었다. 순간 동섭은 보호자의 요망에 의해서 회복 불가능한 환자로부터 분리되고 있을 산소호흡기, 그 장면을 절망의 눈으로 쳐다보았을 박성기를 그렸다. 성기는 그때 무슨 생각을 했을까. 가난한 사람은 생명을 잠시 연장하는 돈도 지불하기가 힘든 빌어먹을 세상! 이라고 했을까.

"그러면 돈이 없어서 죽었단 말인가?"

동섭은 자신도 모르게 개탄한다. 하긴, 빈털터리가 되어 고향 사람들 몰래 떠난 사람이 그간 돈을 모았으면 얼마나 모았을 것인가. 하여튼 박성기의 갑작스런 죽음은 동섭으로 하여금 지금까지 주변에서 사라진 많은 사람을 생각나게 했다. 가장 최근에 죽은 동생 동휘를 비롯하여 장모인 임춘복 여사, 폐암으로 죽은 사촌 형 한동준, 그전에는 박성기 부친과 둘째 아들 창수, 또 그전에 어머니 파평 윤씨, 경운기 사고로 갑자기 세상을 떠난 동서 강종문을 떠올린다. 이런 일련의 죽음들이 예시하고자 하는 것은 무엇일까 — 분명히 그는 예시라고 느꼈다. 그는 조상의 혼령은 모르지만 조물주가 존재한다는 것은 믿고 있었다. 그에게 조물주는 보상과 형벌과 형벌을 주관하며 꿈을 통해 예시를 내리는 존재였다. 이것이 어쩌면 한씨가에 가해진 형벌이며, 한씨 집안과 관계를 맺은 사람들에게 전염이 된 것이 아닐까. 오백 년 이상을 이어온 한씨 가계를 말살하려는 조물주의 의도일까. 나약하고 퇴화해 버려서 더 이상 병에 대한 어떤 저항력도 가지지 못하게 된 집안에 대해 조물주는 무자비한 철퇴를 내려 절멸을 고하려는 것일까.

박성기의 죽음을 애도하기 위해 모인 사람들은 고향인 대영면을 떠나 도시에 정착한 사람들이었다. 그들은 공장에 다니거나 가게를 하거나, 신문사 등의 직장에 다니고 있었다. 하지만 시골에서와 달리 그들이 할 일은 없었다. 주검을 목욕시키고 수의를 입히고 염을 하는 일, 관과 상복을 가져온 것은 장의사였다. 일을 끝낸 장의사는 한숙자와 박수철에게 장지를 어디로 정할지 물었다.

"글쎄 어떻게 해야 할지 모르겠어요."

두 사람은 남편이자 아버지의 주검을 고향의 선산에 모시고 싶었지만, 조문객들 앞에서 선뜻 말을 꺼낼 수는 없었다. 박성기는 고향 사람들에게 빚을 갚지 않은 한 죄인이었고 고향 사람들의 허락 없이는 죽어서도 고향으로 돌아갈 수 없었다. 조문 왔던 사람들이 힘이 되어 준 것은 이때였다. 두 사람이 망설이는 이유를 눈치챈 사람들은 과거에 어떤 일이 있었든지 간에 이제 고인은 고향으로 돌아갈 권리를 얻었다고 말했다.

"죽은 사람에게 이승의 죄를 물을 수는 없으니까요."

두 사람은 고마움을 표현하기 위해 갖가지 표현을 찾았다.

"그렇게만 해준다면야 더 이상 바랄 것이 없지요."

한숙자는 가까스로 이런 말을 찾아냈다.

"사람들이 마을에 차를 못 들어오게 막으면 어쩌지요."

수철이 걱정스러운 표정으로 말했다.

"그것도 걱정하지 말게. 우리가 모두 고향 선산까지 내려갈 테니까."

그중 가장 나이가 든 조영기가 말했다. 그런데 영구차에 시신을 싣고 고향으로 내려가기도 전에 한 가지 사건이 일어났다. 사람들 속에 앉아 있던 한동규가 갑자기 의식을 잃고 쓰러졌다.

"아, 왜 그러지요? 큰일이네."

"어서 119에 전화해요."

한 사람이 동규를 업고 방으로 갔다. 그런 뒤 사람들은 이런 경우에 할 수 있는 조치를 하려고들 했다. 옷을 느슨하게 하고 혁대를 풀었다. 팔다리를 주무르는 사람도 있었다. 하지만 그다음에는 어떻게 할지 아는 사람이 없었다.

계단 앞에 서 있던 동섭은 정희연이 나오자 물었다.

"대체 어찌 된 일이요?"

"일을 한다고 너무 신경을 많이 써서 신경쇠약이 왔는가 봐요."

제수는 눈물을 글썽이며 금방이라도 쓰러질 것처럼 비틀거린다.

"괜찮아?"

전주댁이 부축하려 했지만, 그녀는 괜찮다고 말했다. 방에 들어갔던 사람들이 구급차가 오면 곧바로 싣고 떠날 수 있도록 한동규를 업고 마당으로 나왔다.

구급차는 빨리도 도착했다. 연락을 한 지 채 5분이 되지 않아서 사이렌 소리가 들렸고 차가 정지함과 동시에 가운을 입은 남자 두 사람이 들것을 들고 차에서 내렸다. 사람들이 한동규를 구급차용 들것 위에 뉘자, 흰 가운을 입은 남자 둘이 구급차 안으로 옮겼다. 그 뒤를 정희연이 뒤따라가다가 갑자기 뒤를 돌아보았다.

"제발 누가 같이 좀 가줘요!"

정희연은 슬픔과 공포 때문에 악을 쓰고 있었다. 동섭은 전주댁과 함께 구급차로 달려갔다. 두 사람이 구급차 뒤 칸에 타자, 밖에서 문이 닫히고 차가 출발했다. 녹색 커튼이 쳐진 구급차 안을 밝힌 것은 차의 지붕에 달려 있던 실내등이었다. 그 아래에서 가운을 입은 남자는 한동규의 눈을 까뒤집어 작은 전등으로 비춰본 후 거품이 뿜어져 나오는 입안도 살폈다.

"그동안 어디 아픈 데 없었어요?"

"아니요. 그 사람 신체는 아주 건강해요… 아무래도 신경쇠약이 아닌가 싶어요."

정희연이 울음 섞인 목소리로 대답했다. 잠시 후 구급차는 H 대학병원 신경정신과 병동 앞에 정지했다. 앞좌석에서 내린 두 사람이 밖에서 문을 열었다. 그들은 한동규가 누운 들것을 끌어내 응급실을 향해 달려갔다. 동섭 일행도 서둘러 뒤를 따랐다. 그들은 동규를 병원 침상에 내려놓은 후 데스크 뒤에 허리를 굽히고 무엇인가를 쓰는 간호사에게 다가가 뭐라고 하는 것 같았다. 그런 다음 두 사람은 남은 사람을 한 번 보고는 발길을 돌렸다. 우느라 정신을 차리지 못하는 동서를 대신해 전주댁이 그들에게 수고했다고 말했다. 몇 분 후 간호사의 연락을 받은 의사가 나타났다. 앞머리가 벗겨져 있어 옆머리를 길게 늘어뜨린, 아래쪽 눈에 흰자가 많은 사십 대 후반의 남자였다. 의사는 환자의 상태를 자세히 살펴본 후 보호자를 찾았다.

"그간에 어떤 일이 있었는지 말해줄 수 있습니까?"

의사의 말에 정희연이 주위를 둘러보더니 입을 열었다.

"얼마 전 애들 삼촌 제사를 지내고 나서부터였을 거예요. 애들 아빠가 속에서 열이 올라 기분이 붕 떠 있는 상태라고 말해줬어요. 그래서인지 잠을 이루지 못하는 날이 계속됐어요. 일을 하러 가야 한다, 돈을 많이 벌 수 있을 것 같다는 말을 하면서 말이죠… 얼마 동안 잠을 자더라도 조금만 자면 깨고, 조금만 자면 깨고 도저히 잠을 자지 못했어요… 그러면서 무슨 일이든지 하면 잘될 것 같다, 집에 돈이 수북수북 쌓인 것처럼 생각하는 거예요…… 그런데 그 뒤로 길의 거지들에게 돈을 뿌리기도 하고 전혀 알지 못하는 사람들에게 술을 사주는 일이 일어났어요. 저는 이거 큰일났다고 생각했죠. 하지만 저 혼자서 어떻게 해요? 이웃 사람들에게 사실을 말할 수도 없고, 그렇다고 저 혼자 밖에 없는데. 그러다가 며칠을 지나니까 좀 가라앉았어요. 잠도 좀 자고요…… 그런 것을 보면서 저는 애들 아빠가 보이는 증세가 죽은 삼촌이 죽기 전에 보인 것과 똑같다는 것을 깨달았어요. 그때 삼촌이 보인 행동은 정상인이 보기에 얼마나 칠칠치 못하고 형편없는지 꼭 모자란 사람이나 하는 짓이었어요. 그것 때문에 애들 아빠하고 저하고 애들 삼촌을 상대로 얼마나 싸우고 난리를 쳤는지 몰라요. 사람이 제발 정신을 똑바로 차리라고 말이죠… 그런데 애들 아빠가 똑같은 행동을 하다니 정말 견딜 수가 없어요."

"일단 병동으로 옮겨요."

의사가 데스크에 앉은 간호사에게 말했다. 잠시 후 남자 간호사 둘이 나타나 한동규가 뉘어진 침대를 밀고 안으로 사라졌다.

"본인이 의식을 찾은 후 좀 더 자세한 검사를 해봐야겠습니다. 그러기 위해서는 일단 입원해야 할 것 같습니다."

의사가 차분한 투로 말했다.

"그럼 언제쯤 면회가 될까요?"

정희연의 음성이 떨리고 있었다.

"환자의 상태를 보아가면서 전화도 허용하고 면회나 외박도 줍니다."

"……."

"일단 집으로 돌아가셨다가 궁금한 점이 계시면 이쪽으로 전화를 주십시오."

"얼마나 걸릴 것 같습니까?"

이번엔 전주댁이 물었다.

"경과를 보아가면서 말씀을 드려야 하겠지만 이번이 처음이라니 쉽게 회복이 될 듯도 싶고……."

잠시 후 의사가 환자를 진찰한다며 안으로 들어가자, 정희연은 인턴으로 보이는 여자에게 물었다.

"그러면 면회를 자주 오면 쉽게 나을 수도 있습니까?"

"아니요. 당분간 면회를 와도 할 수가 없을 겁니다. 환자를 자극하면 치료가 지연될 뿐입니다."

정희연이 또다시 울기 시작했다. 전주댁이 그녀의 어깨를 껴안듯이 잡고 등을 탁탁 두들겼다.

"그렇지만 나을 수 없는 병은 절대 아니니 걱정하지 마세요. 여기서 나가면 다시 정상적으로 살아갈 수 있습니다."

인턴으로 보이는 여자의 말이 이어졌다.

"그러면 열에 들뜬 상태가 가라앉아야 합니까?"

정희연이 울음이 섞인 목소리로 물었다.

"예, 그래야 합니다."

"얼마 전이 바로, 애들 삼촌이 산에서 발을 헛디뎌 죽은 날입니다."

정희연은 조금 전에 의사에게 했던 말을 보충적으로 설명하고 있었다.

"그런데 애들 삼촌이 죽기 전에 꼭 이런 증세를 보였습니다. 집에 가지고 있는 돈을 가지고 나가서 모르는 사람들에게 뿌리고 술을 사주고, 집에 많은 돈이 있다고 사람들을 데려오기도 했습니다. 그래서 저나 애들 아빠하고 많이 싸우기도 했고 사람이 저렇게 칠칠치 못한 짓을 하고 돌아다닌다고 욕을 하기도 했습니다. 그런데 지나고 보니 그게 병이었다니……."

대학병원을 나와 언덕길을 내려오는 동안 차고 매서운 바람이 그들을 할퀴고 지나갔다. 제수는 서러운 생각이 드는지 눈물을 멈추지 못하고 있었고, 당장이라도 그 자리에 주저앉고 싶은 기색이다. 이것을 보며 동섭은 제수가 불행한 집안에 들어온 대가를 톡톡히 치르는 것이라 싶었다. 옆에서 그녀를 부축하며 걷는 전주댁에게도 측은한 마음이 들었다. 오로지 이것은 한씨들 잘못이야. 두 여자에게는 죄가 없어.

"사람이 얼마나 난폭하게 굴고 잔소리하고 두들겨 패던지…… 어쨌든 그 사람은 그저 잘한다, 잘한다고 칭찬해야지 조금만 나쁘게 말하면 그건 큰일이 나는 거예요. 친정에서 자네 술 좀 조금만 먹고 건강도 좀 생각하게, 라고 한 적이 있는데 뭐가 그리 서운한지 술을 먹고 가서는 친정을 개판으로 만들어 버렸어요. 그러니 친정 식구들한테 이런 일은 알리지도 못하고…… 그 뒤에 몇 번이나 이혼하려고 생각했어요. 애들 좀 잘 거둬주고 남자를 잘 보살펴 줄 사람이 나타나면 이혼하려고요. 아니, 이혼할 수 있다면 어떻게든 하고 싶었어요… 그런데 도저히 겁이 나서 할 수가 없어요. 저 사람은 내가 이혼해서 친정에 가 있으면 나도 죽이고 친정 식구들도 모두 죽일 거라고 협박을 한 적이 있는데, 정말 그대로 할 사람이에요. 나를 그냥 놔둘 사람이 아니에요."

동규가 그런 놈이라고 알고는 있었지만 막상 제수의 입을 통해 듣게 되자, 동섭은 자신이 그런 일을 저지르기나 한 것처럼 죄송한 마음이었다. 여자라고 늘 착하고 고분고분하리라 여기는 것은 얼마나 잘못된 남자들의 생각인가.

"아무리 그래도 이혼허면 되겄는가? 애들도 있는디……."

전주댁이 동서 옆에 바싹 붙어 걸으며 말했다.

"그 사람이 밉고, 어찌 잘못돼서 죽어버리기라도 했으면 좋겠다고 생각한 적도 있는데 저렇게 병원에 누워 있으니 내버리고 갈 수도 없고……."

"그래, 왜 그런 맘이 안 들겄어?"

"하여튼 그 사람한테는 절대로 나쁜 소리, 귀에 거슬리는 소리를 하면 안 돼요… 그런데 저 사람이 사실 뭐 볼 게 있어요. 키도 작지, 배운 것도 없지… 인물이 잘생겼다고 생각하는 모양인데, 그 정도로 생긴 사람들은 얼마든지 있어요. 당장 길거리에 나가봐요! 그 사람보다 잘생긴 사람들이 길에 널려 있어요… 밖에 나가면 여자고 남자고 따르는 사람이 많다네요. 하지만 그것도 돈이 있을 때 얘기지요, 안 그래요?"

전주댁은 잠자코 동서의 말을 듣고 있다가 이해가 간다는 듯 한 번씩 고개를 끄덕인다. 이것이 옆에 있던 동섭을 반성적으로 몰아간다. 인정하기 싫지만 동섭에게도 동규와 비슷한 점이 있다. 그도 늘 전주댁에게 좋은 소리만 듣고, 제왕처럼 떠받들고 살아주기를 바랐다. 왜 그런 마음이 들었던 것일까. 남자이기 때문일까, 아니면 도취된 감정이 그것을 원했던 것일까?

이윽고 세 사람은 아파트로 돌아왔다.

"집안이 어수선해요. 남편이 저러니 집안 살림에 재미도 없고……."

두 사람이 거실 소파에 앉는 것을 보며 동섭은 집 안 구석구석을 둘러본다. 커다란 거실에 욕실이 하나 있고, 방이 모두 셋이다.

"애들은 아직 학교에서 안 왔는갑네."

전주댁 말이 거실 쪽에서 들려온다. 제수의 말이 이어진다.

"애들도 아빠가 늘 술 먹고 행패 부리고 사고나 치니까 별 관심도 없어 해요."

이 말에 동섭은 영수나 창수를 생각한다. 그도 동규 내외처럼 아이들 일에 그다지 관심을 가져본 적이 거의 없다 — 그때는 다들 그렇게 키웠지 않았는가! 그는 굳세고 강한 아버지의 모습을 보여주지도 못했다. 농사일이 힘들 때나 고통스러운 일이 있을 때면 늘 술에 취해 현실을 잊으려고 했었다 — 아이들은 어쩌면 내게 허약한 정신을 배운 것일까? 동섭은 어두컴컴하고 곰팡냄새가 나는 아이의 방을 나와 욕실로 들어간다. 욕조는 노란 칠이 벗겨져서 시멘트가 드러나고 수챗구멍에는 검은 머리카락이 널려 있다.

"재개발이 된다고 해서 사놓았는데, 오래된 아파트라 손볼 데가 많아요."

뒤에서 정희연의 말이 들려온다.

8

집에 돌아온 이후 동섭은 진공 속에 놓인 우주인처럼 불안정했다. 그는 바닥에 똑바로 서서 안정되게 걷고, 먹고 싶었지만, 몸 전체가 둥둥 떠다니고 있어 자신의 마음대로 할 수 없었다. 해를 넘기고도 마찬가지였다. 그러면서 동섭은 한 번씩 전주댁에게 고통을 호소했다. 바늘로 콕콕 찔러대는 것처럼 머리가 아팠고 수시로 얼굴이 뜨거웠을 뿐 아니라 아래 눈꺼풀은 고무줄을 튕겼다가 놓은 것처럼 지속적으로 떨렸다.

어느 날 전화 연락도 할 수 없는 곳에 갇혀 울부짖는 동규가 동섭에게 나타났다. 나는 미치지 않았어, 멀쩡하다고! 울부짖으며 동규는 창살을 잡고 뒤흔들었다. 그러자 그것이 주문이나 되듯 뒤로 황야가 펼쳐졌다. 어미 이리로부터 버려진 새끼 이리 한 마리가 꼬리를 내리고 이리저리 돌아다니고 있었다. 황야에는 먹이가 많지 않았다. 햇빛에 타버려 누렇게 뜬 풀이 바람에 흔들리고 있었다. 초식동물들은 이미 황야를 떠나고 없었다. 밤이 되자 새끼 이리는 처음으로 외로움을 알게 되었다. 새끼 이리는 몸속에 얼굴을 파묻고 누워 있다가 눈시울이 뜨거워지면 달을 향해 울부짖었다. 그 소리가 황야를 울리고 지나가는 바람을 타고 멀리멀리 날아갔다. 얼마 후 새끼 이리는 자신이 버려졌으며 이제 부모는 돌아오지 않으리라는 것을 깨달았다. 해가 뜨자, 새끼 이리는 스스로 들쥐를 잡아먹었고 이슬을 맞으며 잠이 들었다. 이후 순박했던 새끼 이리는 생존경쟁에서 살아남으려면 누구도 믿지 말아야 한다는 것을 알게 되었다. 이리는 간혹 만나는 동료들의 농담에 화를 냈고, 나이 많은 이리의 낡은 충고에 귀 기울이지 않았다. 새끼 이리가 믿는 것이 있었다면 그것은 오로지 자신뿐이었다. 새끼 이리는 자신의 후각, 튼튼한 이빨과 다리만 믿었다.

얼마가 지났다. 메마른 흙바람이 일던 황량한 초원에 비가 내리기 시작했다. 풀들이 자라나면서 황야를 떠났던 동물들이 돌아오기 시작했다. 그 속에는 새끼 이리를 버린 부모와 형도 섞여 있었다. 한편 황야의 어떤 동물과 싸워도 지지 않을 정도로 강해진 이리는 가족들을 보자 물어뜯어 죽이고 싶을 정도로 화가 났다. 하지만 부모나 형이 없는 상태에 다시 떨어지고 싶지 않았던 이리는 가족들을 맞아들이기로 했다. 이리는 가족들을 위해 좋은 보금자리를 마련해 주었고 먹이를 가져다주었다.

얼마 후 이리는 자신의 능력으로 가족들을 데리고 사시사철 풀이 자라고, 많은 동물이 사는 무성한 숲으로 보금자리를 옮겼다. 짝을 찾은 후 새끼들도 낳게 되었다. 이후 별다른 걱정이 없는 생활이 지속되었다. 날씨는 늘 따사롭고 촉촉했으며, 눈을 뜨면 코앞에 먹잇감이 있었다. 그러면서 이리는 한 번씩 과거를 돌아보게 되었다. 황야에 홀로 버려졌을 때의 기분이 어떤지를 생각했고, 배고픔에 몸을 떨고 외로움을 이기기 위해 달을 보며 울던 때를 떠올렸다. 이슬을 맞아 체온이 내려간 몸을 데우기 위해 황야를 달리고, 며칠 만에 들쥐를 잡아 게걸스럽게 먹었던 기억을 끄집어냈다. 그땐 참 먹고 싶은 것도 입고 싶은 것도 많았어. 이리는 자신이 정말 대단한 동물임을 스스로 인정했다. 정말 나처럼 용감하고 자신감 있는 이리가 있었을까. 아마 없었을 거야. 어느 날이었다. 누군가 이리에게 이런 말을 속삭였다. 너는 지금 왜 이렇게 한가한 거야? 다른 이리들이 움직이기 전에 일어나 어서 들판을 달려야 해. 먹을 것도 찾고. 그래야만 살 수 있다고. 그러는 동안 이리는 예전처럼 부지런하고 활기차게 움직이고 싶다는 생각을 했다. 하지만 이리는 예전처럼 자기 뜻대로 몸을 통제할 수 없게 되어 있었다. 그럼에도 이리는 다시 달려야 한다는 생각을 떨칠 수 없었다. 드넓은 초원, 거대해진 먹잇감이 눈앞에서 오가고 있었다. 마침내 이리는 자리에 눕고 말았다. 그 뒤 아무것도 할 수 없는 무기력한 상태가 이리를 기다리고 있었다. 하지만 이리는 과거 자신이 필요해서 불러내었던 주문, 이를테면 자신감이나 환상이 괴물이 되어 조금씩 자신을 먹어 치우는 줄 모르고 있었다.

동섭은 머리를 세차게 흔들었다. 그럼에도 환상은 사라지지 않는다. 그것은 동섭을 절망으로 몰아넣는 데 한몫을 하고 있다. 아무리, 그래도. 유전적인 소질이 없다면 이런 일이 생기지 않아. 이제 내 차례가 온 거야.

동섭은 매일 막걸리를 마시며 불길한 예감으로부터 달아나려고 했다. 한 차례의 수술을 받았지만 여전히 심장병의 지배 아래 있는 여동생 숙자를 생각지 않으려 했고, 미친 끝에 산에서 발을 헛디뎌 죽은 동휘의 모습을 떠올리지 않으려고 했다. 또한 정신병원에서 날뛰고 있을 동규를 잊으려 했다.

그러나 그런 망상은 술로 인해 잊을 수도 잠으로 극복할 수도 없는 것이었다. 그것은 얼굴을 쳐들고 금방 달려들지는 않았지만 스스로 사라지지 않았다. 가상할 정도의 노력을 기울이는 동섭을 측은하다는 듯, 아니면 조롱하고 싶다는 듯 지켜보고만 있었다. 주인이 한눈파는 틈을 타서 고깃덩어리를 훔쳐내려는 개처럼 동섭을 노리고 있었다.

어느 날 동섭은 또 한 차례 영수와 다투었다. 늘상 보는 일이었지만 웬일인지 그날 동섭은 영수가 아랫방으로 밥상을 들고 가는 것에 화를 벌컥 냈다.

"지랄하고 자빠졌네."

발끈한 영수가 휙 돌아보더니 마당에 밥상을 내동댕이쳤다.

"이제는 우리가 먹는 밥도 아깝다는 말이군요."

뜻하지 않은 반격에 동섭은 할 말을 잃고 멍하니 서서 깨진 그릇조각과 하얀 밥, 반찬들을 쳐다본다. 영수는 아랫방 문을 꽝 닫고 들어가 버린다. 그 모습을 보며 동섭은 이제 태풍이 시작되고 있는 대양에 선 기분이다. 이제 자식에게 말 한마디 잘못했다가 어떤 꼴을 당하게 될지 모르겠어. 어쩌면 저놈이 나와 마누라를 집 안에 가두어 둘 수도, 아니면 쥐도 새도 모르게 죽일지도 몰라.

그 후 동섭의 머릿속을 휘젓고 다니는 불덩어리는 복합된 형태를 띠게 되었다. 형제의 불상사, 장차 다가올지 모를 죽음에다가 가장 가까운 곳에서 끊임없이 고통을 주는 자식 내외가 뒤섞였다. 그래서 지속적인 형태로 머릿속을 떠다니는 죽음의 망상이나 미칠 것 같은 불안 위에 영수 내외의 얼굴이 교대로 나타났다. 이때 나타난 영수는 동섭이 전혀 본 적이 없는 괴물의 모습을 띠었다. 공룡처럼 생긴 괴물은 동섭을 삼키기 위해 거대한 입을 벌려 날카로운 이빨을 드러냈다. 괴물 옆에는 길고 창처럼 큰 바늘을 든 며느리가 서 있었다. 며느리는 동섭의 몸을 바늘로 찌르며 어서 아가리 속으로 들어가라고 목탁을 치며, 괴상한 주문을 외웠다.

이런 상상이 밤낮으로 자신을 따라다니자, 동섭은 전주댁에게 제발

어서 이곳을 떠나자고 애원하게끔 되었다.

"사람이 마음이 약하면 별생각이 다 드는 거여. 좀 시간이 지나면 좋아질 텐께 지다려 봅시다."

전주댁도 이제 벼랑이 멀지 않았다는 것을 느끼고 있었다. 행여나 하고 기다린 세월이, 좀 기다려 보면 좋아지겠지 생각한 시간이 벌써 달을 넘기고 해를 넘기고 있었다.

"그러다 나 죽고 난 뒤에 나갈 거여?"

"애들겉이 왜 이래, 이 남자가!"

전주댁의 신경질에 하는 수 없이 동섭은 좀 더 기다려 보기로 했다.

다음 날 저녁 무렵이다. 명자 내외가 탄 트럭이 한씨가의 마당에 멎었다.

"그래, 어서들 오게. 이번에도 쌀 실러 왔는가?"

두 사람을 본 동섭은 원군을 만난 계백처럼 반가웠다.

"예, 쌀은 차에 다 실었고 가기만 하면 됩니다."

사위의 말에 동섭은 몇 가마니나 되느냐, 가게에 가져가면 얼마에 파느냐고 물었다. 사위는 즉시 스물다섯 가마니라고 대답해 주었다. 그런 뒤 잠시 침묵이 흘렀다. 동섭은 사위에게 이사 가도록 도와달라고 어떻게 말해야 하나 망설였다. 과연 말해도 될까, 나중에 흉이 되는 것은 아닐까. 동섭이 우물거리는 동안 명자와 전주댁이 심각한 표정으로 마루에 걸터앉았다.

"인자 영수는 집을 떠날 가망이 없어요. 저번 일도 있고요."

흥분한 명자의 말에 전주댁의 힘없는 목소리가 이어졌다.

"그래도 부모가 되어 가지고 차마 자식을 두고 떠날 수가 없어서 안 그러냐?"

"그런 놈은 자식도 아이라. 부모 애 먹이러 난 자식이, 자식이요?"

"그래, 느그 아부지도 영 심이든가 그런 소리를 헌다. 집이고 논이고 뭐고 그냥 놔두고 떠나자고 말이여."

"그래요. 나가서 살다가 또 돌아와서 농사지으면 되잖아요."

"근디 여기를 떠나서 어떻게 산다냐?"

"경수 학교 졸업하면 같이 살든지요."

경수라는 말에 전주댁이 크게 눈을 뜬다. 그녀는 잠시 경수를 잊고 있었던 듯했다.

"그래, 가자! 이놈의 데 잊어부리고."

이제 결심이 섰다는 듯 전주댁이 말했다.

"그럼, 언제 오실라고요?"

"울산에 내려가 있으면 날짜를 잡아서 연락을 내가 하제."

그때까지 듣고 있던 동섭이 말했다.

이로써 두 사람의 이사는 거의 확실해졌다. 그런데 명자 내외가 돌아간 그날 밤 동섭은 또다시 갈등에 싸였다. 나이 오십이 넘어 새로운 도시에 나가서 살려니 걱정이 되었다. 일자리를 구해야 하고, 어느 곳엔가 구속되어야 했다. 농사지을 때는 그렇지 않았다. 일하고 싶으면 일하고 쉬고 싶으면 쉴 수 있었다. 눕고 싶으면 눕고 마시고 싶으면 마실 수 있었다. 밤새 고민하던 동섭은 다음 날 태도를 바꾸어 이사를 가지 않겠다고 버티었다.

"우리가 살면 얼매나 산다고 타관에 나가. 그냥저냥 살아보지 뭐."

갑자기 돌변한 남편으로 인해 전주댁은 애를 먹었다. 어린아이에게 하듯 밖에 나가면 내가 돈을 벌 테니 아무 걱정하지 말라고 달래기도 하고, 여기 있다가 죽으나 나가서 죽으나 마찬가지라면 거기가 낫지 않겠느냐, 고 비장한 목소리로 설득하기도 했다. 그럼에도 동섭은 끔쩍도 하지 않고 있었다. 마침내 전주댁 자신도 하고 싶지 않은 말을 꺼냈다.

"자식놈한테 받는 수모를 생각해!"

이 말은 효과가 있었다. 동섭은 고향을 떠나고 싶었던 애초의 기분으로 되돌아갔다.

다음 날 밤이다. 두 사람이 고향을 떠난다는 것을 알게 된 임실댁과 한산댁이 찾아왔다. 두 사람은 동섭이 옆에 있음에도 불구하고 전주댁을 설득하기 시작했다.

"자네가 고향을 떠나면 우리는 누구를 의지하고 살겠는가? 남자 없이 사는 여자들의 소원을 좀 들어주게."

두 사람은 간곡히 청하는 정도가 아니라 울먹이고 있었다. 전주댁은 그간의 사정을 설명할 수도, 제발 떠나게 해달라고 부탁할 수도 없었다. 그녀는 두 사람의 손을 꽉 쥐고 그들의 슬픔을 모조리 이해한다는 듯한 표정을 지었다. 그럼에도 두 사람은 막무가내였다. 그러다가 임실댁이 힘겨웠던 시집살이로 화제를 옮긴다.

"그때는 어느 누구에게 의지할 사람이 있었는가. 남편이나 믿고 사는 것이었는데, 어디 남정네들이 여자 마음을 헤아려 줄 아량들이 있어야제. 부모 품을 떠나지 못한 애나 마찬가지였제. 그래 우리는 남정네를 차지하기 위해 시오마이하고 눈에 안 보이게 싸우지 않으면 안 되었고… 말이야 바른 말이제, 제대로 숨을 쉬고 살 수 있는 형편이 아니었단께. 시어머니 말이 아니면 울고 싶어도 울 수 없고, 웃고 싶어도 웃을 수 없었제."

"그때는 참말 왜 그리 힘이 들었는지 몰라."

전주댁은 미소를 띠며 지난 일을 떠올린다. 그때 두 사람은 전주댁이 마음을 털어놓고 실컷 울 수 있게 해 주었다. 딸이 아니라 며느리였기 때문에 받아야 했던 억울한 일은 헤아릴 수 없이 많았다. 그런데도 시어머니는 딸처럼 잘 지내고 싶다, 고 수시로 말했다. 며느리는 며느리이지 딸이 될 수 없어. 그러니 제대로 며느리 대접을 해주었어야 옳았어.

두 사람은 전주댁을 보내지 않기 위해 그 이후의 잡다한 일들도 끄집어냈다. 원하던 원하지 않던, 한씨가에 시집온 여자들이 가문의 귀신이 되기 위한 과정의 일환으로 행해진 일은 작고 사소할 수도 있었지만, 각자에게 예상치 못한 상처를 무수히 남겨놓았다. 이윽고 각기 다른 시기에 한씨 가문에 발을 들여놓은 세 여자는 서로 손을 맞잡고 울기 시작했다. 할 수 없이 전주댁은 두 사람에게 절대 고향을 떠나지 않겠다는 맹세를 되풀이했다.

문제는 그뿐이 아니었다. 길에서 만나는 마을 사람마다 동섭과 전주댁에게 고향을 떠나냐고 물었다. 이때마다 두 사람은 대답하느라 애를 먹었다. 떠나지 않을 수 없는 사정을 설명할 수도, 떠나지 않으면 안 된다고 이를 악물고 말할 수도 없었다. 그래서 이사 이틀 전까지도 두 사람은 결정을 내리지 못했다.

최종적으로 동섭이 이사를 결정한 것은 1992년 3월 1일이었다. 이유는 간단했다. 살기 위해서, 미치지 않기 위해서였다. 전주댁은 동섭에게 수고를 끼치지 않고 애초의 생각으로 되돌아왔다. 다른 사람이 무어라고 하든 내 중심만 지키면 된다는 평소 그녀의 말처럼. 사실 그녀는 영수를 당해낼 재간이 없었다. 아니 그녀는 권위라는 것을 몰랐기 때문에 포악한 아들을 누를 수단이 없었다.

동섭이 오랫동안 한자리에 있었던 쌀 두지를 들어내자, 전주댁은 몇십 년간 사용해 낡고 때에 찌든 세간을 하나씩 들어내 닦고 포장하기 시작한다. 곳곳에 틀어박힌 짐은 많지만 실상 쓸 만한 것이 없다. 이삿짐을 싸다가 동섭은 문득 지금 자신이 하고 있는 일을 과거에 누군가가 하고 있었다는 생각이 들었다. 과연 누구였던가? 그는 가장 최근에 이삿짐을 싼 영수, 명자와 사위의 이삿짐과 그 이전으로 훑어 올라갔다. 그러다 퍼뜩 짚이는 것이 있다. 그가 삼십 세 무렵에 쌌던 아버지의 이삿짐이었다. 신이 난 동생들은 마루와 방을 오가며 속 시원하다는 몸짓을 해 보임으로서 마지못해 짐을 싸고 있던 동섭을 조롱했다. 이삿짐을 다 쌌을 때 했던 아버지의 말도 떠올랐다. 이제 정말 이 집에는 질렸다는 듯 아버지는 큰 소리로 외쳤다.

"다시는 내가 이 집구석에 발을 디디는가 봐라!"

그런데 그때와 지금이 조금도 다르지 않았다. 그때 그는 장남으로서 남았고 이제는 영수가 남게 되었다. 인물들만 바뀌었을 뿐 상황은 조금도 다르지 않았다. 함정에 빠졌다는 느낌에 당황한 동섭은 이 상황을 빠져나갈 방도를 얼른 생각한다. 그러다가 그는 궁색하지만 두 사건의 차이점을 발견해 냈고, 그것을 자신과 조물주에게 들려주고 있다. 전답을 팔지 않고 두고 간다는 점. 다시 오리라는 생각. 아버지처럼 빚을 지며 산 적이 없이 소처럼 열심히 일하며 살았다는 것. 울산과 대전이라는 서로 다른 지역. 그다음에는…… 또 뭐가 있을까. 하지만 이 정도면 충분하지 않은가. 아니었다. 조물주에게보다 그 자신이 먼저 충분하지 않음을 느꼈다.

성이 차지 않자, 동섭은 지금껏 그랬던 것처럼 에이 될 대로 되라,

고 외쳤다. 그것이 운명이든, 조물주의 요술이든 두 개의 개별적인 사건이 정말 우연히 맞아떨어지기는 했지만, 그것이 도대체 어떻단 말인가, 그는 그런 심정이었다.

고향을 떠나기 하루 전날, 동섭은 전주댁과 함께 만반의 준비를 해두었다. 울산에 가서 사는 동안 먹을 양식으로 쌀 세 가마를 새끼줄로 칭칭 얽어놓았고, 된장이나 간장이 담긴 장독도 운반하기 쉽게 새끼줄을 매달아 놓았다. 그릇은 모두 신문지에 싸서 포개어 깨지지 않도록 했고, 옷가지들도 종이상자에 차곡차곡 쟁여서 끈으로 묶어놓았다.

마침내 고향을 떠날 날이 밝자, 동섭은 묶어놓았던 짐을 하나씩 마당으로 내놓기 시작한다. 그것을 보고 지나가던 사람들이 이삿짐 옮기는 것을 도와주러 왔고, 네 명의 계원들이 곧 들이닥쳤다 — 친목계를 조직할 때만 해도 십여 명이던 것이 차츰 도시로 빠져나가고 이제 넷밖에 남지 않았다.

"쓰잘데기 없는 것은 다 버려!"

짐이 가짓수는 많아도 보잘것없음을 안 김순철이 심드렁하게 말한다.

"가면 도로 사야 될 것들인께 그냥 내다놔요."

지금껏 전주댁이 세간을 얼마나 소중하게 여겨왔는지 김순철이 알리 없었다. 그들이 이삿짐을 마당으로 내려놓기 전에 안동섭이 모는 트럭이 도착해서 뒷부분부터 들어오고 있다. 잠시 후 트럭이 멈추고 안동섭, 명자, 경수가 트럭에서 내린다.

"벌써 짐을 다 싸 놨네!"

명자가 마당에 늘어선 짐을 보고 말했다. 안동섭은 트럭 위에 올라서서 짐을 하나씩 올리라고 말했다. 사람들이 막 짐을 차에 싣기 시작했을 때 앞집 임실댁이 다급한 걸음으로 나타났다.

"안 간다더니 왜 간다고 이래?"

처음에 놀라고 그다음에는 화가 난 표정으로 임실댁이 전주댁을 쳐다본다.

"갈 사람은 가야지……."

전주댁이 웃음을 띠며 용서를 비는 뜻으로 눈꼬리를 내린다.

"가서 살기가 괴롭거든 짐 풀지 말고 그냥 도로 올라와."

그보다 먼저 와 있던 한산댁이 종이상자에 잡동사니를 주워 담으며 전주댁에게 말했다.

"그래요, 성님."

전주댁이 은빛 치아를 드러내며 짧게 대답한다. 이때 동섭의 계원 중 한 사람인 홍동수가 김판수와 함께 장독을 옮기려고 허리를 굽히다가 마땅찮은 듯 혀를 찬다.

"나갈라면 젊어서 나가제, 나이 들어서 고향 등지고 어찌 살라고 짐을 쌌는가? 마음을 돌려봐."

"그러지, 조금 살아보다가 힘들면 돌아오겠네."

동섭도 다시 돌아오지 못한다는 생각 같은 것은 하고 싶지 않았다. 이유나 그간의 경과야 어찌 되었든 이곳은 동섭이 어린 시절을 보내고, 성장해서 결혼하고 자식을 낳았던 고향이었다. 그러면서 동섭은 보이지 않는 운명의 신에게 이렇게 말하고 있었다. 아버지가 고향을 떠날 때도 과연 이렇게 따사로운 사람들 배웅을 받았던가?

짐을 싣는 데는 그리 오래 걸리지 않았다. 마을 사람들에게 '농학박사'라는 칭호를 들을 정도로 꼼꼼한 동섭이 미리 짐을 싸두었기도 하지만, 원체 짐이 될 만한 것이 없어 1톤 트럭으로도 더 실을 여유가 있었다. 짐을 모두 싣자, 안동섭이 트럭의 시동을 걸며 명자에게 말했다.

"장인어른하고 장모님은 당신이 모시고 와. 나하고 경수는 트럭을 타고 갈 테니까."

사람들과 막걸리를 마시고 있다가 어렴풋이 이 말을 들은 동섭은 명자가 가까이 오자, 무어라고 말하기 전에 선수를 친다.

"아는 사람 보기 부끄럽다. 그냥 트럭 타고 갈란다."

"트럭 타고 6시간이나 갈라면 힘들어요. 그냥 인월 가서 직행 타고 가요."

동섭은 고집스럽게 고개를 젓는다. 명자는 아버지를 설득하는 것을 포기하고 마루에 앉아 있던 전주댁에게로 간다.

"그럼 어머이가 버스 타고 가요."

"나도 느그 아부지하고 트럭 타고 갈란께 느그가 직행 타고 오이라."

말을 마친 전주댁이 얼굴을 한쪽 손으로 가린다.

"그래도."

전주댁은 마디가 굵어지고 거칠어진 손을 휘젓는다. 명자는 남편에게 그 말을 전하기 위해 마당으로 걸어간다. 그것을 보며 동섭은 집을 한 바퀴 돌기 위해 뒤안으로 들어간다. 작은 흙 부스러기, 담에 놓인 돌들이 자신이 담고 있는 동섭에 대한 추억을 되돌려준다. 살아생전에 내가 이 집에 다시 올 수 있을란가……. 동섭은 중얼거린다. 그때 언제 쫓아왔는지 뒤에서 전주댁이 소리 높여 외친다.

"우리가 왜 못 돌아와요? 돌아와야제."

전주댁 눈에서 주르르 눈물이 흘러내린다. 지금껏 전주댁은 늘 동섭 가까이에 있었다. 그의 잘못을 지적하고 시정할 것을 요구했고, 때로 울먹이거나 한숨을 쉬었다. 동섭이 고개를 떨구자 전주댁이 변명 삼아 말한다.

"창수 죽고는 아무 때고 그냥 눈물이 나와요."

잠시 후 트럭 엔진의 부르릉거리는 소리가 크게 들린다. 두 사람은 아랫방 모퉁이를 지나 트럭을 향해 걸어간다. 차 문을 열고 기다리던 명자가 두 사람을 태운 후 문을 닫아 준다.

"다시 돌아와서 같이 살아요!"

임실댁이 차창 옆으로 다가와 좌석에 앉은 전주댁에게 말했다. 전주댁은 마르지 않은 눈으로 임실댁을 보며 고개를 끄덕거린다. 트럭이 움직이자, 마당에 서 있던 사람들이 손을 흔들기 시작한다. 그런데 이들 중에 손을 흔들지 않은 유일한 사람이 있었다. 바로 홍동수였다. 옆에 있던 김판수가 이유를 묻자 홍동수는 이렇게 말했다.

"다시 돌아올 건디 내가 왜 손을 흔든다요?"

그 때문에 옆에 있던 사람들이 웃어댔고 차 안에 있던 사람들도 영문도 모른 채 웃었다. 트럭이 집 입구를 벗어나려고 하자, 동섭은 창문을 열고 뒤를 돌아본다. 움직이는 사람들 속에 섞인 명자와 경수가 등을 돌린 채 집을 올려다보고 있다. 그 순간 트럭이 배나무가 서 있는 모퉁이를 돌아가며 동섭이 55년 동안 살아온 집을 시야에서 지워버렸다.

작가 후기

✦✦

소설가인 나는, 어떤 소설을 써야 하는가?

내가 소설 공부하고 익힌 대로 강력한 전환점이 있고, 클라이맥스를 향해 달려가는 소설을 써야 하나? 읽다가 도저히 손에서 놓을 수 없을 만큼 긴장되고, 다음 장면이 궁금해지는 소설을 써야 하나? 내가 아는 베스트셀러 소설의 공식은 아마도 위와 같은 것일까. 그렇다면 이런 소설이 긴장감과 더불어 감동을 주기는 하지만, 다시 읽기에 시시한 소설이라면 어떻게 될까?

오십이 넘어 소설 공부를 다시 하면서 드는 생각이다.

어떤 소설이 좋은 작품일 수 있을까?

다른 사람도 아닌 내가 쓸 수 있는 소설은 어떤 것일까?

문득 삼십 대에 썼던 '무대일가'라는 첫 장편소설을 꺼내 읽어 보았다. 오랜 시간 동안 오마이뉴스에 연재했지만, 인기가 없어 출판을 꿈꾸지 못한 작품이다.

이 소설은 작가가 겪은 일을 소재로 쓴 자전소설이다.

1978년 한상현의 장례식에서 시작된 소설은 전라도와 경상도 접경 지역의 고유한 언어로, 한씨가 일대기를 사실적으로 풀어놓는다. 가족이나 형제간의 갈등이 꼬리에 꼬리를 물고 대를 이어 계속된다.

그러나 한 가족의 갈등과 생사고락을 다룬 평범한 소설이 대한민국, 아니 전 세계 사람들에게도 내 일처럼 여겨지는, 의미 있는 보편성을 획득할 수 있을까?

생각에 잠기다가 이런 생각이 든다. 인간 세상에는 의도적으로 만들어 낸 무시무시한 갈등이 아니어도 세상에는 무수한 갈등이 존재해. 칼 세이건의 <코스모스>에 나오는 것처럼 인간의 뇌는 — 악어 같은 파충류 시대에 발달한 뇌간이 있고, 포유류 시기에 발달한 변연계, 영장류 시기에 발달한 대뇌피질로 이루어져 있어 — 인간이 의식적 삶을 살게 하는 부분과 감정을 주관하는 변연계, 원초적 기질이 다분한 원시 파충류의 R영역이 불안한 동거를 이루고 있다는 것. 그래서 인간의 삶은 겉으로 보기에 이성적이고 낙관적으로 보일 수 있지만, 어느 순간 바람 앞의 등불처럼 곧 꺼질 듯 불안하고 위태롭다는 것, 그래서 미래는 예측할 수 없는 갈등이 쉴 새 없이 일어난다는 것.

소설을 쓰고 난 후 문득 이런 생각이 든다.

인간은 갈등 없이 살 수 없을까?

삶은 영원한 회귀와 반복인가.

다음 생에도 우리는 이 모양으로 살게 될까?

아니면 무한반복에서 빠져나올 수 있을까?

손에 땀을 쥐게 하는 긴장감이나 환상여행을 다녀온 것 같은 착각이 드는 소설은 아니지만, 7080세대의 고향이나 어린 시절을 그려볼 기회가 되었으면, 하는 바람이다.

천성산 아래 마을에서

양산호